John Fowles

O Mago

TRADUÇÃO
Antônio Tibau & Thiago Silva

DARKSIDE

O

M A
G O

AM
GO

THE MAGUS
© J. R. Fowles Ltd, 1965, 1977

Agradecemos a permissão dos autores e editoras para citar as seguintes obras: "Little Gidding", Four Quartets, de T.S. Eliot; "Hearing of Harvests", Look Stranger, de W.H. Auden (Faber & Faber); e "Canto 47", de Ezra Pound (A.V. Moore)

Imagens: D. Teniers, © Adobe Stock, © Freepik

Tradução para a língua portuguesa
© Antônio Tibau e Thiago Silva, 2024

Diretor Editorial
Christiano Menezes

Diretor Comercial
Chico de Assis

Diretor de Novos Negócios
Marcel Souto Maior

Diretora de Estratégia Editorial
Raquel Moritz

Gerente Comercial
Fernando Madeira

Gerente de Marca
Arthur Moraes

Gerente Editorial
Bruno Dorigatti

Editor
Paulo Raviere

Capa e Projeto Gráfico
Retina 78

Coordenador de Diagramação
Sergio Chaves

Designer Assistente
Jefferson Cortinove

Preparação
Adriano Scandolara

Revisão
Alexandre Barbosa de Souza
Fabiano Calixto
Lucio Medeiros

Finalização
Sandro Tagliamento

Marketing Estratégico
Ag. Mandíbula

Impressão e Acabamento
Braspor

DADOS INTERNACIONAIS DE CATALOGAÇÃO NA PUBLICAÇÃO (CIP)
Jéssica de Oliveira Molinari - CRB-8/9852

Fowles, John
  O mago / John Fowles ; tradução de Antonio Tibau, Thiago Silva. — Rio de Janeiro : DarkSide Books, 2024.
  736 p.

  ISBN: 978-65-5598-451-4
  Título original: The Magus

  1. Ficção inglesa 2. Literatura fantástica 3. Ciências ocultas
  I. Título II. Tibau, Antonio III. Silva, Thiago

24-4300   CDD 823

Índice para catálogo sistemático:
1. Ficção inglesa

[2024]
Todos os direitos desta edição reservados à
DarkSide® *Entretenimento* LTDA.
Rua General Roca, 935/504 — Tijuca
20521-071 — Rio de Janeiro — RJ — Brasil
www.darksidebooks.com

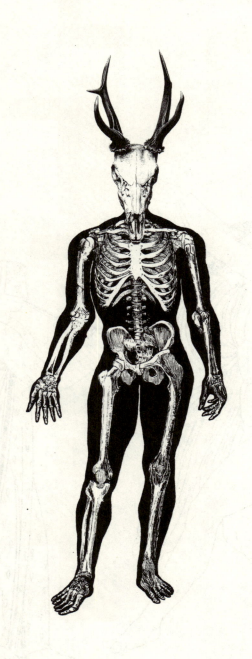

John Fowles
O Mago

PREFÁCIO

Ainda que esta não seja, em nenhum aspecto temático ou narrativo, uma versão novinha em folha de *O Mago*, ela é, na verdade, uma revisão de estilo. Diversas cenas foram reescritas, num sentido amplo, e uma ou duas novas, acrescentadas. Optei por seguir esse caminho um pouco incomum principalmente porque — se as cartas servem de prova — o livro atraiu mais atenção do que qualquer outra coisa que eu tenha escrito. Há muito aprendi a aceitar que a ficção que menos me agrada no âmbito profissional (uma insatisfação fortemente endossada por muitos dos seus críticos originais) persiste em ser a mais atraente para a maioria dos meus leitores.

A história veio a lume em 1965, depois de dois outros livros, mas em todos os aspectos, exceto pela mera data de publicação, se trata de um romance de estreia. Comecei a escrevê-lo no princípio dos anos 1950, e tanto a narrativa quanto o seu tom passaram por inúmeras transformações. Em sua forma original, havia um nítido elemento sobrenatural — numa tentativa de fazer algo parecido com a obra-prima de Henry James, *A Volta do Parafuso*. Mas eu não tinha nenhuma ideia coerente de para onde estava indo, tanto na vida quanto no livro. Um lado meu mais objetivo não acreditava na época que eu me tornaria um escritor publicável; meu lado subjetivo não conseguia abandonar o mito que, de maneira canhestra e laboriosa, ele tentava nascer; e minha lembrança mais vívida é a de abandonar meus rascunhos com frequência devido a uma incapacidade de descrever o que eu queria. Tanto a técnica quanto aquela faceta bizarra da imaginação que mais parece uma impossibilidade de lembrar do existente do que aquilo que é, de fato — uma impossibilidade de evocar o inexistente —, me mantiveram miseravelmente bloqueado. No entanto, quando o sucesso de *O Colecionador* em 1963 me rendeu alguma confiança literária, foi esta deformidade torturada e recauchutada infinitamente que demandou prioridade, em meio a vários outros romances que eu havia iniciado nos anos 1950... e pelo menos dois deles eram, a meu ver, mais apresentáveis e me dariam uma melhor reputação, ao menos em meu país natal.

Em 1964, comecei a trabalhar. Reuni e reescrevi todos os tratamentos anteriores. Mas *O Mago* permanecia, em essência, no mesmo lugar, a obra de um novato que aprendeu a escrever romances por conta própria — uma narrativa inferior, um diário de viagens frequentemente errante e mal concebido, por um território desconhecido. Mesmo em sua versão final publicada, o resultado era mais improvisado e ingenuamente instintivo do que o leitor mais intelectual haveria de imaginar. Os golpes mais duros que tive que engolir dos críticos foram daqueles que rejeitaram o livro como um exercício friamente calculado da fantasia, um jogo cerebral. Mas, também, que uma das falhas (incuráveis) do livro era a tentativa de esconder o estado real do fluxo contínuo no qual foi escrito.

Além da óbvia influência de Jung, cujas teorias me interessavam profundamente na época, três outros romances foram de grande importância no meu texto. O modelo do qual eu estava mais consciente era o de Alain-Fournier em *O Bosque das Ilusões Perdidas* [*Le Grand Meaulnes*] — de fato, tão consciente disso que, durante o processo de revisão, suprimi uma série de referências demasiado evidentes. Os paralelos podem não ser muito óbvios para um analista mais literal, mas *O Mago* seria um livro profundamente diferente se não fosse por seu antecessor francês. A capacidade de *O Bosque das Ilusões Perdidas* (pelo menos, para alguns de nós) de fornecer uma experiência além da literária era precisamente o que eu queria injetar na minha própria história. Outra falha em *O Mago*, que, mais uma vez, não tenho mais como remediar, foi minha incapacidade de enxergar que essa é uma nostalgia típica da adolescência. Pelo menos a adolescência do protagonista de Fournier é aberta e específica.

A segunda influência pode parecer surpreendente, mas não há dúvidas de que foi um livro que assombrou minha imaginação durante a infância: *Bevis*, de Richard Jefferies. Acredito que romancistas se formam, quer saibam ou não, ainda muito jovens; e *Bevis* partilha de uma qualidade com *O Bosque das Ilusões Perdidas*, que é a de projetar um mundo muito diferente do real — ou do que deveria ser o mundo real para um menino de classe média como eu. Menciono isso como um lembrete de que o padrão profundo e a atmosfera de livros como esses continuam acompanhando o romancista muito tempo após eles serem deixados para trás, de maneiras mais óbvias, em sua formação literária.

O terceiro livro que se esconde sob *O Mago* eu não reconheci na época, e posso citá-lo agora graças à perspicácia de uma aluna na Universidade de Reading, que me escreveu um dia, anos após a publicação, e apontou os diversos paralelos com *Grandes Esperanças*, de Charles Dickens. O que ela não sabia era que aquele era o romance de Dickens pelo qual sempre nutri admiração e amor absolutos (e pelo qual perdoo o autor por tudo mais de que não gosto em sua obra); que na fase inicial de criação do meu próprio romance, o adotei como livro-texto de minhas aulas, com enorme prazer; e que brinquei por muito tempo com a ideia de transformar meu personagem Conchis em mulher — um vago fantasma, aliás, dessa ideia, a srta. Havisham permanece na figura da sra. De Seitas. Uma pequena passagem acrescentada nesta versão revista é uma homenagem a essa influência invisível.

Duas outras alterações consideráveis precisam de uma breve explicação. O elemento erótico torna-se mais ousado em duas cenas. Considero que seja apenas a correção de certa falta de coragem na época. A outra mudança está no final. Ainda que sua intenção inicial nunca tenha me parecido tão obscura quanto evidentemente acabou sendo, para alguns leitores — talvez porque eles não tenham dado importância às duas frases de *A Vigília de Vênus* [*Pervigilium Veneris*] que encerram o livro —, eu aceito que poderia ter apresentado um desfecho menos ambíguo... e agora resolvi fazê-lo.

Nenhum autor divulgaria de bom grado as influências biográficas mais profundas de sua obra, que raramente são aquelas de datas e trabalhos externos, e eu não sou exceção. Mas minha ilha de Phraxos (a ilha "cercada") foi a ilha grega de Spetsai, que existe de verdade, onde lecionei em 1951 e 1952 num internato — não muito parecido, naquela época, com aquele que aparece no livro. Se quisesse fazer um retrato fiel da escola, teria me dedicado a uma história em quadrinhos.*

O famoso milionário grego que agora se apoderou de parte de Spetsai não tem, de modo algum, qualquer conexão com meu milionário ficcional; a chegada do sr. Niarchos se deu muito tempo depois. Tampouco era ele o então proprietário da vila de "Bourani", de quem roubei um pouco

---

* Existe outro romance, bem curioso, sobre a escola: *Aleko*, de Kenneth Matthews (Peter Davies, 1934). O autor francês Michel Déon também publicou o autobiográfico *Le Balcon de Spetsaï* (Gallimard, 1961). [NA]

da aparência exterior e da localização soberba, ao menos para servir de modelo a meu personagem, apesar de reconhecer que isso agora está se transformando em uma espécie de lenda local. Encontrei o cavalheiro — um amigo dos velhos Venizelos — apenas duas vezes, e muito rapidamente. Foi na casa dele, que eu me lembre.

É provável que hoje fosse impossível — falo de ouvir falar, nunca tendo retornado ao local — imaginar Spetsai do modo como a retratei logo após a guerra. A vida ali era solitária ao extremo, ainda que houvesse sempre dois professores de inglês na escola, e não apenas um, como consta no livro. Tive sorte com meu colega escolhido ao acaso, hoje velho amigo, Denys Sharrocks. Ele tinha uma erudição excepcional, e entendia melhor do que eu os costumes dos gregos. Foi quem me levou até a vila pela primeira vez. Pouco tempo antes, ele havia decidido matar uma ambição literária pessoal que tinha. "Bourani", declarou ironicamente, era onde escrevera, numa visita anterior, o último poema de sua vida. De modo peculiar, aquilo acendeu uma fagulha em minha imaginação: a vila estranhamente isolada, seu cenário magnífico, a morte das ilusões de um amigo. Enquanto nos aproximávamos da vila e suas margens naquela primeira vez, ouvi um som bastante bizarro para uma paisagem tão clássica... não era o cravo Pleyel do meu livro, mas algo que lembrava, muito mais absurdamente, uma capela do País de Gales. Espero que o harmônio ainda esteja lá até hoje. Aquilo também deu à luz uma nova ideia.

Rostos estrangeiros na ilha — mesmo gregos — eram raridade na época. Eu me recordo de um garoto que certo dia veio correndo até nós, Denys e eu, para anunciar que outro inglês havia desembarcado de um navio a vapor vindo de Atenas — e de como partimos em expedição, como dois drs. Livingstones, para acolher esse inédito visitante em nossa ilha deserta. Em outra ocasião, foi o poeta George Katsimbalis, personagem real do livro *O Colosso de Maréssia*, de Henry Miller, a quem prestamos nossas homenagens sem demora. Ainda persistia na Grécia aquela atmosfera tocante de um pequeno vilarejo.

Longe daquele seu cantinho habitado, Spetsai era de fato assombrada, ainda que por fantasmas mais sutis — e mais bonitos — do que aqueles que criei. Havia algo de insólito nos silêncios das florestas de pinheiros, diferentes dos que eu havia presenciado em outros lugares; como uma página eternamente em branco, à espera de uma anotação ou uma palavra. Transmitiam uma sensação curiosíssima de ausência de tempo, de um mito por nascer. Em nenhum outro lugar havia uma probabilidade menor de que algo fosse acontecer; e, mesmo assim, sempre havia acontecimentos no horizonte. O *genius loci** era muito parecido com o dos melhores poemas de Mallarmé sobre o voo invisível, as palavras derrotadas ante o inexprimível. Acho difícil transmitir a importância dessa experiência para mim, enquanto escritor. Ela se insinuou sobre mim e me marcou de maneira muito mais profunda do que minhas lembranças mais sociais e físicas daquele lugar. Eu já sabia que vivia em exílio permanente de muitos aspectos da sociedade inglesa, mas um romancista precisa de exílios ainda mais profundos.

De muitas formas aparentes, essa foi uma experiência depressiva, como tantos jovens aspirantes a escritores e pintores que foram buscar inspiração na Grécia acabaram descobrindo. Tínhamos um apelido para essa sensação de inadequação e acídia induzida: o "Blues do Egeu". É preciso ser um artista completo para criar um bom trabalho entre as paisagens mais puras e equilibradas do planeta, ainda mais quando se sabe que seu único par humano foi encontrado numa era além da sua redescoberta. A Grécia das ilhas ainda é a Grécia de Circe;** não é recomendável que um artista-viajante permaneça lá por muito tempo, especialmente se tiver qualquer preocupação com sua alma.

Nenhum correlato qualquer com minha ficção, além do citado, aconteceu em Spetsai durante minha estada. As raízes dos acontecimentos em meu livro foram eventos que se deram, de fato, após meu retorno à Inglaterra. Eu escapara de Circe, mas os sintomas da síndrome de abstinência foram severos. Não havia percebido ainda que a perda é essencial para o romancista, algo imensamente fértil para seus livros, por mais doloroso que possa ser no seu âmago pessoal. Essa percepção mal resolvida de um vazio, de uma oportunidade perdida, levou-me a inserir certos dilemas de uma situação privada na Inglaterra, em memória à ilha e às suas solidões, que se tornaram para mim, cada vez mais, o Éden perdido, *domaine sans nom* de Alain-Fournier — e até mesmo a fazenda de Bevis, talvez. Num ritmo gradual, o meu protagonista, Nicholas, assumiu, se não o rosto verdadeiramente representativo do homem comum moderno, pelo menos de um homem comum segmentado,

---

* "Espírito do lugar", tradição do paganismo romano em que certos ambientes seriam habitados e protegidos por uma forma de consciência ou entidade espiritual. [NT]

** Na *Odisseia*, de Homero, uma deusa e feiticeira capaz de transformar homens em animais. [NT]

da minha própria classe e origem. Há uma piada interna no sobrenome que eu lhe dei. Quando criança, eu só conseguia pronunciar o *th* inglês com o som de *f*, e Urfe realmente quer dizer *Earth* [Terra] — um nome cuja origem, de longe, é muito anterior à sua conveniente conexão com Honoré d'Urfé e *L'Astrée*.

Espero que o precedente possa me poupar de dizer o que a narrativa "quer dizer". Romances, mesmo os concebidos de forma mais lúcida e controlada do que este, não são jogos de palavras-cruzadas, com um único resultado possível de respostas corretas por trás das pistas — uma analogia ("Caro sr. Fowles, por favor me explique o verdadeiro significado de...") que às vezes me dá um desespero enquanto tento extirpá-la da mente do aluno contemporâneo. Se *O Mago* tem algum "significado real", não vai além daquele de um teste Rorschach na psicologia. Seu significado é qualquer reação que ele provoque no leitor, e até onde me diz respeito, não existe uma reação "correta".

    Devo acrescentar que, ao revisar o texto, não tentei responder às várias críticas legítimas sobre excessos, complexidade exagerada, artificialidade, e às demais resenhas que o livro recebeu após seu lançamento, de críticos adultos mais rigorosos. Hoje sei qual a principal geração cuja mentalidade é atraída por este livro, e sei que em essência ele há de permanecer, para sempre, um romance sobre a adolescência escrito por um adolescente tardio. Minha única justificativa é que todos os artistas precisam percorrer livremente a extensão completa de suas vidas. O resto do mundo pode censurar e enterrar seus passados pessoais. Nós não, por isso precisamos permanecer parcialmente verdes até o dia de nossa morte... verdes e inexperientes, na esperança de algum dia nos tornarmos férteis. É uma reclamação frequente feita àquele que é o mais revelador de todos os romances modernos sobre romancistas, a agonizante ficção derradeira de Thomas Hardy, *The Well-Beloved*: como o "eu" muito mais jovem ainda comanda o artista de meia-idade supostamente maduro. É possível rejeitar a tirania, como fez o próprio Hardy; mas o preço é a perda da habilidade de escrever romances. *O Mago* também foi (ainda que bem inconscientemente) uma celebração descabida sobre aceitar essa submissão.

    Se existe um plano central por debaixo do caldo (mais irlandês do que grego) de intuições sobre a existência da natureza humana — e da ficção — ele sobrevive talvez no título alternativo, de cuja rejeição ainda me arrependo, às vezes: *O Jogo de Deus* [*The Godgame*]. Eu quis sim que

Conchis exibisse uma série de máscaras representando as noções humanas de Deus, desde o sobrenatural ao jargão científico; quer dizer, uma série de ilusões humanas sobre algo que não existe de fato, o conhecimento absoluto e o poder absoluto. A destruição de tais ilusões ainda me parece um objetivo eminentemente humanista; e eu queria que existisse algum super-Conchis capaz de passar os árabes e os israelenses, ou os católicos e os protestantes da Irlanda do Norte, pelo mesmo moinho heurístico que Nicholas passou.

Não defendo a decisão de Conchis durante a execução, mas defendo a realidade do dilema. Deus e liberdade são conceitos totalmente opostos; e os homens acreditam em seus deuses imaginários em geral porque têm medo de acreditar na liberdade. Tenho idade o suficiente para entender agora que as pessoas agem assim por um bom motivo. Mas me atenho a um princípio geral, e foi isso que eu quis que estivesse no cerne da minha história: o de que a verdadeira liberdade existe entre duas pessoas, nunca de maneira solitária, portanto é impossível existir a liberdade absoluta. Toda liberdade, mesmo a mais relativa, pode ser uma ficção; mas a minha, ainda hoje, prefere a outra hipótese.

John Fowles
1976

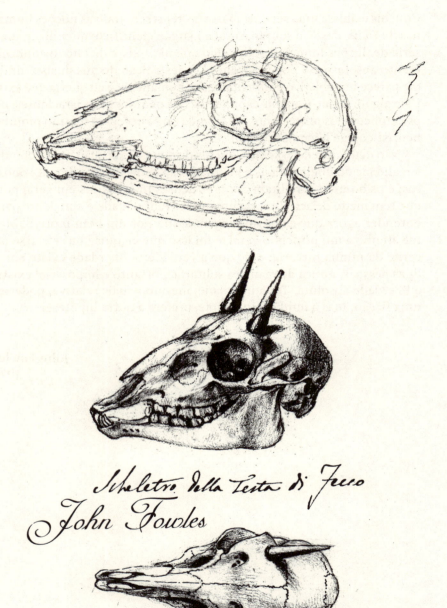

Scheletro della Testa di Cervo

John Fowles

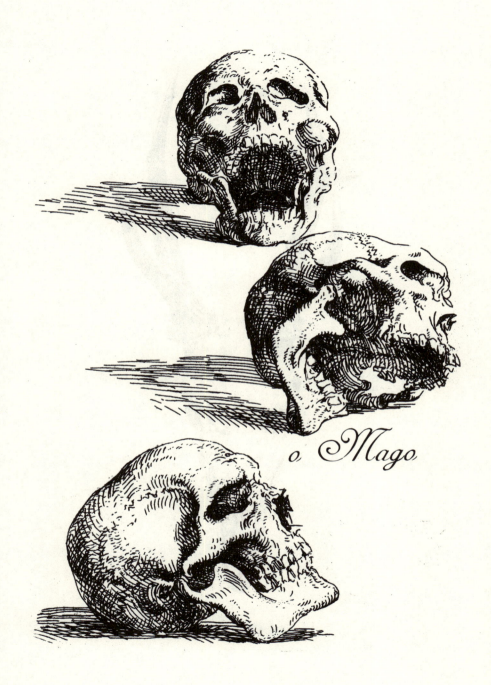

o Mago

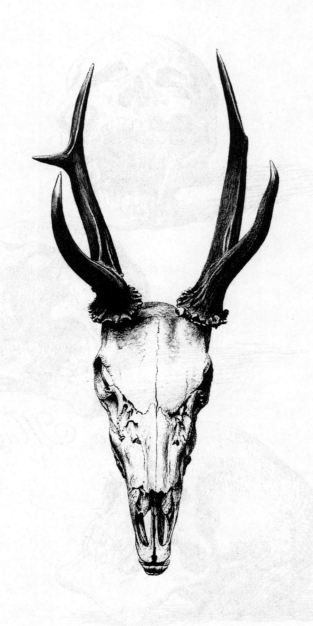

1

*Un débauché de profession
est rarement un homme pitoyable..*

De Sade, *Les Infortunes de la Vertu*

John Fowles
O Mago

1

Nasci em 1927, filho único de pais de classe média, ambos ingleses, e eles, por sua vez, nasceram à sombra grotescamente longeva — de cuja história jamais conseguiram se distanciar o bastante para abandoná-la — daquela anã monstruosa chamada rainha Vitória. Fui mandado à escola pública, perdi dois anos no serviço militar, fui a Oxford; e lá comecei a descobrir que eu não era a pessoa que queria ser.

Já havia descoberto muito antes que me faltavam os pais e os ancestrais de que necessitava. Meu pai era — muito mais por estar na idade certa na época certa, do que por ter qualquer talento profissional — um brigadeiro; e minha mãe era exatamente o modelo de esposa de um aspirante a major-brigadeiro. Isto é, nunca discutia com ele e sempre se comportava como se ele estivesse escutando no cômodo ao lado, mesmo quando se viam a milhares de quilômetros um do outro. Convivi pouquíssimo com meu pai durante a guerra, e em suas longas ausências, eu fui esboçando uma concepção mais ou menos imaculada de sua figura, a qual ele oficialmente — um trocadilho ruim, porém apropriado — destruía em menos de quarenta e oito horas após sua partida.

Como todos os homens que não estão à altura do seu serviço, ele se importava demais com as aparências e as pequenas coisas cotidianas; e no lugar do intelecto, acumulara um arsenal de palavras-chave em letras maiúsculas, como Disciplina e Tradição e Responsabilidade. Se acaso eu ousasse — raramente o fazia — discutir com meu pai, ele sacava uma dessas palavras-totem e me baixava o cacete com ela, do mesmo modo que, sem dúvida, reprimia seus subalternos em circunstâncias similares. Se a vítima ainda resistisse, ele perdia, ou soltava, a paciência. Sua paciência era como a de um cachorro bravo, que ele sempre mantinha por perto.

Reza a suposta tradição que nossa família viera da França após a Revogação do Édito de Nantes — nobres huguenotes* remotamente aliados a Honoré d'Urfé, autor do *best-seller* do século XVII, *L'Astrée*. Com certeza — se excluirmos outro vínculo igualmente infundado com Tom Durfey, o escrevinhador parceiro de Charles II — nenhum outro de meus ancestrais demonstrou qualquer inclinação artística: geração após geração de capitães, clérigos, marinheiros, fidalgotes, tendo como aspecto em comum apenas a indistinção e uma propensão notória à jogatina e à derrota. Meu avô teve quatro filhos, dois dos quais morreram na Primeira Guerra Mundial; o terceiro escolheu uma forma desagradável de pagar por seu atavismo (dívidas de jogo) e desapareceu nos Estados Unidos. Nunca era mencionado pelo meu pai como se ainda existisse, um irmão caçula que tinha todas as características que supostamente os mais velhos deveriam possuir; e não faço a menor ideia se ele ainda está vivo ou não, ou mesmo se não tenho primos desconhecidos do outro lado do Atlântico.

Durante meus últimos anos na escola, percebi que o que realmente havia de errado com meus pais era o fato de eles não sentirem nada além de um desprezo completo pelo estilo de vida que eu queria levar. Eu era "bom" em inglês, publiquei poemas impressos sob pseudônimos na revista da escola e considerava D. H. Lawrence o maior ser humano do século; meus pais com certeza nunca leram Lawrence, provavelmente nunca nem ouviram falar dele, exceto pela conexão com *O Amante de Lady Chatterley*. Havia coisas, certa gentileza emocional da parte da minha mãe, uma alegria eufórica ocasional em meu pai, que não eram de todo ruins; só que o que sempre gostei neles foram as coisas pelas quais não queriam ser reconhecidos. Na época em que completei 18 anos e Hitler já estava morto, eles haviam se tornado meros provedores, por quem eu precisava demonstrar sinais de gratidão, mas não muito mais que isso.

Eu levava duas vidas. Na escola, ganhei uma pequena reputação de cínico e esteta em tempos de guerra. Mas precisei me alistar no regimento — forçado pela Tradição e pelo Sacrifício. Insisti, e felizmente o diretor da minha escola me apoiou nisso, que eu queria ir para a universidade depois do serviço militar. Segui com minha vida dupla no exército, em

---

* Protestantes franceses, em sua maioria calvinistas, que se opunham ao absolutismo de Luís XIV e foram perseguidos após a revogação, em 1685, do Édito de Nantes, que garantia tolerância religiosa na França. [NT]

público brincando asquerosamente de ser o filho do Brigadeiro "Blazer" Urfe, e em privado lendo nervosamente as edições da *Penguin New Writing* e panfletos de poesia. Assim que pude, consegui me desligar.

Fui para Oxford em 1948. Em meu segundo ano na faculdade Magdalen, logo após longas férias durante as quais mal vi minha família, meu pai precisou pegar um voo para a Índia. Levou minha mãe consigo. O avião deles caiu, uma pira funerária de alta-octanagem, durante uma tempestade, a uns sessenta quilômetros a leste de Karachi. Após o choque inicial, tive quase imediatamente uma sensação de alívio, de liberdade. O único familiar próximo que me restava, o irmão da minha mãe, era fazendeiro na Rodésia, e assim agora eu não tinha mais família para me impedir de ser meu verdadeiro eu. Posso ter sido fraco em termos de caridade filial, mas era forte na disciplina em voga.

Pelo menos, ao me unir a um grupo de excêntricos semelhantes em Magdalen, era o que eu pensava. Formamos um clubinho chamado Les Hommes Révoltés, bebíamos xerez seco à beça, e (como forma de protesto contra aqueles casacos de lona mequetrefes do final dos anos 40) trajávamos ternos cinza-escuros e gravatas pretas em nossas reuniões. Nelas, discutíamos sobre o ser e o nada, e chamávamos de "existencialismo" um certo tipo de comportamento inconsequente. Pessoas menos iluminadas chamariam de caprichos ou mero egoísmo; mas não entendíamos que os heróis, ou anti-heróis, dos romances existencialistas franceses que líamos não se pretendiam realistas. Tentávamos imitá-los, confundindo descrições metafóricas de modos complexos de sentir com prescrições sinceras de comportamento. Sentíamos, como era devido, as angústias certas. No geral, fiéis ao eterno espírito dândi de Oxford, queríamos apenas parecer diferentes. Em nosso clube, conseguimos.

Adquiri hábitos caros e modos afetados. Tinha notas medíocres e uma ilusão acima da média: a de que era poeta. Mas nada poderia ser menos poético do que minha perspectiva cínica de tédio com a vida em geral e com o ganhar a vida em particular. Era imaturo demais para saber que todo esse cinismo mascarava uma incapacidade de lidar — uma impotência, em suma; como se desprezar qualquer esforço fosse o maior de todos os esforços. Mas cheguei, sim, a absorver uma pequena dose de algo permanentemente útil, a maior dádiva de Oxford à vida civilizada: a honestidade socrática. Ela me mostrou, de modo bastante intermitente, que não basta se revoltar com o seu passado. Um dia, entre amigos, eu reclamava escandalosamente do exército; mais tarde nos meus aposentos percebi de súbito que não era só porque dissera com impunidade coisas que teriam causado um ataque apoplético no meu falecido pai, que eu não continuava igualmente sob sua influência. A verdade é que eu não era um cínico por natureza, mas apenas por revolta. Eu me afastara do que odiava, porém não havia encontrado um lugar que amasse, e então passei a fingir que não havia lugar para o amor.

Lindamente equipado para o fracasso, saí pelo mundo. Meu pai não guardara a Prudência Financeira em seu arsenal de palavras-chave; em vez disso mantinha uma conta enorme pendurada na casa de apostas Ladbroke e suas dívidas de bar sempre alcançavam proporções assombrosas, porque gostava de ser popular e, na falta de charme, precisava distribuir álcool. O que restou do seu dinheiro, após os advogados e os homens da receita pegarem suas fatias, quase não rendia o suficiente para que eu sobrevivesse. E todo tipo de trabalho que procurei — o Serviço Diplomático, o Civil, o Colonial, os bancos, o comércio, a publicidade — revelava-se desprezível logo de cara. Fui a diversas entrevistas. Como não me sentia disposto a demonstrar o entusiasmo insaciável que nosso mundo espera de um jovem executivo, não obtive sucesso em nenhuma delas.

No fim, assim como incontáveis homens de Oxford que me antecederam, respondi a um anúncio no suplemento educacional do *Times*. Fui ao lugar, uma pequena escola pública na Ânglia Oriental; fui examinado de cima a baixo, e então me ofereceram a vaga. Depois soube que só havia dois outros candidatos, ambos de universidades tradicionais, e o trimestre começaria em três semanas.

Os garotos de classe média fabricados em escala industrial que eu tinha que ensinar já eram ruins o suficiente; a pequenina cidade claustrofóbica era um pesadelo; mas o detalhe realmente intolerável era a sala dos professores. Voltar à sala de aula se tornara quase um alívio. O tédio, a entorpecente previsibilidade anual da vida, pairava sobre o corpo docente como uma nuvem. E era um tédio real, não o meu aborrecimento frívolo. Dele, fluía o fingimento, a hipocrisia e a fúria impotente dos velhos que sabiam que tinham fracassado e dos jovens que suspeitavam que fracassariam também. Os mestres mais velhos pareciam pastores em enforcamentos públicos; com alguns deles era comum sentir uma vertigem, uma visão do poço sem fundo da futilidade humana... ou, pelo menos, foi a sensação que tive durante meu segundo trimestre.

Não podia passar a vida atravessando um Saara daqueles; e quanto mais eu me sentia assim, mais sentia também que aquele colégio presunçoso e petrificado era um modelo do país inteiro e que abandonar um sem abandonar o outro seria ridículo. Além disso, havia uma garota de quem eu estava cansado.

Meu pedido de exoneração, como vi ao término do ano letivo, foi aceito sem nenhuma oneração. O diretor logo supôs, a partir das minhas vagas referências a uma inquietação pessoal, que eu desejava ir aos Estados Unidos ou aos Domínios.*

"Ainda não decidi, senhor diretor."

"Acho que podíamos ter feito de você um bom professor, Urfe. E você faria de nós uma boa escola, sabe. Mas é tarde demais agora."

"Receio que sim."

"Não sei se aprovo tudo isso de ir vagar pelo estrangeiro. Meu conselho é: não vá. Entretanto... *vous l'avez voulu, Georges Danton. Vous l'avez voulu.*"

A citação errada era típica dele.**

Chovia a cântaros no dia em que fui embora. Mas eu estava tomado pelo entusiasmo, uma sensação estranha e exuberante de levantar voo. Não sabia para onde estava indo, mas sabia do que precisava. Precisava de uma nova terra, uma nova raça, uma nova língua; e, apesar de não conseguir expressá-lo com palavras à época, precisava de um novo mistério.

---

*   Termo antigo para determinar as nações autônomas do Império Britânico, hoje conhecidas como Comunidade das Nações ou Commonwealth. [NT]

** "Vous l'avez voulu, Georges Dandin" é uma citação da peça *O Marido Confundido* (1668), de Moliére (1622-1673). O diretor da escola era o nome do personagem, trocando-o por Georges Danton, líder da Revolução Francesa. [NT]

John Fowles
O Mago

2

Fiquei sabendo que o British Council estava recrutando pessoal, por isso no começo de agosto segui até a rua Davies e fui entrevistado por uma senhora entusiasmada, dotada de um tom de voz e vocabulários típicos de Roedean School, além de uma mentalidade deformada pela alta cultura. Era extremamente importante, ela me disse, como se contasse um segredo, que "nós" fôssemos representados no exterior pelo tipo correto; mas era enfadonho demais, todos os cargos precisavam ser anunciados e os candidatos escolhidos via entrevista, e, de qualquer maneira, estavam precisando fazer alguns cortes nas equipes internacionais — a bem da verdade. Ela chegou ao ponto: os únicos cargos disponíveis eram para lecionar inglês em escolas estrangeiras — ou isso parecia muito desagradável?

Respondi que parecia, sim.

Na última semana de agosto, meio como uma piada, publiquei um anúncio: a inserção tradicional nos classificados. Recebi um número de respostas à minha oferta sucinta de ir a qualquer lugar, fazer qualquer coisa. Além dos panfletos me lembrando de que eu era filho de Deus, recebi três cartas encantadoras de vigaristas falidos e bastante sagazes. E uma que mencionava um trabalho incomum e remunerado em Tânger — se eu sabia italiano? —, porém minha resposta ficou sem resposta.

Setembro pairava sobre mim: comecei a me sentir desesperado. Eu me vi encurralado, conduzido outra vez, em desespero, ao temível suplemento educacional e àquelas listas cinzentas e opacas de intermináveis empregos cinzentos e opacos. Então uma manhã retornei à rua Davies.

Perguntei se tinham alguma vaga de professor na região do Mediterrâneo, e a mulher dos advérbios extremos foi buscar um arquivo. Sentei-me debaixo de uma pintura de Matthew Smith de tonalidade castanha e atomatada na sala de espera, e comecei a me imaginar em

Madri, Roma, Marselha ou Barcelona... até mesmo em Lisboa. Seria diferente no exterior; não haveria aquelas salas de professores e eu acabaria escrevendo poesia. Ela voltou. Todos os bons lugares haviam sido ocupados, ela anunciou com um terrível receio. Mas havia esses. Ela me entregou um folheto a respeito de uma escola em Milão. Fiz que não com a cabeça. Ela concordou.

"Bem, na verdade, então sobra apenas esse aqui. Acabamos de anunciar." Ela me entregou um recorte.

ESCOLA LORD BYRON, PHRAXOS

A Escola Lord Byron, Phraxos, Grécia, necessita de um professor assistente de Língua Inglesa para o início de outubro. Os candidatos devem ser solteiros e ter diploma em Língua Inglesa. Um conhecimento de grego moderno não é essencial. Salário médio de £600 *per annum*, e o câmbio é totalmente conversível. Contrato de dois anos, renovável. Taxas pagas no início e final de contrato.

Havia um folheto informativo que ampliava incansavelmente o anúncio. Phraxos era uma ilha no Egeu a cerca de 130 quilômetros de Atenas. O Lord Byron era "um dos melhores internatos na Grécia, seguindo as diretrizes das escolas públicas inglesas" — daí vinha o nome. Aparentava ter todas as instalações de que uma escola necessitava. Era preciso dar no máximo cinco aulas por dia.

"Falam terrivelmente bem dessa escola. E a ilha é paradisíaca."

"Você já esteve lá?"

Ela tinha uns 30 anos, solteirona nata, com uma ausência de sexualidade tão grande que seu modo prático de se vestir e sua maquiagem pesada lhe davam uma aparência patética; algo como uma gueixa malsucedida. Ela nunca estivera lá, mas todo mundo falava bem. Reli o anúncio.

"Por que deixaram para tão em cima da hora?"

"Bem, entendemos que eles contrataram outro homem. E não foi conosco. Mas houve um terrível mal-entendido." Conferi de novo o folheto de informações. "Nunca chegamos a contratar ninguém para eles. Só estamos fazendo agora como cortesia, para falar a verdade." Ela me deu um sorriso paciente; seus dentes incisivos eram grandes demais. Perguntei, no meu melhor sotaque de Oxford, se poderia convidá-la para almoçar.

Quando cheguei em casa, preenchi o formulário que ela levou ao restaurante e saí na hora para enviá-lo pelos correios. Naquela mesma noite, por um curioso capricho do destino, conheci Alison.

John Fowles
O Mago

3

Suponho que, pelos padrões daquela época pré-permissiva, eu tenha feito sexo com muita frequência para alguém da minha idade. As garotas, ou um certo tipo de garota, gostavam de mim; eu tinha um carro — o que não era tão comum entre os graduandos naqueles tempos — e tinha algum dinheiro. Não era feio; e o mais importante, eu tinha minha solidão, o que, como qualquer cafajeste sabe, é uma arma fatal com as mulheres. Minha "técnica" era dar um espetáculo de imprevisibilidade, cinismo e indiferença. Depois, feito um mágico e seu coelho branco, eu mostrava o coração solitário.

Não colecionava conquistas, mas no momento em que saí de Oxford, já contava com uma dúzia de garotas desde a perda de minha virgindade. Para mim, tanto o meu sucesso sexual quanto a natureza aparentemente efêmera do amor eram igualmente prazerosos. Era como ser bom no golfe, mas desprezar o jogo. Havia cobertura total, participando dele ou não. Eu planejava a maioria dos meus casos durante as férias, longe de Oxford, já que o novo período significava que poderia convenientemente abandonar a cena do crime. Algumas vezes, havia umas poucas semanas tediosas de troca de cartas, mas eu logo deixava o meu coração solitário de lado, "assumia a responsabilidade com todo o meu ser" e mostrava, no lugar, uma máscara chesterfieldiana. Tornei-me quase tão caprichoso em encerrar meus relacionamentos quanto era ao lhes dar início.

Isso pode soar, e era, calculado, mas a causa era menos uma frieza intrínseca do que minha crença narcisista na importância desse estilo de vida. Confundia a sensação de alívio, sempre suscitada ao abandonar uma garota, com um amor pela liberdade. Talvez a única coisa a meu favor era que eu mentia muito pouco; sempre tomei cuidado para fazer com que a vítima atual entendesse, antes que tirasse as roupas, a diferença entre uma transa e um casamento.

Mas então, na Ânglia Oriental, as coisas se complicaram. Comecei a sair com a filha de um dos professores mais velhos. Era bonita de um jeito bem inglês, odiava a vida provinciana tanto quanto eu, e pareceu-me um tanto intensa, mas demorei a perceber que ela era intensa por um motivo: queria que eu me casasse com ela. Comecei a sentir náuseas só de pensar que uma mera necessidade física ameaçasse desvirtuar a minha vida. Houve inclusive uma ou duas noites em que me senti disposto a me render a Janet, uma garota fundamentalmente boba que eu sabia que não amava e jamais amaria. Nossa cena de despedida, uma noite inteira infinitamente amarga de choros e resmungos no carro diante do mar de julho, me assombrou. Por sorte, eu sabia, e ela sabia que eu sabia, que ela não estava grávida. Cheguei em Londres com a firme determinação de me afastar das mulheres por algum tempo.

O apartamento embaixo do que eu alugava na Russell Square passou quase todo o mês de agosto vazio, mas então certo domingo escutei passos, portas batendo e música. Na segunda-feira, passei por duas garotas desinteressantes paradas na escada; ouvi sua conversa, seus sotaques que transformavam os sons de "a" em "e", enquanto descia os degraus. Eram australianas. E eis que chegou a noite do dia em que fui almoçar com a senhorita Spencer-Haigh; uma sexta-feira.

Lá pelas seis, alguém bateu à porta, e a mais atarracada das garotas que eu havia visto estava ali parada.

"Ah, oi. Sou a Margaret. Do andar debaixo." Apertei sua mão estendida. "Prazer em conhecer. Olha, uns amigos vêm beber com a gente. Não quer vir?"

"Ah, bem, na verdade..."

"Vai ficar meio barulhento aqui em cima."

Era o clássico: um convite para matar as reclamações. Hesitei, então dei de ombros.

"Sem problema. Obrigado."

"Ah, que bom. Oito horas?" Ela começou a descer as escadas, mas me chamou de lá: "Quer trazer sua namorada?".

"No momento estou solteiro."

"A gente dá um jeito nisso. Tchau."

E ela se foi. Então desejei ter recusado o convite.

Desci assim que ouvi que bastante gente já estava lá. A essa altura, eu esperava, as feias — sempre chegam antes — já teriam se resolvido. A porta estava aberta. Passei por um pequeno hall de entrada e parei na porta que dava à sala de estar, segurando minha garrafa de burgundy argelino, pronto para me apresentar. Tentei encontrar na sala cheia de gente uma das duas garotas que eu tinha visto antes. Vozes australianas em alto volume; um homem de kilt e muitos caribenhos. Não parecia o meu tipo de festa, e eu estava a cinco segundos de sair sorrateiramente. Então alguém chegou e parou no hall atrás de mim.

Era uma garota mais ou menos da minha idade, carregando uma mala pesada, com uma pequena mochila nos ombros. Vestia uma capa pesada, esbranquiçada, vincada e surrada de viagem, e tinha o tipo de pele bronzeada que apenas algumas semanas sob o sol escaldante podem oferecer. Seus cabelos longos não eram exatamente louros, mas descoloridos até quase acertarem na cor. Era estranho, pois aquele corte de eriçado seguia a moda: garotas que parecem garotos, não garotas que parecem garotas; e havia algo de alemã ou de dinamarquesa — quase como uma criança desamparada, porém de um jeito perverso ou imoral. Ela se afastou da porta aberta e acenou para mim. Seu sorriso foi muito tênue, muito insincero e muito breve.

"Você podia chamar a Maggie?"

"Margaret?"

Ela fez que sim. Abri caminho pela sala lotada e, enfim, consegui encontrá-la na cozinha.

"Olha só! Você veio."

"Alguém lá fora quer falar com você. Uma garota com uma mala."

"Ah, não!" Margaret se virou para a mulher atrás dela. Senti que era um problema. Ela hesitou, depois deixou de lado o litro de cerveja que estava abrindo. Segui seus ombros roliços através da multidão.

"Alison! Você disse semana que vem."

"Perdi todo meu dinheiro." A desamparada olhou a garota mais velha de um jeito ambíguo, meio culpado e meio cauteloso. "Pete voltou?"

"Não." A voz baixou de tom, como uma advertência. "Mas Charlie e Bill, sim."

"Ah, *merde*." Ela parecia indignada. "Eu *preciso* de um banho."

"Charlie encheu a banheira de gelo para deixar a cerveja. Está lotada até a borda."

A garota bronzeada lamentou. Eu aproveitei a deixa.

"Pode usar a minha. No andar de cima."

"É? Alison, este é o..."

"Nicholas."

"Você se importa? Acabei de chegar de Paris." Reparei que ela tinha duas vozes: uma quase australiana, outra quase inglesa.

"Claro. Vou abrir para você."

"Preciso pegar algumas coisas antes." Assim que ela entrou no quarto, alguém gritou.

"Ei, Allie! Por onde você andou, garota?"

Dois ou três australianos se juntaram em volta dela. Ela deu beijinhos breves neles todos. Em questão de um minuto, Margaret, uma daquelas garotas gordas que tomam conta das magras, os empurrou. Alison reapareceu com as roupas que queria, e nós subimos.

"Ai, minha nossa", ela disse. "Australianos."

"Por onde você andou?"

"Vários lugares. França. Espanha."

Entramos no apartamento.

"Só vou tirar as aranhas da banheira. Pegue algo para beber. Ali."

Quando voltei, ela estava de pé, segurando um copo de *scotch*. Ela sorriu de novo, mas era forçado; fechou o sorriso quase que imediatamente. Eu a ajudei a tirar a capa. Ela usava um perfume francês tão sombrio que era quase carbólico, e sua blusa florida estava suja.

"Você mora lá embaixo?"

"Ahã. Divido."

Ela ergueu o copo num brinde silencioso. Tinha olhos cinzentos e ingênuos, as únicas coisas inocentes num rosto corrupto, como se as circunstâncias, não a natureza, a obrigassem a ser durona. Para se defender e, ao mesmo tempo, parecer precisar ser defendida. Sua voz, apenas levemente australiana, ainda não muito inglesa, oscilava entre a aspereza, um leve ranço nasal e uma estranha franqueza maliciosa. Ela era bizarra, uma espécie de oxímoro humano.

"Você está sozinho? Na festa?"

"Sim."

"Gostaria de me fazer companhia esta noite?"

"Claro."

"Você volta daqui vinte minutos?"

"Eu espero."

"Eu prefiro que você volte."

Trocamos sorrisos cautelosos. Voltei à festa.

Margaret veio abrir. Acho que tinha ficado esperando. "Tenho uma linda garota inglesa ansiosa para conhecer você, Nicholas."

"Receio que sua amiga tenha chegado primeiro."

Ela me encarou, olhou ao redor, depois fez sinal para que eu a seguisse de volta ao hall. "Escute, é um pouco difícil de explicar, mas... Alison está noiva do meu irmão. Alguns amigos dele estão aqui hoje à noite."

"E daí?"

"Ela andou bem confusa."

"Ainda não entendo."

"Eu só não quero confusão. Já passamos por isso antes." Não esbocei nenhuma reação. "Algumas pessoas sentem ciúmes pelas outras?"

"Não vou fazer nada."

Alguém a chamou de lá de dentro. Ela tentou confiar em mim, mas não conseguiu, e pelo visto decidiu que não podia fazer nada a respeito. "Está bem. Mas você entendeu o que estou dizendo?"

"Completamente."

Ela me deu um olhar de veterana, assentiu, não muito satisfeita, e foi embora. Esperei por cerca de vinte minutos, perto da porta, depois saí discretamente e subi para o meu próprio apartamento. Toquei a campainha. Houve uma longa pausa, então uma voz veio de trás da porta.

"Quem é?"

"Vinte minutos."

A porta se abriu. Seus cabelos estavam presos em um coque, seu corpo enrolado numa toalha; ombros muito morenos, pernas muito morenas. Ela voltou rapidamente para o banheiro. A água gorgolejava ao descer pelo ralo. Gritei para ela do outro lado da porta.

"Me alertaram sobre você."

"Maggie?"

"Ela diz que não quer confusão."

"Vaca maldita. Ela é minha cunhada em potencial."

"Estou sabendo."

"Estudando sociologia. Universidade de Londres." Houve uma pausa. "Não é uma loucura? Você vai embora e acha que as pessoas vão mudar, mas continuam as mesmas."

"O que isso quer dizer?"

"Espera um minuto."

Esperei vários. Mas então a porta se abriu e ela entrou na sala de estar. Estava com um vestido branco bem simples, e os cabelos soltos de novo. Não usava maquiagem, e parecia dez vezes mais bonita.

Ela me deu um sorriso mordiscando os lábios. "Estou aprovada?"

"A bela do baile." Seu olhar foi tão direto que eu fiquei desconcertado. "Descemos?"

"Só um dedinho?"

Enchi seu copo outra vez, e com bem mais do que só um dedinho. Vendo o uísque cair, ela disse: "Não sei por que estou com medo. Por que estou com medo?".

"Do quê?"

"Sei lá. Da Maggie. Dos rapazes. Os velhos soldados."

"Essa confusão?"

"Ai, meu Deus. Foi *tão* idiota. Tinha esse garoto israelense, estávamos só dando uns beijos. Era uma festa. Só isso. Mas Charlie contou para Pete, e eles partiram pra briga, e... meu Deus. Você sabe. Machões."

Lá embaixo eu a perdi por um instante. Formou-se um grupo ao seu redor. Fui pegar uma bebida e passei para ela por cima do ombro de alguém; conversas sobre Cannes, sobre Collioure e Valência. Do quarto dos fundos, começamos a ouvir jazz, e fui até a porta ver. Do lado de fora da janela, depois das pessoas dançando na penumbra, havia árvores sombrias e um céu de âmbar pálido. Veio-me uma sensação de alienação em relação a todos ao meu redor. Uma garota de óculos, olhos míopes num rosto meigo e insípido, uma dessas criaturas intelectuais e sensíveis que nasceram para servirem de presas e serem exploradas por picaretas, dava um sorrisinho tímido do outro lado da sala. Estava sozinha, e eu imaginei que devia ser a "linda garota inglesa" que Margaret tinha escolhido para mim. Seu batom era vermelho demais; e ela, tão comum quanto um pardal. Eu me afastei dela como me afastaria da beira de um penhasco, e fui me sentar no chão perto de uma estante. Ali fingi ler um livro de bolso.

Alison se ajoelhou do meu lado. "Estou bêbada. Esse uísque. Ei, experimenta isso aqui." Era gim. Ela se sentou atravessada, eu balancei a cabeça. Pensei naquela garota inglesa de rosto branquelo com os lábios borrados de vermelho. Pelo menos esta aqui estava viva; vulgar, mas viva.

"Estou feliz que você tenha voltado esta noite."

Ela tomou um gole do gim e me deu um olhar desconfiado.

Tentei outra vez: "Já leu isso aqui?".

"Vamos parar com a enrolação. Dane-se a literatura. Você é inteligente e eu sou bonita. Agora vamos falar sobre quem somos de verdade."

Os olhos cinzentos me provocaram, ou tentaram.

"Pete?"

"É um piloto." Ela mencionou uma famosa companhia aérea. "Moramos juntos. Entre idas e vindas. É isso."

"Ah."

"Ele está fazendo pós-graduação. Nos Estados Unidos." Ela olhou fixamente para o chão, por um instante, uma garota diferente, mais séria. "Noiva é papo da Maggie. Não somos noivos." Ela me olhou de relance. "Somos livres."

Não ficou claro se ela estava falando sobre o noivo dela ou a meu respeito; ou se liberdade era sua pose ou sua verdade.

"O que você faz?"

"Coisas. Recepção, principalmente."

"Hotéis?"

"Tudo." Ela enrugou o nariz. "Me candidatei a um novo emprego. Aeromoça. Foi por isso que saí para dar um trato no meu francês e no meu espanhol nas últimas semanas."

"Posso convidá-la para sair amanhã?"

Um australiano grandalhão, na casa dos trinta, entrou na sala e se inclinou sobre o batente da porta do outro lado. "Ah, Charlie", ela gritou, "ele só me deixou usar o banheiro. Não é nada."

Charlie acenou devagar com a cabeça, depois ergueu um dedo atarracado num gesto de repreensão. Empurrou o corpo para se levantar e saiu cambaleando.

"Encantador."

Ela virou a mão e fitou sua palma.

"Por acaso, você já passou dois anos e meio num campo de prisioneiros japonês?"

"Não. Por quê?"

"Charlie passou."

"Coitado do Charlie."

Fez-se um silêncio.

"Australianos são grossos, e ingleses são pedantes."

"Se você..."

"Eu tiro sarro dele porque está apaixonado por mim, e ele gosta. Mas ninguém tira sarro dele. Não se eu estiver por perto."

Fez-se um novo silêncio.

"Desculpa."

"Tudo bem."

"Sobre amanhã."

"Não. Sobre você."

Gradualmente, apesar de estar ofendido de ter que ouvir uma palestra sobre a arte de não ser condescendente, ela me fez falar de mim. Conseguiu isso fazendo perguntas diretas, e ignorando as respostas evasivas. Comecei a falar sobre como era ser filho de brigadeiro, sobre solidão, e dessa vez não foi para me glamourizar, mas simplesmente me explicar. Descobri duas coisas a respeito de Alison: que por trás do seu jeito direto, ela era dona de uma lábia incrível, uma domadora de homens, uma diplomata sexual, e que seu poder de atração se baseava tanto em sua sinceridade quanto em ter um corpo bonito, um rosto interessante, e estar ciente disso. Tinha uma habilidade nada inglesa de alternar alguma verdade, alguma seriedade, algum repentino surto de interesse. Calei-me. Sabia que ela estava me observando. Depois de um tempo, olhei para ela. Tinha uma expressão tímida, pensativa; uma nova personalidade.

"Alison, gostei de você."

"Acho que gostei de você. Você tem uma boca bem bonitinha. Para um pedante."

"Você é a primeira garota australiana que eu conheço."

"Pobre plebeu."

Todas as luzes, exceto uma bem fraquinha, tinham sido apagadas fazia tempo, e havia os típicos casais entregues, espalhados sobre os móveis e pelo chão. A festa se dividira em pares. Maggie pelo visto desaparecera, e Charlie dormia profundamente no chão do quarto. Nós dançamos. Começamos pertinho e nos aproximamos mais. Beijei seus cabelos, e aí o seu pescoço, e ela apertou minha mão, e eu me aproximei ainda mais.

"Vamos lá para cima?"

"Vai você primeiro. Chego em um minuto." Ela saiu sorrateira, e fui para o meu apartamento. Dez minutos se passaram, e então ela estava na entrada, com um sorriso levemente apreensivo no rosto. Ficou lá parada com seu vestido branco, pequena, inocente-corrupta, grossa-simpática, uma novata experiente.

Ela entrou, eu bati a porta, e ficamos nos beijando por um minuto, dois minutos, encostados na porta no escuro. Ouvimos passos lá fora, e duas batidas apressadas. Alison tapou minha boca. Mais uma série de batidas; e depois outra. Hesitação, pulsações cardíacas. Os passos foram embora.

"Vem cá", ela disse. "Vem cá, vem cá."

John Fowles

O Mago

4

Era bem tarde na manhã seguinte quando acordei. Ela continuava dormindo, com as costas nuas e bronzeadas viradas para mim. Fui fazer um café e o levei até o quarto. Ela já havia acordado então, e me encarava por baixo dos lençóis. Foi um olhar longo e apático, que rejeitou o meu sorriso e terminou abruptamente com ela se virando e se escondendo embaixo da roupa de cama. Sentei-me ao seu lado e tentei descobrir, de maneira um tanto amadora, qual era o problema, mas ela manteve o lençol esticado sobre a cabeça; então desisti das carícias e de falar bobagens, e voltei para o meu café. Após um tempo, ela se sentou e pediu um cigarro. E depois, para eu lhe emprestar uma camiseta. Não me olhava nos olhos. Pegou a camiseta, foi até o banheiro, e me afastou balançando os cabelos quando voltou para a cama. Eu me sentei ao pé da cama e a observei tomar café.
"O que foi?"
"Você sabe com quantos homens eu dormi nos últimos dois meses?"
"Cinquenta?"
Ela não sorriu.
"Se tivesse dormido com cinquenta homens, eu seria apenas uma profissional honesta."
"Quer mais café?"
"Meia hora depois de te ver ontem à noite pensei: se eu fosse bem vadia mesmo, levava esse para a cama."
"Muito obrigado."
"Entendi o seu tipo pelo seu jeito de falar."
"Entendeu o quê?"
"Você é do tipo *affaire de peau*."*

---

* Literalmente, "caso de pele", relação amorosa apenas física. [NT]

"Que ridículo."
Um silêncio.
"Eu estava de porre", ela disse. "Tão cansada." Ela me encarou por algum tempo, depois sacudiu a cabeça e fechou os olhos. "Desculpa. Você é incrível. Você foi incrível mesmo na cama. Só que: e agora?"
"Não estou acostumado com isso."
"Eu estou."
"Não é um crime. Você só está provando que não pode se casar com esse sujeito."
"Tenho 23 anos. Quantos anos você tem?"
"Vinte e cinco."
"Você não começa a perceber coisas a respeito de si mesmo que sabe que são quem você é? Que vão ser quem você é para sempre? É isso o que sinto. Que vou ser uma puta australiana para sempre."
"Por favor."
"Vou te dizer o que o Pete está fazendo agora mesmo. Você sabe, ele escreve e me conta: 'Fui passear na sexta-feira com uma pessoa e nós fizemos *wuzzamaroo*'."
"O que isso quer dizer?"
"Quer dizer 'e você durma com quem você quiser, também.'" Ela olhou pela janela. "Nós moramos juntos, a primavera inteira. Você sabe, nos damos bem, somos como irmão e irmã quando estamos fora da cama." Ela me olhou de soslaio através da fumaça do cigarro. "Você não imagina o que é acordar com um homem que você nem conhecia vinte quatro horas atrás. É como perder algo. Não apenas o que todas as garotas perdem."
"Ou talvez ganhar algo."
"Meu Deus, o que nós ganhamos? Me diz."
"Experiência. Prazer."
"Já disse que eu adoro a sua boca?"
"Várias vezes."
Ela apagou o cigarro e relaxou a postura.
"Sabe por que tentei chorar agora mesmo? Porque vou me casar com ele. Assim que ele voltar, vou me casar com ele. Ele é tudo que eu mereço." Ela apoiou as costas contra a parede, usando aquela camiseta larga demais para ela, um rapazote afeminado com uma expressão magoada, me encarando, encarando minha roupa de cama, em nosso silêncio.
"É só uma fase. Você está infeliz."
"Fico infeliz quando paro e penso. Quando acordo e vejo quem eu sou."

"Milhares de garotas fazem o mesmo."

"Não sou milhares de garotas. Eu sou eu." Ela tirou a camiseta e voltou a se cobrir com o lençol. "Qual é seu nome de verdade? Seu sobrenome?"

"Urfe. u, r, f, e."

"O meu é Kelly. Seu pai foi um brigadeiro de verdade?"

"É. Foi."

Ela bateu uma continência tímida de brincadeira, e então esticou um braço bronzeado. Eu me aproximei dela.

"Você acha que eu sou uma vagabunda?"

Talvez ali, enquanto olhava para ela, tão de perto, eu tivesse uma escolha. Poderia ter dito o que estava pensando: sim, você é uma vagabunda, pior ainda, você explora sua vagabundice, e eu quem dera eu tivesse seguido o conselho da sua futura cunhada. Talvez se estivesse mais longe dela, no outro lado do quarto, eu poderia ter sido decisivamente brutal. Mas aqueles olhos cinzentos, pidões, sempre honestos, implorando para que eu não mentisse, me fizeram mentir.

"Eu gostei de você. Muito, de verdade."

"Volta para a cama e me abraça. Nada mais. Só me abraça." Eu voltei para a cama e a abracei. Então, pela primeira vez na minha vida, fiz amor com uma mulher aos prantos.

Ela ficou aos prantos mais de uma vez, naquele primeiro sábado. Desceu para ver a Maggie perto das cinco e voltou com os olhos vermelhos. Maggie a mandou embora. Meia hora depois, foi a vez de Ann subir, a outra garota do apartamento, uma daquelas mulheres infelizes cujos rostos são totalmente inexpressivos, das narinas até o queixo. Maggie tinha saído e queria que Alison buscasse suas coisas. Então descemos e trouxemos as coisas dela para cima. Conversei com Ann. Em seu jeito quieto e um tanto afetado, ela demonstrou mais solidariedade com Alison do que eu esperava; Maggie evidente e agressivamente se fazia de cega para os erros do irmão.

Durante dias, com medo de Maggie, que por algum motivo se erguia em sua cabeça como um odioso e maciço, porém ainda potente, monolito da virtude australiana sobre o charco maldito da decadência inglesa, Alison não saiu de casa, exceto à noite. Eu saía para comprar comida, e nós conversávamos e dormíamos e transávamos e dançávamos e cozinhávamos refeições a qualquer momento, *sous les toits*, tão afastados do tempo normal quanto do tedioso mundo londrino do lado de fora das janelas.

Alison era sempre feminina; nunca, como tantas garotas inglesas, traía o seu gênero. Não era linda, com muita frequência sequer era bonitinha. No entanto, tinha uma silhueta magricela que estava em voga, meio de moleque, um senso de moda contemporâneo, um jeito consciente de caminhar, e a soma era extraordinariamente maior do que suas partes. Eu podia estar sentado no carro e olhando enquanto ela caminhava pela rua na minha direção e então ela faria uma pausa e atravessaria a rua; e estaria maravilhosa. Mas quando estava perto, ao meu lado, muitas vezes parecia haver algo um tanto superficial, um quê de criança mimada, em sua aparência. Mesmo perto dela, eu sempre me surpreendia. Ela ficava feia num instante, e então, algum movimento, expressão, ângulo do rosto, tornava a feiura uma impossibilidade.

Quando saía, costumava usar muita sombra nos olhos, o que combinava com o bico emburrado que às vezes fazia com a boca para ficar com um aspecto de quem havia se machucado; um aspecto que sutilmente dava vontade de machucá-la um pouco mais. Os homens estavam sempre de olho nela, na rua, nos restaurantes, nos bares; e ela sabia. Eu costumava vê-los seguindo-a com os olhos quando passava. Era uma dessas belezas raras, mesmo entre outras mulheres bonitas — uma dessas mulheres que nasceram com uma aura natural de sexualidade: em suas vidas, o que conta será sempre as suas relações com os homens, como os homens reagem. Mesmo os mais dóceis percebiam isso.

Havia uma Alison mais simples, sem rímel. Não mostrara o seu comportamento mais típico de si, ao menos não naquelas primeiras doze horas; mas ainda assim era sempre um tanto imprevisível, ambígua. Nunca dava para saber quando sua persona mais sofisticada e cheia de cicatrizes iria reaparecer. Ela se entregava violentamente; depois soltava um bocejo no momento mais inoportuno. Era capaz de passar um dia inteiro limpando o apartamento, cozinhando, passando roupa, e então os próximos três ou quatro como uma boêmia deitada no chão em frente à lareira, lendo *Rei Lear*, revistas femininas, uma história de detetive, Hemingway — não tudo ao mesmo tempo, mas pedacinhos de cada durante uma mesma tarde. Gostava de fazer coisas, e só depois encontrar uma razão para o que fazia.

Um dia ela voltou para casa com uma caríssima caneta tinteiro.

"Para o *monsieur*."

"Não precisava."

"Sem problema. É roubada."

"Roubada!"

"Eu roubo tudo. Não percebeu?"
"Tudo!"
"Nunca roubo de lojinhas. Apenas das grandes lojas. Elas pedem. Não fique tão chocado."

"Não estou." Mas eu estava. Fiquei segurando a caneta com cautela. Ela abriu um sorriso malicioso.

"É só um hobby."

"Seis meses na prisão de Holloway não teria lá muita graça."

Ela acabara de se servir um uísque. "*Santé*. Odeio lojas de departamento. E não apenas os capitalistas. Capitalistas britânicos. Dois coelhos com um furto só. Ah, qual é, relaxa, sorria." Ela pôs a caneta no meu bolso. "Pronto. Agora você é um *cassowary*, a avestruz australiana, que bica na garganta."

"Preciso de um *scotch*."

Com a garrafa em mãos, lembrei-me de que Alison também a havia "comprado". Olhei para ela. Ela fez que sim.

Estava ao meu lado enquanto eu me servia. "Nicholas, você sabe por que leva as *coisas* tão a sério? Porque também se leva muito a sério." Ela me deu um sorrisinho esquisito, meio carinhoso, meio de zombaria, e se afastou para descascar batatas. E eu sabia que, de alguma maneira obscura, eu a havia ofendido; e a mim também.

Uma noite eu a ouvi dizer um nome enquanto dormia.

"Quem é Michel?", perguntei na manhã seguinte.

"Alguém que eu quero esquecer."

Mas ela falava sobre tudo mais; sobre sua mãe nascida na Inglaterra, refinada, porém dominadora; sobre o pai, um chefe de estação que morrera de câncer fazia quatro anos.

"É por isso que eu tenho esse sotaque amalucado, nem cá nem lá. São a minha mãe e o meu pai reencenando suas batalhas toda vez que abro a boca. Imagino que é por isso que eu odeio a Austrália e amo a Austrália, e que eu jamais poderia ser feliz lá e, ao mesmo tempo, morro de saudades de casa. Isso faz algum sentido?"

Ela sempre me perguntava se estava fazendo sentido.

"Fui visitar minha antiga família no País de Gales. O irmão da minha mãe. Minha nossa. Faz até um canguru chorar."

Mas ela me achava muito inglês, muito fascinante. Em parte, porque eu era "culto", uma palavra que ela usava com frequência. Pete sempre a "cutucava" quando iam a galerias ou concertos. Ela o imitou dizendo: "O que está acontecendo com a biriteira?".

Um dia ela disse: "Você não imagina como o Pete é um amor. Quando não é um babaca. Sempre sei o que ele quer, sempre sei o que ele pensa, e o que ele quer dizer quando diz alguma coisa. E com você, não sei nada. Eu te ofendo e não sei por quê. Eu te agrado e não sei por quê. É porque você é inglês. Você jamais entenderia".

Ela tinha concluído o segundo grau na Austrália, e chegou a cursar um ano de línguas na Universidade de Sidney. Mas então conheceu Pete, e aí "ficou complicado". Fez um aborto e foi para a Inglaterra.

"Ele te obrigou a abortar?"

Ela estava sentada nos meus joelhos.

"Ele nem ficou sabendo."

"Nem ficou sabendo!"

"Podia ser de outro. Eu não tinha certeza."

"Pobrezinha."

"Eu sabia que, se fosse do Pete, ele não ia querer. Então."

"Você não estava..."

"Eu não queria ter bebê. Atrapalharia tudo." Mas ela complementou, de uma maneira mais gentil, "Eu estava, sim".

"Ainda está?"

Um silêncio, um pequeno dar de ombros.

"Às vezes."

Não conseguia ver seu rosto. Sentamo-nos em silêncio, próximos e calorosos, mas ambos cientes de que estávamos próximos e cientes e constrangidos pelo que ficava implícito nessa conversa a respeito de filhos. Em nossa idade, não é o sexo que causa terror ao aparecer sem ser chamado, mas sim o amor.

Uma noite fomos ver o velho filme de Michel Carné, *Quai des Brumes.* Ela estava chorando quando saímos e começou a chorar de novo na cama. Ela sentia minha desaprovação.

"Você não é como eu. Não consegue sentir o que eu sinto."

"Consigo sentir, sim."

"Não, não consegue. Você simplesmente escolhe não sentir ou algo assim, e está tudo bem."

"Não está tudo bem. Só não é tão ruim assim."

"Aquele filme me fez sentir o que eu sinto a respeito de tudo. Nada faz sentido. Você tenta e tenta ser feliz e então alguma coisa acontece por acaso e tudo termina. É porque não acreditamos na vida após a morte."

"Não é que não acreditamos. Não conseguimos acreditar."

"Toda vez que você sai e eu não estou com você, acho que você vai morrer. Penso em morrer todos os dias. Toda vez que estou com você, penso que é um soco na cara da morte. Sabe, é quando você tem muito dinheiro e as lojas vão fechar dentro de uma hora. É doentio, mas você tem que gastar. Isso faz sentido?"
"Claro. A bomba."
Ela se deita, fumando.
"Não é a bomba. Somos nós."

Ela não engoliu o meu papinho do coração solitário; tinha faro para chantagens emocionais. Achava que seria ótimo estar totalmente sozinha no mundo, não ter laços familiares. Quando um dia eu estava falando no carro sobre não ter nenhum amigo próximo — usando minha metáfora favorita: a jaula de vidro que há entre mim e o resto do mundo — ela simplesmente deu risada. "Você gosta", ela disse. "Você se diz isolado, rapaz, mas acha mesmo que é diferente." Ela rompeu meu silêncio magoado ao dizer, bem atrasada: "Você é diferente".
"E isolado."
Ela deu de ombros. "Case com alguém. Case comigo."
Disse isso como se sugerisse que eu tomasse uma aspirina para dor de cabeça. Eu mantive meus olhos na estrada.
"Você vai se casar com o Pete."
"E você não iria querer casar comigo, porque sou uma puta e sou das colônias."
"Preferia que você não usasse essa palavra."
"E porque você prefere eu não use essa palavra."
Sempre nos afastávamos desse precipício que era o futuro. Conversávamos sobre *um* futuro, morarmos num chalé, onde eu poderia escrever, comprarmos um jipe e atravessarmos a Austrália. "Quando a gente for para Alice Springs..." se tornara uma piada interna — uma terra do nunca jamais.
Os dias se confundiam e derretiam uns nos outros. Eu sabia que esse caso era diferente de todos os outros que tivera. Além de qualquer outra diferença, era muito mais feliz, fisicamente. Fora da cama, eu sentia que estava lhe ensinando, anglicizando seu sotaque, polindo suas arestas, seus provincianismos; na cama era ela quem me ensinava. Sabíamos dessa reciprocidade, mas, talvez por sermos ambos filhos únicos, não conseguíamos analisá-la. Nós dois tínhamos algo a dar e algo a ganhar... e, ao mesmo tempo, um terreno físico em comum,

os mesmos apetites, os mesmos gostos, a mesma desinibição. Ela me ensinou outras coisas, além da arte do amor, mas isso é como eu pensava na época.

Recordo-me de um dia, quando estávamos em uma das salas da Tate. Alison se inclinava ligeiramente sobre mim, de mão dada, olhando um Renoir como uma criança chupando bala. Na hora senti como se fôssemos um só corpo, uma única pessoa, mesmo ali; que se ela desaparecesse, seria como se eu fosse perder metade de mim mesmo. Um sentimento terrível de morte, que qualquer um menos racional e autocentrado do que eu teria concluído simplesmente se tratar de amor. Eu achava que era desejo. Levei-a de carro logo para casa e rasguei suas roupas.

☆

Outro dia, na rua Jermyn, esbarramos em Billy Whyte, ex-aluno de Eton, que eu conheci muito bem nos tempos da faculdade Magdalen; ele tinha sido um dos Hommes Révoltés. Ele foi bastante simpático comigo, nem um pouco esnobe — mas trazia consigo, talvez a despeito de si mesmo, um ar inabalável de casta superior, de contato constante com as pessoas mais bem nascidas, daquele bom gosto impecável das classes altas em matéria de expressões faciais, roupas, vocabulário. Fomos a um restaurante de frutos do mar; ele ficara sabendo que as primeiras ostras da estação, vindas de Colchester, tinham acabado de chegar. Alison quase não participou da conversa, mas eu me vi constrangido pela sua presença, pelo seu sotaque, pela diferença entre ela e uma ou duas debutantes que estavam sentadas perto de nós. Ela nos deixou a sós por um instante enquanto Billy servia o resto de uma garrafa de Muscadet.

"Ótima garota, meu querido."

"Ah...", dei de ombros. "Você sabe."

"Atraente."

"Sai mais barato do que ligar o aquecimento central."

"Com certeza."

Mas eu sabia o que ele estava pensando.

Alison ficou muito calada depois que o deixamos. Estávamos dirigindo até Hampstead para assistir a um filme. Percebi o mau-humor em seu rosto.

"O que houve?"

"Às vezes vocês soam tão maldosos, seus ingleses riquinhos."

"Não sou riquinho. Sou classe média."

"Classe alta, média... meu Deus, quem se importa?"
Continuei dirigindo por um bom tempo antes de ela voltar a falar.
"Você me tratou como se eu não fizesse parte do seu mundinho."
"Não seja boba."
"Como se eu fosse o diabo de uma aborígene."
"Bobagem."
"Como se as minhas calças tivessem caído, ou algo assim."
"É tão difícil de explicar."
"Para mim, não, garotão. Para mim, não."

Um dia ela disse: "Tenho uma entrevista amanhã."
"Você quer ir?"
"Você quer que eu vá?"
"Não quer dizer nada. Você não precisa se decidir."
"Vai me fazer bem se me aceitarem. Só de saber que eu fui aceita."
Ela mudou de assunto; e eu bem que poderia ter me recusado a mudar de assunto. Mas não me recusei.

Então, no dia seguinte, também recebi uma carta, marcando uma entrevista. A da Alison aconteceu — ela achou que se saiu bem. Três dias depois, recebeu outra carta dizendo que fora aceita para o treinamento, e que começaria em dez dias.

Fiz minha prova diante de uma banca examinadora bastante formal. Ela me encontrou do lado de fora e saímos para um almoço constrangedor, como dois estranhos, num restaurante italiano. Seu rosto estava pálido, cansado, e suas bochechas pareciam caídas. Perguntei o que ela ficou fazendo enquanto eu estava fora.

"Escrevi uma carta."
"Para eles?"
"Sim."
"Dizendo?"
"O que você acha que eu disse?"
"Que você aceitou."

Houve uma pausa incômoda. Eu sabia o que ela queria que eu dissesse, mas não consegui dizê-lo. Eu me sentia como um sonâmbulo deve se sentir quando acorda no parapeito de um telhado. Não estava pronto para me casar, constituir família. Não me sentia psicologicamente próximo o suficiente dela; era algo que eu não conseguia definir, algo obscuro, monstruoso, que se interpunha entre nós dois, e essa coisa monstruosa e obscura emanava dela, não de mim.

"Alguns voos deles passam por Atenas. Se você estiver na Grécia, nós podemos nos encontrar. Talvez você fique em Londres. De qualquer maneira."
Começamos a planejar como viveríamos se eu não conseguisse o emprego na Grécia.

Mas eu consegui. Chegou uma carta dizendo que meu nome havia sido selecionado e enviado para o conselho do internato em Atenas. Era "quase uma mera formalidade". Esperavam-me na Grécia para o começo de outubro.
Mostrei a carta a Alison assim que subi as escadas de volta ao apartamento, e fiquei observando enquanto ela lia. Esperava sinais de arrependimento, mas não foi o que eu vi. Ela me beijou.
"Eu não disse?"
"Eu sei."
"Vamos comemorar. Vamos viajar para o interior."
Deixei que ela me guiasse. Ela não levou a sério, e fui covarde demais para parar e pensar por que estava secretamente magoado por ela não levar a sério. Então fomos ao interior, e quando voltamos fomos ver um filme e depois dançar no Soho; e ela continuava sem levar a sério. Mas então, mais tarde, depois de transarmos, não conseguimos dormir, e tivemos que levar a sério.
"Alison, o que eu vou fazer amanhã?"
"Você vai aceitar o convite."
"Você quer que eu aceite?"
"Isso de novo, não."
Estávamos deitados de costas, e eu vi que seus olhos estavam abertos. Em algum lugar lá embaixo, pequenas folhas diante de um poste de luz lançavam sombras nervosas em nosso teto.
"Se eu disser o que sinto por você, será que você..."
"Eu sei o que você sente."
E aí começou: um silêncio acusatório.
Eu me estiquei e toquei sua barriga nua. Ela empurrou minha mão, mas a segurou. "Você sente, eu sinto, de que adianta? O que importa é o que *nós* sentimos. O que você sente é o que eu sinto. Sou uma mulher."
Eu estava apavorado, e calculei como responder.
"Você se casaria comigo se eu pedisse?"
"Você não pode perguntar desse jeito."
"Eu me casaria com você amanhã se achasse que você precisa de mim de verdade. Ou se me quisesse."
"Ah, Nicko, Nicko." A chuva fustigava os vidros da janela. Ela pousou minha mão no espaço entre nós na cama. Houve um longo silêncio.

"Preciso ir embora desse país, só isso."
Não respondeu; mais silêncio. Então ela se pronunciou.
"Pete estará de volta a Londres semana que vem."
"O que ele vai fazer?"
"Não se preocupe. Ele sabe."
"Como você sabe que ele sabe?"
"Escrevi para ele."
"Ele respondeu?"
Ela suspirou. "Não temos mais nada."
"Você quer voltar para ele?"
Ela se apoiou no cotovelo e me fez virar a cabeça, para que nossos rostos ficassem muito próximos um do outro.
"Me peça para me casar com você."
"Quer se casar comigo?"
"Não." Ela se virou.
"Por que você fez uma coisa dessas?"
"Para tirar isso do caminho. Vou ser aeromoça, e você está indo para a Grécia. Está livre."
"E você está livre."
"Se isso te deixa mais feliz... estou livre."
A chuva veio em súbitas rajadas, atravessando as copas das árvores e atingindo as janelas e o telhado; uma chuva de primavera, fora de estação. O ar dentro do quarto parecia repleto de palavras não ditas, culpas não formuladas, um silêncio cruel, como nos momentos antes de uma ponte desabar. Deitamos lado a lado, sem nos tocar, efígies em um leito convertido em sepultura; terrivelmente amedrontados para darmos voz ao que realmente pensávamos. Por fim, ela se pronunciou, com uma voz que tentava parecer normal, mas que soou bruta.
"Não quero te magoar e, quanto mais eu... quero você, mais vou te magoar. E eu não quero que você me machuque e quanto mais você me evitar, mais você vai me machucar." Ela se levantou da cama por um instante. Quando voltou, disse: "Estamos decididos?".
"Imagino que sim."
Não dissemos mais nada. Logo depois, antes do que devia, a meu ver, ela pegou no sono.

De manhã, estava determinadamente alegre. Telefonei para o Conselho. Fui receber os parabéns e as instruções da srta. Spencer-Haigh, e a levei para um segundo e — rezei para que fosse — último almoço.

John Fowles
O Mago

5

O que Alison não devia saber — já que eu mesmo mal me dei conta disso — era que a estive traindo com outra mulher durante a metade final de setembro. Essa mulher era a Grécia. Mesmo se tivesse reprovado no exame, ainda assim teria ido para lá. Não estudei grego na escola, e meu conhecimento sobre a Grécia moderna começava e terminava com a morte de Byron em Mesolóngi. Mesmo assim, só precisei da semente da ideia sobre a Grécia, aquela manhã no British Council. Foi como se alguém chegasse com uma brilhante solução quando tudo parecia perdido. Grécia — por que nunca pensei nisso antes? Parecia tão bom: *"Vou para a Grécia."* Não conhecia ninguém que estivera por lá — isso foi muito antes dos novos persas, os turistas, a invadirem. Peguei todos os livros que consegui encontrar sobre o país. Fiquei surpreso por saber tão pouco a respeito. Li bastante e, como um rei medieval, me apaixonei pelo retrato muito antes de ver a realidade.

Pareceu quase algo secundário quando chegou a hora de partir, que eu quisesse escapar da Inglaterra. Pensava na Alison apenas em relação à minha viagem à Grécia. Nos dias em que eu a amava, pensava em estar com ela; nos dias em que não, então lá estava eu, sem ela. Alison não teve a menor chance.

Recebi um telegrama da diretoria da escola confirmando minha nomeação, e depois, pelos correios, um contrato para assinar e uma carta de boas-vindas escrita num inglês atroz, redigida pelo meu novo diretor. A senhorita Spencer-Haigh anotou o nome e o endereço em Nortúmbria de um homem que estivera na escola um ano antes. Não fora contratado através do British Council, por isso ela não sabia nada a respeito dele. Escrevi-lhe uma carta, mas não recebi resposta. Faltavam dez dias para eu partir.

As coisas começaram a ficar muito complicadas com a Alison. Precisei sair do apartamento na Russell Square e passamos três dias frustrantes procurando um lugar para ela morar. Acabamos encontrando um espaçoso estúdio na Baker Street. A mudança, o fechamento das caixas, nos irritou bastante. Eu não precisava viajar antes de 2 de outubro, mas Alison já tinha começado a trabalhar, e a necessidade de acordar cedo para trazer ordem em nossas vidas foi demais para nós. Tivemos duas brigas medonhas. A primeira foi ela quem começou e ela mesma atiçou, culminando num transbordamento de seu desprezo fervoroso pelos homens, e por mim em particular. Eu era um esnobe, um pedante, um Don Juan de araque — e por aí vai. No dia seguinte — ela se mantivera friamente calada durante o café da manhã — quando saí à noite para encontrá-la, ela não apareceu. Esperei por uma hora, e então fui para casa. Também não estava lá. Telefonei: nenhuma aeromoça estagiária estava fazendo serão. Esperei, ficando cada vez mais e mais nervoso, até às onze da noite, quando ela chegou. Foi até o banheiro, tirou o casaco, serviu o leite que sempre tomava antes de dormir, e não disse uma palavra.

"Por onde diabos você andou?"

"Não vou responder pergunta nenhuma."

Ela ficou parada em frente ao fogão no canto da cozinha. Insistira em alugar uma quitinete barata. Eu desprezava aquele quarto-sala-cozinha de um só cômodo; o banheiro compartilhado, a necessidade cochichar e sussurrar o tempo todo.

"Sei onde você estava."

"Não estou nem aí."

"Você estava com Pete."

"Certo. Eu estava com Pete." Ela me lançou um olhar furioso e sombrio. "E daí?"

"Podia ter esperado até quinta-feira."

"Por quê?"

Então, perdi a paciência. Joguei na cara dela tudo que conseguia lembrar que poderia magoá-la. Ela não disse nada, mas tirou a roupa, foi para cama e se deitou com o rosto voltado para a parede. Começou a chorar. No silêncio, continuei lembrando, com intenso alívio, de que em breve estaria livre daquilo tudo. Não que acreditasse em minhas próprias acusações; mas ainda a odiava por ter me obrigado a fazê-las. Por fim, sentei-me ao seu lado e vi as lágrimas escorrendo dos seus olhos inchados.

"Esperei horas por você."

"Fui ao cinema. Não me encontrei com Pete."

"Por que mentir sobre isso?"

"Porque você não confia em mim. Como se eu fosse fazer algo assim."

"Que jeitinho ordinário de terminar."

"Eu podia ter me matado hoje à noite. Se tivesse tido coragem, teria me jogado debaixo de um trem. Fiquei lá e pensei em me jogar."

"Vou pegar um uísque para você." Voltei com o copo e o entreguei para ela.

"Eu imploro, por Deus, vá morar com alguém. Não tem nenhuma outra aeromoça que..."

"Nunca mais vou morar com outra mulher."

"Você vai voltar com Pete?"

Ela me olhou irritada.

"Está tentando me dizer que eu não deveria?"

"Não."

Ela se encolheu novamente e olhou para a parede. Pela primeira vez, abriu um leve sorriso. O uísque estava começando a subir. "É como aqueles quadros de Hogarth. Amor *à la mode*. Cinco semanas depois."

"Somos amigos de novo?"

"Jamais seremos amigos de novo."

"Se não fosse por você, eu teria saído daqui esta noite."

"Se não fosse por você, eu não teria voltado."

Ela ergueu o copo, pedindo mais uísque. Beijei seu pulso e fui buscar a garrafa.

"Sabe o que eu pensei hoje?", ela disse do outro lado do quarto.

"Não."

"Que se eu me matasse, você ficaria contente. Poderia sair por aí dizendo: ela se matou por minha causa. Acho que é isso que sempre me afastou do suicídio. Não deixar que um babaca de merda como você recebesse o crédito."

"Não é justo."

"Então pensei que eu poderia me matar se escrevesse um bilhete antes explicando o motivo." Ela me olhou, ainda furiosa. "Olhe na minha bolsa. O bloquinho." Eu o peguei. "Olhe atrás."

Havia duas páginas rabiscadas com a letra dela.

"Quando você escreveu isso?"

"Leia."

> Não quero mais viver. Passei a maior parte da minha vida sem querer viver. O único lugar em que estou feliz é aqui, quando estou aprendendo e preciso pensar em outras coisas, ou lendo livros, ou no cinema. Ou na cama. Só sou feliz quando esqueço que existo. Quando apenas meus

olhos ou minha pele existem. Não me lembro de me sentir feliz há dois ou três anos. Desde o aborto. Tudo de que me lembro é de me obrigar às vezes a parecer feliz, de modo que se me visse de relance no espelho, eu seria capaz de me enganar por um minuto de que era feliz de verdade.

Havia mais duas frases fortemente rasuradas. Olhei bem nos seus olhos cinzentos.
"Você não pode estar falando sério."
"Escrevi hoje na pausa do café. Se soubesse como me matar em silêncio naquela cantina, eu teria me matado."
"Isso é... veja bem, histérico."
"Eu *sou* histérica." Ela quase gritou.
"E histriônica. Você escreveu para que eu visse."
Fez-se uma longa pausa. Ela manteve os olhos fechados.
"Não apenas para você *ver*."
E aí ela chorou de novo, mas dessa vez nos meus braços. Tentei argumentar com ela. Fiz promessas: adiaria minha viagem à Grécia, recusaria o emprego — uma centena de coisas que eu não tinha intenção de fazer e que ela sabia que eu não faria, mas que no final ela aceitou como um placebo.
De manhã, consegui convencê-la a ligar para o trabalho e dizer que não estava se sentindo bem, e passamos o dia fora da cidade.

Na manhã seguinte, faltando dois dias para eu partir, chegou um cartão postal com um carimbo da Nortúmbria. Era de Mitford, o sujeito que trabalhara em Phraxos, dizendo que estaria em Londres por alguns dias, caso eu quisesse encontrá-lo.
Telefonei para ele na quarta-feira no Clube do Exército e da Marinha e o convidei para um drinque. Ele era um ou dois anos mais velho que eu, bronzeado, com olhos azuis penetrantes numa cabeça estreita. Tinha um bigode escuro de jovem oficial, que ele não parava de cutucar, e vestia um blazer azul escuro, com uma gravata do exército. Exalava o ar de um militar à paisana; e quase imediatamente viramos guerrilheiros numa batalha de prestígio e desprestígio. Ele descera de paraquedas na Grécia durante a ocupação alemã, e era bem fluente com os Xans e os Paddys[*] e os nomes de batismo de todos os outros *condottieri* famosos daquela época.

---

[*] Alusão a Xan Fielding (1918-1991) e Patrick Leigh Fermor (1915-2011), dois autores britânicos que lutaram na Grécia durante a Segunda Guerra Mundial. [NT]

Ele se esforçara para adquirir a personalidade trina de um autêntico fileleno — cavalheiro, estudioso, bandido —, mas falava com um sotaque de segunda mão e com os curtos e esparsos maneirismos estudantis de um Visconde de Montgomery. Era dogmático, inflexível, perdido fora do campo de batalha. Consegui manter a compostura, com a ajuda de gins cor-de-rosa: contei-lhe que minha guerra consistira em dois anos de ardente espera pela desmobilização. Foi absurdo. Queria obter informações com ele, não sua antipatia, então no final confessei que era um simples filho de um oficial, e perguntei a ele como era a ilha.

Ele acenou para o bufê do bar onde estávamos. "Aquela é a ilha." Apontou com o seu cigarro. "É assim que os nativos a chamam." Ele disse algumas palavras em grego. "O pastel de forno. O formato, meu velho. O cume central. Ali está sua escola, e sua vila nesse canto. Todo o resto desse lado norte e todo o lado sul são desertos. Esse é o desenho da ilha."

"A escola?"

"A melhor da Grécia, na verdade."

"Disciplina?" Ele enrijeceu a mão, como se desse um golpe de caratê.

"Problemas de ensino?"

"O de sempre." Ele ajeitou seu bigode no espelho atrás do balcão; mencionou os nomes de dois ou três livros.

Perguntei a ele sobre a vida social fora da escola.

"Não existe. A ilha é bastante bonita, se você gosta desse tipo de coisa. Pássaros e abelhas, esse tipo de coisa."

"E a vila?"

Ele sorriu soturnamente. "Meu velho, sua vila grega não é como uma vila inglesa. A vida social é uma grande porcaria. Esposas dos diretores. Meia dúzia de oficiais. Ocasionais visitas de papai e mamãe." Ele ergueu o pescoço, como se seu colarinho estivesse muito apertado. Era um tique, fazia com que se sentisse poderoso. "Poucos casarões. Mas ficam abandonados uns dez meses por ano."

"Você não está exatamente me entusiasmando com o lugar."

"É afastado. Vamos admitir, é realmente remoto. E você vai perceber que as pessoas dos casarões são bastante enfadonhas, de qualquer maneira. Existe um sujeito que você não chamaria assim, mas eu não acredito que você vá encontrá-lo."

"Ah?"

"Na verdade, tivemos uma briga e eu disse na cara dele o que achava a seu respeito."

"O que foi que houve?"

"O desgraçado colaborou com os nazistas na guerra. Esse foi o motivo principal." Ele soltou fumaça. "Não... você vai ter que aturar os outros professores se quiser conversar."

"Eles falam inglês?"

"A maioria fala francês. Tem um grego que dará aula de inglês com você. Arrogante desgraçado. Deixei-o de olho roxo uma vez."

"Você realmente preparou o terreno para mim."

Ele riu. "Você tem que colocá-los no lugar deles, sabe?" Ele sentia que sua máscara tinha saído um pouco do lugar. "Os camponeses, especialmente os de Creta, são sal da terra. Gente muito boa. Acredite em mim. Eu sei."

Perguntei por que é que ele foi embora da ilha.

"Estou escrevendo um livro, na verdade. Experiências de guerra e coisas assim. Falando com meu editor."

Havia algo desolador a respeito dele; conseguia imaginá-lo correndo impetuoso como um escoteiro destrutivo, explodindo pontes e vestindo uniformes excêntricos; mas tendo que levar a vida nesse chatíssimo novo mundo assistencialista, como um fóssil crocodiliano. Ele prosseguiu, com pressa.

"Você vai mijar sangue de saudade da Inglaterra. Será pior para você, que não fala grego. E vai ter que beber. Todo mundo bebe. Não tem como não beber." Ele falou sobre *retsina* e *aretsinoto*, *raki* e *ouzo* — e então sobre mulheres. "As garotas em Atenas são totalmente fora de cogitação. A menos que você queira pegar sífilis."

"Alguma que preste na ilha?"

"Não, meu velho. São as mulheres mais feias do Egeu. E de qualquer maneira — são meninas de família. Qualquer gracinha com elas é altamente perigosa. Não recomendo. Vá procurar em outro lugar." Ele me deu um sorriso breve, com um olhar desavergonhado que cabia à ocasião.

Eu lhe dei carona de volta ao seu clube. Era uma tarde empoeirada e já escura, as pessoas, o trânsito, tudo acinzentado. Perguntei por que ele havia largado o exército.

"Ortodoxo demais, meu velho. Ainda mais em tempos de paz."

Imaginei que ele tivesse sido rejeitado na comissão permanente; havia nele uma certa instabilidade e uma selvageria obscura, por baixo dos maneirismos à mesa.

Chegamos aonde ele queria saltar.

"Acha que eu dou conta?"

Seu olhar foi indeciso. "Seja duro com eles. É o único jeito. Nunca deixe que te derrubem. Derrubaram o cara antes de mim, sabe... Não o conheci, mas parece que ele endoidou. Não conseguiu controlar os garotos."

Ele desceu do carro.

"Bem, boa sorte, meu velho." Ele sorriu. "E escute." Ele pousou a mão na trava da porta. "Cuidado com a sala de espera."

Bateu à porta de uma vez só, como se tivesse ensaiado para aquele momento. Eu a abri e me inclinei para falar com ele. "Com *o quê*?"

Ele se virou, mas apenas para me dar um aceno brusco de despedida. A multidão na Trafalgar Square o engoliu. Não consegui tirar o sorriso dele da cabeça. Escorria dele uma omissão; algo que ele resguardava, misteriosas últimas palavras. Sala de espera, sala de espera, sala de espera; aquilo ficou rondando minha cabeça à noite inteira.

John Fowles
O Mago

6

Fui buscar Alison e visitamos a oficina que iria vender o carro por mim. Eu havia lhe oferecido o carro tempos antes, mas ela recusou.

"Se ficasse com ele, sempre me lembraria de você."

"Então fique."

"Não quero pensar em você. E seria insuportável deixar outra pessoa sentar onde você está."

"Quer ficar com a grana que eu receber por ele? Não vai ser muito."

"Minha comissão?"

"Não seja boba."

"Não quero nada."

Mas eu sabia que ela queria uma lambreta. Podia ter deixado um cheque escrito "para uma lambreta" num cartão, e acho que ela o aceitaria, quando eu fosse embora.

Curioso como foi tranquila aquela última noite; como se eu já tivesse saído, e nós fôssemos dois fantasmas conversando um com o outro. Combinamos o que faríamos de manhã. Ela não queria ir e me ver partir — eu ia de trem — na estação Victoria; tomaríamos café da manhã como sempre e ela sairia, seria mais simples e honesto dessa maneira. Programamos nosso futuro. Assim que pudesse, ela tentaria ir para Atenas. Se fosse impossível, eu tentaria pegar um voo de volta à Inglaterra no Natal. Poderíamos nos encontrar em algum ponto no meio do caminho — Roma, Suíça.

"Alice Springs", ela disse.

À noite, deitamos acordados, um sabendo que o outro estava acordado, mas ambos com receio de conversar. Senti sua mão procurando a minha. Ficamos um tempo em silêncio. Então ela se pronunciou.

"E se eu dissesse que te espero?" Fiquei em silêncio. "Acho que conseguiria esperar. É o que eu quis dizer."

"Eu sei."

"Você está sempre dizendo 'eu sei'. Mas isso não é resposta."
"Eu sei." Ela beliscou minha mão. "Imagina se eu disser que sim, espere, daqui a um ano vou saber. E todo esse tempo você vai ficar esperando."
"Não me importaria."
"Mas é loucura. É como colocar uma garota num convento até estar pronto para se casar com ela. E então decidir que não quer se casar com ela. Temos que ser livres. Não temos escolha."
"Não fique chateado. Por favor, não fique chateado."
"Precisamos ver como as coisas vão andar."
Fez-se um silêncio.
"Estava pensando em voltar aqui amanhã à noite. Só isso."
"Eu vou escrever. Todos os dias."
"Sim."
"É um tipo de teste, na verdade. Veremos o quanto sentimos falta um do outro."
"Eu sei como é quando as pessoas vão embora. É uma semana de agonia, depois vem uma semana dolorosa, aí você começa a esquecer, e depois é como se nunca tivesse acontecido, como se tivesse acontecido com outra pessoa, e você começa a deixar para lá. Você diz, rapaz, é assim a vida, é assim que as coisas são. Coisas idiotas do tipo. Como se não tivesse realmente perdido algo para sempre."
"Não vou esquecer. Nunca vou esquecer."
"Você vai. E eu também."
"Precisamos seguir vivendo. Não importa o quanto isso seja triste."
Depois de um tempão, ela disse: "Acho que você não sabe o que é tristeza".

Acordamos atrasados de manhã. Programei o alarme para mais tarde de propósito, para apressar as coisas, sem deixar tempo para lágrimas. Alison tomou seu café da manhã de pé. Falamos sobre coisas absurdas; cancelar a entrega do leite, onde poderia estar um cartão da biblioteca que eu havia perdido. Então ela baixou a xícara do café, e ficamos parados em frente à porta. Vi seu rosto, como se ainda não fosse tarde demais, como se fosse tudo um pesadelo, seus olhos cinzentos procurando pelos meus, suas bochechas gordinhas. Havia lágrimas se formando nos seus olhos, e ela abriu a boca para dizer algo. Mas então se inclinou, desesperada e desajeitadamente, e me deu um beijo tão suave que mal senti sua boca; e acabou. Seu casaco de crina de camelo desapareceu escada abaixo. Não olhou para trás. Fui até a janela, e a vi atravessando com pressa a rua, o casaco esmaecido, seus cabelos cor-de-palha quase da mesma cor do casaco, um movimento de sua mão até a bolsa, ela assoando o nariz, nem uma única vez olhou para trás. Ela se pôs a correr. Eu abri a janela e me inclinei e a segui com o olhar até desaparecer na esquina no final da rua com a Marylebone Road. E nem ali, no finalzinho, ela olhou para trás.

Eu me voltei para o quarto, lavei a louça do café da manhã, fiz a cama; depois me sentei à mesa e escrevi um cheque de cinquenta libras, e um pequeno bilhete.

> Alison querida, por favor acredite que, se fosse para ser com alguém, teria sido com você; que eu estava de verdade muito mais triste do que poderia parecer, se não estivéssemos, nós dois, à beira da loucura. Por favor, use os brincos. Por favor, pegue esse dinheiro e compre uma lambreta e vá aonde costumávamos ir — ou faça o que quiser com ele. Por favor, cuide-se. Meu Deus, se eu ao menos merecesse que alguém me esperasse...
>
> NICHOLAS

Era para soar espontâneo, mas eu estava compondo há dias. Pus o cheque e o bilhete num envelope, e o deixei sobre a lareira com uma pequena caixa contendo um par de brincos de azeviche que vimos um dia num antiquário fechado. Então fiz a barba e saí para pegar um táxi.

A sensação que tive com maior nitidez, quando a primeira esquina foi dobrada, era a de que havia me safado; e com bem menos nitidez, porém com muito mais ódio, era a de que ela me amava mais do que eu a amava, e que consequentemente eu havia, de alguma maneira indefinível, vencido. Por isso, além do entusiasmo com a viagem rumo ao desconhecido, a sensação de mais uma vitória, tive uma agradável sensação de triunfo emocional. Um sentimento seco; mas eu gostava de coisas secas. Fui até a estação Victoria como um faminto vai até a um bom jantar após duas taças de Manzanilla. Comecei a cantarolar, e não era uma tentativa corajosa de esconder meu pesar, mas sim um desejo revoltantemente desimpedido de celebrar minha libertação.

John Fowles
O Mago

7

Quatro dias depois, eu estava parado no monte Himeto, admirando lá embaixo o grande complexo de Atenas-Pireu, cidades e subúrbios, casas derramadas como um milhão de dados sobre a planície ática. Ao sul, estendia-se o mar do mais puro azul do fim de verão, ilhas desbotadas de cor de pedra-pomes, e além delas, as serenas montanhas do Peloponeso se destacavam no horizonte num fluxo represado de terra e água. Sereno, soberbo, majestoso: procurei adjetivos menos usados, mas qualquer outra opção parecia insubstancial. Tinha uma vista de 130 quilômetros, e todos eles puros, todos nobres, luminosos, imensos, todos como sempre foram.

Era como uma jornada no espaço. Eu estava em Marte, com tomilho até os joelhos, sob um céu que parecia nunca ter conhecido poeira ou nuvens. Olhei para minhas pálidas mãos londrinas. Mesmo elas pareciam mudadas, repugnantemente alienígenas, coisas das quais eu deveria ter me livrado há tempos.

Quando aquela luz mediterrânea definitiva caiu sobre o mundo ao meu redor, pude ver como era de uma beleza suprema; mas assim que ela me tocou, senti que era uma luz hostil. Parecia corroer, não limpar. Era como estar presente no começo de um interrogatório sob os holofotes; já conseguia ver a mesa com alças através da porta entreaberta, meu antigo eu já começava a entender que não seria capaz de suportar. Era em parte o terror, o desapego do supérfluo, que existe no amor; porque fiquei completa e eternamente apaixonado pela paisagem grega desde o momento em que cheguei. Porém, junto com o amor veio um sentimento contraditório, quase irritante, de impotência e inferioridade, como se a Grécia fosse uma mulher de uma sensualidade tão provocante que eu precisava me apaixonar física e desesperadamente por ela, e ao mesmo tempo um ar aristocrata tão calmo que eu jamais conseguiria me aproximar dela.

Nenhum dos livros que eu lera explicava essa fascinação sinistra, essa qualidade circiana presente na Grécia; qualidade que a torna única. Na Inglaterra, vivemos numa relação bastante comedida, calma, domesticada, com o que sobrou de nossas paisagens naturais e sua luz boreal suave; na Grécia as paisagens e a luz são tão lindas, tão onipresentes, tão intensas, tão selvagens, que a relação é de um amor-ódio imediato, apaixonado. Levaria muitos meses para que eu compreendesse isso, e muitos anos para que o aceitasse.

Mais tarde naquele dia, eu estava parado em frente à janela do meu quarto, no hotel que o rapaz entediado que me recebera no British Council havia me indicado. Havia acabado de escrever uma carta a Alison, mas ela já parecia estar muito longe, não em distância, não em tempo, mas em alguma dimensão para a qual ainda não existe um nome. A realidade, talvez. Vi a Praça Sintagma, o ponto de encontro central de Atenas, aglomerações de pessoas passeando, camisetas brancas, óculos escuros, braços bronzeados de fora. Um murmúrio sibilante crescia em meio à multidão sentada às mesas dos cafés. Estava quente como num quente dia de julho na Inglaterra, e o céu continuava perfeitamente límpido. Ao me debruçar e olhar para o leste, podia ver o Himeto, onde havia estado naquela manhã, sua encosta voltada para um ocaso de um intenso rosa-violeta claro, como um ciclâmen. Em outra direção, sobre a aglomeração dos telhados, repousava a silhueta preta e imensa da Acrópole. Era exatamente como eu imaginava que seria, até demais. Mas eu estava tão contente e esperançosamente desorientado, tão feliz e vigilantemente sozinho, quanto Alice no País das Maravilhas.

Phraxos ficava a oito horas deslumbrantes de viagem de barco a vapor ao sul de Atenas, cerca de dez quilômetros do continente no Peloponeso e no centro de uma paisagem tão memorável quanto ela própria: ao norte e a oeste, um grande braço fixo de montanhas, em cuja dobra do cotovelo se encontrava a ilha; ao leste, um arquipélago distante, delicadamente montanhoso; ao sul, o suave deserto azul do Egeu se esticando em direção a Creta. Phraxos era linda. Não havia outro adjetivo; não era apenas bonita, pitoresca, charmosa — era simples e naturalmente linda. Tirou meu fôlego quando a vi pela primeira vez, flutuando abaixo de Vênus como uma majestosa e obscura baleia num mar noturno-ametista, e ainda tira o meu fôlego quando fecho meus olhos agora e me lembro dela. Sua beleza era rara mesmo no Egeu, porque suas colinas eram recobertas de pinheiros, pinheiros mediterrâneos leves como penas de verdelhão. Noventa por cento da ilha eram desabitados e sem plantações: nada além de pinheiros, enseadas, silêncio, mar. Arrebanhada num canto, ao noroeste, uma aglomeração espetacular de casas brancas-de-neve contornava um par de pequenos portos.

Mas havia duas monstruosidades, visíveis bem antes de chegarmos. Uma delas era um obeso hotel greco-eduardiano próximo a um dos dois portos, tão integrado a Phraxos quanto uma charrete londrina em um templo dórico. A outra, igualmente incompatível com a paisagem, ficava nos arredores da vila, e fazia os chalés à sua volta se encolherem: um prédio assustadoramente grande, com diversos andares de altura e, apesar de sua fachada de detalhes coríntios, semelhante a uma fábrica — uma semelhança mais do que simplesmente visual, como eu viria a descobrir.

Mas, com exceção da Escola Lord Byron, do Hotel Philadelphia e da vila, o corpo da ilha, em todos os seus cinquenta quilômetros quadrados, permanecia virgem. Havia alguns olivais prateados e alguns poucos lotes de terreno cultivado nas encostas íngremes do litoral norte, mas o restante era uma floresta primitiva de pinheiros. Não havia nenhuma relíquia da antiguidade. Os gregos antigos nunca gostaram muito do sabor de água de cisterna.

Essa falta de espelhos d'água também significava que não havia animais selvagens e mesmo os pássaros eram esparsos na ilha. Sua característica específica, longe da vila, era o silêncio. Nas montanhas, era possível se deparar, no inverno (no verão não havia pastagem), com um pastor e seu rebanho de cabras com guizos de bronze, ou uma camponesa curvada carregando um enorme fardo de lenha, ou um resineiro; mas isso raramente acontecia. Aquele era um mundo anterior às máquinas, quase anterior ao homem, e qualquer pequeno acontecimento — a passagem de um picanço, a descoberta de uma nova trilha, a visão de um barco de pesca distante — ganhava uma significação inenarrável, como se fossem isolados, emoldurados, ampliados por sua solidão. Era a solidão menos macabra, menos nórdica do mundo. Era uma ilha intocada pelo medo. Se fosse assombrada, seria por ninfas, não por monstros.

Eu era obrigado a dar caminhadas frequentes para fugir do ambiente claustrofóbico da Escola Lord Byron. Para começo de conversa, havia algo de agradavelmente absurdo em lecionar numa escola interna (dirigida, supostamente, nos padrões Eton-Harrow)* a um olhar de distância,

---

*   Eton College e Harrow School, tradicionais escolas
internas para meninos da Inglaterra. [NT]

para o norte, de onde Clitemnestra matou Agamenon. Certamente os professores, vítimas de um país com apenas duas universidades, eram academicamente de um padrão muito superior ao que Mitford havia sugerido, e os garotos não eram melhores nem piores do que outros garotos ao redor do mundo. Mas eram impiedosamente pragmáticos a respeito da língua inglesa. Não davam a mínima para a literatura e adoravam qualquer coisa ligada à ciência. Se eu tentasse ler a poesia do epônimo da escola, bocejavam; se ensinasse os nomes em inglês das partes de um carro, teria dificuldade em retirá-los da sala após o término da aula; e com frequência levavam-me livros didáticos americanos de ciência cheios de termos que eram tão gregos para mim quanto os rostos cheios de expectativa que esperavam por uma simples paráfrase.

Tanto alunos quanto professores desprezavam a ilha, e a consideravam uma espécie de colônia penal autoimposta, aonde se ia apenas para trabalhar, trabalhar, trabalhar. Havia imaginado algo bem mais sonífero do que uma escola inglesa, mas, pelo contrário, era bem mais puxada. O cúmulo da ironia era que essa industrialização obsessiva, essa cegueira ao próprio ambiente natural, era justamente o que consideravam ser tão tipicamente inglês a respeito do sistema. Talvez para os gregos, tornados indiferentes pelo convívio com as paisagens mais bonitas do mundo, não houvesse nada de discordante em ficarem confinados naquele cupinzeiro; mas isso me deixava louco de raiva.

Um ou dois professores falavam um pouquinho de inglês, e muitos falavam francês, mas eu não tinha muito em comum com eles. O único que conseguia tolerar era Demetriades, o outro professor de inglês, e só porque ele falava e entendia o idioma com uma fluência bem maior do que qualquer outro. Com ele, eu conseguia ir além do Básico.

Ele me levou para conhecer uma *kapheneia** e as tabernas da vila, e pude ter um gostinho da comida e da música popular grega. Mas sempre havia algo de triste naquele local à luz do dia. Eram tantos casarões abandonados; tão poucas pessoas nas ruas estreitas; você tinha sempre que ir comer nas mesmas duas tabernas melhorzinhas, e encontrar os mesmos rostos de sempre, uma obsoleta sociedade levantina provinciana e estagnada, que pertencia mais ao mundo do Império Otomano, Balzac de barrete turco, do que aos anos 1950. Tive que concordar com Mitford: era desesperadamente enfadonho. Tentei uma ou duas casas

* Cafeterias. [NT]

de vinho dos pescadores. Eram mais divertidas, mas senti que eles achavam que eu estava me rebaixando; e o meu grego nunca era o suficiente para entender o dialeto que eles falavam.

Fiz perguntas sobre o homem com quem Mitford tinha se desentendido, mas ninguém parecia saber nem dele, nem da briga; nem, já que toquei no assunto, da "sala de espera". Mitford tinha evidentemente passado muito tempo na vila e ganhado a antipatia de diversos outros professores além de Demetriades. Havia também fortes resquícios de anglofobia, agravados pela situação política da época, que era preciso suportar.

Não demorei em ir às colinas. Nenhum dos outros professores jamais se mexia um centímetro além do necessário, e aos garotos não era permitido circular além dos *chevaux de frise*** dos muros altos que cercavam o terreno da escola, exceto aos domingos, e mesmo assim somente até meio quilômetro ao longo da via litorânea que ia até a vila. As colinas eram sempre inebriantemente limpas e claras e remotas. Sem companhia além de meu próprio tédio, comecei, pela primeira vez na minha vida, a olhar para a natureza, e me arrepender por saber tão pouco do seu idioma quanto sabia de grego. Tomei conhecimento das pedras, pássaros, flores, terrenos, de uma nova maneira, e do caminhar, do nado, do clima magnífico, da ausência total de trânsito, terrestre ou aéreo — já que não existia um único carro na ilha, não havendo estradas fora da vila, e os aviões não passavam mais de uma vez por mês — essas coisas fizeram com que eu me sentisse mais saudável do que nunca. Comecei a sentir uma espécie de harmonia entre o corpo e a mente; ou ao menos era o que parecia. Era uma ilusão.

Havia uma carta de Alison esperando por mim quando cheguei na escola. Era brevíssima. Ela devia tê-la escrito no trabalho, no dia em que saí de Londres.

> Eu te amo, você não entende o que isso significa, porque você nunca amou ninguém. É o que estive tentando te fazer enxergar nesta última semana. Tudo o que quero dizer é que, um dia, quando você realmente se apaixonar, lembre-se de hoje. Lembre-se de que eu te beijei e saí de perto. Lembre-se de que andei a rua inteira e nem uma única vez olhei para trás. Sabia que você estava olhando. Lembre-se de que fiz tudo isso

---

** Tipo de barricada. [NT]

e eu te amo. Se você se esquecer de todas as outras coisas a meu respeito, por favor se lembre disso. Desci a rua e nunca olhei pra trás e eu te amo. Eu te amo. Te amo tanto que vou te odiar para sempre por causa de hoje.

Outra carta dela chegou no dia seguinte. Não continha nada além do meu cheque rasgado ao meio, com um rabisco no verso de uma das metades: "Não, obrigada". E dois dias depois chegou uma terceira carta, cheia de entusiasmo por conta de algum filme que ela tinha assistido, quase tagarela. Mas, no final, ela escreveu: "Esqueça a primeira carta que te mandei. Estava tão irritada. Já passou. Não serei antiquada de novo".

É claro que eu escrevia de volta, se não todos os dias, duas ou três vezes por semana; cartas longas, cheias de autodesculpas e autojustificativas, até que um dia ela escreveu:

> Por favor, não perca tanto tempo escrevendo sobre você e eu. Me conte como são as coisas aí, a ilha, a escola. Eu sei o que você é. Então seja quem você é. Quando escreve sobre essas coisas, posso pensar que estou contigo, vendo tudo com você. E não se ofenda. Perdoar é esquecer.

De modo imperceptível, as informações tomaram o lugar da emoção em nossas cartas. Ela me escrevia contando do trabalho, uma garota com quem fizera amizade, pequenos assuntos domésticos, filmes, livros. Eu escrevia sobre a escola e a ilha, como me fora pedido. Um dia, recebi uma fotografia dela de uniforme. Ela cortara o cabelo bem curtinho e o escondera debaixo do quepe. Estava sorrindo, mas o uniforme e o sorriso combinados davam-lhe uma aparência insincera, profissional; ela se tornara, como a foto claramente me alertava, uma pessoa que não era a mesma de quem eu gostava de me lembrar; aquela Alison particular, unicamente minha. E então as cartas foram se tornando semanais. A dor física que eu senti por ela durante o primeiro mês aparentemente desapareceu; ainda havia momentos em que eu sabia que a queria demais, e em que eu teria dado tudo para tê-la na cama ao meu lado. Mas eram momentos de frustração sexual, não de amor arrependido. Um dia pensei: se não estivesse nesta ilha, deveria terminar com essa garota. O ato de escrever cartas havia se transformado, com bastante frequência, mais numa obrigação do que num prazer, e eu não corria de volta ao quarto após o jantar para escrevê-las — as rabiscava apressadamente na sala de aula e pedia a um garoto que corresse até o portão bem em cima da hora para entregá-las ao carteiro da escola.

No recesso do trimestre escolar, fui com Demetriades para Atenas. Ele queria me levar ao seu bordel favorito, num subúrbio. Garantiu que as garotas eram limpinhas. Eu hesitei, mas depois — não seria a obrigação moral do poeta, para não dizer do cínico, ser imoral? — acabei indo. Chovia quando saímos, e as folhas molhadas que lançavam sombras dos galhos mais baixos de um eucalipto, debaixo da luz da entrada, me fizeram recordar nosso quarto na Russel Square. Mas Alison e Londres ficaram para trás, estavam mortas, exorcizadas; ambas foram extirpadas de minha vida. Decidi que escreveria uma carta a Alison naquela noite, para dizer que não queria mais ter notícias dela. Estava bêbado demais quando cheguei ao hotel, e não sei o que teria dito. Talvez que eu havia demonstrado, sem sombra de dúvidas, que não merecia que esperasse por mim; talvez que ela me entediasse; talvez que eu nunca estivera tão solitário — e queria continuar assim. No final das contas, mandei-lhe um cartão postal sem dizer nada; e no último dia voltei sozinho ao bordel. Mas a ninfeta libanesa que eu cobiçava estava ocupada, e não me interessei pelas outras.

Dezembro chegou, e ainda estávamos escrevendo cartas. Eu sabia que ela estava me escondendo coisas. Sua vida, tal como ela a descrevera, era simples e celibatária demais para ser verdade. Quando chegou a carta derradeira, não me surpreendeu. O que eu não esperava era a amargura que senti, e o quanto me senti traído. Era menos um ciúme sexual de outro homem do que uma inveja por Alison; momentos de ternura e de companheirismo, momentos em que a estranheza do outro desaparecia, inundaram a minha mente durante os dias seguintes, como cenas de um filme romântico barato do qual eu com certeza não queria me lembrar, mas me lembrava; e havia a leitura e a releitura da carta; e o fato de que essas coisas pudessem terminar assim, com duzentas palavras velhas e desgastadas.

    Querido Nicholas,
        Não posso mais continuar assim. Sinto muito se isso te magoa. Por favor, acredite quando digo que sinto muito e por favor não fique com raiva de mim por saber que você ficará magoado. Posso te ouvir dizendo: não estou magoado.
        Eu fiquei tão terrivelmente sozinha e deprimida. Não te contei o quanto, não poderia te contar. Naqueles primeiros dias eu mantive uma atitude corajosa no trabalho, e em casa eu desmoronava.

Voltei a dormir com o Pete quando ele vem a Londres. Começou há duas semanas. Por favor, *por favor* acredite em mim quando digo que eu não faria isso se soubesse... você sabe. Eu sei que você sabe. Não sinto por ele o que costumava sentir, e não quero começar a sentir por ele o que sentia por você, não tem *por que* você ficar com ciúmes.

É só que ele não tem nada de complicado, ele me faz parar de pensar, me faz parar de me sentir sozinha, e recaí de novo naquela velha coisa de australianos em Londres. Talvez a gente se case. Não sei.

É terrível. Ainda quero escrever para você, e você para mim. Não paro de me lembrar.

Adeus,

ALISON

Você será único para mim. Sempre. A primeira carta que escrevi no dia em que você partiu. Ah, se apenas você pudesse entender.

Escrevi uma carta em resposta para dizer que já esperava pela carta dela, que ela estava perfeitamente livre. Mas acabei rasgando-a. Se alguma coisa poderia magoá-la, seria o silêncio; e eu queria magoá-la.

John Fowles
O Mago

8

Fiquei desesperadamente infeliz naqueles últimos dias antes do recesso de Natal. Comecei a ter um desprezo irracional pela escola: o jeito como funcionava e o jeito como fora instalada, às cegas, como uma prisão, no coração de uma paisagem divina. Quando as cartas de Alison pararam de chegar, também passei a padecer de um sentimento crescente e mais convencional de isolamento. O mundo exterior, a Inglaterra, Londres, se tornaram irreais de um modo absurdo e, por vezes, terrível. Os dois ou três amigos de Oxford com quem mantinha uma correspondência irregular afundaram no horizonte. Eu costumava ouvir a transmissão internacional da BBC de tempos em tempos, mas os noticiários pareciam ser transmitidos da lua, e tratavam de situações de uma sociedade à qual eu não mais pertencia, enquanto os raros jornais ingleses que eu via pareciam cada vez mais com suas próprias colunas do tipo "Cem anos atrás na data de hoje". Toda a ilha parecia sentir esse exílio da realidade contemporânea. Os cais do porto estavam sempre cheios, horas antes de o navio vindo de Atenas aparecer no horizonte a nordeste; mesmo que as pessoas soubessem que ele faria uma parada de apenas cinco minutos, que provavelmente menos de cinco passageiros desceriam, ou que cinco embarcariam, elas precisavam ver. Era como se fôssemos todos prisioneiros, ainda esperando vagamente por um indulto.

Ainda assim, a ilha era lindíssima. Perto do Natal, o tempo ficou revolto e frio. Enormes ondas de um azul cobalto rugiam nos cascalhos das praias da escola. As montanhas do continente se cobriram de neve, e paredes gigantescas de crista branca como numa gravura de Hokusai se estendiam de oeste a norte do outro lado das águas agitadas. As colinas ficaram ainda mais agrestes, ainda mais silenciosas. Com frequência, eu começava a caminhar por puro tédio, mas sempre havia novas solidões, novos lugares. Entretanto, no final, esse mundo imaculado natural se tornava intimidador. Como se eu não fizesse parte dele, não fosse feito para ele e não pudesse usufruí-lo. Eu era um homem urbano; não tinha raízes. Rejeitara minha própria era, ainda que não pudesse voltar aos tempos mais antigos. Então eu terminei como Círon,* um homem vivendo entre o céu e a terra.

As férias de Natal chegaram. Parti em viagem ao redor do Peloponeso. Precisei ir sozinho, para dar a mim mesmo um gostinho da vida longe da escola. Se Alison estivesse livre, eu teria pegado um voo de volta à Inglaterra para encontrá-la. Pensava em me demitir; mas isso pareceria um recuo, mais um fracasso, e eu disse a mim mesmo que as coisas melhorariam depois que começasse a primavera. Por isso passei o Natal sozinho em Esparta e assisti à virada do Ano Novo sozinho em Pyrgos. Eu tinha um dia em Atenas antes de pegar o barco de volta a Phraxos, e visitei o bordel outra vez.

Pensava muito pouco em Alison, mas sentia sua falta; o quer dizer que tentei apagá-la e não consegui. Tinha dias em que eu pensava que poderia me manter celibatário pelo resto da vida — dias monásticos; e dias em que eu ansiava por uma garota sociável. As mulheres da ilha eram de origem albanesa, de rosto pálido e severo, e tão abertas à sedução quanto uma congregação episcopal. Muito mais tentadores eram alguns daqueles garotos, possuidores de uma graça verde-oliva e de uma individualidade aguda que os diferenciava bastante dos estereotipados equivalentes das escolas particulares inglesas — aquelas formigas rosadas de uniforme, saídas de um mesmo molde chamado Arnold. Tive meus momentos de Gide, mas nunca eram recíprocos, porque em nenhum outro lugar a pederastia é mais abominada do que entre a burguesia grega; ali pelo menos Arnold teria se sentido plenamente em casa. Além disso, eu não era bicha; simplesmente entendia (adicionando uma mentira em minha própria educação) que ser bicha talvez devesse ter lá os seus consolos. Não era apenas a solidão — era a Grécia. Ela tornava ridículas as noções convencionais inglesas do que era moral ou imoral; fazer ou não o que era socialmente imperdoável não me parecia nada além de uma mera questão de apetite, como fumar ou não fumar uma

---

* Na mitologia grega, Círon era um bandido que vivia no alto de um penhasco e matava os incautos que passavam por lá, atirando-os no mar para serem devorados por uma tartaruga gigante. Círon foi morto por Teseu. [NT]

nova marca de cigarros — tão trivial quanto isso, de um ponto de vista moral. Bondade e beleza podem ser coisas separadas no Norte, mas não na Grécia. Entre uma pele e outra pele existe somente luz.

E tinha a minha poesia. Eu havia começado a escrever poemas sobre a ilha, sobre a Grécia, que me pareciam filosoficamente profundos e tecnicamente excitantes. Sonhava cada vez mais com o sucesso literário. Passava horas olhando para a parede em meu quarto, imaginando críticas, cartas enviadas a mim por celebrados colegas-poetas, fama e glória e ainda mais fama. Não conhecia na época a grande definição de Emily Dickinson, "Publicação não é o trabalho dos poetas"; ser poeta é tudo, ser conhecido como poeta não é nada. A imagem onanística da literatura que eu nutria, fora da realidade, começara a dominar a minha vida. A escola se tornara um conveniente bode expiatório — como alguém poderia compor versos imaculados estando rodeado de rotinas fúteis?

Mais eis que, num desolado domingo de março, as escamas caíram dos meus olhos. Li meus poemas gregos e enxerguei exatamente o que eram: exercícios colegiais, sem ritmo, sem estrutura, cujas banalidades de percepção se ocultavam, atrapalhadamente, sob grossas pinceladas de retórica exuberante.

Em estado de horror, procurei os outros poemas que havia escrito — em Oxford, em Ânglia Oriental. Não eram melhores; talvez até piores. A verdade despencou sobre mim como uma avalanche sepulcral. Eu não era um poeta.

Não senti consolação alguma com essa descoberta, apenas uma fúria incandescente pelo fato de a evolução permitir que tamanha sensibilidade e tamanha inadequação coexistissem na mesma mente. Num único ego, o meu ego, berrando como uma lebre aprisionada numa armadilha. Reunindo todos os poemas que havia escrito na vida, página por página, devagar eu os rasguei em pequenos fragmentos, até meus dedos doerem.

Então fui passear nas colinas, apesar de estar muito frio e da chuva forte que começava a cair. O mundo inteiro tinha finalmente declarado guerra contra mim. Era algo que eu não conseguia ignorar, uma condenação absoluta. Um aspecto que mesmo minhas piores experiências sempre tiveram é o de servirem como combustíveis, minérios; eram úteis no final das contas, e não apenas desperdício e sofrimento. A poesia sempre pareceu ser um refúgio quando necessário — uma saída de emergência, uma boia salva-vidas, assim como uma justificativa. Agora eu estava em alto-mar, e a boia afundara, feito chumbo.

Foi um esforço não chorar de autopiedade. Meu rosto se tornou uma máscara rígida, como a de um acrotério. Eu caminhei durante horas e estava no inferno.

Um tipo de pessoa se engaja na sociedade sem perceber; outro tipo se engaja na sociedade ao controlá-la. A primeira é um motor, uma engrenagem, e a outra, um engenheiro, um motorista. Mas a pessoa que opta por se excluir conta apenas com sua habilidade de expressar seu desengajamento entre sua existência e o nada. Não é *penso*, mas sim *escrevo, pinto, logo existo*. Durante dias eu me senti repleto de um vazio; com algo mais do que a velha solidão física e social — aquele sentimento metafísico de ser abandonado como um náufrago. Era algo quase tangível, como o câncer ou a tuberculose.

Então um dia, não demorou uma semana, aquilo se tornou tangível: acordei de manhã e descobri que tinha duas feridas. Era como se eu estivesse esperando por elas. No final de fevereiro, fui a Atenas e fiz uma nova visita àquela casa em Kephissia. Sabia que estava me arriscando. Na hora, não parecia me importar.

No primeiro dia, fiquei assustado demais para agir. Havia dois médicos na vila: um ativo, que atendia a escola na sua clínica, e outro, um velho romeno taciturno, que embora semiaposentado, ainda atendia alguns pacientes. O médico da escola estava sempre entrando e saindo da sala dos professores. Não podia me consultar com ele. Então fui ver o dr. Patarescu.

Ele olhou as feridas, depois olhou para mim e deu de ombros. "*Félicitations*," disse em francês.

"*C'est…*"

"*On va voir ça à Athènes. Je vous donnerai une adresse. C'est bien à Athènes que vous l'avez attrapé, oui?*" Eu assenti. "*Les poules là-bas. Infectes. Seulement les fous qui s'y laissent prendre.*"*

Ele tinha um rosto amarelo desbotado e óculos pincenê; um sorriso malicioso. Minhas perguntas o divertiam. Tinha boas chances de me curar; eu não estava contagioso, mas não poderia fazer sexo, ele poderia me tratar se possuísse o medicamento correto, benzetacil, mas não tinha acesso. Ouviu dizer que era possível obtê-lo numa certa clínica particular em Atenas, mas sairia os olhos da cara; levaria umas oito

---

*   "Veremos isso em Atenas. Vou te dar um endereço. Foi em Atenas que você pegou isso, não foi?" "As pombinhas de lá. Infectadas. Somente os tolos caem nessa." [NT]

semanas até ter certeza de que havia funcionado. Ele deu uma resposta seca a todas as minhas perguntas; tudo que podia oferecer era o velho tratamento com arsênico e bismuto, e que eu deveria de qualquer maneira fazer antes um teste de laboratório. Havia muito que ele esgotara qualquer compaixão pela humanidade, e me observou com olhos de tartaruga enquanto eu pagava a consulta.

Parei em frente à porta, ainda ridiculamente tentando tirar dele um pouco de empatia.

"Je suis maudit."**

Ele deu de ombros e me levou à saída, com uma completa indiferença, um arauto frio das coisas como elas são.

Foi tudo muito horrível. Ainda faltava uma semana para o final do trimestre, e eu pensei em largar tudo de uma vez e voltar à Inglaterra. Mas ainda não suportava a ideia de Londres, e havia um certo anonimato na Grécia, ainda que não na ilha. Eu não confiava mesmo no dr. Patarescu; um ou dois professores mais velhos eram seus colegas, e eu sabia que eles o visitavam com frequência para jogar cartas. Procurei em cada sorriso, em cada palavra dirigida a mim, alguma referência ao que havia acontecido; e achava que no dia seguinte eu perceberia, em vários olhares, um certo divertimento grosseiro. Uma manhã, durante o intervalo, o diretor disse: "Anime-se, *kyrios**** Urfe, ou será que as beldades da Grécia o deixaram triste?". Achei que era uma referência direta; e os sorrisos que acompanharam o comentário me pareceram excessivos. Três dias após visitar o médico, eu deduzira que todos já sabiam da minha moléstia, incluindo os estudantes. Sempre que eles sussurravam, eu ouvia a palavra "sífilis".

De repente, naquela mesma semana terrível, a primavera grega estava entre nós. Em apenas dois dias, parecia que a terra se cobriu de anêmonas, orquídeas, asfódelos, gladíolos; pela primeira vez, havia pássaros em todos os cantos, migratórios. Linhas ondulantes de cegonhas grunhiam sobre nossas cabeças, o céu estava azul, puro, os garotos cantavam, e mesmo os mais severos dos professores sorriam. O mundo à nossa volta alçara voo, e eu estava preso ao chão; um Catulo sem talento, forçado

** "Estou amaldiçoado." [NT]
*** "Senhor" ou "mestre". [NT]

a viver numa terra que era uma Lésbia* sem piedade. Tive noites pavorosas, numa das quais escrevi uma longa carta para Alison, tentando explicar o que havia acontecido comigo, como eu lembrava do que ela dissera em sua carta na cantina, e como eu agora conseguia acreditar nela; e do meu desprezo por mim mesmo. Até nessas horas, eu consegui soar ressentido, pois o fato de eu tê-la abandonado começava a parecer a mais recente e pior das minhas péssimas apostas. Poderia ter me casado com ela; pelo menos assim teria uma companhia no deserto.

Não enviei a carta, mas não parava de pensar, repetidamente, noite após noite, em suicídio. Parecia que a morte havia marcado minha família, desde aqueles dois tios que nunca cheguei a conhecer, um morto em Ypres e outro em Paschendale; e depois os meus pais. Todas elas, mortes violentas, sem sentido, apostas perdidas. Eu estava pior até mesmo em comparação com Alison; ela odiava a vida, eu odiava a mim mesmo. Eu não tinha criado nada, eu pertencia ao nada, ao *néant*, e parecia-me que minha própria morte era a única coisa que me restava para criar; e ainda assim, mesmo assim, eu pensava que ela poderia servir de acusação contra todo mundo que chegou a me conhecer. Validaria todo o meu cinismo, comprovaria todo o meu egoísmo solitário; permaneceria e seria lembrada como uma vitória final e sombria.

Na véspera do término do trimestre, eu senti a balança pesar. Sabia o que fazer. O vigia do portão da escola tinha uma velha espingarda calibre doze, e um dia me ofereceu emprestada, se eu quisesse caçar nas colinas. Fui lá e a pedi. Ele ficou encantado e encheu meu bolso de cartuchos; as florestas de pinheiros estavam repletas de codornas migratórias.

Andei até um barranco atrás da escola, subi até a margem e caminhei por entre as árvores. Logo, estava à sombra. Ao norte, do outro lado da água, o continente dourado ainda se espreguiçava ao sol. O tempo estava muito claro, quente, o céu de um azul luminoso intenso. Bem distante dali, acima de mim, podia ouvir os chocalhos de um rebanho de cabras sendo trazido de volta à vila antes de anoitecer. Caminhei por algum tempo. Foi como se procurasse um lugar ideal para se aliviar; precisava ter certeza de que não estava sendo observado. Enfim, encontrei uma parede rochosa.

---

*   Lésbia era personagem recorrente dos poemas românticos do poeta romano Catulo (c. 87-54 a.C.). Acredita-se que seria um nome inventado pelo autor para esconder a identidade da verdadeira homenageada, sua amante Clodia Metelli. [NT]

Pus um cartucho na espingarda e me sentei no chão, apoiado contra o tronco de um pinheiro. À minha volta, flores roxas de jacinto avançavam entre agulhas de pinheiros. Girei a arma e olhei para dentro do cano, dentro do "O" obscuro de minha não-existência. Calculei o ângulo em que deveria inclinar a cabeça. Posicionei o cano em frente ao meu olho direito, virei a cabeça para que o tiro esmigalhasse meu cérebro como um relâmpago negro e explodisse a parte de trás do meu crânio. Procurei o gatilho — era tudo um teste, um ensaio — e tive dificuldade. Ao me inclinar para a frente, pensei que poderia acabar virando a cabeça no último instante e estragar o trabalho, por isso procurei e achei um galho seco que coubesse entre o guarda-mato e o gatilho. Retirei o cartucho e coloquei o graveto na posição, depois me sentei com a arma entre os joelhos, as solas dos sapatos sobre o graveto, o cano direito a um centímetro do meu olho. Ouvi o clique da batida do cão da espingarda. Era simples. Recarreguei o cartucho.

Das colinas atrás de mim, ouvi a voz solitária de uma garota. Devia estar conduzindo as cabras, e cantava com entusiasmo, no limite de sua voz desinibida; sem qualquer melodia reconhecível, em intervalos de escalas turco-muçulmanas. Parecia um som desencarnado, vindo de um lugar, não de uma pessoa. Lembrei de ter ouvido uma voz semelhante, talvez da mesma garota, cantando um dia na colina atrás da escola. A voz invadira a sala de aula, e os garotos começaram a dar risadinhas. Agora, porém, ela parecia intensamente misteriosa, brotando de uma solidão e de um sofrimento que transformaram os meus em trivialidades e absurdos. Sentei-me com a espingarda entre os joelhos, incapaz de me mexer enquanto o som descia, flutuando em meio ao ar noturno. Não sei por quanto tempo ela cantou, mas o céu escureceu, o mar desbotou até assumir um tom cinza nacarado. Acima das montanhas, havia uma barreira de nuvens altas e róseas ainda sob a luz forte vinda do sol poente. Toda a terra e o mar retinham a luz, como se a luz fosse um calor, que não esmorecia depois que a fonte era removida. Mas a voz se afastou, em direção à vila, e então morreu no silêncio.

Ergui a arma novamente até que o cano apontasse para mim. O graveto encaixado, esperando que meus pés o empurrassem para baixo. Ficou tudo muito silencioso. A vários quilômetros de distância, ouvi o apito do navio de Atenas, se aproximando da ilha. Mas era como algo externo a um vácuo. A morte era o agora.

Não fiz nada. Esperei. O escurecer, o mais desbotado amarelo, depois um verde-claro luminoso, depois um azul límpido de vitral, sustentado no céu acima do mar de montanhas a oeste. Esperei, esperei, ouvi o apito se aproximar, esperei pelo ímpeto, o momento sombrio, para levantar meu pé e chutar o graveto; e não consegui. O tempo todo eu me sentia como se estivesse sendo observado, como se não estivesse sozinho, como se interpretasse um papel para o divertimento alheio, como se esse ato só pudesse ser realizado se fosse espontâneo, puro — e moral. Porque cada vez mais passava pela minha cabeça, naquela noite fria de primavera, que o que eu estava tentando cometer não era um ato de cunho moral, mas fundamentalmente de cunho estético; fazer algo que encerraria a minha vida de um modo sensacional, significativo, consistente. Procurava por uma morte como a de Mercúcio, não uma morte real. Uma morte para ser relembrada, não a morte verdadeira de um suicida de verdade, a morte obliterada.

E a voz; a luz; o céu.

Começou a escurecer, o apito do barco gemeu em seu retorno a Atenas, e eu continuava sentado, fumando, com a arma ao meu lado. Fiz uma reavaliação de mim mesmo. Vi que eu era, de agora em diante, para sempre, alguém desprezível. Eu estivera e continuava numa depressão intensa, mas também era e sempre seria alguém de uma falsidade igualmente intensa; em termos existencialistas, inautêntico. Sabia que nunca conseguiria me matar, sabia que sempre preferiria continuar vivendo e suportando quem eu sou, por mais que me tornasse fútil, doentio.

Ergui a arma e atirei, sem mirar, para o alto. O estrondo me assustou. Ouvi um eco, gravetos caindo. E então o poço profundo do silêncio.

"Matou alguma coisa?", perguntou-me o velho do portão.

"Só dei um tiro", eu disse. "E errei."

John Fowles
O Mago

9

Anos mais tarde, vi a *gabbia* em Piacenza: uma cruel gaiola de canário preta projetada no alto da lateral da torre do campanário, na qual prisioneiros eram deixados para morrer de fome e apodrecer à vista de toda a cidade abaixo. E, olhando para ela, lembrei-me daquele inverno na Grécia, daquela *gabbia* que eu construíra para mim mesmo, feita de luz, solidão e ilusões acerca de mim mesmo. Tentar escrever poesia e cometer suicídio, atos aparentemente tão contraditórios, teriam sido, na verdade, a mesma coisa, tentativas de fuga. E os meus sentimentos, no final daquele desastroso trimestre, eram os de um homem que sabia estar em uma cela, exposto ao escárnio de suas velhas ambições, até morrer.

Mas fui a Atenas, ao endereço que o médico da vila me dera. Fiz um teste de Kahn e o diagnóstico do dr. Patarescu foi confirmado. O tratamento de dez dias era caríssimo; a maioria dos medicamentos só chegava à Grécia por via do roubo ou contrabando, e eu estava no fim da fila, atrás de três compradores. O jovem e elegante doutor, formado nos Estados Unidos, disse para eu não me preocupar; o prognóstico era excelente. No final do feriado da Páscoa, quando voltei à ilha, encontrei um cartão de Alison. Era um desenho com cores berrantes de um canguru, que dizia num balãozinho: "Pensou que eu ia esquecer?". Meu aniversário de 26 anos aconteceu enquanto eu estava em Atenas. O carimbo postal era de Amsterdã. Não tinha nenhuma mensagem. Tinha simplesmente uma assinatura, "Alison". Eu o joguei no lixo. Mas, na mesma noite, peguei de volta.

Tentando suportar a espera ansiosa para que o segundo estágio da doença não se desenvolvesse, comecei silenciosamente a devassar a vila. Eu nadei e nadei, andei e andei, saía todos os dias. O tempo esquentou rapidamente, e durante o calor da tarde, a escola dormia. Era nessas horas que eu costumava ir até a floresta de pinheiros. Sempre que podia, caminhava até o cume central na costa sul da ilha, longe da vila e da escola. Lá havia uma solidão absoluta: três chalés escondidos numa pequena baía, umas capelinhas perdidas entre colinas esverdeadas de pinheiros, desertas, exceto nos dias dos seus padroeiros, e um casarão praticamente invisível que, de todo modo, estava vazio. O resto era de uma paz sublime, com tantas possibilidades quanto uma tela em branco, um lugar para os mitos. Era como se a ilha fosse dividida entre escuridão e luz; de tal forma que o horário escolar, que dificultava que eu me afastasse demais, exceto nos finais de semana ou então acordando muito cedo (as aulas começavam às sete e meia), se tornou tão irritante quanto uma coleira curta.

Não pensava sobre o futuro. Contrariando o que dissera o médico da clínica, eu tinha certeza de que o tratamento não daria certo. O padrão do destino parecia claro: abaixo, abaixo, abaixo.

Mas então começaram os mistérios.

2

Irrités de ce premier crime, les monstres ne s'en tinrent pas là; ils l'étendirent ensuite nue, à plat ventre sur une grande table, ils allumèrent des cierges, ils placèrent l'image de notre sauveur à sa tête et osèrent consommer sur les reins de cette malheureuse le plus redoutable de nos mystères.

De Sade, *Les Infortunes de la Vertu*

John Fowles
O Mago

10

Era um domingo no final de maio, azul como a asa de um pássaro. Eu fui subindo pelas trilhas das cabras rumo ao cume da ilha, de onde a espuma verde do topo dos pinheiros se estendia por uns três quilômetros até a costa. O mar se abria como um tapete, atravessando a barreira de montanhas que, do continente, lançavam sua sombra, mais para o oeste, uma barreira que reverberava até o sul, a oitenta ou noventa quilômetros na direção do horizonte, sob a imensa cúpula do firmamento. Era um mundo celeste, estupendamente puro, e como acontecia sempre ao estar no cume central da ilha e vislumbrá-lo à minha frente, eu quase me esquecia dos meus problemas. Caminhei por ali, rumo ao oeste, entre as duas amplas visões do norte e do sul. Lagartos reluziam nos troncos dos pinheiros, como colares vivos de esmeraldas. Havia tomilho, alecrim e outras ervas; arbustos com flores como dentes-de-leão mergulhados no céu, um azul radiante, selvagem.

Depois de algum tempo, cheguei a um ponto onde iniciava o declive na direção sul até uma pequena encosta, perigosamente íngreme. Sempre costumava me sentar na beira, para fumar um cigarro e estudar a imensa extensão do céu e das montanhas. Mal me sentei, naquele domingo, e vi que algo mudara na paisagem. Abaixo de mim, a meio caminho em direção à costa sul, estava a baía com os três chalezinhos. A partir dessa baía, a costa seguia para oeste numa série de promontórios baixos e enseadas escondidas. Imediatamente a oeste da baía dos chalés, o terreno se elevava abruptamente e formava um pequeno penhasco que avançava centenas de metros rumo ao interior da ilha, uma muralha vermelha, desmoronada e fendida; como uma espécie de fortificação para a mansão solitária que repousava no promontório mais adiante. Tudo o que eu sabia dessa casa era que pertencia a um ateniense supostamente abastado, que costumava frequentá-la apenas no auge do verão. Devido a uma elevação da floresta de pinheiros naquele sentido, não era possível, do cume central, enxergar muito mais do que o telhado plano da mansão.

No entanto, agora uma pálida e mirrada espiral de fumaça subia do telhado. Não estava mais deserta. Meu primeiro sentimento foi de um certo ressentimento, um ressentimento *à la* Robinson Crusoé, já que isso agora estragava a minha solidão do lado sul da ilha, pela qual eu me tornara possessivo. Era minha província secreta, e ninguém mais — eu dava permissão aos pobres pescadores dos três chalés —, ninguém mais que pertencesse a uma classe superior à dos camponeses tinha direitos sobre ela. Por conta disso tudo, fiquei curioso e resolvi seguir um caminho que eu sabia que me levaria até uma enseada do outro lado de Bourani, o nome do promontório onde se encontrava a mansão.

Enfim pude ver o mar e uma fileira de rochas esbranquiçadas brilharem em meio aos pinheiros. Cheguei até suas margens. Era uma enseada grande e aberta, o chão de cascalho, o mar tão cristalino como vidro, emparedado por dois promontórios. No lado esquerdo, mais a leste e mais íngreme, o promontório Bourani, escondia-se a casa atrás das árvores, que cresciam numa floresta mais fechada ali do que em qualquer outro lugar da ilha. Era uma praia onde eu estivera antes duas ou três vezes, e ela me passou, como muitas das praias da ilha, a adorável ilusão de ser o primeiro homem a pôr os pés ali, o primeiro homem a enxergar, o primeiro a existir, o primeiríssimo homem. Não havia sinal algum de ninguém na casa. Eu me instalei na ponta oeste da praia, a mais aberta, fui nadar, almocei pão, azeitonas e *souzoukakia*, perfumadas almôndegas que se comem frias, e não vi ninguém.

Em algum momento no começo da tarde, andei pelo cascalho escaldante até o final da propriedade na enseada. Havia uma minúscula capela caiada nos fundos, entre as árvores. Por uma fresta na porta, avistei uma cadeira revirada, um candelabro vazio e uma fila de ícones de santos pintados em estilo naïf sobre uma pequena tela. Via-se uma cruz esmaecida, folheada a ouro, pregada na porta. No verso dela, alguém rabiscara *Agios Demetrios* — São Tiago. Voltei para a praia. Ela acabava num amontoado de pedras caídas que conduzia, com ares agourentos, à mata fechada de arbustos e árvores. Pela primeira vez, reparei que havia arame farpado, coisa de uns seis a dez metros ladeira acima; a cerca subia em direção às árvores, isolando o promontório. Nem uma mulher idosa teria problemas para atravessar os arames enferrujados, mas foi a primeira cerca que eu vi na ilha, e não gostei. Era um insulto à solidão.

Eu olhava para a fileira íngreme de árvores, quando tive a sensação de não estar sozinho. Estava sendo observado. Examinei as árvores à minha frente. Não havia nada. Andei um pouco mais perto das pedras, acima de onde a cerca atravessava os arbustos.

Um choque. Algo reluzia atrás da primeira rocha. Era um pé-de-pato azul. Logo atrás, parcialmente à sombra tênue de outra pedra, estavam a outra nadadeira e uma toalha. Olhei ao redor mais uma vez e mexi na toalha com o meu pé. Alguém deixara um livro embaixo dela. Eu o reconheci de primeira pela capa: um exemplar dos mais comuns, em papel jornal, dessas antologias de poesia moderna inglesa, que eu mesmo tinha comigo no meu quarto na escola. Foi tão inesperado que continuei olhando estupidamente para aquele exemplar no chão, pensando que poderia ser de fato o meu, roubado.

Não era. O dono ou dona não havia escrito seu nome na página de rosto, mas viam-se diversos pedacinhos de papel, cortados com precisão. O primeiro deles que me chamou a atenção marcava uma página onde quatro versos haviam sido sublinhados em tinta vermelha, de "Quatro Quartetos".

> Não cessaremos nunca de explorar
> E o fim de toda nossa exploração
> Será chegar ao ponto de partida
> E o lugar reconhecer ainda
> Como da vez primeira que o vimos.*

Os últimos três versos tinham uma marca vertical adicional ao lado deles. Olhei novamente para a densa barreira de árvores antes de me voltar para o próximo pedacinho de papel. Este, assim como todos os outros pedacinhos, estava em páginas onde havia imagens ou referências a ilhas ou ao mar. Deveria haver cerca de uma dúzia deles. Mais tarde, naquela noite, redescobri algumas passagens assim também no meu próprio exemplar.

> Cada qual em seu leito sonhava com ilhas...
> De inocentes amores, longe das cidades.**

---

*   "Little Gidding", de T.S. Eliot. Tradução de Ivan Junqueira. [NT]
**   "Paysage Moralisé", de W.H. Auden. Tradução livre. [NT]

Esses dois versos de Auden haviam sido destacados, e os outros dois entre eles, não. Havia também vários versos, igualmente descontínuos, de Ezra Pound.

> Vem, antes que a maré estelar nos fuja.
> Se evita ao leste a hora do declínio,
> Já! Pois oscila a agulha em minha alma!...
> Do alúvio de astros não zombes, será.

E este:

> Quem mesmo morto, ainda tem a mente inteira!
> Este som entrou na escuridão
> Primeiro deves tomar a estrada
>   ao inferno
> E seguir aos aposentos da filha de Ceres, Prosérpina,
> Através da escuridão pendente, para ver Tirésias,
> Cego que era, uma sombra, no inferno
> Tão sábio que os homens de carne sabem menos que ele,
> Antes que chegues ao fim de tua estrada.
>   O saber, sombra de uma sombra
> Ainda deverás navegar atrás do saber
> Sabendo menos que bestas drogadas.

O vento solar, a brisa que sopra quase todos os dias de verão no Egeu, mandava pequenas marolas preguiçosas que se encrespavam sobre o cascalho. Nada aparecia, tudo esperava. Pela segunda vez naquele dia, senti-me um Robinson Crusoé.

Coloquei o livro de volta sob a toalha e encarei a colina de um jeito um tanto apreensivo, convencido agora de que estava mesmo sendo observado; então me abaixei, apanhei a toalha e o livro, levando-os até em cima da pedra com os pés de pato, onde seria mais fácil encontrá-los se alguém aparecesse procurando por eles. Não por gentileza, mas para justificar minha curiosidade aos olhos escondidos. A toalha tinha um toque de perfume feminino; óleo bronzeador.

Voltei ao lugar onde minhas próprias roupas estavam e olhei de canto de olho para a praia. Depois de um tempo, retirei-me à sombra dos pinheiros, ali atrás. O ponto branco na rocha brilhava ao sol. Eu me deitei e adormeci. Não pode ter sido por muito tempo. Mas quando acordei e olhei para a praia, as coisas não estavam mais lá. A garota, pois eu deduzira se tratar de uma garota, tinha recuperado suas coisas sem ser vista. Eu me vesti e desci até lá.

O caminho comum de volta à escola era pelo meio da baía. Naquela ponta, eu podia enxergar outra pequena trilha que se afastava da praia onde a cerca fazia uma curva. Era uma subida íngreme, e o mato por dentro da cerca era denso demais, de modo que era impossível enxergar do outro lado. Pequenos gladíolos rosados se projetavam além das sombras, e uma toutinegra nos galhos mais grossos dos arbustos desenrolou um canto ressonante e entrecortado. Devia estar cantando a poucos metros de mim, com uma intensidade soluçante, feito um rouxinol, porém muito menos contínuo. Um canto de alarme ou de sedução? Não consegui decidir, embora fosse difícil não pensar nele como algo repleto de significado. Ele repreendia, assobiava, guinchava, soprava, encantava.

De repente um sino soou, de algum lugar atrás da vegetação. O pássaro parou de cantar, e eu subi a ladeira. O sino soou novamente, três vezes. Estava claramente chamando alguém para o almoço, para um chá inglês, ou talvez fosse uma criança brincando com ele. Mais adiante, o terreno se nivelava nos fundos do promontório, e as árvores afinavam um pouco, ainda que o mato continuasse fechado como antes.

Então apareceu um portão, trancado e pintado. Mas a tinta estava descascando, a corrente enferrujada e haviam forçado uma passagem na cerca bem perto do poste à direita. Uma trilha larga, coberta de grama, seguia pelo promontório, descendo suavemente em direção ao mar. Fazia uma curva entre as árvores e não revelava nada da casa. Fiquei escutando por um minuto, mas não havia sinal de qualquer voz. Colina abaixo, o passarinho começou a cantar de novo.

Então a vi. Eu andava por um vão. Estava a duas ou três árvores de distância, quase ilegível, grosseiramente pregada ao tronco de um pinheiro, no tipo de posição em que, na Inglaterra, você encontraria uma placa de *Invasores serão processados*. Mas esta placa dizia, em letras vermelhas desbotadas contra um fundo branco: SALLE D'ATTENTE. Era como se, anos atrás, tivesse sido roubada de alguma estação ferroviária francesa; uma antiga brincadeira estudantil. O esmalte havia saído, dando lugar a manchas cancerosas de metal enferrujado. Numa das pontas havia o que pareciam ser três ou quatro velhos buracos de bala. Era o aviso de Mitford: Cuidado com a sala de espera.

Fiquei na trilha do gramado, em dúvida se deveria ou não entrar na casa, preso entre a curiosidade e o medo de ser expulso. Imaginei na mesma hora que aquela deveria ser a casa do colaboracionista com quem Mitford havia discutido; mas eu imaginava algum Laval grego com cara de rato e não um sujeito culto o suficiente para ler — ou ter hóspedes que lessem — Eliot e Auden no original. Permaneci tanto tempo parado que perdi a paciência com minha própria indecisão, e me obriguei a ir embora. Voltei pelo vão e subi a trilha rumo ao cume central. A trilha logo deu num caminho de cabras, recentemente utilizado, uma vez que as pedras reviradas exibiam terra vermelha entre os cinzas desbotados de sol. Quando alcancei o cume central, olhei para trás. Daquele ponto específico, a casa era invisível, mas eu sabia sua localização. O mar e as montanhas flutuavam sob o sol constante do entardecer. Tudo estava em paz, os elementos e o vazio, o ar dourado e as silenciosas distâncias azuis, como uma pintura de Claude Lorrain; e enquanto eu descia o caminho íngreme até a escola, o lado norte da ilha pareceu-me opressivo e banal em comparação.

John Fowles
O Mago

11

Na manhã seguinte, após o café, fui até a mesa de Demetriades. Ele estivera na vila na noite anterior, e eu não me dei ao trabalho de esperar até que voltasse. Demetriades era pequeno, bem rechonchudo, com cara de sapo, um corfiote, com aversão patológica à luz do sol e ao campo. Resmungava incessantemente contra a "repugnante" vida provinciana que levávamos na ilha. Em Atenas, ele vivia para a noite, investindo em seus dois passatempos, comer e trepar. Gastava todo seu dinheiro nesses dois objetivos, e também com suas roupas, e ele deveria parecer pálido, oleoso e depravado, mas estava sempre rosado e bem arrumado. Seu herói da história era Casanova. Faltava-lhe aquele charme *à la* James Boswell, para não falar nada da genialidade, do italiano, mas, por seu humor que se alternava entre o alegre e o lúgubre, era uma companhia muito melhor do que Mitford insinuara. Pelo menos, não era hipócrita. Tinha o charme comum às pessoas que acreditavam implicitamente em si mesmas, o charme da integração.

Eu o levei ao jardim. Seu apelido era Méli, mel. Tinha uma paixão infantil por coisas adocicadas.

"Méli, o que você sabe sobre o homem de Bourani?"

"Você o conheceu?"

"Não."

"*Ah*!" Ele gritou com petulância ao menino que estava entalhando uma palavra numa amendoeira. Sua interpretação de Casanova era confinada estritamente à sua vida privada; na sala de aula, ele era um sargentão.

"Você não sabe o nome dele?"

"Conchis." Ele pronunciou o *ch* arranhando a garganta.

"Mitford disse que teve uma briga com ele. Uma discussão feia."

"É mentira. Ele sempre mentiu."

"Talvez. Mas devem ter se conhecido."

"*Po po.*" *Po po* é a maneira dos gregos falarem "me engana que eu gosto." "Aquele sujeito nunca se encontra com ninguém. Nunca. Pergunte aos outros professores."

"Mas por quê?"

"Bem...", ele deu de ombros. "Há muitas velhas histórias. Não saberia dizer."

"Ah, qual é?"

"Uma bobagem."

Caminhamos por uma rua de paralelepípedos. Méli detestava o silêncio, e não demorou para começar a me contar o que sabia sobre Conchis.

"Trabalhou para os alemães na guerra. Nunca vai até a vila. Os moradores o apedrejariam até a morte. Assim como eu faria, se o visse."

Eu abri um sorrisinho. "Por quê?"

"Porque ele é rico e mora numa ilha deserta como esta, quando poderia estar em Paris..." Ele acenou com a mão rosada em pequenos círculos velozes, um gesto que adorava fazer. Era sua ambição pessoal mais profunda — um apartamento com vista para o Sena contendo um quarto sem janelas e várias outras peculiaridades.

"Ele fala inglês?"

"Imagino que sim. Mas por que você está tão interessado?"

"Não estou. Eu só acabei de ver a casa"

O sinal de início do segundo bloco de aulas atravessou os pomares e as trilhas, ecoando nas paredes brancas e elevadas dos muros do pátio. Em nosso caminho de volta às salas, convidei Méli para jantar comigo na vila, no dia seguinte.

O principal *estiatoras** da vila, um homem grande como um leão marinho, chamado Sarantopoulos, sabia um pouco mais sobre Conchis. Ele veio e tomou uma taça de vinho conosco enquanto nos servíamos da refeição que ele preparara. Ele confirmou que Conchis era um recluso e que nunca havia estado na vila, mas não passava de uma mentira que ele teria colaborado com os nazistas. Foi nomeado prefeito pelos alemães durante a ocupação, e na verdade fez o melhor que pôde pelos moradores. Se não era tão popular agora, era porque encomendava a maior parte de seus mantimentos em Atenas. Sarantopoulos emendou uma longa história. O dialeto da ilha era difícil, até mesmo para outros

---

* "Dono de restaurante." [NT]

gregos, e eu não entendia uma só palavra. Inclinava-se atenciosamente sobre a mesa. Demetriades parecia entediado e acenava, complacente, durante as pausas.

"O que ele falou, Méli?"

"Nada. Uma história de guerra. Nada mesmo."

Sarantopoulos de repente olhou para atrás de nós. Falou algo para Demetriades e se levantou. Eu me virei. Na porta havia um ilhéu, alto, de aparência tristonha. Ele foi até uma mesa no canto oposto, o canto dos ilhéus, no longo salão vazio. Vi Sarantopoulos pôr a mão sobre o ombro do sujeito. O homem olhou para nós com desconfiança, mas então cedeu e se permitiu ser conduzido até nossa mesa.

"É o *agogiati* do sr. Conchis."

"É o quê?"

"Dono de um burrico. Leva a correspondência e a comida até Bourani."

"Como ele se chama?" Seu nome era Hermes. Eu já estava bem acostumado a encontrar garotos sem nenhum brilhantismo aparente sendo chamados de Sócrates e Aristóteles, e a me dirigir à velha mal-amanhada que arrumava meu quarto pelo nome de Afrodite, para que isso me arrancasse algum sorrisinho. O condutor do burrico sentou-se e, com uma certa má vontade, aceitou um copo de *retsina*. Corria os dedos no seu *kombolói*,** seu cordão de contas de âmbar para se acalmar. Era ruim da vista em um dos olhos, fixo, de uma palidez sinistra. Méli, que estava bem mais interessado em comer sua lagosta, extraiu dele algumas informações.

O que o sr. Conchis fazia? Morava sozinho — sim, sozinho — com uma criada, e cultivava o jardim, bem literalmente, ao que parecia. Ele lia. Tinha muitos livros. Tinha um piano. Falava muitos idiomas. O *agogiati* não sabia quais — todos, ele achava. Aonde ia no inverno? Às vezes a Atenas e a outros países. Quais? O homem não sabia. Não sabia nada da visita de Mitford a Bourani. Ninguém jamais o visitava.

"Pergunte se ele acha que eu poderia visitar o sr. Conchis."

Não. Era impossível.

Nossa curiosidade era perfeitamente natural na Grécia — a postura ressabiada dele é que era estranha. Capaz de ter sido escolhido por sua rabugice. Ele se levantou para sair.

** Tradicional cordão grego parecido com um terço, feito de contas ou miçangas, e usado como passatempo relaxante, sem conotação religiosa. [NT]

"Tem certeza de que ele não tem um harém de garotas bonitas escondidas por lá?", disse Méli. O *agogiati* fechou a cara num silencioso não, e então se afastou com aparente desprezo.

"Que ilhéu!" Tendo murmurado o pior insulto do idioma grego por suas costas, Méli tocou meu pulso com sua mão suada. "Meu querido amigo, por acaso já te contei como era que dois homens e duas mulheres que conheci em Mykonos faziam amor?"

"Já. Mas deixa isso pra lá."

Eu me senti estranhamente desapontado. E não só porque era a terceira vez que eu ouvia, justamente, como aquele quarteto acrobático fazia para copular.

De volta à escola, eu fui descobrindo, ao longo do restante da semana, um pouco mais. Apenas dois dos professores estiveram lá antes da guerra. Ambos se encontraram com Conchis uma ou duas vezes na época, mas nunca após a escola reabrir suas portas em 1949. O primeiro disse que ele era um músico aposentado. O outro o considerava um homem muito cínico, um ateu. Mas ambos concordavam que Conchis era um homem que apreciava muito a sua privacidade. Durante a guerra, os alemães o haviam obrigado a morar na vila. Um dia, capturaram uns *andarte* — soldados da resistência — vindos do continente e mandaram que ele os executasse. Ele se recusou e foi colocado diante de um pelotão de fuzilamento com vários outros nativos. Mas, por um milagre, não foi morto imediatamente, e acabou salvo. Evidentemente essa foi a história que Sarantopoulos nos contou. Na opinião da maioria dos nativos, e naturalmente de todos aqueles que perderam parentes massacrados na represália alemã, ele deve ter feito o que lhe ordenaram. Mas isso tudo era coisa do passado. Se agiu errado, foi pela honra da Grécia. Entretanto, nunca mais pôs os pés no vilarejo.

Então descobri algo pequeno, porém anômalo. Perguntei a várias pessoas, além de Demetriades, que estava na escola fazia um ano apenas, se Leverrier — o antecessor de Mitford — ou o próprio Mitford alguma vez contaram ter conhecido Conchis. A resposta era sempre não — compreensivelmente no caso de Leverrier, porque ele era muito reservado, "sério demais", como comentou um professor, tocando de leve na têmpora. Acontece que a última pessoa a quem perguntei, tomando café em sua sala, foi o professor de biologia. Karazoglou disse, com aquele seu francês imperfeito e aromático, que tinha certeza de que Leverrier nunca estivera lá, pois teria lhe contado. Era mais íntimo de Leverrier do que os outros professores; tinham um interesse comum por botânica. Ele remexeu uma cômoda, e então encontrou uma caixa de folhas de papel com flores secas que Leverrier havia reunido e montado. Havia longas anotações numa caligrafia admiravelmente inteligível e com um vocabulário altamente técnico e, aqui e ali, uns esboços, de aspecto profissional, feitos em tinta nanquim e aquarela. Enquanto eu repassava, sem qualquer interesse, o conteúdo da caixa, deixei cair uma das páginas de flores secas, que estava anexada a uma folha de papel com anotações adicionais. Essa folha escorregou do clipe que a segurava. No verso, havia o início de uma carta, que fora rasurada, mas continuava legível. Datava de 6 de junho de 1951, dois anos antes. *Prezado sr. Conchis, receio que após a extraordinária...* e parava por aí.

Não disse nada a Karazoglou, que não percebera coisa alguma; mas decidi, naquele exato momento, visitar o sr. Conchis.

Não sei dizer por que fiquei tão curioso de repente a seu respeito. Em parte, foi pela falta de qualquer outro motivo para curiosidade, a tradicional obsessão nativa com as trivialidades; em parte por causa da frase enigmática do Mitford e da descoberta a respeito de Leverrier; em parte, talvez a maior de todas, um sentimento peculiar de que eu tinha uma espécie de direito de visitá-lo. Ambos os meus dois antecessores tinham se encontrado com esse homem inencontrável; e não quiseram falar sobre isso. De alguma forma, agora era a minha vez.

Fiz mais uma coisa naquela semana: escrevi uma carta para Alison. Eu a enviei dentro de um envelope endereçado a Ann, do apartamento do andar de baixo na Russell Square, pedindo que mandasse a carta para qualquer que fosse o endereço em que Alison estivesse morando. Quase não disse nada na carta; apenas que eu pensara nela uma ou duas vezes, que eu descobrira o que a "sala de espera" significava; e que ela só deveria me responder se quisesse de verdade. Eu entenderia bem, caso ela não quisesse.

Sabia que naquela ilha era comum ser levado de volta ao passado. Havia tanto espaço, tanto silêncio, tão poucos encontros que era fácil se afastar do presente, e então o passado parecia dez vezes mais próximo. Era provável que Alison não pensasse em mim há semanas, e deveria ter tido uma meia dúzia de novos amantes. Então enviei a carta, um pouco como quem atira uma mensagem numa garrafa ao mar; nem tanto como uma piada, talvez, mas quase.

John Fowles
O Mago

12

A ausência do vento, geralmente infalível, resultou num calor opressor no sábado seguinte. Chegaram as cigarras. Elas zumbiam num coral irregular, sem nunca chegar exatamente a um ritmo comum, o que dava nos nervos, mas acabaram se tornando tão familiares que, no momento em que paravam, numa rara pancada de chuva, o silêncio era como uma explosão. Haviam mudado completamente o caráter da floresta de pinheiros. Agora era um lugar vivo e variado, uma colmeia audível e invisível de energia, com a retirada de sua solidão imaculada, já que além das *tzitzikia*, que é o nome dado às cigarras em grego, o ar latejava, choramingava e murmurava de gafanhotos de asas carmins, louva-deuses, vespas gigantescas, abelhas, mosquitos, varejeiras e mais dez mil outros tipos de insetos anônimos. Em alguns lugares, havia nuvens irritantes de borrachudos, de modo que eu caminhava entre as árvores como um novo Orestes, xingando e estapeando.

Fui ao cume outra vez. O mar estava de um azul-turquesa perolado, e as montanhas longínquas, de um azul-cinzento, sob o calor sem brisas. Eu podia ver o verde cintilante da coroa de pinheiros ao redor de Bourani. Era quase meio-dia quando saí do bosque e cheguei ao cascalho na praia da capela. Estava deserta. Vasculhei o espaço entre as pedras, mas não havia nada, e não tive a sensação de estar sendo observado. Nadei um pouco, então almocei, pão preto, quiabo e lula frita. Mais distante, ao sul, um caíque rechonchudo passou rebocando uma fileira de seis pequenos barquinhos, como um pato com seus filhotes. Sua onda de proa deixava um rastro ilusório de marolas escuras na superfície azul cremosa do mar, e isso foi tudo o que restou da civilização quando os barcos desapareceram atrás do promontório ocidental. Havia minúsculas ondulações de água azul transparente contra as pedras, árvores pacientes, ruído mecânico de uma miríade dos insetos, e uma vasta paisagem de silêncio. Cochilei sob a sombra tênue de um pinheiro, em plena atemporalidade, a dissociação absoluta da Grécia selvagem.

    O sol avançou, chegou em mim e me deixou excitado. Pensei em Alison, no tipo de sexo que fizemos juntos. Desejei que ela estivesse ao meu lado, nua. Faríamos amor sobre agulhas de pinheiros, depois nadaríamos, depois faríamos amor novamente. Eu estava repleto de uma tristeza ressecada, uma mistura de lembrança e consciência; lembrando o que fomos e o que poderíamos ter sido, e consciente de que tudo era passado; ao mesmo tempo consciente, ou começando a ter consciência, que outras coisas felizmente ficaram para trás — pelo menos algumas das minhas ilusões a meu respeito, e depois a sífilis, já que não havia sinais de que a doença voltaria algum dia. Eu me sentia muito bem fisicamente. No que minha vida iria se transformar, eu não sabia; mas deitado ali, naquele dia na praia, já não me parecia muito importante. Bastava ser. Eu me sentia suspenso, esperando sem medo por algum impulso que me guiasse. Deitei de bruços e fiz amor com a lembrança de Alison, como um animal, sem culpa ou vergonha, uma simples máquina sensorial arreganhada sobre a terra. Depois, fui correndo sobre as pedras escaldantes até o mar.

Subi o caminho que passava pela cerca e pelo mato, passei ao lado do portão descascado, parei de novo em frente à placa misteriosa. A trilha na grama seguia plana, curvada e um pouquinho inclinada, emergindo das árvores. A casa, deslumbrantemente branca no ponto onde o sol da tarde a tocava, estava de costas para mim na sombra. Fora construída sobre a lateral que dava para o mar de um pequeno chalé, que sem dúvidas existia ali desde antes. Era quadrada, com um telhado plano e uma colunata de arcos delgados que se estendia pelas laterais sul e leste. Acima da colunata havia um terraço. Eu podia ver as portas francesas abertas, dando acesso a um quarto do primeiro andar. Na lateral e nos fundos da casa, havia fileiras de vegetação de restinga, e pequenos arbustos aglomerados com flores de cores vivas, em escarlate e amarelo. Na fachada, na lateral sul e na que dava para o oceano, havia um corredor de cascalhos e então o terreno descia abruptamente até o mar. Cercando os cascalhos dos dois lados, havia palmeiras, plantadas dentro de círculos de pedras cuidadosamente caiadas de branco. Os pinheiros haviam sido podados para não atrapalharem a vista.

    A casa me incomodou. Lembrava demais a Côte d'Azur, não tinha nada de grego. Estava ali, branca e opulenta, como a neve suíça, e fez com que eu me sentisse um simplório de mãos pegajosas.

Subi um pequeno lance de escadas até a colunata de tijolos vermelhos. Havia uma porta fechada com uma aldrava em forma de golfinho. As janelas ao lado estavam trancadas. Bati na porta; e as batidas retiniram contra o piso de pedra. Mas ninguém apareceu. A casa e eu esperamos em silêncio num mar de zumbidos de inseto. Segui pela colunata até o canto da parede sul da casa. Ali a colunata era mais larga, e os arcos delgados, mais abertos; em pé, debaixo da sombra, olhei sobre o cume das árvores e do mar até as lânguidas montanhas lilases e cinzentas... um sentimento de *déjà vu* de ter estado naquele mesmo lugar, em frente àquela proporção particular de arcos, àquele contraste particular entre a sombra e a paisagem incandescente lá fora — não sabia explicar.

Havia duas velhas poltronas de vime no meio da colunata, e uma mesa coberta com uma toalha artesanal trançada em azul e branco, sobre a qual havia duas xícaras com pires e dois pratos grandes cobertos com musselina. Perto da parede, via-se um sofá de vime com almofadas; e, pendurado num suporte perto da porta francesa aberta, havia um pequeno sino cromado com uma borla marrom desbotada presa ao badalo.

Reparei na paridade da mesa de chá e fiquei no canto, envergonhado, ciente de um desejo trivial, típico dos ingleses, de sair de fininho. Então, sem nenhum aviso, uma figura apareceu em frente à porta.

Era Conchis.

John Fowles
O Mago

13

Antes de qualquer coisa, eu sabia que alguém me esperava. Ele me viu sem surpresa, com um pequeno sorriso, quase uma careta, em seu rosto.

Era um homem quase totalmente careca, bronzeado como um couro velho, pequeno e magro, alguém cuja idade era impossível de determinar: talvez 60, talvez 70 anos; trajava uma camisa azul-marinho, bermudas na altura dos joelhos e um par de sapatos de ginástica manchados de sal. A coisa mais impressionante a seu respeito era a intensidade dos olhos; castanhos bem escuros, pungentes, de uma penetração simiesca, enfatizada pela brancura notável da esclera; olhos que não pareciam ser exatamente humanos.

Ele ergueu a mão esquerda por um breve momento, numa espécie de saudação silenciosa, então deu passos largos até o canto da colunata, o que me deixou com palavras elaboradas e não ditas na garganta, então gritou em direção ao chalé:

"Maria!"

Ouvi como resposta um lamento tênue.

"Meu nome é...", comecei a dizer, enquanto ele se virava.

Mas ele levantou de novo a mão esquerda, dessa vez para me calar; pegou-me pelo braço e me levou até a beira da colunata. Ele tinha uma autoridade, uma determinação abrupta, que me pegou desprevenido. Examinou a paisagem, e depois me examinou. O doce perfume de açafrão de algumas flores que cresciam lá embaixo, nas margens do cascalho, emanava dentro da sombra.

"Escolhi bem?"

Seu inglês era perfeito.

"Maravilhosamente. Mas permita-me..."

Mais uma vez, o seu braço, moreno e enrugado, fez um gesto silencioso de varredura em direção ao mar, às montanhas, e ao sul, como se eu não tivesse apreciado a paisagem da maneira correta.

Eu o olhei de lado. Era óbvio que se tratava de um homem que raramente sorria. Havia algo como uma máscara, ausente de emoções, em seu rosto. Sulcos profundos corriam das laterais de seu nariz até os cantos de sua boca; sugeriam experiência, comando, impaciência com os tolos. Estava levemente zangado, sem dúvida nenhuma, uma zanga inofensiva, mas ainda assim zangado. Tive a impressão de que imaginava que eu fosse outra pessoa. Ele manteve aqueles olhos simiescos sobre mim. O silêncio e o olhar penetrante dele eram assustadores, e um tanto cômicos, como se ele estivesse tentando hipnotizar um pássaro.

De repente, de maneira rápida e peculiar, ele sacudiu a cabeça; inquisitiva e retoricamente, sem esperar resposta. Então se deu uma mudança, como se o que acontecera entre nós até aquele momento fosse uma piada, uma farsa, que tivesse sido ensaiada, e saído conforme planejado, mas que agora poderia terminar. Fiquei completamente desprevenido, de novo. Ele não estava zangado de maneira nenhuma. Chegou mesmo a sorrir, e seus olhos simiescos quase se transformaram em olhos de esquilo.

Ele se virou para a mesa. "Vamos tomar um chá."

"Eu só queria um copo de água. Quer dizer..."

"O senhor veio aqui para me conhecer. Por favor. A vida é muito curta."

Eu me sentei. O segundo lugar à mesa era para mim. Uma velha apareceu, de preto, um preto acinzentado pelo tempo, seu rosto tão enrugado quanto o de uma bugrinha americana. Era uma cena incongruente, ela carregando uma bandeja com um elegante bule de prata, uma chaleira, uma tigela de açúcar, um pires com fatias de limão.

"Essa é minha governanta, Maria."

Ele se dirigiu a ela em grego fluente, e ouvi meu próprio nome e o nome da minha escola. A velha me fez uma reverência, com os olhos para baixo, sem sorrir, e então esvaziou a bandeja. Conchis destampou a musselina de um dos pratos com a agilidade de um mágico. Reparei nos sanduíches de pepino. Ele serviu o chá e apontou para o limão.

"Como sabe quem eu sou, sr. Conchis?"

"Pronuncie meu nome com sotaque inglês. Prefiro o 'ch' chiado." Ele tomou um gole de chá. "Se perguntar a Hermes, Zeus ficará sabendo."

"Receio que meu colega não tenha sido muito discreto."

"O senhor sem dúvida descobriu tudo a meu respeito."

"Descobri muito pouco. Mas isso torna sua atitude ainda mais generosa."

Olhou para o mar. "Existe um poema da dinastia Tang." Ele pronunciava o nome com aquela preciosa oclusiva glotal. "Aqui na fronteira, há folhas caídas. Ainda que meus vizinhos sejam todos bárbaros, e tu, tu estejas a milhares de quilômetros de distância, sempre haverá duas xícaras na minha mesa."

Eu sorri. "Sempre?"

"Eu te vi no domingo passado."

"Aquelas coisas lá embaixo eram suas?"

Ele fez que sim com a cabeça. "E também te vi hoje à tarde."

"Espero que eu não o tenha incomodado em sua praia."

"De maneira nenhuma. Minha praia particular é aqui embaixo." Ele apontou por cima do cascalho. "Mas sempre gosto de ter uma praia só para mim. E imagino que o senhor também. Vamos. Pode comer os sanduíches."

Ele me serviu mais chá. Tinha enormes pedaços de folhas e uma fragrância de chá preto chinês. No outro prato havia *kourabièdes*, rolinhos amanteigados em formato de cone cobertos com açúcar. Eu havia me esquecido de como a hora do chá podia ser uma refeição deliciosa; e sentado ali me senti invadido pela inveja que um homem que vive num internato, e que deve suportar as refeições de um internato, e tudo mais de um internato, sente pela riqueza da vida privada dos bem afortunados. Lembrei-me de ter tomado chá com um dos meus tutores, um velho solteirão de Magdalen; e da mesma inveja que sentia por seus aposentos, seus livros, sua tranquila, precisa e rotineira paz.

Dei uma mordida no meu primeiro *kourabiè*, e fiz um aceno positivo com a cabeça.

"O senhor não é o primeiro inglês a aprovar a culinária da Maria."

"Mitford?" Seus olhos se fixaram em mim daquele modo penetrante mais uma vez. "Estive com ele em Londres."

Ele serviu mais chá. "O que acha do capitão Mitford?"

"Não faz meu gênero."

"Ele falou sobre mim?"

"De maneira alguma. Quer dizer..." Seus olhos estavam atentos. "Ele só disse que vocês tiveram um... desentendimento?"

"O capitão Mitford me fez sentir vergonha de ter sangue inglês."

Até ali, achava que estava começando a decifrá-lo; antes de tudo, o seu inglês, apesar de excelente, era de algum modo não contemporâneo, como o de alguém ausente da Inglaterra por muitos anos; além de sua aparência de um completo estrangeiro. Tinha uma semelhança bizarra com Picasso; reptiliana e ao mesmo tempo simiesca, após décadas pegando sol, a quintessência do homem mediterrâneo, que descartara tudo aquilo que o afastasse de sua vitalidade. Um apreciador de *monkey-gland** e geleia real; com uma intensidade que vinha de berço ao mesmo tempo em que era deliberada e cultivada. Claramente não se vestia como um dândi; mas existem outras formas de narcisismo.

"Não sabia que o senhor era inglês."

"Passei os primeiros dezenove anos da minha vida na Inglaterra. Agora eu tenho nacionalidade grega e o sobrenome da minha mãe. Minha mãe era grega."

"O senhor tem revisitado a Inglaterra?"

"Raramente." Ele mudou de assunto bruscamente. "Gostou da minha casa? Eu mesmo fiz o projeto e a construí."

Olhei ao redor. "Invejo o senhor."

"Eu também o invejo. O senhor tem aquilo que realmente importa. Tem uma vida inteira de descobertas pela frente."

Seu rosto apresentava-se desprovido daquele sorriso ofensivamente avuncular que costuma acompanhar esse tipo de declarações banais; e algo intencional no jeito dele de me olhar deixava claro que não falara aquilo apenas por falar.

"Bem. Agora preciso deixá-lo por alguns minutos. Depois, daremos uma volta." Eu me levantei para acompanhá-lo, mas Conchis fez um gesto para que voltasse a me sentar. "Termine os bolinhos. Maria se sentirá honrada. Por favor."

Ele andou até o sol que entrava pela final da colunata, alongou os braços e os dedos, e com outro gesto, pedindo que eu ficasse à vontade, entrou na sala. De onde estava sentado, eu podia ver um dos braços de um sofá estofado de cretone, uma mesa com um vaso de flores brancas. A parede era coberta por estantes de livros, do teto até o chão. Afanei mais um *kourabiè*. O sol começava a descer atrás das montanhas, e o mar cintilava com indolência aos pés de suas sombras opacas e cinzentas. Então tomei um susto com um som antigo e inesperado, um arpejo rápido, real demais para ter vindo de um rádio ou de um disco. Parei de comer, imaginando qual seria a nova surpresa com que iria me deparar.

---

* Coquetel feito com gim, absinto, suco de laranja, granadina e açúcar. A bebida leva esse nome, provavelmente, como paródia às infames práticas de Serge Voronoff (1866-1951), cientista russo do início do século XX que implantava pedaços de testículos de macaco dentro de testículos de homens adultos para lhes conferir virilidade. [NT]

Houve um momento de silêncio, talvez para atiçar meus palpites. Então veio o som sutil e choroso de um cravo. Hesitei, e decidi que também poderia participar daquele joguinho de indiferença. Ele tocou rapidamente, depois com tranquilidade, uma ou duas vezes parou e recomeçou a frase. A velha chegou para retirar a louça, sem olhar para mim uma única vez, mesmo quando apontei para os poucos bolinhos restantes e os elogiei com meu grego truncado; o patrão eremita nitidamente gostava de criados silenciosos. A música vinha da sala num som límpido e fluía ao meu redor, atravessando a colunata em direção à luz. Ele parou, repetiu um fraseado, e então terminou de tocar tão subitamente quanto começara. Uma porta se fechou, fez-se um silêncio. Cinco minutos se passaram, depois dez. O sol rastejava em minha direção sobre os ladrilhos vermelhos.

Fiquei com a impressão de que deveria ter ido embora mais cedo; que agora eu o havia deixado de mau humor. Mas ele apareceu na porta, falando.

"Vejo que não o expulsei daqui."

"De maneira nenhuma. Era Bach?"

"Telemann."

"O senhor toca muito bem."

"Eu já *soube* tocar. Não importa. Venha." Sua agitação era patológica; como se quisesse não apenas se livrar de mim, mas do próprio sentido do tempo.

Eu me levantei. "Espero poder ouvi-lo tocar outra vez." Ele fez uma pequena reverência, recusando-se ao convite para convidar. "Sente-se muita falta de música por aqui."

"Só de música?" Ele se virou antes que eu pudesse responder. "Venha. Próspero** mostrará seus domínios."

Enquanto descíamos os degraus até o cascalho, eu disse: "Próspero tinha uma filha".

"Próspero tinha muitas coisas." Ele atirou um olhar ríspido sobre mim. "E nem todas eram jovens e bonitas, sr. Urfe."

Eu sorri respeitosamente, achando que ele poderia estar se referindo às memórias da guerra, e guardei um momento de silêncio.

"O senhor vive sozinho aqui?"

** Personagem de *A Tempestade* (1611), peça de William Shakespeare (1564-1616), um duque exilado em uma ilha com poderes mágicos, onde é acompanhado apenas por sua filha, Miranda, seu criado Calibã e pelo espírito Ariel, que o serve. [NT]

"Alguns diriam que sim. Outros que não."

Aquilo foi dito com um certo desprezo sombrio, e ele olhava para frente enquanto falava. Se fazia isso para me confundir mais uma vez ou por que não havia mais o que contar a um desconhecido, eu não saberia dizer.

Caminhava com pressa, o tempo inteiro apontando para algumas coisas. Ele me mostrou sua pequena horta no terraço; seus pepinos, suas amêndoas, suas nêsperas de folhas compridas, seus pistaches. Da sacada do terraço, podia ver lá embaixo onde eu estivera deitado apenas uma ou duas horas atrás.

"Moutsa."

"Não sabia que se chamava assim."

"Albanês." Ele deu um tapinha no nariz. "Focinho. Por causa do penhasco que tem lá."

"Não é um nome muito poético para uma praia tão bonita."

"Os albaneses eram piratas, não poetas. A palavra que usavam para esse promontório era Bourani. Duzentos anos atrás era uma gíria para cabaça. Também para caveira." Começou a andar. "Morte e água."

Enquanto o seguia, eu disse: "Fiquei curioso sobre aquela placa perto do portão, *Salle d'attente*".

"Os soldados alemães a colocaram ali. Bourani foi requisitada durante a guerra."

"Mas por quê?"

"Acho que estavam alocados na França. Ficaram entediados enquanto estavam guarnecidos aqui." Ele se virou e me viu sorrir. "Precisamente. É preciso ser grato pela mínima pitada de humor dos alemães. Eu não gostaria de ser responsável por destruir uma planta tão rara."

"O senhor conhece a Alemanha?"

"Não é possível conhecer a Alemanha. Apenas suportá-la."

"E Bach? Ele não é razoavelmente tolerável?"

Ele parou. "Não julgo os países pelos seus gênios. Eu os julgo por suas características raciais. Os antigos gregos sabiam rir de si mesmos. Os romanos, não. Por isso a França é uma sociedade civilizada e a Espanha não é. É por isso que perdoo os judeus e os anglo-saxões por seus inúmeros defeitos. E é por isso que eu deveria agradecer a Deus, se acreditasse em Deus, por não ter sangue alemão."

Chegamos a um caramanchão de buganvílias e ipomeias no final da horta do terraço, num recuo inclinado. Ele acenou para que eu entrasse. Nas sombras, em frente a um afloramento de rochas, havia um pedestal.

Nele, estava uma estatueta de bronze com um falo ereto grotescamente enorme. Suas mãos também estavam arremessadas para o alto, como quem quer assustar uma criança; e seu rosto fazia uma carranca satírica pervertida. Media apenas uns 45 centímetros, mais ou menos, e mesmo assim emitia um terror primitivo.

"Sabe o que é isso?" Ele estava logo atrás de mim.

"Pã?"

"Um Priapo. Na era clássica, todos os jardins e pomares tinham um desses. Para assustar os ladrões e trazer fertilidade. Devia ser feito com madeira de pereira."

"Onde o encontrou?"

"Eu mesmo o fiz. Venha." Ele dizia "venha" do mesmo jeito como os gregos chamavam seus burricos; como se, mais tarde me ocorreu, eu fosse um empregado em potencial que precisava ser apresentado ao local de trabalho.

Voltamos em direção à casa. Um caminho estreito e íngreme ziguezagueava da colunata até a orla. Havia uma pequena enseada ali, com menos de cinquenta metros de largura. Ele construíra um ancoradouro em miniatura, e um pequeno barco verde e rosa, um bote comum nas ilhas, com um motor de popa, estava ancorado ali. Na ponta da praia, pude ver uma pequena caverna, com barris de querosene. E havia uma casa de bombas hidráulicas, com uma mangueira que subia o penhasco.

"Gostaria de dar um mergulho?"

Estávamos no ancoradouro.

"Deixei meu calção na casa."

"Não é necessário vestir nada." Seus olhos eram como os de um enxadrista que fizera um bom lance. Eu me lembrei de uma piada de Demetriades sobre nádegas inglesas; e lembrei do Priapo. Talvez essa fosse a explicação: Conchis era simplesmente uma bicha velha.

"Acho que não."

"Como preferir."

Voltamos à faixa de cascalho e nos sentamos num comprido tronco de madeira que fora arrastado até ali pelas águas.

Acendi um cigarro e olhei para ele; tentava decifrá-lo. Meu estado era parecido com o de alguém ligeiramente em choque. Não apenas pelo fato de que esse homem que falava inglês tão fluente, que parecia tão culto, cosmopolita, havia chegado à "minha" ilha deserta, surgindo quase da noite para o dia da terra estéril, como uma planta estranha. Também não era por ele corresponder tão pouco ao que eu tinha imaginado. Mas eu sabia que devia haver algum tipo de mistério acerca do ano anterior, alguma omissão deliberada e inexplicável da parte de Mitford. Segundas intenções pairavam no ar; ambiguidades, imprevistos.

"Como o senhor veio parar aqui?"

"O senhor se incomodaria se eu pedisse para não me fazer perguntas?"

"Claro que não."

"Ótimo."

E isso foi tudo. Calei a boca. Se mais alguém estivesse ali, eu não conseguiria prender o riso.

As sombras começaram a cair sobre o mar, vindas dos pinheiros na falésia à nossa direita, e havia paz, paz absoluta sobre o mundo; os insetos imóveis e a água como um espelho. Ele se sentou em silêncio com as mãos sobre os joelhos, aparentemente absorto em exercícios de respiração profunda. Não somente a sua idade, mas tudo mais a seu respeito era difícil de determinar. Ao que parecia, tinha pouquíssimo interesse em mim, e mesmo assim ele me observava; mesmo quando estava olhando para outro lado, ele me observava; e ficava esperando. Desde o início reparei nisso: eu lhe era indiferente, e mesmo assim ele me observava e esperava. Então ficamos sentados ali em silêncio como se conhecêssemos um ao outro muito bem e não tivéssemos a necessidade de conversar; e para falar a verdade, essa nossa postura parecia combinar com a quietude do momento. Era um silêncio antinatural, porém não constrangedor.

Então ele se mexeu. Seus olhos piscaram em direção ao topo do pequeno penhasco à nossa esquerda. Eu olhei ao redor. Não havia nada. Olhei de volta para ele.

"Alguma coisa ali?"

"Um pássaro."

Silêncio.

Vi seu rosto de perfil. Estava zangado? Estava gozando de mim? Tentei iniciar uma conversa de novo.

"Suponho que tenha conhecido meus dois antecessores." Sua cabeça girou em minha direção com a agilidade de uma cobra, numa postura de acusação, sem, no entanto, dizer nada. Eu o recordei: "Leverrier?".

"Quem foi que lhe disse?"

Por algum motivo, ele ficou apavorado sobre o que poderíamos ter dito a seu respeito pelas costas. Expliquei sobre o papel de carta que encontrei, e ele relaxou um pouco.

"Ele não estava feliz aqui. Em Phraxos."

"Foi o que Mitford me disse."

"Mitford?", o olhar acusador outra vez.

"Suponho que ele tenha ouvido boatos na escola."

Ele estudou meus olhos, então assentiu, mas sem ser muito convincente. Sorri para ele, e ele me retribuiu com um esboço muito tímido de um sorriso. Estávamos jogando aquele obscuro xadrez psicológico mais uma vez. Pelo visto, eu tinha a vantagem, mas não sabia por quê.

Da casa invisível acima, veio o repique do sino. Primeiro, duas vezes; então, após um momento, três vezes; depois, duas vezes de novo. Claramente tinha um significado, e deu voz a um estado de tensão peculiar que parecia permear tanto o local quanto o seu proprietário, e que contrastava de uma maneira estranha com a enorme tranquilidade da paisagem. Conchis se levantou de vez.

"Preciso ir. E o senhor tem uma longa caminhada pela frente."

No meio da subida do penhasco, onde o caminho íngreme se alargava, havia uma pequena cadeira de ferro forjado. Conchis, que forçara um ritmo rápido, sentou-se nela, satisfeito. Estava ofegante, assim como eu. Ele apalpou o coração. Olhei com preocupação, mas ele deu de ombros.

"Quando se envelhece. A anunciação ao contrário." Fez uma careta. "Não ser."

Sentamo-nos em silêncio e recuperamos nosso fôlego. Eu olhei para o céu amarelado através das delicadas fenestrações em meio aos pinheiros. O céu estava nebuloso a oeste. Uns poucos tufos de nuvens noturnas se encrespavam no alto, enlaçadas sobre a quietude do mundo.

Então uma vez mais, do nada, disse, com calma: "O senhor é um eleito?".

"Eleito?"

"O senhor se sente escolhido por alguma coisa?"

"Escolhido?"

"John Leverrier achava-se escolhido por Deus."

"Não acredito em Deus. E, com certeza, não me sinto escolhido."

"Acho que poderia ser."

Ofereci um sorriso dúbio. "Obrigado."

"Não é um elogio. É o acaso que faz de alguém um eleito. Não se pode eleger a si mesmo."

"E o que é que me escolhe?"

"O fortuito tem muitas faces."

Mas então ele se levantou, apesar de manter a mão repousada sobre meu ombro, como se quisesse me tranquilizar; como se dissesse que aquilo não tinha importância. Subimos o restante da colina. Finalmente chegamos ao cascalho ao lado da colunata. Ele parou.

"Pronto."

"Muito obrigado mesmo." Tentei fazer com que ele retribuísse meu sorriso, confessasse que estava zombando de mim; mas o humor havia se esvaído de seu rosto sorumbático.

"Faço dois pedidos ao senhor. Primeiro que não conte a ninguém da ilha que esteve comigo. Isso se deve a certos fatos ocorridos durante a guerra."

"Ouvi algo a respeito."

"O que o senhor ouviu?"

"A história."

"Existem duas versões da história. Mas esqueça disso por ora. Para eles, eu sou um recluso. Ninguém jamais me vê. Entende?"

"É claro. Não contarei a ninguém."

Eu sabia qual seria o próximo pedido: que não o visitasse novamente.

"Meu segundo pedido é que venha aqui no próximo final de semana. E passe as noites de sábado e domingo. Isto é, se não lhe for um incômodo a caminhada de volta na manhã de segunda."

"Obrigado. Muito obrigado. Eu adoraria."

"Acho que temos muitas descobertas a fazer."

"Não cessaremos nunca de explorar?"

"Leu isso naquele livro na praia?"

"O senhor não o deixou lá para que eu lesse?"

"Como poderia saber que o senhor viria?"

"Tive a sensação de que alguém estava me espiando."

Seus olhos castanhos escuros queimaram dentro dos meus; ele levou um bom tempo para responder. O sutil fantasma de um sorriso.

"Sente que estão te espiando agora?"

E mais uma vez seus olhos correram por cima dos meus ombros, como se pudesse ver algo de dentro das árvores. Olhei ao redor. Os pinheiros estavam vazios. Olhei de volta para ele; era uma piada? Ele ainda sorria, um sorrisinho seco.

"Estão?"

"Eu apenas perguntei, sr. Urfe." Ele me ofereceu a mão. "Se por algum motivo, não puder comparecer, deixe um recado para Hermes no restaurante de Sarantopoulos. Serei informado no dia seguinte."

Com a mesma cautela com que ele estava me tratando agora, apertei sua mão. Ele a deteve durante mais tempo do que dita a cortesia. Havia uma pressão mais forte no seu punho, uma busca inquisidora em seus olhos.

"Lembre-se. O acaso."

"Se o senhor diz."

"Agora vá."

Tive que sorrir. Era tão absurdo — o convite, depois essa rápida despedida, como se eu tivesse exaurido sua paciência. Mas ele não concederia nada, e no final fiz uma breve e fria reverência e agradeci pelo chá. Tudo que recebi foi uma outra reverência, também breve e fria, de sua parte. Não me restava nada além da saída.

Após cinquenta metros, olhei para trás. Ele ainda estava ali parado, senhor de seus domínios. Acenei e ele ergueu os dois braços num excêntrico gesto hierático, um pé ligeiramente à frente, como uma forma primitiva de bênção. Quando olhei de novo, um pouco antes de as árvores esconderem a casa, ele havia desaparecido.

O que quer que ele fosse, não era como ninguém mais que eu já tivesse conhecido. Algo além da simples solidão, das simples fantasias e esquisitices senis, ardiam naqueles seus olhos impactantes, naquela conversa brusca, inquisitória a princípio e depois interrompida, naqueles repentinos olhares oblíquos para o nada. Mas eu com certeza não achava, enquanto caminhava em meio às árvores, que chegaria a uma resposta lógica nos próximos cem metros.

John Fowles
O Mago

14

Muito antes de eu chegar ao portão saindo de Bourani, vi algo esbranquiçado jogado no vão. A princípio, imaginei que fosse um lenço, mas quando me curvei para apanhá-lo, vi que era uma luva de cor creme; e logo uma luva feminina que ia até o cotovelo. Dentro do punho havia uma etiqueta amarelada com as palavras *Mireille, gantière** bordada em seda azul. A etiqueta, assim como a luva, parecia absurdamente velha, algo do fundo de um baú fechado há muitos anos. Eu a cheirei, e lá estava ele, o mesmo perfume que senti na toalha da semana anterior, almiscarado, antiquado, como sândalo. Quando Conchis disse que estivera em Moutsa na semana anterior, foi esse fato, o doce perfume feminino, que me intrigou.

Agora começo a entender por que ele poderia não querer visitas inesperadas, ou fofocas. Por que ele arriscaria seu segredo comigo, deixando que eu o soubesse, talvez, na próxima semana, eu não conseguia imaginar; o que a senhora estaria fazendo com luvas de seda, eu não conseguia imaginar; e quem era ela, eu não conseguia imaginar. Poderia ser uma amante, mas também uma filha, uma esposa, uma irmã — talvez alguém com problemas mentais, talvez uma idosa. Passou pela minha cabeça que seria alguém com permissão para perambular pelos terrenos de Bourani e pela praia em Moutsa apenas sob a condição de manter-se escondida. Devia ter me visto na semana anterior; e dessa vez, teria escutado minha chegada e tentado me espiar — isso explicaria os olhares apressados do velho por trás de mim, e talvez, em parte, seu estranho nervosismo. Ele sabia que ela estava "fora"; isso explicaria o segundo lugar à mesa de chá, e o sino misterioso.

* Mireille, fabricante de luvas. [NT]

Eu me virei, já esperando ouvir risos, quiçá um riso bobo, e quando olhei para os arbustos densos perto do portão, e me lembrei da referência sombria a Próspero, uma explicação mais sinistra me veio à mente. Não com problemas mentais, mas com alguma deformidade horrível. *"Nem todas elas eram jovens e bonitas, sr. Urfe."* Eu senti, pela primeira vez na ilha, um breve calafrio de medo de lugares solitários.

O sol estava baixo e a noite chega com uma velocidade quase tropical na Grécia. Não queria ter que lidar com os caminhos íngremes do lado norte da ilha na escuridão. Então deixei a luva no centro da tábua de cima do portão e saí apressado. Meia hora depois me ocorreu a encantadora hipótese de que Conchis seria travesti. Algum tempo depois, comecei, pela primeira vez em meses, a cantar.

Não contei a ninguém, nem mesmo a Méli, sobre minha visita a Conchis, mas passei muitas horas conjecturando sobre a misteriosa terceira pessoa na casa. Decidi que a esposa com problemas mentais seria a resposta mais provável; explicaria a reclusão, os criados taciturnos.

Também tentei chegar a uma conclusão a respeito de Conchis. Eu estava mais do que certo de que ele não seria apenas homossexual; isso explicaria o aviso inadequado, embora pouco lisonjeiro, de Mitford. A intensidade do nervosismo do velho, indo de um lugar a outro, de um assunto a outro, seu caminhar garboso, suas respostas gnômicas e suas mistificações, seu jeito estranho de jogar os braços para cima quando eu me fui — todos seus maneirismos sugeriam, eram calculados para sugerir, que ele queria parecer mais jovem e mais vital do que era.

Aquilo me lembrou da história curiosa do livro de poesia, que ele deve ter deixado pronto para me intrigar. Eu passei um bom tempo nadando naquele primeiro domingo, bem afastado, na baía, e ele poderia facilmente ter deixado aquelas coisas no canto da praia que dava para o Bourani enquanto eu estava na água. Mas aquilo me pareceu uma maneira estranhamente tortuosa de se apresentar. E o que foi aquela história de eu ter sido "escolhido" — ou ter "muitas descobertas pela frente"? Por si só, poderia não significar nada; a respeito dele, aquilo poderia apenas significar que fosse louco. Sem falar que *"alguns diriam que vivo sozinho"* — me lembrei do desprezo mal disfarçado com que ele disse isso para mim.

Encontrei um mapa de grande escala da ilha na biblioteca da escola. Os limites da propriedade de Bourani estavam marcados. Vi que eram maiores, especialmente na direção leste, do que eu havia imaginado: seis ou sete hectares, uns quinze acres. Pensei várias vezes nisso, empoleirado em seu promontório solitário, durante as exaustivas horas em que se arrastava o purgatório das aulas do *Curso de Inglês* de Eckersley. Eu gostava das aulas de conversação, gostava de fazer o trabalho mais avançado com o pessoal conhecido como o Sexteto Filológico, um pequeno grupo de inúteis de 18 anos que estudavam línguas só porque eles eram completamente imprestáveis em ciências, mas a interminável tarefa de "treinar" os novatos me petrificava de tédio. *"O que estou fazendo? Estou levantando o meu braço. O que ele está fazendo? Ele está levantando o seu braço. O que eles estão fazendo? Eles estão levantando os seus braços. Eles levantaram os seus braços? Eles levantaram os seus braços."*

Era como ser um campeão de tênis, e estar condenado a jogar com iniciantes, além de ter sempre que buscar as bolas miseráveis deles presas na rede. Eu observava pela janela o céu azul e os ciprestes e o mar, e rezava para que o dia terminasse, quando eu poderia me retirar para a ala dos professores, deitar em minha cama e bebericar um ouzo. Bourani parecia verdejantemente distante de tudo aquilo; tão longe e, ainda assim, tão perto; com seus pequenos mistérios, que se apequenavam à medida que a semana avançava, não mais do que um laivo — ou um acaso — adicionado em sua promessa de prazer civilizado.

John Fowles
O Mago

15

Dessa vez, ele esperava por mim à mesa. Deixei minha bolsa perto da parede e ele pediu a Maria que trouxesse o chá. Estava bem menos excêntrico, talvez porque estivesse claramente determinado a me interrogar. Conversamos sobre a escola, sobre Oxford, minha família, sobre minhas aulas de inglês para estrangeiros, sobre o motivo de eu ter vindo à Grécia. Apesar de ele ficar fazendo perguntas, eu ainda sentia que não tinha nenhum interesse verdadeiro no que eu contava. O que lhe interessava a meu respeito era outra coisa, alguma síndrome que eu demonstrava, uma categoria que eu preenchia. Eu não era interessante por ser quem eu era, mas apenas enquanto exemplo. Tentei uma ou duas vezes reverter nossos papéis, mas ele deixou claro mais uma vez que não queria conversar sobre si mesmo. Não mencionei nada a respeito da luva.

Somente uma única vez ele pareceu se surpreender de fato. Havia me perguntado sobre meu sobrenome tão incomum.

"Francês. Meus ancestrais eram huguenotes."

"Ah."

"Havia um escritor chamado Honoré d'Urfé..."

Ele me disparou um olhar ligeiro. "Era parente seu?"

"É só uma tradição de família. Ninguém chegou a averiguar. Até onde eu sei." Pobre d'Urfé; eu usava seu nome para sugerir que séculos de alta cultura corriam em minhas veias. O sorriso do Conchis foi genuinamente caloroso, quase radiante, e eu sorri de volta. "Faz alguma diferença?"

"É divertido."

"Certamente é besteira."

"Não, não, eu acredito. E o senhor já leu o *L'Astrée*?"

"Infelizmente. Enfadonho demais."

"*Oui, un peu fade. Mais pas tout à fait sans charmes.*"* Sotaque impecável; ele não parava de sorrir. "Então o senhor fala francês."

"Não muito bem."

"Eu tenho um representante direto do *grand siècle* à minha mesa."

"Eu não diria direto."

Mas não me incomodei que ele pensasse assim, com essa sua bajulação repentina. Ele se levantou.

"Agora. Em sua homenagem. Hoje tocarei Rameau."**

Ele mostrou o caminho até a sala, que se estendia por toda a largura da casa. Três paredes forradas de livros. No final de uma delas, havia um forno de cerâmica verde vitrificada, sob a moldura de uma lareira que ostentava duas estatuetas de bronze, ambas modernas. Acima delas havia uma reprodução em tamanho natural de um Modigliani, um retrato refinado de uma mulher sombria de preto, contra um fundo verde-azulado.

Ele me fez sentar numa poltrona, procurou entre algumas partituras e encontrou a que queria; começou a tocar, peças breves, alegres, depois algumas correntes e passacales elaboradamente ornamentadas. Não gostei muito delas, mas percebi que ele tocava com maestria. Até podia ser pretensioso de outras maneiras, mas não estava fazendo pose ao teclado. Ele parou abruptamente, no meio da música, como se tivesse queimado um fusível; a presunção começou mais uma vez.

"*Voilà.*"

"Encantador." Resolvi acabar com a febre francesa antes que ela se espalhasse. "Estava admirando esse", declarei, acenando para o quadro.

"Mesmo?" Nós nos aproximamos da pintura. "Minha mãe." Por um minuto, achei que estivesse brincando.

"Sua mãe?"

"É o título. De fato é a mãe dele. Sempre foi a mãe dele." Examinei os olhos da mulher; eles não tinham a palidez de olhos de peixe característica dos olhos de Modigliani. Eles encaravam, olhavam, eram simiescos. Também olhei para a superfície pintada. Demorei a perceber que não estava diante de uma reprodução.

"Meu Deus. Deve valer uma fortuna."

---

*   "Sim, meio sem graça. Mas não completamente desprovido de charme." [NT]

**   Jean-Philippe Rameau (1683-1764), compositor barroco francês. [NT]

"Sem dúvida." Ele falou sem olhar para mim. "Não pense que só porque vivo de maneira humilde aqui, eu seja pobre. Sou muito rico." Disse como se "muito rico" fosse uma nacionalidade; como talvez seja. Encarei a pintura de novo. "Ela me saiu... de graça. E foi caridade. Eu deveria dizer que reconheci sua genialidade. Mas não reconheci. Ninguém reconheceu. Nem mesmo o astuto sr. Zborowski."[***]

"O senhor o conheceu?"

"Modigliani? Estive com ele. Muitas vezes. Conheci Max Jacob, que era amigo dele. Isso foi na fase final da sua vida. Estava bem famoso na época. Um dos pontos turísticos de Montparnasse."

Olhei furtivamente para Conchis enquanto ele admirava o quadro; ele ganhara, a meus olhos, com base em nenhuma outra lógica além do esnobismo cultural, uma nova dimensão de respeitabilidade, e comecei a me sentir muito menos categórico em relação à sua excentricidade e à sua pose, e em relação à minha própria superioridade no que dizia respeito ao que importava de verdade na vida.

"Não desejaria ter comprado mais obras dele?"

"Mas eu comprei."

"E ainda está com elas?"

"Claro. Somente um falido venderia pinturas tão bonitas. Estão nas minhas outras casas." Guardei para mim aquele plural; algum dia repetiria aquela frase para alguém.

"Onde ficam suas... outras casas?"

"O senhor gosta desta?" Ele tocou a estatueta de bronze de um rapaz abaixo do Modigliani. "Esta é uma maquete de Rodin. Minhas outras casas. Bem. Na França. No Líbano. Nos Estados Unidos. Tenho negócios no mundo todo." Ele se virou para a outra estatueta, distintivamente esquelética. "E esta é de Giacometti."

"Estou sem palavras. Aqui, em Phraxos."

"Por que não?"

"Ladrões?"

"Quando se possui tantos quadros valiosos, como eu — mais tarde te mostro mais, lá no segundo andar — é preciso tomar uma decisão. Tratá-los pelo que são. Retângulos de tela pintada. Ou então tratá-los como trataria barras de ouro. Quando alguém põe barras nas janelas, não consegue mais

---

[***] Léopold Zborowski (1889-1932), escritor e marchand polonês, foi retratado algumas vezes pelo amigo Amedeo Modigliani (1884-1920). [NT]

dormir de preocupação. Aqui." Ele apontou para as estatuetas. "Se quiser, pode roubá-las. Eu chamarei a polícia, mas talvez o senhor consiga escapar com elas. A única coisa que não conseguirá será me deixar preocupado."

"Comigo, elas não correm perigo."

"E nas ilhas gregas, não existem ladrões. Mas não quero que qualquer um saiba que elas estão aqui."

"Claro."

"Esse quadro é interessante. Foi omitido do único *catalogue raisonné* da sua obra que já vi. Pode ver que também não está assinado. Entretanto... não seria muito difícil de autenticá-lo. Eu te mostro. Pegue o canto."

Ele moveu o Rodin para um lado e retiramos juntos a moldura da parede. Ele a inclinou para que eu visse. No verso, estavam os primeiros esboços de outra pintura, e então, rabiscadas na metade inferior da tela sem tratamento, palavras ilegíveis com números ao lado, uma soma, perto da moldura.

"Dívidas. Aquela ali: 'Toto'. Toto era o argelino de quem ele comprava haxixe." Ele apontou: "'Zbo'. Zborowski."

Eu olhei para aqueles rabiscos traçados por uma mão embriagada, ao léu; senti a presença imediata do homem; e a terrível, porém necessária, alienação do gênio ao que era ordinário. Um homem que tocaria em você por 10 francos e voltaria para casa para pintar o que um dia valeria 10 milhões. Conchis me observava.

"Esse é o lado que os museus nunca expõem."

"Pobre diabo."

"Ele diria o mesmo sobre nós. Com muito mais razão."

Eu o ajudei a colocar a moldura de volta.

E então ele me fez olhar para as janelas. Eram um tanto pequenas e estreitas, arqueadas, cada uma com um pilar central e um capitel de mármore esculpido.

"Elas vieram de Monemvasia. Eu as encontrei instaladas num chalé. Então comprei o chalé."

"Como um americano."

Ele não sorriu. "São venezianas. Do século XV." Ele se virou para a estante e apanhou um livro de arte. "Aqui." Olhei por cima do seu ombro e vi a famosa "Anunciação", de Fra Angelico; e de imediato percebi por que a colunata lá fora me parecia tão familiar. Havia inclusive o mesmo piso vermelho com moldura branca.

"O que mais posso te mostrar agora? Meu cravo é bem raro. É um dos Pleyels originais. Fora de moda. Mas belíssimo." Ele alisou o tampo preto brilhante do instrumento, como se fosse um gato. Havia uma estante de partitura do outro lado, perto da parede. Parecia desnecessário para quem tem um cravo.

"O senhor toca algum outro instrumento, sr. Conchis?"

Ele olhou para a estante, balançou a cabeça. "Não. Tem valor sentimental." Seu tom de voz não tinha nada de sentimental.

"Bem. Ótimo. Preciso deixá-lo sozinho por um instante. Tenho correspondência para responder." Ele fez um gesto. "O senhor vai encontrar jornais e revistas ali. Ou livros... sinta-se à vontade. Com licença, por favor. Seus aposentos ficam lá em cima... se quiser."

"Estou bem aqui. Obrigado."

Ele saiu, e eu observei outra vez o Modigliani, acariciei o Rodin, analisei a sala. Eu me sentia como um homem que batera à porta de um chalé e se viu dentro de um palácio; vagamente bobo. Peguei uma pilha das revistas francesas e americanas que estavam no canto da mesa e saí, até a colunata. Depois de um tempo, fiz mais uma coisa que não fazia há muitos meses: comecei a rascunhar um poema.

> Dessa pedra-caveira estranhas, áureas raízes lançam
> Ícones e incidentes; o homem mascarado
> Manipula. Eu sou o tolo que tomba
> E nunca aprende a esperar e observar,
> Ícaro eternamente condenado, o joguete do tempo...

Ele sugeriu que visitássemos o restante da casa.

Uma porta levava até um hall feio e vazio. Havia uma sala de jantar, que ele disse nunca usar, na ala norte da casa, e outro cômodo que parecia muito mais um sebo de livros usados; um caos de livros — prateleiras de livros, pilhas de livros, pilhas de revistas e jornais, e um pacote grande e evidentemente recém-chegado ainda por abrir sobre uma escrivaninha perto da janela.

Ele se virou para mim com um compasso em mãos.

"Eu me interesso por antropologia. Posso medir seu crânio?" Ele tomou como certa minha permissão, e abaixei a cabeça. Enquanto gentilmente a apertava, disse: "Gosta de livros?".

Ele parecia ter esquecido, mas talvez não tivesse, de que eu estudara Letras em Oxford.

"É claro."

"O que gosta de ler?" Ele anotou minhas medidas numa caderneta.

"Ah... romances, principalmente. Poesia. E crítica."

"Não tenho um único romance aqui."

"Não?"

"O romance não é mais uma forma de arte."
Eu sorri.
"Por que está sorrindo?"
"Era uma piada recorrente quando eu estava em Oxford. Quando não se sabia o que dizer numa festa, costumava-se fazer uma pergunta dessas."
"Dessas como?"
"'Você acha que o romance se esgotou como forma de arte?' Ninguém esperava uma resposta a sério."
"Entendo. Não era sério."
"De maneira alguma." Olhei para a caderneta. "Minhas medidas são interessantes?"
"Não", respondeu, interrompendo o assunto. "Bem... eu falo sério. O romance está morto. Tão morto quanto a alquimia." Ele fez um gesto com as mãos, com o compasso, como se interrompesse esse assunto também. "Percebi isso um dia antes da guerra. Sabe o que fiz? Queimei todos os romances que eu tinha. Dickens. Cervantes. Dostoievski. Flaubert. Todos os grandes e todos os pequenos. Cheguei a queimar algo que eu mesmo escrevi quando era jovem demais para saber o que fazia. Queimei-os lá fora. Demorei o dia inteiro para isso. O céu levou a fumaça deles, e a terra, suas cinzas. Foi uma fumigação. Desde então fiquei mais feliz e mais saudável." Lembrei de minha própria destruiçãozinha; e pensei, grandes gestos são esplêndidos... se você puder se dar ao luxo. Ele pegou um livro e retirou a poeira aos tapas. "Por que deveria enfrentar centenas de páginas de invenções para atingir meia dúzia de verdades insignificantes?"
"Por diversão?"
"Diversão!" Ele reagiu à palavra. "Palavras servem à verdade. Aos fatos. Não à ficção."
"Entendo."
"Assim." Uma biografia de Franklin Roosevelt. "Assim." Uma edição de bolso francesa sobre astrofísica. "Assim. Veja isto." Era um velho panfleto — *Um aviso aos pecadores, contendo as últimas palavras do assassino Robert Foulkes*, 1679. "Aqui, leve isto e leia no final de semana. Veja se não é mais real do que todos os romances históricos já escritos."

Seu quarto se estendia por quase toda a largura da fachada da casa de frente para o mar, como a sala de música do andar de baixo. Num canto ficava a cama — uma cama de casal, eu reparei — e um armário gigantesco; no outro canto, uma porta fechada levava ao que deveria ser um cômodo bem pequeno, talvez um quarto de vestir. Perto daquela porta havia uma mesa de aparência estranha, cujo topo estava levantado. Era (como ele me explicou) um clavicórdio. O centro do quarto estava arrumado como uma espécie de sala de estar e escritório. Havia outro fogão de cerâmica, e uma escrivaninha amontoada de papéis com os quais ele devia estar trabalhando, e duas poltronas forradas de marrom claro para combinar com uma *chaise-longue*. No canto oposto, uma cristaleira triangular cheia de louças Isnik verdes e azul-pálidas. Inundado pela luz do fim de tarde, aquele era, ao mesmo tempo, um cômodo mais aconchegante do que os do primeiro andar e, em contraste, agradavelmente carente de livros.

Mas o que conferia de verdade a sua atmosfera eram seus dois quadros: ambos nus, garotas em interiores iluminados pelo sol, tons rosados, vermelhos, verdes, cor de mel e de âmbar; tudo leve, quente, brilhante como chamas amarelas repletas de vida, humanidade, domesticidade, sexualidade, mediterraneidade.

"O senhor o conhece?" Fiz que não. "Bonnard. Ele pintou esses dois quadros, cinco ou seis anos antes de morrer." Fiquei de frente para eles. Ele disse, atrás de mim: "Por estes eu paguei".

"Eles valem a pena."

"Luz do sol. Uma garota nua. Uma cadeira. Uma toalha, um bidê. Um chão de azulejos. Um cachorrinho. E ele dá uma razão ao todo da existência."

Eu encarei o quadro no canto esquerdo, o que ele não havia inventariado. Mostrava uma garota perto de uma janela, banhada pelo sol, com as costas viradas, que parecia secar suas partes e se olhar no espelho ao mesmo tempo. Lembrei-me de Alison, Alison andando nua pelo apartamento, cantando, como uma criança. Era uma pintura inesquecível; concedia uma aura dourada de luz aos momentos mais triviais, de tal forma que o momento, e todos os momentos assim, nunca mais poderiam ser triviais.

Conchis foi até o terraço, e eu o segui. Na ala oeste, com suas duas janelas francesas, havia uma mesinha mourisca com mosaico de marfim. Ela sustentava um vaso de flores disposto, como se de forma religiosa, em frente a uma fotografia.

Era uma foto grande dentro de uma moldura antiquada de prata. Uma garota de vestido eduardiano parada perto de um vaso de rosas sobre um pedestal coríntio improvável, enquanto uma folhagem pintada caía sentimentalmente no cenário de fundo. Era uma dessas velhas fotografias cujas sombras escuras, cor de chocolate, eram equilibradas pela cremosidade saborosa das superfícies claras; de uma época quando as mulheres tinham busto, não peitos. A jovem na fotografia tinha um penteado volumoso de cabelos claros e armados, e uma cintura fina, aquela suavidade rechonchuda na pele e beleza ligeiramente corpulenta das garotas-Gibson* que os mais velhos tanto admiravam.

Conchis me viu dando um olhar demorado. "Ela foi minha noiva."

Olhei de novo. O nome do fotógrafo estava numa estampa, adornado em ouro, no canto inferior — um endereço londrino.

"Não se casou com ela?"

"Ela morreu."

"Parece inglesa."

"Sim." Ele fez uma pausa, estudando o retrato. A garota parecia absurdamente antiquada, ao lado do vaso pomposo em frente ao arvoredo cenográfico, desbotado. "Sim, era inglesa."

Olhei para ele. "Qual era seu sobrenome inglês, sr. Conchis?"

Ele abriu um de seus raros sorrisos; como a pata de um macaco saindo de uma jaula. "Eu me esqueci."

"O senhor nunca se casou?"

Continuou olhando para a fotografia, e então balançou a cabeça devagar.

"Venha."

Havia uma mesa no canto sudeste do terraço em forma de L, protegido por um parapeito. Já estava coberta com uma toalha, presumivelmente para o jantar. Olhamos por sobre as árvores para a vista soberba, a vasta cúpula de luz sobre a terra e o mar. As montanhas do Peloponeso se tornaram azuis-violeta, e Vênus pairava no céu esverdeado como uma lâmpada branca, com o brilho sutil e constante de um lampião. A foto ficava na entrada, disposta mais ou menos do modo como uma criança põe bonecas nas janelas para que possam olhar para fora.

Ele se sentou perto do parapeito, de costas para a paisagem.

"E o senhor? Está noivo?" Minha vez de balançar a cabeça. "Deve achar a vida aqui muito solitária."

"Fui avisado."

"Um rapaz bonito da sua idade."

"Bem, tinha uma garota, mas..."

"Mas?"

"Não sei explicar."

"Ela é inglesa?"

---

* Referente à série de ilustrações femininas feitas pelo pintor norte-americano Charles Dana Gibson (1867-1944). [NT]

Pensei no quadro de Bonnard; aquela era a realidade; esses momentos; não o que se pode relatar. Sorri para ele.

"Posso pedir o mesmo que o senhor me pediu na semana passada? Para não fazer perguntas?"

"Claro."

Ficamos sentados em silêncio, aquele mesmo silêncio peculiar que ele havia imposto na praia, no sábado anterior. Enfim, ele se virou para o mar e voltou a falar.

"A Grécia é como um espelho. Ela te faz sofrer. Então você aprende."

"A viver sozinho?"

"A viver. Com o que se é. Um suíço veio terminar seus dias aqui — já faz muitos anos — num chalé isolado, em ruínas, no outro canto da ilha. Lá, sob Áquila. Um homem que teria minha idade, hoje. Passou a vida inteira montando relógios e lendo sobre a Grécia. Chegou a aprender grego clássico sozinho. Ele consertou o chalé sozinho, limpou as cisternas, construiu um terraço. Sua paixão se tornou — duvido que o senhor consiga adivinhar — as cabras. Ele pegou uma, depois duas. Depois um pequeno rebanho delas. Dormiam no mesmo quarto que ele. Sempre bem cuidadas. Sempre limpas e escovadas, já que ele era suíço. Ele costumava ligar para cá durante a primavera e tínhamos a maior dificuldade em manter o harém dele do lado de fora da casa. Aprendeu a fazer queijos excelentes — alcançavam bons preços em Atenas. Mas era solitário. Ninguém jamais lhe escrevia cartas, jamais o visitava. Totalmente só. E acredito que era o homem mais feliz que conheci na vida."

"O que aconteceu com ele?"

"Morreu em 1937. Um derrame. Só o descobriram quinze dias depois. Até lá, todas as suas cabras também já tinham morrido. Era inverno, por isso se compreende que a porta estivesse fechada."

Seus olhos nos meus, Conchis sorriu, como se achasse que a morte fosse uma brincalhona. A pele dele era muito agarrada ao crânio. Apenas seus olhos tinham vida. Tive a estranha impressão de que ele queria me fazer acreditar que *ele* era a morte; que, a qualquer momento, seu velho couro e seus olhos fossem cair, e eu me encontraria como hóspede de um esqueleto.

Mais tarde voltamos para dentro de casa. Havia outros três cômodos no lado norte do primeiro andar. Um deles, ele me mostrou apenas de relance, uma despensa. Vi caixotes empilhados até o alto, e alguns móveis cobertos com lençol. Depois, havia um banheiro, e ao lado do banheiro, um quartinho. A cama estava feita, e eu vi minha bolsa sobre ela. Esperava encontrar um quarto trancado, o quarto da mulher da luva. Então imaginei que ela devia viver no chalé — Maria devia tomar conta dela, talvez; ou talvez esse quarto, que seria meu no final de semana, fosse o seu.

Ele me entregou o panfleto do século XVII, que eu deixara numa mesa no terraço.

"Geralmente tomo um aperitivo lá embaixo em cerca de meia hora. Vejo o senhor lá?"

"Claro."

"Preciso te dizer algo."

"Pois não?"

"Acaso o senhor ouviu coisas desagradáveis a meu respeito?"

"Só conheço uma história a seu respeito e me parece representá-lo positivamente."

"A execução?"

"Eu mencionei semana passada."

"Tive a impressão de que o senhor teria ouvido outra coisa. Do capitão Mitford?"

"Absolutamente. Eu asseguro."

Ele estava em pé na entrada, me dirigindo o seu olhar mais intenso. Parecia estar reunindo coragem; a fim de decidir se seria preciso esclarecer o mistério; então se pronunciou.

"Sou sensitivo."

A casa pareceu imersa em completo silêncio; e, de repente, tudo que havia acontecido antes nos conduziu até aquele ponto.

"Receio que eu não seja sensitivo. Nem um pouco."

Parecíamos estar afogados no crepúsculo; dois homens se encarando. Pude ouvir o tique-taque do relógio do quarto.

"Isso não tem importância. Em meia hora?"

"Por que o senhor me disse isso?"

Ele se virou para uma mesinha perto da porta, riscou um fósforo para acender a lamparina, e então a ajustou cuidadosamente, fazendo-me esperar por uma resposta. Por fim, ele se ajeitou e sorriu.

"Porque eu sou sensitivo."

Ele saiu pela passagem e atravessou o terraço até seu próprio quarto. Sua porta se fechou, e então o silêncio preencheu o ar novamente.

John Fowles
O Mago

16

Era uma cama barata de ferro. Além de uma segunda mesa, um tapete e uma poltrona, havia apenas um velho baú *cassone*, trancado, do tipo que se encontra em qualquer chalé na ilha. Era o quarto de visitas de um milionário mais improvável que se podia imaginar. As paredes estavam nuas, exceto por uma fotografia de um grupo de homens do vilarejo parados em frente a uma casa — a casa. Consegui distinguir um jovem Conchis ao centro, vestindo chapéu de palha e bermuda, e havia uma mulher, uma camponesa, que não era Maria, porque tinha a idade de Maria na foto, que fora tirada evidentemente vinte ou trinta anos atrás. Segurei o lampião e virei a foto para ver se havia algo escrito no verso. Mas a única coisa que encontrei foi uma lagartixa frágil, que se agarrava com as perninhas abertas na parede, e me encarava com olhos mareados. Lagartixas gostam de quartos com pouco uso.

Na mesa, perto da cabeceira da cama, havia uma concha plana, que servia como cinzeiro, e três livros: uma coletânea de histórias de fantasmas, uma velha Bíblia e um volume comprido e fino intitulado *As Belezas da Natureza*. As histórias de fantasma se pretendiam verídicas, "autenticadas por pelo menos duas testemunhas confiáveis". O índice — "A Reitoria Borley", "A Doninha da Ilha de Man", "Rua Dennington, 18", "O Manco" — me lembraram de quando eu ficava doente na escola interna. Abri *As Belezas da Natureza*. A natureza era toda feminina, e a beleza, toda peitoral. Havia várias fotos de seios, fotos de seios de todos os tipos e de todos os ângulos, e em todos os tipos de cenário, em closes mais e mais fechados, até chegar na última foto que não mostrava nada além de um seio, com um mamilo, escuro e muito maior do que o natural, encarando do centro do papel brilhante. Era obsessivo demais para ser erótico.

Peguei o lampião e fui até o banheiro. Era bem construído, com um magnífico armário de remédios. Procurei algum indício de presença feminina, e não encontrei nenhum. Havia água encanada, mas era fria e salobra; somente para homens.

Voltei ao meu quarto e me deitei na cama. O céu da janela aberta era de um pálido azul noturno, e havia uma ou duas estrelas setentrionais brilhando tênues sobre as árvores. Lá fora, os grilos cantavam, monótonos, com um misto de inconsistência e precisão rítmica de um Webern. Ouvi ruídos vindos do chalé debaixo de minha janela, e senti o cheiro de comida. Na casa, reinava uma grande calmaria.

Eu estava cada vez mais perplexo em relação a Conchis. Algumas vezes ele era tão dogmático que me dava vontade de rir, de me comportar da forma xenofóbica, desdenhosa do povo do Continente, que é tão típica dos meus conterrâneos; às vezes, mesmo contra minha vontade, ele me impressionava — não apenas como um homem rico com algumas obras de arte invejáveis em sua casa. E agora ele me assustava. Era o tipo de medo irracional do sobrenatural de que eu zombava em outras pessoas; mas eu sentia que não fora convidado por hospitalidade, mas por outro motivo qualquer. Ele queria me usar de alguma forma. Eu já deixara de lado a hipótese da homossexualidade; ele teve suas oportunidades e as ignorou. Além disso, os Bonnards, a noiva, o livro dos seios, tudo depunha contra essa ideia.

Algo muito mais bizarro estava em jogo. *"O senhor é um escolhido?" "Eu sou sensitivo"*, tudo apontava para o espiritualismo, as batidas na mesa. Talvez a senhora da luva fosse algum tipo de médium. Certamente Conchis não possuía o requinte pequeno-burguês e o vocabulário confuso associados a um anfitrião de sessões espíritas; mas afirmo com igual certeza que ele não era um homem normal.

Acendi um cigarro e, depois de um tempo, sorri. Naquele quartinho singelo, isso não parecia importar, ainda que eu estivesse ligeiramente assustado. A verdade é que eu sentia uma agitação ainda imatura. Conchis não passava de um agente do acaso, o evento que acontecera comigo na hora certa; assim como, nos velhos tempos, acontecia de eu encontrar, após um trimestre celibatário em Oxford, uma garota e começar um caso com ela, estava começando uma história emocionante com ele. Aquilo parecia estar conectado de alguma maneira com minha vontade de me reencontrar com Alison. Queria viver de novo.

A casa estava quieta como a morte, como o interior de um crânio; mas o ano era 1953, e eu era um ateu, totalmente incrédulo a tudo que dizia respeito ao espiritualismo, fantasmas e toda essa baboseira. Fiquei deitado esperando a meia hora passar; e o silêncio da casa ainda representava, naquele dia, muito mais um silêncio de paz do que de medo.

John Fowles
O Mago

17

Quando desci, a sala de música estava iluminada, porém vazia. Havia uma bandeja na mesa em frente ao fogão com uma garrafa de ouzo, uma jarra de água, copos e uma tigela de gordas azeitonas pretas-azuladas da cidade de Amfissa. Eu me servi do ouzo e adicionei água o suficiente para deixar a bebida leitosa e opaca. Então, com o copo em mãos, comecei um passeio pelas estantes. Os livros estavam arrumados metodicamente. Havia duas seções inteiras de publicações médicas, a maioria em francês, incluindo muitas — que pareciam pouco compatíveis com o espiritualismo — sobre psiquiatria, e outras duas seções com livros científicos de todos os tipos; diversas prateleiras de obras filosóficas, e também um número considerável de livros sobre botânica e ornitologia, a maioria em inglês e alemão; mas a maior parte do restante eram biografias e autobiografias. Devia haver centenas delas. Pareciam ter sido colecionadas sem qualquer método: Wordsworth, Mae West, Saint-Simon, gênios, criminosos, santos, desconhecidos. A coleção tinha a impessoalidade eclética de uma biblioteca pública.

Atrás do cravo e abaixo da janela havia uma cristaleira de vidro contendo duas ou três peças clássicas. Havia um ritão* no formato de uma cabeça humana, um cílice** com uma imagem negra em um canto e, no outro, uma pequena ânfora com uma imagem vermelha. No alto da cristaleira também havia três objetos: uma foto, um relógio do século XVIII e uma caixa de rapé branca esmaltada. Fui atrás do banco do cravo para admirar a cerâmica grega. A pintura na parte interna, plana, do cílice

---

*   Recipiente de bebidas usados em cerimônias por povos da antiguidade clássica. [NT]
**   Cuia de altura pequena, com duas asas e corpo raso, usada para beber vinho.
       Geralmente era adornada com desenhos, e pintada de preto ou vermelho. [NT]

me impressionou. Envolvia dois sátiros e uma mulher e era bastante obscena. As imagens da ânfora tampouco eram do tipo que qualquer museu colocaria em exposição.

Então olhei o relógio mais de perto. Era feito em ormolu e seu mostrador era esmaltado. No meio, havia um pequeno cupido rosado e nu; a haste do ponteiro pequeno se originava em suas partes íntimas, e a ponta arredondada deixava bem claro o que ela simbolizava. Não havia numerais das horas marcadas no mostrador, e a metade direita estava escurecida, com a palavra *Sono* em letras brancas. Na outra metade, esmaltada de branco, havia palavras escritas em preto desbotado, mas ainda legíveis: às seis, *Encontro*; às oito, *Encantamento*; às dez, *Ereção*; às doze, *Êxtase*. O cupido sorria; o relógio não funcionava e sua masculinidade se pendurava retorcida permanentemente às oito. Abri a inocente caixinha branca de rapé. Debaixo da tampa estava encenada, no estilo boucheresco do século XVIII, exatamente a mesma cena que algum grego pintara no cílice, dois mil anos antes.

Era entre esses dois *objets* que Conchis, seja por perversão, humor ou simplesmente mau gosto — não consegui me decidir — escolhera colocar outra foto da garota eduardiana, sua falecida noiva.

Ela espiava para fora da moldura de prata ovalada com olhos alertas e sorridentes. Sua pele esplendidamente branca e seu pescoço fino estavam à mostra em um decote quadrado, um emaranhado de renda atado sobre seu peito com o que parecia ser um cadarço branco. Na altura de uma das axilas, havia um desengonçado laçarote preto. Parecia muito jovem, como se estivesse usando seu primeiro vestido de festa; e nessa foto parecia menos corpulenta; um tanto picante, com um toque de travessura, quase um deleite tímido por ser a rainha de um gabinete de curiosidades.

Uma porta se fechou no segundo andar, e me virei. Os olhos do Modigliani pareciam me encarar com severidade, por isso saí furtivamente até a colunata onde, um minuto depois, Conchis se juntou a mim. Havia se trocado e usava uma calça clara e um casaco de algodão escuro. Ele ficou contra a luz suave que vinha da sala e, em silêncio, me saudou. Mal se viam as montanhas no crepúsculo, obscuras como ondas de carvão, o céu ainda não totalmente exaurido do pôr do sol. Mas no alto — eu estava parado nos degraus que levavam até o cascalho — as estrelas haviam aparecido. Brilhavam com menos fogo do que na Inglaterra; tranquilamente, como se estivessem imersas em azeite transparente.

"Obrigado pelos livros de cabeceira."

"Se encontrar algo mais interessante nas prateleiras, pode pegar. Por favor."

Ouvi um estranho chamado vindo das árvores obscuras a oeste da casa. Eu já o ouvira antes, nas noites da escola, e a princípio pensei que fossem feitas por algum garoto retardado da vila. Era bem agudo, repetido em intervalos regulares. Kew. Kew. Kew. Como um melancólico motorista de ônibus transmigrado.

"É minha amiga", disse Conchis. Por um instante, absurdo e alarmante, pensei que ele estivesse se referindo à mulher da luva. Eu a visualizei esvoaçando entre as árvores da ilha com suas luvas Ascot, em sua eterna procura pelos jardins de Kew. Então, ouvi mais uma vez o chamado, assustador e estúpido, oriundo da noite atrás de nós. Conchis contou devagar até cinco, e o chamado veio novamente assim que ele ergueu a mão. Então, cinco de novo, e de novo ele veio.

"O que é isso?"

"*Otus scops*. A coruja mocho-d'orelhas. É bem pequena. Não chega a vinte centímetros. Assim."

"Vi que o senhor tem alguns livros sobre pássaros."

"Me interesso por ornitologia."

"E também estudou medicina."

"Estudei medicina. Muitos anos atrás."

"E nunca praticou?"

"Apenas em mim mesmo."

Bem longe, no mar, na direção oeste, avistei as luzes brilhantes do navio de Atenas. Nas noites de sábado, ele descia para o sul, até Citera. Mas, ao invés de aproximar Bourani do mundo comum, o barco distante parecia apenas enfatizar sua ocultação, seu sigilo. Eu mordi a isca.

"O que quis dizer com ser sensitivo?"

"O que acha que eu quis dizer?"

"Espiritualidade?"

"Infantilidade."

"Foi o que pensei."

"É claro."

Eu mal conseguia ver seu rosto à contraluz. Ele podia me ver melhor, porque eu havia me virado, após a última fala.

"O senhor não respondeu à minha pergunta."

"Sua primeira reação é típica do seu século nada suscetível: descrer, desmentir. Eu o vejo perfeitamente por debaixo de suas boas maneiras. O senhor é como um porco-espinho. Quando esse bicho está com os espinhos eriçados, não consegue comer. Se não come, vai ficar faminto. E seus espinhos morrerão com o resto do seu corpo."

Engoli o último gole de ouzo do copo. "Não seria o seu século também?"

"Eu vivi em vários outros séculos."

"Na literatura, quer dizer?"

"Na realidade."

A coruja piava de novo, com seus intervalos regularmente monótonos. Eu olhei para a escuridão dos pinheiros.

"Reencarnação?"

"Isso é bobagem."

"Então..." Dei de ombros.

"Não posso escapar da minha expectativa de vida humana. Por isso, só há uma maneira para eu ter vivido em outros séculos."

Fiquei em silêncio. "Desisto."

"Não desista. Olhe para cima. O que vê?"

"Estrelas. O espaço."

"E o que mais? Que o senhor sabe que existe. Apesar de não estar visível."

"Outros mundos?"

Eu me virei para olhá-lo melhor. Ele se sentou, uma sombra escura. Senti um calafrio percorrer minha espinha. Ele tirava as palavras da minha boca.

"Estou louco?"

"Equivocado."

"Não. Nem louco, nem equivocado."

"O senhor... viaja para outros mundos?"

"Sim. Eu viajo para outros mundos."

Abaixei o copo e peguei um cigarro, que acendi antes de falar.

"Em carne e osso?"

"Se puder me dizer onde termina a carne e começa a mente, eu poderei responder à sua pergunta."

"O senhor, hmm... tem alguma prova disso?"

"Muitas provas." Ele permitiu que um instante se passasse. "Para aqueles com inteligência para ver."

"É isso o que quis dizer com ser escolhido e ser sensitivo?"

"Em parte, sim."

Fiquei em silêncio, pensando que deveria tomar uma decisão a respeito de como agir. Percebi uma hostilidade inerente, que crescia para além de qualquer coisa que houvesse passado entre nós; a resistência subconsciente da água ao óleo. Um ceticismo polido parecia ser o melhor caminho.

"O senhor faz essas... viagens por, não sei, algum tipo de telepatia?"

Mas, antes que ele pudesse responder, ouvimos um suave som de passos próximos à colunata. Maria parou e acenou.

"*Sas efcharistoume*, Maria. O jantar está servido", disse Conchis.

Levantamo-nos e fomos até a sala de música. Enquanto servíamos nossos copos na bandeja, ele disse: "Existem coisas que as palavras não conseguem explicar".

Olhei para baixo. "Em Oxford, fomos ensinados a presumir que, se as palavras não podem explicar, nada mais será capaz."

"Muito bem." Ele sorriu. "Posso chamá-lo de Nicholas, agora?"

"É claro. Por favor."

Ele serviu um pouco de ouzo em nossos copos. Nós os erguemos e brindamos.

"*Eis'ygeia sas, Nicholas*."

"*Sygeia*."

Mas eu tive um palpite estranho que, mesmo naquele momento, ele não estava brindando exatamente à minha saúde.

A mesa no canto do terraço brilhava, uma ilha inesperadamente formal de copos e prataria na escuridão. Estava iluminada por um lampião comprido de cúpula escura; a luz escorria, concentrava-se na toalha branca, e era então refletida para cima, iluminando nossos rostos de uma maneira estranha, *à la* Caravaggio, contrastante com a escuridão ao nosso redor.

A comida estava excelente. Comemos peixe cozido no vinho, uma galinha deliciosa, queijo com sabor de ervas e um flan com coalhada e mel, feito, segundo Conchis, a partir de uma receita medieval turca. O vinho que bebemos tinha um laivo de resina, como se o vinhedo estivesse praticamente ao lado de uma floresta de pinheiros, e não se parecia em nada com o terrível vinho rascante com sabor de terebintina que às vezes eu bebia na vila. Comemos a maior parte do tempo em silêncio. Era evidente que ele preferia assim. Se falamos alguma coisa, era sobre a comida. Ele comeu devagar, e muito pouco, mas eu não deixei sobrar nada.

Quando ele terminou, Maria trouxe café turco num bule de latão e levou o lampião, que estava começando a atrair muitos insetos. Ela o substituiu por uma vela solitária. A chama cresceu sem tremular, na ausência de vento; e de vez em quando um inseto persistente voava em volta, por dentro, em volta e para longe. Acendi meu cigarro, e me sentei como Conchis, meio virado para o mar e para o sul. Ele não queria conversar, e eu estava contente por esperar.

De repente, ouvi passos lá embaixo, sobre o cascalho. Eles se afastavam da casa em direção ao mar. A princípio, achei que eram de Maria, apesar de parecer estranho que ela descesse até a praia numa hora daquelas. No entanto, um segundo depois, eu soube que os passos não poderiam ser dela, assim como era improvável que a luva fosse sua.

Eram passos leves, ligeiros, silenciosos, como se a pessoa tentasse fazer o menor barulho possível. Poderiam até mesmo ser passos de criança. Eu estava sentado longe do parapeito, e não conseguia enxergar nada lá embaixo. Olhei para Conchis, de relance. Ele observava a escuridão, como se o som fosse perfeitamente normal. Eu me mexi discretamente, para olhar por cima do parapeito. Mas os passos já haviam cessado e dado lugar ao silêncio. Com uma velocidade alarmante, uma mariposa enorme arremeteu contra a vela, repetida e freneticamente, como se estivesse amarrada a um elástico. Conchis se inclinou para frente e apagou a chama.

"Você não se incomoda de sentar no escuro?"

"De forma alguma."

Depois me ocorreu que realmente deve ter sido uma criança, de um dos chalés da enseada a leste; alguém que podia ter vindo ajudar Maria.

"Eu deveria te contar como cheguei aqui."

"Deve ter sido um lugar maravilhoso de se encontrar."

"É claro. Mas não estou falando de arquitetura." Ele fez uma pausa, ao que parecia, sem saber explicar o que queria dizer. "Vim para Phraxos procurando uma casa para alugar. Uma casa para passar o verão. Não gostava da vila. Não gosto quando o litoral dá para o norte. No meu último dia arrumei um barqueiro para dar a volta na ilha. Um passeio. Por acaso, ele me arranjou um mergulho em Moutsa, lá embaixo. Por acaso, disse que havia um velho chalé aqui em cima. Por acaso, eu subi. O chalé estava em ruínas, com paredes caídas, um amontoado de pedras cobertas de ervas daninhas. Estava muito quente. Eram mais ou menos quatro horas da tarde do dia 18 de abril de 1928."

Ele fez mais uma pausa, como se a lembrança daquele ano o obrigasse a parar; e a me preparar para uma nova faceta sua, uma nova mudança.

"Havia muito mais árvores na época. Não dava para ver o mar. Parei na clareira em volta das paredes em ruínas. Tive a sensação imediata de que alguém me esperava. Algo estivera esperando lá ao longo de toda a minha vida. Fiquei ali, e soube quem era que me esperava, quem aguardava. Era eu mesmo. Eu estava aqui e essa casa aqui, você e eu e esta noite estávamos aqui, e sempre estivemos aqui, como reflexos da minha própria chegada. Foi como um sonho. Eu estive andando em direção a uma porta fechada e, num repentino passe de mágica, sua madeira impenetrável se transformou em vidro, através do qual eu me vi chegando da outra direção, do futuro. Falo de maneira figurada. Você compreende?"

Fiz que sim, cauteloso, sem qualquer preocupação em compreender; porque, sublinhando tudo o que ele fazia, consegui detectar um quê teatral, planejado e ensaiado. Ele não queria me contar sobre como chegou em Bourani, como alguém contaria algo que lhe aconteceu; mas como um dramaturgo conta uma anedota onde o roteiro da peça exige. Ele continuou:

"Soube na hora que eu deveria viver aqui. Não poderia ir além. Somente aqui o meu passado poderia se fundir com o meu futuro. Por isso fiquei. Estou aqui hoje à noite. E você está aqui hoje à noite."

Na escuridão, ele estava olhando de lado para mim. Não disse nada por um momento; aquela última frase pareceu ter uma certa ênfase especial.

"Isso também é o que você quis dizer com ser sensitivo?"

"É o que chamo de acaso. Existe um momento na vida de cada um que é como um ponto fulcral. Nesse momento, é preciso aceitar a si mesmo. A questão não é mais o que você virá a se tornar. É o que você é e sempre será. Você ainda é muito jovem para saber. Ainda está se transformando. Não sendo."

"Talvez."

"Talvez, não. Com certeza."

"O que acontece com alguém que não reconhece o... ponto fulcral?" Mas eu estava pensando, eu já passara por ele — o silêncio nas árvores, o apito do navio de Atenas, a boca escura do cano da espingarda.

"Essa pessoa então será como a maioria. Apenas uns poucos reconhecem esse momento. E agem a partir dele."

"Os escolhidos?"

"Os escolhidos. Os eleitos pelo acaso." Eu ouvi sua cadeira ranger. "Olhe para lá. Os pescadores noturnos." Bem distante, nos pés das montanhas, havia uma fina poeira de luzes rubis nas profundezas das sombras. Não sabia se ele simplesmente quis dizer: olhe; ou se aquelas luzes de alguma forma simbolizavam os eleitos.

"Você é muito provocador de vez em quando, sr. Conchis."

"Estou preparado para ser um pouco menos."

"Gostaria que fosse assim."

Ele se calou mais uma vez.

"Imagine que o que estou te contando seja mais importante para sua vida do que meramente escutar um conselho."

"Espero que seja."
Outra pausa.
"Não me interessa polidez. A polidez sempre esconde uma recusa em encarar outros tipos de realidade. Vou dizer algo a seu respeito que poderá chocá-lo. Eu sei algo a seu respeito que você mesmo desconhece." Ele fez uma pausa, outra vez, como para que eu me preparasse. "Você também é sensitivo, Nicholas. Você tem certeza que não é. Eu sei disso."
"Bem, eu não sou. De verdade." Esperei, depois disse: "mas eu com certeza gostaria de saber o que te faz pensar que eu seja".
"Já me foi demonstrado."
"Quando?"
"Prefiro não dizer."
"Mas você deve. Sequer sei o que de fato quer dizer com essa palavra. Se você se refere meramente a algum tipo de inteligência intuitiva, então espero ser sensitivo. Mas acho que quis dizer outra coisa."
Mais uma vez, o silêncio, como se ele quisesse que eu escutasse as arestas de minha própria voz. "Está lidando com isso como se eu o acusasse de algum crime. De alguma fraqueza."
"Sinto muito. Mas nunca tive uma experiência paranormal em toda a minha vida." Eu ainda incluí, inocentemente: "de todo modo, sou ateu".
Sua voz foi gentil e seca. "Se alguém é inteligente, então é claro que será ou agnóstico ou ateu. Assim como será fisicamente covarde. Estas são definições automáticas de inteligência superior. Mas eu não estou falando de Deus. Estou falando de ciência." Eu não disse nada. Sua voz se tornou mais seca. "Muito bem. Eu aceito que você acredite que você... *não* é sensitivo."
"Você não pode se recusar a me contar agora o que prometeu."
"Eu só quis te alertar."
"E conseguiu."
"Um minuto, por favor."
Ele desapareceu em seu quarto. Eu me levantei e fui até o canto do parapeito, de onde podia enxergar em três direções. Ao redor da casa, estavam os pinheiros silenciosos, ofuscados pela luz das estrelas. Uma paz absoluta. Para cima e bem longe ao norte, eu pude escutar um avião, apenas o terceiro ou quarto ouvido à noite desde que chegara à ilha. Imaginei Alison dentro dele, andando pelo corredor com um carrinho de bebidas. Assim como o navio, o zumbido distante acentuava, ao invés de diminuir, o isolamento de Bourani. Tive uma sensação penetrante da ausência de Alison, da provável falta permanente dela; conseguia

imaginá-la ao meu lado, sua mão em cima da minha; e ela era calor humano, normalidade, o padrão para se levar a vida. Eu sempre me via potencialmente como uma espécie de protetor dela; e pela primeira vez, naquela noite em Bourani, vi que talvez ela tenha sido, ou poderia ter sido, minha protetora.

Alguns segundos depois, Conchis voltou. Ele foi ao parapeito e inspirou profundamente. O céu, o mar e as estrelas, metade do universo, se estendiam diante de nós. Eu ainda conseguia ouvir o avião. Acendi um cigarro, assim como Alison, naquele mesmo momento, podia ter acendido um cigarro também.

John Fowles
O Mago

18

"Acho que estaríamos mais confortáveis nas espreguiçadeiras."

Eu o ajudei a puxar as duas cadeiras de vime do canto oposto do terraço. Então nós dois colocamos os pés para cima e nos reclinamos. E na hora pude sentir o cheiro na almofada de cabeça — aquele mesmo perfume elusivo e antiquado da toalha, da luva. Tinha certeza de que não pertencia a Conchis ou à velha Maria. Já deveria tê-lo sentido a essa altura. Havia uma mulher, e ela frequentemente usava essa cadeira.

"Levaria muito tempo para definir o que quero dizer. Levaria a história da minha vida."

"Passei os últimos sete meses entre pessoas que só conseguiam falar o inglês mais rudimentar possível."

"Meu francês está bem melhor do que o meu inglês hoje em dia. Mas não importa. *Comprendre, c'est tout.*"

"'Conecte-se apenas'."*

"Quem disse isso?"

"Um romancista inglês."

"Ele não devia tê-lo dito. Ficção é a pior forma de conexão."

Eu sorri na escuridão. Havia um silêncio. As estrelas davam sinais. Ele começou.

"Eu contei que meu pai era inglês. Mas seu negócio, a importação de tabaco e groselha, ficava principalmente na região do Levante. Um dos seus concorrentes era um grego que morava em Londres. Em 1892, esse grego recebeu notícias trágicas. Seu irmão mais velho e sua esposa morreram num terremoto nas montanhas, lá do outro lado do Peloponeso.

---

* Citação do romance *Howards End* (1910), de E.M. Forster (1879-1970). [NT]

Três crianças sobreviveram. Os dois mais jovens, dois garotos, foram mandados para a América do Sul, para morarem com um terceiro irmão. E a criança mais velha, uma garota de 17 anos, foi levada até Londres para cuidar da casa do seu tio, o concorrente do meu pai. Ele, há muito tempo, estava viúvo. Ela tinha a beleza característica das mulheres gregas que têm algum sangue italiano. Meu pai a conheceu. Era muito mais velho, mas bastante bonito, imagino, e ele falava um pouco de grego demótico. Havia interesses comerciais e uma fusão poderia ser lucrativa. Resumindo, eles se casaram... e daí que eu existo.

"A primeira coisa de que me lembro claramente era minha mãe cantando. Ela sempre cantava, estivesse feliz ou triste. Era capaz de cantar música clássica também e tocar piano, mas era das canções folclóricas gregas que eu me lembro mais. Aquelas que ela cantava sempre que estava triste. Eu me lembro dela, me contando — muitos anos depois — de estar numa encosta distante e ver a poeira ocre subindo e flutuando lentamente no céu azul. Quando as notícias sobre seus pais chegaram, ela ficou possuída por um ódio tenebroso à Grécia. Quis ir embora, para nunca mais voltar. E, como tantos gregos, ela nunca aceitou seu exílio. Esse é o preço de nascer no mais bonito e mais cruel dos países do mundo.

"Minha mãe cantava — e música era a coisa mais importante na minha vida, desde quando me lembro. Eu era uma espécie de criança prodígio. Dei meu primeiro concerto aos 9 anos de idade, e as pessoas foram muito gentis. Mas fui um mau pupilo em todas as outras matérias na escola. Não era burro, mas era muito preguiçoso. Só conhecia uma única obrigação: tocar bem piano. O trabalho geralmente consiste em fingir que o trivial é fundamental, e nunca fui bom nisso.

"Eu tive sorte, encontrei um excelente professor de música — Charles--Victor Bruneau. Ele tinha muitos dos defeitos tradicionais dos professores. Vaidade quanto aos seus métodos e vaidade quanto aos seus pupilos. Uma agonia sarcástica para o aluno que não fosse talentoso, um anjo dedicado ao que fosse. Mas era um homem bastante instruído musicalmente. Naquele tempo, isso significava que ele era uma *raríssima avis*. A maioria dos intérpretes da época queria apenas se expressar. E assim alcançavam realizações como enorme velocidade e grande técnica expressiva de rubato.** Ninguém mais toca desse jeito. Ou poderia tocar desse jeito, mesmo

---

**   Alterar o andamento da música, acelerando ou retardando o tempo, de maneira intencional. [NT]

se quisesse. Os Rosenthals e Godowskis se foram para sempre. Mas Bruneau estava muito à frente do seu tempo e há muitas sonatas ainda de Haydn e de Mozart que eu só consigo ouvir do jeito que ele as executava.

"Entretanto, sua aptidão mais memorável — falo de antes de 1914 — era algo que não se via na época: ser tão bom no cravo quanto no piano. Eu o conheci num período da sua vida em que ele estava abandonando o piano. O cravo requer uma técnica de digitação bem diferente do piano. Não é fácil mudar. Ele sonhava com uma escola de cravistas treinados, tão cedo quanto possível, como puros cravistas. E não, como costumava dizer, *des pianistes en costume de bal masqué*.*

"Aos 15 anos, eu tive o que hoje chamamos de ataque de nervos. Bruneau exigia demais de mim. Eu não tinha o menor interesse em jogos. Era um aluno externo, tinha permissão para me concentrar na música. Nunca fiz amigos de verdade na escola. Talvez porque fosse tido por judeu. Mas o médico disse que, quando eu me recuperasse, deveria praticar menos e sair com mais frequência. Fiz uma careta. Meu pai voltou um dia com um livro caríssimo sobre pássaros. Eu mal podia distinguir os pássaros mais comuns uns dos outros, nunca havia pensado em fazê-lo. Mas o palpite de meu pai foi inspirado. Deitado na cama, olhando para as poses rígidas daquelas fotografias, comecei a querer ver a realidade viva — e a única realidade que eu tinha para começar eram os cantos que ouvia da janela da enfermaria. Cheguei aos pássaros através do som. De repente, mesmo os pios dos pardais pareciam misteriosos. E o canto dos pássaros que eu ouvira mil vezes, tordos e melros em nosso jardim londrino, eu passei a ouvir como se nunca antes os tivesse escutado. Anos mais tarde — *ça sera pour un autre jour*** — os pássaros me conduziram a uma experiência bastante incomum.

"Veja a criança que eu era. Preguiçoso, solitário, sim, bastante solitário. Qual é a palavra? Um maricas. Talentoso na música, e em nada mais. Eu era filho único, mimado por meus pais. Ao entrar em meu quarto lustro,*** ficou evidente que eu não conseguiria cumprir minha promessa inicial. Bruneau foi quem viu primeiro, depois eu vi também. Apesar de termos um acordo tácito de não contarmos aos meus pais, para mim foi muito difícil aceitar. Dezesseis anos é uma idade difícil para descobrir que você nunca será um gênio. Mas a essa altura eu estava apaixonado.

---

*   "Pianistas em trajes de baile de máscaras". [NT]
**   "Isso ficará para outro dia". [NT]
***   Período de cinco anos, quinquênio. [NT]

"Conheci Lily quando ela tinha 14, e eu era um ano mais velho, logo após meu ataque. Vivíamos no distrito de St. John's Wood. Numa dessas pequenas mansões brancas para comerciantes bem-sucedidos. Você conhece? Uma estradinha semicircular. Um pórtico. Nos fundos havia um grande jardim, no canto dele, um pequeno pomar, seis ou sete pés carregados de maçãs e de peras. Malcuidados, mas bem verdejantes. Eu tinha uma "casa" particular debaixo de um limoeiro. Um dia — junho, um nobre dia azul, caloroso, quente, como são os dias aqui na Grécia — estava lendo uma biografia de Chopin. Lembro-me perfeitamente. Sabe que na minha idade é mais fácil se lembrar dos vinte primeiros anos de sua vida do que dos segundos — ou terceiros. Estava lendo e, sem dúvida, me vendo como Chopin, e tinha o meu novo livro de pássaros do meu lado. É 1910.

"De repente, ouço um ruído do outro lado do muro de tijolos que separa o jardim da casa vizinha à nossa. A casa está vazia, por isso a minha surpresa. E então... uma cabeça aparece. Cautelosa. Como um camundongo. É a cabeça de uma garota. Estou meio escondido no meu caramanchão, sou a última coisa que ela vê, o que me dá tempo de examiná-la. Sua cabeça está banhada de sol, uma massa de cabelos louros pálidos que cai para trás dos ombros e desaparece. O sol está para o sul, de modo que se reflete em seus cabelos, numa nuvem de luz. Posso ver seu rosto sombreado, seus olhos escuros, e sua boquinha inquisitiva semiaberta. Ela é séria, tímida, ainda que determinada a ser valente. Ela me vê. Ela me encara, surpresa, por um instante em sua névoa de luz brilhante. Parece mais empertigada, como um pássaro. Eu me levanto e vou até a entrada do caramanchão, ainda na sombra. Não nos falamos, nem sorrimos. Todos os mistérios não ditos da puberdade tremulam no ar. Eu não sei por que não consigo falar... e então uma voz chama o nome dela.

"O feitiço foi quebrado. E todo o meu passado se quebrou, também. Existe um verso de Giórgos Seféris, não? 'A romã partida está cheia de estrelas'. Foi desse jeito. Ela desapareceu, eu me sentei novamente, mas era impossível voltar a ler. Fui até o muro perto da casa, e ouvi a voz de um homem e vozes femininas musicais que sumiam do outro lado da porta.

"Fiquei num estado mórbido. Mas aquele primeiro encontro, aquela misteriosa... como deveria dizer?, mensagem da sua luz, da sua luz até minha sombra, me assombrou durante semanas.

"Seus pais se mudaram para a casa vizinha. Conheci Lily cara a cara. E havia uma ponte entre nós. Não era apenas minha imaginação, isso veio tanto do lado dela quanto do meu — um cordão umbilical comum, algo que não tínhamos coragem de comentar, claro, mas que sabíamos que estava lá.

"Ela não era muito diferente de mim em muitas coisas. Também tinha poucos amigos em Londres. E o toque final desse conto de fadas era que ela também era uma pessoa bastante musical. Não tinha nenhum talento arrebatador, mas era musical. Seu pai era um homem peculiar, irlandês, com muitos recursos e uma paixão pela música. Ele tocava flauta muito bem. Claro que ele precisava conhecer Bruneau, que às vezes ia em nossa casa, e através de Bruneau conheceu Dolmetsch, que o deixou interessado em flauta doce. Outro instrumento esquecido naqueles tempos. Eu me lembro da Lily tocando seu primeiro solo numa flauta soprano desafinada, feita por Dolmetsch e que seu pai comprara para ela.

"Nossas duas famílias ficaram muito próximas. Eu acompanhava, às vezes tocávamos duetos, às vezes o pai dela se juntava a nós, às vezes as duas mães cantavam. Descobrimos um continente musical totalmente novo. O Livro Virginal de Fitzwilliam, Arbeau, Frescobaldi, Froberger — foi uma época em que as pessoas se deram conta, de repente, de que havia música antes de 1700."

Ele fez uma pausa. Eu queria acender um cigarro, só que, mais do que isso, eu não queria distraí-lo; atrapalhar suas lembranças. Por isso, segurei o cigarro entre os dedos e esperei.

"Ela tinha, sim, suponho, uma beleza *à la* Botticelli, longos cabelos claros, olhos violeta acinzentados. Mas, falando assim, faz com que ela pareça ser muito pálida também, muito pré-Rafaelita. Tinha algo que desaparecera do mundo, do mundo feminino. Uma doçura sem sentimentalismo, uma pureza sem ingenuidade. Era fácil demais magoá-la, provocá-la. E quando provocada, era como uma carícia. Pelo jeito que falo, faço você imaginar que ela era muito sem graça. É claro, naquele tempo, o que os rapazes procuravam não era tanto o corpo, mas a alma. Lily era uma garota muito bonita. Mas era sua alma que era *sans pareil.*

"Não havia obstáculos entre nós, além daqueles impostos pela discrição. Disse agora mesmo que éramos parecidos em interesses e gostos. Mas tínhamos temperamentos opostos. Lily era sempre muito controlada, paciente, prestativa. Eu era temperamental. Mal-humorado. E muito egoísta. Eu nunca a vi machucar nada, nem ninguém. Mas se eu queria alguma coisa, queria de imediato. Lily costumava me fazer sentir desprezo por mim mesmo. Eu costumava pensar em meu sangue grego como um sangue escuro. Quase um sangue de negro.

"E aí também eu logo comecei a amá-la fisicamente. Apesar de ela me amar, ou me tratar, como a um irmão. É claro que sabíamos que íamos nos casar, nos comprometemos um ao outro quando ela tinha apenas

16 anos. Mas eu quase nunca tinha permissão de beijá-la. Você não pode imaginar. Estar tão perto de uma garota e ainda assim tão raramente poder acariciá-la. Meus desejos eram muito inocentes. Eu tinha todas as noções comuns à época sobre a importância da castidade. Mas eu não era completamente inglês.

"Havia *o Pappous* — meu avô — na verdade, o tio da minha mãe. Ele se tornara um inglês naturalizado, mas nunca levou sua anglofilia a sério demais a ponto de se tornar um puritano, ou mesmo uma pessoa respeitável. Não era, a meu ver, um velho lá muito perverso. O que eu sabia sobre ele me corrompia bem menos do que as falsas ideias que eu mesmo concebia. Sempre conversei com ele em grego, e como você talvez perceba, grego é uma língua naturalmente sensual e livre de eufemismos. Eu li, em segredo, alguns livros que encontrei em suas prateleiras. Eu vi *La Vie Parisienne*. Encontrei um dia uma pasta cheia de gravuras coloridas. E aí comecei a ter devaneios eróticos. A recatada Lily em seu chapéu de palha, um chapéu que eu ainda poderia descrever para você agora mesmo, tão perfeitamente como se ela estivesse aqui diante de mim, a coroa enrolada num tule pálido da cor da névoa de verão... vestindo uma blusa de mangas compridas, de gola alta, com listras rosas e brancas... uma saia hobble azul escura, ao lado da qual eu atravessei o Regent's Park na primavera de 1914. A garota fascinada que eu acompanhei pela galeria em Covent Garden, em junho, quase desmaiando com o calor — foi um verão e tanto, naquele ano — para ouvir Chaliapin em *Príncipe Igor*... Lily — ela se tornara em meus pensamentos noturnos a jovem prostituta abandonada. Eu me achava um anormal por ter criado uma segunda Lily, a partir da verdadeira. Mais uma vez senti uma vergonha amargurada de meu sangue grego. Embora fosse possuído por ele. Punha a culpa de tudo nele, e minha mãe sofria, pobrezinha. A família do meu pai já a havia humilhado o suficiente sem que seu filho precisasse se juntar a eles.

"Eu tinha vergonha na época. Hoje tenho orgulho de ter sangue grego, italiano e inglês, e mesmo um pouco de sangue celta. Uma das avós do meu pai era escocesa. Sou europeu. Isso é tudo o que importa para mim. Porém, em 1914, eu queria ser um inglês puro, para poder me oferecer de forma imaculada a Lily.

"Você sabe, é claro, que algo bem mais monstruoso do que minhas mil e·uma noites adolescentes estava começando a ser imaginado na mente juvenil da Europa do século xx. Eu tinha apenas 18 anos. A guerra começara. Foram inacreditáveis, os primeiros dias. Tanta paz e fartura, por tanto tempo. No inconsciente coletivo, talvez todos quisessem uma mudança, um expurgo. Um holocausto. Mas, para nós, cidadãos não politizados, aquilo era uma questão de orgulho, de puro orgulho militar. Algo que o exército britânico e a invencível marinha de Nossa Majestade resolveriam. Não houve recrutamento, nenhum sentimento entre nós da necessidade de se voluntariar. Nunca passou pela minha cabeça que um dia eu teria que lutar. Moltke, Bülow, Foch, Haig, John French — os nomes não significavam nada. Mas então a sombria reviravolta, o *coup d'archet* de Mons e Le Cateau.* Aquilo foi uma grande novidade. A eficiência dos alemães, as histórias de horror acerca da guarda prussiana, os afrontamentos belgas, o choque tenebroso da lista de baixas. Kitchener. O 'exército de um milhão'. E depois, em setembro, a batalha do Marne — aquilo já não era mais brincadeira. Oitocentos mil homens — imagine-os todos estirados lá embaixo, no mar —, 800 mil velas apagando-se num único sopro gigantesco.

"Dezembro chegou. As 'melindrosas' e os 'playboys' desapareceram. Meu pai me disse numa noite que nem ele, nem minha mãe pensariam o pior de mim se eu não fosse. Eu tinha começado a estudar na Royal College of Music, e a princípio havia uma atmosfera hostil ao voluntariado. A guerra não tinha nada a ver com a arte ou com os artistas. Eu me lembro dos meus pais e os de Lily discutindo a guerra. Concordavam que era desumana. Mas a conversa que meu pai teve comigo foi ficando tensa. Ele se tornou guarda especial, um membro do comitê local de emergência. E então o filho do seu escrevente foi morto em ação. Ele nos contou, durante aquele jantar silencioso, e assim que terminou deixou-nos sozinhos, minha mãe e eu. Nada foi dito, mas tudo estava evidente. Alguns dias depois, Lily e eu vimos um contingente de soldados marchando pelas ruas. Estavam molhados de chuva, as calçadas brilhavam. Iriam para a França, e alguém ao nosso lado disse que eram voluntários. Eu vi seus rostos cantantes brilhando sob a luz amarela dos lampiões a gás. A animação das pessoas ao nosso redor. O cheiro de sarja molhada. Estavam todos bêbados, aqueles que marchavam e aqueles que

---

* Duas das primeiras batalhas da força expedicionária britânica na Primeira Guerra Mundial, em Mons (Bélgica, 23 de agosto de 1914) e Le Cateau (França, 26 e 27 de agosto de 1914). [NT]

os assistiam, todos exaltados, seus rostos transpareciam certeza. Uma certeza medieval. Eu ainda não conhecia a expressão. Mas aquilo era *le consentement frémissant à la guerre* — o hesitante consentimento à guerra.

"Estão loucos, eu disse a Lily. Ela não parecia ter me ouvido. Mas quando eles se foram, ela se virou e disse: 'se eu fosse morrer amanhã, também ficaria louca'. Aquilo me atordoou. Fomos para casa em silêncio. E durante todo o caminho, ela foi murmurando sem malícia, hoje acredito — mas não na época —, a canção daquele dia."

Ele fez uma pausa, então cantarolou um pedaço:

"'Saudades sentiremos, beijos mandaremos,
mas achamos que você tem que ir.'

"Eu me sentia como um menininho ao lado dela. Outra vez pus a culpa em meu sangue grego e miserável. Ele fazia de mim um covarde e também um libertino. Noto, quando vejo em retrospecto, que isso era verdade. Porque eu não era exatamente um covarde verdadeiro, um covarde calculista, e sim alguém tão inocente, ou tão grego, que não conseguia enxergar o que a guerra tinha a ver comigo. Responsabilidade social nunca foi uma característica grega.

"Quando chegamos às nossas casas, Lilly beijou meu rosto e correu para dentro. Eu entendi. Ela não conseguiria pedir desculpas, mas ainda conseguia sentir pena. Passei uma noite, um dia e uma segunda noite em agonia. No dia seguinte, encontrei-me com Lily e lhe disse que eu iria me voluntariar. Ela ficou pálida. Depois se desfez em lágrimas e se jogou nos meus braços. E minha mãe, idem, quando contei para ela. Mas a dor da minha mãe foi mais genuína.

"Passei no exame físico, fui aceito. Era um herói. O pai de Lily me deu de presente uma velha pistola que ele tinha. Meu pai abriu o champanhe. E então, quando fui para o meu quarto, e me sentei na minha cama com a pistola em mãos, eu chorei. Não por medo — mas pela pura nobreza do meu ato. Nunca antes eu tinha me importado com o espírito comunitário. E também achei que tinha superado a minha metade grega. Finalmente, eu era um inglês completo.

"Fui jogado para o 13º regimento de infantaria de Londres — o regimento da Princesa Louise de Kensington. Lá, eu me tornei duas pessoas — uma que observava e outra que tentava esquecer que a primeira observava. Éramos treinados menos para matar do que para sermos mortos. Aprendemos a avançar em intervalos de dois passos — contra armas que disparavam 250 balas por minuto. Os alemães e os franceses faziam o mesmo. Sem dúvida teríamos feito objeção se tivéssemos levado a sério o significado da ação. Mas o mito frequente na época afirmava que os voluntários seriam usados apenas em tarefas de vigília e de comunicação. Os regulares e os reservistas eram as tropas de combate. Além disso, toda semana nos diziam que, devido ao seu enorme custo, a guerra não duraria nem mais um mês."

Eu o ouvi se mexer em sua cadeira. No silêncio que se seguiu, esperei que continuasse. Mas ele não disse nada. As estrelas piscavam em suas nuvens imaculadas e cintilantes; o terraço era como um palco aos pés delas.

"Aceita um conhaque?"

"Espero que você não pare sua história."

"Vamos tomar um conhaque."

Ele se levantou e acendeu uma vela. E então desapareceu.

Eu me deitei em minha espreguiçadeira e olhei para as estrelas. Os anos de 1914 e 1953 estavam a eras de distância; 1914 ficava em um planeta que orbitava aquelas estrelas mais tênues e distantes de todas. A vasta extensão, o ritmo do tempo.

Então ouvi de novo — aqueles passos. Mas dessa vez se aproximavam. Era o mesmo caminhar apressado. No entanto, era caloroso demais para ser alguém que caminhava depressa. Alguém queria ir até a casa urgentemente, e sem ser visto. Fui rapidamente até o parapeito.

Cheguei a tempo de ver de relance uma silhueta pálida no outro lado da casa, subindo os degraus e entrando sob a colunata. Não enxergava direito, meus olhos ficaram ofuscados com a luz da vela e depois com a escuridão. Mas não era Maria; uma brancura, uma brancura esvoaçante, um sobretudo ou um roupão — vi apenas por um segundo, mas sabia que era uma mulher, e sabia que não era uma mulher velha. Suspeitei, também, que se esperava que eu a visse. Porque, se alguém quisesse entrar na casa sem ser ouvido, não atravessaria pelo cascalho, mas se aproximaria da casa vindo dos fundos, ou pelo outro lado.

Escutei um som vindo do quarto e Conchis surgiu no limiar, iluminado pelo lampião, trazendo uma bandeja com uma garrafa e dois copos. Esperei até que ele ajeitasse tudo perto da vela.

"Sabe que alguém acabou de chegar, pelas escadas?"

Ele não demonstrou a menor surpresa. Destampou a garrafa e cuidadosamente serviu o conhaque. "Um homem ou uma mulher?"

"Uma mulher."

"Ah." Ele me entregou meu conhaque. "Foi feito no monastério de Arkadion, em Creta." Ele assoprou a vela e voltou à sua cadeira. Permaneci de pé.

"Você disse que morava sozinho."

"Eu disse que gostava de dar aos ilhéus a impressão de que morava sozinho."

A rispidez em sua voz me fez perceber o quanto eu estava sendo infantil. A mulher era simplesmente sua amante, a quem, por alguma razão, ele não queria que eu encontrasse; ou que talvez não quisesse me conhecer. Eu me sentei na espreguiçadeira.

"Estou sendo indelicado. Por favor, me desculpe."

"Indelicado, não. Talvez lhe falte um pouco de imaginação."

"Achei que fosse para eu reparar, talvez, aquilo que obviamente não era para eu reparar."

"Reparar não é uma questão de escolha, Nicholas. Mas comentar é."

"Verdade."

"Paciência."

"Desculpe."

"Gostou do conhaque?"

"Bastante."

"Sempre me faz lembrar de Armagnac. Pronto. Posso prosseguir?"

Quando ele recomeçou a falar, senti o cheiro da noite, senti o concreto duro sob meus pés, toquei num pedaço de giz em meu bolso. Mas uma forte sensação persistia, quando eu tirei os pés do chão e me recostei, de que algo estava tentando se insinuar entre mim e a realidade.

John Fowles
O Mago

19

"Eu me encontrava na França, pouco mais de seis semanas após me alistar. Não tinha aptidão alguma com o fuzil. Sequer era capaz de apunhalar, com a baioneta, uma efígie convincente do Kaiser Bill.* Mas era considerado 'esperto' e eles também descobriram que eu conseguia correr bem rápido. Então fui selecionado como o bagageiro da companhia, o que significava que eu era também um tipo de auxiliar, esqueci o nome..."

"Ordenança".

"Isso mesmo. O comandante de treinamento da minha companhia era um oficial do exército de seus trinta e poucos anos. Seu nome era capitão Montague. Tinha quebrado a perna pouco tempo antes e, portanto, não havia sido considerado apto para o serviço ativo até aquele momento. Seu rosto possuía uma certa elegância pálida, fosforescente. Um bigode galante, delicado. Era um dos homens mais esplendidamente estúpidos que eu conheci na vida. Ele me ensinou bastante.

"Antes de nosso treinamento terminar, ele recebeu uma convocação urgente para a França. Naquele mesmo dia, me disse, como se estivesse me dando um presente magnífico, que ele pensava que poderia mexer os pauzinhos e me fazer servir ao seu lado. Somente um homem tão inexpressivo quanto ele conseguiria não enxergar minha completa ausência de entusiasmo. Mas infelizmente ele tinha se afeiçoado por mim.

"Ele tinha uma capacidade cerebral de apenas uma ideia de cada vez. Com ele, era a sempre a *offensive à outrance* — o ataque frontal. A grande contribuição de Foch à raça humana. 'A força do ataque é a massa', ele costumava dizer — 'a força da massa é o impulso e a força do impulso

---

* Apelido dado a Wilhelm II ou Guilherme da Alemanha (1859-1941), imperador alemão durante a Primeira Guerra Mundial. [NT]

é o moral. Moral alto, alto impulso, grande ataque — vitória!'. Bate na mesa — 'Vitória!' Ele nos obrigou a decorar aquilo tudo. Nos treinos de baioneta. Vi-tó-ria! Pobre coitado.

"Passei os últimos dois dias com meus pais e com Lily. Ela e eu fizemos juras de amor imortal. A ideia do sacrifício heroico a contaminara, como havia contaminado meu pai. Minha mãe não disse nada, exceto um velho provérbio grego: morto não tem valentia. Eu me lembrei disso mais tarde.

"Fomos direto para o front. Um dos comandantes da companhia morrera de pneumonia, e era o seu posto que Montague tinha que assumir. Foi no início de 1915. Chovia sem parar, incluindo granizo. Passamos longas horas em trens estacionados em desvios, em cidades cinzentas sob céus ainda mais cinzentos. Dava para reconhecer as tropas que estiveram no front. Aqueles que cantavam marchando para a morte, os novos recrutas, eram os enganados pelo romantismo da guerra. Mas os outros eram os enganados pela realidade da guerra, da *Totentanz*, a dança da morte definitiva. Tal como aqueles velhos e velhas que assombram, em sua tristeza, cada cassino, eles sabem que a casa sempre ganha no final. E mesmo assim não conseguem sair.

"Passamos alguns dias com manobras. E então um dia Montague dirigiu-se à companhia. Íamos entrar em combate, um novo tipo de batalha, na qual a vitória era certeira. Uma batalha que iria nos levar até Berlim dentro de um mês. Na noite do dia seguinte, nós embarcamos. O trem parou em algum lugar no meio de uma planície e marchamos na direção leste. Diques e salgueiros na escuridão. Uma garoa interminável. Chegou às fileiras de soldados a informação de que o lugar que iríamos atacar era uma aldeia chamada Neuve Chapelle. E que os alemães estavam prestes a receber algo revolucionário. Uma arma gigantesca. Um ataque em massa dos novos aviões.

"Depois de um tempo, chegamos a um campo, coberto por uma lama espessa, e marchamos até umas instalações rurais. Um descanso de duas horas antes de entrarmos em formação de ataque. Impossível dormir. Estava muito frio, e fomos proibidos de fazer fogueira. Meu eu verdadeiro começou a aparecer, e comecei a sentir medo. Mas disse a mim mesmo que, se eu sabia que em algum momento ficaria apavorado de verdade, deveria ter pensado melhor nisso antes. Aquilo era algo que eu mesmo desejara realizar. É assim que a guerra nos corrompe. Ela brinca com nosso orgulho do próprio livre arbítrio.

"Antes da alvorada, marchamos vagarosamente, com muitas paradas, até as posições de assalto. Entreouvi Montague conversando com um oficial de estado maior. Todo o Primeiro Exército de Haig estava a postos, com apoio do Segundo. E aqueles números me soaram como uma garantia, uma espécie de aconchego. Mas então entramos nas trincheiras. As terríveis trincheiras, com seu fedor de mictório. E aí os primeiros projéteis caíram perto de nós. Eu era tão ingênuo que, apesar do nosso suposto treinamento, de toda a propaganda, nunca fora capaz de acreditar que alguém pudesse querer me matar. Eles nos mandaram parar e nos escorar nas paredes. Os projéteis zuniram, gemeram, se afincaram. Aí o silêncio. Depois, torrões de terra despencaram sobre nós. Então, tremendo, eu despertei de meu longo sono.

"Acho que a primeira coisa que vi foi o isolamento de cada um. Não é o estado de guerra que nos isola. É bem sabido, a guerra une as pessoas. Mas o campo de batalha — aí é outra história. Pois é aí que o verdadeiro inimigo, a morte, aparece. Eu já não via nenhum conforto nos números. Neles eu via apenas Tânatos, a minha morte. Tanto em meus próprios companheiros, em Montague, quanto nos alemães invisíveis.

"Uma loucura, Nicholas. Ficar em buracos no chão. Centenas de homens, ingleses, escoceses, indianos, franceses, alemães, numa manhã de março — e para quê? Se existe um inferno, deve ser assim. Sem chamas, sem tridentes. Mas um lugar sem a possibilidade de razão, como naquele dia em Neuve Chapelle.

"Uma luz relutante começava a se espalhar sobre o céu oriental. A garoa havia terminado. Um trinado de pássaro vindo de algum lugar fora das trincheiras. Reconheci o canto do pardal, a última voz vinda do outro mundo. Avançamos mais um pouco nas trincheiras de assalto — a brigada de fuzileiros formaria uma segunda onda de ataque. As trincheiras alemãs estavam a menos de duzentos metros à nossa frente, nossas trincheiras mais avançadas ficavam apenas a cem metros das deles. Montague olhou para o relógio. Ergueu a mão. Fez-se um silêncio total. Sua mão baixou. Durante uns dez segundos, nada aconteceu. E então, atrás de nós, houve um gigantesco rufar de tambores, como o som de mil tímpanos. Uma pausa. E então, o mundo inteiro à nossa frente explodiu. Todos se agacharam. Um tremor de terra, do céu, da mente, tudo. Você não tem como imaginar como foram os primeiros poucos minutos daquele bombardeio. Foi a primeira barragem massiva de artilharia da guerra, a mais pesada de todas até então.

"Um mensageiro veio correndo da trincheira avançada, usando uma trincheira de comunicação. O rosto e o uniforme estavam manchados de listras vermelhas. Montague perguntou se ele fora atingido. Ele disse que todos nas trincheiras avançadas estavam cobertos de sangue das trincheiras alemãs. Estavam perto demais. Se parassem para pensar em como estavam perto...

"Após meia hora, a artilharia avançava para cima da aldeia. Montague, com um periscópio, gritou: 'Acabou!'. E então: 'Os chucrutes já eram!'. Ele se inclinou no parapeito e acenou para que todos nós ao redor olhássemos sobre a trincheira. Uns cem metros adiante, uma fileira de homens foi marchando devagar pela terra ferida, em direção a árvores despedaçadas e paredes em ruínas. Uns poucos tiros isolados. Um homem caiu. Depois se levantou e saiu correndo. Havia apenas tropeçado. Os homens perto de mim começaram a gritar assim que a tropa alcançou as primeiras casas e ouvimos uma saudação em resposta. Uma luz vermelha surgiu, e foi nossa vez de avançar. Caminhar era difícil. E, à medida que seguíamos em frente, o medo foi sendo expulso pelo horror. Nenhum tiro foi disparado contra nós. Mas o terreno se tornou cada vez mais medonho. Coisas sem nome, rosadas, brancas, avermelhadas, salpicadas de lama, ainda com trapos de cor cinza ou cáqui. Passamos por nossas próprias trincheiras avançadas e atravessamos aquela terra-de-ninguém. Quando chegamos às trincheiras alemãs, não havia nada para se ver. Tudo havia sido enterrado ou explodido. Ali esperamos por um instante, deitados nas crateras, quase em paz. Ao norte, os tiroteios foram muito intensos. Os cameronianos* haviam pisado em minas. Em vinte minutos, perderam todos seus oficiais, exceto um. E quatro-quintos de seus homens foram mortos.

"Apareceram pessoas entre os chalés destroçados adiante, com as mãos para o alto. Algumas delas amparadas por amigos. Foram os primeiros prisioneiros. Muitos estavam amarelados do ácido pícrico dos explosivos. Homens amarelos saídos da cortina branca de luz. Um veio andando em linha reta na minha direção, cambaleando, com a cabeça caída, como num sonho, e desabou numa cratera profunda. Um instante depois ele reapareceu, rastejando até a beirada, e se levantando bem devagar. Cambaleou adiante mais uma vez. Outros prisioneiros chegaram aos prantos. Um deles vomitou sangue na nossa frente e desabou.

"Então estávamos correndo em direção à aldeia. Chegamos no que deveria ter sido uma rua. Desolação. Escombros, fragmentos de parede rebocada, vigas quebradas, manchas amarelas de explosivos por todos os cantos. A garoa recomeçava a reluzir sobre as pedras. Sobre a pele dos cadáveres. Muitos alemães foram pegos dentro de casa. Em dez minutos, pude ver um inventário completo do açougue da guerra. O sangue, os buracos abertos, os ossos expostos, o fedor dos intestinos rompidos — estou

---

*   Regimento de fuzileiros escoceses. [NT]

te contando tudo isso porque o efeito que teve sobre mim, um garoto que nunca vira sequer um defunto repousando em paz antes daquele dia, era algo que eu jamais poderia imaginar. Não era náusea e terror. Vi muitos homens vomitarem. Mas eu, não. Era uma convicção nova, intensa. Nada poderia justificar aquilo. Mil vezes a Inglaterra se tornasse uma colônia prussiana. Lê-se por aí que cenas desse tipo instigam no soldado novato, por sua vez, nada além de um desejo insano de matar. Mas eu senti exatamente o contrário. Eu tive um desejo insano de não ser morto."

Ele se levantou.

"Tenho um teste para você."

"Um teste?"

Ele foi até seu quarto e voltou quase imediatamente com a lamparina a óleo que estava em cima da mesa quando jantamos. Na poça de luz branca, ele pôs o que trouxera consigo. Vi um dado, um copo de jogar dados, um pires e uma caixinha de comprimidos. Olhei para ele do outro lado da mesa, seus olhos severos sobre mim.

"Vou explicar para você por que fomos à guerra. Por que a humanidade sempre vai à guerra. Não é algo social ou político. Não são países que vão à guerra, mas os homens. É parecido com o sal. Depois que alguém vai à guerra, tem-se sal para o resto da vida. Você entende?"

"É claro."

"Então, na minha república perfeita seria tudo muito simples. Haveria um teste para todos os jovens aos 21 anos. Eles iriam a um hospital onde jogariam um dado. Um dos seis números representaria a morte. Se acertassem esse número, seriam mortos de maneira indolor. Nenhuma confusão. Nenhuma crueldade bestial. Nenhuma destruição de testemunhas inocentes. Mas um lançamento clínico de dados."

"Com certeza, uma evolução da guerra."

"Você acha?"

"Óbvio."

"Tem certeza?"

"Se fosse possível."

"Você disse que não participou de batalhas na última guerra?"

"Não."

Ele pegou a caixinha de comprimidos e tirou de dentro dela, imagine só, seis grandes molares, amarelados, dois ou três com velhas obturações.

"Os espiões de ambos os lados durante a última guerra recebiam isso aqui, para usarem caso fossem interrogados." Ele apoiou um dos dentes no pires, depois, com um pequeno golpe do copo, o quebrou; o dente era frágil, como um chocolate recheado de licor. Mas o odor do líquido incolor era o de amêndoas amargas, acre e aterrorizante. Ele rapidamente afastou o pires, da distância de um braço até o canto oposto do terraço; depois voltou.

"Pílulas de suicídio?"

"Precisamente. Ácido cianídrico." Ele pegou o dado, e me mostrou os seis lados.

Sorri. "Quer que eu jogue?"

"Eu te ofereço uma guerra completa em um segundo."

"E se eu não quiser?"

"Pense. Daqui a um minuto, você poderia dizer: ganhei da morte. Apostei na vida e ganhei a vida. É um sentimento maravilhoso. Sobreviver."

"Um cadáver não seria um tanto constrangedor para você?" Eu ainda mantinha um sorriso, mas já estava se esgotando.

"De maneira alguma. Poderia facilmente comprovar o suicídio." Ele me encarou, e seus olhos me atravessaram como um tridente atravessando um peixe. Com noventa e nove pessoas de cem, eu teria certeza de que se tratava de um blefe; mas ele era diferente, e um nervosismo tomou conta de mim antes que eu me desse conta.

"Roleta russa."

"Menos falível. Essas pílulas começam a agir em poucos segundos."

"Não quero jogar."

"Então você é um covarde, meu amigo." Ele se recostou na cadeira e ficou me observando.

"Pensei que você achasse que os homens valentes eram tolos."

"Porque persistem em jogar os dados repetidamente. Mas um jovem que não arrisca a própria vida nem uma única vez é, ao mesmo tempo, um tolo e um covarde."

"Você tentou isso com meus antecessores?"

"John Leverrier não era um tolo, nem foi covarde. Mitford não foi covarde."

E foi assim que ele me pegou. Era absurdo, mas eu não deixaria que descobrissem meu blefe. Peguei o copo.

"Espere." Ele se inclinou para frente, e pôs a mão no meu punho; então colocou um dente do meu lado. "Não estou brincando de faz de contas." Você tem que jurar que se der o número seis, vai tomar a pílula." Seu rosto estava completamente sério. Senti vontade de engolir em seco.

"Eu juro."

"Por tudo que é mais sagrado a você."

Eu hesitei, dei de ombros, e então disse: "por tudo que me é mais sagrado".

Ele me entregou o dado e eu o coloquei dentro do copo. Eu sacudi o copo rápida e displicentemente e logo lancei o dado. Este correu sobre a toalha, acertou o pé de latão da lamparina, ricocheteou, hesitou e caiu.

Era um seis.

Conchis permaneceu completamente imóvel, me observando. Eu soube de imediato que nunca, jamais pegaria a pílula. Não conseguia olhar para ele. Talvez quinze segundos tenham se passado. Então sorri, olhei para ele e fiz que não.

Ele se aproximou de novo e seus olhos continuavam sobre mim, então apanhou o dente ao meu lado, colocou-o na boca, mordeu e engoliu o líquido. Fiquei vermelho. Ainda me observando, ele apanhou o dado, colocou-o no copo e o jogou. Era um seis. E de novo. E mais um seis. Ele cuspiu a casca vazia do dente.

"A decisão que você tomou foi precisamente a mesma que tomei, quarenta anos atrás, em Neuve Chapelle. Você se comportou exatamente do modo como qualquer ser humano inteligente deve se comportar. Meus parabéns."

"Mas o que você disse? A república perfeita?"

"Todas as repúblicas perfeitas são perfeitas bobagens. O desejo de arriscar a vida é nossa última grande perversão. Das trevas viemos, às trevas rumamos. Por que viver nas trevas?"

"Mas o dado estava viciado."

"Patriotismo, propaganda, honra profissional, *esprit de corps* — o que são todas essas coisas? Dados viciados. Existe apenas uma pequena diferença, Nicholas. Na outra mesa, o veneno é de verdade." Ele guardou os dentes restantes de volta na caixinha. "Não apenas licor de ratafia em plástico colorido."

"E os outros dois... como eles reagiram?"

Ele sorriu. "O outro meio que a sociedade emprega para controlar o acaso — negar a liberdade de escolha aos seus escravos — é dizer a eles que o passado foi mais nobre do que o presente. John Leverrier era católico. E mais esperto do que você. Ele se recusou completamente a cair em tentação."

"E Mitford?"

"Não perco meu tempo ensinando cegos."

Seus olhos se demoraram por um bom tempo sobre os meus, como se quisesse ter certeza de que eu aceitara o elogio implícito; e então, como que para encerrar, apagou a lamparina. Fiquei na escuridão, e não apenas literalmente. Qualquer pretensão que pudesse existir, por mais sutil que fosse, de que eu seria um mero convidado, foi descartada de vez. Era claro que ele havia encenado tudo isso antes. Os horrores de Neuve Chapelle tinham sido convincentes o bastante enquanto ele os descrevia, apesar de parecerem artificiais após eu tomar conhecimento de sua repetição. Sua realidade vívida se tornara uma questão de técnica, um realismo alcançado por meio do ensaio. Era como ser sinceramente convencido de que um objeto era novo, por um vendedor que simultânea e deliberadamente o revelava como de segunda mão: uma afronta a todas as probabilidades. Eu não deveria acreditar nas aparências... mas por que, por que, por quê?

Enquanto isso, ele começava a tecer novamente sua teia; e mais uma vez eu fui voando em sua direção.

John Fowles
O Mago

20

"Passamos as seis horas centrais daquele dia esperando. Os alemães praticamente não dispararam contra nós. Haviam sido bombardeados até caírem de joelhos. O óbvio seria atacar de uma vez. Mas é preciso um general brilhante, um Napoleão, para enxergar o óbvio.

"Lá pelas três horas, os Gurcas* chegaram e nos disseram que em breve lançaríamos um ataque ao monte Aubers. Seríamos a linha de frente. Um pouco antes das três e meia, montamos nossas baionetas. Eu estava ao lado do capitão Montague, como sempre. Acho que ele só sabia uma coisa a respeito de si mesmo. Que era destemido e estava pronto para engolir o ácido. Ele ficava olhando as fileiras de homens ao seu lado. Desprezava o uso de periscópio, e se levantou e pôs a cabeça para fora da trincheira. Os alemães ainda pareciam atordoados.

"Começamos a avançar. Montague e o sargento-mor nos chamavam incessantemente, mantendo-nos em fila. Tínhamos que atravessar um campo arado, cheio de crateras, até uma fileira de álamos, e dali, atravessando outro campinho, encontrava-se o nosso objetivo, uma ponte. Acho que avançamos metade da distância que precisávamos cobrir, e então passamos a correr, e alguns dos homens começaram a gritar. Parecia que os alemães haviam cessado os disparos. Montague gritou, triunfante: 'Avancem, rapazes! Vitória!'

"Aquelas foram as últimas palavras que ele disse. Era uma armadilha. Cinco ou seis metralhadoras nos ceifaram como um cortador de grama. Montague rodopiou e despencou aos meus pés. Caiu de barriga para cima, me encarando, sem um olho. Eu me atirei ao seu lado. Não havia nada no ar além das balas. Pressionei meu rosto numa poça de lama, estava

---

* Soldados mercenários do Nepal que lutaram pelo Reino Unido durante a guerra. [NT]

urinando, certo de que, a qualquer momento, seria morto. Alguém se postou ao meu lado. Era o sargento-mor. Alguns dos homens atiravam de volta, mas cegamente. Desesperados. O sargento-mor, não sei por que, começou a arrastar o corpo de Montague para trás. Tentei ajudar, sem muita força. Escorregamos numa pequena cratera. A parte de trás da cabeça de Montague havia sido explodida, mas seu rosto ainda mantinha o sorriso de um idiota, como se estivesse rindo enquanto dormia, com a boca bem aberta. Um rosto de que jamais me esqueci. O último sorriso de um estágio evolucionário.

"Os tiros cessaram. Então, como um rebanho de ovelhas assustadas, todos que sobreviveram começaram a correr de volta à aldeia. Eu também. Perdera até mesmo a vontade de ser um covarde. Muitos foram atingidos pelas costas enquanto corriam, e eu fui um dos poucos que alcançaram ilesos — até mesmo vivos — a trincheira de onde havíamos partido. Mal havíamos chegado lá quando os projéteis começaram a cair sobre nós. Nossos próprios projéteis. Devido às péssimas condições meteorológicas, a artilharia estava atirando às cegas. Ou talvez ainda seguisse um plano estabelecido dias antes. Tamanha ironia não é um subproduto da guerra, mas uma de suas características.

"Um tenente ferido estava agora no comando. Ele rastejou até o meu lado, com um grande corte em sua bochecha. Seus olhos ardiam sem brilho. Já não era mais um jovem inglês bem-nascido, mas uma besta neolítica. Encurralado, estupefato, com uma fúria melancólica. Talvez todos nós estivéssemos assim. Quanto mais tempo você sobrevivia, mais irreal aquilo se tornava.

"Mais tropas chegaram, e um coronel apareceu. O monte Aubers precisava ser tomado. Tínhamos que conquistar a ponte até o anoitecer. Mas eu tive aquele intervalo para pensar.

"Vi que aquele cataclisma deveria ser uma penitência para algum crime bárbaro da civilização, uma terrível mentira humana. Que mentira era aquela, isso eu não tinha conhecimento suficiente de história ou de ciência para saber, naquela época. Sei agora que era nossa crença de que estávamos cumprindo um objetivo, servindo a algum plano — que tudo sairia bem no final, porque havia um grande plano. Ao contrário da realidade. Não há plano nenhum. Tudo é ao acaso. E a única coisa que pode nos preservar somos nós mesmos."

Ele ficou em silêncio; eu conseguia apenas distinguir o seu rosto no escuro, seu olhar fixo no oceano, como se Neuve Chapelle estivesse visível lá fora, com seu inferno de lama cinzenta.

"Atacamos de novo. Eu gostaria de ter simplesmente desobedecido as ordens e ficado na trincheira. Mas é claro que os covardes eram tratados como desertores e fuzilados. Então fui subindo junto do restante dos homens quando a ordem chegou. Um sargento gritou para que corrêssemos. Exatamente a mesma coisa que acontecera mais cedo, naquela tarde. Houve uns poucos tiros do lado alemão, apenas o necessário para mordermos a isca. Mas eu sabia haver meia dúzia de olhos nos observando detrás de suas metralhadoras. Minha única esperança era que eles fossem verdadeiros alemães. Quer dizer, metódicos, e que não abrissem fogo do mesmo lugar da primeira vez.

"Chegamos a uns cinquenta metros daquele ponto. Duas ou três balas ricochetearam por perto. Apertei meu coração, deixei cair meu fuzil, cambaleei. Bem na minha frente, avistei uma cratera de bombardeio, uma antiga. Tropecei, caí e rolei até sua borda. Ouvi o grito "Aguentem firmes!". Eu me deitei com os pés sobre uma poça d'água, e fiquei aguardando. Poucos segundos depois, deu-se o desencadeamento violento do morticínio que eu estivera esperando. Alguém saltou do outro lado da cratera. Devia ser um católico, porque murmurava a Ave Maria. Então aconteceu um novo estrondo e eu o ouvi sair espalhando lama. Tirei meus pés da água. Mas não abri os olhos até os disparos terminarem.

"Não estava sozinho naquele buraco. Meio dentro, meio fora d'água, do lado oposto ao meu havia uma massa cinzenta. Um cadáver alemão, morto há tempos, em parte devorado pelos ratos. Seu estômago estava aberto, e se projetava como um recém-nascido ao lado da mãe. E o cheiro... o cheiro era exatamente como você pode imaginar.

"Passei a noite inteira naquela cratera. Eu me acostumei ao fedor mefítico. Foi ficando frio, e achei que estava com febre. Mas decidi não me mexer até que a batalha chegasse ao fim. Não me senti envergonhado. Cheguei até a torcer para os alemães avançarem sobre nossas posições para que eu pudesse me entregar como prisioneiro.

"Febre. Mas o que pensei que fosse febre era o fogo da existência, a paixão por existir. Sei disso agora. Um *delirium vivens*. Não digo isso para me defender. Todos os delírios são mais ou menos antissociais, e digo isso clinicamente, não filosoficamente. Mas senti naquela noite uma recordação quase total de sensações físicas. E essas recordações, mesmo das coisas mais simples e menos sublimes, como um copo d'água, o cheiro de bacon frito, pareciam superar ou pelo menos ter a mesma importância da memória da arte mais grandiosa, da música mais nobre, e mesmo dos meus momentos mais carinhosos com Lily. Tive uma experiência totalmente oposta ao que os metafísicos alemães e franceses do nosso século nos asseguraram ser a verdade: de que tudo que é alheio seria hostil ao indivíduo. Para mim, tudo que é alheio me parecia saboroso. Mesmo aquele cadáver, mesmo os ratos que guinchavam. Ser capaz de sentir, não importava se fosse frio ou fome ou náusea, era um milagre. Imagine um dia você descobrir que tem um sexto sentido, até então inimaginável — algo que não estivesse contido no tato, na visão, nos cinco sentidos convencionais. Mas um sentido muito mais profundo, a fonte da qual brotam os demais. A palavra "existir" deixando de ser passiva e descritiva, mas ativa... quase imperativa.

"Antes de a noite acabar, sabia que eu tivera o que os religiosos chamam de conversão. Uma luz no céu de fato brilhou sobre mim, já que havia constantes foguetes sinalizadores. Mas não senti a presença divina. Apenas a sensação de dar um salto do tamanho de uma vida inteira numa única noite."

Ele ficou em silêncio por um instante. Eu desejei que alguém estivesse ali comigo, uma Alison, algum amigo, que poderia saborear e partilhar comigo da escuridão vívida, as estrelas, o terraço, a voz. Mas teriam que ter vivido aqueles últimos meses comigo. A paixão de existir: perdoei meu fracasso ao tentar morrer.

"Estou tentando descrever para você o que aconteceu comigo, o que eu era. Não o que deveria ter sido. Não os certos e os errados da objeção consciente. Imploro para que se lembre disso.

"Antes do amanhecer houve outro bombardeio alemão. Eles atacaram ao raiar do dia e seus generais cometeram exatamente os mesmos erros que os nossos, no dia anterior. Sofreram ainda mais baixas. Passaram pela minha cratera e pelas trincheiras onde fomos atacados, mas foram repelidos quase que imediatamente. Eu só conseguia ouvir isso. E sentir o pé de um soldado alemão. Ele usou meu ombro como suporte enquanto disparava.

"A noite caiu outra vez. Havia guerra ao sul, mas nosso setor estava quieto. A batalha terminara. Nossas baixas foram de 13 mil mortos. Treze mil mentes, memórias, amores, sensações, mundos, universos — porque a mente humana é um universo maior do que o próprio universo —, e tudo isso por poucas centenas de metros de lama inútil.

"À meia-noite, rastejei de volta até a aldeia, de bruços. Estava com medo de ser atingido por um sentinela assustado. Mas o lugar estava povoado por corpos, e eu estava no meio de um deserto dos mortos. Encontrei um caminho pela trincheira de comunicação. Lá, também, apenas o silêncio e os corpos. Então um pouco mais adiante ouvi vozes inglesas, e as chamei. Era um agrupamento de maqueiros, realizando uma última rodada para terem certeza de que apenas os mortos continuavam ali. Eu disse que fora nocauteado pela explosão de um projétil.

"Não duvidaram da minha história. Coisas mais estranhas do que isso já haviam acontecido. Soube deles onde estava o que sobrara do meu batalhão. Eu não tinha um plano, nada além do instinto de uma criança que quer voltar para casa. Mas, como dizem os espanhóis, um homem que está se afogando logo aprende a nadar. Eu sabia que devia estar oficialmente morto. Que se fugisse, pelo menos ninguém correria atrás de mim. Ao amanhecer, eu estava a uns quinze quilômetros do front. Tinha um pouco de dinheiro e francês sempre fora a língua franca em meu lar. Encontrei camponeses que me deram abrigo e me alimentaram naquele dia. Na noite seguinte, voltei a marchar, pelos campos, sempre rumo ao oeste, atravessando Artois em direção a Boulogne.

"Uma semana depois, viajando sempre dessa maneira, como os emigrantes nos anos 1790, cheguei ao porto. Estava repleto de soldados e da polícia militar e quase entrei em desespero. Claro que era impossível embarcar sem documentos nos barcos que traziam as tropas de volta para casa. Pensei em me apresentar nas docas e dizer que tinham batido a minha carteira... mas me faltava o descaramento para tanto. Então um dia a sorte sorriu para mim. Ela me deu uma oportunidade de bater a carteira de alguém. Encontrei um soldado da brigada de infantaria que estava bastante bêbado, e o deixei ainda mais bêbado. Embarquei no navio de volta enquanto ele, pobre coitado, ainda roncava num aposento no andar de cima de um café, perto da estação.

"E foi então que os meus verdadeiros problemas começaram. Mas eu já falei o bastante."

John Fowles
O Mago

21

Fez-se um silêncio. Os grilos cricrilavam. Algum pássaro noturno, bem acima de nós, grasnava primitivamente nas estrelas.

"O que aconteceu quando você chegou em casa?"

"Está tarde."

"Mas..."

"Amanhã."

Ele reacendeu a lamparina. Enquanto se endireitava, após ajustar o pavio, ele me encarou.

"Não sente vergonha de ser o convidado de um traidor do seu país?"

"Não acho que você foi um traidor da raça humana."

Seguimos em direção às portas do quarto dele.

"A raça humana não é importante. É o indivíduo que não deve ser traído."

"Imagino que se poderia dizer que Hitler não traiu a si mesmo."

Ele se virou.

"Você está certo. Ele não traiu. Mas milhões de alemães traíram a si mesmos. Essa foi a tragédia. Não que um homem tenha tido a coragem de ser mau. Mas que milhões não tiveram a coragem de ser bons."

Ele mostrou o caminho até o meu quarto, e acendeu o lampião para mim.

"Boa noite, Nicholas."

"Boa noite. E..."

Mas ele estava com a mão levantada, para me silenciar, assim como o que ele devia imaginar que fossem os meus agradecimentos. Depois, ele se foi.

Quando voltei do banheiro, olhei meu relógio. Eram quinze para uma. Tirei a roupa e apaguei a luz, então parei por um momento perto da janela aberta. Havia um vago odor de esgoto na atmosfera, de uma fossa em algum lugar. Fui para a cama e me deitei pensando em Conchis.

Ou em perdê-lo, já que todos os meus pensamentos terminaram em paradoxos. Se, de certo modo, ele me parecia muito mais humano, mais normalmente falível do que antes, essa impressão era maculada pelo que parecia ser uma falta de virgindade na narrativa. A franqueza calculada é bem diferente da variedade espontânea; havia uma dimensão a mais na sua objetividade, que era fatal e muito mais a de um romancista perante um personagem do que a de um homem experiente, que passou por muitas transformações, encarando sua própria história de vida. Por fim, era muito mais como uma biografia do que a autobiografia que pretendia ser; mais uma lição pacientemente escondida do que uma confissão legítima. Mas como ele poderia presumir uma coisa dessas tendo tão pouco conhecimento a meu respeito? Por que ele se importaria?

E aí tinha os passos, todo um conjunto de ícones e incidentes desconexos, a foto no gabinete de curiosidades, os olhares oblíquos, Alison, a garotinha chamada Lily com sua cabeça banhada de sol...

Eu estava prestes a cair no sono.

A coisa começou como um desmaio alucinatório, impossível de distinguir. Pensei que devia estar vindo através das paredes de um gramofone no quarto de Conchis. Sentei-me, pus meu ouvido na parede, escutei. E, então, saltei da cama e fui até a janela. Era algo que vinha se arrastando de lá de fora, de algum lugar ao norte, bem acima das colinas, a um quilômetro e meio, ou mais, de distância. Não havia luz, nenhum ruído óbvio além dos grilos no jardim. Apenas, tão sutilmente perceptível que margeava o imaginário, esse discreto zumbido masculino, de muitos homens, cantando. Pensei: pescadores. Mas por que estariam nas colinas? Então, pastores — mas pastores são solitários.

Foi ficando mais claro, como numa rajada de vento — mas não ventava; um crescendo, e então desaparecendo. Pensei, por um momento inacreditável, que havia percebido algo de familiar naquele som — mas não poderia ser. E ele logo se desmanchou, quase até um completo silêncio.

Então — com uma estranheza inconcebível, surpreendente — o som ressurgiu e eu soube, sem sombra de dúvidas, o que cantavam. Era "Tipperary".* Se era a distância, se era o disco, porque só podia estar vindo de um disco, numa rotação deliberadamente mais lenta — parecia haver,

---

* "It's a long way to Tipperary", canção de Jack Judge (1879-1922) e Harry Williams (1872-1938) que, lançada originalmente em 1914, se tornou um hino dos combatentes britânicos na Primeira Guerra Mundial. [NT]

também, uma distorção tonal —, não dava para saber, mas a canção veio com uma lentidão e uma imprecisão onírica, quase como se fosse cantada das estrelas e tivesse que atravessar toda aquela noite e espaço até chegar nos meus ouvidos.

Fui até a porta do meu quarto e a abri. Tive a impressão de que o toca-discos deveria estar no quarto de Conchis. De alguma maneira, ele transferia o som para um alto-falante, ou alto-falantes, nas colinas — talvez fosse isso que estivesse naquele quartinho, um equipamento de transmissão, um gerador. Mas havia um completo silêncio dentro da casa. Fechei a porta e me inclinei contra ela. As vozes e a música iam sumindo aos poucos, noite afora, pela floresta de pinheiros, sobre a casa e o mar. De repente, o humor, o absurdo, a poesia comovente e delicada daquilo tudo me fizeram sorrir. Deveria ser uma piada muito bem elaborada da parte de Conchis, montada para meu benefício próprio; e como um teste do meu senso de humor, do meu tato e minha inteligência. Não havia por que sair correndo tentando descobrir como ele fazia aquilo. Poderia descobrir de manhã. Enquanto isso, eu deveria aproveitar. Voltei à janela.

As vozes se dissiparam, tornando-se quase imperceptíveis; mas uma outra coisa agora havia crescido, de maneira pungente. Era o odor de fossa que eu tinha percebido antes. Agora, se transformara num fedor atroz que infestava o ar abafado, um composto nauseante de carne em decomposição e excrementos, tão revoltante que precisei tampar o nariz e respirar pela boca.

Debaixo do meu quarto havia uma passagem estreita entre o chalé e a casa. Eu me inclinei para o chão, porque a fonte do cheiro parecia ficar mais perto. Ficou claro para mim que o cheiro estava conectado com a cantoria. Lembrei-me daquele corpo na cratera do bombardeio. Mas não conseguia ver nada de anormal, nenhum movimento.

O som se dissipou, sumiu por completo. Depois de alguns minutos, o cheiro também ficou mais fraco. Fiquei mais uns dez ou quinze minutos, forçando os olhos e ouvidos atrás do mais leve movimento. Mas não percebi mais nada. E não havia nenhum som no interior da casa. Nenhum ranger das escadas, nenhuma porta fechando suavemente, nada. Os grilos cricrilavam, as estrelas pulsavam, a experiência fora apagada sem deixar rastros. Respirei perto da janela. O odor apodrecido ainda permanecia, mas sob o cheiro, normal e antisséptico, dos pinheiros e do mar, sem se sobressair.

Logo, era como se eu tivesse imaginado aquilo tudo. Deitei-me e permaneci acordado pelo menos mais uma hora. Nada de novo aconteceu, e nenhuma hipótese fazia sentido.

Eu havia adentrado o domínio.

John Fowles
O Mago

22

Alguém bateu à minha porta. Do outro lado do ar sombrio, pela janela aberta, o céu ardente. Uma mosca andava na parede acima da cama. Olhei para o meu relógio. Eram dez e meia. Fui até a porta e ouvi a cadência dos chinelos de Maria descendo as escadas.

Sob a luz ofuscante e a algazarra das cigarras, os acontecimentos da noite anterior pareciam de algum modo ficcionais; como se eu tivesse sido levemente dopado. Mas me sentia perfeitamente lúcido. Eu me vesti e fiz a barba e desci para fazer o desjejum sob a colunata. A taciturna Maria apareceu com o café.

"O *kyrios*?", perguntei.

"*Ephage. Eine epano.*" Já comeu; está lá em cima. Como era o hábito dos ilhéus com os estrangeiros, ela não fez nenhum esforço em falar de maneira mais compreensível, com sua rajada típica de vogais inarticuladas.

Tomei meu café e levei a bandeja de volta, passando pela colunata e descendo os degraus até a porta aberta do chalé da governanta. A sala de entrada estava montada como uma cozinha. Com seus velhos calendários, seus lúgubres ícones de papelão, seus cachos de ervas e de chalotas, e o caixote da câmara fria, pintada de azul, pendurada no teto, era como qualquer outra cozinha encontrada nos chalés de Phraxos. Apenas os utensílios eram um pouco mais ambíguos, e o fogão maior. Entrei e depositei a bandeja sobre a mesa.

Maria apareceu, vinda do quarto dos fundos; vi de relance uma grande cama de ferro, mais ícones, fotografias. A sombra de um sorriso vincou sua boca; mas era circunstancial, não genuíno. Já teria sido difícil o bastante perguntar em inglês sem parecer estar bisbilhotando; com o meu grego, seria impossível. Hesitei por um instante, então vi seu rosto, inexpressivo como a porta atrás dela, e desisti.

Atravessei a passagem entre a casa e o chalé até a horta. Na lateral oeste da casa, uma janela fechada correspondia à porta no canto do quarto de Conchis. Parecia haver algo mais do que um armário ali. Então olhei para a fachada norte da casa, para o meu próprio quarto. Era fácil se esconder atrás da parede dos fundos do chalé, mas o terreno era áspero e estéril; não se via nada. Caminhei até o caramanchão. Fui recebido pelo pequeno Priapo de braços abertos, zombando da minha cara inglesa com seu sorriso pagão.

Entrada proibida.

Dez minutos depois, eu estava lá na praia particular. A água, em tons vítreos de azul e verde, estava fria por um instante, mas logo ficou deliciosamente fresca; nadei entre as rochas íngremes em direção ao mar aberto. Após uns cem metros, podia ver atrás de mim toda a extensão escarpada do promontório e a casa. Podia até mesmo ver Conchis, que estava sentado no terraço onde estivemos na noite anterior, aparentemente lendo. Pouco depois, ele se levantou, e eu acenei. Ele ergueu ambos os braços daquele seu jeito particularmente hierático, que eu agora sabia ser simbólico de um modo deliberado, não fortuito. A figura sombria no terraço branco suspenso; o representante do sol encarando o sol, o mais antigo poder real. Ele aparentava, ou desejava aparentar, estar conferindo, abençoando, comandando; *dominus* e domínio. Mais uma vez, pensei em Próspero; mesmo se ele não tivesse dito antes, eu acabaria pensando no personagem. Mergulhei, mas o sal fez arder meus olhos e voltei à superfície. Conchis tinha se afastado — para conversar com Ariel, que trocava o disco; ou com Calibã, que carregava um balde com vísceras podres; ou talvez com... Mas eu virei de costas. Era ridículo imaginar tantas coisas só de ouvir o som de passos apressados, o mais breve vislumbre de um vislumbre de uma silhueta branca.

Quando voltei à praia, dez minutos depois, ele estava sentado no tronco. Enquanto eu saía da água, ele se levantou e disse: "Vamos pegar o barco e ir para Petrocaravi". Petrocaravi, o "navio de pedra", era uma ilhota deserta a meio quilômetro a oeste de Phraxos. Ele usava calção de banho e uma espalhafatosa touca vermelha e branca de polo aquático, levando nas mãos os pés-de-pato azuis e duas máscaras de mergulho com *snorkels*. Segui suas costas bronzeadas andando pelas pedras escaldantes.

"Petrocaravi é muito interessante debaixo d'água. Você vai ver."

"Já acho Bourani muito interessante acima d'água." Eu me aproximei dele. "Ouvi vozes ontem à noite."

"Vozes?" Mas ele não demonstrou surpresa.

"O disco. Nunca tive uma experiência como aquela. Uma ideia extraordinária." Ele não respondeu, mas desceu até o barco e abriu a casa das máquinas. Desatei o cabo de atracação do anel de ferro no concreto, então me agachei no cais e o vi se mexendo através da escotilha. "Imagino que você tenha instalado alto-falantes nas árvores."

"Não ouvi nada."

Enrolei o cabo com a minha mão e sorri. "Mas você sabe que eu ouvi alguma coisa."

Ele olhou para mim. "Só sei porque está me dizendo."

"Você não disse: que estranho, vozes, que vozes? Essa seria a reação normal, não seria?" Ele fez um breve gesto para que eu subisse a bordo. Entrei no barco e me sentei no banco do lado oposto ao dele. "Só queria agradecer por ter organizado uma experiência tão diferente para mim."

"Não organizei nada."

"Acho difícil de acreditar."

Ficamos nos encarando. A touca vermelha e branca sobre os olhos simiescos conferia-lhe a aparência de um chimpanzé de espetáculo. E lá estavam o sol, o mar, o barco, tantas coisas nada ambíguas ao nosso redor. Eu ainda sorria, mas ele não sorria de volta. Era como se eu tivesse cometido uma gafe ao comentar a cantoria. Ele se abaixou para alcançar a alavanca de ignição.

"Aqui, deixe-me ajudar." Peguei a alavanca. "A última coisa que desejo é ofender você. Não toco mais no assunto."

Eu me agachei para girar a alavanca. Do nada, sua mão estava sobre meu ombro. "Não estou ofendido, Nicholas. Não peço que acredite. Tudo que peço a você é que finja acreditar. Será mais fácil assim."

Foi estranho. Com aquele pequeno gesto e uma sutil mudança no tom de voz, ele resolveu a tensão entre nós. Eu sabia que, por um lado, ele estava armando algum tipo de truque para cima de mim, um truque como aquele com o dado viciado. Por outro, eu sentia que, no final das contas, ele havia se afeiçoado um pouco por mim. Pensei, enquanto puxava o motor: se esse é o preço, vou me fazer de bobo, mas não serei um bobo.

Partimos enseada afora. Era difícil conversar com o motor ligado, e eu admirava os amontoados de pedras pálidas com constelações de pontos pretos, ouriços do mar, a quinze ou vinte metros debaixo d'água. No lado esquerdo do corpo de Conchis, havia duas cicatrizes enrugadas. Ambas iam da frente às costas, obviamente feridas de balas; e mais uma ferida antiga bem no alto do seu braço direito. Imaginei que fossem da execução durante a Segunda Guerra. Sentado ali, pilotando o barco, ele parecia um asceta, como Gandhi, mas, à medida que nos aproximamos de Petrocaravi, ele se levantou, o leme habilmente preso por sua coxa morena. Anos de banho de sol o bronzearam com o mesmo tom castanho de mogno dos pescadores da ilha.

As rochas eram conglomerados gigantescos de pedra, monstruosas em sua estranheza árida, muito maiores agora que estávamos perto delas do que eu poderia imaginar, quando as vi da ilha. Ancoramos a uns cinquenta metros de distância. Ele me entregou a máscara e o *snorkel*. Naquela época, eram impossíveis de encontrar na Grécia, e eu nunca tinha usado uma máscara de mergulho antes.

Eu segui os golpes lentos e pausados dos seus pés sobre uma paisagem petrificada de imensos blocos rochosos, entre os quais vagavam e flutuavam cardumes de peixe. Havia linguados, de escamas de prata, graúdos; peixes delgados que disparavam pela água; peixes palindrômicos que espiavam, desagradavelmente, pelas fendas; peixinhos mínimos e graciosos de um tom azul vibrante, tremulantes peixes rubro-negros; furtivos peixes azuis-esverdeados. Ele me mostrou uma gruta submarina, uma nave estreita de sombras azuladas, onde um enorme bodião flutuava como em transe. No lado oposto da ilhota, as rochas mergulhavam num precipício azul-índigo hipnótico. Conchis ergueu sua cabeça acima da superfície.

"Vou voltar para buscar o barco. Espere aqui."

Continuei nadando. Um cardume de várias centenas de peixes cinza-dourados me seguiu. Eu me virei, e eles se viraram. Nadei, e eles me seguiram, bastante gregos em sua curiosidade obsessiva. Então me deitei sobre uma grande laje de rocha que esquentava a água até quase a temperatura de um banho. A sombra do barco caiu sobre a rocha. Conchis me mostrou um caminho apertado para uma fenda profunda entre duas pedras, e lá pendurou um pedaço de pano branco na ponta de uma linha. Esperei como um pássaro flutuando na água, vigiando o polvo que ele estava tentando atrair. Logo um tentáculo sinuoso escorregou para fora e agarrou a isca, depois outros tentáculos ligeiros, e Conchis começou habilmente a convencer o polvo a subir. Eu havia tentado o mesmo, e sabia que não era algo tão simples como os ilhéus faziam parecer. O polvo veio, relutante, mas inevitavelmente, rodopiando devagar, como a carne de marinheiros afogados, seus braços pegajosos se alongando, alcançando, procurando. Conchis de súbito o ludibriou para entrar no barco, cortou sua glândula de tinta com uma faca, e o virou do avesso em segundos. Eu subi a bordo.

"Peguei mil deles neste lugar. Hoje à noite, outro polvo vai se mudar para o mesmo buraco. E vai se deixar capturar tão facilmente quanto este."

"Coitado."

"Como você pode ver, a realidade não é necessária. Até o polvo prefere o ideal." Um pedaço do velho lençol branco, do qual ele havia rasgado sua "isca", estava no chão ao seu lado. Lembrei que era manhã de domingo, o momento para sermões e parábolas. Ele tirou os olhos da poça de sépia e olhou para cima.

"Bem, o que você achou do mundo lá embaixo?"

"Fantástico. Parece um sonho."

"Parece a humanidade. Mas com o vocabulário de milhões de anos atrás." Ele jogou o polvo debaixo do banco. "Você acha que ele ainda terá uma vida após a morte?"

Baixei os olhos para ver aquela sujeira viscosa e subi o olhar até encontrar seu sorriso ríspido. A touca vermelho-e-branca estava um pouco torta. Agora, ele parecia Picasso imitando Gandhi imitando um bucaneiro. Ele engatou a embreagem e seguimos adiante. Pensei em Marne, em Neuve Chapelle, e fiz que não com a cabeça. Ele assentiu, e ergueu o lençol branco. Seus dentes retilíneos brilharam com cinismo, vividamente, sob a intensa luz do sol. A estupidez é letal, ele deixou implícito; e olhe para mim, eu sobrevivi.

John Fowles
O Mago

23

Comemos na colunata, um almoço grego simples de queijo de leite de cabra e salada de pimentão com ovos. As cigarras cantavam nos pinheiros ao redor, o calor oprimia do lado de fora dos arcos frescos. Eu me esforcei, no caminho de volta, para mais uma vez penetrar a situação, tentando, de maneira casual, fazer com que ele me contasse sobre Leverrier. Ele hesitou, depois me encarou com uma seriedade que mal disfarçava um sorriso camuflado.

"É assim que eles ensinam agora em Oxford? Lendo primeiro o último capítulo?"

E eu tive que sorrir e desviar o olhar. Se a sua resposta em nada serviu para saciar minha curiosidade, pelo menos serviu para saltar um obstáculo e nos conduzir adiante. De algum modo obscuro, ao qual eu viria a me acostumar em breve, aquilo era lisonjeiro para mim: como se eu fosse inteligente demais para não dominar as regras do nosso jogo. Não adiantava eu saber que os velhos enganam os jovens da mesma maneira desde o começo dos tempos. Eu caí do mesmo jeito, como é comum cair nos mais velhos mecanismos literários quando manejados pelas pessoas certas sob o contexto propício.

Durante o almoço, conversamos sobre o mundo submarino. Para ele, era como um gigantesco acróstico, um laboratório alquímico onde cada objeto tinha um valor misterioso, uma história interior que precisava ser deduzida, desemaranhada, adivinhada. Ele explicava a história natural como se fosse algo central e poético, não uma atividade para escoteiros ou galhofeiros de revistas de humor.

Terminada a refeição, ele se levantou. Ia subir para fazer sua *siesta*. Nós iríamos nos reencontrar na hora do chá.

"O que você vai fazer?"

Abri uma velha edição da revista *Time* que estava ao meu lado. Escondido cuidadosamente entre as páginas, estava o panfleto do século XVII.

"Ainda não leu?" Ele parecia surpreso.
"Pretendo ler agora."
"Que bom. É raro."

Ele ergueu a mão e se foi. Eu atravessei o cascalho e caminhei preguiçosamente através das árvores, no sentido leste. O chão apresentava uma inclinação sutil, depois afundava; cerca de cem metros adiante, um pequeno afloramento de rochas encobria a visão da casa. À minha frente, uma ravina profunda, repleta de oleandros e arbustos espinhosos, que desciam precipitadamente até a praia particular. Eu me sentei encostado ao tronco de um pinheiro e me isolei do mundo, lendo o panfleto. Continha confissões póstumas e cartas e orações de um tal Robert Foulkes, vigário de Stanton Lacy em Shropshire. Apesar de ser um erudito, casado e com dois filhos, em 1677 ele engravidou uma jovem e depois matou a criança, ato pelo qual foi condenado à morte.

Ele escrevia com um inglês requintado da metade do século XVII, num estilo anterior ao de John Dryden. Ele havia "galgado os píncaros da impiedade", apesar de saber que "o ministério é o Espelho do povo". "Esmigalhe o basilisco", grunhiu de sua cela no corredor da morte. "Estou legalmente morto", mas a respeito da garota, ele negava que houvesse "tentado corrompê-la aos nove anos de Idade", jurando "pela palavra de um condenado, que os Olhos dela viram, e as Mãos agiram em tudo o que fora feito."

Levei uma meia hora para ler o panfleto, com suas 40 páginas. Pulei as orações, mas era como Conchis dissera, mais real do que qualquer romance histórico — mais emotivo, mais evocativo, mais humano. Eu me deitei e olhei para o céu através dos galhos intrincados. Era estranho ter aquele velho panfleto, aquele pedaço de um passado remoto da Inglaterra que encontrara um modo de chegar a esta ilha grega, estes pinheiros, esta terra pagã. Fechei meus olhos e vi as folhas de cores quentes que se formavam enquanto eu relaxava ou aumentava a tensão das minhas pálpebras. Então peguei no sono.

Quando acordei, olhei para o meu relógio sem levantar a cabeça. Havia se passado meia hora. Após mais alguns minutos de cochilo, eu me sentei.

Ele estava ali, de pé na sombra verde escura de uma densa alfarrobeira a setenta ou oitenta metros, do outro lado da ravina, na mesma altura que eu. Levantei-me, sem saber se devia chamá-lo, aplaudir, sentir medo, rir, espantado demais para fazer qualquer coisa além de ficar parado e encará-lo. O homem estava vestido totalmente de preto, com um chapéu de copa alta, uma capa, um tipo de casaco rodado, meias pretas. Tinha cabelos compridos, um colarinho quadrado de renda branca, e duas faixas brancas. Sapatos pretos com fivelas de estanho. Permaneceu nas sombras, numa pose, um Rembrandt, perturbadoramente autêntico e ainda assim completamente fora de lugar — um homem intenso, solene, de semblante rubicundo. Robert Foulkes.

Olhei ao redor, como se fosse encontrar Conchis atrás de mim, em algum canto. Mas não havia ninguém. Olhei mais uma vez para o sujeito, que não se mexera, que continuava a me encarar das sombras do outro lado da ravina ensolarada. E então uma outra pessoa surgiu detrás da alfarrobeira. Era uma menina de rosto pálido, de uns 14 anos, num longo vestido marrom escuro. Eu conseguia distinguir um tipo de capuz roxo atrás de sua cabeça. Seus cabelos eram longos. Ela se aproximou de mim, e também me encarava. Era bem mais baixa do que ele, mal alcançava suas costelas. Devemos ter ficado, nós três, encarando uns aos outros por quase meio minuto. Então, ergui meu braço, com um sorriso no rosto. Não houve resposta. Avancei uns dez metros, até a luz do sol, o mais perto que consegui chegar da beira da ravina.

"Bom dia", gritei em grego. "O que vocês estão fazendo?" E repeti: *"Tik anete?"*

Mas não responderam nada. Permaneceram parados, me encarando — o homem com uma raiva contida, assim me pareceu, a garota inexpressiva. Uma rajada de vento solar soprou uma faixa marrom, que fazia parte do seu vestido, para o lado.

Pensei: isso é Henry James. O velho descobriu que o parafuso podia dar outra volta. E claro, seu descaramento de tirar o fôlego. Lembrei da conversa sobre o romance. *"Palavras servem aos fatos. Não à ficção."*

Olhei novamente ao redor, em direção à casa; Conchis devia aparecer agora. Mas não apareceu. Lá fiquei, com um sorriso cada vez mais tolo em meu rosto — e os dois continuaram em suas sombras esverdeadas. A garota se aproximou um pouquinho do homem, que pôs sua mão, pesada e patriarcalmente, sobre o ombro dela. Pareciam estar à espera de que eu fizesse algo. Palavras eram inúteis. Precisava me aproximar deles. Olhei por cima da ravina. Era intransponível ao menos ao longo de uns cem metros, mas o meu lado parecia se inclinar mais suavemente até o fundo. Após avisá-los por meio de gestos, subi pela outra vertente. Olhei para trás várias vezes e vi o casal silencioso debaixo da árvore. Eles se viraram e me olharam até que uma saliência da pequena ravina os encobriu. Comecei a correr.

Afinal o aclive se revelou transponível, apesar de ter sido uma subida difícil, entre salsaparrilhas desagradavelmente espinhosas. Uma vez superado este desafio, pude voltar a correr. A alfarrobeira reapareceu no meu campo de visão. Não havia nada ali. Em poucos segundos — questão talvez de um minuto desde que os perdera de vista — eu estava parado embaixo de uma árvore, sobre um tapete de sementes ressecadas. Olhei para o local em que havia cochilado. Os pequenos retângulos de bordas cinzentas e vermelhas do panfleto e a revista *Time* estavam sobre o pálido tapete de agulhas. Fui além da alfarrobeira, até chegar à cerca de arame junto às árvores, na borda do penhasco que definia o limite oriental de Bourani. Os três chalés repousavam inocentemente lá embaixo, com seu pequeno pomar de oliveiras. Com um certo pânico, caminhei de volta até a alfarroba e segui pelo lado leste da ravina até o topo do penhasco, de onde se via a praia particular. Havia mais arbustos ali, mas não o suficiente para que alguém se escondesse, a menos que se deitassem no chão. E eu não conseguiria imaginar aquele homem de aparência colérica deitado, escondido.

E então ouvi o sino vindo da casa. Tocou três vezes. Olhei para o meu relógio — hora do chá. O sino tocou outra vez: rápido, rápido, devagar, e percebi que ele estava repicando as sílabas do meu nome.

Supostamente, eu deveria estar amedrontado. Mas não estava. Mais do que qualquer coisa, eu estava curioso demais e confuso demais. Tanto o homem quanto a garota de rosto pálido me pareceram tipicamente ingleses, e quaisquer que fossem suas verdadeiras nacionalidades, sabia que eles não moravam na ilha. Por isso, deveria presumir que eles haviam sido especialmente convidados, que estiveram ali parados, escondidos em algum canto, esperando que eu lesse o panfleto de Foulkes. Eu facilitara seu trabalho quando peguei no sono, à beira da ravina. Mas aquilo havia sido pura casualidade. E como Conchis conseguiria manter aquelas pessoas em prontidão? E aonde teriam ido se esconder?

Durante alguns instantes, deixei meu pensamento mergulhar na escuridão, em um mundo onde toda minha experiência de vida era contestada e fantasmas existiam. Mas havia algo incontestavelmente físico a respeito de todas aquelas experiências, supostamente "sensitivas". Além do mais, era óbvio que as "aparições" eram bem menos convincentes em plena luz do dia. Era quase como se fosse intencional que eu visse que elas não eram sobrenaturais de verdade; e havia o conselho enigmático de Conchis, semeador de dúvidas, de que seria mais fácil se eu fingisse acreditar. Por que mais fácil? Mais sofisticado, mais educado, talvez; porém "mais fácil" sugeria que eu precisaria passar por algum tipo de provação.

Fiquei lá entre as árvores, totalmente desgovernado; e então sorri. De alguma maneira, eu havia aterrissado no meio das fantasias de um velho extraordinário. Isso estava claro. Porque ele sustentava essas fantasias, pois precisava tanto realizá-las, e acima de tudo, por ter me escolhido para ser sua audiência solitária de um homem só, tudo isso permanecia sendo um mistério completo. Mas eu sabia que estava me envolvendo em algo bizarro demais para ignorar, ou para comprometer, por falta de paciência ou de senso de humor.

Atravessei mais uma vez a ravina e peguei a *Time* e o panfleto. Depois, enquanto olhava de volta para a escura e inescrutável alfarrobeira, senti um leve toque de medo. Mas era um medo do inexplicável, do desconhecido, não do sobrenatural.

Enquanto atravessava o cascalho até a colunata, onde conseguia ver Conchis me esperando sentado, de costas para mim, decidi tomar um rumo de ação — ou melhor, de reação.

Ele se virou. "Fez boa *siesta*?"

"Sim, obrigado."

"Você leu o panfleto?"

"Você tinha razão. É mais fascinante do que qualquer romance histórico." Ele manteve uma expressão impecavelmente à prova do meu comentário irônico. "Muito obrigado, mesmo." Pus o panfleto sobre a mesa.

Tranquilamente, em meu silêncio, ele começou a me servir o chá.

Ele já havia tomado o seu e se afastou para tocar o cravo durante vinte minutos. Enquanto o escutava, fiquei pensando. Os incidentes pareciam ter sido planejados para enganar todos os meus sentidos. A noite anterior havia se encarregado do olfato e da audição; esta tarde, e aquela visão repentina de ontem, mexeram com a visão. O paladar parecia irrelevante — mas o tato... como diabos ele esperaria que eu sequer fingisse acreditar que algo em que pudesse tocar fosse "sensitivo"? E ainda, que diabos — precisamente, diabos — esses truques tinham a ver com "viajar a outros mundos"? Só uma coisa estava clara: sua ansiedade sobre o quanto Mitford e Leverrier me contaram estava finalmente explicada. Ele tinha exibido seus estranhos ilusionismos para eles, e feito que jurassem segredo.

Ao retornar, ele me levou para regar sua horta. A água precisava ser bombeada de uma bateria de cisternas de canos longos atrás do chalé, e quando terminamos de regar e adubar as plantas, nos sentamos num banco perto do caramanchão de Priapo, com o cheiro peculiar, do verão grego, de terra verdejante molhada ao nosso redor. Ele fez seus exercícios de respiração profunda; evidentemente, como tudo mais em sua vida, de maneira ritualística; e então sorriu para mim e voltou vinte e quatro horas no tempo.

"Agora, me conte sobre essa garota." Era uma ordem, não uma pergunta — ou uma recusa a acreditar que eu me recusaria a comentar de novo.

"Não há nada para contar, na verdade."

"Ela te rejeitou."

"Não. Pelo menos no início. Eu que a rejeitei."

"E agora você queria...?"

"Terminamos. É tarde demais."

"Você fala como Adonis. Você foi ferido?"

Fez-se um silêncio. Fui em frente: disse algo que vinha me incomodando desde que descobri que ele estudara medicina; e também como forma de confrontar o deboche dele ao meu fatalismo.

"Para falar a verdade, eu fui." Ele me disparou um olhar penetrante. "Ferido pela sífilis. Acabei contraindo a doença no começo deste ano, em Atenas." Ele continuava me observando. "Tudo bem. Acho que estou curado."

"Quem te diagnosticou?"

"O homem da vila. Patarescu."

"Quais os sintomas?"

"A clínica em Atenas confirmou o diagnóstico."

"Sem dúvida." Sua voz era seca, tão seca que minha mente seguiu suas insinuações. "Vamos, me conte os sintomas."

No final das contas, ele conseguiu que eu contasse tudo, nos mínimos detalhes.

"Como pensei. Você teve cancro mole."

"Cancro mole?"

"Cancroide. *Ulcus molle*. Uma doença bastante comum no Mediterrâneo. Desagradável. Mas inofensiva. O melhor tratamento é água e sabão frequentes."

"Então por que diabos..."

Ele esfregou o polegar e indicador juntos, no onipresente gesto grego para dinheiro, dinheiro e corrupção.

"Você pagou?"

"Paguei. Por uma penicilina especial."

"Não há nada que se possa fazer."

"Eu podia muito bem processar a clínica."

"Não há provas de que não era sífilis."

"Quer dizer que Patarescu..."

"Não quero dizer nada. Ele agiu como um médico perfeitamente profissional. Um exame é sempre aconselhável." Era quase como se Conchis estivesse do lado deles. Deu de ombros sutilmente: é assim que gira o mundo.

"Ele poderia ter me alertado."

"Talvez tenha achado mais importante alertá-lo contra doenças venéreas do que contra a venalidade."

"Jesus."

Dentro de mim, senti uma enxurrada de alívio colidindo com uma raiva por ter sido enganado. Momentos depois, Conchis voltou a falar.

"Mesmo que fosse sífilis... Por que não poderia voltar para essa garota que você ama?"

"Sério... é complicado demais."

"Então isso é o normal. Não é diferente."

Devagar, de um modo desconexo, incitado por ele, eu lhe contei um pouco sobre Alison; lembrar da franqueza dele na noite anterior me fez agir de forma parecida. Mais uma vez, não senti nenhuma compaixão da parte dele, apenas a sua curiosidade obsessiva e inexplicável. Contei que havia escrito uma carta recentemente.

"E se ela não responder?"

Dei de ombros. "Não respondeu."

"Você pensa nela, quer vê-la — tem que escrever de novo." A energia dele me fez dar um sorriso sutil. "Você está deixando ao acaso. Não precisamos deixar tudo ao acaso, assim como não precisamos nos afogar no oceano." Ele chacoalhou meus ombros. "Nade!"

"O problema não é nadar. É saber em que direção."

"Em direção à garota. Você disse que ela sabe quem você é, que ela o compreende. Isso é bom."

Fiquei calado. Uma borboleta amarela e preta, uma papilionídea, pairou sobre a buganvília ao redor do caramanchão de Priapo, não encontrou néctar algum e saiu planando em meio às árvores. Eu raspei o cascalho com os pés. "Acho que não sei o que é o amor, de verdade. Se não for apenas sexo. E nem me importo mais, para valer, de qualquer maneira."

"Meu caro jovem, você é um desastre. Tão derrotado. Tão pessimista."

"Já fui um bastante ambicioso. Também devo ter sido cego. Assim talvez eu não me sentisse derrotado." Olhei para ele. "Não é só culpa minha. É da idade. Faz parte da minha geração. Todos nos sentimos assim."

"Na maior era do iluminismo da história deste mundo? Depois de termos destruído mais trevas nos últimos cinquenta anos do que nos últimos cinco milhões?"

"Como fizemos em Neuve Chapelle? Hiroshima?"

"Mas você e eu! Nós estamos vivos, somos essa era maravilhosa. *Nós* não estamos destruídos. Nós nem mesmo destruímos."

"Nenhum homem é uma ilha."

"Pfff. Bobagem. Todos somos uma ilha. Se não fôssemos, ficaríamos loucos. Entre essas ilhas, existem barcos, aviões, telefones, telégrafos... o que preferir. Mas continuam sendo ilhas. Ilhas que podem afundar ou desaparecer para sempre. Você é uma ilha que não afundou. Não pode ser tão pessimista. Não é possível."

"Parece possível."

"Venha comigo." Ele se levantou, como se o tempo fosse vital. "Venha. Vou te mostrar o mais íntimo segredo da vida. Venha." Ele andou depressa ao redor da colunata. Eu o segui escada acima. Lá, ele me empurrou até o terraço.

"Vá se sentar à mesa. De costas para o sol."

Dali um minuto, ele apareceu, carregando algo pesado encoberto por uma toalha branca. Depôs com cuidado a carga sobre o centro da mesa. Então fez uma pausa, verificou se eu estava olhando, antes de remover a toalha solenemente. Era uma cabeça de pedra, se de homem ou de mulher era difícil dizer. O nariz se quebrara. Os cabelos presos num laço, com duas fitas laterais. Mas o poder do fragmento estava no rosto. Expressava um sorriso triunfante, um sorriso que poderia ser presunçoso se não estivesse repleto do mais puro bom humor metafísico. Os olhos eram levemente orientais, longos e, como pude ver quando Conchis cobriu a boca com a mão, também sorriam. A boca fora lindamente modelada, eternamente inteligente e eternamente entretida.

"Essa é a verdade. Não o martelo e a foice. Nem as estrelas e as listras. Não a cruz. Nem o sol. Nem o ouro. Nem *yin* e *yang*. Mas o sorriso."

"É arte cicládica, não é?"

"Não interessa o que é. Olhe para ela. Olhe nos seus olhos."

Ele estava certo. Aquela coisinha banhada pelo sol continha certo nume, ou talvez nem tanta divindade, porém o conhecimento divino, uma certeza absoluta. Mas enquanto eu olhava, comecei a sentir algo diferente.

"Há algo de implacável nesse sorriso."

"Implacável?" Ele veio por trás da minha cadeira e olhou por cima da minha cabeça. "É a verdade. A verdade é implacável. Mas a natureza e o sentido dessa verdade não são."

"Me conte de onde ela veio."
"De Dídimos, na Ásia Menor."
"Quantos anos tem?"
"Seis ou sete séculos antes de Cristo."
"Imagino se ela sorriria desse jeito se soubesse do campo de concentração de Belsen."
"Porque eles morreram, sabemos que nós ainda estamos vivos. Porque uma estrela explode, e milhares de mundos como o nosso morrem, sabemos que este mundo vive. Este é o sorriso: aquilo que pode não ser, é." Então ele disse: "Quando eu morrer, ela estará comigo ao meu lado. É o último rosto humano que quero ver".

A pequena cabeça nos observava; branda, certa, e quase maliciosamente inescrutável. Então me ocorreu que aquele era o mesmo sorriso que Conchis às vezes exibia; como se ele se sentasse em frente à cabeça e praticasse. Ao mesmo tempo, percebi o que exatamente me desagradava nela. Aquele era, acima de tudo, o sorriso de ironia dramática, daqueles que possuem informação privilegiada. Olhei de volta para o rosto de Conchis, e vi que eu estava certo.

John Fowles
O Mago

24

Uma escuridão estrelada sobre a casa, a floresta, o mar; o jantar retirado, a lâmpada apagada. Eu me deitei na espreguiçadeira. Ele permitiu que a noite silenciosamente nos encobrisse e nos possuísse, permitiu ao tempo desaparecer, e então começou a me conduzir rumo a décadas passadas.

"Abril, 1915. Voltei sem dificuldades à Inglaterra. Não sabia no que deveria me transformar. Pelo menos eu tinha desculpas para me justificar. Aos 19 anos, ninguém fica contente apenas por fazer as coisas. Elas também precisam de uma justificativa. Minha mãe desmaiou quando me viu. Pela primeira e última vez em minha vida, vi meu pai aos prantos. Até aquele momento de confronto eu estava decidido a contar a verdade. Não poderia enganá-los. Porém, ao me postar diante deles... talvez tenha sido pura covardia, não cabe a mim dizer. Mas há verdades que são cruéis demais, quando se está diante daqueles a quem se vai anunciá-las, para conseguirmos contar. Então falei que tinha ganhado a licença num sorteio, e que agora que Montague estava morto, eu deveria me reunir com meu batalhão original. Fui possuído por uma vontade louca de enganar. Não com parcimônia, e sim com o mais completo requinte. Inventei uma nova batalha de Neuve Chapelle, como se a original não tivesse sido ruim o bastante. Cheguei até a contar para eles que fora recomendado para uma comissão.

"No começo, a sorte estava do meu lado. Dois dias depois do meu retorno, chegou uma notificação oficial dizendo que eu havia desaparecido, possivelmente morto em combate. Tais erros aconteciam com tanta frequência que meus pais nem se preocuparam. A carta foi rasgada com alegria.

"E Lily. Talvez o que acontecera a fizesse ver com mais clareza seus verdadeiros sentimentos por mim. O que quer que fosse, eu não podia mais reclamar que ela me tratasse como irmão, em vez de amante. Sabe,

Nicholas, apesar de toda a desgraça que a Grande Guerra trouxe, ela destruiu muito do que havia de doentio na relação entre os sexos. Pela primeira vez em um século, as mulheres descobriam que os homens esperavam por algo mais humano delas do que a castidade de uma freira, um idealismo *bien pensant*. Não estou dizendo que Lily de repente perdera todas suas restrições. Ou que ela se entregou para mim. Mas ela desfrutou comigo das intimidades que julgou adequadas. O tempo que passei a sós com ela... aquelas horas me permitiram juntar forças para continuar com minha farsa. Ao mesmo tempo em que me faziam sentir pior. Repetidamente, eu me via possuído por um desejo de contar tudo a ela, e antes que a justiça me encontrasse. Toda vez que voltava para casa, esperava encontrar a polícia me esperando. Meu pai ultrajado. E o pior de tudo, os olhos de Lily nos meus. Mas, quando estava com ela, me recusava a falar sobre a guerra. Ela interpretou erroneamente o meu nervosismo. Aquilo a comovia profundamente, e fazia com que ela externasse toda sua ternura. Seu carinho. Eu sugava o amor dela como uma sanguessuga. Uma sanguessuga bastante sensual. Ela se tornara uma mulher muito bonita.

"Um dia, saímos para um passeio no bosque, ao norte de Londres — perto de Barnet, eu acho, não me lembro mais do nome, exceto que naquela época eram bosques muito bonitos e isolados, bem próximos de Londres.

"Deitamos no chão e nos beijamos. Talvez isso te faça sorrir. O fato de termos apenas nos deitado e nos beijado. Vocês jovens podem emprestar seus corpos hoje, brincar com eles, entregá-los de uma maneira que nós não podíamos. Mas lembre-se que vocês pagaram um preço: o de um mundo rico em mistérios e emoções delicadas. Não são apenas as espécies naturais que morrem. Mas também espécies inteiras de sentimentos. E se você for sábio, não sentirá pena do passado pelo que ele desconhecia, mas terá pena de si mesmo, pelo que nele se conhecia.

"Naquela tarde, Lily disse que queria se casar comigo. Casar com uma licença especial, e que, se fosse necessário, sem a permissão dos seus pais, de modo que, antes que eu sumisse novamente, teríamos nos tornado um só corpo, assim como éramos — ousaria dizer em espírito? — em pensamento, sem sombra de dúvidas. Eu ansiava por dormir com ela, ansiava por me unir a ela. Mas sempre o meu segredo terrível se intrometia entre nós, como a espada entre Tristão e Isolda. Então tive que inventar, entre as flores, os pássaros e as árvores inocentes, uma nobreza ainda mais falsa. Como poderia recusá-la a não ser dizendo que minha morte era tão provável que eu não poderia permitir tamanho sacrifício? Ela retrucou. Ela chorou. Ela interpretou minha hesitação, minhas recusas tortuosas como sendo algo mais puro do que de fato eram. Ao final da tarde, antes que deixássemos o bosque, e com uma solenidade e sinceridade, uma dedicação completa da parte dela que eu não conseguiria descrever para você, porque tamanha promessa incondicional é outro mistério extinto... ela disse: 'Não importa o que aconteça, eu nunca me casarei com ninguém além de você'."

Ele parou de falar por um instante, como um homem caminhando que chega a um precipício; talvez fosse uma pausa dramática, porém capaz de fazer as estrelas e a noite esperarem, como se a estória, a narração, a história estivessem imbricadas na natureza das coisas, e o cosmos estivesse ali por causa da narrativa, e não a narrativa por causa do cosmos.

"A quinzena do meu suposto recesso chegou ao fim. Eu não tinha um plano, ou talvez tivesse uma centena de planos, o que é pior do que não ter nenhum. Houve momentos em que considerei voltar à França. Mas então eu vi aqueles vultos amarelos e medonhos saindo como bêbados cambaleantes de um muro de fumaça... vi a guerra e o mundo e a razão pela qual eu me encontrava nele. Tentei fingir que não via, mas não consegui.

"Pus meu uniforme e deixei meu pai e minha mãe e Lily se despedirem de mim na estação Victoria. Eles acreditavam que eu precisaria me apresentar num campo próximo a Dover. O trem estava repleto de soldados. Senti mais uma vez o grande curso da guerra, o desejo europeu pela morte, correndo em minhas veias. Quando o trem parou num vilarejo em Kent, eu desci. Durante dois ou três dias, fiquei lá num hotel para caixeiros viajantes. Estava desesperado. E sem propósitos. Não se consegue escapar da guerra. Era tudo o que se via, tudo o que se ouvia. No final, voltei para Londres, para a única pessoa na Inglaterra com quem achei que poderia encontrar refúgio: o meu avô — meu tio-avô, para ser exato. Eu sabia que ele era grego, que ele me amava porque eu era filho de minha mãe, e que um grego sempre coloca sua família acima de qualquer outra consideração. Ele me deu ouvidos. Então se levantou e chegou perto de mim. Eu sabia o que ele ia fazer. Ele me bateu forte, muito forte, tão forte que eu ainda o sinto, em meu rosto. Depois me disse: 'Isso é o que eu penso'.

"Eu sabia muito bem que, quando ele disse aquilo, quis dizer: 'apesar de toda a ajuda que eu lhe darei'. Estava furioso comigo e soltou todos os palavrões do idioma grego em cima de mim. Mas ele me escondeu.

Talvez porque eu disse que, mesmo que voltasse, eu seria fuzilado por deserção. No dia seguinte, ele foi ver minha mãe. Acho que ele deve ter dado a ela a escolha. De cumprir com seu dever como cidadã ou como mãe. Ela veio me ver, e sua ausência de reprovação verbal foi pior para mim do que a raiva do *Pappous*. Sabia que ela sofreria quando meu pai ficasse sabendo da verdade. Ela e o *Pappous* chegaram a uma decisão. Que eu deveria fugir escondido da Inglaterra para encontrar nossa família na Argentina. Felizmente, o *Pappous* tinha o dinheiro e os amigos necessários no mundo das embarcações. As providências foram tomadas. Marcaram uma data.

"Morei na casa dele por três semanas, incapaz de sair, com tamanha agonia, por conta do desprezo por mim mesmo e pelo medo, que muitas vezes pensei em desistir. Acima de tudo, havia a lembrança de Lily que me torturava. Eu prometera escrever todos os dias. E é claro que não escrevi. O que os outros pensariam de mim, não me importava. Mas estava desesperado para convencê-la de que eu era são, e o mundo, louco. Talvez tenha algo a ver com inteligência, mas estou certo de que não tem nada a ver com conhecimento — quero dizer que existem pessoas que possuem as faculdades morais perfeitas, ainda que instintivas, capazes de realizar os mais complexos cálculos éticos, do mesmo modo como camponeses indianos podem às vezes realizar proezas matemáticas surpreendentes em questões de segundos. Lily era uma dessas pessoas. E eu ansiava pela aprovação dela.

"Uma noite, não suportei mais. Fugi do meu esconderijo e fui até o bosque de St. John. Sabia que, naquela noite, Lily iria até um clube semanal patriótico de tricô e crochê num salão paroquial ali perto. Esperei na estrada que eu sabia que ela deveria tomar. Era um anoitecer caloroso de maio. Estava com sorte. Ela veio sozinha. De repente, cruzei seu caminho perto do portão onde eu estivera esperando. Ela ficou branca de susto. Sabia que algo terrível havia acontecido, pelo meu rosto, minhas roupas civis. Assim que eu a vi, meu amor por ela tomou conta de mim — e do que eu havia planejado contar. Não consigo me lembrar agora do que eu disse. Só me lembro de caminhar ao seu lado sob o crepúsculo em direção ao Regent's Park, porque ambos queríamos a escuridão, queríamos ficar sozinhos. Ela não discutiu, não disse nada, nem olhou para mim por bastante tempo. Chegamos ao sombrio canal que atravessa o norte do parque. Até um banco. Então ela começou a chorar. Não tinha permissão para consolá-la. Eu a havia enganado. Isso era imperdoável. Não o fato de eu ter desertado. Mas de havê-la enganado.

Por algum tempo, ela olhou em outra direção, para o canal escuro. Depois pegou minha mão e me fez calar a boca. Por fim, ela me abraçou, ainda em silêncio. E eu me senti como se eu fosse tudo o que havia de errado na Europa nos braços de tudo o que havia de bom.

"Mas também havia um enorme mal-entendido entre nós. É possível, até mesmo normal, se sentir certo diante da história e muito errado diante daqueles a quem amamos. Pouco depois, Lily começou a falar, e percebi que ela não tinha entendido nada do que eu lhe contara a respeito da guerra. Que ela não se via exatamente do jeito que eu queria, como meu anjo do perdão, mas como meu anjo salvador. Ela implorou para que eu voltasse. Achava que eu estaria espiritualmente morto enquanto não voltasse. Várias e várias vezes, usou a palavra 'ressuscitado'. E várias e várias vezes, do meu lado, eu quis saber o que aconteceria conosco. E ela finalmente disse, aquela era sua sentença: o preço do seu amor era que eu regressasse ao front — não por ela, mas por mim. Para que reencontrasse meu verdadeiro eu. E que a realidade do seu amor era como havia sido no bosque: ela jamais se casaria com mais ninguém, não importasse o que acontecesse.

"No final, ficamos em silêncio. Você precisa entender. O amor é o mistério entre duas pessoas, não a identidade. Estávamos em polos opostos da humanidade. Lily era a humanidade presa ao dever, incapaz de escolha, sofrendo, à mercê de ideais sociais. A humanidade ao mesmo tempo crucificada e em marcha em direção à cruz. E eu estava livre, era Pedro negando três vezes — determinado a sobreviver, a qualquer custo. Ainda vejo o seu rosto. Seu rosto me encarando, encarando a escuridão, tentando enxergar a si mesma em outro mundo. Como se estivéssemos trancados numa câmara de tortura. Ainda apaixonados, ainda acorrentados em paredes opostas, encarando um ao outro para sempre, e para sempre inalcançáveis.

"É claro, como fazem os homens, que eu tentei extrair dela alguma esperança. Que ela esperaria por mim, que não fosse tão precipitada em me julgar... essas coisas. Mas ela me interrompeu com um olhar. Um olhar que eu nunca conseguirei esquecer, porque era quase um olhar de ódio, e o ódio em seu rosto era como rancor no rosto da Virgem Maria, revertia toda a ordem natural das coisas.

"Eu voltei caminhando ao lado dela, em silêncio. Disse adeus debaixo de um poste de luz. Perto de um jardim de lilases. Não nos tocamos. Nem uma única palavra. Dois rostos jovens, repentinamente envelhecidos, encarando um ao outro. O momento que perdura quando todos os outros barulhos, objetos, toda aquela rua sem graça, tudo encolheu até desaparecer. Dois rostos pálidos. O perfume dos lilases. E uma escuridão sem fim."

Ele fez uma pausa. Não havia emoção em sua voz, mas eu estava pensando em Alison, naquele último olhar que ela me deu.

"E isto é tudo. Quatro dias depois, passei doze horas muito desagradáveis agachado nos porões de um cargueiro grego nas docas de Liverpool."

Fez-se um silêncio.

"E você voltou a vê-la?"

Um morcego guinchou sobre nossas cabeças.

"Ela morreu."

Precisei estimulá-lo a falar.

"Logo depois?"

"Nas primeiras horas de 19 de fevereiro de 1916." Tentei ver a expressão em seu rosto, mas estava muito escuro. "Houve uma epidemia de tifo. Ela estava trabalhando num hospital."

"Coitada."

"É passado."

"Do jeito que você fala, parece presente." Ele inclinou a cabeça. "O perfume do lilás."

"Sentimentos de um velho. Me perdoe."

Ele estava observando a noite. O morcego voou tão baixo que pude ver sua silhueta por um breve instante, contra a Via Láctea.

"É por isso que você nunca se casou?"

"Os mortos vivem."

A escuridão das árvores. Tentei escutar passos, mas não ouvi nenhum. Uma pausa.

"Como eles vivem?"

E ele deixou o silêncio aparecer mais uma vez, como se o silêncio pudesse, mais do que ele, responder às minhas perguntas, mas assim que entendi que ele não responderia, ele falou.

"Por amor."

Era como se ele não estivesse falando comigo, mas com tudo ao nosso redor; como se ela estivesse escutando, nas sombras escuras atrás das portas, como se contar seu passado o fizesse lembrar de algum princípio importante que ele estava vendo ressurgir. Eu me senti emocionado, e dessa vez deixei o silêncio ficar.

• • •

Um minuto depois, ele se virou para mim.

"Eu gostaria que você viesse aqui na semana que vem. Se suas obrigações permitirem."

"Se me convidar, nada me impediria de vir."

"Ótimo. Fico feliz." Mas sua felicidade agora parecia ser meramente por educação. A peremptoriedade havia retomado o controle. Ele se levantou. "Para a cama. É tarde." Eu o segui até o meu quarto, onde ele se inclinou para acender o lampião.

"Não quero que minha vida seja contada por aí."

"Claro que não."

Ele se endireitou, e me encarou.

"Então, te vejo no próximo sábado?"

Sorri. "Você sabe que sim. Nunca esquecerei esses dois últimos dias. Apesar de eu não saber por que fui escolhido. Ou eleito."

"Talvez sua ignorância seja a resposta."

"Contanto que você saiba que essa escolha me parece um grande privilégio."

Ele procurou meus olhos, e então fez algo estranho: esticou o braço, como fizera no barco, e tocou meu ombro de maneira paternal. Eu de fato havia, ao que parece, passado em uma espécie de teste.

"Ótimo. Maria vai preparar o café da manhã para você. Até semana que vem." E ele saiu. Fui até o banheiro, fechei a porta, apaguei a luz. Mas não me despi. Fiquei parado perto da janela e esperei.

John Fowles
O Mago

25

Durante pelo menos vinte minutos não se ouviu som algum. Conchis foi ao banheiro e voltou ao seu quarto. Então o silêncio se fez presente. Durou tanto tempo, que finalmente me despi e comecei a me render ao sono que sentia estar vindo de dentro de mim. Mas o silêncio foi rompido. A porta de Conchis se abriu e fechou, bem baixinho, mas não furtivamente, e eu o ouvi descendo as escadas. Um minuto, dois minutos se passaram; então pulei da cama.

Era música, mais uma vez, só que vinda de lá debaixo, do cravo. Ela ecoava de maneira percussiva, porém difusa, pelas paredes da casa de pedra. Por um momento, me senti desapontado. Parecia que Conchis sofria de mera insônia, ou estava triste, e tocava um pouco para si mesmo. Mas então ouvi um som que me levou depressa até a porta. Eu a abri com cuidado. A porta do andar de baixo devia estar aberta, pois eu conseguia ouvir o barulho do mecanismo do cravo. Mas o que me fez arrepiar foi o som tênue, assombrado, de uma flauta doce. Sabia que não vinha do gramofone, alguém a estava tocando. A música parou e recomeçou num compasso animado em seis por oito. A flauta doce acompanhava com solenidade, errou uma vez, depois outra, apesar de o flautista ser evidentemente talentoso, e executar trinados e ornamentos como um profissional.

Saí nu do quarto até o patamar e olhei por cima do corrimão. Havia um leve brilho no chão, fora da sala de música. Eles provavelmente tocavam aquela música para que eu a ouvisse, mas não para que eu descesse; mas aquilo já era demais. Vesti um suéter e as calças e desci me arrastando, com os pés descalços. A flauta doce parou e ouvi o farfalhar de páginas sendo viradas — a estante de partitura. O cravo começou uma passagem comprida, composta para alaúde, um novo movimento, suave como a chuva, os sons se esgueirando pela casa, harmonias misteriosas e distantes. A flauta doce entrou com a lentidão e a seriedade de um adágio, momentaneamente oscilando a altura até voltar ao tom. Fui pé ante pé até a porta aberta da sala de música, mas algo me deteve — um estranho sentimento infantil de estar fazendo travessuras após a hora de dormir. A porta estava escancarada, mas se abria em direção ao cravo, e o canto de uma estante de livros bloqueava a visão pela fresta.

A música então parou. Uma cadeira se mexeu, meu coração disparou, Conchis disse uma única palavra indistinguível, com a voz bem grave. Eu me espremi contra a parede. Ouvi sussurros. Alguém estava parado na porta da sala de música.

Era uma garota esbelta, mais ou menos da minha altura, com vinte e poucos anos. Em uma das mãos segurava a flauta, na outra, uma pequena escova carmim, para limpar o instrumento. Usava um vestido de gola larga, listrado de azul e branco, que deixava seus braços de fora. Tinha um bracelete acima de um cotovelo, e a saia descia, estreitando na barra, quase chegando nos tornozelos. Seu rosto era arrebatadoramente bonito, mas completamente pálido, sem nenhuma maquiagem, e seus cabelos, seus contornos, o porte ereto, tudo a seu respeito remetia aos anos 1910.

Eu sabia que deveria acreditar estar olhando para Lily. Era, sem sombra de dúvidas, a mesma garota das fotografias, especialmente aquela no gabinete de curiosidades. O rosto *à la* Botticelli, os olhos violeta-acinzentados. Os olhos eram particularmente lindos, enormes, um pouco amendoados, olhos de gazela, que conferiam um mistério natural a um rosto que, não fossem por eles, seria tão simétrico que arriscava a perfeição.

Ela me viu de imediato. Permaneci fincado ao chão de pedra. Por um momento, ela pareceu tão surpresa quanto eu. Depois, ela olhou, breve e discretamente, com seus grandes olhos, para onde Conchis devia estar sentado ao cravo, e então olhou para mim de novo. Ergueu a escova da flauta até os lábios, me proibindo de me mexer ou de dizer qualquer coisa, e sorriu. Era como um filme de gênero — O Segredo. A Admoestação. Mas seu sorriso era estranho — como se ela dividisse um segredo comigo, de que aquilo era uma ilusão que nós dois, e não o velho, deveríamos cuidar. Tinha algo em sua boca, calma e divertida, que era ao mesmo tempo enigmático e esclarecedor; falso, mas que confessava sua falsidade. Ela deu mais uma espiada rápida em Conchis, e então se inclinou para frente e empurrou meu braço com a ponta da escova, como se dissesse: Vá embora.

Tudo isso não pode ter demorado mais do que cinco segundos. A porta foi fechada, e eu fiquei parado na escuridão, num redemoinho de sândalo. Acho que se tivesse *mesmo* visto um fantasma, se a garota fosse transparente e sem cabeça, eu me sentiria menos atônito. Ela deixou muito claro que aquilo tudo não passava de um jogo, mas que Conchis não poderia saber disso; que ela estava toda arrumada para ele, não para mim.

Fui depressa até o hall de entrada e abri os trincos. Então caminhei até a colunata. Espiei por uma das estreitas janelas arqueadas e avistei Conchis de imediato. Ele tinha recomeçado a tocar. Fui procurar a garota. Estava certo de que ninguém teria tido tempo para atravessar o cascalho. Mas ela não estava lá. Dei a volta por trás dele, até conseguir ver todos os cantos da sala. E ela não estava lá. Achei que ela poderia estar debaixo da parte frontal da colunata, e espiei aquele cantinho com cuidado. Estava vazio. A música continuou. Eu parei, indeciso. Ela deve ter corrido pelo canto oposto da colunata e dado a volta por trás da casa. Engatinhando sob as janelas e passando furtivamente pelas portas abertas, avistei a horta no terraço, e circulei por ali. Estava certo de que ela devia ter fugido por aquele caminho. Mas não havia nenhum sinal da mulher, nenhum barulho. Esperei por vários minutos, e então Conchis parou de tocar. Logo, o lampião se apagou e ele desapareceu. Voltei e me sentei na escuridão em uma das cadeiras sob a colunata. Havia um silêncio profundo. Apenas os grilos cricrilavam, como gotas de água atingindo o fundo de um poço gigantesco. Conjecturas voavam em minha cabeça. As pessoas que vi, os sons que ouvi, e aquele cheiro terrível, tudo fora real, não sobrenatural; o que não parecia real era a ausência de qualquer maquinário visível — sem salas secretas, sem esconderijo — ou de um motivo qualquer. E essa nova dimensão, essa sugestão de que as "aparições" teriam sido montadas tanto para Conchis quanto para mim, aquilo era o mais desconcertante de tudo.

Fiquei sentado no escuro, esperando que alguém, torci para que fosse "Lily", viesse para me explicar. Eu me senti uma criança de novo, uma criança que entra numa sala e está ciente de que todos ali sabem algo a seu respeito que ela mesma não sabe. Também me senti enganado pela tristeza de Conchis. "*Os mortos vivem por amor*"; e eles evidentemente poderiam viver também pela representação.

Mas eu esperava mesmo era por quem quer que fosse que representara o papel de Lily. Precisava conhecer a dona daquele rosto jovem, inteligente, divertido, desconcertantemente lindo, do norte europeu. Queria saber o que ela estava fazendo em Phraxos, de onde viera, descobrir a realidade por trás de todo aquele mistério.

Esperei por quase uma hora, e nada aconteceu. Ninguém apareceu, não ouvi nada. No final das contas, me esgueirei de volta até o meu quarto. Mas tive uma noite de sono péssima. Quando Maria bateu à porta, às cinco e meia, eu acordei como se estivesse de ressaca.

E mesmo assim aproveitei o caminho de volta até a escola. Aproveitei o ar fresco, o céu sutilmente rosado que foi se transformando em amarelo, depois em azul, o mar cinzento e incorpóreo, ainda adormecido, as longas encostas de pinheiros silenciosos. De uma certa maneira, eu reentrava na realidade enquanto caminhava. Como se acontecimentos do final de semana retrocedessem, fossem trancados, como se eu os tivesse sonhado; e ainda assim enquanto caminhava me veio um sentimento esquisito, composto naquelas primeiras horas do dia, de solidão absoluta, e do que acontecera, de ter entrado em um mito, uma experiência física, a cada momento, de ter sido jovem e idoso, um Ulisses em seu caminho até Circe, um Teseu em sua jornada à Creta, um Édipo ainda procurando o seu destino. Eu não conseguiria descrever. Não era como um sentimento literário, mas um sentimento de entusiasmo intensamente misterioso, presente e concreto, de estar numa situação em que tudo ainda poderia acontecer. Como se o mundo tivesse repentinamente, ao longo daqueles últimos três dias, se reinventado, e apenas para mim.

John Fowles
O Mago

26

Havia uma carta. Chegou no barco de domingo.

>Caro Nicholas,
>Achei que você estivesse morto. Estou sozinha outra vez. Mais ou menos. Fiquei tentando decidir se queria ou não te ver de novo — a questão é, eu poderia. Estou em Atenas, agora. Quer dizer, ainda não decidi se você é mesmo um porco, e se seria loucura me envolver com você novamente. Não consigo te esquecer, mesmo quando estou com garotos muito mais bacanas do que você jamais seria. Nicko, estou um pouco bêbada e eu bem que deveria rasgar esta carta.
>Bem, talvez te mande um telegrama se eu conseguir uns dias de folga em Atenas. Se continuar assim, você não vai querer me ver. Provavelmente já não quer. Quando recebi sua carta, sabia que você tinha escrito apenas porque estava se sentindo entediado por aí. Não é horrível que eu ainda precise ficar bêbada para te escrever? Está chovendo, estou com a lareira acesa e está frio pra caramba. Está escuro, é tudo tão cinza e triste pra caramba. O papel de parede é cor de malva — ou será mauva? — diabos, é roxa com ameixas verdes. Você vomitaria em cima dele todinho.
>
>A.
>
>Escreva aos cuidados de Ann.

A carta dela chegou no pior dos momentos. Ela me fez perceber que eu não queria dividir Bourani com ninguém. Depois que descobri aquele lugar, e antes do meu primeiro encontro com Conchis, mesmo após o incidente de Foulkes, eu teria gostado de conversar sobre o assunto — e com Alison. Agora, a meu ver, eu dera sorte por não ter feito isso, assim como também dei sorte, ainda que de um modo um tanto obscuro, por não ter perdido a cabeça quando escrevi para ela.

Ninguém se apaixona em cinco segundos, mas cinco segundos podem fazer você sonhar que está se apaixonando, especialmente numa comunidade tão irremediavelmente masculina como a da Escola Lord Byron. Quanto mais eu pensava naquele rosto de meia-noite, mais inteligente e encantador ele se tornava, e também parecia dotado de uma boa criação, uma meticulosidade, uma delicadeza que me atraíam de maneira tão fatal quanto os lampiões dos pescadores atraíam os peixes nas noites sem luar. Eu me lembrei que se Conchis era rico o bastante para ter Modiglianis e Bonnards, ele seria rico o suficiente para escolher o que havia de melhor em termos de amantes. Deveria presumir que havia algum tipo de relação sexual entre ele e a garota — imaginar o contrário seria muita ingenuidade; apesar de tudo, havia algo muito mais familiar, carinhosamente protetor, do que sexual na maneira como ela olhava para ele.

Precisei ler a carta de Alison uma dúzia de vezes naquela segunda-feira, tentando decidir o que fazer a respeito. Sabia que precisava respondê-la, mas cheguei à conclusão de que quanto mais esperasse, melhor. Para interromper sua perturbação silenciosa, eu a joguei no fundo da gaveta da minha escrivaninha, fui para cama, pensei em Bourani, vaguei por inúmeras fantasias romântico-sexuais com aquela personagem enigmática, e fracassei completamente, apesar de meu cansaço, em cair no sono. O crime da sífilis me fizera banir pensamentos de sexo por semanas, agora eu era inocente — meia hora com um livro que Conchis me dera para olhar me convenceram de que seu diagnóstico estava certo — a libido voltou com tudo. Comecei a pensar em Alison de forma erótica outra vez. Nos prazeres safados de final de semana em sua companhia num quarto de hotel em Atenas, nos pássaros na mão que valiam mais do que os pássaros voando. E pensei, com motivos mais nobres, em sua solidão, em sua confusa e perpétua solidão. A frase que mais me agradara em sua carta simplória e não muito delicada foi a última de todas — aquela simples "Escreva aos cuidados de Ann". Ela negava a falta de jeito, o ressentimento duradouro, do restante da carta.

Saí da cama só com a calça do pijama e escrevi uma carta, uma carta bem extensa, que rasguei após a primeira releitura. A segunda tentativa foi muito mais breve e acertou, eu acho, no equilíbrio perfeito entre praticidade arrependida e também afeto e desejo suficientes para que ela ainda quisesse ir para cama comigo se eu tivesse ainda alguma chance.

Eu disse que estava enrolado na escola na maioria dos finais de semana, apesar do recesso do trimestre marcado para começar dali a dois finais de semana e que eu deveria estar em Atenas na época — só que eu não tinha certeza. Mas se eu tivesse, seria divertido encontrá-la.

• • • •

Assim que pude, me encontrei a sós com Méli. Tinha decidido que precisava de um confidente parcial na escola. Não era obrigatório participar das refeições na escola com os alunos no final de semana se estivesse trabalhando, e o único professor que talvez tivesse notado minha ausência era o próprio Méli, mas acontece que ele estivera em Atenas. Nós nos sentamos no seu quarto, após o almoço de segunda-feira, ou melhor, ele se sentou rotundamente à sua escrivaninha, confirmando seu apelido, dando colheradas numa jarra de mel do monte Himeto e me contando dos açougues e dos bordéis que havia visitado em Atenas, e eu me deitei em sua cama, ouvindo sem muita atenção.

"E você, Nicholas, passou bem o fim de semana?"

"Encontrei o sr. Conchis."

"Você... não, você está de brincadeira."

"Você não deve contar aos outros."

Ele ergueu a mão em protesto. "É claro, mas como... não acredito."

Eu lhe dei uma versão bastante censurada da minha primeira visita, na semana anterior, e fiz Conchis e Bourani parecerem um tédio só.

"Ele parece ser idiota como eu pensava. Sem garotas?"

"Nem sinal. Nem mesmo garotinhos."

"Nem mesmo uma cabra?"

Joguei uma caixa de fósforos nele. Meio por frivolidade, meio por inclinação, ele escolheu viver num mundo onde as únicas atividades de lazer significativas eram copular e comer. Seus lábios de batráquio procuraram sorrir, e ele voltou a se afundar no mel.

"Ele me convidou para visitá-lo de novo no próximo final de semana. Na verdade, Méli, eu queria saber: se eu te substituir em duas aulas... você cobriria as minhas no domingo, ao meio-dia e às seis?" As tarefas de domingo eram moleza. Só precisava ficar na escola e percorrer os terrenos umas duas vezes.

"Bem. Sim. Vou ver." Ele chupou a colher.

"E me diga o que dizer aos outros, se perguntarem. Quero que pensem que fui a um outro lugar qualquer."

Ele pensou por um momento, sacudiu a colher, e então falou: "Diga a eles que você vai a Hidra".

Hidra era uma parada na viagem para Atenas, apesar de não ser necessário pegar o navio até Atenas para ir até lá, já que com frequência havia caíques fazendo o trajeto. A ilha tinha uma espécie de colônia

artística embrionária, o tipo de lugar que seria plausível para eu visitar.
"Certo. E você não vai contar para ninguém?"
Ele jurou que não. "Sou mudo como um... como é que se diz mesmo?"
"Onde você deveria estar, Méli. No maldito túmulo."

Fui até a vila diversas vezes naquela semana, para ver se havia algum rosto estranho. Não vi nem sinal das três pessoas que estava procurando, apesar de encontrar alguns rostos desconhecidos: três ou quatro esposas com crianças pequenas, que vieram de Atenas para não fazer nada, e um ou dois casais mais velhos, rentistas desidratados, que vagavam pelos salões tristonhos do Hotel Philadelphia.

Uma noite, me senti agitado e caminhei até o porto. Eram cerca de onze horas e o lugar, com suas catalpas e seu velho canhão preto de 1821, estava praticamente deserto. Após um café turco e um gole de conhaque num *kapheneion*, comecei a fazer o caminho de volta. Passando um pouquinho do hotel, ainda na pequena passarela de concreto, avistei um velho bem alto, parado, curvando-se no meio da rua; pelo visto procurava alguma coisa. Ele olhou para cima quando me aproximei — destacava-se por sua altura e seu marcante bom gosto para se vestir, por isso não podia ser de Phraxos, era evidente que se tratava de um veranista. Vestia um terno castanho-claro, uma gardênia branca em sua lapela, um antiquado chapéu panamá branco com faixa preta, e ostentava um pequeno cavanhaque. Segurava pelo cabo uma bengala com empunhadura de sepiolita, e parecia bastante angustiado, para além de sua seriedade natural.

Perguntei em grego se havia perdido alguma coisa.
"*Ah pardon... est-ce que vous parlez français, monsieur?*"
Respondi que sim, falava um pouco de francês.
Parecia que ele tinha acabado de perder a ponteira de sua bengala. Ele ouviu quando ela caiu e saiu rolando. Acendi alguns fósforos e olhei ao redor, e logo encontrei o pequeno acabamento de latão.
"*Ah, très bien. Mille mercis, monsieur.*"
Ele tirou uma carteira do bolso e por um momento achei que fosse me dar uma gorjeta. Seu rosto brilhava como numa pintura de El Greco, insuportavelmente entediado, décadas de tédio, e provavelmente, intuí, insuportavelmente entediante. Não me deu gorjeta, mas guardou a ponteira com cuidado dentro da carteira, e então me perguntou, com educação, quem eu era e, com um tom bajulador, onde eu havia aprendido a falar francês tão bem. Trocamos umas poucas frases. Ele

disse que ficaria na ilha por um dia ou dois. Não era francês, disse, mas belga. Ele achava Phraxos *"pittoresque, mais moins belle que Délos"*.

Após um tempinho dessa conversa mole, nos curvamos e seguimos nossos caminhos. Ele expressou esperança de voltarmos a nos encontrar durante seus dois dias a mais de estadia, e que pudéssemos conversar com mais calma. Mas tomei precauções para que isso não acontecesse.

Enfim, chegou o sábado. Eu fiz as duas tarefas extras durante a semana para deixar meu domingo livre, e estava completamente exausto com a escola. Assim que as aulas matinais terminaram e fiz um almoço rápido, parti em direção à vila com minha bolsa. Sim, eu disse ao velho do portão — um método garantido de propagar uma mentira — que estava indo passar o final de semana em Hidra. Assim que eu saí do campo de visão da escola, cortei caminho entre os chalés e dei a volta por trás da escola em direção a Bourani. Mas não fui direto para lá.

Eu passei a semana envolvido em especulações intermináveis a respeito de Conchis, tão fúteis quanto intermináveis. Julguei discernir dois elementos em seu "jogo" — um didático, outro estético. Mas se as suas fantasias criadas habilmente no final das contas escondiam sabedoria ou loucura, eu não saberia dizer. Como um todo, suspeitava mais que fosse a segunda hipótese. A mania fazia mais sentido do que a razão.

Eu também refleti mais e mais durante a semana a respeito do pequeno grupo de chalés em Agia Varvara, a baía oriental de Bourani. Era uma vasta extensão de ardósia com uma enorme fileira de *athanatos*, ou agaves, cujos bizarros candelabros de flores de mais de três metros ficavam de frente para o mar. Eu me deitei numa colina coberta de tomilho sobre a baía, tendo chegado silenciosamente por meio das árvores, e procurei nos chalés ali embaixo algum sinal de vida atípico. Mas uma mulher de preto foi a única pessoa que vi. Examinando agora, parecia um lugar improvável para que os "assistentes" de Conchis morassem. Tão aberto, tão fácil de vigiar. Após algum tempo, cortei caminho até os chalés. Uma criança na porta de uma casa me viu chegando das oliveiras e gritou, e então a população inteira da pequenina aldeia apareceu — quatro mulheres e meia dúzia de crianças, ilhéus sem sombra de dúvida. Com a tradicional hospitalidade local, me ofereceram um pires de geleia de marmelo e um dedal de *raki*, assim como um copo de água de cisterna que eu pedi. Os homens tinham todos saído para pescar. Eu disse que estava indo ver *o kyrios* Conchis, e a surpresa deles me pareceu perfeitamente genuína. Será que ele os visitava? Suas cabeças todas se viraram ao mesmo tempo, como se a ideia fosse absurda. Eu tive que ouvir mais uma vez a história da execução — pelo menos a mais velha das mulheres soltou um amontoado de palavras das quais eu ouvi "prefeito" e "alemães", e as crianças ergueram seus braços como se estivessem armadas.

E quanto a Maria? Eles a conheciam, por certo. Mas não, nunca a viram. Ela não é uma phraxense, um deles disse.

E quanto à música, as canções no meio da noite? Eles se entreolharam. Que canções? Eu não fiquei muito surpreso. Era muito provável que eles fossem dormir e acordassem com o sol.

"E você," perguntou a avó, "é parente dele?" Evidentemente pensavam nele como um estrangeiro.

Disse que era um amigo. Ele não tem amigos aqui, disse a velha, e acrescentou com uma leve hostilidade em sua voz: homens maus trazem má sorte. Eu disse que ele tinha hóspedes — uma jovem de cabelos claros, um homem alto, uma garota ainda mais jovem, alta também. Será que elas os tinham visto? Não viram. Apenas a avó já estivera em Bourani, e isso fora muito antes da guerra. Depois, elas seguiram seus rumos e me fizeram a tradicional série de perguntas infantis, ainda que encantadoramente zelosas, a meu respeito, a respeito de Londres, a respeito da Inglaterra.

Eu fui liberado no final, após me presentearem com um raminho de manjericão, e caminhei pelo interior da ilha ao longo do penhasco, até conseguir subir o cume que levava até Bourani. Durante algum tempo, três crianças descalças me acompanharam pelo caminho raramente usado. Subimos até o cume, e o telhado plano da casa distante podia ser avistado além do mar de árvores à frente. As crianças pararam, como se a casa fosse um sinal de que não deveriam seguir adiante. Eu me virei pouco depois e elas continuaram ali, paradas, tristonhas. Despedi-me delas, acenando, mas não devolveram o gesto.

John Fowles
O Mago

27

Eu fui até ele, me sentei em sua sala de música e o ouvi tocar a Suíte Inglesa em Ré Menor. Durante o chá, esperei alguma indicação de sua parte de que ele soubesse que eu tinha visto a garota — como deveria saber, já que era óbvio que aquele concerto noturno acontecera para anunciar a presença dela. Mas eu pretendia seguir o mesmo curso de ação que tomara no incidente anterior: não dizer nada até que ele me desse uma abertura. Nem a menor deixa apareceu durante nossa conversa.

Conchis me parecia, e não sou um perito, tocar como se não houvesse barreiras entre ele e a música, sem necessidade de "interpretação", para agradar uma plateia, para satisfazer uma vaidade interna. Tocava como eu suponho que Bach teria tocado — imagino um andamento um tanto mais lento do que a maioria dos pianistas e cravistas modernos, e mesmo assim sem perda de ritmo ou de estrutura. Eu me sentei na sala fechada e fresca, e vi a cabeça ligeiramente calva atrás do cravo preto reluzente. Ouvi a condução firme de Bach, as progressões intermináveis. Era a primeira vez que eu o ouvia tocando um clássico da música, e fiquei comovido como me senti com os Bonnards, comovido de uma forma diferente, mas ainda assim comovido. Mais uma vez, a sua humanidade extravasara. Enquanto ouvia, me passou pela cabeça que eu não queria estar em nenhum outro lugar naquele momento, que o que eu sentia então justificava tudo o que se passara comigo, porque tudo pelo qual eu havia passado *era* minha presença ali. Conchis falara sobre ter encontrado o seu futuro, sobre sentir sua vida equilibrada num ponto fulcral, quando visitou Bourani pela primeira vez. Eu estava experimentando o que ele quis dizer, uma nova autoaceitação, um sentimento de que eu precisava ser esta mente e este corpo, com seus vícios e virtudes, e que não haveria outra chance ou alternativa para mim. Era uma consciência de um novo tipo de possibilidade, uma bastante diferente do meu velho sentido do mundo, que fora baseado nas ilusões da ambição. A bagunça que era minha vida, o egoísmo e os falsos desvios e as traições, todas aquelas coisas *podiam* fazer sentido, elas *podiam* se tornar uma fonte de construção, em vez de uma fonte de caos, e isso precisamente porque eu não tinha outra alternativa. Com certeza, não se tratava de um momento de novas resoluções morais, ou nada do tipo. Sem dúvida, isso de aceitar quem somos sempre há de inibir quem poderíamos ser, e por conta disso tudo, eu me sentia dando um passo adiante, um passo acima.

Ele havia terminado, estava me olhando.

"Você faz com que as palavras pareçam banais."

"Quem faz isso é Bach."

"E você."

Ele fez uma careta, mas eu podia ver que não estava insatisfeito, apesar de tentar disfarçar esse fato me fazendo sair para regar sua horta no fim de tarde.

Uma hora depois, eu estava de volta ao quartinho. Vi que ganhara novos livros de cabeceira. Havia um volume bastante fino em francês, um panfleto encadernado, anônimo, de impressão independente em Paris, 1932: chamava-se *De la Communication Intermondiale*. Adivinhei o autor muito facilmente. Também havia um encarte: *Vida Selvagem na Escandinávia*. Assim como *As Belezas da Natureza*, da semana anterior, a "vida selvagem" era, na verdade, toda feminina — diversas mulheres de aparência nórdica deitadas, em pé, correndo, se abraçando entre as florestas de pinheiros e os fiordes. Havia nuances lésbicas de que eu não gostei muito, talvez porque estivesse começando a repudiar esse ângulo na personalidade poliédrica de Conchis, que obviamente gostava de objetos e de literatura "curiosos". É claro que eu não era — pelo menos dizia a mim mesmo não ser — um puritano. Era jovem demais para saber que a necessidade de dizê-lo a mim mesmo entregava o jogo; e que ser desinibido sobre suas próprias atividades sexuais não significa o mesmo que ser inabalável. Eu era inglês, *ergo*, puritano. Folheei duas vezes as imagens, elas se chocavam desagradavelmente com o ainda ressonante Bach.

E por fim havia outro livro em francês — uma edição limitada, de produção suntuosa: *Le Masque Français au Dix-huitième Siècle*. Vinha com um pequeno marcador branco. Lembrando da antologia na praia, eu virei até a página marcada, onde havia uma passagem entre colchetes. Lia-se:

Aux visiteurs qui pénétraient dans l'enceinte des murs altiers de Saint-Martin s'offrait la vue délectable des bergers et bergères qui, sur les verts gazons et parmi les bosquets, dansaient et chantaient entourés de leurs blancs troupeaux. Ils ne portaient pas toujours les costumes de l'époque. Quelquefois ils étaient vêtus à la romaine ou à la grecque, et ainsi réalisait-on des odes de Théocrite, des bucoliques de Virgile. On parlait même d'évocations plus scandaleuses, de charmantes nymphes qui les nuits d'été fuyaient au clair de lune, poursuivies par d'étranges silhouettes, moitié homme, moitié chèvre..."*

Enfim, aquilo começava a se esclarecer. Tudo o que acontecia em Bourani era uma espécie de baile de máscaras, e sem dúvida cada passagem era uma sugestão para que eu, tanto por polidez quanto pelo meu próprio prazer, não metesse meu nariz onde não fora chamado. Senti vergonha das perguntas que fizera em Agia Varvara.

Eu me banhei e, em deferência à leve formalidade que Conchis pelo visto preferia à noite, vesti uma camisa branca e um paletó de verão. Quando saí do meu quarto para descer as escadas, a porta do quarto dele estava aberta. Ele me chamou para entrar.

"Vamos tomar nosso ouzo aqui mesmo, esta noite."

Ele estava sentado diante da escrivaninha, lendo uma carta que acabara de escrever. Esperei atrás dele por um instante, admirando os Bonnards novamente, enquanto ele endereçava o envelope. A porta do quartinho no outro canto estava entreaberta. Tive uma visão das roupas, de uma tábua de passar. Era apenas um provador. Pelas portas abertas, a fotografia de Lily me encarava de cima da mesa.

Saímos para o terraço. Lá havia duas mesas, uma com o ouzo e os copos, a outra com as coisas do jantar. Logo vi que havia três cadeiras na mesa de jantar; e Conchis notou que eu vi.

---

* "Aos visitantes que penetravam os limites dos muros altos de Saint-Martin se oferecia a visão deliciosa de pastores e pastoras que, sobre verdes relvados e entre bosques, dançavam e cantavam, cercados por seus brancos rebanhos. Eles nem sempre se vestiam com roupas da época. Às vezes se trajavam em estilo romano ou grego, e assim realizavam odes de Teócrito e bucólicas de Virgílio. Falava-se até de evocações mais escandalosas, de ninfas charmosas que nas noites de verão fugiam ao luar, perseguidas por estranhas silhuetas, metade homem, metade bode..." [NA]

"Teremos visita após o jantar."

"Alguém da vila?" Mas eu estava sorrindo, e ele também, quando sacudiu a cabeça. Era uma noite maravilhosa, uma dessas em que o céu infinito da Grécia e o mundo se fundiam na luz do poente. As montanhas estavam cinzentas como o pelo de um gato persa, e o céu parecia um enorme diamante bruto amarelado. Lembrei-me de um pôr-do-sol semelhante na vila, quando notei que todos os homens saíram de todas as tabernas para virarem o rosto para o oeste, como se estivessem num cinema, tendo aquele céu eloquente que tudo dizia como tela.

"Li o trecho que você grifou em *Le Masque Français*."

"É apenas uma metáfora. Mas pode ajudar."

Ele me serviu uma dose de ouzo. Erguemos nossas taças.

Trouxeram e serviram café, e a lamparina foi transferida para a mesa atrás de mim, de forma que brilhasse sobre o rosto do Conchis. Ambos estávamos no aguardo.

"Espero não ter que abrir mão do resto das suas aventuras."

Ele ergueu a cabeça, ao estilo grego, querendo dizer que não. Parecia um pouco tenso, olhou por cima de mim para a porta do quarto, e me lembrei daquele primeiro dia. Eu me virei, mas não havia ninguém ali.

Ele se pronunciou. "Você sabe quem será?"

"Não sabia se deveria voltar aqui na próxima semana ou não."

"Você deve fazer o que bem entender."

"Exceto fazer perguntas."

"Exceto fazer perguntas." Um sorriso sutil. "Chegou a ler meu pequeno opúsculo?"

"Ainda não."

"Leia com calma."

"Claro. Mal posso esperar."

"Então amanhã à noite talvez possamos fazer uma experiência."

"Sobre comunicação com outros mundos?" Nem tentei esconder o ceticismo em minha voz.

"Sim. Lá em cima." O céu, fortemente estrelado. "Ou talvez por ali." Eu o vi olhando para baixo, fazendo a analogia visual, em direção à silhueta escura das montanhas a oeste.

Arrisquei um tom debochado. "Lá em cima... falam grego ou inglês?"

Ele não respondeu por quase quinze segundos; não sorriu.

"Eles falam por meio de emoções."

"Não é um idioma muito preciso."

"Pelo contrário. O mais preciso. Se você for capaz de aprender." Ele se virou para me olhar de frente. "A precisão a que você se refere é importante na ciência. É desimportante em..."

Mas nunca descobri em que sentido ela era desimportante.

Nós dois escutamos os passos, os mesmos passos suaves que eu ouvira antes, no cascalho lá embaixo, se aproximando como se vindos do mar. Conchis me disparou um olhar apressado.

"Você não deve fazer perguntas. Isso é o mais importante."

Eu sorri. "Como quiser."

"Deve tratá-la como trataria uma amnésica."

"Receio nunca ter conhecido uma amnésica."

"Ela vive no presente. Não se lembra do seu passado pessoal — ela não tem passado. Se perguntar sobre o passado dela, só vai confundi-la. Ela é muito sensível. Não vai querer te ver outra vez."

Queria dizer: gosto do seu teatrinho de máscaras, não vou atrapalhar. Mas disse: "Ainda que eu não entenda *por quê*, começo a entender *como*".

Ele sacudiu a cabeça. "Você está começando a entender *por quê*. Não *como*."

Seus olhos permaneceram sobre mim, marcando em brasa aquela frase; então desviou o olhar, em direção às portas. Eu me virei.

Percebi então que a lamparina fora colocada atrás de mim para iluminar a chegada dela, e foi uma chegada de tirar o fôlego.

Estava vestida no que deveria ter sido um traje de gala de 1915: um luxuoso xale de seda índigo sobre um sinuoso vestido cor de marfim, feito de um tecido matizado que se estreitava e terminava logo acima dos tornozelos. A saia atrapalhava seus passos, ainda que de maneira charmosa, ela rebolava um pouco, parecia ao mesmo tempo hesitar e flutuar enquanto se aproximava de nós. Usava um coque nos cabelos, numa moda vitoriana. Estava sorrindo e olhando para Conchis, apesar de me espiar com um interesse displicente quando me levantei. Conchis já estava em pé. Ela estava tão incrivelmente elegante, tão equilibrada e segura de si — porque mesmo seu nervosismo sutil parecia profissional — como se acabasse de sair de um provador da Dior. Esse foi de fato meu pensamento imediato: é uma modelo profissional. E aí, o velho diabo.

O velho diabo pronunciou-se, logo após beijar a mão dela.

"Lily. Deixe-me apresentar o sr. Nicholas Urfe. Senhorita Montgomery."

Ela esticou a mão, que eu apertei. Uma mão fria, nenhuma pressão. Eu havia tocado em um fantasma. Nossos olhos se encontraram, mas os dela não entregavam nada. Eu disse "olá". Mas ela respondeu apenas com uma leve inclinação, e então se virou para que Conchis retirasse o seu xale, que ele colocou sobre as costas de sua própria cadeira.

Ela estava com os ombros e braços nus, um pesado bracelete de ouro e ébano, um colar exageradamente comprido do que pareciam ser safiras, apesar de eu presumir que fossem de vidro, ou águas-marinhas. Estimei que tivesse 22 ou 23 anos. Mas havia algo nela que parecia bem mais velho, uns dez anos a mais, uma espécie de frescor — não de frieza ou indiferença, mas um nítido distanciamento, um frescor como o que se deseja num dia quente de verão.

Ela se acomodou em sua cadeira, juntou as mãos, e então sorriu sutilmente para mim.

"Está bem quente esta noite."

Sua pronúncia era completamente inglesa. Por algum motivo, eu esperava um sotaque estrangeiro, mas soube identificar o dela com precisão. Era o meu próprio sotaque, produto de internato, universidade, o sotaque que um sociólogo chegou a chamar de Os Cem Mil Privilegiados.

Eu disse: "Está mesmo!".

Conchis disse: "O sr. Urfe é o jovem professor que eu mencionei". Sua voz ganhara um novo tom: quase humilde.

"Sim. Nós nos conhecemos semana passada. Quer dizer, trocamos olhares brevemente." E uma vez mais ela esboçou um sorriso sutil, mas sem malícia, antes de olhar para baixo.

Entendi a gentileza sobre a qual Conchis havia me alertado. Mas era uma gentileza provocadora, já que o rosto dela, sobretudo sua boca, não era capaz de esconder sua inteligência. Ela tinha um jeito de me olhar de maneira um tanto oblíqua, como se soubesse de algo que eu não sabia — nada a respeito do papel que estava interpretando, mas a respeito da vida em geral, como se também estivesse tendo aulas com o busto de pedra. Eu imaginava, talvez devido à maneira com que se apresentara na semana anterior, que ela fosse mais caseira, alguém menos ambígua e bem menos segura de si.

Ela abriu um pequeno leque de penas de pavão-azul que estava segurando e começou a se abanar. Sua pele era branquíssima. Obviamente nunca se bronzeara. E então houve uma pequena pausa curiosamente constrangedora, como se nenhum de nós soubesse o que dizer. Ela quebrou o silêncio, tal qual uma anfitriã empenhada em encorajar um convidado tímido durante o jantar.

"Ensinar deve ser uma profissão muito interessante."

"Não para mim. Acho bastante enfadonha."

"Todas as coisas nobres e honestas são enfadonhas. Mas alguém precisa fazê-las."

"De qualquer maneira, eu perdoo a profissão. Já que ela me trouxe até aqui.'" Ela desviou o olhar para Conchis, que acenou imperceptivelmente. Ele interpretava um papel como o de um Talleyrand:* a velha raposa galanteadora.

"Maurice me disse que você não se sente completamente feliz com seu trabalho." Ela pronunciou Maurice à maneira francesa.

"Não sei se você sabe muito sobre a escola, mas...", parei para lhe dar uma chance de responder. Ela simplesmente fez que não, com um pequeno sorriso. "Acho que exigem demais dos garotos, sabe, e não posso fazer nada a esse respeito. É bem frustrante."

"Você não poderia reclamar?" Ela me olhou com uma expressão sincera, linda e convincentemente sincera. Achei que deveria ser atriz, não modelo.

"Você sabe..."

Então continuamos. Devemos ter conversado por quase quinze minutos, nessa maneira absurdamente afetada. Ela perguntava, eu respondia. Conchis falou muito pouco, deixando a conversa conosco. Eu me flagrei formalizando meu discurso, como se também fingisse que estivéssemos numa sala de estar de quarenta anos atrás. Afinal de contas, era um teatro e eu queria, ou pelo menos logo comecei a querer, representar meu papel. Achei sua atitude um pouco complacente, e interpretei isso como uma tentativa de me ofuscar, talvez para me testar, para ver se eu era um competidor à altura. Julguei ter visto, uma ou duas vezes, um toque de divertimento sarcástico nos olhos de Conchis, mas não tinha certeza. De qualquer maneira, achei que ela era bonita demais, tanto em repouso quanto em ação (ou em atuação), para se importar. Eu me achava um *connoisseur* da beleza feminina, e sabia que ela estava numa categoria acima das demais.

Houve uma pausa, e Conchis se pronunciou.

"Devo te contar agora o que aconteceu depois que deixei a Inglaterra?"

"Não se for entediar a... senhorita Montgomery."

"Não. Por favor. Quero ouvir o Maurice." Ele continuava me encarando, ignorando-a. "Lily sempre faz exatamente o que eu quero."

---

*   Charles-Maurice de Talleyrand Périgod (1754-1838), primeiro-ministro francês em 1815, sob o reinado de Luís XVIII. [NT]

Eu olhei para ela. "Você é bastante sortudo, então."

Ele não tirou os olhos de cima de mim. As rugas ao lado do seu nariz estavam sombreadas, parecendo mais profundas.

"Ela não é a verdadeira Lily."

Essa interrupção repentina do artifício foi, como ele sabia também, um balde de água fria.

"Bem... é claro." Eu dei de ombros e sorri. Ela olhava para baixo, para o seu leque.

"Tampouco é alguém fingindo ser a verdadeira Lily."

"Senhor Conchis... Não sei o que está tentando me dizer."

"Para não tirar conclusões precipitadas." Ele me deu um dos seus raros sorrisos abertos. "Agora... onde eu estava? Antes, no entanto, devo avisá--lo que esta noite não lhe darei uma narrativa. Mas sim um personagem."

Olhei para Lily. Ela me pareceu perceptivelmente magoada, e assim como uma nova ideia tresloucada começava a se formar em minha cabeça, de que ela era realmente uma amnésica, uma linda amnésica na qual ele tinha, de algum modo, literal e metafórico, colocado as mãos, ela me olhou com uma expressão que era, acima de qualquer dúvida, contemporânea, uma expressão fora do papel — um olhar breve, questionador, que pulou de mim para a cabeça de Conchis e de volta para mim. Na hora tive a impressão de que éramos dois atores com as mesmas dúvidas a respeito do diretor.

John Fowles
O Mago

28

"Buenos Aires. Morei lá por quase quatro anos, até a primavera de 1919. Briguei com meu tio Anastasios, dei aulas de inglês, ensinei piano. E me senti perpetuamente exilado da Europa. Meu pai nunca mais voltaria a falar comigo ou me escrever, mas, após um tempo, comecei a ter notícias da minha mãe."

Dei uma espiada em Lily, mas agora, de volta ao papel, ela estava observando Conchis com uma expressão de interesse polido. A luz da lamparina lhe caía bem, infinitamente.

"Apenas uma coisa importante aconteceu comigo na Argentina. Um amigo me levou em uma excursão de verão às províncias andinas. Aprendi sobre as condições de exploração sob as quais os peões e os gaúchos precisavam viver. Senti a necessidade urgente de me sacrificar em prol dos desprivilegiados. Várias coisas que vi me fizeram decidir ser médico. Mas a realidade da minha nova carreira era muito dura. A faculdade de medicina em Buenos Aires não me aceitou, e precisei estudar noite e dia por um ano para aprender o suficiente de ciências até ser matriculado.

"Mas aí a guerra acabou. Meu pai morreu logo depois. Apesar de ele nunca ter me perdoado, nem perdoado minha mãe por ela ter me ajudado, dentro ou fora do mundo dele, ele foi suficientemente meu pai para não mexer em vespeiro. Até onde sei, meu desaparecimento nunca fora descoberto pelas autoridades. Minha mãe passou a receber uma pensão razoável. O resultado disso tudo foi que retornei à Europa e passei a morar em Paris com ela. Morávamos num enorme apartamento antigo, em frente ao Panthéon, e comecei a estudar medicina a sério. Entre os alunos de medicina, um grupo se formou. Todos nós enxergávamos a medicina como uma religião, e nos chamávamos de A Sociedade da Razão. Vimos os médicos do mundo se unindo para formarem uma elite científica e ética. Deveríamos ser, em todos os cantos e em todos os governos, super-homens morais que erradicariam toda forma de demagogia, toda forma de políticos egoístas, de reacionarismo, de chauvinismo. Publicamos um manifesto. Promovemos um encontro num cinema em Neuilly. Mas os comunistas ficaram sabendo. Eles nos chamaram de fascistas e quebraram o cinema. Tentamos outro encontro, em outro lugar. Que foi assistido por um grupo que se chamava a Milícia da Juventude Cristã — católicos radicais. Seus costumes, se não os rostos, eram idênticos aos dos comunistas. Que era do que eles nos chamavam. E assim o nosso grande plano utópico para o mundo foi estabelecido em duas contendas. E com prejuízos altos pelos estragos causados. Eu era secretário da Sociedade da Razão. Nada podia ser menos razoável do que meus companheiros quando chegava a hora de pagar suas partes da conta. Sem dúvida nós merecíamos o que recebíamos. Qualquer tolo pode inventar um plano para um mundo mais razoável. Em dez minutos. Em cinco. Mas esperar que as pessoas vivam racionalmente é o mesmo que pedir que se alimentem de paregóricos." Ele se virou para mim. "Você gostaria de ler nosso manifesto, Nicholas?"

"Com certeza."

"Vou lá buscá-lo. E também o conhaque."

E foi assim, precipitadamente, que fiquei sozinho com Lily. Mas antes que eu pudesse fazer o comentário perfeito, a pergunta que lhe mostraria não ter motivos para continuar fingindo acreditar, durante a ausência do Conchis, ela se levantou.

"Podemos dar uma volta?"

Eu caminhei ao lado dela. Era apenas um ou dois centímetros mais baixa do que eu, e andava devagar, elegantemente, consciente do que fazia, olhando para o mar, evitando os meus olhos, como se agora estivesse tímida. Eu olhei ao redor. Conchis estava fora de alcance.

"Você está aqui há muito tempo?"

"Nunca fiquei por muito tempo em lugar algum."

Ela me disparou um olhar ligeiro, suavizado por um pequeno sorriso. Demos uma volta pelo outro lado do terraço, dentro das sombras formadas pelo canto da parede do dormitório.

"Excelente rebatida ao meu serviço, srta. Montgomery."

"Se você joga tênis, devo jogar tênis também."

"Devo?"

"Maurice há de ter pedido para você não me fazer perguntas."

"Ah, por favor. Na frente dele, tudo bem. Quer dizer, meu Deus, nós dois somos ingleses, não somos?"

"Isso nos dá a liberdade de sermos rudes um com o outro?"

"Para nos conhecermos, um ao outro."

"Talvez não estejamos igualmente interessados em... conhecermos um ao outro." Ela olhou para longe, noite adentro. Eu me senti ofendido.

"Você faz isso tudo de uma maneira muito charmosa. Mas qual é exatamente o jogo?"

"Por favor." Ela levantou sutilmente o tom de voz. "Isso está ficando insuportável." Imaginei que era esse o motivo de ela ter me levado para dar uma volta nas sombras. Não conseguia enxergar muito bem o seu rosto.

"O que é insuportável?"

Ela se virou e me olhou e me disse, numa voz calma, porém ferozmente precisa: "o senhor Urfe".

Ela me pôs no meu devido lugar.

Lily se afastou e se apoiou no parapeito no canto final do terraço, olhando em direção norte, para o morro central. Uma brisa do mar, indiferente, soprou sobre nós.

"Você poderia me cobrir, por favor?"

"Fazer o quê?"

"O meu xale."

Hesitei, então fui para buscar o xale índigo. Conchis ainda estava dentro da casa. Voltei e cobri os ombros dela. Inesperadamente, ela esticou o braço e apertou minha mão, como se estivesse me encorajando, e talvez para me levar a identificá-la com a gentil Lily original. Ela continuou olhando para as árvores.

"Por que fez isso?"

"Não pretendi ser grosseira."

Imitei seu tom de voz formal. "Posso, se me permite, perguntar... onde você está hospedada?"

Ela se virou e se debruçou sobre o parapeito, de forma que ficamos olhando em sentidos opostos, e aí tomou uma decisão.

"Ali." Ela apontou com o seu leque.

"Ali é o mar. Ou você está apontado para o ar?"

"Eu lhe asseguro que vivo exatamente ali."

Uma ideia me veio à cabeça. "Num iate?"

"Em terra firme."

"Curioso. Nunca vi sua casa."

"Acho que sua vista não deve ser lá muito boa."

Eu podia só imaginar que ela estivesse com um sorriso no canto dos lábios. Estávamos muito perto um do outro, o perfume à nossa volta.

"Você está me fazendo de bobo."

"Talvez você esteja se fazendo de bobo. "

"Odeio que me façam de bobo."

Ela fez uma breve reverência fingida. Tinha um belo pescoço, a garganta de uma Nefertiti. A foto no quarto de Conchis a deixara com um queixo proeminente, mas ela não era assim.

"Então devo continuar te fazendo de bobo."

Houve um silêncio. Conchis estava demorando demais pela desculpa que havia dado. Os olhos dela procuraram os meus, um toque de incerteza, mas eu me mantive em silêncio e desviei o olhar. Muito gentilmente, como faria com um animal selvagem, estendi a minha mão e a fiz virar o rosto. Ela deixou meus dedos repousarem sobre a pele fresca de suas bochechas, mas algo em seu olhar, agora resoluto, como uma declaração de inacessibilidade, me fez afastar a mão. Ainda assim continuamos trocando olhares, o dela transmitindo ao mesmo tempo uma indicação e uma advertência: a sutileza pode me conquistar, mas a força, jamais.

Ela voltou o rosto novamente em direção ao mar.

"Você gosta de Maurice?"

"Esta é apenas a terceira vez que encontro com ele." Ela parecia esperar que eu continuasse. "Sou muito grato por ele me convidar para vir aqui. Especialmente..."

Ela interrompeu o elogio. "Todos nós o amamos demais."

"Quem somos nós?"

"Seus outros hóspedes e eu." Dava para ouvir as aspas.

"'Hóspedes' é uma maneira estranha de dizer."

"Maurice não gosta da palavra 'fantasma'."

Eu sorri. "Nem de 'atriz'?"

Seu rosto não demonstrou o menor sinal de que iria ceder, desistir do seu papel.

"Somos todos atores e atrizes, senhor Urfe. Até mesmo você."

"É claro. No teatro da vida."

Ela sorriu e olhou para baixo. "Tenha paciência."

"Não consigo imaginar ninguém com quem eu teria mais paciência. Ou mais credulidade."

Ela olhou fixamente para o mar. Sua voz de súbito se tornou mais grave, mais sincera, fora do personagem.

"Não comigo. Com Maurice."

"E com Maurice."

"Você vai entender."

"É uma promessa?"

"Uma previsão."

Ouvimos um som vindo da mesa. Ela olhou para trás, de relance, depois nos meus olhos. Estava com a mesma expressão de quando a vi pela primeira vez, na porta da sala de música: divertida e ao mesmo tempo conspiratória, e agora também bastante atraente.

"Finja, por favor."

"Certo. Mas apenas na presença dele."

Ela pegou meu braço e andamos em direção a ele. Conchis nos deu sua típica sacudida de cabeça, com ares inquisitórios.

"O senhor Urfe é bastante compreensivo."

"Que bom."

"Tudo vai andar bem."

Ela sorriu para mim, se sentou e permaneceu pensativa por um instante, com seu queixo apoiado na mão. Conchis lhe havia servido uma taça de *crème de menthe*, que ela bebericava. Ele apontou para um envelope que colocara no meu lugar à mesa.

"O manifesto. Levei um bom tempo para encontrá-lo. Leia depois. No final há uma crítica anônima de grande impacto."

John Fowles
O Mago

29

"No entanto eu continuei amando e praticando música. Em nosso apartamento em Paris eu tinha esse mesmo cravo Pleyel que uso aqui. Num dia quente de primavera, deve ter sido em 1920, estava tocando de improviso com as janelas abertas, quando a campainha tocou. A empregada veio me dizer que era um cavalheiro que gostaria de falar comigo. Na verdade, o cavalheiro já se encontrava atrás dela. Ele a corrigiu — gostaria de me ouvir, não de falar comigo. Era um homem com aparência tão extraordinária que eu quase não notei o extraordinário de sua intromissão. Tinha uns 60 anos, era extremamente alto, impecavelmente vestido, com uma gardênia na lapela..."

Olhei com atenção para Conchis. Ele havia se virado e, ao que parecia, estava admirando o mar enquanto falava. Lily, rápida e discretamente, levou o dedo aos lábios.

"E também — à primeira vista — melancólico ao extremo. Por baixo de uma dignidade de arquiduque, havia algo de profundamente fúnebre a seu respeito. Como o ator Jouvet, porém sem o sarcasmo. Mais tarde, eu descobriria que ele era menos miserável do que aparentava. Quase sem dizer nada, ele se sentou numa poltrona e me ouviu tocar. E quando terminei, também praticamente em silêncio, ele pegou o chapéu e a bengala de empunhadura de âmbar..."

Eu sorri. Lily viu meu sorriso, mas olhou para baixo e se recusou a sorrir de volta, como se me recriminasse.

"... e me presenteou com seu cartão de visitas, pedindo que o procurasse na semana seguinte. O cartão informava que seu nome era Alphonse de Deukans. Era um conde. Eu me apresentei devidamente em seu apartamento. Era bem espaçoso, mobiliado com a mais severa elegância. Um criado me levou até um *salon*. De Deukans se levantou para me cumprimentar. De pronto, ele me levou, com o mínimo de palavras, até outro aposento. E lá havia cinco ou seis cravos, antigos, esplêndidos, todos eles peças de museu, tanto como instrumentos musicais quanto como objetos decorativos. Ele me propôs que experimentasse todos, e então ele mesmo tocou. Não tão bem quanto eu tocava na época. Mas de maneira bem aceitável. Mais tarde, me ofereceu um lanche e nos sentamos em cadeiras Boulard, sorvendo ostras *marennes* e bebendo um Mosela que ele disse vir do seu próprio vinhedo. Assim começou a amizade mais marcante de minha vida.

"Descobri pouquíssima coisa a seu respeito, ao longo de vários meses, apesar de vê-lo com frequência. Isso porque ele nunca tinha algo a dizer sobre si mesmo ou o seu passado. E desencorajava qualquer tipo de pergunta. Tudo que consegui descobrir foi que sua família vinha da Bélgica. Que ele era imensamente rico. Que aparentava ter, por escolha própria, pouquíssimos amigos. Nenhum parente. E que, embora não fosse homossexual, era misógino. Todos os seus criados eram homens, e ele nunca se referia a mulheres, exceto com desgosto.

"A vida real de De Deukans não era vivida em Paris, mas em seu grande *château* no leste da França. Fora construído por um superintendente que enriquecera com peculato no final do século XVII, e estava localizado num parque muito maior do que esta ilha. Podiam-se ver as torres azuis de ardósia e os muros brancos a muitos quilômetros de distância. E eu me lembro, na minha primeira visita, meses após nosso primeiro encontro, de me sentir bastante intimidado. Era um dia de outubro, a colheita em todas as lavouras de Champagne já havia acontecido há tempos. Uma bruma azulada tomava conta de tudo, uma fumaça outonal. Cheguei em Givray-le-Duc no carro que fora me buscar, fui conduzido por uma escadaria esplêndida até o meu quarto, ou melhor dizendo, meu conjunto de aposentos, e então fui convidado a ir até o parque para me encontrar com De Deukans. Todos os seus serviçais eram como ele — homens calados, de aparência severa. Nunca havia risos ao seu redor. Ou passos apressados. Sem barulho, sem emoção. Tudo calmo e ordeiro.

"Segui o criado através de um enorme jardim formal atrás do *château*. Passamos por cercas-vivas e estátuas, pisando o cascalho recém-varrido, e depois através de um arboreto até um pequeno lago. Chegamos até sua margem e, num ponto algumas centenas de metros à nossa frente, eu vi, acima das águas imóveis e em meio às folhas de outubro, uma casa de chá oriental. O criado se curvou e me deixou seguir sozinho. O caminho corria pela lateral do lago, sobre um pequeno córrego. Não ventava. Névoa, silêncio, uma calma bonita, mas um tanto melancólica.

"Eu me aproximei da casa de chá pelo gramado, por isso De Deukans não pôde me ouvir chegando. Estava sentado num tatame, com o olhar fixo sobre a paisagem, acima do lago. Uma ilhota encoberta de salgueiros. Gansos ornamentais flutuando na água como numa pintura em seda. Apesar de sua cabeça ser europeia, suas roupas eram japonesas. Nunca me esquecerei daquele momento. Como eu poderia descrevê-la? — Aquela *mise en paysage*.

"Todo o parque dele fora pensado para lhe fornecer aqueles cenários, aquelas atmosferas. Havia um pequeno templo clássico, uma rotunda. Um jardim inglês, e outro, mourisco. Mas eu sempre penso nele sentado ali no tatame vestindo um quimono largo. Cinza-azulado, a cor do nevoeiro. Era artificial, é claro. Mas todo dandismo e excentricidade é mais ou menos artificial num mundo dominado pela luta desesperada pela sobrevivência econômica.

"Constantemente, ao longo dessa primeira visita, fiquei chocado, enquanto futuro socialista. E arrebatado, enquanto *homme sensuel*. Givray-le-Duc não era nem mais nem menos do que um vasto museu. Havia incontáveis galerias, de pinturas, de porcelanas, de *objets d'art* de todos os tipos. Uma famosa biblioteca. Uma coleção realmente insuperável de antigos instrumentos de teclado. Cravos, espinetas, virginais, alaúdes, violões. Você nunca sabia o que poderia encontrar. Um salão com bronzes renascentistas. Uma caixa de relógios Breguet. Uma magnífica parede de faianças de Rouen e Nevers. Um arsenal. Um gabinete de moedas gregas e romanas. Eu poderia passar a noite inteira fazendo um inventário, já que ele havia devotado sua vida a colecionar coleções. Os Boulles e os Rieseners por si só eram suficientes para mobiliar seis *châteaux* menores. Imagino que apenas a Coleção Hertford seria capaz de rivalizar com ele nos tempos modernos. Na verdade, quando Hertford foi dividida, De Deukans comprou muitas de suas melhores peças seguindo a tradição de Sackville. Seligmann lhe deu a primeira oferta. Ele colecionava com a intenção de colecionar, é claro. A arte não se tornara ainda, à época, um ramo do mercado de ações.

"Numa visita posterior ele me levou até uma galeria trancada. Nela, ele guardava sua trupe de autômatos — bonecos, alguns quase de tamanho humano, que pareciam ter saído, ou sido conjurados, de um dos contos de Hoffmann. Um homem que conduzia uma orquestra invisível. Dois soldados que duelavam. Uma *prima donna* de cuja boca tilintava uma ária de *La Serva Padrona*. Uma garota acenando para um homem que lhe fazia uma reverência, e então dançava com ele um pálido e fantasmagórico minueto. Mas a peça-chave era Mirabelle, *la Maîtresse-Machine.* Uma mulher nua, pintada e de pele de seda que, ao entrar em movimento, se deitava em sua cama de casal desbotada, levantava os joelhos e então os abria com seus braços. Quando seu proprietário, humano, se deitava sobre ela, os braços se fechavam e o envolviam. Mas o que De Deukans mais apreciava a seu respeito era um dispositivo que tornava improvável que ela jamais traísse seu dono. A menos que se movesse uma pequena alavanca na parte posterior da cabeça dela, a uma determinada pressão seus braços se apertavam com a força de um torno. E então um estilete preso numa mola resistente se projetava para cima, através da virilha da adúltera. Essa coisa repugnante fora fabricada na Itália no começo do século XIX. Para o Sultão da Turquia. Quando demonstrou a "fidelidade" dela, De Deukans se virou e disse: *"C'est ce qui en elle est le plus vraisemblable".* É o que há de mais verossímil nela.

Olhei discretamente para Lily. Ela olhava para as próprias mãos.

"Ele guardava a Madame Mirabelle trancafiada. Mas, em sua capela privativa, ele guardava um objeto — a meu ver — ainda mais obsceno. Estava encapsulado num magnífico relicário da alta idade média. Parecia muito com um pepino-do-mar murcho. De Deukans disse que era, sem intenção alguma de fazer graça, o Membro Sagrado. Sabia, é claro, que um simples objeto cartilaginoso não sobreviveria por tanto tempo. Existiam pelo menos outros dezesseis Membros Sagrados na Europa. A maior parte eram de múmias, e todos igualmente desacreditados. Mas para De Deukans tratava-se apenas de um item colecionável, e a religiosidade, ou ainda a blasfêmia humana, que aquilo representava não tinha importância para ele. Essa é a verdade de toda forma de colecionismo. Ele extingue o instinto moral. O objeto finalmente possui o possuidor.

"Nunca discutimos religião ou política. Ele ia à missa. Mas somente, eu acho, porque o cumprimento do ritual é uma forma de cultivo da beleza. De algumas maneiras, talvez porque a riqueza sempre o cercara, ele era um homem extremamente inocente. Achava a autonegação incompreensível, a menos que formasse parte de um regime estético. Eu o acompanhei uma vez e vi uma fila de camponeses trabalhando numa plantação de nabo. Uma pintura de Millet transformada em realidade.

E seu único comentário foi: "É lindo que eles sejam quem são e que nós sejamos quem somos". Para ele, mesmo os mais dolorosos confrontos e contrastes sociais, que teriam atiçado a consciência até do mais vulgar *nouveau riche*, eram inofensivos. Desprovidas de qualquer significado, exceto enquanto vinhetas, enquanto dissonâncias interessantes, enquanto exemplos prazerosos, justamente por conta de sua vividez, da polaridade algedônica da existência.

"O comportamento altruísta — que ele chamava de *"le diable en puritain"* — lhe causava um profundo incômodo. Por exemplo, desde os 18 anos eu me recusava a comer pássaros selvagens de qualquer espécie. Comeria carne humana antes de comer uma hortulana ou um pato selvagem. Isso, para De Deukans, era angustiante, como uma nota errada numa partitura. Ele não acreditava que as coisas fossem assim. E lá estava eu, irredutível, me recusando a comer seu *pâté d'alouettes* e sua galinhola trufada.

"Mas nem toda sua vida era dedicada aos mortos. Ele tinha um observatório no telhado do seu *château*, um laboratório de biologia muito bem equipado. Nunca passeava no parque sem carregar seu pequeno estojo de tubos de ensaio. Para capturar aranhas. Eu já o conhecia fazia mais de um ano antes de descobrir que aquilo não era apenas outra excentricidade. E que ele era de fato um dos mais instruídos aracnologistas amadores da época. Existe até uma espécie batizada em sua homenagem: *Theridion deukansii*. Ele ficou encantado que eu também soubesse alguma coisa sobre ornitologia. Ele me encorajou a me especializar no que ele chamava brincando de ornitossemântica — os significados dos cantos dos pássaros.

"Era o homem mais anormal que eu já conhecera. E o mais educado. E o mais distante. E, com certeza, o mais socialmente irresponsável. Eu tinha 25 anos — sua idade, Nicholas, o que talvez lhe diga mais do que qualquer coisa que poderia dizer sobre a minha incapacidade de julgá-lo. Essa é, eu acho, a idade mais difícil e irritante de todas. Tanto para quem a vive, como para quem a contempla. É quando se tem a inteligência, quando se é tratado como um adulto, de todas as maneiras. Mas certas pessoas reduzem o jovem à adolescência, porque apenas a experiência é capaz de compreendê-las e assimilá-las. Na verdade, De Deukans, sendo como era — com certeza não por seus argumentos — me fez ter dúvidas profundas a respeito de minha filosofia. Dúvidas que ele viria a cristalizar mais tarde, como vou lhe contar, com cinco simples palavras.

"Eu enxergava os erros do seu estilo de vida, e ao mesmo tempo me sentia encantado. Quer dizer, incapaz de agir racionalmente. Esqueci de contar que ele tinha várias partituras inéditas dos séculos XVII e XVIII. Sentar-se em frente a um dos magníficos cravos do seu acervo musical — uma comprida galeria em dourado envelhecido e verde-maçã, sempre banhada de sol, um ambiente tranquilo como um pomar — tais experiências, tal felicidade, sempre suscitavam o mesmo problema: a natureza do mal. Por que haveria de ser maligno um prazer tão completo? Por que eu acreditava que De Deukans era maligno? Você diria: 'Porque crianças passavam fome enquanto você tocava banhado pelo sol'. Mas será que nunca teríamos direito a palácios, gostos refinados, prazeres complexos, será que nunca deveríamos poder deixar a imaginação se satisfazer por completo? Mesmo um mundo marxista deve ter algum destino a ser alcançado, deve se desenvolver até se transformar em um estado mais elevado, o que só poderia significar um prazer mais elevado e uma felicidade mais rica para todos os seres humanos que nele vivem.

"E então comecei a compreender o egoísmo daquele homem solitário. Cada vez mais eu via que a cegueira dele era somente pose, e ainda assim sua pose era uma inocência. Ele era um homem de um mundo perfeito perdido num mundo imperfeito. E determinado, como uma monomania tão trágica, talvez até tão ridícula, quanto a de um Dom Quixote, de tentar manter sua perfeição. Mas então um dia..."

Conchis jamais terminou sua frase. Com uma prontidão eletrizante, uma corneta bradou da escuridão, vinda do lado oriental. Pensei imediatamente numa corneta de caça inglesa, mas essa era mais áspera, mais arcaica. O leque de Lily, até então agitado, ficou paralisado, e os olhos dela se voltaram para Conchis. Ele olhava fixamente para o mar, como se o som o houvesse petrificado. Enquanto eu o observava, seus olhos se fecharam, quase como se rezasse em silêncio. Mas rezar era algo totalmente desconhecido em seu semblante.

A corneta rompeu mais uma vez a tensão daquela noite. Três notas, sendo a nota do meio a mais aguda. Elas ecoaram suavemente, vindas de alguma encosta íngreme do interior da ilha, o timbre primitivo parecendo acordar a paisagem e a noite, para convocá-las, despertá-las de seu sono evolutivo.

Perguntei a Lily: "O que é isso?".

Ela sustentou meu olhar por um momento, com estranha nesga de dúvida, como se suspeitasse que eu sabia perfeitamente o que era aquilo.

"Apolo."

"Apolo!"

Tocaram a corneta outra vez, mas numa nota mais aguda, e mais próxima, perto demais da casa agora para que eu conseguisse enxergar qualquer coisa, por causa do parapeito, mesmo se não fosse noite. Conchis continuou sentado aparentando indiferença. Lily se levantou e me ofereceu a mão.

"Venha."

Eu a deixei me guiar para onde estivemos antes, no canto mais oriental do terraço. Ela olhou para o bosque, e eu a espiei de perfil.

"Parece que alguém está confundindo as metáforas."

Ela não conseguia tirar o sorriso dos lábios. Minha mão foi gentilmente apertada.

"Seja bonzinho. Veja."

O cascalho, a clareira, as árvores: eu não via nada de estranho.

"Queria ter o programa desta peça de teatro. Só isso."

"Não seja tolo, senhor Urfe."

"Nicholas. Por favor."

Mas qualquer resposta que ela pudesse me dar foi obstruída. De algum lugar, entre a casa e o chalé de Maria, veio um facho de luz. Não era muito forte, disparado de uma pequena lâmpada elétrica. Iluminada por esse facho, a uns sessenta metros de distância, onde terminavam os pinheiros, via-se uma figura em pé como uma estátua de mármore. Chocado mais uma vez, percebi que se tratava de um homem totalmente nu. Estava perto o suficiente para que eu conseguisse distinguir seus pelos púbicos escuros, o talo pálido do seu pênis; era alto, forte, um bom ator para o papel de Apolo. Seus olhos pareciam exageradamente grandes, como se tivessem sido inventados. Sobre a cabeça havia o cintilar do ouro, uma coroa de folhas, folhas de louro. Ele nos olhava, imóvel, com sua corneta comprida de quase um metro, um arco estreito que se alargava na ponta, segurado ligeiramente afastado da cintura por sua mão direita. Após alguns segundos, me veio à cabeça que a pele dele era de um branco tão artificial, quase fosforescente sob a luz fraca, como se o seu corpo e seu rosto tivessem sido pintados.

Olhei para trás: Conchis continuava sentado... então olhei para Lily, que observava a figura com semblante inexpressivo, mas ainda assim com uma espécie de intenção — como se tivesse visto aquilo ser ensaiado, e agora estivesse curiosa para ver a performance final — que me tirou toda vontade de gracejar. A encenação em si me chocou menos do que a revelação de que eu não era o único homem jovem em Bourani. Logo me dei conta disso.

"Quem é?"

"Meu irmão."

"Achei que você fosse filha única."

A figura apolínea ergueu sua corneta e tocou uma nota diferente, longa, e ainda assim mais urgente, como se convocasse cães perdidos.

Lily disse devagar, sem tirar os olhos de cima dele: "Sou filha única apenas no outro mundo". E então, antes que eu a desafiasse ainda mais, ela apontou para a nossa esquerda, para além do chalé. Uma vaga figura iluminada saiu correndo do túnel escuro de onde a trilha até a casa emergia, vinda das árvores. O foco de luz se moveu para iluminá-la: era uma garota, também estava nua, exceto pelas sandálias antigas, amarradas até as panturrilhas; ou talvez não estivesse toda nua — ou seus pelos púbicos foram raspados ou ela vestia algum tipo de tapa-sexo. Seus cabelos estavam presos para trás, num estilo clássico, e, assim como o Apolo, seu corpo e seu rosto pareciam artificialmente brancos. Estava correndo rápido demais para que eu conseguisse enxergar detalhes. Ela olhou para trás enquanto se aproximava de nós, estava sendo perseguida.

Ela correu em direção ao mar, entre o Apolo e os dois de nós que estávamos de pé, parados no terraço. Então uma terceira figura apareceu em seu encalço. Outro homem, que vinha correndo das árvores e seguia a trilha. Estava fantasiado de sátiro, com algum tipo de enchimento peludo para as coxas, um quadril de bode; e usava a cabeça tradicional, com barba e dois chifres curtos. Seu torso desnudo era escuro, quase preto. Enquanto se aproximava correndo da garota, tive mais um choque. Um falo enorme se projetava do seu quadril. Tinha uns 45 centímetros de comprimento, maciço demais para ser realista, mas obsceno, com efeito. Logo me lembrei da pintura na tigela do cílice na sala abaixo de onde estávamos; e também me lembrei de que estava bem longe de casa. Senti uma insegurança, estava fora do meu ambiente, muito mais inocente e simplório em meu coração do que gostaria de admitir. Deslizei um olhar rápido para a garota ao meu lado. Julguei ter detectado um leve sorriso, um tipo de excitação pela crueldade, mesmo que fosse encenada, da qual não gostei; era muito distante do "outro mundo" eduardiano cujas roupas ela ainda vestia.

Olhei para a ninfa mais uma vez, suas costas brancas e cabelos desgrenhados, as pernas parecendo à beira da exaustão. Ela se emaranhou entre as árvores, descendo em direção ao mar, e desapareceu — e então, num *coup de théâtre*, um foco de luz bem mais potente brilhou diretamente abaixo de onde estávamos. Parados ali, no lugar onde a primeira garota acabara de desaparecer, num lugar onde o terreno subia um pouco antes de despencar abruptamente em direção à praia, havia outra personagem, a mais impressionante de todas, uma mulher numa longa túnica cor de açafrão. Com uma bainha vermelho-sangue na altura dos joelhos. Calçava grevas pretas com fitas prateadas, que lhe conferiam uma aparência sombria de gladiador, num estranho contraste com seus ombros e braços desnudos. A pele também era artificialmente branca, os olhos alongados com maquiagem preta, e os cabelos também jogados alongados para trás, de um modo clássico e, ainda assim, sinistro. Sobre os ombros, ela carrega uma aljava prateada de flechas e, em sua mão esquerda, um arco prateado. Algo em sua postura, assim como em seu rosto distorcido, era genuinamente aterrorizante.

Ficou ali parada por um bom tempo, fria e indignada, barrando a passagem de maneira ameaçadora. Então, com a mão livre, ela retirou da aljava uma flecha com uma velocidade mortífera. Antes que pudesse colocá-la na corda do arco, o foco de luz se voltou sobre o sátiro encurralado. Ele parou, acometido de um terror espetacular, seus braços caídos para trás e a cabeça afastada, o falo de mentira — melhor iluminado, pude ver que era preto como azeviche — ainda ereto. Era uma pose sem realismo, porém dramática. O foco voltou para a deusa grega. Ela retesou totalmente a corda do arco, a flecha foi disparada. Eu a vi voar, mas a perdi na escuridão. Um momento depois o foco retornou ao sátiro. Estava segurando a flecha — ou uma flecha — na altura do coração. Caiu de joelhos devagar, hesitou por um segundo e depois despencou de lado entre as pedras e os arbustos de tomilho. A luz mais forte permaneceu sobre ele, como se quisesse destacar o fato de sua morte, e então se apagou. Mas além, sob o foco de luz original, mais tênue, Apolo continuava impassível, observando, uma sombra pálida, marmórea, como uma espécie de árbitro divino, o presidente da arena. A deusa começou a andar, com os passos largos de uma caçadora, seu arco prateado em uma das mãos, e foi em direção a ele. Ficaram nos encarando por um instante, e então cada um deles ergueu uma de suas mãos livres, com a palma virada para trás, numa espécie de quadro final, uma saudação solene. Foi outro gesto eficaz. Havia uma dignidade fugaz, porém genuína, uma despedida de imortais. Mas então a luz remanescente se apagou. Eu ainda conseguia distinguir as duas sombras pálidas, que davam as costas agora com a pressa mundana dos atores, ansiosos por deixar o palco enquanto as luzes estão apagadas.

Lily se mexeu, como se tentasse me distrair desse lado mais trivial das coisas.

"Com licença, por favor."

Ela cruzou o espaço até onde Conchis estava sentado. Eu a vi se agachar e sussurrar algo. Depois olhei de volta para o leste. Uma silhueta escura se movia em direção às árvores: o sátiro. Um ruído baixo veio da colunata lá embaixo, alguém acidentalmente esbarrou numa cadeira, fazendo-a arrastar o chão. Outros quatro atores, duas pessoas fazendo a iluminação... os mecanismos de montagem disso e os outros incidentes começaram a parecer tão estranhos como se fossem acontecimentos sobrenaturais de verdade. Tentei imaginar qual conexão haveria entre o idoso na estrada perto do hotel, a "pré-assombração", e esta cena que acabara de testemunhar. Pensei ter entendido, durante a história que Conchis havia contado, o motivo do personagem De Deukans. Ele estava falando sobre nós dois, ele e eu — e os paralelos eram muito próximos para que pudesse significar qualquer outra coisa. "*E desencorajava qualquer tipo de pergunta*"... "*minha incapacidade de julgá-lo*"... "*pouquíssimos amigos e nenhum parente*". Mas onde isso se amarrava com este último episódio?

Claramente, era uma tentativa de uma certa "evocação escandalosa" mencionada em *Le Masque Français*. Até ali, eu conseguiria dar risada disso, e de qualquer tentativa de ressuscitar a bobagem sensitiva. Só que, cada vez mais, eu farejava uma tendência perversa nos divertimentos de Conchis. Aquele falo, a nudez, a garota nua... eu tinha a impressão de que, mais cedo ou mais tarde, eu seria convidado a atuar também, que aquilo era uma espécie de iniciação a uma aventura muito mais sombria para a qual estava sendo preparado, uma sociedade secreta, uma seita, eu não sabia exatamente o quê, onde Miranda não era nada e Calibã reinava. Também sentia um ciúme irracional de todas essas outras pessoas que apareceram do nada para caçar no "meu" território, que estavam de alguma maneira conspirando contra mim, que sabiam mais. Eu poderia tentar ficar contente em ser um espectador, deixar que aqueles incidentes cada vez mais estranhos passassem por mim como alguém que se senta no cinema e deixa o filme passar. Apesar de pensar assim, eu sabia que era uma péssima analogia. As pessoas não constroem cinemas para uma plateia de uma pessoa só, a menos que queiram usar esse indivíduo para um propósito muito especial.

Enfim, Lily se levantou de onde estivera agachada, ao lado de Conchis, conversando baixinho com ele. Voltou para perto de mim. Havia uma pequena nesga de cumplicidade em seus olhos agora: uma inconfundível curiosidade de ver como eu tinha reagido a este último acontecimento. Sorri e fiz um pequeno movimento de cabeça: estava impressionado, mas não iludido... e tive bastante cuidado em demonstrar a ela que tampouco me sentia chocado. Ela sorriu.

"Preciso ir agora, senhor Urfe."

"Dê parabéns aos seus amigos pela atuação deles."

Ela fingiu surpresa, e suas pálpebras tremeram como se percebesse que estava sendo provocada.

"Com certeza, você não acredita que eles estavam meramente atuando?"

Eu disse, gentilmente: "Ora, faça-me o favor".

Mas não obtive resposta. Seus olhos conservavam um levíssimo rastro de sorriso, e então ela, com muita delicadeza, mordeu os lábios, antes de tocar a saia e simular uma breve reverência.

"Quando nos veremos de novo?"

Seus olhos piscaram em direção a Conchis, apesar de ela não ter virado a cabeça. Outra vez, eu supostamente deveria acreditar que estávamos em conluio.

"Isso depende de quando será a próxima vez que eu for despertada do meu sono imemorial."

"Espero que seja em breve."

Ela levou seu leque até os lábios, como fizera com a escova da flauta-doce, e apontou sorrateiramente de volta para Conchis. Eu a vi desaparecer casa adentro, e então fui até a mesa onde ele estava. Ele parecia ter se recuperado do seu transe. Seus olhos estavam ainda mais intensos do que de costume, como fósforo preto, quase como sanguessugas; mais parecendo olhos de um cientista examinando o resultado de uma experiência, o estado da cobaia, do que olhos de um anfitrião procurando a aprovação do hóspede após algum entretenimento espetacular. Eu sabia que ele sabia que eu estava confuso, apesar de eu olhar para ele com o mesmo riso cético que eu tentara com Lily. De alguma forma, sabia que ele não poderia mais esperar que eu acreditasse naquilo em que supostamente deveria acreditar. Eu me sentei, e ele continuou me encarado, e eu precisava dizer algo.

"Eu teria gostado mais se soubesse do que se tratava."

A resposta o satisfez. Ele se recostou na cadeira e sorriu.

"Meu caro Nicholas, o homem tem repetido o que você acabou de dizer pelos últimos dez mil anos. E a única característica comum a todos os deuses aos quais ele disse isso, é que nenhum deles jamais respondeu de volta."

"Os deuses não existem para responder. Você, sim."

"Não vou me aventurar onde mesmo os deuses são impotentes. Não deve pensar que eu sei todas as respostas. Eu não sei."

Fiquei encarando a máscara agora branda do seu rosto, e então falei baixinho: "por que eu?".

"Por que qualquer um? Por que qualquer coisa?"

Apontei para o leste, atrás dele. "Isso tudo — só para me dar uma aula de teologia?"

Ele apontou para o céu. "Acho que concordamos que qualquer deus que tenha criado tudo isso só para nos dar uma aula sobre teologia estaria carecendo seriamente de bom humor e de imaginação." Ele fez uma pausa. "Você é totalmente livre para voltar para sua escola, se quiser. Talvez seja o mais sábio a se fazer."

Eu sorri e fiz que não. "Desta vez, eu escolho o dente."

"Desta vez, pode ser de verdade."

"Pelo menos estou começando a perceber que todos os seus dados são viciados."

"Então será impossível você vencer." Mas ele saiu apressado, como se tivesse dado um passo além do que devia. "Vou te dizer uma coisa. Só existe uma resposta para a sua pergunta, tanto em termos gerais quanto naqueles que dizem respeito à sua presença aqui. Eu já lhe contei em sua primeira visita. Porque tudo é, incluindo você, incluindo a mim, e a todos os deuses, uma questão de acaso. Nada mais. Puro acaso."

Eu procurei seus olhos e finalmente encontrei neles algo em que podia acreditar, e percebi vagamente, em algum canto, que minha ignorância, minha natureza, meus vícios e virtudes eram de alguma forma necessários nesse teatro. Ele se levantou e alcançou a garrafa de conhaque que estava ao lado da lamparina, na outra mesa. Ele me serviu uma dose, e então serviu um pouco no seu próprio copo e, ainda de pé, propôs um brinde.

"Vamos brindar ao fato de nos conhecermos melhor, Nicholas."

"Estou de acordo." Eu bebi, e exibi um sorriso cauteloso. "Você não terminou sua história." Estranhamente, aquilo pareceu desconcertá-lo, como se ele tivesse esquecido — ou presumido que eu não estivesse mais interessado. Ele hesitou, e depois voltou a se sentar.

"Muito bem. Eu ia... mas isso não importa agora." Ele fez uma pausa. "Vamos saltar para o clímax. Para o momento em que esses deuses, nos quais nenhum de nós acredita, perderam a paciência com tamanho destempero."

Ele se inclinou, mais uma vez se virando um pouco em direção ao mar.
"Sempre que vejo uma fotografia de uma horda fervilhante de camponeses chineses, ou de algum desfile militar, sempre que vejo um jornal chinfrim repleto de anúncios de porcarias produzidas em escala industrial. Ou das próprias porcarias que as grandes lojas vendem. Sempre que vejo os horrores da *Pax Americana*, de civilizações condenadas por séculos e séculos à mediocridade por excesso de população e escassez de educação, também vejo De Deukans. Sempre que vejo falta de espaço e falta de virtude, penso nele. Um dia, muitos milênios no futuro, talvez haja um mundo no qual existam apenas *châteaux* como aquele, ou seus equivalentes, e homens e mulheres correspondentes. E, ao invés de terem que crescer, como cogumelos, a partir de um composto putrefato de desigualdade e exploração, eles surgirão a partir de um processo evolutivo tão controlado e ordeiro quanto o do pequeno mundo de De Deukans em Givray-le-Duc. Apolo reinará novamente. E Dionísio retornará às sombras de onde veio."

Então era isso? Passei a ver a cena do Apolo sob uma luz diferente. Conchis evidentemente era como certos poetas modernos: tentava matar dez significados com um único símbolo.

"Um dia, um dos criados levou uma garota ao *château*. De Deukans ouviu a mulher rindo, eu não sei como... talvez uma janela aberta, talvez ela estivesse um pouco bêbada. Mandou descobrirem quem ousara trazer uma concubina de carne e osso para o seu mundo. Tinha sido um dos motoristas. Um homem da era das máquinas. Foi demitido. Logo depois disso, De Deukans foi à Itália, numa visita.

"Uma noite em Givray-le-Duc, o mordomo sentiu cheiro de fumaça. Saiu para ver. Uma ala inteira e a porção central do *château* estava em chamas. Na ausência do patrão, a maioria dos criados estava em suas casas, nos vilarejos vizinhos. Os poucos que dormiam no *château* começaram a carregar baldes de água até o foco do incêndio. Tentaram telefonar para os *pompiers*,* mas a linha havia sido cortada. Quando finalmente chegaram, era tarde demais. Todos os quadros estavam enrugados; todos os livros viraram cinzas; todos os pedaços de porcelana estavam retorcidos e despedaçados; todas as moedas, derretidas; todos

---

* "Bombeiros." [NT]

os instrumentos raros, todas os móveis, todos os autômatos, até mesmo Mirabelle, carbonizados. Tudo o que sobrou foram partes das paredes e o eternamente irreparável.

"Eu também estava fora do país naquele dia. Acordaram De Deukans antes do amanhecer no seu hotel em Florença, e lhe contaram. Ele foi imediatamente para casa. Mas dizem que ele virou as costas antes de chegar às ruínas ainda fumegantes. Assim que chegou perto o suficiente para perceber o que o fogo havia feito. Dois dias depois, foi encontrado morto em seu quarto em Paris. Tomara uma quantidade enorme de remédios. Seu camareiro me disse que ele fora encontrado com um certo sorriso zombeteiro no rosto. O camareiro ficou chocado.

"Voltei à França um mês após seu funeral. Minha mãe estava na América do Sul, e eu não soube do acontecido até minha volta. Um dia, fui convidado para me encontrar com os advogados dele. Achei que ele teria me deixado um de seus cravos. E de fato deixou. Na verdade, todos os cravos sobreviventes. E também... mas talvez você já tenha adivinhado."

Ele fez uma pausa, como se me deixasse adivinhar, mas eu não disse nada.

"De forma alguma a sua fortuna inteira, mas o que, naqueles dias, para um jovem ainda dependente da própria mãe, não deixava de ser uma fortuna. A princípio não pude acreditar. Sabia que ele gostava de mim, que talvez me visse como uma espécie de sobrinho. Mas era muito dinheiro. E eram muitos acasos também. Porque um dia eu toquei com as janelas abertas. Porque uma camponesa riu alto demais..." Conchis recostou-se em silêncio por um instante ou dois.

"Mas eu lhe prometi contar as palavras que De Deukans também me deixara, além do seu dinheiro e de sua memória. Nenhuma mensagem. Apenas um fragmento em latim. Nunca fui capaz de rastrear sua origem. Soa como grego. Jônico ou alexandrino. Era o seguinte: '*Utram bibis? Aquam an undam?*' O que está bebendo? A água ou a onda?"

"Ele bebeu a onda?"

"Todos nós bebemos as duas coisas. Mas ele quis dizer que a pergunta deveria sempre ser feita. Não é um preceito. Mas um espelho."

Pensei, mas não conseguia descobrir o que eu estava bebendo.

"O que aconteceu com o homem que pôs fogo na casa?"

"A lei se vingou dele."

"E você se mudou para Paris?"

"Ainda tenho o apartamento que era dele. E os instrumentos que ele guardou agora estão no meu *château* na Auvérnia."

"Você descobriu de onde veio o dinheiro dele?"

"Ele tinha grandes propriedades na Bélgica. Investimentos na França e na Alemanha. Mas o grosso do dinheiro estava em vários empreendimentos no Congo. Givray-le-Duc, como o Partenon, foi construído no coração das trevas."

"Bourani foi construída assim?"

"Você iria embora daqui agora se eu dissesse que sim?"

"Não."

"Então não tem o direito de perguntar."

Ele sorriu: eu não deveria levá-lo a sério demais, e me levantei, tentando interromper qualquer discussão futura. "Pegue o seu envelope."

Ele me guiou até o meu quarto, acendeu minha luz e me desejou boa noite. Mas, ao chegar a sua própria porta, ele se virou e olhou de volta para mim. Pela primeira vez, seu rosto demonstrou um momento de dúvida, um lampejo de uma incerteza duradoura.

"A água ou a onda?"

Então ele se foi.

John Fowles
O Mago

30

Esperei. Fui até a janela. Sentei-me na cama. Deitei. Voltei à janela. Por fim, comecei a ler os dois panfletos. Ambos estavam em francês, e era evidente que primeiro havia sido grampeado em algum momento; havia furos e marcas de ferrugem.

A SOCIEDADE DA RAZÃO

Nós, doutores e estudantes das faculdades de medicina das universidades francesas, declaramos acreditar que:

1. O Homem só pode progredir fazendo uso de sua razão.
2. O primeiro dever da ciência é erradicar a irracionalidade, em qualquer forma, dos assuntos públicos e internacionais.
3. A adesão à racionalidade é mais importante do que a adesão a qualquer outra ética, seja a ética da família, da casta, do país, da raça ou da religião.
4. A única fronteira da razão é a fronteira humana; todas as outras são sinais de irracionalidade.
5. O mundo jamais será melhor do que os países que o constituem, e os países jamais serão melhores do que os indivíduos que os constituem.
6. É dever de todos os que concordam com estas declarações se unir à Sociedade da Razão.

A Participação na Sociedade é obtida mediante a assinatura em concordância com as premissas abaixo.

1. Prometo doar um décimo do meu salário anual à Sociedade da Razão para a manutenção dos seus objetivos.
2. Prometo introduzir a razão em todos os lugares e em todos os momentos da minha própria vida.
3. Jamais obedecerei a irracionalidade, quaisquer que sejam as consequências; jamais permanecerei calado ou inativo frente à mesma.
4. Reconheço que o médico é a ponta de lança da humanidade. Farei o meu melhor para entender minhas próprias fisiologia e psicologia, e para controlar minha vida racional de acordo com tais conhecimentos.
5. Solenemente reconheço que meu primeiro dever sempre será para com a razão.

Irmãos e irmãs humanos, apelamos para que se juntem a nós na luta contra as forças da irracionalidade que causaram a demência sanguinária da última década. Ajudem a fortalecer nossa sociedade em todo o mundo contra as conspirações dos padres e dos políticos. Nossa sociedade será um dia a maior da história da raça humana. Aliste-se agora. Esteja entre os primeiros que viram, que se alistaram, que se uniram, que se posicionaram!

No último parágrafo, alguém, muito tempo atrás, rabiscara a palavra *Merde*.

Tanto o texto quanto o comentário, em vista do que acontecera desde 1920, me pareceram patéticos, como dois meninos pegos brigando no momento de uma explosão atômica. Estávamos igualmente cansados, no meio do século, da sanidade fria e da blasfêmia ardorosa; do ultracerebral e do ultrafecal; a saída se encontrava em algum outro lugar. As palavras haviam perdido seu poder, tanto para o bem, quanto para o mal; e ainda permaneciam, como um nevoeiro, pairando acima da realidade da ação, distorcendo, enganando, castrando, mas pelo menos desde Hitler e Hiroshima elas vinham sendo vistas como um nevoeiro, uma superestrutura tênue.

Eu fiquei prestando atenção nos sons da casa e na noite lá fora. Silêncio; e me voltei ao outro panfleto, encadernado. Mais uma vez, o papel amarelado e a tipografia antiquada demonstraram inequivocamente se tratar de uma autêntica relíquia pré-guerra.

Sobre a comunicação com outros mundos

Para chegar às estrelas mais próximas da Terra, o homem precisaria viajar durante milhões de anos na velocidade da luz. Mesmo que possuíssemos os meios de viajar à velocidade da luz, não poderíamos ir, nem retornar, de qualquer outra área inabitada do universo no período de uma vida; tampouco podemos nos comunicar por outros meios científicos, como gigantescos heliógrafos ou por ondas de rádio. Estamos para sempre isolados, ao menos aparentemente, em nossa pequena bolha temporal.

Como é fútil todo nosso entusiasmo com os aviões! Como é estúpida essa literatura ficcional de escritores como Verne e Wells sobre os seres peculiares que habitariam outros planetas!

Mas não há dúvidas de que existem outros planetas ao redor de outras estrelas, de que a vida obedece a normas universais, e de que no cosmos existem outros seres que evoluíram do mesmo modo e com as mesmas aspirações que nós. Estaremos condenados a jamais nos comunicarmos com eles?

Apenas um único método de comunicação não é dependente do tempo. Alguns negam sua existência. Mas existem muitos casos, assegurados de forma confiável por testemunhas respeitáveis e científicas, de pensamentos sendo comunicados no *preciso momento* em que foram concebidos. Entre certas culturas primitivas, tais como os lapões, este fenômeno é tão frequente, tão aceito, que é usado de modo corriqueiro, como na França usamos o telégrafo ou o telefone.

Nem todos os poderes precisam ser descobertos, alguns precisam ser resgatados.

Essa é a única maneira pela qual conseguiremos nos comunicar com a humanidade de outros mundos. *Sic itur ad astra.**

Esta simultaneidade potencial de conhecimento nos seres conscientes opera como o pantógrafo. Enquanto a mão desenha, a cópia é feita.

---

* "Assim se vai aos astros", verso da *Eneida* (19 a.C.), de Virgílio (79-19 a.C.). [NT]

O escritor deste panfleto não é um espiritualista e não está interessado em espiritualismo. Ele passou alguns anos investigando a telepatia e outros fenômenos nas fronteiras da ciência médica tradicional. Seus interesses são puramente científicos. Ele repete que não acredita no 'sobrenatural', em rosacrucianismo, hermetismo, ou outras aberrações do gênero.

Ele é da opinião de que mundos mais avançados que o nosso estão tentando se comunicar conosco, e que uma categoria inteira de comportamentos mentais nobres e benéficos, que aparecem em nossa sociedade na forma de boa consciência, gestos humanitários, inspiração artística e genialidade científica são ditados, na realidade, por mensagens telepáticas vindas de outros mundos, ainda não totalmente compreendidas. Ele acredita que as Musas não são uma ficção poética, mas uma revelação clássica da realidade científica que nossa sociedade moderna faria bem em investigar.

Ele propõe mais dinheiro público e cooperação em pesquisas sobre a telepatia e fenômenos afins, sobretudo que haja mais cientistas nessa área.

Em breve, ele publicará provas concretas da viabilidade da intercomunicação entre mundos. Acompanhe a imprensa parisiense em que será publicado o anúncio.

Nunca tive uma experiência telepática em minha vida, e achava improvável que fosse começar logo com Conchis; e se havia cavalheiros benevolentes de outros mundos concedendo-me bons gestos e genialidade artística, estariam agindo de maneira particularmente desastrosa — e não apenas comigo, mas com toda a geração em que nasci. Por outro lado, eu começava a entender por que Conchis me chamara de sensitivo. Era uma espécie de atenuação, de preparativo para a cena, sem dúvida ainda mais estranha, que aconteceria na apresentação da noite seguinte... a "experiência".

O teatro, o teatro: aquilo me fascinava e irritava, como um poema obscuro — mais do que isso, já que não era apenas obscuro por si só, mas duplamente obscuro no que dizia respeito às motivações pelas quais fora escrito. Durante a noite, me ocorreu uma nova teoria: que Conchis estava tentando recriar algum tipo particular de mundo perdido e, por algum motivo, eu fora selecionado como o *jeune premier* nessa história, sua versão mais jovem. Tinha plena consciência de que nosso relacionamento, pelo menos a minha posição, tinha mudado novamente; assim como eu fora transferido de convidado a pupilo, agora me vinha a sensação desconfortável de estar sendo convertido em alvo. Ele deixava claro que não me achava capaz de decifrar todos os aspectos conflitantes de sua personalidade. Coisas como sua humanidade na maneira como tocava Bach, em certos aspectos de sua autobiografia, não importando o quanto fossem adornados, se anulavam em contraste com sua perversidade e sua malícia em outros momentos. Ele deveria saber disso, e, portanto, deveria querer que eu fracassasse, fracassasse de fato, dados os livros e objetos "curiosos" que ele colocava no meu caminho, incluindo Lily; e agora eu deveria ver as figuras mitológicas da noite, com todo o seu teor anormal, como um anzol e não deveria fingir que não fora fisgado. Mas quanto mais eu pensava a respeito, mais suspeitas eu tinha da autenticidade daquele conde belga... ou, pelo menos, do relato de Conchis sobre ele. Não passava de um disfarce para o próprio Conchis. Por analogia, De Deukans talvez fosse real em algum nível, dificilmente num sentido literal.

Enquanto isso, o teatro foi me decepcionando. O silêncio ainda reinava. Olhei para o meu relógio. Quase meia-hora se passara. Não conseguia dormir. Após hesitar um pouco, rastejei escada abaixo e atravessei a sala de música até a colunata. Caminhei um pouco entre as árvores, na direção onde o "deus" e a "deusa" haviam desaparecido; depois dei meia-volta e desci até a praia. O mar batia devagar, arrastando alguns seixos aqui e ali, fazendo com que chacoalhassem com um som seco, apesar de não haver nem vento, nem brisa. As encostas e as árvores e o barquinho se encharcavam com a luz das estrelas, em meio a um milhão de pensamentos indecifráveis vindos de outros mundos. O misterioso mar do sul, luminoso, aguardava, vivo, porém vazio. Fumei um cigarro, e então subi de volta à casa enigmática e ao meu quarto.

John Fowles
O Mago

31

Fiz o desjejum sozinho outra vez. Ventava, era um dia de céu azul como sempre, mas chegava uma brisa do mar, agitada e ruidosa, como um tufão contra as folhagens das duas palmeiras que vigiavam como sentinelas em frente da casa. Mais ao sul, vindo do Cabo Matapão, o *meltemi*, forte vendaval de verão das ilhas jônicas, soprava.

Desci até a praia. O barco não estava lá. Isso confirmava minha teoria parcialmente esboçada acerca dos "visitantes" — de que estavam num iate em uma das muitas enseadas desertas dos lados oeste e sul da ilha, ou ancorado entre o grupo de ilhotas desertas cerca de cinco quilômetros a oeste dali. Nadei até sair da enseada, para ver se avistava Conchis no terraço. Mas o lugar estava vazio. Boiei de costas por algum tempo, sentindo o respingar fresco das ondas sobre meu rosto aquecido pelo sol, pensando em Lily.

Então olhei na direção da praia.

Ela estava ali de pé, uma figura brilhante sobre o cascalho salgado e cinzento, com o ocre do penhasco e as plantas verdes atrás. Comecei a nadar em direção à orla, tão rápido quanto podia. Ela deu alguns passos ao lado das pedras e então parou e ficou me observando. Enfim me levantei, pingando, ofegante, e olhei para ela. Estava a uns dez metros, num vestido de verão da época da Primeira Guerra, primorosamente bonito. Era listrado de azul marinho, branco e rosa, e ela segurava uma sombrinha franjada do mesmo tecido. Vestia a brisa marinha como se fosse uma joia. O vento abraçava seu vestido, moldando-o contra seu corpo. De quando em quando, ela travava uma pequena batalha com a sombrinha. E, o tempo todo, os dedos do vento provocavam e enrolavam seus longos e sedosos cabelos louros em volta do pescoço ou na boca.

Ela franziu os lábios, zombando um pouco de si mesma, e de mim, enquanto eu estava em pé com água na altura dos joelhos. Não sei por que o silêncio desceu sobre nós, por que trocamos um olhar mais sério por alguns instantes de estranhamento. Devia ser transparente a excitação do meu lado. Ela parecia tão jovem, tão timidamente insinuante. Ela me deu um sorriso envergonhado, ainda que malicioso, como se não devesse estar ali, correndo o risco da indecência.

"Por acaso Netuno cortou sua língua?"

"Você é arrebatadora. Parece um Renoir."

Ela se afastou um pouco, e girou a sombrinha. Calcei minhas sandálias e, secando as costas, fui alcançá-la. Ela sorriu com certa inocência dissimulada, depois se sentou numa rocha lisa, encoberta pela sombra de um pinheiro solitário, onde a ravina se precipitava até o cascalho. Fechou a sombrinha e, com ela, apontou para uma pedra ali perto, ao sol, onde eu deveria me sentar. Mas estiquei minha toalha sobre a rocha e me empoleirei ao lado dela. A boca úmida, a penugem de seus braços desnudos, uma cicatriz acima de seu pulso esquerdo, os cabelos soltos: a seriedade da jovem criatura da noite anterior desaparecera por completo.

"Você é a fantasma mais deliciosamente linda que eu já vi."

"Sou mesmo?"

Eu dissera a verdade, e o fizera também para deixá-la sem graça. Mas ela simplesmente abriu mais seu sorriso.

"Quem são as outras garotas?"

"Que outras garotas?"

"Faça-me o favor. Uma piada é uma piada."

"Então não a estrague, por favor."

"Pelo menos você admite que é uma piada?"

"Não admito nada."

Ela estava evitando meus olhos — e também mordiscando seus lábios. Respirei fundo. Ela esperava, nitidamente pronta para se esquivar de qualquer avanço que eu tentasse. Girou uma pedrinha com a ponta do sapato. Um calçado elegante, abotoado, de couro cinzento de cabrito. As meias de seda continham pequenos respiros, pétalas delicadas de pele que subiam pelos calcanhares e desapareciam sob a bainha do vestido, uns dez centímetros acima. Tive a impressão de que o pé estava estendido para que eu não perdesse esse charmoso detalhe de época. Seus cabelos esvoaçavam para a frente, encobrindo um pouco do rosto. Eu queria escová-los para trás, ou talvez sacudi-la com força, não tinha certeza do que fazer. Acabei olhando para o mar, seguindo mais ou menos o mesmo princípio de Ulisses quando este se amarrou ao mastro.

"Você continua insinuando que está nesse jogo de faz de contas para agradar ao velho. Se quer que eu participe, acho melhor me explicar por quê. Em especial o motivo pelo qual eu deveria acreditar que ele não sabe exatamente o que está acontecendo."

Ela hesitou, e por um momento achei que tinha conseguido desarmá-la.

"Me dê sua mão. Vou ler sua sorte. Você pode se sentar mais perto, mas não molhe o meu vestido."

Respirei fundo mais uma vez, mas estendi a mão. Talvez aquilo fosse pelo menos alguma forma de confissão indireta. Ela segurou minha mão pelo pulso, com suavidade, e traçou as linhas da palma com o indicador. Pude ver os contornos dos seios pela abertura do vestido, a pele muito clara, o sedutor início das curvas suaves. Ela conseguiu sugerir que aquele jogo sexual banal era uma ousadia, na verdade, como quem desafia as ordens da mamãe. O indicador corria de um jeito inocente, porém sugestivo, sobre a palma da minha mão. Ela começou a leitura

"Você terá uma vida longa. Terá três filhos. Aos quarenta anos, você quase morrerá. Você tem mais força mentalmente do que no coração. A sua mente trai o seu coração. Existem... vejo muitas traições na sua vida. Às vezes, você trai a si mesmo. Às vezes, trai a quem te ama."

"Agora você vai responder minha pergunta?"

"A palma diz as coisas como são. Nunca por que são assim."

"Posso ler a sua?"

"Ainda não terminei. Você nunca será rico. Tenha cuidado com cachorros pretos, bebidas fortes e mulheres velhas. Você fará amor com muitas garotas, mas amará de verdade apenas uma — com ela você vai se casar... e será muito feliz."

"Apesar de quase morrer aos quarenta."

"Talvez justamente porque você vai quase morrer aos quarenta. É aqui, onde você quase vai morrer. A linha da felicidade é mais forte daqui em diante."

Ela soltou minha mão, e dobrou a sua cuidadosamente no colo.

"Agora eu posso ler a sua?"

"Pode, mas não deve."

Ela bancou a recatada por um instante, logo após essa lição de boas maneiras, até que repentinamente me oferecer sua mão. Eu fingi ler sua sorte, fiz o mesmo rastreamento das linhas, e tentei ler com bastante seriedade, à maneira de um Sherlock Holmes. Porém, mesmo o grande mestre em associar subitamente criados irlandeses de Brixton com uma mania por passeios de barco e jogos de dardos teria ficado perplexo. Entretanto, as mãos de Lily eram macias e imaculadas; fosse ela quem fosse, não era uma criada de lugar nenhum.

"Está demorando muito, senhor Urfe."

"Nicholas."

"Pode me chamar de Lily, Nicholas. Mas não pode ficar horas aí me alisando."

"Só consigo ver uma coisa com clareza."

"E o que seria?"

"Uma inteligência muito superior à que você está demonstrando neste momento."

Ela puxou a mão, e a contemplou franzindo os lábios. Mas ela não era do tipo de garota franze os lábios por aí. Uma mecha de cabelo soprou sobre sua bochecha, o vento acendeu em suas roupas uma libertinagem, um coquetismo, ajudando sua representação de um personagem mais jovem do que eu sabia que ela deveria ser. Lembrei-me do que Conchis havia dito sobre a Lily original. A garota ao meu lado fazia um grande esforço — ou talvez tivesse sido escalada antes de conhecer o texto. Mas nem todo o talento dramático no mundo daria conta de representar o papel naquele momento. Ela voltou a inclinar a palma da mão um pouco mais para mim.

"E a morte?"

"Está se esquecendo do seu papel. Você já está morta."

Ela deu de ombros e olhou para o mar.

"Talvez eu não tenha escolha."

Aquela era uma mudança de rumo. Julguei ter ouvido uma leve nota de arrependimento, algo obscuramente amotinado, uma nota daquele ano real em que estávamos, escapando do seu disfarce. Tentei ver seu rosto.

"O que quer dizer?"

"Tudo o que dizemos, ele escuta. Ele sabe."

"Você precisa contar a ele?" Eu soava incrédulo. Ela fez que sim, e eu sabia que ela não estava contando tudo. "Não me diga. Telepatia?"

"Telepatia e...", ela olhou para baixo.

"E?"

"Não posso falar mais."

Ela pegou e abriu a sombrinha, como se estivesse pensando em ir embora. A cúpula possuía pequenas borlas pretas penduradas nas pontas das varetas.

"Você é amante dele?" Ela olhou para mim de relance, e eu fiquei com a impressão de que pela primeira vez consegui tirá-la do personagem. Eu disse: "em vista do show de *striptease* da noite passada". E então: "Eu só quero saber onde estou pisando".

Ela se levantou e começou a andar com pressa sobre o cascalho em direção ao caminho que levava até a casa. Corri atrás dela e barrei sua passagem. Ela parou, olhando para baixo, então fitou meus olhos com uma mistura afiada de petulância e reprovação. Havia quase uma paixão em sua voz.

"Por que sempre precisa saber onde está pisando? Nunca ouviu falar de imaginação?"

"Boa tentativa. Mas não vai funcionar."

Ela encarou meu sorriso com frieza, e olhou para baixo de novo.

"Agora sei por que você é incapaz de escrever boa poesia."

Era minha vez agora de ficar indignado. Havia mencionado minhas aspirações literárias malsucedidas para Conchis naquele primeiro final de semana.

"Pena que eu não tenha perdido um braço. Assim você poderia fazer piada disso também."

Aquilo provocou o que senti como um vislumbre de quem ela era de verdade: rapidamente, porém de forma muito direta, por um breve momento quase... ela se virou um pouco de lado.

"Não deveria ter dito isso. Me desculpe."

"Obrigado."

"Eu *não* sou amante dele."

"Nem de ninguém, espero."

Ela me deu as costas e olhou para o mar.

"Esse é um comentário bastante impertinente."

"Mas nem de longe tão impertinente quanto você esperando que eu engula toda essa bobagem."

Ela segurava a sombrinha de modo a esconder o rosto, mas espiei pelo canto, e lá estava outra vez sua expressão contradizendo o que acabara de dizer. O que eu era vi muito menos uma boca recatada e mais uma boca que tentava, sem muito êxito, esconder seu divertimento. Seus olhos quase sem querer encontraram os meus, e então ela acenou em direção ao ancoradouro.

"Vamos até ali?"

"Se é o que diz o roteiro."

Ela virou o rosto para mim, e ergueu um dedo repreensivo. "Mas já que está claro que somos incapazes de falar a mesma língua, vamos apenas andar."

Sorri e dei de ombros: uma trégua, se ela fazia questão.

Ventava ainda mais no ancoradouro, e ela continuou tendo dificuldades com os cabelos, dificuldades deliciosas. As pontas flutuavam na luz do sol, asas sedosas de luz. Por fim, acabei segurando a sombrinha fechada para ela, que tentava domar suas madeixas travessas. Seu humor passou por mais uma mudança brusca. Ela estava rindo, com seus lindos dentes brancos ao sol, saltando, balançando para trás quando uma onda atingiu a ponta do ancoradouro, respingando um pouco de espuma. Uma ou duas vezes ela agarrou meu braço, mas parecia estar absorta neste jogo do vento com o mar... uma colegial linda e um tanto arisca, trajando um alegre vestido listrado.

Observei furtivamente a sombrinha. Recém-fabricada. Imaginei que aquela fantasma de 1915 usaria mesmo uma sombrinha nova, mas, de alguma maneira, teria sido mais autêntico, ainda que menos lógico, se fosse antiga e desbotada.

Então o sino tocou, vindo da casa. Era o mesmo toque que eu tinha ouvido no final de semana anterior, seguindo o ritmo do meu próprio nome. Lily ficou parada, escutando. Distorcido pelo vento, o sino tocou mais uma vez.

"Ni-cho-las." Ela debochou, fingindo seriedade. "Está tocando por ti."

Olhei para cima, entre as árvores.

"Não imagino por quê."

"Você precisa ir."

"Você vem comigo?" Ela sacudiu a cabeça. "Por que não?"

"Porque o sino não tocou por mim."

"Acho que deveríamos mostrar que fizemos as pazes."

Ela estava perto de mim, segurando os cabelos para que não voassem em seu rosto. Ela me olhou com semblante bastante severo.

"Senhor Urfe!" Disse exatamente como na noite anterior, com a mesma pronúncia fria e calculada. "Está me pedindo para cometer osculação?"

E aquilo foi perfeito, uma garota travessa de 1915 zombando de uma piada vitoriana idiota; uma esquiva adorável, e ela parecia absurda e adorável ao se esquivar. Fechou os olhos e me ofereceu a bochecha, e eu quase não tive tempo de tocá-la com meus lábios antes que ela saltasse para trás. Fiquei parado e a vi inclinar a cabeça.

"Voltarei assim que puder."

Devolvi a sombrinha com um olhar que eu esperava que transmitisse o quanto estava desesperadamente atraído, porém completamente desenganado, e então me afastei. Olhando para trás de vez em quando, fui subindo pelo caminho até a casa. Duas vezes ela acenou para mim do ancoradouro. Subi a ladeira íngreme e atravessei a última fileira de árvores escassas. Podia ver Maria na frente da porta da sala de música, ao lado do sino. Mas depois de dois passos sobre o cascalho o mundo se rachou ao meio. Ou pelo menos foi o que pareceu.

Uma figura surgiu no terraço, menos de quinze metros acima de onde eu estava, de frente para mim. Era Lily. Não podia ser Lily, mas era. Os mesmos cabelos esvoaçando ao vento, o mesmo vestido, a sombrinha, a silhueta, o rosto, tudo igual. Estava olhando para o mar, acima da minha cabeça, me ignorando por completo.

Foi um choque extremo, desnorteante, perturbador. E ainda assim eu soube na hora que, mesmo que obviamente quisessem que eu acreditasse se tratar da mesma garota que acabara de deixar na praia, não era ela. Mas era tão parecida que só podia significar uma coisa — uma irmã gêmea. Havia duas Lilys no campo. Não tive tempo para pensar. Outra figura apareceu ao lado de Lily no terraço.

Era um homem, alto demais para ser Conchis. Pelo menos, eu presumi ser um homem, talvez "Apolo", ou "Robert Foulkes" — ou mesmo "De Deukans". Eu não consegui ver, porque ele estava todo de preto, amortalhado em pleno sol, e usava a máscara mais sinistra que eu já tinha visto: a cabeça de um enorme chacal preto, com um longo focinho e orelhas pontiagudas. Ficaram lá, o possuidor e a possuída, a morte iminente e a donzela frágil. Quase imediatamente, notei, após o primeiro choque visual, algo de vagamente grotesco naquela imagem; tinha o exagero macabro de uma ilustração de revista de terror. Certamente abordava um arquétipo aterrorizante, mas ofendia o bom senso e também o inconsciente.

Mais uma vez, eu não tive nenhuma sensação do sobrenatural, nenhuma crença de que aquilo fosse mais que outra reviravolta perversa naquele teatro, um negativo sombrio da cena acontecida na praia. O que não significava que eu não estivesse assustado. Estava, e muito assustado, mas o meu medo vinha do entendimento de que qualquer coisa poderia acontecer. Não havia limites naquele teatro, nenhuma lei social ou convenções normais.

Talvez tenha ficado paralisado por dez segundos. Agora Maria vinha em minha direção, e os dois personagens se retiraram, como se evitassem qualquer possibilidade de serem vistos por ela. A *Doppelgänger* de Lily foi puxada urgentemente pela mão escura em seu ombro. No último instante, ela olhou para mim, mas seu rosto estava inexpressivo.

Cuidado com cachorros pretos.
Eu comecei a correr de volta pelo caminho. Espiei por cima do ombro. As figuras no terraço haviam desaparecido. Cheguei até a curva de onde eu poderia ver, lá embaixo, o ponto onde, menos de um minuto atrás, vira Lily pela última vez na orla. O ancoradouro estava deserto, aquele canto da pequena enseada estava vazio. Corri ainda mais para baixo, até o pequeno espaço plano com o banco, de onde eu podia ver quase toda a praia e a maior parte do caminho da subida. Esperei, em vão, pelo vestido brilhante aparecer. Pensei, ela deve estar se escondendo naquela caverna, ou entre as rochas. Depois, refleti que não deveria reagir da maneira que eles esperavam. Eu me virei e comecei a subir de volta até a casa.

Maria ainda esperava por mim na entrada da colunata. Estava agora acompanhada de um homem. Reconheci Hermes, o taciturno condutor do burrico. Poderia ter sido ele o homem de preto, tinha a altura adequada, mas parecia plácido, um mero espectador. Eu disse rapidamente em grego: "*Mia stigmi*," um segundo, e entrei na casa passando por eles. Maria segurava um envelope, mas nem reparei. Uma vez lá dentro, subi a escada correndo até o quarto de Conchis. Bati na porta. Nenhum som. Bati de novo. Então tentei a maçaneta. Estava trancada.

Desci de volta e parei na sala de música para acender um cigarro; e para me recompor.

"Cadê o senhor Conchis?"

"*Then eine mesa.*" Ele não está. Maria ergueu o envelope outra vez, mas continuei ignorando.

"Aonde ele foi?"

"*Ephyge me ti varca.*" Saiu com o barco.

"Para onde?"

Ela não sabia. Apanhei o envelope. Tinha *Nicholas* escrito nele. Dois papéis dobrados.

O primeiro era um bilhete de Conchis.

> Querido Nicholas, sou obrigado a pedir que você se divirta sozinho até a noite. Negócios inesperados requisitam minha presença urgente em Nauplia.
>
> M.C.

O outro era um radiograma. Não havia telefone ou telégrafo na ilha, mas a guarda costeira grega mantinha uma pequena estação de rádio.

Fora enviado de Atenas para mim, na noite anterior. Imaginei que a mensagem explicaria o motivo da partida de Conchis. Mas então, tive o meu terceiro choque em três minutos. Vi o nome no final. Dizia:

VOLTO PRÓXIMA SEXTA PONTO TRÊS DIAS PONTO AEROPORTO SEIS TARDE PONTO FAVOR COMPARECER ALISON.

Tinha sido enviado no sábado à tarde. Olhei para Maria e Hermes. Seus olhos estavam vazios, apenas observando.

"Quando você trouxe isso?"

Hermes respondeu: *"Proi proi".* Hoje de manhã.

"Quem foi que te pediu para trazê-lo?"

Um professor. Em Sarantopoulos, na noite anterior.

"Por que não me entregou antes?"

Ele deu de ombros e olhou para a Maria, e ela deu de ombros. Deixaram implícito que o envelope fora entregue ao senhor Conchis. Era culpa dele. Eu o reli.

Hermes me perguntou se eu queria mandar uma resposta; ele estava voltando para a vila. Eu lhe disse que não, sem respostas.

Olhei para Hermes. Seu olhar opaco me deu alguma esperança. Mas eu exigi saber: "Você viu as duas garotas hoje de manhã?".

Ele olhou para Maria. Ela disse: "Que garotas?".

Olhei de novo para Hermes. "E você?"

"*Ochi.*" E inclinou sua cabeça.

Voltei à praia. O tempo todo fiquei olhando para o ponto onde o caminho começava a subir. Uma vez lá embaixo, fui logo até a caverna. Nenhum sinal de Lily. Alguns minutos me convenceram de que ela não estava se escondendo em canto algum da praia. Olhei para a pequena ravina. Teria sido possível escalar e fugir pelo lado leste, mas eu achava difícil de acreditar. Subi um pouco para ver se ela estava agachada atrás de uma rocha. Mas não havia ninguém.

John Fowles
O Mago

32

Sentado debaixo de um pequeno pinheiro, contemplei o mar e tentei organizar meus pensamentos abalados. Uma das gêmeas se aproximou de mim, falou comigo. Ela tinha uma cicatriz no punho esquerdo. A outra fazia os efeitos *Doppelgänger*. Nunca me aproximaria dela. Eu a veria no terraço, sob a luz das estrelas, mas sempre à distância. Gêmeas — era extraordinário, mas eu havia começado a entender o suficiente a respeito de Conchis para perceber o quanto aquilo era previsível. Quando se é muito rico... por que não ser o mais exótico possível? Por que ser qualquer coisa senão o mais estranho e exótico?

Eu me concentrei na Lily que conhecia, a Lily da cicatriz. Naquela manhã, mesmo na noite anterior, ela se esforçara para se fazer atraente aos meus olhos; e se de fato fosse a amante de Conchis, não conseguia imaginar por que ele deveria permitir, e de maneira tão evidente, que ficássemos a sós, a menos que fosse profundamente mais pervertido do que eu conseguia suspeitar a sério. Ela me deu uma forte impressão de estar brincando comigo — se divertindo no mesmo grau com que interpretava um papel sob as ordens de Conchis. Mas todos os tipos de jogos, mesmo os mais literais, entre um homem e uma mulher têm algo de sexual implícito, e ali na praia, quase ingenuamente, ela tentara me cativar. Devem ter sido ordens do velho, apesar de eu ter percebido nela um tipo de prazer que ia além do flerte e da brincadeira — um prazer que não era compatível com uma simples atriz contratada. Além do mais, sua "interpretação" havia sido muito mais próxima de uma amadora inspirada do que de uma profissional. Tudo abaixo da superfície sugeria uma garota que vinha de um mundo e de uma criação parecidos com os meus: uma garota com um senso inato de decência, mas também um senso de ironia à inglesa. Em termos teatrais, o efeito, apesar da elaboração da montagem, era muito mais o de uma brincadeira em família do que a almejada ilusão completa do verdadeiro teatro; a cada olhar e a cada gracejo, ela sugeria estar tentando me passar a perna. De fato, eu sabia que era isso o que me atraía nela, além de seu físico. De certa maneira, o flerte havia sido um exagero. Eu me transformara em presa a ser perseguida quando vira seu sorriso ambíguo, na semana anterior. Resumindo, se o papel dela nesse teatrinho era me seduzir, que assim fosse. Eu não poderia fazer nada a respeito. Era, ao mesmo tempo, um lascivo e um aventureiro, um poeta fracassado, ainda buscando a ressurreição nos eventos, se não nos versos. Precisava nadar conforme a corrente, já que fora convidado.

O que me levou até Alison. Seu radiograma foi como um cisco no olho quando tudo o que se quer é enxergar as coisas com clareza. Eu conseguia imaginar o que acontecera. Minha carta da última segunda-feira teria chegado em Londres na sexta ou no sábado, ela teria embarcado naquele dia, talvez se sentindo entediada, com meia hora para matar no aeroporto Ellenikon — por impulso, mandou o telegrama. Mas a mensagem chegou como uma intromissão — de uma realidade dispensável que invadia o prazer, de uma obrigação artificial que se impõe sobre o instinto. Eu não podia deixar a ilha, não podia perder três dias em Atenas. Eu reli aquela porcaria. Conchis deve ter lido também — chegou sem envelope. Demetriades deve ter aberto a mensagem assim que foi entregue na escola.

Então Conchis sabia que eu tinha sido convidado para ir a Atenas — e devia imaginar que aquela era a garota de quem eu lhe falara, a garota para quem eu não devia "nada de volta". Talvez fosse por isso que ele tenha se afastado. Precisaria fazer cancelamentos para o próximo final de semana. Imaginei que ele me convidaria mais uma vez, após os quatro dias do recesso, que Alison não aceitaria minha proposta morna.

Cheguei a uma decisão. Um confronto físico — mesmo a proximidade que a chegada de Alison à ilha poderia representar — era inimaginável. Acontecesse o que acontecesse, se eu de fato a encontrasse, deveria ser em Atenas. Se ele me convidasse, seria fácil arranjar uma desculpa para não ir. Mas se não me convidasse, então eu poderia apelar para Alison. De qualquer forma, eu sairia ganhando.

O sino tocou mais uma vez por mim. Era hora do almoço. Peguei minhas coisas e, embriagado de sol, arrastei-me ladeira acima. Mas secretamente eu tentava olhar em todas as direções, num estado de alerta quase sobrenatural para os acontecimentos daquela encenação. Enquanto caminhava entre as árvores varridas pelo vento, em direção à casa, fiquei esperando que alguma nova visão emergisse, como ver as duas gêmeas juntas — não sabia o quê. Mas me enganei. Nada aconteceu. Meu almoço estava servido, um único lugar à mesa. Maria não apareceu. Sob a musselina, *taramasalata*,* ovos cozidos e um prato de nêsperas.

Após terminar a refeição, sentindo o vento que invadia a colunata, Alison já estava banida dos meus pensamentos e eu estava pronto para qualquer oferta que Conchis pudesse me fazer. Para facilitar as coisas, caminhei entre os pinheiros até o lugar onde tinha me deitado e lido Robert Foulkes no domingo anterior. Não levei livro algum, apenas me deitei de costas e fechei os olhos.

---

* Ou *tarama*, prato típico grego, feito com tâmaras e ovas de peixe. [NT]

John Fowles
O Mago

32

Mal tive tempo de pegar no sono. Estava ali fazia menos de cinco minutos quando ouvi um farfalhar e, simultaneamente, senti o perfume de sândalo. Fingi estar dormindo. O ruído se aproximou. Ouvi o leve crepitar das agulhas de pinheiro. Os pés dela estavam logo atrás da minha cabeça. Ouvi um ruído mais forte, ela se sentou, bem perto de onde eu estava. Achei que fosse arremessar uma pinha em mim, fazer cócegas no meu nariz. Mas, numa voz bem grave, começou a recitar Shakespeare.

> Calma; esta ilha é cheia de rumores,
> De sons, doces acordes e toadas
> Que só trazem deleite e não machucam
> Às vezes, mil vibrantes instrumentos,
> Sussurram longo tempo em meus ouvidos;
> Também escuto vozes, certas vezes
> Logo após despertar de um longo sono,
> E, ouvindo-as, adormeço novamente;
> E, nos meus sonhos, penso enxergar nuvens
> Se abrindo para revelar tesouros
> Prestes a despencar feito uma chuva,
> Sobre minha cabeça, e, ao acordar,
> Choro querendo retornar ao sonho.*

---

* *A Tempestade*, de Shakespeare. Ato 3, Cena 2. (Trad. Beatriz Viégas-Faria, L&PM, 2013). [NT]

O tempo todo fiquei em silêncio e mantive meus olhos fechados. Ela provocou com as palavras, dando-lhes duplo sentido. Sua voz seca e adocicada, o vento nas árvores acima. Ela terminou, mas mantive os olhos fechados.

Murmurei: "Continue".

"Lá vem mais um espírito que ele mandou me atormentar."**

Abri os olhos. Um diabólico rosto verde e preto, com olhos vermelho-fogo protuberantes, me encarava. Eu me contorcia. Ela segurava, com a mão esquerda, uma máscara chinesa de carnaval presa a uma vareta. Vi a cicatriz. Ela havia se trocado, usava uma blusa branca de mangas compridas com uma saia cinza comprida, e seus cabelos estavam presos por um arco preto de veludo. Empurrei a máscara de seu rosto.

"Você dá um péssimo Calibã."

"Então talvez você deva fazer o papel."

"Estava torcendo para pegar o de Ferdinand."

Ela ergueu a máscara mais uma vez, e me examinou por cima dela, com uma rispidez decidida. Evidentemente, ainda estávamos jogando um com o outro, mas de um jeito diferente, mais franco.

"Tem certeza de que você tem talento para isso?"

"O que me faltar em talento, tentarei compensar com sentimento."

Um olhar ligeiramente jocoso permaneceu nos seus olhos. "Negado."

"Por Próspero?"

"Talvez."

"É assim que começava com Shakespeare. Sendo negado." Ela olhou para baixo. "Apesar, é claro, de sua Miranda ser muito mais inocente."

"E o seu Ferdinand."

"Só que eu te conto a verdade. E você só me conta mentiras."

Seus olhos ainda fitavam o chão, mas ela mordiscou os lábios. "Eu contei algumas verdades."

"Como, por exemplo, o cachorro preto sobre o qual você me alertou tão gentilmente?" E logo agreguei: "E, pelo amor de Deus, não me pergunte que cachorro preto".

**   Idem, Ato 2, Cena 2. [NT]

Ela pôs as mãos em volta dos joelhos cobertos pela saia, se reclinou e olhou entre as árvores atrás de mim. Calçava botas pretas com cadarço, ridículas. Sua imagem me remetia a uma antiquada sala de aula de uma cidade pequena, ou talvez à sra. Pankhurst,* uma primeira tentativa, tímida, de emancipação feminina. Após uma longa pausa:
"Que cachorro preto?"
"Aquele que sua irmã gêmea levou para passear hoje de manhã."
"Não tenho irmã."
"Mentira." Eu me reclinei sobre um cotovelo, sorrindo para ela. "Onde você se escondeu?"
"Eu fui para casa."
Não adiantava, ela não retiraria a outra máscara. Examinei sua expressão cautelosa e então fui atrás dos meus cigarros. Ela me viu riscar um fósforo e tragar um par de vezes, e então inesperadamente, estendeu a mão. Eu lhe passei o cigarro. Ela o apertou com os lábios de um jeito bem característico dos fumantes inexperientes, deu uma pequena tragada, depois uma maior, que a fez tossir. Enterrou a cabeça entre os joelhos, segurando o cigarro para que eu o pegasse de volta, e tossiu de novo. Olhei para sua nuca, seus ombros finos, e me lembrei da ninfa desnuda da noite anterior, que também era magra, de seios pequenos, da mesma altura.
Eu disse: "Onde você estudou?".
"Estudei o quê?"
"Em que escola de teatro? Na Royal Academy?" Minha pergunta não teve resposta. Tentei outra linha de abordagem: "Você está tentando — com bastante sucesso — me seduzir. Por quê?".
Dessa vez, não fez nenhuma tentativa de se mostrar ofendida. É mais fácil perceber o avanço pelas omissões do que por qualquer outro motivo, pela ausência de fingimentos. Ela ergueu a cabeça e se sentou, apoiando-se em um dos braços, ligeiramente virada de costas para mim. Então, pegou sua máscara e a vestiu de novo, como se fosse um véu turco, um yashmak.
"Sou Astarte, a mãe do mistério."
Maliciosos, seus olhos violeta-acinzentados se dilataram, e eu sorri, mas com timidez. Queria que ela soubesse que estava chegando ao fundo do poço com seus improvisos.
"Desculpe, sou ateu."
Ela tirou a máscara.

---

*   Emmeline Pankhurst (1858-1928) foi pioneira do movimento sufragista britânico. [NT]

"Então preciso ensiná-lo a ter fé."
"Fé em seus mistérios?"
"Entre outras coisas."
Ouvi o ronco do motor do barco vindo do mar. Ela deve ter escutado também, mas seus olhos não revelavam nada.
"Gostaria de me encontrar com você, longe daqui."
Ela ergueu a cabeça e olhou por entre as árvores, na direção sul. De repente, sua voz ganhou um tom mais contemporâneo.
"Talvez no próximo final de semana?"
Percebi na hora que deviam ter lhe contado a respeito de Alison, mas eu também sabia fingir ignorância.
"Por que não?"
"Maurice jamais permitiria."
"Você já é bem grandinha."
"Soube que você vai para Atenas."
Mantive uma breve pausa. "Alguns aspectos dessa sua encenação não são tão divertidos."
Ela agora se apoiou sobre um cotovelo, de costas para mim. E enfim voltou a falar, bem baixinho.
"Seus sentimentos não são tão diferentes dos meus."
Senti uma pontada de excitação — era um avanço real. Eu me sentei, de forma que pudesse ao menos observá-la de perfil. Seu rosto estava fechado, relutante, mas ela não parecia mais estar atuando.
"Então admite que isto é um jogo?"
"Em parte."
"Se você sente o mesmo, o remédio é simples — me conte o que está acontecendo. Por que espionar minha vida privada desse jeito?"
Ela sacudiu a cabeça. "Não espionamos nada. Alguém mencionou. Só isso."
"Não vou para Atenas. Está tudo acabado entre nós." Ela não disse nada. "É, em parte, o motivo de minha vinda para cá. Para a Grécia. Me afastar de algo que estava ficando complicado." Eu disse: "Ela é australiana. Uma aeromoça".
"E você não está mais...?"
"O quê?"
"Apaixonado por ela?"
"Não era esse tipo de relacionamento." Mais uma vez, ela não disse nada. Pegou uma das pinhas caídas no chão, e ficou olhando para ela, mexendo com ela, como se achasse tudo aquilo muito embaraçoso. Mas

parecia haver algo de honestamente tímido nela agora, que ia além do seu personagem, e algo suspeito, como se não soubesse se deveria acreditar em mim. Falei: "Não sei o que o velho te disse".

"Apenas que ela queria se reencontrar com você."

"Somos apenas amigos agora. Sabíamos que não ia durar. Escrevemos cartas, de tempos em tempos." Continuei: "Você sabe como são os australianos". Ela fez que não. "Muito crus em termos de cultura. Não sabem de verdade quem são, a qual lugar pertencem. Parte dela era bem... desajeitada. Antibritânica. Outra parte... acho que sinto pena dela, basicamente."

"Vocês... viveram juntos como marido e mulher?"

"Se preferir insistir em termos tão absurdos. Durante algumas semanas." Ela assentiu seriamente, como se demonstrasse gratidão por essa informação tão íntima. "E gostaria muito de saber por que você está tão interessada."

Tudo o que ela fez foi virar a cabeça de lado, do jeito que as pessoas fazem quando entendem que não podem responder de verdade a uma pergunta, mas tamanha simplicidade me pareceu uma resposta mais natural do que palavras. Ela não sabia por que estava interessada. Então, segui em frente.

"Não me sentia muito feliz em Phraxos. Não até vir aqui, para falar a verdade. Eu me sentia, veja bem, bastante sozinho. Sei que eu não amo... essa outra garota. Ela simplesmente foi a única. Só isso."

"Talvez para ela *você* seja o único."

Fiz uma careta debochada. "Existem dúzias de outros homens na vida dela. De verdade. Pelo menos três, desde que deixei a Inglaterra." Uma formiga subiu pelas costas de sua blusa branca num ziguezague neurótico, e eu a afastei com um peteleco. Ela deve ter sentido meu movimento, mas não se virou. "E eu queria que você parasse com esse teatro. Também deve ter havido casos como esse na sua vida real."

"Não." Ela sacudiu mais uma vez a cabeça.

"Mas admite que tem uma vida real. Fingir estar chocada é um absurdo."

"Não quis bisbilhotar."

"Você também deve entender que eu sei que você está interpretando um papel. Isso está virando uma estupidez."

Ela ficou quieta por um instante, e depois se sentou e me encarou. Fitou duas vezes cada lado do meu rosto, e então olhou diretamente nos meus olhos. Tentava me decifrar, mas, ao menos em parte, concordava com o que eu acabara de dizer. Enquanto isso, o barco invisível se aproximava. Definitivamente seguia rumo à enseada.

Eu disse: "Estamos sendo vigiados?".

Ela deu de ombros com muita discrição. "Tudo é vigiado por aqui."

Eu olhei em volta, mas não consegui ver nada. Olhei para ela de novo. "Talvez, mas não acredito que consigam escutar tudo."

Ela pôs os cotovelos sobre os joelhos e apoiou o queixo nas mãos, olhando para um ponto atrás de mim.

"É como brincar de esconde-esconde, Nicholas. Você precisa ter certeza de que aquele que está procurando também quer brincar. O outro precisa se esconder. Do contrário, não tem jogo."

"Também não tem jogo se você não reconhece que foi encontrada. Sendo que já foi." Eu disse: "você não é Lily Montgomery. Se é que ela existiu mesmo, para começo de conversa".

Ela me lançou um breve olhar. "Ela existiu, sim."

"Mas até mesmo o velho admite que não era você. E como tem tanta certeza?"

"Porque eu mesma existo."

"Então você é a filha dela?"

"Sou."

"E também a sua irmã gêmea."

"Sou filha única."

Aquele foi meu limite. Antes que ela pudesse se mover, fiquei de joelhos e a obriguei a se deitar de costas, agarrando seus ombros, de maneira que tivesse que olhar nos meus olhos. Percebi um traço distinto de medo em seu olhar, e me aproveitei dele.

"Escute bem. Tudo isso é muito divertido. Mas você tem uma irmã gêmea e sabe disso. Você faz esses truques de desaparecimento, e tem esse jeito pomposo de falar como antigamente, e conhece mitologia, e tudo mais. Mas há coisas que não consegue esconder. Você é inteligente. E fisicamente é tão real quanto eu." Agarrei seus ombros com mais força, afundando os dedos na blusa fina, e ela estremeceu. "Não sei se está fazendo essas coisas porque ama o velho. Porque ele te paga. Porque isso te diverte. Não sei onde você, a sua irmã e os seus outros amigos se escondem. Não me importo, de verdade, porque acho a ideia toda fantástica, gosto de você, gosto de Maurice, na frente dele estou preparado para entrar no faz-de-conta o quanto ele quiser... mas não vamos levar isso tudo tão a sério. Faça seu teatrinho. Mas, pelo amor de Deus, pare de chutar cachorro morto. Certo?"

Fiquei encarando os olhos dela, e sabia que tinha vencido. O medo cedera lugar à rendição.

Ela disse: "Você está machucando minhas costas. Parece uma pedra, sei lá".

A vitória fora confirmada, eu percebi em sua voz.

"Melhor assim."

Eu me afastei, fiquei de pé e acendi um cigarro. Ela se sentou, se arrumou um pouco e esfregou as costas, vi que a pinha estava lá, no local onde eu a havia prensado contra o chão. Ela levantou os joelhos e enterrou o rosto entre eles. Eu a olhei de cima, pensando que já deveria ter percebido que um pouco de força daria resultado. Ela afundou o rosto ainda mais entre os joelhos, seus braços enlaçando as pernas. Fez-se um silêncio, a pose durou tempo demais. Demorei a entender que ela estava fingindo chorar.

"Isso também não vai colar."

Ela ficou alguns segundos sem entender, mas então ergueu a cabeça tristemente em minha direção. As lágrimas eram de verdade, pude vê-las em seus cílios. Ela olhou para longe, como se fizesse papel de boba, e então limpou os olhos com a parte de trás do punho.

Eu me agachei ao lado dela e ofereci meu cigarro, que ela aceitou.

"Obrigada."

"Não quis te machucar."

Ela tragou o cigarro normalmente, não como uma principiante.

"Eu tentei."

"Você é maravilhosa... não tem ideia de como essa experiência tem sido estranha. Lindamente estranha. Só que, você sabe, é o meu senso de realidade. É como a gravidade. Não dá para resistir por muito tempo."

Ela me fez uma careta tímida, estranhamente sombria. "Se ao menos você soubesse o quanto eu sei exatamente o que você quer dizer."

Fui apresentado a um novo panorama: a possibilidade de que ela estivera atuando sob alguma forma de coação.

"Sou todo ouvidos."

Mais uma vez, ela olhou para longe, além de mim.

"O que você disse hoje de manhã... que existe uma espécie de roteiro. O que está nele é que agora eu devia pegar algo e te mostrar. Uma estátua."

"Ótimo. Me leve até ela." Eu me levantei. Ela se virou e apagou a ponta do cigarro no chão com cuidado, e então me deu um olhar nitidamente submisso.

"Você deixaria eu me... recompor? Poderia não fazer pouco de mim por cinco minutos?"

Olhei para o meu relógio. "Vou te dar seis. E nem um segundo a mais." Ela esticou o braço e eu a ajudei a ficar de pé, mas continuei segurando sua mão. "E não diria que querer conhecer melhor alguém que acho atraente, de uma maneira extraordinária, seja a mesma coisa que fazer pouco dela."

Ela abaixou os olhos. "Ela não precisa agir como se fosse.... menos experiente que você."

"Isso não faz dela nem um pouco menos atraente."

Ela disse: "Não é longe daqui. Subindo o morro".

Começamos a subir a encosta de mãos dadas. Depois de algum tempo, apertei sua mão, e senti que ela me respondeu fazendo uma pequena pressão também. Era mais uma promessa de amizade do que algo sexual, mas achei o seu último comentário sobre si mesma bastante crível. Em parte, era sua aparência, já que ela tinha aquela delicadeza extraordinária nas feições que combina com a timidez e um certo melindre com o contato físico. Eu percebia, além da ousadia externa, as duplicidades do passado que ela estivera representando, um delicioso fantasma de inocência, talvez mesmo de virgindade, um fantasma que eu me sentia peculiarmente bem equipado para exorcizar, assim que o tempo permitisse. Também senti o retorno daquela sensação abrupta, fabulosa e ancestral de ter adentrado um labirinto lendário, de ser infinitamente privilegiado. Não havia ninguém no mundo com quem eu gostaria de trocar de lugar, agora que encontrara minha Ariadne, e a segurava pela mão. Já sabia que todos os meus relacionamentos anteriores com garotas, meu egoísmo, minha grosseria, mesmo o rompimento desprezível que eu acabara de cometer com a Alison, tudo agora podia ser justificado. Sempre foi para ser desse jeito, e algo em mim sempre soube disso.

John Fowles
O Mago

34

Ela me guiou em meio aos pinheiros até um ponto mais alto do que aquele onde eu forçara caminho até a ravina, na semana anterior. Havia uma trilha, com alguns degraus grosseiros de pedra. Do outro lado, após uma pequena elevação, chegamos a uma clareira, como um minianfiteatro natural de frente para o mar. No centro do terreno, sobre um pedestal de rocha não lapidada, repousava a estátua. Eu a reconheci de imediato. Era uma cópia do famoso Poseidon, resgatado do mar perto da ilha de Eubeia, no começo do século. Eu tinha um cartão postal dele no meu quarto. Aquele homem altivo, de pé, as pernas abertas, o antebraço majestoso apontando para o sul, de uma nobreza inescrutável, tão impiedosamente divino quanto qualquer artefato na história da humanidade, tão moderno quanto um Henry Moore e tão antigo quanto a pedra sobre a qual se sustentava. Mesmo assim, fiquei surpreso por Conchis ainda não tê-la me mostrado, sabia que uma réplica como aquela devia ter custado uma pequena fortuna, e para mantê-la assim, tão casualmente, tão deslocada, sem alarde... outra vez me lembrei de De Deukans — e de todo aquele grande talento dramático, a arte de calcular o momento preciso para surpreender alguém.

Nós paramos e a admiramos. Ela sorriu ao ver meu rosto impressionado, depois caminhou até um banco de madeira sob a sombra de uma amendoeira no topo do penhasco, ao lado da estátua. Dava para ver o mar distante por cima das árvores, mas a estátua em si era invisível a qualquer um que estivesse perto da costa. Ela se sentou numa pose natural, sem elegância, tacitamente transformando suas roupas numa fantasia. Foi como se despir, de certa maneira. Eu me sentei a um metro de distância, ela devia saber que a estava admirando. O "tempo para respirar" havia terminado. Mas ela evitava meu olhar e não disse nada.

"Me diga qual é o seu nome de verdade."

"Não gosta de Lily?"

"Esplêndido. Para uma garçonete vitoriana."

Ela sorriu, mas de um jeito bem encenado. "Eu não gosto muito do meu nome verdadeiro." Então disse: "Fui batizada como Julia, mas me chamam de Julie desde então".

"Julie de quê?"

"Holmes", murmurou. "Mas eu nunca morei na Baker Street."

"E a sua irmã?"

Ela hesitou. "Você parece estar bastante convencido a respeito dela."

"Não deveria?"

Ela hesitou mais uma vez, depois se decidiu. "Nascemos no verão. Meus pais não mostraram muita imaginação." Ela deu de ombros, como se fosse uma bobagem. "O nome dela é June, como o mês."

"June e Julie."

"Não conte ao Maurice."

"Você o conhece há muito tempo?"

Ela sacudiu a cabeça. "Mas parece muito tempo."

"Quanto?"

Ela olhou para baixo. "Me sinto uma traidora."

"A última coisa que eu faria é espionar você."

E, mais uma vez, ela me olhou com aquele semblante investigativo e inseguro, quase me repreendendo por ser tão insistente, mas deve ter visto que eu não me deixaria ser enganado mais uma vez. Ela se inclinou um pouco para frente, olhando para o chão.

"Fomos trazidas aqui sob pretextos completamente falsos. Algumas semanas atrás. É meio absurdo que ainda não tenhamos saído daqui."

Eu hesitei, porque meus pensamentos saltaram de volta para Leverrier e Mitford. Mas decidi guardar essa carta.

"Nunca esteve aqui antes?"

Seu rápido olhar de surpresa pareceu ser bem genuíno. "Por quê...?"

"Só queria saber."

"Mas por que você perguntou?"

"Achei que isso podia ter acontecido ano passado."

Seus olhos buscaram os meus, cheios de suspeitas.

"Você ouviu alguma coisa...?"

"Não, não." Eu sorri. "Só um palpite. Especulando. Quais foram os falsos pretextos?"

Era um pouco como conduzir uma mula relutante — uma mula bastante charmosa, mas que demonstrava ter medo de dar cada passo adiante. Olhava para o chão, procurando as palavras. "Estou tentando dizer que, apesar de tudo, estamos aqui por nossa própria vontade. Mesmo sem termos certeza de tudo que está por trás... tudo o que está acontecendo, sentimos uma espécie de gratidão — um tipo de confiança, de verdade." Ela fez uma pausa, e eu abri a boca, mas ela me lançou um olhar de apelo. "Por favor, me deixe terminar." Ela pôs as mãos sobre as bochechas, por um instante. "É tão difícil de explicar. Mas achamos que devemos muito a ele. E a questão é — se eu responder a todas as perguntas que entendo perfeitamente que você esteja louco para fazer... é como se eu te contasse a história de um filme de mistério antes que você o assistisse."

"Mas, com certeza, você poderia me contar como entrou nesse filme."

"Na verdade, não. Porque faz parte da trama."

Eu a perdia de novo. Um enorme besouro cor de bronze zuniu no alto da amendoeira. A estátua logo abaixo permanecia no sol, e eternamente comandava o vento e o mar. Eu vi o rosto dela na sombra, esperando um pouco, quase tímido agora.

"Você está, não sei, sendo paga para fazer isso?"

Ela hesitou. "Sim, mas..."

"Mas o quê?"

"Não é isso. O dinheiro."

"Agora mesmo, aqui embaixo, você não parecia ter tanta certeza de gostar do que ele está te obrigando a fazer."

"É porque nunca sabemos o quanto podemos acreditar naquilo que ele nos conta. Não pense que sabemos tudo, enquanto você não sabe nada. Ouvi muito mais histórias sobre o que ele está tentando fazer. Mas podem ser apenas outras mentiras." Ela deu de ombros. "Se preferir, estamos alguns passos à frente, dentro do labirinto. Não significa que estamos mais perto do centro do que você."

Eu mantive um silêncio. "Você já tinha atuado antes?"

"Já. Não profissionalmente, na verdade."

"Na universidade?"

Ela deu um sorriso irônico. "Tem outra coisa. Tem uma forma pela qual ele talvez consiga ouvir tudo o que dizemos. Não posso te contar como, mas acho que você vai entender quando o dia terminar." Ela logo antecipou meu ceticismo. "Nada a ver com telepatia. A história da telepatia é apenas um véu. Uma metáfora."

"Então o que é?"

"Se eu te contar... posso estragar tudo. Vou te dizer uma coisa. É uma experiência única. Como se não fosse deste mundo. Literalmente, não é deste mundo."

"Você já experimentou?"

"Sim. É o motivo pelo qual June e eu decidimos confiar nele. Não é algo que possa ter sido criado por uma mente perversa."

"Ainda não entendi como ele pode ouvir o que dizemos."

Ela ficou contemplando as ermas distâncias do oceano. "Se não estou explicando, em parte é porque não tenho certeza de que você mesmo não contará para ele."

"Pelo amor de Deus, eu já disse — não ousaria te dedurar."

Ela olhou brevemente para mim, depois de volta para o mar. Seu tom de voz abaixou. "Não tenho certeza de que você é quem diz ser... quem Maurice nos disse que você seria."

"Mas isso é loucura!"

"Só estou tentando explicar que você não é a única pessoa que não sabe no que acreditar. Pode estar se escondendo de nós. Apesar das aparências."

"Você só precisa atravessar a ilha. É onde fica a escola. Pergunte a qualquer um." Eu disse: "E quanto a todos os outros que estão aqui?".

"Não são ingleses. E estão totalmente sob o controle de Maurice. Quase não os vemos, de qualquer maneira. Estão aqui há pouquíssimo tempo."

"Quer dizer que eu fui contratado para enganar vocês?"

"É possível."

"Meu Deus." Olhei para ela, tentando forçá-la a admitir que aquilo era ridículo, mas ela permaneceu com uma seriedade obstinada. "Qual é? Ninguém pode atuar tão bem assim."

Isso lhe arrancou um leve sorriso. "Eu bem que senti isso."

"Você com certeza pode sair daqui — posso te mostrar a escola."

"Ele deixou bastante claro que eu não deveria fazer isso."

"Você estaria apenas pagando a ele com a mesma moeda."

"A ironia é que eu...", mas ela sacudiu a cabeça.

"Julie, você *pode* confiar em mim."

Ela suspirou. "A ironia é que eu nem mesmo tenho certeza de que não devo quebrar as regras. Ele é uma pessoa fantástica. Esconde-esconde... é mais como brincar de cabra-cega. Quando te giram tantas vezes que você perde por completo o senso de direção. Você começa a ver duplo, triplo sentido em tudo o que ele diz ou faz."

"Então quebre as regras. E veja o que acontece."

Outra vez, ela hesitou, então me exibiu um sorriso um tanto mais sincero. Parecia sugerir ao mesmo tempo que queria confiar em mim e que eu deveria ter paciência com ela.

"Você gostaria se isso tudo fosse cancelado? Que terminasse amanhã?"

"Não."

"Acho que estamos aqui muito devido à tolerância dele. Tentei mais de uma vez sugerir isso a você."

"Eu captei sua mensagem."

"É tudo tão frágil. Como uma teia de aranha. Intelectualmente. Teatralmente, se você preferir. Existem maneiras de destruir isso tudo de uma vez." Ela me olhou de novo. "Sério. Não estou brincando agora."

"Ele ameaçou cancelar tudo?"

"Nem precisa. Se não achássemos estar passando pela experiência mais extraordinária de nossas vidas... sei que ele pode parecer absurdo. Louco. Um velho traste. Mas eu acho que ele descobriu uma pista para algo...", e ela não terminou a frase outra vez.

"Que eu não tenho permissão para saber."

"Algo que poderíamos nos arrepender de ter contado." Ela disse: "Estou só começando a perceber tudo o que pode ser. Não é como se eu pudesse te contar de maneira coerente, mesmo se...".

Fez-se um silêncio.

"Bem, ele obviamente tem poderes de persuasão. Presumo que aquela era sua irmã, na noite passada."

"Ficou surpreso?"

"Só agora eu sei quem era."

Ela declarou, com calma: "Mesmo irmãs gêmeas nem sempre têm a mesma visão das coisas". Após um momento, disse: "Eu só posso imaginar o que você deve estar pensando. Mas não houve o menor sinal de que... não devíamos ainda estar aqui se houvesse". Então completou: "June sempre foi menos puritana sobre esse tipo de coisas do que eu. Na verdade, ela quase foi expulsa...".

Ela se interrompeu de repente, mas já era tarde demais. Eu a vi fazer um pequeno gesto de oração, como se implorasse perdão pelo deslize. Eu sorri diante da pequena expressão sinistra que apareceu em seu rosto.

"Se fossem de Oxford, eu teria ouvido falar de vocês. Então, por que ela quase foi expulsa de outro lugar?"

"Meu Deus, sou uma boba." Ela suplicou com um olhar sério. "Você não pode contar para ele."

"Prometo."

"Não foi nada. Ela posou nua, tempos atrás. Uma piada. E as imagens circularam."

"O que vocês estudaram?"

Ela sorriu, gentilmente. "Um dia. Agora, não."

"Mas vocês foram de Cambridge." Ela assentiu com relutância. "Os sortudos de Cambridge."

Fez-se um breve silêncio. Ela falou num tom mais baixo. "Ele é muito astuto, Nicholas. Se eu te disser mais do que você deveria saber, ele vai descobrir na hora."

"Ele não pode esperar que eu engula de verdade esse papo de Lily."

"Não. Ele não espera. Não precisa fingir."

"Então tudo isso pode ser parte da trama?"

"Sim. De uma maneira, é." Ela respirou profundamente. "Logo, logo, ele vai forçar a sua credulidade para além do que você imagina."

"Logo, quando?"

"Se eu conheço bem Maurice, dentro de uma hora você não saberá se deve acreditar numa única palavra do que eu acabo de lhe contar."

"Era ele no barco?"

Ela fez que sim. "Provavelmente está nos observando neste momento. Esperando a sua deixa."

Olhei com cuidado para além das árvores na direção da casa, senti vontade de me virar para olhar atrás de mim. Não vi nada.

"Quanto tempo temos?"

"Está tudo bem. Em parte, cabe a mim decidir."

Ela se abaixou, pegou um raminho de orégano de um arbusto ao lado da cerca e o cheirou. Olhei para dentro do bosque abaixo de nós, ainda procurando por um brilho de cor, um movimento... apenas árvores e uma vegetação enganosa. Ela tinha, é claro, antecipado cuidadosamente as centenas de perguntas que eu queria fazer, mas a seu respeito eu estava obtendo respostas, se não factuais, no geral, pelo menos psicológicas e emocionais... Imaginei uma garota que talvez fosse um pouquinho sabichona, apesar de sua aparência, certamente mais intelectual do que instintiva, mas com um toque repetitivo e desafiador de algo adormecido, esperando ser despertado, alguém para quem ter feito teatro na universidade deve ter proporcionado algum tipo de alívio. Eu sabia que ela ainda estava interpretando um papel, de certa maneira, mas agora estava na defensiva, um modo de ocultar o que sentia por mim.

"Parece-me que há uma parte da trama que exige certo tipo de colaboração." Completei: "uma discussão ensaiada".

"Como assim?"

"Você e eu."

Ela alisou sua saia sobre um dos joelhos cruzados. "Você não é o único que teve uma surpresa hoje. Duas horas atrás, foi a primeira vez que ouvi falar da sua amiga australiana."

"Eu te disse toda a verdade lá embaixo. Exatamente como é."

"Desculpe se fui muito indiscreta. É só que..."

"Só que o quê?"

"Me senti receosa. Como se você quisesse me deixar confusa."

"Se me convidarem para ficar aqui, nada me fará ir para Atenas." Ela não disse nada. "Esse é o plano geral?"

"Até onde eu sei." Ela deu de ombros. "Mas depende de Maurice." Meus olhos foram procurados. "Também somos moscas na teia dele." Ela sorriu. "Serei honesta. Ele estava prestes a te convidar. Mas recebemos o aviso, durante o almoço, de que você havia desistido."

"Achei que ele estivesse em Náuplia."

"Não. Ele esteve na ilha o dia todo."

Ela tocou o raminho de orégano e eu continuei observando. "Mas o meu argumento original. O primeiro ato, ao que parecia, exigia que você me atraísse. De qualquer maneira, esse foi o efeito obtido. Você pode ser outra mosca na teia, mas também esteve fazendo o papel da isca que eles colocam nos anzóis."

"Uma isca bem artificial."

"Às vezes, elas funcionam melhor." Seus olhos estavam abaixados, ela não disse nada. "Você age como se eu não devesse trazer este assunto à tona."

"Não, eu... você tem razão."

"Se aquilo foi uma performance relutante, acho que você deveria me dizer."

"Se eu dissesse que sim ou não, não estaria dizendo a verdade absoluta. De um jeito ou de outro."

"Então para que lado nós vamos?"

"Como se tivéssemos nos conhecido naturalmente. Em outro lugar qualquer."

"E se fosse assim?"

Ela hesitou, estava arrancando as folhas do galhinho, sobrenaturalmente engajada naquilo. "Acho que eu teria tentado conhecer você melhor."

Eu me lembrei da performance dela na praia, naquela manhã, mas sabia o que ela queria dizer: não se poderia apressar o seu verdadeiro eu. Também sabia que eu precisava deixar claro que entendia isso. Eu me inclinei para frente, com os cotovelos sobre meus joelhos.

"Isso é tudo o que eu queria saber."

Ela disse devagar: "É óbvio. Eu supostamente sou a razão para que você queira voltar aqui".

"Está funcionando."

Timidamente, ela disse: "Isso é outra coisa que tem me incomodado. Chegamos agora a este ponto, não quero enganá-lo".

Ela não disse mais nada, e eu cheguei a uma conclusão errada. "Existe outra pessoa?"

"Quero dizer que deixei bem claro para Maurice que eu interpretaria os papéis que ele pediu, que faria o que fiz hoje de manhã, mas além disso..."

"Você é dona do seu nariz."

"Sou."

"Ele chegou a sugerir..."

"Claro que não. Disse o tempo todo que se houvesse algo que não quiséssemos fazer, não precisávamos."

"Esperava que você me desse alguma pista sobre o que está por trás disso tudo."

"Você deve ter alguns palpites."

"Me sinto como uma espécie de cobaia, sabe Deus por quê. É uma loucura, cheguei aqui totalmente por acaso, três semanas atrás. Atrás de um copo d'água."

"Não acho que tenha sido só por acaso. Quer dizer, você pode ter chegado aqui assim. Mas, se não tivesse, ele encontraria um jeito." Ela disse: "Nos contaram que você estava vindo, antes de você chegar. Quando o suposto motivo inicial para nossa vinda até aqui foi completamente detonado".

"Ele deve ter vendido para vocês algo mais interessante do que esses meros joguinhos."

"Sim." Ela se virou na minha direção, um braço sobre as costas do banco, com um sorriso de desculpas. "Nicholas, não posso te contar mais nada agora. Apesar de tudo, preciso deixá-lo. Mas, sim, ele nos vendeu algo melhor. E quanto a ser uma cobaia... não é bem assim. Algo melhor do que isso, também. É a razão de ainda estarmos aqui. Não importa o que possa parecer neste momento." Ela olhou para o mar lá embaixo, entre nós. "E tem outra coisa. Esta última hora foi um alívio tremendo para mim. Estou feliz que você tenha imposto isso a nós." Ela murmurou: "É possível que tenhamos compreendido Maurice de uma maneira muito errada. E se assim for, precisaremos de um cavaleiro errante".

"Vou mandar afiar minha lança."

Ela me deu um longo olhar, ainda com um resquício de dúvida, mas que terminou num sorriso passageiro. Então, se levantou.

"Vamos até a estátua. Dizer adeus. Você volta para casa."

Continuei sentado. "Te vejo mais tarde?"

"Ele me pediu para esperar. Não tenho certeza."

"Me sinto como uma garrafa de refrigerante cheia de gás. Borbulhando de perguntas."

"Tenha paciência." Ela alcançou a minha mão para me fazer levantar.

Assim que descemos a colina, eu disse: "De qualquer maneira, foi você quem forçou a situação... fingindo que Lily Montgomery era sua mãe". Ela sorriu. "Essa mulher existiu de verdade?"

"Sei tanto quanto você." Ela deixou escapar um olhar em minha direção. "Talvez você saiba mais."

"Fico feliz com isso."

"Você deve ter visto que está nas mãos de alguém muito habilidoso em reorganizar a realidade."

Chegamos à base da estátua.

Eu disse: "Essa história de hoje à noite".

"Não tenha medo. É... de certa maneira isso não faz parte do jogo. Ou talvez seja a sua essência." Ela se afastou por um segundo, e então se virou para me encarar. "Você deve ir agora."

Peguei suas mãos. "Queria te beijar."

Ela olhou para baixo, e houve um sutil retorno da personagem Lily. "Prefiro que não faça isso."

"Por que você não quer que eu a beije?"

"Estamos sendo vigiados."

"Não foi isso que eu perguntei."

Ela não disse nada, tampouco soltou as mãos. Pus meus braços em volta dela e a puxei para perto. Por um momento, ela manteve o rosto virado, depois permitiu que eu encontrasse seus lábios. Eles permaneceram firmemente fechados, indiferentes aos meus, exceto por um pequeno tremor como resposta, antes que ela me afastasse com um empurrão. Pelos padrões do meu passado, aquilo dificilmente teria sido um abraço sexual, de modo algum, mas havia algo de um choque estranho, algo de perturbado nos olhos dela por um instante, como se tivesse significado mais para ela do que para mim, como se por muito pouco não tivesse acontecido algo que ela determinara que não poderia acontecer. Sorri, para lhe reassegurar de que um beijo como aquele não era crime, ela podia confiar em mim; ela me encarou, depois desviou o olhar. Foi desconcertante, toda a racionalidade da última meia-hora parecia ter caducado sem motivo. Achei que talvez fosse ela voltando a representar um papel, para o agrado de Conchis ou de quem quer que estivesse espiando. Mas seus olhos se levantaram de novo, e eu soube que estavam ali apenas para mim.

"Se descobrir que você está mentindo para mim, eu paro tudo."

Ela se virou antes que eu pudesse responder, e começou a caminhar de volta, rapidamente, quase apressada. Eu a observei por alguns instantes, então me virei para olhar o que havia do outro lado da ravina. Estava na dúvida se deveria segui-la, ela descia entre os pinheiros em direção ao mar. Acabei acendendo um cigarro, dei ao magnífico, porém enigmático, Poseidon uma última olhada e parti em direção à casa. Um pouco antes da ravina, olhei para trás. Vi um lampejo branco entre as folhagens, e então ela desapareceu. Mas não fui deixado a sós. Antes que subisse os degraus no canto oposto à ravina, avistei Conchis.

Ele estava de pé a uns trinta e tantos metros de distância, de costas para mim, e parecia observar, através de um binóculo, algum pássaro no alto das árvores. Enquanto eu caminhava até ele, Conchis abaixou o binóculo, se virou e fez como se tivesse acabado de me ver. Não foi uma atuação impressionante, mas na hora não percebi que ele estava poupando seus talentos para a cena iminente.

John Fowles
O Mago

35

Enquanto eu caminhava sobre o tapete de agulhas de pinheiro para encontrá-lo — ele se vestira de maneira mais formal do que de costume, com calças de tom azul escuro e um suéter com gola polo, de um azul ainda mais escuro — decidi manter minha guarda alta, já que aquele seu visual enigmático apenas confirmava minha precaução. Tive a certeza de que sua atriz principal não havia mentido para mim, pelo menos no que dizia respeito à sua admiração por ele e à sua crença de que Conchis não poderia ser um homem mau. Também detectei um forte resíduo de dúvida, até mesmo de medo, mais forte do que aquilo que ela havia me revelado. Ela precisou convencer a si mesma, tanto quanto a mim. Bastou olhar para o velho outra vez para saber que eu ainda tinha mais dúvidas do que ela.

"Olá."

"Boa tarde, Nicholas. Devo me desculpar por minha ausência. Houve um pequeno susto em Wall Street." Wall Street parecia estar do outro lado do universo, não apenas do mundo. Tentei parecer preocupado.

"É mesmo?"

"Eu fiz a besteira de financiar um consórcio dois anos atrás. Dá para imaginar Versalhes com não apenas um *Roi Soleil*, mas cinco deles?"

"Financiar o quê?"

"Muitas coisas." Ele seguiu apressado. "Tive que ir a Náuplia telefonar para Genebra."

"Espero que não esteja falido."

"Somente um tolo consegue ir à falência. E seria um falido de nascimento. Você esteve com Lily?"

"Estive."

"Bom."

Começamos a andar de volta para a casa. Eu o avaliei e disse: "E estive com a irmã gêmea, também".

Ele tocou o binóculo que carregava em seu pescoço. "Acho que ouvi um rouxinol subalpino. É muito tarde para eles ainda estarem em migração." Não foi exatamente uma esnobada, mas uma espécie de truque de mágico: como fazer o assunto desaparecer.

"Ou, melhor dizendo, *vi* a irmã gêmea."

Ele deu diversos passos, tive a sensação de que ele estava raciocinando rapidamente.

"Lily nunca teve irmã. Pelo menos, nenhuma irmã aqui."

"Só quis dizer que fui muito bem entretido em sua ausência."

Ele não sorriu, mas inclinou a cabeça. Não dissemos mais nada. Tive a nítida impressão de que ele era um mestre enxadrista, capturado entre dois lances, num cálculo imensamente rápido de combinações. Chegou a se virar para dizer algo, mas mudou de ideia.

Alcançamos o cascalho.

"Gostou do meu Poseidon?"

"Incrível. Eu ia mesmo..."

Ele pôs a mão sobre o meu braço e me interrompeu, depois olhou para baixo, quase como se estivesse sem palavras.

"Ela pode se divertir. É disso que ela precisa. Mas não se aborrecer. Por motivos que você, com certeza, agora percebe. Sinto muito por todo esse mistério que lançamos à sua volta." Ele apertou o meu braço e seguiu em frente.

"Você se refere... à amnésia?"

Ele parou mais uma vez, havíamos chegado aos degraus.

"Nada mais a respeito dela o surpreendeu?"

"Muitas coisas."

"Nada patológico?"

"Não."

Ele ergueu minimamente a sobrancelha, como se eu o tivesse pego de surpresa; mas logo subiu os degraus, colocou o binóculo sobre a velha poltrona de vime e se virou para a mesa do chá. Permaneci em pé ao lado da minha cadeira e sacudi a cabeça de maneira interrogativa, como ele mesmo costumava fazer.

"Essa necessidade obsessiva de presumir disfarces. De dar a si mesma falsas motivações. Isso não lhe surpreendeu?"

Mordi os lábios, mas seu rosto, quando afastou a musselina, estava sério como um atiçador de lareira.

"Achei que era isso o que exigiram dela."

"Exigir?" Ele pareceu estar momentaneamente confuso, depois esclareceu: "Ah, você quer dizer que a esquizofrenia produz esses sintomas?"

"Esquizofrenia?"

"Não foi o que você quis dizer?" Ele acenou para que eu me sentasse. "Desculpe. Talvez você não esteja familiarizado com todo esse jargão psiquiátrico."

"Sim, eu estou. Mas..."

"Múltiplas personalidades."

"Sei o que é esquizofrenia. Mas você disse que ela fez tudo... porque você quis."

"É claro. É o que se diz a uma criança. Para fazê-la obedecer."

"Mas ela não é uma criança."

"Eu digo metaforicamente. É claro que me refiro à noite passada."

"Mas ela é muito inteligente."

Ele me olhou com ar profissional. "A correlação entre alta inteligência e esquizofrenia é bastante conhecida."

Comi meu sanduíche, e então sorri para ele.

"A cada dia que passo aqui, me dão uma nova rasteira."

Ele fez cara de espanto, pareceu um pouco irritado. "É certo que não estou enganando você agora. Longe disso."

"Acho que está. Mas não se preocupe."

Ele afastou sua cadeira da mesa e fez um novo gesto, pressionando suas têmporas com as mãos, como se fosse culpado por um terrível engano. Era o personagem agindo; eu sabia que estava atuando.

"Imaginei que você já teria compreendido a essa altura."

"Acho que compreendo."

Fitou-me com olhar penetrante, com a intenção de me fazer acreditar nele, mas eu não acreditava.

"Existem motivos pessoais, que não posso explicar agora, do porquê — mesmo se eu não a amasse como se fosse minha filha — me sinto responsável pela infeliz criatura com quem você passou o dia." Ele jogou um pouco de água quente na chaleira. "Ela é um dos motivos principais, o principal, de eu vir a Bourani e viver neste isolamento. Achei que você já tivesse entendido isso."

"Claro que sim... de certa maneira."

"Este é o único lugar onde a pobre criança pode vagar um pouco e saciar suas fantasias."

"Está tentando me dizer que ela é louca?"

"Loucura é uma palavra sem sentido para a medicina. Ela sofre de esquizofrenia."

"Então ela acredita mesmo que é sua noiva, aquela que faleceu décadas atrás?"

"Eu dei a ela esse papel. Foi induzido deliberadamente. É bastante inofensivo, e ela adora interpretá-lo. É em alguns dos seus outros personagens que mora o perigo."

"Personagens?"

"Espere." Ele desapareceu dentro da casa e voltou quase de imediato com um livro. "Este é um livro básico de psiquiatria." Procurou por um instante. "Deixe-me ler uma passagem: 'Uma das características que definem a esquizofrenia é a formação de delírios que podem ser elaborados e sistemáticos, ou bizarros e incongruentes'." Ele olhou para mim. "Lily está na primeira categoria." Seguiu lendo. "'Esses delírios têm em comum a mesma tendência de se relacionar com o paciente, costumam incorporar elementos de preconceito popular contra certos grupos ou atividades, e tomam a forma comum de autoglorificação ou de sentimentos persecutórios. Uma paciente pode acreditar ser Cleópatra e esperará que todos ao seu redor aceitem sua crença, enquanto outra paciente pode acreditar que sua própria família decidiu matá-la e, portanto, fará com que seus gestos e declarações mais inocentes e complacentes confirmem seu delírio fundamental.' E aqui: 'Com frequência, existem largas áreas da consciência não alcançadas pelo delírio. No que diz respeito a elas, o paciente talvez pareça, para um observador que conheça toda a verdade, desconcertantemente sensato e lógico.'"

Ele retirou um lápis dourado do bolso, marcou as passagens que acabara de ler e arrastou o livro aberto sobre a mesa. Olhei para o livro e depois, ainda sorrindo, para ele.

"E a irmã?"

"Mais uma fatia de bolo?"

"Obrigado." Larguei o livro. "Senhor Conchis... e a irmã dela?"

Ele sorriu "Claro, a irmã dela."

"E?"

"Sim, sim, e as outras. Nicholas... aqui, é ela quem manda. Durante um ou dois meses, todos nos sujeitamos às necessidades de sua vida infeliz."

E ele disse isso com gentileza e solicitude, algo raro em seu caso, como apenas Lily parecia capaz de evocar. Percebi que eu havia parado de sorrir, estava começando a perder a certeza total de que ele estaria inventando um novo cenário do seu teatro. Por isso, abri mais um sorriso.

"E quanto a mim?"

"As crianças na Inglaterra ainda brincam de...", ele pôs a mão sobre os olhos, procurando pela palavra certa, "esconde-esconde?"

Eu tomei ar, lembrando-me vividamente do uso recente da mesma metáfora em nossa conversa, e pensei: a vadia ardilosa, o velhaco ardiloso, estão me jogando para frente e para trás como se eu fosse uma bola. O último olhar estranho que ela me dera, todo aquele papo de não a trair, uma dúzia de outras coisas, eu me senti humilhado e, ao mesmo tempo, fascinado.

"Pique-esconde? Claro que sim."

"Quem se esconde precisa de quem procura. Esse é o jogo. Quem procura não pode ser muito cruel. Nem muito astuto."

"Eu estava com a impressão de que era o centro das atenções."

"Eu gostaria de envolvê-lo, meu amigo. Gostaria que você saísse ganhando algo. Não posso insultá-lo, lhe oferecendo dinheiro. Mas espero que exista uma recompensa para você também."

"Não estou reclamando do meu salário. Mas gostaria de conhecer um pouco mais sobre o meu empregador."

"Acho que eu lhe disse que nunca havia praticado medicina. Não é exatamente verdade. Nos anos vinte, estudei com Jung. Não me considero mais um junguiano. Mas meu principal interesse na vida permaneceu sendo a psiquiatria. Antes da guerra, tive um pequeno consultório em Paris. Eu me especializei em casos de esquizofrenia." Ele pôs as mãos na borda da mesa. "Gostaria de ver evidências? Eu posso mostrar alguns artigos que publiquei em muitos periódicos."

"Gostaria de ler os artigos. Mas não agora."

Ele se reclinou na cadeira. "Muito bem, você não deve, sob nenhuma circunstância, revelar o que vou lhe contar." Seus olhos perfuraram gravemente os meus. "O nome verdadeiro de Lily é Julie Holmes. Quatro ou cinco anos atrás, o caso dela atraiu bastante atenção nos círculos psiquiátricos. É um dos mais bem documentados. Mesmo que não chegasse a ser uma tremenda raridade por si só, era virtualmente único por ela ser irmã gêmea de alguém em perfeito estado de saúde mental, o que permitia o que os cientistas chamam de controle. Não é de hoje que a etiologia da esquizofrenia causa ferozes debates entre os neuropatologistas e os psiquiatras propriamente ditos — se é, em essência, um condicionamento físico e genético ou uma disfunção espiritual. Julie e a irmã claramente sugeriam se tratar da segunda opção. Daí o grande interesse que elas despertaram."

"Esses documentos estão disponíveis?"

"Um dia você os lerá. Mas, no momento, apenas atrapalham sua função aqui. É vital que ela acredite que você não sabe quem ela realmente é. Você não pode criar a impressão de que conhece todos os fatos clínicos e o seu histórico. Concorda?"

"Acho que sim."

"Julie corria o perigo de se tornar, como em muitos casos surpreendentes como o dela, uma espécie de monstro de um espetáculo de aberrações psiquiátricas. É isso o que estou tentando evitar."

Mudei o rumo da conversa — afinal de contas, ela havia me alertado, estava prestes a ter minha credulidade testada mais uma vez. Não podia acreditar que aquela garota com quem eu acabara de estar sofria de algum problema mental profundo. Uma mentirosa, sim, mas não uma lunática consumada.

"Posso lhe perguntar por que se interessou tanto por ela?"

"Pelo mais simples dos motivos, e em nada relacionado à medicina. Os pais dela são velhos amigos. Ela não é apenas minha paciente, Nicholas. Mas minha afilhada."

"Achei que você tivesse se afastado de seus contatos com a Inglaterra."

"Eles não moram na Inglaterra. Suíça. Onde ela passa a maior parte do ano agora. Numa clínica particular. Infelizmente não posso dedicar toda minha vida a ela."

Podia quase sentir o desejo dele em querer que eu acreditasse. Olhei para baixo, depois olhei para ele com um ligeiro sorriso. "Antes de você me contar isso, estava a ponto de lhe dar os parabéns por contratar uma jovem atriz tão talentosa."

Seu olhar demonstrou uma fúria inesperada, como se estivesse em alerta.

"Ela, por acaso, não sugeriu essa hipótese para você?"

"Claro que não."

Mas ele não acreditou em mim. E é claro que percebi imediatamente que ele não precisava acreditar em mim. Fez uma reverência por um instante e então se levantou e foi à margem da colunata, olhou para fora. E aí me sorriu de volta. Era quase um sorriso de entrega.

"Vejo que os acontecimentos se anteciparam. Ela adotou um novo papel para você. Não foi?"

"Ela, com certeza, não me disse nada a respeito."

Ele permaneceu me analisando e respondi com um olhar neutro. Ele juntou as mãos em frente ao corpo, como se reprovasse a própria estupidez. Então retornou à poltrona e se sentou de novo.

"De uma certa maneira, você tem razão, Nicholas. É certo que eu não a contratei, como você disse. Mas ela *é, sim,* uma jovem atriz talentosa. Deixe-me avisar que alguns dos mais espertos golpistas na história do crime também eram esquizofrênicos." Ele se inclinou, apoiando os cotovelos sobre a mesa. "Você não deve deixá-la encurralada. Se fizer isso, ela vai soltar uma mentira após a outra — até você se deixar levar. Você é normal, para você isso tudo é suportável. Mas para ela pode significar uma grave recaída. Anos de trabalho perdido."

"Você devia ter me avisado isso antes, não acha?"

Por um segundo, ele continuou me encarando, e então abaixou o olhar.

"Sim. Você está certo. Eu deveria ter lhe avisado. Começo a ver que calculei muito errado."

"Por quê?"

"Insistir demais na verdade pode estragar nossos pequenos — porém, asseguro, clinicamente frutíferos — divertimentos." Ele hesitou, e por fim seguiu em frente. "Já faz tempo que percebemos existir um paradoxo na maneira como tratamos anormalidades mentais de viés paranoico. Colocamos nossos pacientes em lugares onde são constantemente questionados, supervisionados, observados... e tudo mais. Claro que é possível argumentar que isso é para o bem deles. Mas sabemos que, na realidade, é para o nosso próprio bem. Para o bem da sociedade. De fato, na maioria das vezes, esses tediosos tratamentos institucionais dão substância plausível aos delírios básicos de perseguição. O que estou tentando criar aqui é um ambiente no qual Julie possa acreditar que tem algum controle sobre as circunstâncias. Se preferir, um ambiente no qual, para começo de conversa, ela não seja perseguida, aquela que sempre sabe por último. Todos tentamos contribuir para que ela tenha essa impressão. Também permito que ela de vez em quando pense que não sei exatamente o que está acontecendo, que é ela quem está guiando os meus passos."

Seu tom de voz dava a entender que talvez eu fosse lento demais por não ter adivinhado tudo sozinho. Tive a sensação, tão comum nas conversas em Bourani, de não saber exatamente se devia acreditar que "Lily" era esquizofrênica de verdade ou assumir de uma vez que sua "esquizofrenia" não passava de uma fachada naquele faz-de-conta.

"Desculpe." Ele ergueu a mão, um homem gentil, não havia por que me desculpar. "É por isso que você não a deixa sair de Bourani?"

"Claro."

"Ela não poderia sair...", eu olhei para a ponta do meu cigarro, "... com a supervisão de alguém?"

"Ela tem um atestado legal. Essa é a responsabilidade pessoal que eu assumi. A de garantir que nunca vá para um sanatório."

"Mas você a deixa andar por aí. Ela facilmente poderia escapar."

Ele levantou a cabeça num gesto de contradição. "Nunca. Seu enfermeiro nunca a abandona."

"Enfermeiro?"

"Ele é bastante discreto. Ela fica muito incomodada de estar sempre ao lado dele, ainda mais aqui, então ele fica bem nos bastidores. Um dia você o verá."

Vestiu sua máscara de chacal. Não me enganava, só que o mais extraordinário era que eu suspeitava que Conchis sabia que aquilo não ia me enganar. Não jogava xadrez há anos, mas eu me lembrava que, à medida que você se torna um jogador melhor, cada vez mais aquilo se transforma num jogo de falsos sacrifícios. Conchis não estava avaliando a minha capacidade de acreditar, e sim a minha capacidade de desacreditar.

"É por isso que você a mantém no iate?"

"Iate?"

"Achei que você a mantinha num iate."

"Esse é o pequeno segredo dela. Permita que continue assim."

"Você a traz aqui todos os anos?"

"Sim."

Sabia que um dos dois estava mentindo e tive que engolir essa informação. Sentia cada vez mais que não era a garota quem mentia, em quem agora devia pensar como Julie.

Sorri. "Então é por isso que os meus dois antecessores chegaram aqui. E por que não falaram nada a respeito."

"John era excelente... procurando. Já Mitford era exatamente o contrário. Veja, Nicholas, ele foi totalmente enganado por Julie. Em um dos seus surtos de perseguição. Eu, como sempre, que devoto meus verões a ela, me tornei o perseguidor. E Mitford tentou uma noite — da maneira mais rude e danosa possível —, como ele mesmo diria, resgatá-la. É claro que o enfermeiro se intrometeu. Aconteceu o mais lamentável *tumulto*. Aquilo a deixou atormentada demais. Se às vezes pareço estar irritado com você, é porque fico ansioso demais em evitar qualquer tipo de repetição do que aconteceu ano passado." Ele ergueu a mão. "Não é nada pessoal. Você é muito inteligente e é um cavalheiro, ambas qualidades que Mitford não possui."

Cocei o nariz. Pensei em outras perguntas desconcertantes que poderia fazer, e decidi não fazê-las. As constantes menções a minha inteligência me deixaram com a pulga atrás da orelha. Existem três tipos de pessoas inteligentes: o primeiro é tão inteligente que ser chamado de inteligente deve parecer algo natural e óbvio; o segundo é inteligente o bastante para saber que está sendo bajulado, não descrito; e o terceiro, tão pouco inteligente que acredita em qualquer coisa. Eu sabia pertencer ao segundo tipo. Não poderia desacreditar *por completo* em Conchis, tudo o que ele disse poderia — muito bem — ser verdade. Imagino que ainda existiam pobres coitados psicóticos, porém ricos, mantidos fora de instituições por parentes solícitos; mas Conchis era a pessoa menos solícita que eu conhecera. Aquilo não me enganava, não me enganava. Havia muitas coisas a respeito de Julie, a aparência, os *non sequiturs* emocionais, aquelas lágrimas repentinas, tudo em retrospecto parecia confirmar a história dele. Mas não provavam nada, e talvez essa reviravolta sempre estivera planejada, e ela não quisesse estragar tudo por completo...

"Bem", ele disse, "você acredita em mim?"

"Por acaso pareço não acreditar?"

"Nenhum de nós é o que parece."

"Você não deveria ter me oferecido aquela pílula suicida."

"Você acha que todo o meu ácido cianídrico é licor de ratafia?"

"Não disse isso. Sou seu convidado, senho Conchis. É natural que eu acredite nas suas palavras."

Por um momento, as máscaras pareceram cair de ambos os lados, eu via um rosto totalmente desprovido de humor e ele, eu imagino, via outro desprovido de toda generosidade. Uma hostilidade foi proclamada, enfim, um conflito de vontades. Ambos sorrimos, e ambos sabíamos que estávamos sorrindo para esconder uma verdade fundamental: que não podíamos confiar nem um centímetro um no outro.

"Gostaria de dizer apenas mais duas coisas, Nicholas. Você acreditar ou não no que eu disse é relativamente sem importância. Mas deve acreditar numa coisa. Julie é suscetível e muito perigosa — e ela nem percebe isso. Como uma lâmina afiada, ela pode se machucar muito facilmente — mas também pode machucar os outros. Todos nós aprendemos, tivemos que aprender a manter um completo desapego emocional quanto a ela. Porque são as nossas emoções que ela vai caçar — se lhe dermos oportunidade."

Eu continuei olhando para a barra da toalha de mesa, lembrando a impressão que tivera dela, de uma certa timidez, de uma certa virgindade, e percebendo que a causa temperamental daquilo poderia muito bem ser clínica... ela demonstrar uma inocência física, uma vida inteira de ignorância forçada a respeito dos homens em situações sexuais. Era absurdo. Não consegui deixar de acreditar nele, absolutamente.

"E a segunda coisa?"

"É constrangedor para mim, mas precisa ser dito. Uma das tragédias da situação de Julie é ser uma jovem normal, sexualmente, ainda que não saiba como dar aos seus sentimentos uma forma normal de extravasá-los. Como um jovem rapaz apessoado, você representa uma saída — o que por si só seria um benefício considerável para ela. Sem se aprofundar muito no assunto, ela precisa de alguém com quem flertar... exercitar seus encantos físicos. Imagino que já tenha alcançado algum sucesso nessa questão."

"Você me viu beijá-la agora há pouco. Mas não me avisou..."

Ele me interrompeu com uma mão erguida. "Você não tem culpa. Se uma garota bonita pede para ser beijada... naturalmente. Mas agora que conhece os fatos devo enfatizar o papel muito difícil, e delicado, que estou te pedindo para interpretar. Não estou pedindo para repelir qualquer avanço que ela faça, qualquer sugestão de intimidade física, mas você precisa aceitar que existem certos limites que não podem ser ultrapassados. Não posso permitir, por óbvios motivos médicos. Se — e aqui eu falo de maneira puramente hipotética — alguma situação acontecer em que você sinta que a tentação é forte demais, serei obrigado a intervir. Ela chegou mesmo a convencer Mitford no ano passado de que ela seria uma jovem normal, se ele a levasse embora e se casasse com ela... não que ela estivesse tramando. Quando diz essas coisas, ela acredita que seja verdade. Por isso suas mentiras podem ser tão convincentes."

Eu quis sorrir. Mesmo que ele estivesse me contando a verdade sobre o resto, não podia acreditar que ela tivesse qualquer tipo de interesse no idiota do Mitford. Porém havia algo nos olhos do velho tão obsessivamente severo e convicto do seu papel que perdi a vontade de caçoar dele.

"Queria que você tivesse me contado tudo isso antes."

"Se não contei, em parte a culpa é sua. Não antecipei uma resposta tão rápida da paciente." Ele sorriu, depois reclinou-se um pouco. "Há mais uma consideração, Nicholas. Devo enfatizar que não teria embarcado nessa história se não tivesse certeza de que você não tem nenhum elo emocional fora daqui. Pelo que você disse..."

"Isso é passado. Se está falando do radiograma... não vou me encontrar com ela em Atenas."

Ele olhou para baixo, sacudiu a cabeça. "É claro que não é problema meu. Mas o que você disse sobre a jovem — sobre seus sentimentos mais profundos em relação a ela — me impressionou. Devo dizer que você seria um tolo se recusasse essa oferta de amizade renovada."

"Com todo respeito... realmente não é problema seu."

"Eu me arrependeria muito se sua decisão de alguma forma fosse influenciada pelo que está acontecendo aqui."

"Não foi."

"De qualquer maneira, acho que é melhor, agora que entende o que está em jogo, que reflita se deseja continuar vindo aqui. Eu compreenderia totalmente se você decidisse que não quer mais nos ver." Ele me impediu de responder. "De toda forma, espero dar alguma trégua à minha afilhada. Decidi levá-la para fora daqui por uns dez dias." Ele me consultou, como se eu fosse um colega psiquiatra. "Estímulos exagerados têm um valor terapêutico negativo."

Eu tive um sentimento amargo de decepção e mentalmente xinguei Alison por seu maldito radiograma. Ao mesmo tempo, estava determinado a não demonstrar o que sentia.

"Não preciso nem pensar se quero continuar vindo aqui. Eu quero."

Ele me contemplou, e finalmente assentiu — o velho diabo, como se fosse ele quem deveria avaliar *minha* sinceridade. "Tanto faz, recomendo que pense um pouco mais — e tenha um adorável final de semana em Atenas com essa que parece ser uma jovem encantadora." Respirei fundo, e ele continuou: "Sou médico, Nicholas. Permita minha franqueza. Jovens rapazes não foram feitos para a vida celibatária que você leva aqui".

"Eu já paguei o preço por isso."

"Eu me lembro. Mais um motivo."

"E no outro final de semana?"

"Veremos. Vamos deixar como está." Ele se levantou de repente e estendeu sua mão, que eu apertei. "Ótimo. Excelente. Estou feliz que o clima entre nós tenha se acalmado." Ele pôs as mãos sobre os quadris. "Então. Pronto para pegar no batente?"

"Não. Mas vamos lá."

Ele me levou até um dos cantos da horta. Parte de um muro que sustentava o terraço havia desmoronado, e ele queria reconstruir. Orientou-me. A terra seca precisava ser aberta com uma picareta; as pedras, reerguidas, arrumadas, combinadas com a terra, que deveria ser molhada para voltar a segurar o muro. Assim que comecei a trabalhar, ele desapareceu. A brisa ainda soprava, apesar de ser a hora do dia em que normalmente ela cessava, e estava mais frio do que de costume, mas eu logo estava suando feito um porco. Adivinhei o real motivo de eu ter sido feito de operário: me manter ocupado, fora do caminho, enquanto ele se encontrava com Julie para tentar descobrir exatamente o que acontecera entre nós... ou talvez parabenizá-la por sua atuação brilhante em seu novo papel.

Após uns quarenta minutos, tirei uma folga para fumar um cigarro. De repente, Conchis apareceu no terraço acima de onde eu estava sentado, já com minha coluna doendo, encostado num tronco de pinheiro. Ele olhou sardonicamente para baixo.

"O trabalho é a maior glória do homem."

"Não deste homem."

"Eu cito Marx."

Levantei minhas mãos. O cabo da picareta havia me castigado.

"Eu cito bolhas."

"Deixe pra lá."

Ele continuou me olhando, como se isso o divertisse, ou como se algo que descobrira a meu respeito desde a hora do chá o divertisse, como os palhaços às vezes divertem os filósofos. Fiz uma pergunta que estava entalada.

"Não devo acreditar em nenhuma das histórias dela — devo acreditar em alguma das histórias que você me contou do seu passado?"

Sabia que a pergunta poderia ofendê-lo, mas seu sorriso se alargou.

"As verdades humanas são sempre complexas."

Respondi com um sorriso cauteloso. "Não tenho certeza absoluta de qual a diferença entre o que você está fazendo aqui e aquilo que você tanto odeia: a ficção."

"Eu não me oponho aos princípios da ficção. Simplesmente ao fato de que, impressos, em livros, eles permaneçam como meros princípios." Ele disse: "Deixe-me passar um axioma sobre a nossa espécie, Nicholas: Nunca leve outro ser humano de maneira literal". E continuou: "Mesmo que ele seja tão ignorante que nem saiba o que significa a palavra 'literal'".

"Esse risco não existe. Não aqui, pelo menos."

Ele olhou para baixo, depois diretamente para mim. "O que estou empregando aqui é uma técnica de psiquiatria muito nova. Acaba de ser desenvolvida nos Estados Unidos. Chamam de terapia situacional."

"Gostaria de ler esses seus artigos."

"O que me faz lembrar. Acabei de procurar por eles. Parece que os perdi."

Foi descarado, ele falou de propósito como se fosse uma mentira deliberada, como se quisesse que eu ficasse em dúvida.

"Que pena."

Ele dobrou os braços. "Estive pensando... sua amiga. Como talvez você saiba, eu sou o dono da casa em que Hermes mora, na vila. Ele usa apenas o primeiro andar. Passou pela minha cabeça que você talvez queira trazê-la para Phraxos por algum tempo. Ela é muito bem-vinda para se hospedar no segundo andar. É um tanto rústica. Mas suficientemente mobiliada. E bastante espaçosa."

Aquilo realmente foi um balde de água fria, ainda que aparentasse ser mais uma ousadia colossal do que uma gentileza... ter todo esse trabalho em me cercar, e agora me oferecer todo tipo de fuga. Devia estar seguro de que tinha controle sobre mim, e por um momento pensei em aceitar a oferta, não que eu quisesse a presença de Alison a menos de cem quilômetros da ilha, mas só para irritá-lo.

"Mas aí eu não poderia mais ajudar você aqui."

"Talvez vocês dois pudessem ajudar."

"Ela não abriria mão do trabalho. E eu não quero mais estar envolvido com ela." Completei: "Mas obrigado assim mesmo".

"Bem, a oferta continua de pé."

Então ele se virou bruscamente e se afastou, como se dessa vez eu o tivesse ofendido. Comecei de novo, descontando no trabalho a minha crescente frustração. Mais uns quarenta minutos e o muro estava de volta, mais ou menos, ao estado desejado. Carreguei as ferramentas até um paiol atrás do chalé, e então dei a volta pela frente da casa. Conchis estava sentado sob a colunata, lendo em silêncio um jornal grego.

"Terminou? Muito obrigado."

Fiz uma última tentativa.

"Senhor Conchis, você entendeu tudo errado da minha história com essa outra garota. Foi apenas um caso. É passado."

"Mas ela deseja voltar a te ver?"

"Noventa por cento por curiosidade. Você sabe como são as mulheres. E provavelmente só porque o homem com quem ela vive está passando uns dias fora de Londres."

"Me desculpe. Não vou mais interferir. Você deve fazer o que quiser. Claro."

Eu dei meia-volta, desejando ter mantido minha boca fechada, quando ele disse meu nome. Olhei para trás e o vi através das portas abertas, dentro da sala de música. Ele me olhou com uma expressão poderosa, mas paternal.

"Vá para Atenas, meu amigo." Ele olhou para as árvores, em direção ao leste. "*Guai a chi la tocca.*"*

---

* Expressão italiana, literalmente "Ai de quem tocar nela". [NT]

Sei muito pouco de italiano, mas entendi o que ele quis dizer. Subi até o meu quarto e me despi; então fui ao banheiro e ao chuveiro de água salobra. Estranhamente, eu sabia o que ele estava dizendo de verdade. Ela não era para mim, porque não era para mim; não porque fosse um fantasma ou uma esquizofrênica, ou qualquer outra coisa naquele teatro. Era uma espécie de último aviso, mas é impossível dar um último aviso a um homem com antepassados viciados em jogos de azar.

Deitei nu na cama depois do banho, olhando fixamente para o teto, tentando evocar o rosto de Julie, as curvas dos seus cílios, o toque de sua mão, de sua boca, aquela pressão frustrantemente breve do seu corpo enquanto nos beijamos, e o corpo de sua irmã, visto na noite anterior. Imaginei Julie vindo aqui me encontrar, no quarto, ou no bosque de pinheiros, na escuridão, uma selvageria, uma violação voluntária... eu me tornei o sátiro, mas então, lembrando do que acontecera com ele, percebendo agora o que havia por trás daquele modesto *hocus pocus* clássico, optei por desentumecer e me vestir. Também estava começando a aprender a esperar.

John Fowles

O Mago

36

Não apreciei o jantar. Mais uma vez, ele puxou meu tapete, entregando-me um livro assim que eu apareci.

"Meus artigos. Estavam na prateleira errada."

Não era um livro muito grosso, e contava com uma encadernação grosseira, num tecido verde, sem indicações do seu conteúdo. Eu o abri — o tamanho das páginas e as fontes variavam, eram obviamente peças retiradas *ad hoc* de vários periódicos e encadernadas. Os textos pareciam estar todos em francês. Vi a data: 1936. Um ou dois títulos. *Prognóstico precoce de esquizofrenia branda. A influência da profissão nas síndromes de paranoia. Um experimento psiquiátrico no uso de estramônio*. Olhei para cima.

"O que é estramônio?"

"*Datura*. Trombeta. Produz alucinações."

Abaixei o livro. "Estou ansioso para ler."

De certa maneira, aquilo se revelou uma prova desnecessária. Quando o jantar terminou, eu estava, pelo menos, convencido de que Conchis tinha um conhecimento bem superior ao de um leigo a respeito da psiquiatria, e de que havia conhecido Jung. Isso não significava necessariamente, é claro, que eu precisava acreditar no que ele dissera a respeito de Julie. Tentei falar sobre ela, mas ele estava decidido — quanto menos eu soubesse sobre o caso, nessa altura, melhor... apesar de ele ter prometido que ao final do verão eu deveria compreender tudo. Tempo suficiente para desafiá-lo, mas eu tinha medo do crescente ressentimento por ele que eu começava a acumular: medo de que as coisas explodissem em um tipo de confronto no qual eu acabaria perdendo tudo — e ele me diria, com firmeza, para nunca mais voltar. Então percebi que ele estava preparado para tudo, mais do que pronto para lançar mais ofuscantes nuvens de sépia se eu lhe pressionasse de verdade. Minha única defesa era, da melhor maneira que conseguisse, responder a cada enigma com outro enigma; e minha consolação, uma intuição de que ele evitaria qualquer referência futura sobre Atenas e Alison por um mesmo receio — de que ele me exasperasse e eu lhe fizesse perguntas desconcertantes.

Assim, a refeição terminou — se, por um lado, eu dava ouvidos a um médico velho e astuto, por outro eu era um rato diante de um gato. Também me sentia ansioso a espera de que Julie aparecesse e curioso para saber que experiência eu teria naquela noite. Um resquício teimoso do vento *meltemi* fez a lamparina entre nós bruxulear, refulgir e se apagar intermitentemente, e isso pareceu aumentar a inquietação geral. Somente Conchis parecia manter a calma.

Depois que a mesa foi limpa, ele me serviu um gole de um pequeno frasco em formato de galão. Era um líquido claro, cor de palha.

"O que é isso?"

"*Raki*. Feito em Quios. É muito forte. Pretendo embriagá-lo um pouco."

Durante todo o jantar, ele também me pressionou a tomar mais do forte vinho *rosé* feito em Anticítera.

"Para anular meu senso crítico?"

"Para deixá-lo mais receptível."

"Li o seu panfleto."

"E achou tudo uma bobagem."

"Difícil de verificar."

"A verificação é o único critério científico da realidade. Isso não significa que não possam existir realidades que sejam inverificáveis."

"Obteve alguma resposta com seu panfleto?"

"Várias. Das pessoas erradas. Dos abutres miseráveis que se aproveitam dos anseios humanos na busca de uma solução para os mistérios derradeiros. Os espíritas, os clarividentes, os cosmopatas, os teosofistas, os médiuns... toda essa *galère*." Sua expressão era séria.

"Eles responderam."

"Mas nenhum outro cientista?"

"Não."

Eu tomei um gole do *raki*; ardia como fogo, quase álcool puro.

"Mas você falou algo sobre ter provas."

"Eu tinha provas. Mas não eram facilmente comunicáveis. E mais tarde decidi que era melhor que não fossem comunicáveis a qualquer um, com poucas exceções."

"Os seus escolhidos."

"Os meus escolhidos. Isso porque o mistério tem energia. Ele derrama energia em qualquer um que procure por uma resposta. Se você divulga a solução do mistério, está simplesmente privando outros buscadores...", e enfatizou o sentido especial que a palavra tinha sobre mim: "... de uma importante fonte de energia."

"Mas não do progresso científico?"

"Claro que sim. A solução dos problemas físicos que se apresentam aos homens — isso é uma questão de tecnologia. Mas estou falando da saúde psicológica em geral da espécie humana. O homem precisa da existência de mistérios. Não da solução deles."

Terminei o *raki*. "Isso é realmente fantástico."

Ele sorriu, como se o meu adjetivo pudesse ser mais preciso do que eu intencionava, e ergueu a garrafa.

"Mais um copo. E pronto. *La dive bouteille** é também um veneno."

"E tem início a experiência?"

"Tem início a experiência. Eu gostaria que você pegasse seu copo e se deitasse numa das espreguiçadeiras. Ali." Ele apontou para trás de si. Fui até lá e puxei uma das cadeiras. "Deite-se. Sem pressa. Quero que você olhe para uma certa estrela. Você conhece Cygnus? O Cisne? Aquela constelação em forma de cruz que está diretamente acima de você?"

Eu percebi que ele não ia ocupar a outra espreguiçadeira e logo dei um palpite.

"Isso é... hipnose?"

"Sim, Nicholas. Não precisa ficar preocupado."

O aviso de Lily: "*Hoje à noite você vai entender*". Hesitei, então me deitei.

"Não estou. Mas acho que não sou muito suscetível. Já tentaram antes comigo, em Oxford."

"Veremos. É uma harmonia das vontades. Não é uma competição. Apenas faça o que eu disser." Ao menos não precisei encarar aqueles olhos naturalmente magnéticos. Eu não podia recuar, mas um homem prevenido vale por dois. "Você está vendo o Cisne?"

"Sim."

"E à esquerda uma estrela bem brilhante, que forma um triângulo bastante obtuso."

---

* "A Divina Garrafa" (1546), poema inserido dentro de uma garrafa, do francês François Rabelais (1494-1553). [NT]

"Sim." Eu sequei o restinho do *raki* num só gole, quase me engasguei, e então o senti escorrer até o meu estômago.

"Essa é uma estrela conhecida como Alfa de Lira. Num minuto, pedirei para que você a observe com atenção." A estrela branco-azulada cintilou no céu límpido, sem nuvens, afastadas pelo vento. Olhei para Conchis, que ainda se sentava diante da mesa, mas que agora estava de costas para o mar, me encarando. Eu sorri na escuridão.

"Sinto que estou no divã."

"Ótimo. Agora deite-se. Contraia e depois relaxe seus músculos um pouco. É por isso que te dei o *raki*. Vai ajudar. Julie não vai aparecer hoje à noite. Então pode tirá-la de sua mente. Tire a outra garota da sua mente. Tire da sua mente todas as perplexidades, todos os seus desejos. Todas as suas preocupações. Não vou te fazer mal. Apenas o bem."

"Preocupações. Não é assim tão fácil." Ele estava em silêncio. "Vou tentar."

"Vai ajudar se você olhar para aquela estrela. Não tire os seus olhos dela. Deite-se."

Comecei a olhar fixo para a estrela; me ajeitei um pouco para ficar mais confortável. Senti o tecido do meu casaco. O confinamento havia me esgotado, comecei a imaginar que seria esse o real propósito do trabalho, e era bom deitar e olhar para cima e esperar. Fez-se um longo silêncio, vários minutos. Fechei os meus olhos por um instante, e depois os abri. A estrela parecia flutuar em seu pequeno mar espacial, um minúsculo sol branco. Eu conseguia sentir o álcool, mas estava perfeitamente consciente de tudo ao meu redor, consciente demais para ficar suscetível.

Estava perfeitamente consciente do terraço, estava deitado no terraço de uma casa numa ilha na Grécia, ventava, eu conseguia ouvir até mesmo o mais sutil som das ondas batendo nos seixos lá embaixo, em Moutsa. Conchis começou a falar.

"Agora quero que você observe a estrela, quero que você relaxe todos os seus músculos. É muito importante que relaxe todos os seus músculos. Tensione um pouco. Agora, relaxe. Tensione... relaxe. Agora observe a estrela. O nome da estrela é Alfa de Lira."

Pensei, meu Deus, ele está *mesmo* tentando me hipnotizar; e, depois, que devia jogar de acordo com as regras, mas vou me fazer de obediente e fingir que estou hipnotizado.

"Você está relaxando sim você está relaxando." Percebi a ausência de pontuação. "Você está cansado por isso está relaxando. Você está relaxando. Você está relaxando. Você está observando uma estrela você está observando...", a repetição, eu me lembro disso de antes, em Oxford. Um galês doido do Jesus College, depois de uma festa. Mas daquela vez, aquilo se converteu num desafio de quem piscava por último.

"Digo que você está observando uma estrela uma estrela e você está observando uma estrela. É aquela estrela gentil, estrela branca, estrela gentil..."

Ele continuou falando, mas seu laconismo, seu modo abrupto de se comportar, havia desaparecido. Era como se o embalo do som do mar, a sensação do vento, a textura do meu casaco e sua voz desaparecessem da minha consciência. Houve um estágio em que eu era eu mesmo olhando para a estrela, ainda deitado no terraço, quero dizer, consciente de estar deitado e olhando para a estrela, e de nada além disso.

Depois surgiu uma estranha ilusão: de que eu não estava olhando para cima, mas olhando o espaço lá embaixo, da maneira como se olha para o fundo de um poço.

Depois não havia mais um "eu" claramente situado e ambientado; havia a estrela, não que estivesse mais próxima, mas com aquela espécie de isolamento que um telescópio oferece, não um padrão de estrelas, mas apenas ela, flutuando no aleijado azul-escuro do espaço, numa espécie de vácuo. Tenho uma perfeita lembrança dessa sensação, dessa percepção completamente nova e estranha da estrela como uma bola de luz branca, ao mesmo tempo alimentando e consumindo o vácuo ao seu redor; lembro, em retrospecto, de uma sensação semelhante de que eu estava exatamente igual, suspenso num vácuo às escuras. Eu observava a estrela e a estrela me observava. Estávamos suspensos, nossos pesos exatamente iguais, se for possível entender a consciência como um peso, equilibrado numa balança. Isso pareceu perdurar e perdurar, não sei por quanto tempo, duas entidades igualmente suspensas num vácuo, igualmente opostas, desprovidas de quaisquer significados ou sentimentos. Não havia percepção alguma de beleza, de moralidade, de divindade, de geometria física; apenas a percepção da situação. Como um animal deve se sentir.

E em seguida, um aumento da tensão. Eu esperava por algo. A espera era uma espera por algo. Não sabia se seria audível ou visível, qual dos sentidos o perceberia. Mas tentava se aproximar, e descobrir sua aproximação. Parecia não haver mais estrela. Talvez ele tenha me feito fechar os olhos. O vácuo era tudo. Eu me lembro de duas palavras, Conchis deve tê-las pronunciado: esplende e entende. Um vácuo que brilhava e ouvia, a escuridão e a expectativa. Então um vento tocou em meu rosto, uma sensação perfeitamente física. Tentei encará-lo, era fresco e morno, mas logo percebi, com um choque entusiasmado, de que se tratava apenas da estranheza física do vento, que soprava sobre mim vindo de todas as direções ao mesmo tempo. Levantei minha mão, podia senti-lo. O vento escuro, como uma corrente de ar vinda de milhares de ventiladores invisíveis, soprando sobre mim. E, de novo, isso pareceu se prolongar por muito tempo.

Em algum momento, o vento começou a mudar, de forma imperceptível. O vento se transformou em luz. Acho que não houve uma consciência visual disso, eu apenas soube, sem me surpreender, que o vento se transformara em luz (talvez Conchis tenha me dito que o vento era luz) e essa luz era tão intensamente satisfatória, um tipo de banho de sol mental após um longo e tenebroso inverno, uma sensação deliciosamente agradável de estar ciente da luz e ao mesmo tempo de atraí-la. De ter o poder para atrair e o poder para receber essa luz.

A partir desse momento, iniciei outra fase na qual me ocorreu que aquilo era intensamente verdadeiro e revelador, algo que atraía para si toda aquela luz. Quero dizer que parecia revelar um significado profundo sobre a existência; eu estava ciente de existir, e estar ciente da existência se torna mais importante do que a luz, assim como a luz se torna mais importante do que o vento. Comecei a ter uma sensação de progresso, de que eu me transformava, como uma fonte de água tem sua forma transformada pelo vento; um redemoinho na água. O vento e a luz se tornam meras estradas secundárias ao presente estado, este estado sem dimensões ou sensações, consciente da pura existência. Ou talvez isso seja um solipsismo, aquilo era simplesmente pura consciência.

Aquilo se prolongou, depois se alterou, como nos outros estados anteriores. Esse estado se impunha sobre mim por fora, eu sabia disso, sabia que, apesar de não ter se derramado sobre mim como o vento e a luz, aquilo se derramava ainda assim, por mais que derramar não fosse a palavra certa. Não havia palavras para descrever, aquilo chegou, desceu, penetrou pelo lado de fora. Não era um estado imanente, era outorgado, um estado dado de presente. Eu era um receptáculo. Mas de novo surgiu essa estranha surpresa de que os emissores estavam ao meu redor. Eu não recebia de nenhuma direção em específico, mas de todas as direções, apesar de que, mais uma vez, direção seria uma palavra muito física. Eu experimentava sentimentos que nenhuma linguagem baseada em objetos concretos, em sentimentos reais, é capaz de descrever. Acho que estava ciente da condição metafórica do que eu sentia. Sabia que as palavras eram como correntes, elas me prendiam, e eram como muros com buracos. A realidade continuava atravessando, e mesmo assim eu não conseguia escapar para existir nela por completo. Essa é minha interpretação, a partir do meu esforço em me lembrar do que senti, o ato de descrever conspurca a descrição.

Eu tive a sensação de que aquilo era a realidade fundamental e de que a realidade tinha uma boca universal com a qual me dizer isso; sem qualquer noção de divindade, de comunhão, de irmandade humana, de nada que eu houvesse imaginado antes de me tornar suscetível. Sem panteísmo, sem humanismo. Mas algo muito mais amplo, frio e abstruso. De que a realidade era uma interação infinita. Sem o bem, sem o mal, sem beleza, sem feiura. Sem simpatia ou antipatia. Simplesmente interação. A infinita solidão de um ser, seu completo isolamento dos demais, parecia a mesma coisa que a total interrelação de todos os seres. Todos os opostos pareciam o mesmo, porque cada um era indispensável aos demais. A indiferença e a indispensabilidade de todos pareciam ser a mesma coisa. Subitamente entendi, mas em um sentido até então jamais experimentado de entendimento, que tudo o mais existe.

Saber, desejar, ser inteligente, ser bom, educação, informação, classificação, conhecimentos de todos os tipos, sensibilidade, sexualidade, essas coisas pareciam superficiais. Eu não tinha intenção de declarar ou definir ou analisar essa interação, simplesmente queria constituí-la — nem mesmo "queria" — eu a constituía. Eu nada desejava. Não havia significado. Apenas a existência.

Mas a fonte mudou, e houve um giro no redemoinho. A princípio, pareceu uma espécie de reversão àquela fase do vento escuro soprando em mim de todos os lados, exceto que não havia vento, o vento fora apenas uma metáfora, e agora eram milhões, trilhões de tais seres conscientes, incontáveis núcleos de esperança suspensos numa vasta solução do acaso, uma tempestade que não era de fótons, mas de nöons, partículas de consciência-de-existir. Uma enorme e vertiginosa sensação da inumerabilidade impossível do universo, da qual a transitoriedade e a imutabilidade pareciam ser parte integral, essencial e sem contradições. Eu me senti um germe, o primeiro micróbio da penicilina, que havia aterrissado não apenas numa cultura onde se sentia totalmente em casa, totalmente nutrido, mas numa situação na qual ele era infinitamente essencial. Uma condição de intenso prazer físico e intelectual, uma suspensão flutuante, uma existência perfeitamente ajustada e *integrada*; uma chegada quintessencial. Uma cognição compartilhada.

Ao mesmo tempo, uma parábola, uma queda, uma ejaculação; mas a transitoriedade, a passagem, se tornou uma parte integral do conhecimento da experiência. O devir e o ser são a mesma coisa.

Acho que vi a estrela mais uma vez por algum tempo, a estrela como ela era simplesmente, pendurada no céu acima de mim, mas agora em todo o seu ser-e-devir. Era como atravessar uma porta, dar uma volta ao mundo, e então passar mais uma vez pela mesma porta, mas uma porta diferente.

Depois, escuridão. Não me lembro de nada.

Depois, luz.

John Fowles
O Mago

37

Alguém bateu na porta. Eu estava olhando para a parede. Estava na cama, de pijama, minhas roupas dobradas sobre a cadeira. Já era dia, manhã cedo, os primeiros raios de sol sobre o cimo dos pinheiros lá fora. Olhei para o meu relógio. Eram quase seis horas.

Sentei na beira da cama. Mergulhara num poço sombrio de vergonha, de humilhação, de ter me sentido nu na frente de Conchis, de ter estado sob o seu controle; ainda pior, outros podiam ter visto. Julie. Eu me vi ali deitado, e todos eles sentados e rindo enquanto Conchis me fazia perguntas e eu lhe dava respostas desnudadas. Mas Julie — ele também deve hipnotizá-la, era por isso que ela não conseguia mentir.

Svengali e Trilby.

E então a experiência mística em si, tão vívida, tão clara quanto uma lição aprendida, como os detalhes de uma jornada por um novo país, se abateu sobre mim. Eu vi como aconteceu. Algum tipo de droga deve ter sido usado, algum alucinógeno no *raki* — talvez o estramônio do artigo dele. Depois ele sugeriu aquelas coisas, aqueles estágios de conhecimento, ele os induziu enquanto eu estava lá, indefeso. Procurei ao redor pela encadernação verde contendo seus artigos médicos. Mas o livro não estava no quarto. Não me permitiram nem mesmo aquela pista.

A riqueza daquilo de que eu me lembrava, o constrangimento potencial daquilo de que me esquecera, o lado bom e o lado ruim da experiência, essas duas coisas me fizeram sentar durante minutos com minha cabeça apoiada nas mãos, dividido entre o ressentimento e a gratidão.

Eu fui me lavar, me encarei no espelho, desci para tomar o café que a silenciosa Maria havia preparado para mim. Sabia que Conchis não ia aparecer. Maria não disse nada. Não havia nada a explicar, tudo fora planejado para me manter em suspense até que eu retornasse.

Enquanto caminhava de volta à escola, tentei avaliar a experiência; por que, apesar de ter sido tão bonita, tão intensamente real, também me parecia um tanto sinistra? Foi difícil, sob a luz daquele início de manhã e diante daquela paisagem, acreditar que qualquer coisa nesse mundo pudesse ser sinistra e, mesmo assim, o sentimento persistiu em mim, e não era apenas uma humilhação. Era um sentimento novo de perigo, de estar me envolvendo com coisas mais sombrias e estranhas que exigiam meu envolvimento. Aquilo também tornava o medo que Julie sentia por Conchis em algo muito mais convincente do que sua solidariedade pseudomédica; Julie talvez só fosse mesmo esquizofrênica, mas ele se confirmava um hipnotizador. Mas isso supondo que eles não estivessem mancomunados para me enganar, e então eu comecei, num pânico da memória, a repassar todos os meus encontros com Conchis, tentando ver se ele poderia ter me hipnotizado antes, sem que eu estivesse ciente...

Lembrei com amargura que apenas na tarde anterior eu dissera a Julie que o meu senso de realidade era como a gravidade. Por um tempo, eu era como um homem no espaço, girando através da loucura. Eu me lembrei do estado de transe de Conchis durante a cena com Apolo. Teria ele me hipnotizado para que eu imaginasse aquilo tudo? Teria ele me feito dormir naquela tarde, tão convenientemente marcada pela aparição de Foulkes? Será que havia mesmo um homem e uma garota naquele local? Agora, mesmo a própria Julie... mas eu lembrei do toque de sua pele, daqueles lábios implacáveis. Caí mais uma vez na realidade. Mas estava profundamente abalado.

Não era apenas o fato de ter sido hipnotizado por Conchis que me deixou desnorteado. De um modo mais sutil, porém similar, sabia que eu também fora hipnotizado pela garota. Sempre acreditei, e não apenas por cinismo, que um homem e uma mulher eram capazes de dizer, nos primeiros dez minutos, se querem ou não ir para a cama juntos, e que o tempo que se passa após esses primeiros dez minutos representava um custo adicional, que poderia até valer, se o artigo prometesse ser prazeroso de verdade, mas que, em 90% das vezes, se tornava rapidamente excessivo. Não é que eu apenas antevisse uma conta exorbitante com Julie: ela abalou toda a minha teoria. Ela exalava um certo aroma de rendição, era como se fosse uma porta esperando ser aberta com força, mas era a escuridão além dela que me cativava. Talvez fosse parcialmente pela extinção desse tipo de mulher do passado, retratada por Thomas Lawrence, a mulher inferior ao homem em tudo, exceto pelo grande poder sombrio do mistério e da beleza femininos; o macho brilhante e viril e a fêmea desfalecida e sombria. As essências desses dois sexos se tornaram tão confusas em minha mente andrógina do século XX que a reversão para uma situação em que uma mulher era uma mulher e eu era obrigado a ser um homem completo tinha todo o fascínio de uma casa antiga depois de morar num apartamento moderno, apertado e anônimo. Com frequência, eu havia me deixado encantar pelo desejo de sexo, mas nunca antes pelo desejo de amor.

Durante toda aquela manhã fiquei sentado durante as aulas, ensinando como se ainda estivesse hipnotizado, num sonho de hipóteses. Agora eu via Conchis como uma espécie de romancista psiquiatra sem romances, criando com pessoas, e não com palavras; agora eu o via como um velho complicado, mas ainda assim muito perverso; um Svengali, um gênio pregador de peças. Mas de qualquer forma que o enxergasse, eu me sentia fascinado, e Julie, no papel de Lily com seus cabelos jogados para o lado, com seu rosto coberto de lágrimas, naquele primeiro instante, sob a luz da lamparina, um marfim gelado... não tentei fingir que não estava literalmente enfeitiçado por Bourani. Era quase como uma força, um ímã, que me arrastava pelas janelas da sala de aula, atravessando o ar azul até o cume central, descendo até lá embaixo onde eu queria tanto estar. As fileiras de rostos morenos, cabeças pretas abaixadas, o cheiro de pó de giz, uma velha mancha de tinta que sugeria um teste de Rorschach em minha escrivaninha — eram como coisas num nevoeiro, reais e também irreais, obstáculos no limbo.

Depois do almoço, Demetriades entrou no meu quarto, quis saber quem era Alison e começou a falar obscenidades, um estoque de piadas gregas horríveis sobre tomates e pepinos, tiradas das *facetiae*,[*] quando me recusei a lhe contar qualquer detalhe. Mandei Demetriades se foder, aos berros; precisei expulsá-lo à força. Ele se ofendeu e passou o resto da semana me evitando. Eu não liguei. Assim, ele ficou fora do meu caminho.

Após minha última aula, não consegui mais resistir. Precisava voltar a Bourani. Não sabia o que fazer, mas tinha que reentrar no domínio. Assim que eu a vi, a colmeia de segredos repousando sob os últimos raios de sol sobre a copa frenética dos pinheiros, lá embaixo, me senti

---

[*] *Liber Faecitarum*, "Livro da Jocosidade", compilação de piadas e anedotas que remete à antiguidade clássica, lançado em 1451 pelo secretário do Vaticano, Gian Francesco Poggio Bracciolini (1380-1459). [NT]

profundamente aliviado, como se a casa pudesse não estar mais ali. Quanto mais me aproximava, mais nefasto era o sentimento, e mais nefasto eu me tornava. Simplesmente queria vê-los, saber que estavam ali, esperando por mim.

Eu me aproximei pelo leste, ao anoitecer, deslizei pela cerca e desci com cautela, passando pela estátua de Poseidon, sobre a ravina, e atravessando as árvores até o lugar em que podia ver a casa. Todas as janelas laterais estavam fechadas. Não havia fumaça saindo do chalé de Maria. Dei a volta até conseguir ver a frente da casa. As portas francesas sob a colunata estavam fechadas. Idem, as portas que conduziam do quarto de Conchis até o terraço. Era nítido que não havia ninguém ali. Caminhei de volta na escuridão, me sentindo deprimido, e cada vez mais furioso por Conchis ter levado seu mundo embora, sequestrado, privando-me dele, como um farmacêutico insensível lidando com um viciado.

No dia seguinte escrevi uma carta para Mitford, dizendo que eu estivera em Bourani e conhecera Conchis, implorando que ele me contasse a verdade sobre suas próprias experiências no lugar. Mandei a carta para o endereço na Nortúmbria.

Também revi Karazoglou e tentei persuadi-lo a me dar informações. Ele estava bastante seguro de que Leverrier nunca se encontrara com Conchis. E me disse o que eu já sabia, que Leverrier era "religioso", costumava ir à missa em Atenas. E disse mais ou menos o mesmo que Conchis: "*Il avait toujours l'air un peu triste, il ne s'est jamais habitué à la vie ici.*"** Mas Conchis também disse que ele daria um excelente "sensitivo".

Peguei o endereço de Leverrier na Inglaterra com a tesouraria da escola, mas depois decidi não escrever para ele. Mantive o endereço à mão, caso precisasse.

Também pesquisei um pouco sobre Ártemis. Ela *era sim* a irmã de Apolo na mitologia, a protetora das virgens e a padroeira dos caçadores. O vestido cor de açafrão, as sandálias e o arco prateado (a lua crescente) constituíam seu uniforme padrão na poesia clássica. Apesar de ela parecer sempre disposta a encher de flechadas homens jovens e apaixonados, não encontrei nenhuma referência de alguma vez em que tivesse sido socorrida por seu irmão. Ela era "um elemento no antigo culto matriarcal da Deusa Tríplice da Lua, conectada com Astarte na Síria e com

---

** "Ele sempre parecia um pouco triste, nunca se acostumou com a vida aqui." [NT]

Ísis no Egito". Ísis, eu percebi, era frequentemente acompanhada por Anúbis, o guardião do submundo com cabeça de chacal, que mais tarde viria a se tornar Cérbero.

Na terça e na quarta-feira, as tarefas de professor me detiveram na escola. Na quinta, fui mais uma vez até Bourani. Nada havia mudado. Estava tão deserta quanto na segunda-feira.

Eu dei a volta na casa, tentei as persianas, percorri o terreno, desci até a praia particular, de onde o barco havia partido. Então me sentei e fiquei lá cismado, por meia hora, no crepúsculo sob a colunata. Eu me sentia, ao mesmo tempo, explorado e excluído, e tão zangado comigo mesmo quanto com eles. Estava furioso por ter me envolvido, e ainda mais furioso por querer que aquilo continuasse, ao mesmo tempo que sentia medo de tudo. Mudei de opinião mais uma vez durante o intervalo daqueles dias. Eu sabia cada vez menos sobre esquizofrenia; de uma hipótese levemente possível ela começou a se tornar provável. Não podia imaginar por que motivo ele interrompera o teatro de maneira tão brusca. Se tivesse sido apenas por entretenimento...

Imagino que também havia um enorme componente de inveja — pensei que era loucura de Conchis, ou arrogância, deixar o Modigliani e os Bonnards assim, numa casa deserta... e desses Bonnards minha mente saltou até Alison. Havia, naquele dia, um barco extra à meia-noite que levava os alunos e os professores de volta a Atenas durante o recesso do meio do trimestre. Significava passar à noite em claro, cochilando numa poltrona do salão imundo da primeira classe, mas assim era possível passar a sexta-feira em Atenas. Não tenho certeza do motivo — raiva, rancor, vingança? — que me fez decidir embarcar. Com certeza, não foi a lembrança de Alison, além de uma necessidade de ter alguém com quem conversar. Talvez aquele fosse o último sopro da minha antiga personalidade que se pretendia existencialista: encontrar a liberdade no capricho.

Um minuto depois eu estava correndo no caminho até o embarque. Mesmo aí, no último instante, eu olhei para trás e desejei, com um centésimo de esperança, que alguém estivesse acenando para que eu voltasse.

Mas ninguém acenava. Então eu embarquei, por falta de uma opção melhor.

John Fowles
O Mago

38

Atenas era pó e secura, ocre e cinzenta. Mesmo as palmeiras pareciam exaustas. Toda a humanidade nos seres humanos havia se recolhido atrás de peles escuras e óculos ainda mais escuros, e às duas horas da tarde as ruas estavam vazias, abandonadas à indolência e ao calor. Eu me deitei, largado numa cama de um hotel do Pireu, e cochilei e acordei algumas vezes durante o crepúsculo, protegido pelas persianas. A cidade era duas vezes mais do que eu podia suportar. Depois de Bourani, retornar à minha época, às máquinas, ao estresse, foi completamente desorientador.

A tarde se arrastou por horas incontáveis. Quanto mais me aproximava do encontro com Alison, mais confuso eu me sentia. Sabia que minha ida a Atenas era motivada pelo desejo de fazer meu próprio jogo duplo com Conchis. Vinte e quatro horas atrás, sob a colunata, Alison parecia ser apenas um peão a ser usado — no mínimo, um possível movimento de contra-ataque, mas agora, duas horas antes do encontro... sexo com ela era inimaginável. Assim como, faltando tão pouco, era inimaginável contar a ela o que estava acontecendo em Bourani. Não sabia mais por que tinha vindo. Eu me sentia fortemente tentado a fugir de volta à ilha. Não queria mentir para Alison, tampouco lhe contar a verdade.

Ainda assim, algo me manteve ali deitado, algum resquício de interesse em saber que fim ela levou, uma forma de pena, uma lembrança de uma relação antiga. Também enxergava aquilo como um tipo de teste: como se meus sentimentos profundos por Julie e minhas dúvidas fossem postas à prova. Alison representava o passado e a realidade presente no mundo lá fora, e eu a colocaria secretamente no círculo de minhas aventuras internas. Também tinha pensado, durante a longa noite no barco, numa forma de manter o encontro seguro, antisséptico — algo que a fizesse se sentir com pena de mim *e* a mantivesse por perto.

Às cinco eu me levantei, tomei um banho e peguei um táxi até o aeroporto. Sentei no banco do lado oposto do balcão da recepção, e então me afastei — descobrindo, para minha própria irritação, que eu estava cada vez mais nervoso. Inúmeras aeromoças passaram apressadas — sérias, impecáveis, profissionalmente bonitas, toda a irrealidade superficial das personagens de uma ficção científica.

Seis horas, seis e quinze. Eu me forcei a andar até o balcão. Havia uma garota grega lá, com o uniforme correto, com os dentes brilhando de tão brancos e olhos castanhos escuros cujas insinuações pareciam combinar com sua maquiagem exuberante.

"Eu vim me encontrar com uma de suas colegas. Alison Kelly."

"Allie? Seu voo já pousou. Deve estar se trocando." Ela pegou um telefone, discou um número, abriu o sorriso para mim. Seu sotaque era impecável, americano. "Allie? Seu amigo está aqui. Se não chegar agorinha mesmo, ele vai me levar no seu lugar." Ela me ofereceu o fone: "Ela quer falar contigo".

"Diga que eu espero. Não tem pressa."

"Ele ficou tímido." Alison deve ter dito alguma coisa, porque a garota sorriu. Ela desligou o telefone.

"Ela já está chegando."

"O que ela disse?"

"Ela disse que você não é tímido, que essa é só a sua técnica."

"Ah."

Ela me lançou o que deveria ser um olhar friamente audacioso, emoldurado por seus longos cílios pretos, e então se virou para lidar com duas mulheres que, por sorte, apareceram do outro lado do balcão. Escapei dali e fui esperar perto da entrada. Assim que cheguei para morar na ilha, Atenas, com sua vida urbana, exercia uma influência de normalidade desejável por ser ainda muito familiar. Agora percebo que a cidade começava a me assustar, que eu a odiava; aquela interação sensualizada no balcão, suas implicações flagrantes de excitação infértil, a mais nova sensação estereotipada. Eu vinha de outro planeta.

Um ou dois minutos depois, Alison atravessou a porta. Seus cabelos estavam curtos, curtos demais, ela usava um vestido branco, e imediatamente percebi que começamos mal, pois sabia que ela escolhera a roupa como um lembrete de nosso primeiro encontro. Sua pele estava mais pálida do que eu me lembrava. Ela tirou os óculos escuros quando me viu e pude reparar que estava exausta, como se tivesse levado uma surra. Seu corpo bastante bonito, suas roupas bastante bonitas, um belo caminhar, a velha cara magoada e os olhares inquisidores. Alison até podia ter, para mim, um rosto para lançar umas dez naus, mas Julie era quem lançava mil. Ela se aproximou, parou e trocamos breves sorrisos.

"Oi."

"Olá, Alison."

"Me desculpa. Atrasada como sempre."

Ela falou como se tivéssemos nos encontrado na semana anterior. Mas não funcionou. Os nove meses agiam como uma peneira entre nós, através da qual as palavras conseguiam passar, mas as emoções, não.

"Vamos nessa?"

Peguei a bolsa da companhia aérea que ela estava carregando, e saí com ela para pedir um táxi. Dentro do carro, sentamos em cantos opostos, e nos entreolhamos de novo. Ela sorriu.

"Achei que você não vinha."

"Não sabia para onde mandar minha recusa."

"Fui esperta."

Ela espiou pela janela, acenou para um homem de uniforme. Parecia mais velha, experiente com tantas viagens, era preciso decifrá-la de novo, e eu não estava com disposição para isso.

"Reservei um quarto pra você com vista para o porto."

"Que bom."

"Os hotéis gregos são tão abafados. Você sabe."

"*Toujours*... é a escolha certa." Ela me cutucou com a ironia de seus olhos cinzentos, e depois disfarçou. "Um barato. Viva a escolha certa." Quase fiz o discurso que tinha preparado, mas me incomodou muito que ela estivesse tão certa de que eu continuava o mesmo, ainda um escravo das convenções inglesas, até mesmo ela sentir a necessidade de disfarçar me irritava. Ela estendeu a mão e eu aceitei, e entrelaçamos nossos dedos. Então ela se aproximou e pegou meus óculos escuros.

"Você está um arraso, tão bonito. Quer saber? Está tão moreno. Queimado de sol, meio que começando a ficar marcado. Meu Deus, quando estiver com quarenta..."

Sorri, mas olhei para baixo e soltei sua mão para pegar um cigarro. Eu sabia o que aquela bajulação significava, o convite estendido.

"Alison, eu estou numa situação meio complicada."

Aquilo apagou todas as falsas esperanças dela. Ela olhou para frente.

"Outra garota?"

"Não." Ela me olhou de relance. "Eu mudei, não sei por onde começar a explicar."

"Mas você rezou para que eu sumisse."

"Não, eu... fiquei feliz que você veio." Ela me olhou de novo com desconfiança. "Sério."

Ela ficou calada por alguns instantes. Entramos na estrada litorânea.

"Terminei com o Pete."

"Você já me contou."

"Esqueci." Mas eu sabia que era mentira.

"E terminei com todo mundo desde que terminei com ele." Ela ficou olhando pela janela. "Desculpe. Eu devia ter começado contando amenidades."

"Não. Quer dizer... você sabe."

Ela voltou a olhar para mim, magoada e tentando não se magoar. Fez um esforço. "Estou morando com a Ann de novo. Desde a semana passada. No velho apartamento. A Maggie voltou para casa."

"Eu gostava da Ann."

"Sim, ela é simpática."

Fez-se um longo silêncio enquanto nosso carro passava pelo porto de Falero. Ela olhou pela janela e, um minuto depois, pegou sua bolsa branca e retirou seus óculos escuros. Eu sabia o porquê, podia ver as lágrimas se formando em seus olhos. Não toquei nela, nem peguei sua mão, mas falei sobre as diferenças entre Pireu e Atenas, e como o primeiro era mais pitoresco, mais grego, e achei que ela gostaria mais do lugar. Na verdade, eu escolhera Pireu por causa da remota, ainda que terrível, possibilidade de esbarrarmos em Conchis e Julie. A ideia do olhar frio, divertido e provavelmente debochado *dela* caso algo do tipo acontecesse me arrepiava todo. Havia algo nos modos e na aparência de Alison; se um homem estivesse com ela, a levaria para a cama. E enquanto eu falava, imaginei como iríamos sobreviver aos próximos três dias.

Dei uma gorjeta ao carregador e ele saiu do quarto. Ela foi até a janela e viu o longo cais branco, a lenta multidão vespertina de pedestres, o porto cheio. Fiquei atrás dela. Após um breve cálculo, coloquei meu braço em volta dela e no mesmo instante ela se apoiou em mim.

"Odeio cidades. Odeio aviões. Queria viver num chalé na Irlanda."

"Por que na Irlanda?"

"Um lugar que eu nunca fui."

Podia sentir o calor, a vontade de se entregar, vindo do corpo dela. A qualquer momento ela viraria seu rosto e eu teria que beijá-la.

"Alison, eu... não sei exatamente como te contar." Retirei meu braço, me aproximei da janela, de forma que ela não pudesse ver meu rosto. "Eu peguei uma doença, uns dois ou três meses atrás. Bem... sífilis." Eu me virei e ela me deu um olhar — preocupado, chocado, incrédulo. "Estou bem agora, mas... você sabe, eu não poderia..."

"Você foi a um..." Fiz que sim. A incredulidade se transformou em credulidade. Ela abaixou os olhos.

"Sua vingança deu certo."

Ela veio e me deu um abraço. "Ah, Nicko, Nicko."

Eu disse olhando para cima: "Não devo ter nenhum contato oral ou íntimo por pelo menos mais um mês. Eu não sabia o que fazer. Nunca deveria ter escrito para você. Não devia acontecer".

Ela se afastou e foi se sentar na cama. Percebi que precisava me colocar num outro canto; ela parecia se dar por satisfeita com a explicação, era por isso que nosso encontro ia sendo tão estranho até aquele momento. Ela abriu um sorriso carinhoso, tímido e gentil.

"Me conte tudo."

Eu dei voltas pelo quarto, contando a ela sobre o doutor Patarescu e a clínica, sobre a poesia, até mesmo sobre a tentativa de suicídio, sobre tudo, exceto Bourani. Depois de um tempo, ela se deitou na cama, fumando, e me senti inesperadamente preenchido por um prazer pelo meu fingimento; o mesmo prazer, imagino, que Conchis sentia quando estava comigo. Por fim me sentei na beira da cama. Ela estava deitada, olhando para o teto.

"Posso te contar agora sobre o Pete?"

"É claro."

Ouvi sem muita atenção, fazendo meu papel, e de repente voltei a apreciar a sua companhia, não Alison em particular, mas estar naquele quarto de hotel, ouvindo o burburinho da multidão lá embaixo, o som das sirenes, o cheiro do velho Egeu. Não sentia nenhuma atração ou carinho por ela, nenhum interesse real pelo término de seu longo relacionamento com um rústico piloto australiano, simplesmente a tristeza complexa e ambígua do quarto na penumbra. A luz fora drenada do céu, e logo escureceu. Todas as traições do amor moderno pareciam belas, e eu tinha meu grande segredo, trancado a sete chaves. Era a Grécia novamente, a Grécia alexandrina de Kafávis, onde só havia graduações de prazer estético, de beleza em decadência. A moral era uma mentira do norte europeu.

Fez-se um longo silêncio.

Ela disse: "Onde estamos, Nicko?".

"Como assim?"

Ela estava apoiada em um cotovelo, me encarando, mas eu não me viraria para ela agora.

"Eu sei onde estamos agora, é claro...", ela deu de ombros. "Mas eu não vim aqui para ser seu velho camaradinha."

Apoiei a cabeça em minhas mãos.

"Alison, estou cansado das mulheres, cansado do amor, cansado do sexo, cansado de tudo. Não sei o que quero. Eu nunca devia ter pedido para você vir." Ela olhou para baixo, parecendo acordar tacitamente. "O fato é que... bem, imagino que senti um tipo de saudade de uma irmã nesse momento. Se você mandar eu me foder, vou entender. Não tenho o direito de não entender."

"Tudo bem." Ela olhou para cima, de novo. "Irmã. Mas um dia você vai estar curado."

"Não sei. Apenas não sei." Eu soava adequadamente perturbado. "Olha, por favor, vá embora, me xingue, o que for, mas sou um homem morto no momento." Fui até a janela. "É tudo culpa minha. Não posso pedir que você passe três dias com um morto."

"Um morto que eu amei um dia."

Um longo silêncio se insinuou entre nós. Mas então ela prontamente se levantou da cama e foi acender a luz e pentear os cabelos. Ela pegou os brincos de azeviche que eu deixara naquele último dia em Londres, e os colocou, depois o batom. Pensei em Julie, nos seus lábios sem batom, na frieza, no mistério, na elegância. Aquilo era quase maravilhoso, viver sem desejo, ao menos na minha vida, ser capaz de ser tão fiel.

Por uma infeliz ironia, o caminho até o restaurante que eu escolhera passava pelo distrito da luz vermelha de Pireu. Bares; letreiros multilíngues de neon; fotos de *strippers* e de dançarinas do ventre; marinheiros de folga; interiores decorados ao estilo de Toulouse-Lautrec, vislumbrados entre cortinas de contas; mulheres alinhadas em bancos acolchoados. As ruas estavam lotadas de cafetões e meretrizes, ambulantes vendendo pistaches e sementes de girassol, vendedores de castanhas, vendedores de pastel, vendedores de bilhetes de loteria. Porteiros nos convidavam para entrar, muambeiros exibiam relógios à venda, maços de Lucky Strike e Camel, suvenires de baixa qualidade. E a cada dez metros alguém assobiava para Alison.

Andamos em silêncio. Tive uma visão de "Lily" atravessando aquela rua, e silenciando tudo, purificando tudo, sem provocar nem somar nada à vulgaridade do lugar. Alison estava com o rosto sério, e começamos a caminhar mais rápido para sair dali, mas julguei notar no jeito dela de andar um toque daquela sexualidade amoral de antigamente, daquela qualidade que ela não conseguia evitar de oferecer e que os outros homens não deixavam de perceber.

Quando chegamos no Spiro, ela disse, bastante animada: "Bem, irmão Nicholas, o que você vai fazer comigo?".

"Quer terminar por aqui?"

Ela deu uma girada no seu copo de ouzo.

"Você quer?"

"Perguntei primeiro."

"Não. Agora você."

"Podíamos fazer outra coisa. Ir em algum lugar que você não conheça." Para o meu alívio, ela contou já ter passado um dia em Atenas no começo daquele verão. Já tinha visitado os pontos turísticos.

"Não quero fazer passeio de turista. Pense em algo que ninguém mais faz. Algum lugar onde fiquemos sozinhos." Ela adicionou em seguida: "Porque eu odeio meu trabalho. Odeio gente."

"Está disposta a caminhar?"

"Adoraria. Onde?"

"Bem, tem o Parnaso. Parece uma subida muito fácil. Apenas uma longa caminhada. Podemos alugar um carro. Ir até Delfos depois."

"O Parnaso?" Ela franziu a testa, incapaz de localizá-lo.

"Onde vivem as musas. O monte."

"Ah, Nicholas!" Um vislumbre do seu antigo eu, a vontade impetuosa de ir.

Nossa *barbounia** chegou e começamos a comer. Ela de repente ficou vivaz, superanimada com a ideia de subirmos o Parnaso, e tomava um copo atrás do outro de retsina comigo, fez tudo aquilo que a Julie nunca faria e então, à sua maneira característica, acusou o próprio blefe.

"Eu sei que estou me esforçando demais. Mas você me deixa assim."

"Se você..."

"Nicko."

"Alison, se você soubesse..."

---

* Peixe típico grego, também conhecido como salmonete ou trilha. [NT]

"Nicko, escute. Semana passada eu estava no meu velho quarto no apartamento. A primeira noite. E ouvi passos. No andar de cima. E chorei. Como chorei no táxi, hoje. Como poderia chorar agora, mas não vou chorar." Ela sorriu, um sorriso meio retorcido. "Seria até mesmo capaz de chorar só de estarmos usando nossos nomes."

"Não deveríamos?"

"Nunca fizemos isso. Éramos tão íntimos que não precisávamos. Mas o que estou tentando dizer é... tudo bem. Mas, por favor, seja gentil comigo. Não fique o tempo todo me julgando por tudo o que digo, por tudo o que faço." Ela me encarou e me forçou a olhar em seus olhos. "Não posso deixar de ser quem eu sou." Fiz que sim, com cara de arrependido, e toquei sua mão para acalmá-la. A única coisa que eu não queria era uma briga, emoções, essa eterna reconexão com o passado.

Depois de um instante, ela mordeu os lábios e os pequenos sorrisos que trocamos então foram nossos primeiros gestos sinceros desde que nos encontramos.

☆

Eu disse boa noite para ela do lado de fora do quarto. Ela me beijou na bochecha, e eu acariciei os seus ombros como se, na verdade, aquele fosse um gesto muito, muito melhor do que aquela mulher poderia imaginar.

John Fowles
O Mago

39

Às oito e meia estávamos na estrada. Dirigimos até as largas montanhas de Tebas, onde Alison comprou sapatos mais resistentes e uma calça jeans. O sol estava brilhando, havia vento, a estrada sem trânsito, e o velho Pontiac que eu alugara na noite passada ainda tinha coragem em seu motor. Tudo interessava a Alison: as pessoas, o país, os trechos do meu guia de viagem Baedeker de 1909 sobre os lugares pelos quais passamos. Sua mistura de entusiasmo e ignorância, de que eu me lembrava perfeitamente em Londres, não me irritava mais. Parecia ser parte de sua energia, da sua candura, do seu companheirismo. Mas eu deveria, por assim dizer, estar irritado, por isso me aproveitei da sua resiliência, sua habilidade de se reerguer das piores decepções. Achei que ela devia estar mais contida, e muito mais infeliz.

Ela me perguntou num determinado momento se eu havia descoberto alguma coisa a mais sobre a sala de espera, porém, sem tirar os olhos da estrada, respondi que não, era apenas um casarão. O que Mitford quis dizer era um mistério, e então mudei a conversa para outro assunto qualquer.

Atravessamos em alta velocidade o vale que ficava entre Tebas e Livadiá, com suas lavouras e seus canteiros de melão. Mas quando estávamos perto de Livadiá, um rebanho de ovelhas se espalhou pela pista e eu precisei frear. Descemos do carro para vê-las de perto. Havia um garoto de 14 anos, com roupas puídas e coturnos do exército grotescamente grandes. Estava acompanhado da sua irmã, uma menininha de olhos escuros com 6 ou 7 anos de idade. Alison arrumou umas balinhas da companhia aérea. Mas a menina estava tímida e se escondeu atrás do irmão. Alison se agachou em seu vestido verde sem mangas a uns três metros de distância, segurando o doce, tentando atraí-la. Os guizos das ovelhas tilintavam ao nosso redor, a menina olhava para ela, e eu ia perdendo a paciência.

"Como eu falo pra ela vir aqui e pegar as balas?"

Falei em grego com a menininha. Ela não entendeu, mas o irmão dela decidiu que éramos dignos de confiança e insistiu com ela.

"Por que ela está tão assustada?"

"É só ignorância."

"Ela é tão fofa."

Alison pôs uma bala na própria boca e então ofereceu outra para a criança que, empurrada pelo irmão, foi andando devagar para frente. Assim que ela alcançou timidamente a balinha, Alison pegou sua mão e fez com que a menina se sentasse ao lado dela, desembalando o doce. O irmão se aproximou e se ajoelhou perto delas, tentando fazer com que a menina nos agradecesse. Mas ela se sentou séria, chupando a bala. Alison pôs o braço em volta dela e apertou sua bochecha.

"Não devia fazer isso. Ela provavelmente tem piolhos."

"Eu sei que ela provavelmente tem piolhos."

Ela não olhou para mim, nem parou de fazer carinho na criança. Mas, um segundo depois, a menina fez uma careta de dor. Alison se curvou para trás. "Veja isso aí, veja isso." Era um pequeno furúnculo, arranhado e inflamado, no ombro da menina. "Pega minha bolsa." Fui e levei a bolsa até ela, e vi quando ela puxou o vestido para trás e passou um creme sobre a ferida, e depois, sem avisar, passou um pouco no nariz da criança. A menininha esfregou o pontinho branco de creme com um dedo sujo, e de repente, como um açafrão brotando do solo após o inverno, ela olhou para Alison e sorriu.

"Damos dinheiro para eles?"

"Não?"

"Por que não?"

"Não são mendigos. Eles recusariam, de qualquer maneira."

Ela procurou uma nota dentro da bolsa, entregou ao garoto e apontou para ele e para a menina. Era para eles dividirem. O garoto hesitou, mas depois aceitou o dinheiro.

"Por favor, tire uma foto."

Fui impacientemente até o carro, peguei a câmera e tirei uma foto. O garoto insistiu que anotássemos seu endereço, ele queria uma cópia, de lembrança.

Nós voltamos em direção ao carro com a menininha nos seguindo. Agora ela não conseguia parar de sorrir — aquele sorriso radiante que todas as crianças camponesas da Grécia escondiam por trás de uma timidez solene. Alison se curvou e a beijou, e enquanto saíamos com o carro, ela se virou e acenou. E continuou acenando. Pelo canto do olho, eu vi seu rosto iluminado se virar para mim, e só então ela percebeu meu mau humor. E se recostou no banco.

"Desculpe. Não percebi que estávamos com tanta pressa."

Dei de ombros, e não discuti.

Sabia exatamente o que ela estava tentando me dizer. Talvez nem tudo aquilo tenha sido feito para me impressionar, mas uma parte era certeza. Passamos um ou dois quilômetros dirigindo em silêncio. Ela não disse nada até chegarmos a Livadiá. Nessa hora tivemos que conversar, pois precisávamos comprar comida.

Aquilo podia ter estragado o nosso dia. Mas não estragou, talvez porque era um lindo dia e a paisagem que encontramos era uma das mais incríveis do mundo; o que estávamos fazendo começava a pairar sobre nós, sobre quem éramos, como a íngreme sombra azul do próprio Parnaso.

Subimos as altas colinas e os vales e fizemos um piquenique de almoço num prado denso com trevos, giestas e abelhas selvagens. Depois, passamos pela encruzilhada onde Édipo teria matado seu pai. Paramos e ficamos entre os pés de cardo ressecados perto de um muro de pedras soltas; um lugar anônimo na serra, exorcizado pela solidão. Durante o trajeto no carro até Arachova, a pedido da Alison, falei sobre o meu pai e, talvez pela primeira vez na minha vida, sem amargor ou culpa, mas sim do jeito que Conchis falara sobre a vida *dele*. E então, quando olhei de lado para Alison, que estava apoiada na porta do carro, um pouco virada em minha direção, percebi que era a única pessoa no mundo com quem eu podia ter uma conversa como aquela, e que, sem perceber, eu havia retornado de alguma maneira ao nosso velho relacionamento... *íntimos demais para precisarmos falar nossos nomes*. Voltei a olhar para a estrada, mas os olhos dela ainda estavam sobre os meus, e eu tive que falar.

"No que está pensando?"

"Como você está bonito."

"Você não prestou atenção."

"Prestei, sim."

"Me olhando desse jeito. Me deixa nervoso."

"Irmãs não podem olhar para seus irmãos?"

"Incestuosamente, não."

Ela se ajeitou, obediente, no banco, e se esticou para ver os colossais penhascos cinzentos sob os quais estávamos ziguezagueando.

"É só uma caminhada."

"Eu sei. Estou quase me arrependendo."
"Por mim ou por você?"
"Principalmente por você."
"Vamos ver quem desiste primeiro."

Arachova era uma paisagem romântica, um ombro de casas rosadas e terracota, um vilarejo de montanha empoleirado bem no alto do vale de Delfos. Fiz uma pesquisa e me recomendaram um chalé perto da igreja. Uma velha senhora apareceu na porta. Atrás dela, nas sombras, havia um tear, com um tapete vermelho escuro inacabado. Alguns minutos de conversa com ela confirmaram o que a montanha deixara óbvio.

Alison olhou para mim. "O que ela disse?"

"Ela disse que são umas seis horas de trilha. Uma trilha difícil."

"Mas tudo bem. É o que diz o Baedeker. Você precisa estar lá ao pôr do sol." Eu olhei para cima e vi aquela enorme parede de montanha. A senhora tirou uma chave de um gancho atrás da porta. "O que ela está dizendo?"

"Que tem uma cabana lá em cima."

"Então com o que estamos nos preocupando?"

"Ela disse que vai estar um frio desgraçado." Mas era difícil de acreditar, naquele calor escaldante do meio-dia. Alison pôs as mãos nos quadris.

"Você me prometeu uma aventura. Eu quero uma aventura."

Olhei para a senhora e depois de volta para Alison. Ela retirou os óculos escuros e me deu um olhar ríspido, de lado, como a mulher durona que era, e apesar de aquilo ser meio de brincadeira, eu conseguia ver um indício de desconfiança nos olhos dela. Se começasse a perceber que eu estava ansioso para não passar a noite no mesmo quarto que ela, também começaria a perceber que minha auréola era feita de gesso.

Naquele momento, passou por nós um homem guiando uma mula, e a velha o chamou. Ele estava indo buscar lenha perto do refúgio. Alison poderia ir de carona na sela.

"Pergunte a ela se eu posso entrar para vestir meus jeans."

O destino estava traçado.

John Fowles
O Mago

40

O longo caminho ziguezagueava precipício acima e, deixando o mundo inferior para trás, chegamos ao topo do Monte Parnaso. Um vento fresco primaveril soprava sobre uns dois ou três quilômetros de prado. Um pouco mais ao longe, sombrios pinheiros negros e um muro de rochas cinzentas subiam, arqueavam e enfim desapareciam em meio a nuvens brancas e felpudas. Alison desceu da montaria e nós andamos pela relva ao lado do arreeiro. O condutor da mula tinha uns 40 anos, com um bigode feroz abaixo de seu nariz quebrado, dono de um ar refinado de independência. Ele nos contou da vida de pastoreio, uma vida de muita labuta, contando, ordenhando, uma vida de estrelas brilhantes e ventos gélidos, silêncios intermináveis interrompidos apenas pelos guizos, alarmes contra lobos e águias, uma vida que não mudou em nada nos últimos seis mil anos. Eu traduzia para Alison. Ela se entusiasmou com ele de imediato, estabelecendo uma comunicação meio sexual, meio filantrópica, por cima da barreira do idioma.

Ele disse que tinha trabalhado em Atenas, mas *then hyparchi esychia,* não havia paz ou silêncio na cidade. Alison gostou da palavra: *esychía, esychía,* ficou repetindo. Ele riu e corrigiu a pronúncia, parando e a conduzindo, como se ela fosse uma orquestra. Seus olhos piscaram desafiadoramente para mim, como se quisesse ver se, aos meus olhos, ela estava se comportando de maneira apropriada. Mantive um rosto neutro, mas gostei do sujeito, um daqueles belos gregos do campo, que constituem o grupo dos camponeses menos servis e mais admiráveis de toda Europa, e acabei gostando que Alison gostasse dele.

Quando chegamos ao final do prado, encontramos duas *kalyvia,* cabanas rústicas de pedra, perto de um riacho. Nosso guia seguiria por outro caminho dali em diante. Alison remexeu impulsivamente em sua mochila grega vermelha e o fez aceitar dois maços de cigarros da companhia aérea. '*Esychia*', disse o arreeiro. Ele e a Alison trocaram intermináveis apertos de mão, enquanto eu fotografava.

"*Esychia, esychia*. Diga que eu sei o que ele quer dizer."

"Ele sabe que você sabe. Por isso ele gostou de você."

Por fim, partimos em meio aos pinheiros.

"Você acha que eu sou sentimental."

"Não acho, não. Mas um maço teria sido suficiente."

"Não teria, não. Eu senti por ele um carinho de dois maços."

Mais tarde, ela disse: "Que palavra linda."

"É amaldiçoada."

Nós subimos por uma trilha. "Ouça."

Paramos no caminho de pedras e ficamos escutando, e não havia nada além do silêncio, *esychia*, a brisa entre os ramos dos pinheiros. Ela pegou minha mão e nós continuamos em frente.

O caminho seguia interminavelmente através das árvores, atravessando clareiras vivas com borboletas, corredores pedregosos onde nos perdemos várias vezes. Quanto mais subíamos, mais frio fazia, e a montanha à frente, num nevoeiro polar cinzento, desaparecia entre as nuvens. Falávamos muito pouco, porque mal tínhamos fôlego para falar. Mas a solidão, o esforço, a necessidade que eu tinha constantemente de pegar na mão dela para ajudá-la quando o caminho deixava de ser uma trilha e se transformava, com frequência, numa escadaria irregular — tudo aquilo desarmou um pouco as reservas físicas que existiam entre nós, e instituíram uma espécie de camaradagem assexuada que ambos concordamos em aceitar.

Já eram quase seis horas quando chegamos ao refúgio. Ficava escondido acima de uma fileira de árvores num barranco, um casebre minúsculo sem janelas, com um telhado em abóbada e uma chaminé. A porta era de ferro oxidado, perfurada à bala durante alguma batalha contra os *andartes* comunistas durante a guerra civil: vimos quatro beliches, uma pilha de velhos lençóis vermelhos, uma pá, uma lâmpada, um serrote e um machado, e mesmo um par de esquis. Mas parecia que ninguém entrava ali havia muitos anos.

Eu disse: "Proponho passarmos o dia aqui". Mas ela nem respondeu, simplesmente vestiu um suéter.

As nuvens nos cobriram, começou a chuviscar e, quando paramos diante de um paredão, o vento ficou cortante como se estivéssemos em janeiro na Inglaterra. De repente, as nuvens estavam ao nosso redor, uma névoa rodopiante que reduzia nossa visibilidade para apenas trinta metros ou menos. Olhei para Alison. Seu nariz ficara vermelho e ela parecia estar com muito frio. Mas ela apontou para a próxima encosta coberta de pedras soltas.

No topo, encontramos um desfiladeiro e miraculosamente, como se a neblina e o frio tivessem sido um teste, o céu começou a abrir. As nuvens se dissiparam, borrifadas por raios de sol oblíquos, e então explodiram em grandes poças de azul sereno. Logo estávamos andando sob o sol, mais uma vez. À nossa frente, estendia-se uma larga bacia de relva verdejante, circundada por picos e decorada com faixas de neve ainda agarradas às rochas e às reentrâncias das encostas mais íngremes. Por todo lado havia flores — campânulas, gencianas, gerânios alpinos magenta-escuros, ásteres amarelos intensos, saxífragas. Brotavam de cada ranhura nas rochas, esmaltavam cada pedaço de relva. Era como se retornássemos uma estação. Alison correu adiante, livre, e se virou, sorrindo, seus braços abertos como um pássaro prestes a voar, depois saiu correndo de novo, com rastros de azul-escuro e azul jeans, em absurdos voos infantis.

Lykeri, o pico mais alto, era íngreme demais para se escalar rapidamente. Tivemos que engatinhar, usando nossas mãos, descansando com frequência. Perto do topo, encontramos canteiros de violetas em flor, enormes pétalas roxas com aquele perfume delicado, e por último, de mão em mão, superamos os últimos metros e nos levantamos na pequena plataforma com sua coroa de pedras.

Alison disse: "Meu Deus, ai, meu Deus".

Do outro lado, um enorme abismo mergulhava uns seiscentos metros no ar sombrio. O sol poente ainda estava um pouco acima do horizonte, mas as nuvens desapareceram. O céu era um ciano pálido absolutamente puro, absolutamente imaculado. Não havia outras montanhas próximas para impedir nossa visão. Parecíamos estar numa altura imensurável, onde a terra e a substância compunham um zênite estreito, distante de qualquer vilarejo, de qualquer sociedade, de qualquer aridez ou defeito. Purgado.

Abaixo, por centenas de quilômetros em cada direção, havia outras montanhas, vales, planícies, ilhas, mares; Ática, Beócia, Argólida, Acaia, Lócrida, Etólia, todo o velho coração da Grécia. O sol poente enriquecia, suavizava, refinava todas as cores. Havia sombras de azul oriental profundo e declives ocidentais lilases; vales de verde pálido acobreado, solos de coloração terracota, o oceano distante onírico, fumacento, leitoso, calmo como uma antiga vidraria azul. Com uma simplicidade esplendidamente clássica, alguém havia formado com pequenas pedras, logo após o círculo rochoso, as letras $\Phi\Omega\Sigma$ — "luz". Era perfeito. O pico alcançava um mundo tanto literal quanto metafórico de luz. Não tocava as emoções, era apenas vasto demais, inumano demais, sereno demais, e aquilo para mim foi como um choque, uma deliciosa alegria intelectual que se unia e completava a alegria física, de que a realidade daquele lugar era tão bela, tão calma, tão ideal quanto haviam sonhado tantos poetas desde sempre.

Tiramos fotos um do outro, da vista, e então nos sentamos de costas para a coroa de pedras e fumamos cigarros, juntos por causa do frio. Corvos alpinos grasnavam acima de nós, dilacerados pelo vento, vento frio como gelo, adstringente como ácido. Ali me veio à lembrança a viagem mental a que Conchis me induzira sob hipnose. Pareciam ser experiências quase paralelas, exceto que esta tinha a beleza de seu imediatismo, da espontaneidade, de ser no aqui-e-agora.

Olhei disfarçadamente para a Alison, a ponta do nariz estava em vermelho vivo. Mas refleti que, no final das contas, ela era corajosa, que se não fosse por ela, não estaríamos aqui, neste mundo aos nossos pés, neste senso de triunfo — nessa cristalização transcendente de tudo o que eu sentia pela Grécia.

"Você deve ver coisas assim todos os dias."

"Nunca desse jeito. Nem sequer de longe parecido com isso." Dois ou três minutos depois, ela disse: "Essa é a primeira coisa boa que acontece comigo em meses. Hoje. E isto aqui". Depois de uma pausa, ela continuou: "E você".

"Não diga isso. Eu sou um desastre. Uma enganação."

"Mesmo assim, não queria estar aqui com mais ninguém." Ela olhou em direção à ilha de Eubeia; seu rosto magoado, sem expressões. Ela se virou e olhou para mim. "E você?"

"Não conheço nenhuma garota que conseguiria andar até aqui."

Ela pensou um pouco, então me olhou de novo. "Que resposta mais evasiva *foi* essa?"

"Que bom que viemos. Você é uma guerreira, Kelly."

"E você é um filho da mãe, Urfe."

Mas vi que ela não estava ofendida.

John Fowles
O Mago

41

Quase na mesma hora, quando estávamos voltando, o cansaço nos pegou. Alison descobriu uma bolha no calcanhar esquerdo, onde seu sapato novo tinha roçado. Desperdiçamos dez minutos da luz do sol que se punha com velocidade tentando improvisar um curativo para seu pé, e então, de maneira tão abrupta quanto uma cortina sendo fechada, a noite caiu sobre nós. E com ela, o vento. O céu permaneceu límpido, as estrelas ardiam freneticamente, mas em algum ponto nós descemos pela ladeira rochosa errada, e o lugar onde eu esperava encontrar o refúgio na verdade não era nada. Era difícil enxergar o chão onde pisávamos, e mais difícil ainda pensar de modo sensato. Seguimos adiante desavisadamente, chegando a uma vasta cratera vulcânica, uma árida paisagem lunar; penhascos com rastros de neve, ventos fortíssimos que uivavam ao nosso redor. Os lobos se tornaram reais, não uma referência curiosa numa conversa casual.

Alison devia estar bem mais assustada, e provavelmente com muito mais frio, do que eu. No centro da cratera, ficou claro que a única maneira de sair dali seria voltando por onde viemos, e nos sentamos durante alguns minutos para descansar, protegidos do vento por uma rocha enorme. Fiquei bem junto a para nos aquecermos. Ela se deitou com sua cabeça encoberta no meu suéter, num abraço totalmente assexuado; e ao ninar Alison ali, tremendo de frio naquela paisagem deslumbrante, a um milhão de anos e muitos quilômetros de distância da noite sufocante de Atenas, senti... que aquilo não significava nada, não deveria significar nada. Disse a mim mesmo que teria tido a mesma sensação com qualquer pessoa. Mas olhei aquela paisagem sinistra, uma analogia perfeita da minha vida, e me lembrei de algo que o arreeiro dissera: que os lobos nunca caçam sozinhos, mas sempre em bando. O lobo solitário era um mito.

Obriguei Alison a ficar de pé e cambaleamos pelo caminho por onde viemos. Ao lado de uma serra a oeste, mais uma ladeira descia em direção ao distante mar negro de árvores. Acabamos vendo, recortado pelo céu, um pico rochoso no qual eu havia reparado durante a subida. Nosso abrigo estava do outro lado dele. Alison nem parecia mais se importar, eu fiquei segurando sua mão e a arrastei comigo à força. Zombando dela, implorando a ela, fazendo de tudo para que continuasse andando. Vinte minutos depois, avistamos o cubo negro atarracado que era nosso abrigo, em seu pequeno vale.

Olhei o meu relógio. Levamos uma hora e meia para alcançar o topo, e mais de três horas para voltar.

Entrei tateando e sentei Alison num beliche. Depois risquei um fósforo, achei o lampião e tentei acendê-lo, mas ele estava sem pavio e sem óleo. Eu me virei para o fogão. Que, graças a Deus, estava com lenha seca. Eu arranquei todo papel que consegui encontrar: um romance de bolso de Alison, os embrulhos da comida que trouxemos, então acendi o fogo e rezei. Primeiro, vieram nuvens pretas do papel queimado, depois uma fumaça resinada, e os gravetos pegaram fogo. Em poucos minutos, a cabana se encheu de uma luz vermelha flamejante e de sombras de sépia, e um calor ainda mais bem-vindo. Peguei um balde. Alison levantou a cabeça.

"Vou buscar água."

"Ok." Ela deu um sorriso vago.

"Eu me cobriria com as mantas." Ela concordou.

Mas quando voltei do riacho, cinco minutos depois, ela cuidadosamente alimentava o fogão com lenha pela portinhola de cima. Estava descalça, pisando em uma manta vermelha que ela abrira sobre o chão, entre os beliches e o fogo. No beliche de baixo, ela colocou o que seria nossa refeição: pão, chocolate, sardinhas, *paximadia*,* laranjas, e ela havia encontrado até mesmo uma velha caçarola.

"Kelly, falei para você ficar na cama."

"Acabei me lembrando de súbito que sou, ao menos supostamente, uma aeromoça. Num acidente, todos contam comigo." Ela pegou o balde d'água e começou a lavar a caçarola. Enquanto ela se agachava, pude ver as feridas vermelhas nos seus calcanhares. "Você se arrependeu de termos vindo?"

* Biscoito crocante típico da Grécia. [NT]

"Não."
Ela olhou de volta para mim. "Tem certeza?"
"Estou encantada por termos vindo."
Satisfeita, ela voltou para a caçarola, a encheu com água e começou a quebrar o chocolate em pedaços. Eu me sentei na beirada do beliche e tirei os sapatos e as meias. Queria relaxar e não conseguia, e ela não conseguia. O calor, o ambiente minúsculo, nós dois, naquela desolação gélida.
"Desculpa se agi feito mulherzinha."
Havia um toque sutil de sarcasmo na voz dela, que eu não conseguia perceber no seu rosto. Ela começou a mexer o chocolate no fogo.
"Deixa de bobagem."
Uma rajada de vento golpeou o telhado de ferro, e a porta rangeu ao se entreabrir.
Ela disse: "A salvo da tempestade".
Olhei para ela da entrada, após eu ter escorado a porta com um dos esquis. Ela mexia o chocolate derretido com um graveto, ficando de lado para evitar o calor, enquanto me olhava. Levantou seu rosto corado e revirou os olhos em direção às paredes imundas. "Romântico, não acha?"
"Desde que me proteja do vento." Ela sorriu secretamente e olhou para a caçarola. "Você está sorrindo por quê?"
"Porque é mesmo romântico."
Eu me sentei no beliche, de novo. Ela tirou o suéter e soltou os cabelos. Evoquei a imagem de Julie, mas de certa maneira era uma situação em que Julie nunca se meteria. Tentei parecer descontraído.
"Você parece bem. Está em casa."
"Faz todo sentido. Passei a maior parte da minha vida dando duro num porão de navio." Ela ficou parada com uma das mãos sobre o quadril; um minuto de silêncio, velhas lembranças domésticas da Russell Square. "Qual o nome daquela peça do Sartre que a gente viu?"
"*Entre Quatro Paredes*."
"As paredes estão ainda mais apertadas."
"Por quê?"
Ela continuou com as costas viradas. "Ficar cansada sempre me deixa mais sexy." Soltei um suspiro. Ela disse suavemente: "Um risco a mais".
"Só porque os primeiros exames deram negativo, não quer dizer..."
Ela tirou o graveto marrom escuro da caçarola. "Acho que este delicioso *consommé à la reine* está pronto."
Ela se aproximou e se inclinou ao meu lado com aquele olhar de cima para baixo e um sorriso automático, típicos de uma aeromoça.

"Deseja algo para beber antes do jantar, senhor?"

Ela enfiou a caçarola embaixo do meu nariz, caçoando de si mesma e da minha seriedade, e eu dei risada, mas ela não riu de volta e abriu um dos seus mais gentis sorrisos. Eu peguei a caçarola. Ela foi até o beliche no outro canto da cabana e começou a desabotoar a blusa.

"O que você tá fazendo."

"Tirando a roupa."

Eu olhei para o lado. Segundos depois ela estava ao meu lado vestindo um dos cobertores enrolados como um sarongue, depois se sentou calmamente sobre outro cobertor dobrado, no chão, a uns cuidadosos sessenta centímetros de distância. Ao se virar para alcançar a comida atrás dela, o cobertor caiu sobre suas pernas. Ela o reajustou enquanto se virava de volta, mas em algum canto no recesso da minha mente aquele pequeno Priapo levantou os braços — e aquele outro membro do seu corpo — e espiou enlouquecidamente.

Comemos. A *paximadia,* as torradas fritas em azeite, estavam sem graça como sempre, o chocolate quente estava aguado e as sardinhas, inapropriadas, mas estávamos com muita fome para nos importar. Por fim, nos sentamos — eu também tinha me deslizado para o chão — saciados, com as costas apoiadas na beira do beliche, gerando mais fumaça no ambiente do que aquela que vinha do fogão. Estávamos ambos em silêncio, ambos esperando. Eu me senti como um menino com sua primeira garota, naquele momento em que as coisas devem parar, ou ir até o fim. Assustado de fazer qualquer movimento. Seus ombros nus eram pequenos, roliços, delicados. A ponta do cobertor que ela havia dobrado embaixo da axila se soltara. Eu estava vendo a parte de cima dos seus seios.

O silêncio se tornou gravemente constrangedor, pelo menos para mim, como uma espécie de prova de resistência, para ver qual de nós dois se renderia primeiro. A mão dela pousou sobre o cobertor que havia entre nós, para que eu a alcançasse. Comecei a pensar que ela tinha explorado toda a situação, planejado tudo para me colocar nesse dilema: esse silêncio que deixava claro que ela estava no comando, e não eu, e deixava claro que eu a desejava — não Alison, em particular, mas a garota que ela era, qualquer garota que estivesse ao meu lado naquele momento. Acabei jogando o meu cigarro no fogão e me recostei sobre o beliche e fechei meus olhos, como se estivesse muito cansado, como se tudo o que quisesse fosse dormir — o que seria verdade, não fosse por Alison. De repente, ela se mexeu. Abri meus olhos. Ela estava nua ao meu lado, o cobertor jogado para trás.

"Alison. Não." Mas ela se ajoelhou e começou a me despir.

"Pobre garotinho."

Ela escancarou minhas pernas, desabotoou minha camisa e a retirou. Fechei os olhos e permiti que ela me deixasse com o peito nu.

"É tão injusto."

"Você está tão moreno."

Ela correu as mãos pela lateral do meu corpo, meus ombros, meu pescoço, meus lábios; brincando comigo, me examinando, como uma criança com um brinquedo novo. Ficou de joelhos e beijou a lateral do meu pescoço e os bicos dos seus seios roçavam minha pele.

Eu disse: "Nunca me perdoaria se...".

"Não fale. Só fique deitado."

Ela me despiu completamente, depois guiou minhas mãos sobre todo o seu corpo, para que o reconhecesse, a pele suave, pequenas curvas, a magreza, a nudez sempre natural. As mãos. Enquanto me acariciava, pensei, é como estar com uma prostituta, mãos hábeis como as de uma prostituta, nada além de uma questão de prazer... e cedi ao prazer que ela me proporcionava. Depois de um tempo, ela se deitou sobre mim, sua cabeça em meu peito. Um longo silêncio. O fogo crepitava, queimando nossas pernas um pouco. Eu acariciei suas costas, seus cabelos, seu pescoço delicado, à mercê das terminações nervosas em minha pele. Eu me imaginei deitado na mesma posição com Julie, e achei que sabia que seria infinitamente perturbador e mais apaixonante, não uma coisa familiar, cansada e dolorida, quente, um pouco suada... uma palavra cafona como "excitante", mas ainda assim uma paixão ardente, misteriosa, irresistível.

Alison sussurrou, mudou de posição, me mordeu, balançou-se sobre mim numa carícia que ela chamava de carícia de *paxá*, que ela sabia que eu gostava, que todos os homens gostavam; minha dona e minha escrava.

Lembro que nos esparramamos no beliche, um colchão de palha grosseiro, os cobertores ásperos, ela me fazendo esperar um instante, me beijando na boca antes que eu pudesse me afastar, depois se virando de costas, minha mão nos seus peitos suados, e a mão dela segurando ali, a barriga lisa, o perfume sutil dos cabelos molhados de chuva, e então, em questão de segundos, rápido demais para se analisar o que fosse, o sono.

• • •

Acordei durante a noite, e fui beber água do balde. Pequenos feixes de luar entravam pelos velhos buracos de bala. Voltei e me reclinei sobre Alison. Ela tinha afastado um pouco do cobertor e um tanto de sua pele parecia uma sombra vermelha escura sob a luz das brasas, um seio nu e ligeiramente caído, sua boca entreaberta, um leve ronco. Jovem e anciã, inocente e corrupta, em cada mulher, toda mulher.

A onda de afeto e carinho que senti me fez decidir — com aquele tipo revelação espantosa que às vezes acompanha as ideias sobre os caminhos a seguir, quando se está dopado de sono — que no dia seguinte eu deveria lhe contar a verdade, não como uma confissão, mas como uma maneira de fazer com que ela enxergasse a verdade, que minha verdadeira doença não era curável como a sífilis, mas bem mais banal e bem mais terrível, uma promiscuidade congênita. Eu me aproximei dela, quase tocando-a, quase rasgando as cobertas e mergulhando sobre ela, entrando nela, fazendo amor com ela do jeito que ela queria, mas não. Eu gentilmente cobri seus seios nus, então peguei alguns cobertores e fui para o outro beliche.

John Fowles
O Mago

42

Fomos despertados por alguém batendo à porta, que depois a entreabriu. A luz do sol rasgou o interior da cabana. Ele se retirou quando viu que ainda estávamos nos beliches. Olhei para o meu relógio. Eram dez horas. Vesti minhas roupas e saí. Um pastor. Não muito longe dali eu conseguia ouvir os sinos do seu rebanho. Ele afastou com seu cajado os dois cães enormes que me mostravam os dentes e puxou, dos bolsos do seu sobretudo, um queijo embrulhado em folhas de azedeira, que trouxera para o nosso café da manhã. Após alguns minutos, Alison saiu, ajeitando sua camisa dentro da calça jeans e apertando os olhos por causa do sol. Compartilhamos com o pastor as sobras das torradas com laranjas e tiramos as últimas fotos do rolo. Fiquei feliz por ele estar ali. Pude ver, como se fossem palavras impressas nos olhos da Alison, que ela pensava que havíamos retornado ao nosso velho relacionamento. Ela quebrara o gelo, mas eu é quem deveria me jogar na água.

O pastor se levantou, apertou nossas mãos e partiu com seus dois cães selvagens, nos deixando a sós. Alison se espreguiçou ao sol sobre a grande laje de pedra que havíamos usado como mesa. Era um dia quente de abril, com bem menos vento e um deslumbrante céu azul. Os sinos das ovelhas soaram à distância, e um pássaro que parecia uma cotovia cantou no alto da encosta acima de nós.

"Queria que pudéssemos ficar aqui pra sempre."

"Preciso devolver o carro."

"Só um desejo." Ela me olhou. "Vem, senta aqui." Ela tamborilou a pedra ao seu lado. Seus olhos cinzentos me encaravam, da maneira mais cândida. "Você me perdoa?"

Eu me inclinei e a beijei no rosto, e ela me abraçou, de tal forma que fiquei deitado em cima dela, e tivemos uma conversa aos sussurros, a boca de um na orelha esquerda do outro.

"Diga que você queria."

"Eu queria."

"Diga que você ainda me ama um pouquinho."

"Ainda te amo um pouquinho." Ela beliscou minhas costas. "Um montão."

"E que você vai se cuidar."

"Hmm."

"E que nunca mais vai sair com essas mulheres imundas de novo."

"Nunca."

"É uma bobagem, quando você pode ter de graça. Com amor."

"Eu sei."

Eu estava vendo as pontas do cabelo dela sobre a laje, a um ou dois centímetros dos meus olhos, e tentava me preparar para a confissão. Mas seria como esmigalhar uma flor simplesmente por não se preocupar em pisar mais para o lado. Tentei me levantar, mas ela me segurou pelos ombros, e acabei ficando de frente para ela. Mantive seu olhar, sua sinceridade, por um instante, depois me virei e me sentei de costas.

"O que foi?"

"Nada. Só estava pensando que deus cruel fez uma garota legal como você ver alguma coisa num merda como eu."

"Isso me fez lembrar. Uma pista de palavras-cruzadas. Vi alguns meses atrás. Pronto?" Fiz que sim. "'Ela está toda embaralhada, mas contém a melhor parte do Nicholas.'... seis letras."

Eu adivinhei, e sorri para ela. "A pista termina com ponto final ou com interrogação?"

"Terminou comigo chorando. Como sempre."

E o pássaro acima de nós cantou, rompendo o silêncio.

Começamos nossa descida. Quanto mais descíamos, mais quente ficava. O verão subia a ladeira para nos encontrar.

Alison foi na frente, por isso quase nunca podia ver o meu rosto. Tentei entender meus sentimentos a respeito dela. Me irritava que ainda colocasse tanta confiança na questão carnal, no orgasmo compartilhado. Sua maneira de confundir isso com amor, de não ver que amor era outra coisa... o mistério da retirada, reserva, de se afastar no meio das árvores, de virar o rosto bem no último instante. No Parnaso, entre todas as montanhas, percebi que sua falta de sutileza, sua incapacidade de se esconder atrás de uma metáfora, deveria me ofender; me entediar, assim como poesia simplória normalmente me entediava. E mesmo assim, eu não conseguia decidir se ela tinha, se sempre teve, esse truque secreto para se desviar de todos os obstáculos que eu colocava entre nós; como se fosse realmente minha irmã, tivesse acesso a pressões injustas e pudesse sempre evocar semelhanças profundas para anular, ou para fazê-las parecer irrelevantes, as diferenças de gosto ou de sentimento.

Começou a falar sobre a vida de aeromoça, sobre si mesma.

"Meu Deus, o entusiasmo. Dura apenas um par de viagens. Novos rostos, novas cidades, novos romances com pilotos bonitos. A maioria dos pilotos acha que somos parte das cortesias da companhia aérea. Que entramos na fila para sermos abençoadas por suas velhas picas veteranas da Segunda Guerra Mundial."

Eu ri.

"Nicko, não tem graça. Isso acaba com você. Aquela merda de lata de sardinha. E toda a liberdade, todo aquele espaço do lado de fora. Às vezes, eu só quero abrir a saída de emergência e ser tragada para fora. E cair, um minuto de queda, maravilhosa, sem passageiros..."

"Você não fala sério."

"Mais sério do que você imagina. Chamamos isso de depressão do charme. Quando você cria um charme tão mecânico, basta inserir uma moeda, que acaba deixando de ser humana. É assim.... algumas vezes estamos tão ocupadas depois de uma decolagem, que não percebemos o quanto o avião subiu e você olha pra fora e se assusta... é assim mesmo, você de repente percebe o quanto está distante de quem você realmente é. Ou foi, algo assim. Não expliquei direito."

"Sim, explicou sim. Muito bem."

"Você começa a sentir que não pertence mais a lugar nenhum. Sabe, como se eu já não tivesse problemas o suficiente. Quer dizer, a Inglaterra é impossível, cada dia mais cheia dessas bobagens de *honi soit qui*,[*] é um túmulo. E a Austrália... a Austrália. Deus, como eu odeio meu país. O mais cruel, mais estúpido, mais cego..." Ela desistiu de continuar.

Seguimos por uma trilha, e então ela disse: "É só que eu não tenho mais raízes em lugar nenhum. Não pertenço mais a lugar nenhum. São apenas lugares de onde decolo ou onde pouso. Ou pelos quais passo sobrevoando. A única pátria que me resta".

---

[*] A expressão original em francês *"honi soit qui mal y pense"* literalmente significa "Maldito seja quem nisso ver maldade", e segundo a tradição foi dita por Eduardo III (1312-1377), rei da Inglaterra, na era das Cruzadas, após devolver a liga azul perdida pela condessa de Salisbury durante um baile. A frase é o lema da Ordem da Jarreteira. [NT]

Ela olhou para trás, um olhar tímido, como se estivesse guardando essa verdade a respeito de si, essa falta de raízes, de um lar para chamar de seu, que ela sabia que também era verdade a meu respeito.

"Pelo menos nos livramos de muitas ilusões também."

"Como somos espertos."

Ela ficou em silêncio, e eu engoli sua reprovação. Apesar de sua independência superficial, sua necessidade básica era se apegar aos outros. Toda sua vida fora uma tentativa de negar e então de aceitar isso. Ela era como uma anêmona-do-mar — precisava apenas ser tocada para aderir àquilo que a tocara.

Ela parou. Ambos percebemos ao mesmo tempo. Abaixo, à nossa direita, o som de água, uma corrente d'água.

"Adoraria lavar meus pés. Podemos ir até lá?"

Cortamos caminho entre as árvores e, dali a pouco, chegamos numa trilha apagada. Ela nos levou ladeira abaixo e finalmente chegamos a uma clareira. Do outro lado havia uma cachoeira de três metros ou mais. Um poço de água límpida se formara embaixo. A clareira estava repleta de flores e borboletas, um pequeno vale de exuberância verde-dourada, depois da floresta escura que havíamos atravessado. No ponto mais alto da clareira, havia um pequeno penhasco com uma caverna pouco profunda, e na entrada dela um pastor havia feito um toldo com ramos de abeto. Havia excrementos de ovelha no chão, mas eram antigos. Ninguém passava por ali desde que o verão começara.

"Vamos dar um mergulho."

"Deve estar um gelo."

"E daí?"

Ela tirou a blusa pela cabeça, e soltou o sutiã, sorrindo para mim na sombra recortada do toldo.

"Esse lugar deve estar cheio de cobras."

"Que nem o Éden."

Ela deixou o jeans e a calcinha branca caírem pelas pernas. Então alcançou a pinha de um dos ramos do toldo e me entregou. Eu a vi correr nua pelo longo gramado até o poço, sentir a temperatura da água e resmungar. Depois, ela entrou e deslizou soltando um grito. A água era verde como jade, neve derretida, e fez meu coração disparar quando mergulhei atrás dela. E ainda assim era lindo, a sombra das árvores, a luz do sol brilhando, o rugido cristalino de cascata, o gelo, a solidão, as gargalhadas, a nudez; momentos que você sabe que apenas a morte será capaz de apagar.

Sentado na relva ao lado do toldo, deixamos o sol e a leve brisa nos secarem e comemos o último chocolate. Então Alison se deitou de costas, seus braços jogados para trás, suas pernas um pouco abertas, entregue ao sol e, eu sabia, a mim também. Por algum tempo, me deitei como ela, de olhos fechados.

Então ela disse: "Sou a Rainha de Maio".

Estava sentada, virada para mim, apoiada num braço. Tecera uma coroa improvisada com margaridas e flores do campo que cresciam no gramado ao nosso redor. A coroa estava torta sobre seus cabelos despenteados, e ela abria um sorriso de uma inocência comovente. Ela não sabia, mas aquilo foi, a princípio, para mim, um momento intensamente literário. Eu reconhecera com exatidão: *England's Helicon*.* Havia esquecido que existiam metáforas e metáforas, e que os grandes poemas líricos quase sempre são diretos e raramente metafísicos. De uma hora para outra, ela era como um desses poemas, e senti uma onda apaixonada de desejo por ela. Não era apenas tesão, não apenas porque ela estava, como acontecia de tempos em tempos, linda de morrer, com seus peitos pequenos, cintura pequena, debruçada sobre uma das mãos, com covinhas no rosto antes de ficar séria, uma criança de 16 anos, não uma garota de 24. Era porque, além de toda a feiura, dos acréscimos antipoéticos da vida moderna, eu enxergava sua verdadeira essência — uma visão tão nua dela nesse sentido quanto o seu corpo; Eva sorria novamente através de dez mil gerações.

Senti na hora, era bem simples: eu a amava, queria ficar com ela *e* queria ficar com — ou achar — Julie. Não era como se eu quisesse uma mais do que a outra, queria as duas. Precisava ter as duas; não havia nenhuma desonestidade emocional envolvida. A única desonestidade estava em me sentir desonesto, por estar escondendo... foi o amor que finalmente me fez confessar, sem crueldade, nem um desejo de ser livre, insensível ou claro, mas simplesmente o amor. Acho que, naqueles poucos instantes demorados, Alison percebeu isso. Deve ter visto algo retorcido e tristonho no meu rosto, porque perguntou, muito gentilmente: "O que foi?".

"Não tive sífilis. É tudo mentira."

Ela me deu um olhar intenso, e então se afundou novamente no gramado. "Ah, Nicholas."

---

* Antologia de poemas do período elisabetano, lançada originalmente em 1600. O título faz alusão ao monte Hélicon, lar das musas na mitologia grega. [NT]

"Quero te contar..."

"Agora, não. Por favor, agora, não. Não importa o que aconteceu, vem fazer amor comigo."

E fizemos amor, não sexo, mas amor, apesar de que sexo teria sido muito mais inteligente.

Deitado ao lado dela, comecei a tentar descrever o que acontecera em Bourani. Os gregos antigos diziam que, se dormir uma noite no Parnaso, ou você fica inspirado ou enlouquece, e não havia dúvida sobre o que acontecera comigo. Enquanto falava, eu sabia que teria sido melhor não dizer nada, ou inventar alguma coisa... mas o amor, o amor precisa vir despido. Eu escolhera o pior momento de todos para ser honesto, e como a maioria das pessoas que passaram boa parte de suas vidas adultas sendo emocionalmente desonestas, acabei superestimando o valor de enfim estar sendo honesto... mas o amor, essa necessidade de ser compreendido. E o Parnaso também tinha culpa, por ser tão grego, um lugar que transformava em dor de cabeça tudo que não fosse a verdade.

É claro que ela queria primeiro saber o motivo do pretexto bizarro que eu havia usado, mas queria que ela entendesse a estranheza de Bourani antes que eu mencionasse sua profunda atração. Não escondi deliberadamente nada sobre Conchis, mas deixei muitas lacunas.

"Não que eu acredite em nada dessas coisas que ele tenta me fazer acreditar. Mas, mesmo assim... desde que ele me hipnotizou, não tenho certeza de nada. Simplesmente quando estou com ele, sinto que ele tem acesso a algum tipo de poder. Não oculto. Não sei explicar."

"Mas tem que ser tudo um truque."

"Claro. Mas por que eu? Como ele sabia que eu iria lá? Não sou nada para ele, ele obviamente não pensa muito em mim. Como pessoa. Está sempre rindo de mim."

"Ainda não entendo..." Mas então ela entendeu. Olhou para mim. "Tem mais alguém lá."

"Alison, querida, pelo amor de Deus, tente entender. Escute."

"Estou escutando." Mas ela desviou o rosto.

Então enfim contei para ela. Falei de modo que parecesse uma coisa assexuada, uma fascinação mental.

"Mas ela te atrai de outra forma."

"Allie, não sei dizer o ódio que eu tive por mim mesmo neste fim de semana. E como tentei te contar tudo uma dúzia de vezes antes. Não quero me sentir atraído por ela. De maneira alguma. Um mês, três semanas atrás, eu não acreditaria. Ainda não sei o que ela tem. Honestamente. Só sei que estou amaldiçoado, possuído por tudo que vem de lá. Não apenas por ela. Algo muito estranho está acontecendo. E estou... envolvido." Ela não pareceu se impressionar. "Preciso voltar à ilha. Por causa do trabalho. De inúmeras maneiras, eu não sou dono do meu destino."

"Mas essa garota." Ela estava olhando para o chão, colhendo sementes de capim.

"Ela é irrelevante. Sério. Apenas um pedaço pequeno daquilo tudo."

"Então por que tanta encenação?"

"Você não entende, estou sendo rasgado em dois."

"Ela é bonita?"

"Se eu ainda não me importasse tanto com você, no fundo tudo teria sido muito fácil."

"Ela é bonita?"

"É."

"Muito bonita."

Não falei nada. Ela enterrou o rosto nos seus braços. Eu cutuquei seu ombro caloroso.

"Ela é totalmente diferente de você. Diferente de qualquer garota moderna. Não sei explicar." Ela virou a cabeça de lado. "Alison."

"Eu devo parecer uma...". Mas ela não terminou a frase.

"Agora você está sendo ridícula."

"Estou?"

Fez-se um silêncio tenso.

"Olha, estou tentando desesperadamente, pela primeira vez na minha vida miserável, ser honesto. Não tenho desculpas. Se encontrasse essa garota amanhã, eu diria: Amo a Alison, a Alison me ama, é isso. Mas eu a conheci há duas semanas. E preciso encontrá-la novamente."

"E você não ama a Alison." Ela olhou para longe. "Ou você me ama até encontrar um rabo melhor."

"Não seja grossa."

"Eu sou grossa. Eu penso em grosserias. Eu falo grosserias. Eu *sou* grossa." Ela se ajoelhou, inspirou. "E agora? Faço uma reverência e me retiro?"

"Queria, por Deus, que eu não fosse tão complicado..."

"Complicado!", ela bufou.

"Egoísta."

"Assim está melhor."

Ficamos em silêncio. Duas borboletas amarelas, em plena cópula, passaram por nós, voando com esforço.

"Eu só queria que você soubesse quem eu sou."
"Eu sei quem você é."
"Se você soubesse, você teria me podado logo no começo."
"Ainda sei quem você é."

E seus gélidos olhos cinzentos me atravessaram, até que precisei desviar o olhar. Ela se levantou e foi se lavar. Era inútil. Não conseguia lidar, não conseguia explicar, e ela nunca entenderia. Pus minhas roupas e me virei de costas enquanto ela se vestia em silêncio.

Quando ficou pronta, ela disse: "Pelo amor de Deus, não me conte mais nada. Não aguento".

Chegamos em Arachova por volta das cinco horas e nos preparamos para a viagem de carro de volta a Atenas. Tentei duas vezes discutir tudo com ela de novo, mas ela não permitiu. Dissemos tudo o que havia para ser dito, e ela ficou calada e pensativa a viagem toda.

Atravessamos a estrada do mosteiro de Dafne por volta das oito e meia, com a luz poente sobre a cidade rosa e âmbar, os primeiros letreiros em neon ao redor de Syntagma e Ommonia parecendo joias distantes. Lembrei de onde estávamos naquele mesmo horário, na noite anterior, e olhei para Alison. Estava passando batom. Talvez após tudo aquilo houvesse uma solução, levá-la de volta ao hotel, fazer amor com ela, provar para ela, com os quadris, que eu de fato a amava... e — por que não? — fazer com que enxergasse que eu talvez valesse o sacrifício, do jeito que eu era e sempre seria. Comecei a puxar papo, casualmente, sobre Atenas, mas as respostas dela foram tão desestimulantes, tão bruscas, que a conversa soou ridícula, e me calei. O rosa se tornava violeta, e logo, era noite.

Chegamos no hotel em Pireu — eu reservara os mesmos quartos. Alison subiu enquanto eu levava o carro até a garagem. Na volta, vi um vendedor de flores e comprei uma dúzia de cravos. Fui diretamente ao quarto dela, bati na porta. Tive que bater três vezes antes que ela abrisse a porta. Estivera chorando.

"Trouxe flores pra você."
"Danem-se suas malditas flores."
"Olhe, Alison, não é o fim do mundo."
"É só o fim do romance."
Rompi o silêncio. "Não vai me deixar entrar?"
"Por que diabos eu deveria?"

Ela parou segurando a porta entreaberta, o quarto na penumbra atrás dela. Seu rosto estava horrível, inchado e impiedoso, claramente magoado.

"Me deixa entrar e conversar contigo."

"Não."

"Por favor."

"Vá embora."

Eu forcei minha entrada e fechei a porta. Ela ficou contra a parede, me encarando. A luz vinha da rua, eu conseguia ver seus olhos. Ofereci as flores. Ela as arrancou da minha mão, foi até a janela e as jogou fora, as pétalas rosadas, os caules verdes, perdidas na noite; e ficou ali de costas para mim.

"Esta experiência. É como estar na metade de um livro. Não posso jogá-la no lixo."

"Então você prefere me jogar."

Fui atrás dela, tentar pôr minhas mãos nos seus ombros, mas ela se esquivou com raiva de mim.

"Vá se foder. Só isso, vá se foder."

Sentei na cama e acendi um cigarro. Lá da rua, uma monótona música folclórica da Macedônia serpenteava dos alto-falantes de uma cafeteria, mas nós estávamos sentados num estranho casulo de isolamento, mesmo das coisas mais próximas do lado de fora.

"Vim para Atenas sabendo que não deveria me encontrar contigo. Me esforcei naquela primeira noite e ontem para provar a mim mesmo que não sentia mais nada de especial por você. Mas não funcionou. Foi por isso que eu falei. Tão estupidamente. E na hora mais errada." Ela não deu sinais de estar escutando; então dei minha cartada: "Falei quando poderia ter ficado quieto. Poderia continuar mentindo para você".

"Não é para mim que você está mentindo."

"Olha..."

"E que diabos significa 'sentir algo de especial?'" Fiquei calado. "Jesus, você não apenas tem medo do que *é* o amor. Você agora está com medo até de dizer a palavra."

"Não sei o que é o amor."

Ela se virou. "Bem, deixa eu te contar. O amor não é apenas o que eu disse que era naquela carta. Não se virar para trás para olhar. Amar é fingir que fui trabalhar, mas ir até Victoria. Para te dar uma última surpresa, um último beijo, um último... não importa, eu te vi comprando revistas. Naquela manhã, eu não conseguiria rir com mais ninguém nesse mundo. E mesmo assim você estava sorrindo. Você estava bem pra caralho conversando com um porteiro e rindo sobre qualquer coisa. Foi quando eu soube o que era o amor. Ver a pessoa com quem você quer viver toda feliz por ter escapado de você."

"Mas por que você não..."

"Sabe o que eu fiz? Saí de fininho. E passei o resto daquele dia de merda em posição fetal na *nossa* cama. Não porque eu te amava. Porque estava enlouquecida de ódio e de vergonha por amar você."

"E eu não devia saber."

Ela me deu as costas. "Eu não devia saber. Meu Deus!" A violência pairava no ar como eletricidade estática. "Tem mais. Você pensa que amor é sexo. Me deixa te contar uma coisa. Se eu quisesse você só por causa disso, teria deixado você depois da primeira noite."

"Minhas desculpas."

Ela olhou para mim, respirou fundo, abriu um sorriso pequeno e amargo. "Meu Deus, agora ele está ofendido. Estou tentando te dizer que eu te amei por quem você era. Não pelo seu maldito pau." Ela olhou novamente para a noite lá fora. "Claro que você era bom na cama. Mas você não é..."

Silêncio.

"O melhor que você teve."

"Se fosse isso o que importa." Ela veio até a beira da cama e se apoiou nela, me olhando de cima para baixo. "Acho que você é tão cego que provavelmente nem sabe que não me ama. Nem sabe que é um filho da puta egoísta e imundo que não consegue, não consegue no sentido de ser impotente, não consegue *jamais* pensar em nada além de ser o número um. Porque nada é capaz de te machucar, Nicko. Lá no fundo, onde importa. Você construiu sua vida de um jeito para que nada, jamais, te atinja. Então, faça o que fizer, você pode dizer: não consegui evitar. Você nunca perde. Sempre pode ter sua próxima aventura. Seu novo romance de merda."

"Você sempre deturpa..."

"Deturpa! Santo Cristo, não me venha falar de deturpar. Você não consegue nem contar nada de maneira direta."

Olhei para ela. "O que você quer dizer com isso?"

"Toda essa baboseira misteriosa. Acha que caio nisso? Tem uma garota na sua ilha com quem você quer trepar. Só isso. Mas é claro que isso é sacana, grosseiro. Então você enfeita um pouco. Como sempre. Enfeitar as coisas faz você parecer inocente, o grande intelectual que deve passar por sua experiência. Sempre se dando bem. Tendo o bônus sem o ônus. Sempre..."

"Eu juro..." Mas ela me calou a boca com um gesto impaciente. Andou para cima e para baixo no quarto. Tentei outra desculpa. "Só porque eu não quero me casar com você — nem com ninguém — não significa que eu não te ame."

"Isso me fez lembrar. Aquela criança. Você acha que eu não percebi. Aquela garotinha com o furúnculo. Aquilo te deixou furioso. A Alison mostrando o quanto ela é boa com crianças. Fazendo papel maternal. Será que eu te conto a verdade? Eu estava fazendo o papel maternal. Por um instante, quando ela sorriu, pensei nisso. Pensei no quanto eu gostaria de ter filhos contigo e... passar meus braços em volta deles e ter você ao meu lado. Não é horrível? Eu sinto essa coisa nojenta, imunda chamada amor... meu Deus, sífilis é *moleza* comparada ao amor... e eu sou tão depravada, tão colonial, tão degenerada que eu ouso demonstrar para você..."

"Alison."

Ela suspirou fundo, quase aos prantos.

"Percebi assim que nos encontramos na sexta-feira. Para você, eu sempre serei a Alison que dormia com vários. A garota australiana que fez um aborto. A bumerangue humana. Jogue-a longe e ela sempre vai voltar para mais um final de semana de trepadas baratas."

"Que golpe mais baixo."

Ela acendeu um cigarro. Eu fui até a janela e ela falou nas minhas costas, do outro lado da cama e do quarto, ao lado da porta. "Todo esse tempo, no outono passado... eu não tinha percebido ainda. Não tinha percebido que era possível você se tornar mais suave. Achei que estava se tornando mais durão. Sabe-se lá Deus por quê, me senti mais próxima de você do que jamais havia me sentido por outro homem. Sabe-se lá Deus por quê. Apesar do seu jeito inglês sabichão. Seu maldito elitismo de classes. Por isso, eu nunca superei sua partida. Tentei com Pete, tentei com outro homem, mas não adiantou. Sempre esse sonho estúpido e patético. De que um dia você ia me escrever... então eu pirei tentando organizar estes três dias. Apostando tudo neles. Mesmo que visse, meu Deus, eu podia ver como você estava só entediado."

"Não é verdade. Eu não estava entediado."

"Pensando sobre suas coisas em Phraxos."

"Também senti saudades suas. Os primeiros meses foram um inferno."

De repente, ela acendeu as luzes.

"Vire-se e olhe para mim."

Eu me virei. Ela estava em pé ao lado da porta, ainda em seu jeans azul e com a blusa azul escura, seu rosto como uma máscara cinza e branca.

"Eu guardei algum dinheiro. E você não pode estar exatamente falido. Se me pedir, eu largo meu emprego amanhã. Vou para essa sua ilha e moro com você. Adoraria um chalé na Irlanda. Mas aceito um chalé em Phraxos. Isso você pode ter. A terrível responsabilidade de ter que viver com alguém que te ama."

Aquilo foi cruel, mas minha única reação quando ela disse "um chalé em Phraxos" foi de profundo alívio por não ter lhe contado a oferta que Conchis me fizera.

"Ou?"

"Você não pode dizer não."

"Um ultimato."

"Não fuja. Sim ou não."

"Alison, se..."

"Sim ou não."

"Você não pode decidir essas coisas..."

Sua voz aumentou de tom. "Sim ou não."

Eu a encarei. Ela fez uma pequena careta com os lábios, sem um pingo de humor, e respondeu por mim.

"Não."

"Só porque..."

Ela correu até a porta e a abriu. Fiquei furioso, por essa cobrança ridícula, essa demanda brutal por um compromisso completo. Dei a volta na cama em direção a ela, puxei a porta das mãos dela e a fechei com força, então agarrei Alison e tentei beijá-la, me esgueirando atrás dela, ao mesmo tempo, para apagar a luz. A sala mergulhou de novo na escuridão, mas ela relutou loucamente, sacudindo a cabeça de um lado para o outro. Eu a puxei de volta para a cama e caímos atravessados sobre o colchão, fazendo com que a cama andasse e derrubasse o abajur e o cinzeiro da mesinha de cabeceira. Achei que ela fosse desistir, devia desistir, mas de repente ela gritou, tão alto que deve ter atravessado todo o hotel e ecoado no outro lado do porto.

"ME SOLTA!"

Eu me ajeitei um pouco e ela me acertou com seus punhos cerrados. Segurei-a pelos pulsos.

"Pelo amor de Deus."

"TE ODEIO!"

"Cala a boca!"

Eu a joguei para o lado, à força. Alguém no quarto vizinho bateu na parede. Outro grito ensurdecedor.

"TE ODEIO!"

Dei um tapa em seu rosto. Ela começou a soluçar violentamente, se contorceu, de lado, contra a cabeceira, fragmentos de palavras foram uivados contra mim, entre arquejos ofegantes e lágrimas.

"Me deixa em paz... me deixa em paz... seu bosta... seu egoísta do caralho..." Explosão de soluços, seus ombros estalaram. Eu me levantei e fui até a janela.

Ela começou a socar a grade da cama, como se estivesse além das palavras. Eu a odiei naquele momento, sua falta de controle, sua histeria. Eu me lembrei de que havia uma garrafa de uísque escocês lá embaixo, no meu quarto — ela me dera de presente, no primeiro dia.

"Olha, eu vou buscar uma bebida para você. Agora, pare de chorar."

Eu passei por cima dela. Ela nem percebeu, continuou golpeando a grade da cama. Fui até a porta, hesitei, olhei para trás, depois saí. Três gregos, um homem, uma mulher e um velho, estavam parados a duas portas abertas de distância, me olhando como se eu fosse um assassino. Desci as escadas, abri a garrafa, tomei um gole direto do gargalo, depois voltei.

A porta estava trancada. Os três espectadores continuavam encarando, me viram tentar abrir, bater, tentar de novo, bater, e depois chamar o nome dela.

O mais velho se aproximou de mim.

Alguma coisa estava errada?

Fiz uma careta e murmurei. O calor.

Ele repetiu minha frase, desnecessariamente, aos outros dois. Ah, o calor, disse a mulher, como se isso explicasse tudo. Não se moveram.

Tentei outra vez, chamei seu nome pelo outro lado dos painéis de madeira. Não ouvi nada. Dei de ombros, para o alívio dos gregos, e desci as escadas. Dez minutos depois, retornei; retornei quatro ou cinco vezes ao longo de mais uma hora, e sempre a porta, para o meu alívio secreto, continuava trancada.

Eu pedi para ser acordado, e fui, às oito, então me vesti de pronto e fui até o quarto dela. Bati, nenhuma resposta. Quando tentei a maçaneta, a porta se abriu. A cama estava desfeita, mas Alison e os seus pertences haviam partido. Corri até a recepção. Um senhor de óculos com feições de coelho, pai do proprietário, estava sentado atrás do balcão. Já havia morado nos Estados Unidos e falava inglês muito bem.

"Sabe aquela garota que estava comigo na noite passada... ela partiu de manhã?"

"Ah, sim. Ela partiu."

"Quando?"

Ele olhou para o relógio. "Mais ou menos uma hora atrás. Ela deixou isso. Disse para entregar quando você descesse."

Um envelope. Meu nome rabiscado: *N. Urfe*.

"Ela não disse para onde estava indo?"

"Só pagou a conta e saiu." Notei pelo modo como ele me olhava que ele tinha ouvido — ou tinha ouvido alguém falar a respeito — os gritos da noite anterior.

"Mas eu avisei que eu iria pagar."

"Eu falei. Eu disse isso a ela."

"Inferno."

Quando me virei para sair, ele disse: "Ei, sabe o que dizem nos Estados Unidos? Sempre tem muitos outros peixes no mar. Conhecia esta? Muitos outros peixes no mar."

Voltei para o meu quarto e abri a carta dela. Era um rabisco, uma decisão de última hora de não partir em silêncio.

> Pense como seria se você voltasse para sua ilha e não houvesse mais nenhum velho, nenhuma garota. Nada de jogos e brincadeiras misteriosas. O lugar todo trancado para sempre.
>
> Acabou acabou *acabou*.

Por volta das dez horas, telefonei para o aeroporto. Alison não havia retornado, e não deveria retornar até o seu voo para Londres, às cinco da tarde. Tentei mais uma vez às onze e meia, logo antes de o barco partir, a mesma resposta. Quando o navio, que estava lotado com estudantes, saiu do cais, percorri a multidão de pais, de conhecidos e de vadios. Imaginei que ela poderia estar entre eles, observando, mas se esteve, estava invisível.

O feioso porto industrial de Pireu recuava e o barco partiu em direção ao sul, rumo ao esbelto monte azul de Egina. Fui até o bar e pedi um copo grande de ouzo, era o único lugar em que os estudantes não podiam entrar. Tomei um gole generoso, sem gelo, e fiz uma espécie de brinde interno, um tanto amargo. Havia escolhido meu próprio destino, o destino difícil, perigoso e poético, tudo de uma só vez, por mais que, mesmo naquele momento, eu ainda ouvisse Alison invertendo amargamente essas duas últimas palavras.

Alguém se sentou no banco ao lado do meu. Era Demetriades.

Ele bateu palmas para chamar o barman.

"Me pague um drinque, seu inglês tarado. E eu te conto como passei um final de semana dos mais divertidos."

John Fowles
O Mago

43

Pense como seria se você voltasse para sua ilha e... Eu tive toda uma terça-feira para pensar apenas nisso, para me enxergar como Alison me via. Rascunhei naquela noite uma longa carta, várias cartas, para ela, mas nenhuma dizia o que eu queria: que eu detestava o que tinha feito com ela, mas não conseguiria fazer de outra forma. Eu era como um dos marinheiros de Ulisses — transformado em porco, e agora capaz apenas de agir de acordo com minha nova identidade. Rasguei as páginas. O que eu realmente queria dizer era que estava encantado e que eu precisava, por mais absurdo que fosse, ser livre para estar encantado.

Ajudou muito me esforçar dando aulas, dedicando-me pela primeira vez, para suportar o suspense. Na noite de quarta-feira, quando retornei da última aula do dia até o meu quarto, encontrei um bilhete na minha escrivaninha. Meu coração saltou. Reconheci a caligrafia de imediato. O bilhete dizia: "Esperamos ansiosamente para vê-lo no sábado. Se não ouvir nenhuma recusa da sua parte, considerarei que você virá. Maurice Conchis." Estava datado acima como "manhã de quarta-feira". Senti um enorme alívio, uma onda de entusiasmo renovado, e de repente tudo durante aquele último final de semana me pareceu, se não justificado, necessário.

Tinha que corrigir tarefas, mas não consegui me acalmar. Caminhei até o principal cume, meu mirante natural. Precisava ver o telhado de Bourani, o sul da ilha, o mar, as montanhas, toda a realidade da irrealidade. Não sentia aquela necessidade ardente de descer e espionar, que havia me possuído na semana anterior, mas uma combinação equilibrada de expectativa e reafirmação, uma certeza a respeito de uma saudável simbiose. Eu ainda era deles; eles eram meus.

Por algum motivo extraordinário, no caminho de volta até a escola, minha própria felicidade me fez pensar de novo em Alison, quase para sentir pena de sua ignorância sobre a sua verdadeira rival. Num impulso, antes que eu começasse a correção das tarefas, rabisquei um bilhete para ela.

> Allie, querida, você *não* pode dizer para alguém "Decidi que devo te amar". Posso ver um milhão de *motivos* pelos quais eu deveria te amar, porque (como tentei explicar) do meu jeito, do meu jeito de ser um perfeito babaca, eu te amo. O Parnaso foi lindo, por favor não pense que não significou nada para mim, que foi apenas carnal, ou que teria sido qualquer coisa além de inesquecível, sempre, da minha parte. Vamos, pelo amor de Deus, manter assim. Eu sei que está terminado. Mas alguns momentos ao lado daquele poço, não importa quantos amantes nós venhamos a ter, nunca serão apagados.

Aquilo retirou um certo peso da minha consciência, e eu a mandei pelos correios na manhã seguinte. O único exagero deliberado estava na última frase.

Às dez para às quatro no sábado eu estava no portão de Bourani, e lá, andando pela trilha à minha frente, estava Conchis. Vestia uma camisa preta, bermuda cáqui comprida, sapatos marrons escuros e meias verdes desbotadas. Andava com propósito, quase apressadamente, como se quisesse sair do caminho antes que eu chegasse. Mas ele ergueu o braço assim que me viu. Paramos no meio do caminho, a uns dois metros de distância.
"Nicholas."
"Olá."
Ele fez um ligeiro aceno de cabeça.
"Teve um descanso agradável?"
"Não exatamente."
"Foi para Atenas?"
Eu já havia decidido que história contar. Ele deveria saber, através de Hermes ou Patarescu, que eu estivera fora.
"Minha amiga não pôde vir. Sua companhia a colocou em outra rota."
"Ah. Sinto muito. Que pena."
Dei de ombros, então olhei para ele. "Passei a maior parte do tempo me perguntando se eu deveria voltar aqui. Nunca tinha sido hipnotizado."
Ele sorriu, sabia o que eu estava perguntando, na verdade.
"Só depende de você rejeitar ou aceitar o que lhe é sugerido."

Eu me lembrei, enquanto sorria timidamente em resposta, que estava de volta a um mundo polissemântico. "Sou grato por essa parte."

"Não existe outra parte." Ele não recebeu muito bem meu olhar cético, e continuou com alguma aspereza. "Sou um médico, portanto sigo o juramento de Hipócrates. Se alguma vez desejasse lhe fazer perguntas sob hipnose, eu certamente pediria sua permissão primeiro. Além do mais, é um método bastante insatisfatório. Já foi demonstrado diversas vezes que os pacientes são capazes de mentir sob hipnose."

"Todas aquelas histórias sobre mesmeristas* sinistros obrigando..."

"Um hipnotista pode obrigá-lo a fazer coisas tolas e incongruentes. Mas ele não tem poderes contra o superego. Isso eu posso lhe garantir."

Deixei passar alguns instantes.

"Está de saída?"

"Passei o dia inteiro escrevendo. Preciso andar. Mas esperava encontrar com você antes. Alguém está esperando para lhe servir chá."

"Como você quer que eu me comporte?"

Ele olhou de novo para a casa invisível, depois pegou meu braço e me fez passear ao seu lado em direção ao portão.

"Nossa paciente está com o humor alterado. Mal consegue esconder a excitação pelo seu retorno. Tampouco a decepção de saber que eu estou ciente do segredinho entre vocês."

"Que segredinho é esse?"

Ele me deu um olhar com as sobrancelhas cerradas. "A hipnose investigativa faz parte do tratamento que adoto no caso *dela*, Nicholas."

"Com a permissão dela?"

"Neste caso, dos pais."

"Entendo."

"Sei que ela agora está fingindo ser uma atriz. E sei o porquê. Ela quer te agradar."

"Me agradar?"

"Você a acusou de estar representando um papel, foi o que entendi. E ela abraçou alegremente a acusação." Ele apertou meu cotovelo. "Mas eu propus um problema a ela. Eu disse que sabia do seu novo disfarce. Não pela hipnose. Mas porque você me contou."

---

* Seguidores do mesmerismo, doutrina do médico alemão Franz Anton Mesmer (1743-1815) sobre magnetismo animal e hipnotismo no tratamento de doenças. [NT]

"Então ela não confia mais em mim."

"Ela nunca confiou em você. Ela também revelou sob hipnose que a princípio suspeitava que você fosse um médico — alguém que trabalhava comigo."

Eu me lembrei do que ela disse sobre alguém tê-la feito rodopiar numa brincadeira de cabra-cega.

"Mas suspeitava com razão — agora que você me contou a... verdade?"

Ele ergueu um dedo com satisfação. "Exato." Era como se ele estivesse parabenizando um pupilo dotado de um brilhantismo em especial; e era cego, tão absurdamente cego quanto uma rainha de Lewis Carroll diante de Alice, para minha evidente perplexidade. "Sendo assim, sua tarefa agora é ganhar a confiança dela. Custe o que custar, não deixe de compartilhar quaisquer suspeitas que ela tenha dos meus motivos. Dê-lhes crédito. Mas seja cuidadoso. Ela pode montar armadilhas. Você deve contestar se ela se tornar muito delirante. Lembre-se sempre de que um lado de sua mentalidade dividida é bastante capaz de análises racionais — e tem muita experiência em ludibriar médicos que recorrem à técnica da complacência *ad absurdum*. Estou certo de que alguma história de perseguição surgirá. Ela tentará conquistar você como aliado. Contra mim."

Metaforicamente, se não literalmente, mordi meus lábios.

"Mas, com certeza, se todos sabemos agora que ela não pode ser a Lily...?"

"Abandonamos essa história. Eu me tornei um milionário excêntrico. Ela e sua irmã são um par de jovens atrizes que eu trouxe até aqui — ela sem dúvida inventará um motivo estranho — com o qual talvez faça você acreditar em propósitos muito perversos da minha parte. Talvez de natureza sexual suspeita. Você exigirá evidências, provas..." Ele acenou com a mão, como se minha parte nisso tudo já estivesse óbvia demais para especificar detalhes.

"O que acontece se ela tentar uma repetição do ano passado — tentar fazer com que eu a ajude a fugir?"

Ele me deu um breve olhar de aviso. "Você deve me contar na hora. Mas não acho que seja provável. Ela aprendeu a lição com Mitford. E lembre-se, não importa o quanto ela pareça confiar em você, ela não confia. É óbvio que você confirmará que nunca me disse uma só palavra do que aconteceu em sua última visita."

Eu sorri. "É claro."

"Tenho certeza de que você percebe aonde quero chegar. Quero que a pobre menina compreenda o seu próprio problema ao fazer com que ela reconheça a natureza da situação artificial que estamos criando juntos aqui. Ela dará seu primeiro passo válido de volta à normalidade no dia em que parar e disser: 'Este não é o mundo real. Estes não são relacionamentos reais'."

"Quais são as chances dela?"

"Pequenas. Mas existem. Especialmente se você fizer sua parte direito. Ela pode não confiar em você. Mas se sente atraída por você."

"Farei tudo que puder."

"Obrigado. Tenho muita confiança em você, Nicholas." Ele estendeu a mão. "Estou encantado em recebê-lo de volta."

Nós nos separamos, mas olhei para trás após alguns passos, para ver que caminho ele tomara. Aparentava descer rumo a Moutsa. Não acreditei que estivesse apenas passeando. Ele caminhava como um homem que vai se encontrar com alguém, que precisa resolver algo. Mais uma vez, eu estava abalado. Tinha vindo a Bourani, após tantas horas inúteis de especulação, determinado a duvidar igualmente dele e de Julie. Mas sabia que agora teria que vigiá-la como um gavião. O velho se envolveu com psiquiatria, sabia hipnotizar — esses eram fatos comprovados, e nada do que ela dissera sobre si mesma era comprovado por qualquer evidência incontestável. Também havia a possibilidade cada vez maior de que eles estivessem agindo em conluio para me enganar, e, neste caso, Julie Holmes seria uma identidade tão falsa quanto Lily Montgomery.

Ninguém estava à vista quando me aproximei da casa, cruzando o cascalho. Saltei os degraus e andei com passos sorrateiros pelo canto, sobre os ladrilhos largos embaixo da entrada da colunata.

Ela estava em pé sob um dos arcos, olhando para o mar, metade no sol, metade na sombra, e — isso foi um choque, ainda que eu devesse ter adivinhado — vestida com roupas contemporâneas. Uma camisa azul-marinho, um par de calças de praia brancas com um cinto vermelho — estava descalça, seus cabelos soltos, uma garota que poderia adornar o terraço de qualquer hotel mediterrâneo de bom gosto. Uma coisa já estava evidente: ela era tão desejável em roupas modernas quanto fantasiada, uma jovem arrebatadoramente linda, de forma alguma menos atraente por estar menos enfeitada naquele momento.

Ela se virou assim que eu apareci, e houve um estranho silêncio, uma dúvida no olhar de ambos através do espaço entre nós. Parecia vagamente surpresa, como se houvesse suspeitado em parte que eu não viria; sentiu-se aliviada, ainda que quase imediatamente distante. Havia uma leve impressão de que fora flagrada sem fantasia, e não tinha certeza da minha reação quanto à sua nova aparência — como uma mulher mostrando um novo vestido pela primeira vez ao homem que terá que pagar pela roupa. Ela desviou seu olhar do meu. Ao meu lado, eu sabia que estava o fantasma de Alison, do que acontecera no Parnaso, um vislumbre de adultério, um momento de culpa. Permanecemos assim por vários segundos. Então ela olhou para cima de novo, até onde eu estava, a uns seis metros de distância, com a mochila nas mãos. Reparei em algo novo a respeito dela, o começo de um bronzeado, uma pele cor de mel. Tentei fazer uma leitura psicológica dela, psiquiátrica, e desisti.

Eu disse: "Elas ficam bem em você. Roupas modernas".

Ela ainda parecia perdida, como se os dias que ficamos separados tivessem dado ensejo a incontáveis receios.

"Você encontrou com ele?"

"Ele quem?" Mas foi um erro, havia algo de impaciente no seu olhar. "O velho? Sim. Ele estava indo passear agora há pouco."

Sua suspeita não fora amenizada, e ela me encarou por mais um instante. Então disse, com uma indiferença perceptível: "Aceita um chá?".

"Adoraria."

Ela se moveu descalça em silêncio sobre os ladrilhos até a mesa. Vi um par de alpargatas vermelhas perto da porta da sala de música. Ela riscou um fósforo e acendeu o fogareiro, e depois colocou o bule sobre a base. Ela evitava meus olhos, brincando com as capas de musselina que cobriam a comida; a cicatriz no seu pulso. Havia quase uma rabugice em sua atitude. Larguei minha sacola perto da parede e me aproximei.

"O que houve?"

"Nada."

"Eu não te traí de forma alguma. Não importa o que ele tenha dito." Ela me deu a mais breve espiada, mas então encarou a mesa outra vez. Tentei puxar assunto. "Onde você estava?"

"No iate?"

"Onde?"

"Velejando. Nas Cíclades."

"Senti sua falta."

Ela não disse nada. Não olhava para mim. Eu tinha antecipado vários tipos de recepção, mas não essa aparente vontade de que eu não tivesse vindo. Aquilo fez correr em mim um arrepio de medo — algo de aflito, perdido, na atitude dela; e no caso de uma garota tão bonita, apenas um motivo no qual eu não queria acreditar seria capaz de explicar a aparente falta de outros homens em sua vida. "Entendi que Lily morreu."

Ela falou voltada para a mesa. "Você não parece muito surpreso."

"Nada me surpreende aqui. Não mais." Ela suspirou; outra vez, eu tinha dado a resposta errada.

"Quem você está interpretando oficialmente agora?" Ela se sentou. O bule já devia estar fervendo, porque começou a apitar. Ela olhou de súbito para mim. A pergunta era nitidamente acusatória.

"Você se divertiu em Atenas?"

"Não. E não encontrei minha amiga."

"Maurice nos disse que você a encontrou."

Eu o amaldiçoei em silêncio, e me senti como se estivesse tendo o pesadelo dos mentirosos. "Que estranho. Ele não sabia disso cinco minutos atrás. Quando ele me perguntou se havia estado com ela."

Ela olhou para baixo. "Por que não?"

"Pelos motivos que eu lhe disse. Está tudo terminado."

Ela virou um pouco de água quente na chaleira, depois atravessou a colunata para esvaziá-la. Quando voltou, eu disse: "E porque eu sabia que a veria de novo".

Ela se sentou e pegou uma colherada de chá no potinho para jogar na chaleira. "Pode comer. Se estiver com fome."

"Tenho muito mais fome de saber por que estamos nos comportando como completos desconhecidos."

"Porque é exatamente o que nós somos."

"Por que você não responde minha pergunta sobre seu novo papel?"

"Porque você já sabe a resposta."

Seus olhos cinza-arroxeados estavam sobre mim, e eram muito diretos. A chaleira ferveu, e ela a ergueu e encheu o bule. Enquanto colocava a chaleira no fogareiro e apagava a chama, disse: "Não culpo você por achar que eu estava louca. Comecei a me perguntar cada vez mais se não estou". Sua voz se tornava cada vez mais seca. "Desculpe se estraguei uma cena preparada." Então ela sorriu sem graça. "Você quer seu chá com esse leite de cabra nojento ou com limão?"

"Limão."

Senti um grande alívio. Ela acabara de fazer aquilo que nunca faria, se o velho estivesse me contando a verdade — a menos que ela fosse tão insanamente ardilosa, ou ardilosamente insana, que estivesse ganhando dele no seu próprio jogo. Eu me lembrei da navalha de Occam: sempre acredite na mais simples das explicações. Mas joguei com cautela.

"Por que eu pensaria que você é doida?"

"Por que eu pensaria que você não é quem diz ser?"

"Por que, de fato?"

"Porque a pergunta que você fez prova o contrário." Ela empurrou uma xícara para mim. "Seu chá."

Eu olhei para a xícara, depois olhei para ela. "Certo. Não acredito que você seja um caso famoso de esquizofrenia."

Ela me olhou, ainda sem dar o braço a torcer. "Você aceitaria dividir um sanduíche... senhor Urfe?"

Não sorri, fiquei em silêncio.

"Julie, isso é absurdo. Estamos caindo em todas as armadilhas que ele monta. Achei que tínhamos concordado da última vez. Não precisamos mentir um para o outro quando ele não estiver ouvindo."

Sem avisar, ela se levantou e caminhou devagar até o outro canto da colunata, onde os degraus desciam até a horta do terraço no sentido oeste. Ela se apoiou na mureta, de costas para mim, olhando para as distantes montanhas do Peloponeso. Após um instante, eu me levantei e fui atrás dela. Ela não se virou para me ver.

"Não estou culpando você. Ele te contou tantas mentiras sobre mim como me contou mentiras sobre você." Eu me aproximei e toquei no ombro dela. "Por favor. Fizemos um pacto de confiança da última vez." Não houve resposta ao meu toque, então abaixei a mão."

"Imagino que você queira me beijar outra vez."

A aspereza ingênua daquela frase me pegou de surpresa.

"É um crime?"

Ela cruzou os braços de súbito, ficou de costas para a mureta e me encarou com um olhar intenso.

"E me levar pra cama?"

"Só se você quiser."

Ela explorou meus olhos, depois olhou para baixo.

"E se eu não quiser?"

"Então não, obviamente."

"Então talvez suas investidas não valham a pena."

"Isso é um insulto."

Disse com força o suficiente para testá-la. Ela abaixou a cabeça, seus braços ainda dobrados.

Falei com um tom de voz mais gentil. "Olha, que diabos ele te disse?"

Fez-se um longo silêncio, até que ela murmurou: "Se eu soubesse no que acreditar".

"Tente seguir os seus instintos."

"Pelo visto, eu os perdi desde que vim para cá." Houve um novo silêncio, e então ela fez um pequeno movimento de lado com a cabeça inclinada. Sua voz estava um tantinho menos acusatória. "Ele me disse algo nojento, depois daquela vez. Que você... que você foi a bordéis e que os bordéis gregos não eram seguros e que eu não deveria deixar que você me beijasse outra vez."

"É nesses lugares que você acha que eu fui?"

"Eu não sei aonde você foi."

"Então você acredita nele?" Ela não disse nada. Fiquei furioso com Conchis, a audácia dele, falando sobre o juramento de Hipócrates. Olhei para a cabeça inclinada, depois me pronunciei. "Estou farto disso. Vou embora."

Não estava falando sério, mas me virei em direção à mesa, como se estivesse. Ela falou logo: "Por favor". Uma breve pausa. "Eu não disse que acreditava."

Parei e olhei de volta para ela. Pelo menos, havia um pouco menos de hostilidade nos seus olhos.

"Mas você está agindo como se acreditasse."

"Estou agindo assim, pois não entendo por que ele continua me contando coisas que sabe que eu não posso acreditar."

"Se fosse verdade, ele deveria ter te alertado desde o começo."

"Isso também nos ocorreu."

"Você não perguntou para ele por que não te alertou antes?"

"Ele disse que tinha acabado de descobrir." Então ela disse, no seu tom mais gentil até ali: "Por favor, não vá embora".

Apesar de ela ter desviado os olhos para baixo no final, ela reteve meu olhar tempo o suficiente para que eu acreditasse na sinceridade do pedido. Eu me aproximei dela outra vez.

"Ainda estamos tão convencidos da bondade essencial dele?"

"De uma certa maneira, sim." Ela continuou: "Apesar de tudo".

"Eu tive a experiência da telepatia universal."

"Sim, ele nos contou."

"Ele hipnotizou você?"

"Já. Diversas vezes."

"Ele alega que é assim que sabe tudo o que se passa em nossas mentes."

Aquilo a chocou por um momento, ela olhou para cima, mas depois bufou em protesto. "É ridículo. Eu nunca o deixaria fazer isso. June sempre esteve aqui, ele mesmo insiste nisso. É apenas uma técnica, na verdade uma técnica bastante admirável, que ajuda você a entrar num papel. Ela diz que ele só fala e fala... e de alguma maneira eu absorvo tudo."

"Julie não é apenas mais um papel?"

"Vou te mostrar meu passaporte. Não estou com ele agora, mas... da próxima vez. Eu prometo."

"Da última vez... você deveria ter me avisado que a história da esquizofrenia estava por vir."

"Eu te avisei de que algo estava por vir. Tanto quanto tive coragem."

Eu podia sentir nossas dúvidas e suspeitas sendo armadas mais uma vez, e precisava conceder que sim, ela havia me avisado à sua maneira. Havia algo muito mais submisso a seu respeito naquele instante, algo defensivo.

"Está bem... mas não importa o que ele diz ser. Ele é mesmo um psiquiatra?"

"Sim, sabemos disso faz algum tempo."

"Então toda essa história tem a ver com isso?"

Mais uma vez, eu estava sendo avaliado. Então ela olhou de lado para os ladrilhos. "Ele fala muito sobre situações experimentais. Sobre os padrões comportamentais das pessoas que enfrentam situações que não compreendem. Muito a respeito de esquizofrenia." Ela deu de ombros. "De como as pessoas se dividem... eticamente, de todas as formas, perante o desconhecido. Um dia ele disse algo a respeito do desconhecido ser o grande fator motivador em toda a existência humana. Falava sobre não sabermos o motivo de estarmos aqui. Do porquê de existirmos. Da morte. O além. Tudo isso."

"Mas o que ele de fato queria que lhe provássemos?"

Ela ainda olhava para o chão, agora sacudia a cabeça.

"Honestamente, tentamos várias vezes fazer com que ele fosse mais específico, mas ele... ele sempre vinha com o mesmo argumento — se soubéssemos o propósito final, o que ele esperava, então era óbvio que isso afetaria nosso modo de agir." Ela soltou um suspiro relutante. "Faz algum sentido."

"Eu ouvi isso antes. Quando pedi para conhecer seu suposto histórico."

Seus olhos encontraram os meus. "Não existe. Precisei aprender de cor. O que ele inventou."

"Uma coisa é clara. Por algum motivo, ele está enfiando todo o tipo de mentiras na nossa goela. Mas não precisamos ser do jeito que ele quer. Eu sou tão sifilítico quanto você é esquizofrênica."

Ela abaixou a cabeça. "Eu não acreditei mesmo nisso."

"Quer dizer, se isso é parte do jogo dele, do experimento, o que for, eu não me importo com quantas mentiras ele conta a meu respeito. Mas eu me importo se você começar a acreditar nelas."

Fez-se um silêncio. Os olhos dela, quase contra sua própria vontade, ao que parecia, subiram para se encontrar com os meus outra vez. Diziam algo que ia além da presente situação, numa linguagem muito mais antiga do que as palavras. Uma dúvida havia se dissolvido neles, uma candura havia sido restaurada, e tacitamente aceitavam meu julgamento. Por um breve momento, houve um sorriso de concessão, uma ligeira expressão de admissão no canto da boca. Ela abaixou os olhos mais uma vez, e então levou as mãos para trás. Silêncio, um indício da penitência de uma garotinha, uma esperança tímida de ser perdoada.

Dessa vez foi algo compartilhado. Os lábios estavam mornos e se moviam debaixo dos meus, e eu tive permissão de abraçar seu corpo, de conhecer suas curvas, sua magreza... e também de saber, com uma certeza deliciosa, que tudo era bem menos complicado do que parecia. Ela queria ser beijada. As pontas de nossas línguas se tocaram, por uns poucos segundos o abraço se tornou mais apertado, apaixonado. Mas então ela puxou sua boca bruscamente e voltou sua cabeça sobre o meu ombro, apesar de continuar colada ao meu corpo. Beijei o topo de sua cabeça.

"Quase fiquei maluco pensando em você."

Ela sussurrou: "Eu teria morrido se você não viesse hoje".

"Isso é real. Tudo mais é irreal."

"É isso o que me assusta."

"Por quê?"

"Querer ter certeza. Mas não ter certeza."

Eu apertei meus braços um pouco mais em torno dela. "Podemos nos ver hoje à noite? Sozinhos em algum lugar?" Ela ficou em silêncio e eu logo disse: "Pelo amor de Deus, confie em mim. Eu nunca iria te fazer mal".

Ela se afastou de mim com cuidado, pegou minhas mãos, ainda olhando para baixo. "Não é isso. É que tem muito mais gente aqui do que você imagina."

"Onde você dorme aqui?"

"Tem um... uma espécie de esconderijo." Ela disse depressa: "Vou te mostrar. Eu prometo".

"Tem algo planejado para hoje à noite?"

"Maurice está nos contando outro suposto episódio da vida dele. Eu vou me juntar a vocês após o jantar." Ela sorriu. "E, para falar a verdade, não sei do que se trata."

"Então podemos nos encontrar depois disso?"

"Vou tentar. Mas não posso..."

"Que tal à meia-noite? Perto da estátua?"

"Se eu conseguir." Ela olhou de volta em direção à mesa, e apertou minhas mãos. "Agora seu chá já esfriou."

Fomos de novo para a mesa e nos sentamos. Eu a impedi de fazer outro chá, e bebemos o que estava morno. Comi um sanduíche ou dois, ela fumou, conversamos. Assim como eu, nem ela nem sua irmã conseguiam entender a determinação paradoxal do velho em nos atrair para o seu jogo, e mesmo assim parecer sempre prestes a abandoná-lo.

"Toda vez que demonstramos escrúpulos, ele oferece uma passagem direto para a Inglaterra. Uma noite no cruzeiro, tentamos confrontá-lo — saber o que ele *estava* fazendo, se ele não poderia, *por favor*... e tudo mais. No final, ele ficou furioso como eu nunca tinha visto. Quase precisamos implorar na manhã seguinte. Pedir perdão por sermos tão intrometidas."

"É óbvio que ele está usando a mesma técnica em todos nós."

"Ele fica dizendo que eu deveria manter você a um braço de distância. Que assim vou acabar te desanimando." Ela jogou as cinzas no ladrilho e sorriu. "Chegou a pedir desculpas por você ser tão lento no raciocínio, no outro dia. Achei que aquilo foi muito engraçado, considerando que você havia decifrado a história da Lily nos primeiros cinco segundos."

"Ele não tentou te vender a ideia de que eu seria algum tipo de assistente, um jovem psiquiatra?"

Pude ver que aquilo tanto a surpreendeu quanto a deixou inquieta. Ela hesitou. "Não. Mas isso passou por nossas cabeças." E então ela continuou: "Você é?".

Sorri. "Ele acabou de me dizer que extraiu isso de você através da hipnose. Que é isso o que você suspeita. Temos que ficar atentos, Julie. Ele quer nos levar para a areia movediça."

Ela apagou o cigarro. "E também que a gente perceba que já está?"

"A última coisa que ele podia querer de verdade era nos separar."

"Sim, também achamos isso."

"Então o enigma é por quê?" Ela fez um leve aceno com a cabeça. "E também por que você continua com dúvidas a meu respeito?"

"Você também deve sentir o mesmo sobre mim."

"Mas você disse isso da última vez. Que devemos nos comportar como se nos conhecêssemos naturalmente de outro lugar. Quanto mais soubermos um do outro, mais seguros estaremos. Mais confiantes." Abri um leve sorriso. "Então, até onde eu sei, a coisa mais incrível a seu respeito é que você fugiu de Cambridge solteira."

Ela olhou para baixo. "Por muito pouco."

"Mas isso ficou no passado?"

"Ficou, num passado distante."

"Tem tantas coisas que eu quero saber sobre quem você é de verdade."

"Meu eu verdadeiro é muito menos interessante do que minha versão imaginária."

"Onde você vive?"

"Meu lar de verdade é em Dorset. Minha mãe. Meu pai morreu."

"O que ele fazia?"

Mas nunca obtive resposta. Ela deu um olhar espantado para algo atrás de mim, como se um raio tivesse caído. Eu me virei para olhar. Era Conchis. Ele deve ter se esgueirado para nos espiar, e eu não ouvi nem um ruído. Em suas mãos, segurava um machado enorme, exatamente como se tentasse decidir se deveria erguê-lo e cravá-lo no meu crânio. Ouvi a voz aguda da Julie.

"Maurice, isso não tem graça!"

Ele a ignorou e ficou me encarando.

"Você tomou seu chá?"

"Sim."

"Eu encontrei um pinheiro morto. Queria cortá-lo."

Sua voz soou ridiculamente abrupta e peremptória. Eu olhei de relance para Julie. Ela estava de pé, encarando furiosamente o velho. Soube na hora que algo estava muito errado. Era como se eu não estivesse mais ali. Conchis disse, com uma irrelevância bizarramente sombria: "Maria precisa de lenha para o fogão".

A voz da Julie veio escaldante e por um triz escapou de ser histérica.

"Você me deu um susto! Como *pôde* fazer isso?"

Eu me contorci para olhá-la novamente. Seus olhos estavam dilatados, como se estivesse hipnotizada por Conchis. Ela quase cuspiu suas palavras em cima dele:

"Eu te *odeio*!"

"Minha querida, você está sobressaltada. Vá descansar."

"Não!"

"Eu insisto."

"Eu te *odeio*!"

Aquilo foi dito com uma combinação de veneno e desespero que fez com que minha confiança recém-adquirida nela despencasse até o chão. Olhei em pânico de um rosto ao outro, tentando enxergar algum tipo de conluio. Conchis abaixou o machado.

"Eu insisto, Julie."

Houve uma breve batalha de vontades sobre a minha cabeça. Então ela deu uma meia-volta brusca e calçou as alpargatas perto da porta da sala de música. Enquanto voltava, por trás da mesa — e, durante isso tudo, sem sequer olhar para mim — antes de ir embora da casa, à guisa de despedida, ela pegou a xícara na minha frente e, de súbito, jogou o chá na minha cara. Quase não havia mais líquido lá dentro, e o chá já havia esfriado, porém o gesto continha um terrível rancor infantil. Fui pego de surpresa. Então ela seguiu seu caminho. Conchis falou com a voz ríspida:

"Julie!"

Ela parou no outro canto da colunata, mas manteve, ressentida, as costas voltadas para nós.

"Está se comportando como uma criança mimada. Isso foi imperdoável." Ela não se mexeu. Ele deu uns poucos passos em sua direção e falou num tom de voz mais baixo, porém consegui ouvir suas palavras. "Atrizes podem ser temperamentais. Mas não com espectadores inocentes. Vamos, peça desculpas ao nosso convidado."

Ela hesitou, depois girou e marchou de volta, passando por ele, até onde eu estava sentado. Suas bochechas tinham um leve toque avermelhado e seus olhos ainda evitavam os meus. Ela parou na minha frente, mas manteve o olhar revoltado fixo no chão. Procurei seu rosto, seus olhos abatidos, e por fim, em desespero, olhei para Conchis.

"Você nos deu um susto."

Sem que ela visse, Conchis ergueu sua mão pacificadora para me tranquilizar, antes de voltar a se dirigir a ela.

"Esperamos seu pedido de desculpas, Julie."

De repente, seus olhos fitavam os meus.

"Também *te* odeio!"

A voz foi petulante, exatamente como a de uma criança mimada. Mas por milagre, ou pelo menos foi como me parecia, sua pálpebra direita tremeu: eu não deveria acreditar numa só palavra daquela pequena encenação. Tive dificuldade de manter o rosto sério. Enquanto isso, ela se virou e mais uma vez passou pelo velho. Ele estendeu o braço para detê-la, mas ela o empurrou com raiva e desceu correndo pelos degraus e pelo cascalho. Após uns vinte metros, ela parou de correr e levou suas mãos ao rosto, como se estivesse abalada, enquanto seguiu caminhando com pressa. Conchis se virou para mim e sorriu ao ver a expressão preocupada que eu era capaz de manter em meu rosto.

"Não deve levar esse chilique muito a sério. Uma parte dela está sempre à beira de um comportamento agudamente regressivo. Ela estava fingindo um pouco."

"Ela teria me enganado."

"Era o que ela estava tentando fazer. Demonstrar que tipo de tirano eu sou."

"E um alcoviteiro também. É o que parecia." Ele me olhou. Eu disse: "Não me importo nem um pouco que joguem chá no meu rosto. Mas eu perco a linha quando me chamam de sifilítico. Especialmente quando você sabe a verdade a respeito dessa história".

Ele sorriu. "Mas você, com certeza, imagina o motivo."

"Ainda não."

"Também contei a ela que você encontrou sua amiga na semana passada. Talvez isso seja uma pista." Ele deve ter visto em meu rosto que eu não compreendia. Ele hesitou e então me ofereceu o machado para que eu o carregasse. "Venha. Eu vou explicar."

Eu me levantei, peguei o machado e nós voltamos em direção ao portão.

"Deve chegar um momento deste verão em que tudo isso estará terminado. Eu devo, portanto, providenciar — como posso dizer? — saídas que não causem muito sofrimento para Julie. Essa falsa informação que forneci a seu respeito oferece duas dessas saídas. Ela sabe que existe outra pessoa na sua vida. Que talvez você não seja um jovem tão desejável quanto parecia à primeira vista. Além disso, esquizofrênicos, como você deve ter visto, são emocionalmente instáveis. Sei que posso confiar em você, que não vai se aproveitar sexualmente de uma garota tão doente. Mas esses obstáculos adicionais implementados na cabeça dela ajudaram a aliviar a situação para você."

Senti um ronronar dentro de mim. Aquela breve piscadela desnudava todas as mentiras dele: suas afirmações eram vazias — e toleráveis. Também me sentia autorizado a enganá-lo.

"Nesse sentido... é claro. Eu entendo."

"É por isso que eu interrompi seu *tête-à-tête*. Ela precisa de pequenos contratempos. Assim como pessoas com ossos quebrados precisam de exercícios", ele disse. "E o que você achou dela, Nicholas?"

"Achei que suspeitava muito de mim. Como você disse."

"Mas você conseguiu..."

"Estava começando."

"Bom. Amanhã sumirei. Ou pelo menos farei com que ela acredite nisso. Você terá o dia inteiro com ela, a sós, pelo visto. Veremos o que ela vai fazer."

"Estou impressionado que você confie tanto em mim."

Ele pegou meu braço. "Confesso que também quis provocar uma reação um tanto excessiva da parte dela. Para o seu bem, Nicholas. Caso ainda tivesse alguma dúvida a respeito da anormalidade dela."

"Não restam mais dúvidas. Nenhuma."

Ele inclinou a cabeça, e eu sorri por dentro. Chegamos na árvore, que já estava tombada. Ele queria que eu a cortasse em toras menores. Hermes levaria a lenha até a casa, eu só precisaria empilhá-la. Ele partiu assim que comecei a brandir o machado. Gostei da tarefa bem mais do que da outra vez. As hastes menores estavam tão secas e frágeis que se quebravam num só golpe, e senti que cada golpe era simbólico. Algo mais do que madeira sendo talhada em toras menores. Enquanto empilhava de maneira organizada os galhos, senti que estava empilhando ordenadamente os mistérios de Bourani e Conchis. Estava prestes a descobrir tudo a respeito de Julie, e já tinha descoberto o mais essencial: que ela estava do meu lado. De certa maneira, ele estava nos usando como personificações de sua ironia, como seus parceiros na exploração da ambivalência. Toda verdade no mundo dele era uma espécie de mentira, e cada mentira, uma espécie de verdade. Assim como Julie, eu comecei, apesar das armadilhas, dos truques e de sua aparente malícia, a aceitar a benevolência fundamental de Conchis. Eu me lembrei daquela cabeça de pedra sorridente que ele me mostrara: sua verdade definitiva.

De qualquer maneira, ele era inteligente demais para achar que não enxergaríamos além da superfície de seu teatro; era o que ele devia querer que fizéssemos, secretamente... e, qualquer que fosse o motivo mais profundo e íntimo contido em suas encenações, agora eu me contentaria em esperar.

Balançando o machado ao sol da tarde, aproveitando o exercício físico, me sentindo no comando mais uma vez, pensando na meia-noite, amanhã, Julie, o beijo, Alison esquecida, eu passaria feliz o verão inteiro esperando, se ele assim quisesse, para que aquele verão durasse o tempo que fosse.

John Fowles
O Mago

44

Ela veio na nossa direção à luz da lamparina, em direção à mesa no canto sudeste do terraço do andar de cima. Era a antítese da sua primeira aparição ali, na noite em que eu a havia conhecido formalmente como Lily. Vestia praticamente as mesmas roupas daquela tarde... a mesma calça branca, ainda que tivesse se trocado e vestido uma camisa branca, de mangas ligeiramente largas, como uma espécie de concessão à formalidade daquela noite. Um colar de coral, o cinto vermelho e as alpargatas, um toque de sombra nos olhos, um toque de batom. Conchis e eu nos levantamos. Ela hesitou na minha frente, e então me lançou um olhar carregado, com algo de desespero, inquisidor.

"Me sinto péssima pelo que houve hoje à tarde. Você me perdoa, por favor?"

"Esqueça. Não foi nada."

Ela olhou então para Conchis, como se quisesse conferir se tinha sua aprovação. Ele sorriu, indicou a cadeira entre nós. Mas ela levou a mão até onde sua camisa branca estava abotoada e retirou um raminho de jasmim.

"Uma oferenda de paz."

Eu senti o perfume da flor. "Muito gentil da sua parte."

Ela se sentou. Conchis lhe serviu uma xícara de café, enquanto eu lhe ofereci um cigarro e o acendi. Parecia humilhada, e cuidadosamente evitou meus olhos após aquele primeiro contato.

Conchis disse: "Nicholas e eu estivemos discutindo religião".

Era verdade. Ele levara uma Bíblia para a mesa, com duas referências marcadas, e tivemos um debate sobre Deus e não-Deus.

"Ah." Ela olhou para o café, depois ergueu a xícara e tomou um gole, mas ao mesmo tempo senti uma leve pressão no meu pé, debaixo da longa toalha de mesa.

"Nicholas se considera um agnóstico. Mas depois disse que não se importava."

Ela ergueu seus olhos educadamente em minha direção. "Não?"

"Existem coisas mais importantes."

Ela pegou a colherinha no pires ao lado da xícara. "Pensei que não houvesse nada mais importante."

"Do que nossa atitude a respeito do que jamais saberemos? Me parece uma perda de tempo." Eu esperei o pé dela, mas ele sumira. Ela se inclinou para frente e pegou a caixinha de fósforos que eu deixara na mesa, entre nós, e jogou uma dúzia de palitos sobre a toalha branca.

"Talvez você tenha medo de pensar em Deus?"

Ela não agia de forma natural, e percebi que aquilo era um tipo de cena pré-arranjada... ela dizia o que Conchis queria.

"Não é possível *pensar* naquilo que não se pode conhecer."

"Você nunca *pensa* no amanhã? No ano que vem?"

"É claro. Consigo fazer previsões razoáveis sobre essas coisas."

Ela brincou com os fósforos, formando padrões, à toa, com os dedos. Eu olhei sua boca, desejei que pudesse terminar aquele diálogo frio.

"Consigo fazer previsões razoáveis sobre Deus."

"Tais como?"

"Ele é muito inteligente."

"Como é que você sabe?"

"Porque eu não O entendo. Porque Ele é, quem Ele é, como Ele é. E Maurice me diz que eu sou bastante inteligente. Acho que Deus deve ser muito inteligente para ser mais inteligente do que eu. Para não me dar nenhuma pista. Nenhuma certeza. Nenhum sinal. Nenhuma razão. Nenhum motivo." Ela parou de olhar os fósforos e me encarou brevemente, seus olhos continham uma espécie de indagação seca que lembrava os olhos de Conchis.

"Muito inteligente... ou muito cruel?"

"Muito sábio. Se eu rezasse, pediria a Deus para que nunca Se revelasse a mim. Porque, se Ele assim fizesse, eu saberia que Ele não seria Deus. Mas um mentiroso."

Ela agora olhou para Conchis, que contemplava o mar, esperando, imaginei, que ela terminasse de fazer o seu papel naquela cena. Mas então eu vi o dedo indicador dela bater duas vezes na mesa. Seus olhos piscaram de lado mais uma vez em direção a Conchis e depois a mim. Olhei para baixo. Ela cruzou dois fósforos na diagonal e posicionou mais dois ao lado destes: XII. Evitava meu olhar, o olhar de quem havia decifrado o enigma, e então, juntando os palitos num pequeno monte, ela se reclinou, saindo do facho de luz, e se virou para Conchis. "Você está muito calado, Maurice. Estou certa?"

"Eu me solidarizo com você, Nicholas." Ele sorriu para mim. "Eu me senti exatamente como você quando era mais velho e mais experiente do que você. Nenhum de nós tem a humanidade intuitiva das mulheres, por isso não podemos nos culpar." Ele disse isso sem nenhum toque de galanteio, como uma simples constatação. Julie não me olhava nos olhos. Seu rosto estava na sombra. "Mas aí tive uma experiência que me levou a entender isso que a Julie acabou de lhe dizer. Ela acabou de nos fazer um elogio ao fazer de Deus um homem. Mas acho que ela sabe, todas as mulheres de verdade sabem, que todas as definições profundas de Deus são essencialmente maternas. De doar coisas. Às vezes, os mais estranhos presentes. Porque o instinto religioso é, na verdade, o instinto de definir aquilo com o qual cada situação nos brinda."

Ele se reclinou em sua cadeira.

"Acho que já lhe disse que, quando a história moderna — porque aquele chofer defendia a democracia, a igualdade, o progresso — atingiu De Deukans em 1922, eu estava no exterior. Estava, na verdade, nas regiões remotas do norte da Noruega, procurando pássaros — ou para ser mais exato, procurando cantos de pássaros. Talvez você saiba que inúmeros pássaros raros se acasalam na tundra ártica. Tenho sorte. Tenho ouvido absoluto. Naquela época, eu havia publicado um ou dois ensaios sobre os problemas para registrar com precisão os lamentos e as canções dos pássaros. Eu chegara a iniciar uma pequena correspondência científica com homens como o dr. Van Oort de Leiden, o americano A. A. Saunders, os Alexanders da Inglaterra. Por isso, no verão de 1922, deixei Paris para passar três meses no Ártico."

Julie se ajeitou com cuidado, e senti outra leve pressão no meu pé, uma pressão muito macia, desnudada. Eu mesmo calçava sandálias, e sem chamar a atenção de Conchis, forcei o calcanhar do pé esquerdo contra o chão até me livrar delas, quando senti uma sola descalça deslizando gentilmente na lateral do meu próprio pé descalço. Os dedos dela se curvaram e roçaram o peito do meu pé. Era inocente, porém erótico. Tentei pôr o meu pé por cima do dela, mas dessa vez a pressão foi reprovadora. Podíamos manter o contato, não mais do que isso. Ao mesmo tempo, Conchis seguia falando.

"Em minha viagem ao norte, um professor da Universidade de Oslo me contou sobre um fazendeiro instruído que vivia no coração da vasta floresta de abetos que atravessava o território da Noruega e da Finlândia até a Rússia. Esse homem a princípio tinha algum conhecimento sobre pássaros. Ele havia enviado registros migratórios ao meu professor, que nunca se encontrara com ele, na verdade. A floresta de abetos tinha diversas espécies que eu queria ouvir, por isso decidi visitar esse fazendeiro. Assim que esgotei minhas pesquisas ornitológicas da tundra do extremo norte, cruzei o fiorde de Varanger e fui até a pequena cidade de Kirkenes. Dali, munido de uma carta de apresentação, procurei por Seidevarre.

"Levei quatro dias para cobrir 140 quilômetros. Havia uma estrada que cruzava os primeiros trinta quilômetros da floresta, mas depois precisei viajar de barco a remo, de fazenda isolada em fazenda isolada, pelo rio Pasvik. Uma floresta interminável. Abetos enormes, escuros, quilômetro após quilômetro após quilômetro. O rio tão largo e silencioso quanto um lago de conto de fadas. Como um espelho no qual ninguém jamais se admirara desde o princípio dos tempos.

"No quarto dia, dois homens remaram para mim o tempo inteiro, e nós não passamos por nenhuma fazenda, nem vimos vivalma. Apenas o brilho azul-prateado do rio sem fim, das árvores sem fim. Quando a noite se aproximou, avistamos uma casa e uma clareira. Dois pequenos canteiros cobertos de ranúnculos, como lajotas de ouro na floresta sombria. Havíamos chegado em Seidevarre.

"Três construções de frente uma para a outra. Havia uma casinha rústica, feita de madeira, perto da beira do rio, quase oculta por um bosque de bétulas prateadas. Depois, um celeiro comprido, com o telhado coberto de grama. E um depósito construído sobre palafitas, para manter os ratos afastados. Um barco jazia atracado a um poste perto da casa, e havia redes de pesca penduradas para secar.

"O fazendeiro era um homem mirradinho com ágeis olhos castanhos — tinha cerca de 50 anos, imagino. Eu saltei do barco e ele leu minha carta. Uma mulher, uns cinco anos mais jovem, apareceu e ficou ao lado dele. Ela tinha um rosto severo, porém arrebatador, e ainda que eu não conseguisse entender o que o fazendeiro estava dizendo, eu sabia que ela não queria que eu ficasse. Percebi que ela ignorou os dois barqueiros. E eles, por sua vez, responderam com olhares curiosos, como se ela fosse mais estrangeira para eles do que eu. Pouco tempo depois, ela entrou na casa.

"Entretanto, o fazendeiro me deu as boas-vindas. Como me disseram, ele falava inglês muito bem, ainda que com hesitação. Perguntei onde ele aprendera. E ele disse que, quando jovem, teve formação de cirurgião veterinário — e passou um ano em Londres, estudando. Isso me fez olhar para ele novamente. Eu não conseguia imaginar como foi que ele veio parar no canto mais remoto da Europa.

"A mulher não era, como eu suspeitava, sua esposa, mas sua cunhada. Tinha dois filhos, ambos no final da adolescência. Nenhum deles, nem a mãe, falava inglês, e sem ser rude, ela deixou claro que eu estava ali contra a sua vontade. Mas Gustav Nygaard e eu nos entendemos à primeira vista. Ele me mostrou seus livros sobre pássaros, seus cadernos. Ele era um entusiasta. Eu era um entusiasta.

"É claro que uma das primeiras perguntas que fiz eram a respeito do irmão dele. Nygaard parecia constrangido. Disse que o irmão havia partido. Então, como se precisasse explicar e evitar perguntas adicionais, ele disse: 'Muitos anos atrás'.

"A fazenda era bem pequena e arrumaram um espaço no palheiro, acima do celeiro, para que eu armasse minha cama de campanha. Eu fazia as refeições com a família. Nygaard falava apenas comigo. Sua cunhada permanecia calada. Sua filha anêmica fazia o mesmo. Acho que o garoto, inibido, gostaria de se juntar a nós, mas seu tio raramente se preocupava em traduzir o que dizíamos. Naqueles primeiros dias, nenhuma dessas pequenas situações domésticas norueguesas pareceu importante para mim, porque a beleza do lugar e a extraordinária riqueza de espécies de aves me encantaram. Eu passava todo dia olhando e escutando os patos e gansos raros, os mergulhões, os gansos selvagens, que abundavam em todos os braços de mar e lagoas ao longo da orla. Era um lugar onde a natureza triunfava sobre os homens. Não era um triunfo selvagem, como parece acontecer nos trópicos. Mas um triunfo calmo, nobre. É sentimental dizer que uma paisagem possa ter alma, mas aquela possuía uma personalidade mais forte do que qualquer outra que eu tenha visto, antes ou depois. Ignorava o homem. O homem não significava nada ali. O lugar não era tão inóspito, de forma que podíamos sobreviver nele — o rio estava cheio de salmão e de outros peixes, e o verão era longo e quente o bastante para se cultivar batatas e uma colheita de feno —, mas era tão vasto que nunca poderíamos nos igualar a ele ou domá-lo. Eu faço parecer um lugar proibitivo, talvez. De qualquer maneira, se logo que cheguei me senti um tanto assustado pela solidão, percebi em dois ou três dias que eu me apaixonara pelo lugar. Acima de tudo, pelos seus silêncios. As noites. Que paz! Sons como o respingo de um pato pousando na água, o grito de uma águia-pescadora, que atravessava quilômetros com uma nitidez que era, de início, inacreditável e depois, misteriosa, porque assim como um grito numa casa vazia, parecia deixar o silêncio, a paz, mais intensos. Quase como se o som estivesse ali para distinguir o silêncio, e não o contrário.

"Acho que foi no terceiro dia que eu descobri o segredo deles. Na primeiríssima manhã, Nygaard tinha apontado para um pedaço comprido de terra, coberto de árvores, que corria até o rio uns oitocentos metros ao sul da fazenda, e me pediu para não ir para lá. Ele disse ter pendurado diversas caixas de nidificação ali, e havia começado uma próspera colônia de mergansos e olhos-d'ouro, e não queria que eles fossem importunados. Claro que concordei, apesar de que parecia ser tarde, mesmo naquela latitude, para que os patos ainda estivessem chocando seus ovos.

"Então percebi que, quando jantávamos, nunca estávamos todos presentes. Na primeira noite, a garota não estava. Na segunda, o garoto apareceu apenas quando tínhamos terminado — apesar de eu tê-lo visto sentado melancolicamente na orla, apenas alguns minutos antes de Nygaard aparecer e me chamar para comer. No terceiro dia, aconteceu de eu voltar atrasado para a fazenda. Enquanto caminhava de volta pelos abetos, parei para observar um pássaro. Não queria me esconder de propósito, mas estava escondido."

Conchis fez uma pausa, e me lembrei dele parado em pé duas semanas antes, quando deixei Julie, como um pré-eco disso.

"De repente, a uns duzentos metros de distância, vi a garota atravessando as árvores em direção à orla. Numa das mãos, segurava um balde coberto com um pano, na outra, uma lata de leite. Continuei atrás de uma árvore e a vi caminhar. Para minha surpresa, ela seguiu pela margem até chegar no promontório proibido. Eu a observei pelo binóculo, até vê-la desaparecer.

"Nygaard não gostava de se sentar na mesma sala ao mesmo tempo comigo e com seus parentes. O silêncio desaprovador deles o irritava. Por isso, ele começou a me acompanhar quando eu ia para o meu 'quarto' no celeiro, para fumar cachimbo e conversar. Naquela noite eu lhe contei ter visto sua sobrinha carregando o que parecia ser comida e bebida para aquele lugar na floresta. Perguntei a ele quem vivia ali. Ele não fez o menor esforço para esconder a verdade. O fato era esse. Seu irmão estava vivendo ali. E ele era louco."

Olhei para Conchis, depois para Julie e voltei para ele, mas nenhum dos dois demonstrava nenhum sinal de terem percebido a estranheza desse aceno ao passado e do alegado presente. Eu pressionei o pé dela outra vez. Ela retornou o toque, mas depois afastou o pé. A história a fisgara, não queria ser distraída.

"Perguntei na hora se ele já não recebera a visita de um médico para vê-lo. Nygaard sacudiu a cabeça, como se sua opinião a respeito de médicos, ao menos nesse caso, não fosse das melhores. Lembrei a ele que eu também era médico. Após uma pausa, ele disse: 'Acho que estamos todos loucos aqui'. Ele se levantou e saiu. Entretanto, em poucos minutos estava de volta. Tinha ido buscar uma sacola pequena. Jogou o que estava ali dentro sobre minha cama de campanha. Eu vi um punhado de pedras arredondadas e sílices, de cacos de cerâmica primitiva com faixas ornamentais entalhadas, e soube que estava olhando para uma coleção de artigos da Idade da Pedra. Perguntei onde ele havia encontrado aquilo. Disse que havia sido em Seidevarre. E então explicou que aquela fazenda tinha sido batizada com o nome daquele pedaço de terra. Que Seidevarre era um nome lapão, que significava "colina da pedra sagrada", um dólmen.* O lugar havia sido no passado um ponto sagrado para os lapões de Polmak, que combinavam a cultura pesqueira com a criação de renas. Mas mesmo eles haviam apenas sucedido culturas bem mais antigas.

"Originalmente, a fazenda fora apenas uma *dacha* de verão, uma cabana para caça e pesca, construída por seu pai — um sacerdote excêntrico que, devido a um casamento afortunado, ganhou dinheiro suficiente para bancar seus múltiplos interesses. Um velho e feroz pastor luterano, por um lado. Por outro, um mantenedor das tradições rurais norueguesas. Um historiador nato e um estudioso com certo respeito local. E um amante fanático de caça e pesca — do retorno à vida selvagem. Seus dois filhos tinham, ao menos na juventude, se revoltado contra seu lado religioso. Henrik, o mais velho, saiu para o mar, virou maquinista de navio. Gustav seguiu o caminho da veterinária. O pai havia morrido e deixado quase todo seu dinheiro para a igreja. Enquanto estava morando com Gustav, que na época já começara a praticar em Trondheim, Henrik conheceu Ragna, e se casou com ela. Acho que ele partiu para o mar novamente, por um período curto, mas logo após seu casamento, passou por uma crise nervosa, desistiu da carreira e se aposentou em Seidevarre.

"Tudo correu bem durante um ou dois anos, mas então seu comportamento ficava cada vez mais estranho. Por fim, Ragna escreveu uma carta para Gustav. A mensagem fez com que ele pegasse o próximo barco rumo

---

* Monumento megalítico em formato de mesa, montado com blocos de pedra bruta que sustentam uma laje. Os dólmens marcavam túmulos coletivos em diversas culturas pré-históricas. [NT]

ao norte. Descobriu que durante, quase nove meses, ela tinha tocado a fazenda sozinha — o que é mais impressionante, com dois bebês para cuidar. Ele fez um breve retorno a Trondheim para encerrar seus negócios, e daí em diante assumiu a responsabilidade da fazenda e da família do irmão.

"Ele disse: 'Não tive escolha'. Eu já suspeitava disso devido à tensão entre os dois. Ele estava, ou estivera, apaixonado por Ragna. Agora estavam trancados juntos, num elo mais próximo do que o amor seria capaz de aproximar — num estado de não correspondência do lado dele e de total fidelidade por parte dela.

"Quis saber que forma havia assumido a loucura do irmão. E então, acenando para as pedras, Gustav voltou a falar de Seidevarre. No início, seu irmão costumava ir até lá durante curtos períodos para 'meditar'. Depois, se convenceu de que um dia ele — ou ao menos o local, de alguma maneira — seria visitado por Deus. Durante doze anos ele viveu ali como um ermitão, esperando pela visita.

"Ele nunca mais voltou à fazenda. Menos de uma centena de palavras foram trocadas entre os irmãos naqueles últimos dois anos. Ragna nunca chegou perto dele. É claro que ele estava totalmente dependente deles. Especialmente desde que, por um *surcroît de malheur*, ficara quase cego. Gustav acreditava que o irmão não conseguia mais perceber o que a família fazia por ele. Achava que a ajuda era o maná dos céus, sem questionar ou demonstrar gratidão. Perguntei a Gustav quando foi a última vez que ele havia falado com o irmão — lembrem-se de que, na ocasião, estávamos no começo de agosto. Ele disse envergonhado, mas dando de ombros numa atitude desolada: 'em maio'.

"Eu agora estava mais interessado nas quatro pessoas da fazenda do que nos meus pássaros. Olhei de novo para a Ragna, e julguei ter visto nela uma dimensão trágica. Tinha lindos olhos. Olhos euripidianos, tão duros e escuros como obsidiana. Também senti pena pelas crianças. Criadas feito bacilos num tubo de ensaio, numa cultura de pura melancolia strindberguiana. Jamais seriam capazes de escapar daquela situação. Não ter vizinhos a menos de vinte quilômetros. Nenhum vilarejo a menos de cinquenta. Percebi o porquê de Gustav ter se animado com a minha chegada. De certa maneira, ele precisava manter sua sanidade, seu senso de perspectiva. *Sua* insanidade, é claro, estava fundamentada no amor amaldiçoado que sentia pela cunhada.

"Como qualquer rapaz na minha idade, eu me via como um catalisador, um resolvedor de problemas. Tinha treinamento médico, meu conhecimento daquele cavalheiro de Viena que ainda não era tão onipresente à época. Reconheci de imediato a síndrome de Henrik — era um exemplo didático de retenção na fase anal. Com uma identificação obsessiva com o pai. Tudo isso exacerbado pela solidão em que viviam. Parecia tão claro para mim quanto o comportamento dos pássaros que eu observava diariamente. Agora que o segredo estava revelado, Gustav não ficou mais relutante em falar. E na noite seguinte ele me contou mais, o que confirmou meu diagnóstico.

"Ao que parece, Henrik sempre amou o mar. Foi por isso que estudou engenharia. Mas ele aos poucos percebeu que não gostava do maquinário e que não gostava de outros homens. Começou como um misomecanismo, ódio às máquinas. A misantropia não demorou a se desenvolver, e seu casamento foi provavelmente, ao menos em parte, sua última tentativa de prevenir seu desenvolvimento. Sempre teve amor pelos espaços abertos, pela solidão. Por isso amava o mar, e sem dúvida odiou ficar espremido a bordo de um navio, junto à graxa e o repique da sala de máquinas. Se pudesse velejar ao redor do mundo sozinho... No lugar disso, veio morar em Seidevarre, onde a terra era como o mar. Seus filhos nasceram. E então sua visão começou a falhar. Passou a derrubar copos à mesa, a tropeçar em raízes na floresta. Sua mania começou.

"Henrik era um jansenista, acreditava numa crueldade divina. No seu sistema, ele fora eleito, especialmente escolhido para ser punido e torturado. Para sacrificar sua juventude em navios ruins em climas horríveis, até que sua recompensa, seu paraíso, fosse arrebatado de suas mãos quando chegasse sua vez de aproveitar. Não conseguia ver a verdade objetiva, que o destino é o acaso: nada é injusto para todos, ainda que muitas coisas possam ser injustas para cada um. Esse senso da injustiça divina ardia dentro dele. Henrik se recusava a ir ao hospital fazer um exame de vista. Ele ficou em brasas pela falta do óleo da objetividade, e, portanto, sua alma ardeu dentro de si e o queimou também. Ele não ia mais a Seidevarre para meditar. Mas sim para odiar.

"Desnecessário dizer que eu ansiava por dar uma olhada nesse maníaco religioso. E não apenas por curiosidade médica, mas porque eu aprendera a gostar muito de Gustav. Cheguei a tentar explicar para ele o que era a psiquiatria, mas ele pareceu desinteressado. Era melhor deixá-lo como estava, foi o que ele disse. Eu lhe prometi que evitaria o promontório. E assim o assunto se encerrou.

"Num dia de vento, pouco tempo depois, eu havia andado três ou quatro quilômetros rumo ao sul, seguindo o rio, quando ouvi alguém chamando meu nome. Era Gustav no seu barco. Parei perto das árvores, e ele veio remando na minha direção. Achei que estivesse pescando tímalos, mas tinha saído para me procurar. Queria, afinal, que eu visse seu irmão. A ideia era permanecermos escondidos, nos aproximarmos e observarmos Henrik como se fosse um pássaro. Gustav explicou que aquele era o dia ideal. Como muitos atingidos pela cegueira parcial, seu irmão tinha desenvolvido uma audição bem aguçada e o vento naquele dia estava a nosso favor.

"Entrei no barco e remamos até uma pequena praia no final do cabo. Gustav desapareceu e depois regressou. Disse que Henrik estava esperando perto do *seide*, o dólmen lapão. Era seguro visitá-lo em sua cabana. Seguimos através das árvores, subindo uma pequena encosta, atravessamos até o lado sul, e lá, onde a mata era mais fechada, num declive, havia uma curiosa cabana. Fora enterrada no solo, de forma que apenas o telhado com gramado aparecia em três lados. No quarto, onde o chão se abria, havia uma porta e uma pequena janela. Um estoque de lenha ficava ao lado da casa. Mas não havia nenhum outro sinal de ocupação.

"Gustav me fez entrar enquanto ele ficava vigiando do lado de fora. A casa era muito escura. Vazia como uma cela monástica. Uma cama baixa. Uma mesa rústica. Uma lata com várias velas. A única concessão ao conforto: um velho fogão. Não havia tapete ou cortina. A parte habitável da cabana estava razoavelmente limpa. Mas os cantos estavam cheios de rejeitos. Folhas secas, poeira, teias de aranha. Um cheiro de roupa suja. Havia um livro, na mesa perto da pequena janela. Uma grande Bíblia de capa preta, com letras garrafais. Do lado dela, uma lente de aumento. Montículos de cera de vela.

"Acendi uma das velas para olhar para o teto. Cinco ou seis vigas que sustentavam o telhado tinham sido lixadas e nelas haviam sido entalhados em letras marrons dois versículos retirados da Bíblia. Estavam em norueguês, é óbvio, mas eu anotei as citações. E numa viga transversal, de frente para a porta, havia outra frase em norueguês.

"Quando voltei à luz do dia, perguntei a Gustav o que aquela frase em norueguês significava. Ele disse: 'Henrik Nygaard, amaldiçoado por Deus, nos deixou essa mensagem escrita com seu próprio sangue no ano de 1912'. Uns dez anos antes. Agora eu vou ler os outros dois textos que ele entalhou e depois pintou com sangue."

Conchis abriu o livro que estava ao seu lado.

"Um deles era do Êxodo: *E acamparam à entrada do deserto. E o Senhor ia adiante deles, de dia numa coluna de nuvem para os guiar pelo caminho, e de noite numa coluna de fogo.* A outra, uma variação do mesmo texto, no livro apócrifo de Esdras: *Eu vos dei luz numa coluna de fogo, porém vós vos esquecestes de Mim, disse o Senhor.*

"Esses textos me lembraram de Montaigne. Você sabia que ele tinha quarenta e dois provérbios e citações pintadas nas vigas do telhado do seu estúdio? Mas Henrik não seguia em nada o bom senso de Montaigne. Estava mais para a intensidade do famoso *Memorial* de Pascal[*] — aquelas duas horas cruciais na vida dele que ele depois conseguia descrever apenas com uma única palavra: *feu. Fogo.* Às vezes, os aposentos parecem ficar impregnados do espírito das pessoas que viveram neles — pense na cela de Savonarola, em Florença. E aquele era um desses lugares. Você não precisava conhecer o passado do seu ocupante. O sofrimento, a agonia, a doença mental eram tão palpáveis quanto um tumor.

"Saí da cabana e fomos cautelosamente em direção ao *seide*. Nós o avistamos entre as árvores. Não era um dólmen de verdade, mas simplesmente um menir elevado que sofreu a erosão do vento e do gelo até assumir uma forma pitoresca. Gustav apontou. Uns cinquenta metros dali, no lado oposto, junto a um arvoredo de bétulas, escondido do *seide*, havia um homem. Foquei meu binóculo nele. Era mais alto do que Gustav, um homem magro com cabelo cinza escuro mal aparado, barba e um nariz adunco. Ele se virou por acaso e nos encarou, e eu pude ver por completo seu rosto chupado. O que me surpreendeu foi sua ferocidade. Um rigor que era quase selvagem. Nunca tinha visto um rosto que expressasse tamanha e violenta determinação em nunca ceder, nunca se desviar. Nunca sorrir. E que olhos! Eram ligeiramente exoftálmicos, de um azul completamente frio e assustador. Sem sombra de dúvida, olhos insanos. Mesmo a cinquenta metros eu conseguia perceber. Ele vestia uma bata índigo lapona com franjas vermelhas desbotadas. Calças escuras e botas de cano alto tradicionais da Lapônia. E em sua mão, segurava um cajado.

"Observei esse raro espécime humano por algum tempo. Esperava ver uma criatura furtiva, alguém que murmurasse sozinho enquanto se arrastava entre as árvores. Não esse feroz e cego gavião humano. Gustav cutucou meu braço novamente. O sobrinho apareceu no *seide* com um balde e a lata de leite. Colocou-os no chão, pegou outro balde vazio

---

[*] Em 1654, o matemático e filósofo Blaise Pascal (1623-1662) sobreviveu a um incêndio. Ele registrou o traumático incidente num pedaço de papel, o "memorial" que manteve costurado a suas roupas até o dia de sua morte, oito anos depois. [NT]

que deveria ter sido colocado ali por Henrik, depois olhou ao redor e gritou algo em norueguês. Não muito alto. Evidentemente sabia onde seu pai estava, já que olhou para o arvoredo de bétulas. Então, desapareceu de novo entre as árvores. Após cinco minutos, Henrik começou a andar em direção ao *seide*. Caminhava com bastante confiança, mas ia sentindo seu caminho com a ponta do cajado. Pegou o balde e a lata, colocando o cajado debaixo do braço, e voltou pelo caminho familiar que ia até sua cabana. O caminho o levou a uns vinte metros de distância das bétulas onde estávamos. Assim que passou por nós, ouvi bem distante um dos sons mais frequentes do rio, bastante bonito, como o chamado das trombetas de Tutancâmon. O grito alado de um mergulhão de peito-preto. Henrik parou, embora o som devesse ser tão banal para ele como o do vento nas árvores. Ele parou, voltou seu rosto ao céu. Sem emoção, sem desespero. Apenas ouvindo, esperando, como se aquelas fossem as primeiras notas de arautos angelicais anunciando que a grande visita se aproximava.

"Ele saiu do nosso campo de visão e voltei para a fazenda com Gustav. Não sabia o que dizer. Não queria desapontá-lo, admitindo a derrota. Tinha meu próprio orgulho imbecil. Afinal de contas, eu era um membro-fundador da Sociedade da Razão. No final, elaborei um plano. Iria visitar Henrik sozinho. Diria a ele que eu era um médico e que gostaria de ver os olhos dele. E enquanto examinava os olhos dele, tentaria ver sua alma.

"Cheguei em frente à cabana de Henrik ao meio-dia do dia seguinte. Chovia um pouco. Um dia cinzento. Bati na porta e recuei alguns passos. Houve uma longa espera. Então ele apareceu, vestido exatamente como na noite anterior. Cara a cara com ele, eu me senti mais chocado do que nunca com sua ferocidade. Era difícil acreditar que estivesse quase cego, porque seus olhos encaravam com uma fixação azul pálida. Mas agora que estava perto dele, conseguia ver que era um olhar sem foco, e eu também vi os sinais de opacidade característicos da catarata nos dois olhos. Devia estar bastante assustado, mas não deixou transparecer. Perguntei se entendia inglês — sabia, através de Gustav, que ele de fato entendia, mas queria que ele respondesse. Tudo o que fez foi erguer seu cajado, como que para me manter afastado. Era mais um aviso do que um gesto de ameaça. Então entendi como um sinal de que poderia continuar se me mantivesse à distância.

"Expliquei que era médico, que estava interessado em pássaros e tinha ido até Seidevarre para estudá-los — e continuei. Falei muito devagar, me lembrando de que ele poderia não ter escutado o idioma nos últimos quinze anos, ou mais. Ele me ouviu sem fazer qualquer expressão. Comecei a falar sobre os métodos modernos de tratamento de catarata. Estava seguro de que um hospital poderia fazer alguma coisa por ele. O tempo todo, ele não disse uma palavra. Enfim, me calei.

"Ele se virou e voltou para dentro da cabana. Deixou a porta aberta, por isso esperei. De repente, ele reapareceu. Em sua mão segurava aquilo que eu tinha em mãos, Nicholas, quando me aproximei de você esta tarde. Um longo machado. Mas soube na hora que ele não estava pensando em cortar lenha, mas era como um bárbaro prestes a entrar em combate. Hesitou por um instante, depois partiu para cima de mim, sacudindo o machado enquanto corria. Se não estivesse praticamente cego, teria sem dúvida me matado. Do jeito que estava, saltei para trás bem no momento certo. A lâmina do machado cravou-se profundamente no solo. Os dois segundos que ele levou para soltá-la me deram tempo para correr.

"Ele veio, cambaleante, atrás de mim pela pequena clareira em frente à cabana. Eu corri uns trinta metros entre as árvores, mas ele parou na primeira. A uns vinte metros era provável que não conseguisse me distinguir do tronco de uma árvore. Ficou parado com o machado nas mãos, ouvindo, apertando os olhos. Devia saber que eu estava de olho, já que, de uma hora para outra, ele se virou e cravou o machado com toda sua força no tronco de uma bétula prateada bem à sua frente. Era uma árvore de tamanho razoável. Mas ela tremeu da copa até o chão com o golpe. E aquela foi a sua resposta. Eu estava assustado demais com a violência dele para me mexer. Ele passou um instante contemplando o arvoredo, onde eu estava, e então se virou e entrou na cabana, deixando o machado cravado no tronco.

"Tinha aprendido minha lição, quando voltei à fazenda. Parecia incrível para mim que um homem rejeitasse a medicina, a razão, a ciência, de uma maneira tão violenta. Mas acredito que aquele homem teria rejeitado tudo mais a meu respeito se soubesse — a busca pelo prazer, pela música, pela razão, pela medicina. Aquele machado teria atravessado o crânio de toda nossa civilização movida pelo prazer. Nossa ciência, nossa psicanálise. Para ele, tudo o que não fosse o grande encontro seria o que os budistas chamam de *lilas* — a busca fútil pela trivialidade. E é claro que se preocupar com sua cegueira teria sido, para ele, mais uma futilidade. Queria ser cego. A cegueira deixava mais claro que um dia ele poderia enxergar.

"Alguns dias depois, eu estava pronto para partir. Na minha última noite, Gustav ficou conversando comigo até bem tarde. Eu não lhe contara nada a respeito da minha visita. Era uma noite sem vento, mas lá em cima, em agosto começa a esfriar. Saí do celeiro para urinar quando Gustav partiu. Havia uma lua brilhante, mas num daqueles céus de fim de verão no extremo norte, quando o dia perdura mesmo na escuridão, e o céu ganha profundidades estranhas. Noites em que novos mundos estão sempre prestes a começar. Ouvi vindo do outro lado do rio, de Seidevarre, um grito. Por um momento pensei que deveria ser algum pássaro, mas então percebi que só poderia ser Henrik. Olhei na direção da fazenda. Podia ver que Gustav tinha parado e estava do lado de fora, escutando. Um novo grito surgiu. Era prolongado, como o grito de alguém que está chamando a uma grande distância. Atravessei o gramado até onde estava Gustav. 'Ele está em perigo?' — perguntei. Ele fez que não e permaneceu olhando para a sombra escura do Seidevarre sobre a água prateada de luar. Por que estava gritando? Gustav disse: 'Está me escutando? Estou aqui'. E então os dois gritos voltaram, com um intervalo entre eles, e eu consegui entender as palavras em norueguês. '*Hører du mig? Jeg er her.*'* Henrik estava chamando por Deus.

"Eu te contei como os sons se propagam em Seidevarre. Cada vez que ele chamava, o grito parecia se alongar infinitamente, através da floresta, sobre a água, em direção às estrelas. Então, surgiam os ecos, recuando. Um ou dois gritos estridentes à distância perturbaram os pássaros. Houve um barulho vindo da casa da fazenda, atrás de nós. Olhei para cima e vi uma figura branca em uma das janelas do andar de cima — seria Ragna ou sua filha, não conseguia ver. Era como se estivéssemos sob um encanto.

"Para quebrá-lo, comecei a interrogar Gustav. Ele sempre gritava assim? Ele disse que nem sempre — três ou quatro vezes num ano, quando era lua cheia e não ventava. Ele gritava outras frases? Gustav pensou um pouco. Sim: 'Estou esperando' era uma delas. 'Estou purificado', outra. 'Estou preparado', mais uma. Mas as duas frases que tínhamos ouvido eram as que ele mais usava.

"Olhei para Gustav e perguntei se podíamos voltar para ver o que Henrik estava fazendo. Sem responder, ele assentiu, e nós partimos. Levamos uns dez ou quinze minutos para chegar à base do cabo. De tempos em tempos, ouvíamos os gritos. Chegamos até o *seide*, mas os gritos ainda estavam um pouco distantes. Gustav disse: 'Ele está no outro lado do cabo'. Passamos pela cabana e, andando com o máximo de silêncio, chegamos ao final do caminho. Por fim, atravessamos o arvoredo.

---

* "Você me ouve? Estou aqui." [NT]

"Além das árvores, havia uma praia. Uns trinta ou quarenta metros de cascalho. O rio se estreitava um pouco, e o cabo absorvia a força da correnteza. Mesmo numa noite tão calma como aquela, havia um murmúrio nas pedras rasas. Henrik estava de pé bem extremidade do cascalho, a um palmo dentro d'água. Ele olhava em direção ao nordeste, onde o rio se alargava. O luar cobriu tudo com um brilho de cetim prateado. No meio da correnteza, havia longos bancos de névoa. Enquanto observávamos, ele gritava, com grande força: '*Hører du mig?*'. Era como se chamasse alguém a muitos quilômetros dali, na margem invisível do outro lado. Uma longa pausa. Então: '*Jeg er her*'. Eu testei meu binóculo nele. Estava parado com as pernas arqueadas, segurando seu cajado, biblicamente. Fez-se silêncio. Uma silhueta escura na correnteza brilhante.

"Então ouvimos Henrik dizer uma palavra. Muito mais baixo. Era '*Takk*'. 'Obrigado' em norueguês. Eu o observei. Ele deu um ou dois passos para fora d'água e se ajoelhou no cascalho. Ouvimos o som das pedras enquanto ele se mexia. Ainda encarava da mesma maneira. As mãos dos lados do corpo. Não era uma atitude de oração, mas uma vigília de joelhos. Alguma coisa estava muito próxima dele, tão visível quanto para mim estavam a cabeça sombria de Gustav, as árvores, o luar sobre as folhas ao nosso redor. Teria dado dez anos da minha vida para ser capaz de olhar lá para o norte, de dentro da cabeça dele. Não sabia o que ele estava vendo, mas sabia que era algo com tamanho poder, tamanho mistério, que era capaz de explicar tudo. E é claro que o segredo de Henrik me ocorreu, quase como parte da iluminação que caía sobre ele. Não estava esperando para encontrar Deus. Ele estava encontrando Deus, e estava se encontrando com Ele provavelmente havia muitos anos. Não estava esperando vir uma certeza. Ele vivia na certeza.

"Até aquele momento na minha vida, você haverá de perceber, toda minha abordagem havia sido científica, médica, classificatória. Fora condicionado por um tipo de abordagem ornitológica do ser humano. Pensava em termos de espécies, de comportamentos, de observações. Aqui pela primeira vez em minha vida, me sentia inseguro quanto aos meus padrões, crenças e preconceitos. Sabia que aquele homem no rio estava tendo uma experiência além do escopo de toda minha ciência e toda minha razão, e sabia que minha ciência e razão sempre seriam imperfeitas até que conseguissem compreender o que se passava na cabeça de Henrik. Sabia que Henrik estava vendo uma coluna de fogo ali sobre a água, sabia que não existia nenhuma coluna de fogo ali, que poderia ser demonstrado que a única coluna de fogo estava na cabeça de Henrik.

"Mas num rompante, como num relâmpago, todas as nossas explicações, todas as nossas classificações e derivações, nossas etiologias, de repente me pareciam uma rede muito tênue. Aquele enorme monstro passivo, a realidade, não estava mais morto, fácil de se manejar. Era agora cheio de um vigor misterioso, novas formas, novas possibilidades. A rede não era nada, a realidade lhe havia atravessado. Talvez algo telepático tenha ocorrido entre mim e Henrik. Não sei.

"Aquela simples frase, eu não sei, foi a minha coluna de fogo pessoal. Para mim, também, ela revelava um mundo além daquele em que eu vivia. Para mim, também, ela trazia uma nova humildade, semelhante à ferocidade. Para mim, também, um mistério profundo. Para mim, também, um senso da vaidade de tantas coisas que a nossa era considera importante. Não estou dizendo que não conseguiria chegar a tal conclusão, cedo ou tarde. Mas naquela noite, dei um salto de uns doze anos. Disso eu tenho certeza.

"Em pouco tempo, vimos Henrik voltar caminhando por entre as árvores. Não podia ver seu rosto. Mas acho que a ferocidade que ele trajava à luz do dia era a ferocidade que vinha do seu contato com a coluna de fogo. Talvez para ele a coluna de fogo não fosse mais suficiente, e nesse sentido ainda estivesse esperando para se encontrar com Deus. Viver é um eterno desejo por mais, do mais grosseiro feirante ao mais sublime dos místicos. Mas de uma coisa eu tenho certeza. Se ele ainda sentia falta de Deus, já havia encontrado o Espírito Santo.

"No dia seguinte, eu parti. Disse adeus a Ragna. Ela não havia diminuído sua hostilidade. Acho que, diferentemente de Gustav, ela havia adivinhado o segredo do marido: qualquer tentativa de curá-lo o mataria. Gustav e seu sobrinho remaram mais de trinta quilômetros ao norte para me levar até a próxima fazenda. Apertamos as mãos, prometemos nos corresponder. Não pude oferecer nenhum consolo, e não acho que ele fosse querer. Existem situações nas quais o consolo não faz mais do que ameaçar o equilíbrio que o tempo conseguiu instituir. E assim voltei para a França."

John Fowles
O Mago

45

Julie olhou para mim, como se perguntasse tacitamente se aquilo não provava afinal que estávamos em boas mãos. Não discordei, e não apenas porque entendi que ela não queria que eu discordasse. Eu quase esperava ouvir uma voz de Moutsa falando em norueguês, ou ver uma coluna de fogo subindo pelas árvores. Mas houve um longo silêncio; somente o cricrilar dos grilos.

"E você nunca mais voltou lá?"

"Às vezes, voltar é uma vulgaridade."

"Mas não ficou curioso para saber como tudo acabou?"

"Nem um pouco. Talvez um dia, Nicholas, você também tenha uma experiência tão significativa quanto essa." Não percebi nenhum tom de ironia na sua voz, mas estava implícito. "Aí perceberá o que estou dizendo: que algumas experiências são tão impactantes que você não será capaz de tolerar a ideia de que não vão durar para sempre, de algum modo. Seidevarre é um lugar que eu não quero que seja tocado pelo tempo. Por isso, não estou interessado em saber o que acontece por lá. Ou o que eles estão fazendo agora. Se ainda estiverem lá."

Julie falou: "Mas você não disse que ia escrever para Gustav?".

"E escrevi. Ele me escreveu. Ele escreveu por dois anos com regularidade, pelo menos uma vez a cada estação. Mas nunca se referiu ao que interessa a vocês — exceto para dizer que a situação permanecia a mesma. Suas cartas estavam cheias de notas ornitológicas. Elas se tornaram muito enfadonhas, porque eu havia perdido quase todo meu interesse pelos aspectos classificatórios da história natural. Nossas cartas se tornaram bastante esporádicas. Acho que recebi um cartão de Natal dele em 1926 ou 1927. Desde então, nenhuma notícia. Está morto. Henrik está morto, Ragna está morta."

"O que aconteceu quando você voltou para a França?"

"Vi Henrik encontrar sua coluna de fogo por volta da meia-noite de 17 de agosto de 1922. O incêndio em Givray-le-Duc começou na mesma hora da mesma noite."

Julie estava mais claramente incrédula do que eu. Conchis se sentou de lado, e nossos olhares se encontraram. Ela abaixou os olhos com um breve esgar, um tanto desapontada.

Eu disse: "Você não está sugerindo que...".

"Não estou sugerindo nada. Não houve conexão entre os dois acontecimentos. Nenhuma conexão é possível. Ou talvez eu seja a conexão, eu seja o significado, seja ele qual for, que existe nessa coincidência."

Havia uma sombra de vaidade incomum em sua voz, como se de fato acreditasse ter de alguma forma precipitado ambos os acontecimentos e sua sincronia. Senti que aquela coincidência não era literalmente verdadeira, mas algo que ele inventara, que continha outro significado, metafórico: que os dois episódios estavam conectados em termos de significância, que devíamos usar ambos para interpretá-lo. Assim com a história de De Deukans havia jogado luz sobre Conchis, ele jogava luz na hipnose — aquela imagem que usara: *a realidade atravessando a fina rede da ciência*. Durante a hipnose, eu havia me lembrado de algo parecido demais para ser coincidência. A todo instante, naquele teatro, havia dessas interrelações, fios conectados entre as circunstâncias.

Ele se virou para Julie, em tom paternal. "Minha querida, acho que está na sua hora de dormir." Olhei para o meu relógio. Passava um pouco das onze. Julie deu de ombros, como se a questão da hora de dormir não tivesse importância.

Ela disse: "Por que você nos contou isso, Maurice?".

"Tudo o que é passado controla o nosso presente. Seidevarre controla Bourani. Qualquer coisa que aconteça aqui, agora, qualquer força que comande o que acontece, é parcialmente — não — é essencialmente o que aconteceu trinta anos atrás naquela floresta norueguesa."

Ele falou com ela do jeito como costumava falar comigo. A suposição de que Julie basicamente entendia melhor o que estava acontecendo se tornava cada vez mais tênue. Eu sabia que ele dava início a outra mudança em nossos relacionamentos, ou das convenções que os comandavam. De certa forma, estávamos ambos escalados no papel de seus estudantes, de seus discípulos. Eu me lembrei da adorada pintura vitoriana de um marujo barbudo elizabetano apontando para o mar e contando uma história para dois garotinhos de olhos arregalados. Eu e Julie trocamos um novo olhar furtivo. Ficou claro para nós dois que estávamos sendo levados a um novo território. Então senti seu pé, um toque suave como um beijo roubado.

"Bem, acho que devo ir." A máscara da formalidade foi reassumida. Todos ficamos de pé. "Maurice, isso tudo foi tão notável e interessante."

Ela andou e lhe deu um beijinho no rosto. Depois, me ofereceu sua mão. Um toque conspiratório em seus olhos, uma breve pressão extra em seus dedos. Ela se virou para sair; parou.

"Sinto muito. Esqueci de repor seus fósforos."

"Não faz mal."

Conchis e eu nos sentamos de novo, em silêncio. Alguns instantes depois, ouvi passos leves atravessando o cascalho em direção ao mar. Sorri do outro lado da mesa ao ver seu rosto enigmático. As pupilas dos olhos dele eram dois pontos pretos sobre órbitas brancas — a máscara que me vigiava, me vigiava.

"Nenhuma ilustração para o texto desta noite?"

"São necessárias?"

"Não. Você contou... muito bem."

Ele deu de ombros, desdenhosamente, depois fez um breve aceno com seu braço: em direção à casa, às árvores, ao mar.

"Esta é a ilustração. As coisas são como são. Em meu pequeno domínio."

Em qualquer momento antes daquele dia, eu teria discutido com ele. Seu domínio não tão pequeno continha muito mais mistificação do que misticismo, e a única certeza era de que as "coisas" não eram o que pareciam. Ele podia ter seu lado profundo, mas por outro ângulo era um hábil charlatão.

Eu disse sutilmente: "Sua paciente pareceu bem mais normal hoje à noite".

"Talvez pareça mais normal amanhã. Você não pode deixar que isso te engane."

"Sem chance."

"Como eu disse, devo sair de circulação amanhã. Mas se não nos virmos novamente... vejo você no próximo final de semana?"

"Estarei aqui."

"Bom. Então..." Ele se levantou, como se estivesse esperando há algum tempo. Presumi que era o tempo para que a Julie 'desaparecesse'.

Ao me levantar, eu disse: "Obrigado. Mais uma vez. Por me receber aqui".

Ele inclinou a cabeça, como um empresário teatral, acostumado demais com os elogios da noite de estreia para levá-los muito a sério. Entramos na casa. Os dois Bonnards brilhavam delicadamente na parede do quarto dele. Ao sair, tomei uma decisão.

"Acho que vou dar uma volta, senhor Conchis. Estou sem sono. Vou descer até Moutsa."

Sabia que ele poderia dizer que iria comigo e, se assim fosse, seria impossível chegar até a estátua à meia-noite; mas era uma contra-armadilha para ele, uma segurança para mim. Se fôssemos pegos, eu poderia alegar que o encontro era um mero acaso. Pelo menos não escondera que ia caminhar.
"Como quiser."
Ele estendeu a mão e apertou a minha, e então me observou por um instante enquanto eu descia as escadas. Mas antes de eu chegar lá embaixo, ouvi sua porta fechar. Ele poderia estar no terraço, ouvindo, por isso pisei com vontade no cascalho enquanto andava em direção à saída norte de Bourani. Mas, no portão, em vez de descer até Moutsa, subi a colina uns cinquenta metros, mais ou menos, e me sentei apoiado num tronco de árvore, de onde conseguia ver a entrada e o caminho. Era uma noite escura, sem luar, mas as estrelas difundiam uma luminescência muito tênue sobre todas as coisas, uma luz como o mais suave dos sons, como o toque de pele sobre o ébano.
Meu coração batia mais rápido do que deveria. Em parte, pela ideia de me encontrar com Julie, em parte, por algo bem mais misterioso, a sensação de estar avançando agora profundamente no mais estranho labirinto da Europa. Agora eu me transformara em Teseu. Em algum lugar na escuridão, Ariadne esperava, e talvez o Minotauro.
Eu me sentei ali por quinze minutos, fumando, mas escondendo a brasa acesa, com ouvidos alertas e olhos alertas. Ninguém chegou, e ninguém se foi.

Às cinco para à meia-noite, deslizei de volta pelo portão e parti em direção ao leste, em meio às árvores, até a ravina. Eu me movia devagar, parando com frequência. Alcancei a ravina, esperei e então a atravessei e andei com o máximo de silêncio pelo caminho que levava à clareira com a estátua. Ela apareceu, majestosa, nas sombras. O banco sob a amendoeira estava vazio. Fiquei parado à luz das estrelas na entrada da clareira, muito tenso, certo de que algo estava para acontecer, me esforçando para ver se havia alguém no denso cenário escuro. Imaginei que poderia ser um homem de olhos azuis com um machado.
Ouvi um repique agudo. Alguém atirou uma pedra e acertou a estátua. Eu dei um passo na direção da escuridão dos pinheiros ao meu lado. Então notei um movimento, e um instante depois outra pedra, um seixo, rolou pelo chão bem na minha frente. O movimento mostrou um brilho branco, e veio detrás de uma árvore do meu lado da clareira, um pouco mais acima. Eu sabia que era Julie.

Subi a ladeira íngreme correndo, tropecei uma vez e aí parei. Ela estava ao lado da árvore, encoberta na mais densa das sombras. Conseguia ver a camisa e a calça brancas, seus cabelos louros, e ela esticou as mãos para frente. Após quatro longos passos, eu estava em seus braços, e nos beijávamos, um beijo longo e selvagem que — com uma ou duas pausas para respirar e para um reajuste fervoroso de nosso abraço — não acabava... naquela hora achei que enfim a conhecia. Ela abriu mão de todo fingimento, estava apaixonada, quase faminta. Ela me deixou apertar seu corpo, de encontro ao meu. Sussurrei um ou dois gracejos, mas ela calou minha boca. Eu me virei para beijar sua mão, tomá-la, e passei meus lábios em volta dela, até chegar na cicatriz em seu punho.

Um segundo depois eu a soltei e procurei os fósforos no meu bolso. Acendi um e ergui a mão esquerda dela. Não havia cicatriz. Eu levantei o fósforo. Os olhos, a boca, o formato do queixo, tudo nela era igual a Julie. Mas não era Julie. Havia pequenas rugas no canto da boca, um excesso de alerta no olhar, um tipo de atrevimento calculado; acima de tudo, sua pele estava bastante bronzeada. Ela me encarou, depois olhou para baixo e de novo para cima.

"Inferno." Eu joguei o fósforo longe, e acendi outro. Ela o apagou de imediato com um sopro.

"Nicholas." Uma voz grave, reprovadora — e estranha.

"Deve haver algum engano. Nicholas é meu irmão gêmeo."

"Achei que a meia-noite nunca chegaria."

"Onde ela está?"

Falei com raiva, estava com raiva, mas não tanto quanto parecia. Foi uma modulação tão perfeita para o mundo de Beaumarchais, da comédia de Restauração, e eu sabia que a queda de um tolo é medida pela sua raiva.

"Ela?"

"Você esqueceu sua cicatriz."

"Que esperto da sua parte perceber que era maquiagem."

"E a sua voz."

"É o sereno." Ela tossiu.

Eu segurei a mão dela e a empurrei em direção ao banco debaixo da amendoeira.

"Vamos. Onde ela está?"

"Ela não pôde vir. E não seja tão grosseiro."

"Bem, onde ela está?" A garota ficou em silêncio. Eu disse: "Isso não tem graça".

"Eu achei bem excitante." Ela se sentou e me olhou de baixo para cima. "E você também."

"Pelo amor de Deus, eu achei que você..." Mas não me preocupei em terminar a frase. "Você é June?"

"Sim. Se você for Nicholas."

Eu me sentei ao lado dela e peguei um maço de Papastros. Ela pegou um cigarro, e eu pude vê-la melhor à luz do fósforo. Em retribuição, ela me examinou, com olhos nitidamente menos frívolos que a sua voz até aquele momento.

A impressionante semelhança facial com a irmã me incomodou de uma forma inesperada. Parecia um aspecto até então desconhecido de Julie, que não me faria falta, uma complicação desnecessária. Talvez fosse o bronzeado na pele dessa outra garota, uma aparência geral de uma vida mais fora de casa, de uma vida física, mais saudável, de bochechas levemente mais preenchidas... na verdade uma aparência de como Julie seria em circunstâncias normais. Eu me inclinei para frente, os cotovelos apoiados nos joelhos.

"Por que ela não veio?"

"Achei que Maurice tivesse explicado."

Não demonstrei, mas me senti como um jogador de xadrez com excesso de confiança que de repente percebe que sua rainha supostamente inalcançável está a um lance de ser extinta. Mais uma vez, meus pensamentos estavam frenéticos — talvez o velho tivesse razão a respeito da inteligência superior de alguns esquizofrênicos. A cena do chá atirado em mim me pareceu exagerada para uma mulher insanamente astuta; porém ainda mais insanamente astuto seria ter precipitado tudo aquilo apenas para ganhar minha confiança, com a piscadela no final; sem falar no conluio dos pés descalços debaixo da mesa, da mensagem com os fósforos... talvez ele estivesse menos distraído do que parecia.

"Não culpamos você. Julie já enganou especialistas muito mais experientes."

"Por que você tem tanta certeza de que fui enganado?"

"Porque você não teria beijado alguém se realmente achasse que ela estava mentalmente desequilibrada desse jeito." Ela continuou: "Pelo menos, espero que não". Eu não disse nada. "Para ser honesta, não culpamos você. Sei o quanto ela é boa em sugerir que a loucura está em todos ao redor dela. O estilo donzela-em-apuros."

Mas havia algo levemente inquisitivo por detrás do tom de voz dessa última frase, como se ela não tivesse certeza absoluta de como eu reagiria — de até que ponto ela poderia me pressionar.

"A estratégia dela é, com certeza, mais inteligente do que a sua."

Ela ficou em silêncio por um bom tempo. "Você não acredita em mim?"

"Você sabe que não acredito em você. E acho que é uma crueldade da sua irmã ainda duvidar de mim."

Ela continuou em silêncio ainda mais um pouco.

"Não poderíamos sair juntas ao mesmo tempo." Ela continuou, em tom de voz mais baixo: "Eu queria ter certeza também".

"Certeza do quê?"

"Que você é quem diz ser."

"Eu disse a verdade a ela."

"É o que ela acredita. Com um certo excesso de entusiasmo para o meu gosto, como se ela não estivesse em condições de julgar." Ela continuou, cínica: "Mas agora eu começo a entender. Ao menos fisicamente".

"Você não teria nenhuma dificuldade em confirmar que eu trabalho na escola do outro lado da ilha."

"Sabemos que existe uma escola. Não imagino que você tenha algum tipo de documento de identidade, não é?"

"Isso é ridículo."

"Dadas as circunstâncias, seria mais ridículo não pedir seus documentos."

Tive que admitir que ela não estava totalmente errada. "Não estou com meu passaporte. Tenho um *permis de séjour** grego, se quiser."

"Posso ver? Por favor?"

Pesquei o visto no meu bolso traseiro, depois acendi três ou quatro fósforos enquanto ela examinava o *permis*. Ele continha o meu nome, endereço e profissão. Ela me devolveu o documento.

"Satisfeita?"

Falou com a voz séria: "Jura que você não está trabalhando para ele?".

"Apenas no sentido que você já sabe. Que ele me contou que Julie está passando por uma espécie de tratamento experimental para a esquizofrenia. Algo no qual nunca acreditei. Pelo menos nunca quando estou cara a cara com ela."

"Você não conhecia Maurice antes de vir para cá, um mês atrás?"

---

*   Visto de residência. [NT]

"Categoricamente, não."
"Nem assinou nenhum tipo de contrato com ele?"
Olhei para ela. "Quer dizer que você assinou?"
"Assinei. Mas não para o que está acontecendo."
Ela hesitou. "Julie vai te explicar amanhã."
"Eu também não acharia ruim ver algum tipo de documento."
"Está certo. É justo." Ela jogou o cigarro no chão e o apagou com uma pisada. Sua próxima pergunta veio do nada. "Tem algum policial na ilha?"
"Um sargento, dois homens. Por que a pergunta?"
"Estava só imaginando."
Soltei um suspiro. "Me deixa ver se eu entendi direito. Primeiro vocês eram fantasmas. Depois, esquizofrênicas. Agora vocês são a remessa da próxima semana para o harém."
"Às vezes, eu quase desejo que fôssemos. Seria mais simples." Ela disse apressadamente: "Nicholas, tenho a fama de nunca levar nada muito a sério, e em parte é por isso que estamos aqui, e mesmo agora é engraçado, de certa maneira — mas somos na verdade apenas duas garotas inglesas que entraram em águas tão profundas nestes dois últimos meses que...". Ela se calou, e fez-se um silêncio entre nós.
"Você compartilha da fascinação que Julie tem por Maurice?"
Ela demorou um pouco para responder, e eu olhei para ela. Estava com um sorriso irônico.
"Desconfio que vamos nos entender bem."
"Não compartilha?"
Ela olhou para baixo. "Academicamente, ela é muito mais brilhante do que eu, mas... tenho um certo bom senso básico que ela não tem. Eu conheço um traidor pelo cheiro, quando não entendo o que está acontecendo. Julie costuma ficar toda deslumbrada quando isso acontece."
"Por que você mencionou a polícia?"
"Porque somos prisioneiras aqui. Bem, de um modo bem sutil. Ele não economiza nas despesas, não existem grades — imagino que ela tenha te contado que constantemente nos asseguram que podemos ir embora quando quisermos. Exceto pelo fato que, de alguma maneira, estamos sempre sendo vigiadas."
"Estamos a salvo, agora?"
"Espero que sim. Mas preciso voltar logo."
"Eu posso facilmente ir até a polícia. Se você quiser."
"Isso é um alívio."
"E qual é a *sua* teoria sobre o que está acontecendo?"

Ela me deu um sorriso tristonho. "Eu ia te perguntar a mesma coisa."

"Acredito que ele esteve genuinamente conectado à psiquiatria."

"Ele passou a interrogar a Julie por horas a fio depois que você chegou aqui. O que você disse, como se comportou, que mentiras ela te contou... todo o resto. É como se ele sentisse um prazer de segunda mão ao saber de cada detalhe."

"E ele a hipnotiza?"

"Hipnotizou nós duas — comigo apenas uma vez. É extraordinário... você foi hipnotizado?"

"Fui."

"E a Julie também, diversas vezes. Para ajudá-la a aprender suas falas. Todos os fatos da vida da tal da Lily. E depois uma sessão inteira sobre como uma esquizofrênica se comportaria."

"Ele a interroga quando está hipnotizada?"

"Para ser sincera, não. Ele sempre insiste que uma de nós esteja presente quando a outra está sendo hipnotizada. Eu sempre estou ali, escutando."

"Mas você tem dúvidas?"

Ela hesitou de novo. "Tem uma coisa que nos preocupa. Um aspecto um tanto voyeurístico. Uma sensação de que ele está observando vocês dois se apaixonarem, um pelo outro." Ela olhou para mim. "Julie já te contou sobre os três corações?" Ela deve ter notado, pelo meu semblante, que a resposta era não. "Prefiro que ela conte. Amanhã."

"Que três corações?"

"A ideia original não era que eu ficasse sempre nos bastidores."

"E?"

"Prefiro que ela conte."

Arrisquei um palpite. "Você e eu?"

Ela hesitou. "O plano foi abortado. Devido ao que aconteceu. Mas suspeitamos que a intenção dele desde o início sempre foi abortá-lo. O que me faz pensar por que estou aqui no final das contas."

"Mas é um absurdo. Não somos peões num tabuleiro de xadrez."

"Ele sabe muito bem disso, Nicholas. É mais do que ele querer fazer mistério com a gente. Ele quer que sejamos misteriosos para ele." Ela sorriu e sussurrou: "De qualquer maneira, falando por mim mesma, não tenho certeza se queria mesmo que o plano fosse abortado".

"Posso contar isso para a sua irmã?"

Ela sorriu e baixou os olhos. "Você não deve me levar muito a sério."

"Estou começando a perceber."

Ela deixou um pequeno momento de silêncio passar. "Julie acabou de passar por um romance particularmente complicado, Nicholas. Esse é um dos motivos pelos quais ela quis sair da Inglaterra."

"Sei bem o que é isso."

"Fiquei sabendo. O que eu quero dizer é que não quero vê-la magoada outra vez."

"No que depender de mim."

Ela se inclinou para a frente. "Ela costuma escolher os homens errados. Eu não o conheço, por isso você não deve achar que é algo pessoal. Mas o histórico dela não me dá muita confiança." Ela disse: "Estou sendo superprotetora".

"Ela não precisa se proteger de mim."

"Quero dizer que ela está sempre procurando poesia, paixão e sensibilidade, o cardápio completo do romantismo. Eu sigo uma dieta bem mais simples."

"Prosa e pudim?"

"Não espero que homens atraentes tenham necessariamente almas atraentes."

Ela disse isso com uma secura tingida de melancolia que me agradou. Olhei discretamente para seu rosto de perfil, e tive uma visão de um mundo onde as duas interpretavam o mesmo papel, onde eu tinha as duas, a morena e a pálida; histórias obscenas renascentistas sobre garotas que trocavam de lugar à noite. Vi um futuro em que, admito, é claro, eu me casava com Julie, mas a cunhada, tão atraente quanto ela, e evidentemente distinta, participava, ainda que apenas de modo estético, do casamento. Com gêmeas deve sempre haver nuances, sugestões, misturas de identidade, almas e corpos que se tornam indistinguíveis e reciprocamente assustadoras.

Ela sussurrou: "Preciso ir agora".

"Consegui te convencer?"

"Até certo ponto."

"Posso voltar com você até onde vocês se escondem?"

"Você não pode entrar."

"Está bem. Mas também preciso de garantias."

Ela hesitou. "Se você me prometer que vai embora na hora que eu disser."

"Combinado."

Nós nos levantamos e fomos até a estátua de Poseidon, à luz das estrelas. Mal havíamos chegado quando vimos que não estávamos sozinhos. Ambos congelamos. Uma figura branca se sobressaiu, a uns 25 metros de distância, de dentro dos arbustos ao fundo, no canto da clareira mais perto do mar, ao redor da estátua. Conversávamos baixo demais para que alguém conseguisse nos escutar, mas ainda assim foi um susto.

June sussurrou: "Ai, meu Deus. Inferno".

"Quem é?"

Ela pegou minha mão e me fez virar.

"Nosso querido cão de guarda. Não faça nada. Preciso ir."

Olhei por cima do meu ombro e consegui visualizá-lo melhor — um homem de jaleco de médico, um pretenso enfermeiro com algum tipo de máscara escura cobrindo o rosto, com uma feição que eu não conseguia distinguir. June apertou minha mão e procurou meus olhos, um olhar tão direto quanto o da sua irmã.

"Eu confio em você. Por favor, confie em nós."

"O que vai acontecer agora?"

"Não sei. Mas não comece a discutir. Só volte para a casa."

Ela se inclinou rapidamente para a frente, me puxando um pouquinho para perto dela, e beijou meu rosto. Depois caminhou em direção ao homem de jaleco branco. Quando estava perto dele, eu a segui. Ele parou em silêncio, de lado, para deixá-la passar rumo à escuridão por entre as árvores, e então voltou a bloquear a abertura entre os arbustos. Com um choque, quase tão grande quanto ao vê-lo pela primeira vez, percebi ao me aproximar que ele não estava de máscara. Era um homem negro: grande, alto, talvez cinco anos mais velho que eu. Ele me encarou sem qualquer expressão. Cheguei a uns três metros dele. Esticou os braços, como um aviso, proibindo que eu me aproximasse. Pude ver que tinha a pele mais clara do que alguns homens negros, um rosto suave, olhos atentos, de alguma forma líquidos e animalescos, concentrados puramente no problema físico do meu próximo movimento. Ficou parado, firme, ainda que arqueado, como um atleta, um boxeador.

Parei e disse: "Você fica mais bonito com sua máscara de chacal".

Ele não se mexeu. Mas o rosto de June reapareceu por trás dele. Um rosto aflito, suplicante.

"Nicholas. Volte para a casa. *Por favor.*" Meu olhar seguiu dos olhos preocupados dela até os dele. Ela disse: "Ele não fala. É mudo".

"Achei que os eunucos negros tinham desaparecido junto com Império Otomano."

A expressão dele não mudou um milímetro, e tive a impressão de que ele sequer tinha entendido minhas palavras. Mas, após um instante, ele cruzou os braços e alargou sua postura. Pude ver uma gola de camisa polo preta por debaixo do jaleco. Sabia que ele queria que eu fosse até lá, e me senti tentado a enfrentá-lo.

Deixei June decidir. Olhei para ela, sobre os ombros dele. "Você vai ficar bem?"

"Sim. Por favor, vá."

"Vou esperar na estátua."

Ela fez que sim e se virou. Eu voltei para o deus do mar e me sentei na pedra que o sustentava; por algum motivo, não sei bem por que, estiquei o braço e apertei seu tornozelo de bronze. O negro continuou parado de braços cruzados, como um segurança entediado num museu — ou talvez mais como um janízaro armado com uma cimitarra nos portões do harém imperial. Larguei o tornozelo e acendi um cigarro para conter a adrenalina liberada. Um minuto se passou, ou dois. Tentei escutar, apesar do que as irmãs disseram sobre um certo esconderijo, algum barco a motor. Mas só havia silêncio. Além de ofendido em minha virilidade perante uma garota atraente, eu também me senti desconfortável e culpado. A notícia desse encontro clandestino com certeza chegaria logo aos ouvidos de Conchis. Talvez ele aparecesse. Não só temia confrontar aquela bobagem da esquizofrenia; mas, por ter infringido suas regras tão abertamente, temia ser tirado de campo de uma vez por todas. Ponderei tentar subornar o negro de alguma forma, discutir com ele, apelar. Mas ele apenas ficou esperando nas sombras, um rosto anônimo, tanto racial quanto pessoalmente.

De algum lugar no oceano lá embaixo ouvi um apito. As coisas aconteceram num piscar de olhos depois disso.

A figura de branco se aproximou de mim a passos largos. Eu me levantei e disse: "Espere um minuto". Mas ele era forte e rápido como um leopardo, uns cinco centímetros mais alto do que eu. Um rosto obviamente sem o menor senso de humor e bastante enfurecido. Não seria nada bom — fiquei assustado — havia algo violentamente insano em seus olhos, e me passou pela cabeça que ele podia ser uma versão negra de Henrik Nygaard. Sem sobreaviso, ele cuspiu no meu rosto e então me empurrou com violência, usando a palma da mão, até o pedestal de pedra da estátua. A quina acertou a parte de trás dos meus joelhos, e precisei sentar. Enquanto limpava o cuspe do meu nariz e da bochecha, ele se afastou, ladeira abaixo. Abri a boca para gritar algo para ele, depois engoli em seco. Puxei um lenço, fiquei limpando meu rosto. Estava imundo, contaminado. Eu teria matado Conchis se ele aparecesse na minha frente.

Mas na verdade voltei até o portão e desci o caminho até Moutsa; eu tinha que sair da propriedade. Lá, tirei minhas roupas e mergulhei no mar, esfreguei meu rosto na água salgada, e nadei uns cem metros. O mar estava vivo com diatomáceas fosforescentes que giravam em longas trilhas, das minhas mãos até meus pés. Mergulhei e me virei de costas como uma foca e olhei através da água, para cima, para as manchas brancas e desfocadas das estrelas. O mar me esfriou, me acalmou, acariciou meus genitais com um toque de seda. Eu me senti são e salvo, longe do alcance deles, de toda a forma de alcance deles.

Eu suspeitava fazia tempo que havia algum significado escondido na história de De Deukans e sua galeria de autômatos. O que Conchis fez, ou estava tentando fazer, foi transformar Bourani numa galeria dessas, e seres humanos reais nas *suas* marionetes... e eu não iria suportar muito mais. June havia me impressionado, sua visão sensata da situação. Eu era claramente o único homem perto delas em quem podiam confiar, e apesar de tudo mais, elas precisavam de mim, da minha força. Sabia que não adiantaria invadir a casa e discutir com o velho — ele apenas me alimentaria com mais mentiras. Era como um animal num covil, precisava ser coagido um pouco mais antes de ser encurralado e destruído.

Caminhei lentamente por dentro d'água, com a encosta sombria de Bourani atravessando o mar silencioso a leste, e gradualmente me acalmei. Poderia ter sido algo pior do que apenas aquela cusparada, e eu havia insultado o homem. Eu possuía muitos defeitos, mas o racismo não era um deles... ou pelo menos quero pensar que não. Além do mais, a bola agora estava cravada na quadra do velho. Dependendo de como ele reagisse, daria para eu descobrir algo a seu respeito. Precisava esperar para ver que mudanças isso traria para o "roteiro" de amanhã. Assim retornou a velha excitação — que viesse tudo, mesmo o Minotauro negro, contanto que viesse, contanto que eu alcançasse o centro, e conquistasse o prêmio final que tanto cobiçava.

Voltei até a orla e me sequei com minha camisa. Depois vesti o resto das minhas roupas e caminhei de volta até a casa. Estava em silêncio. Auscultei, sem me preocupar em esconder de qualquer um que pudesse estar escutando do outro lado, a porta do quarto do Conchis. Não se ouvia um som.

John Fowles
O Mago

46

Acordei com desânimo, me sentindo feito um bife batido — o calor faz dessas coisas na Grécia — mais do que de costume. Já eram quase dez horas. Afundei minha cabeça na água gelada, fechei os olhos e desci as escadas até a colunata. Olhei debaixo da toalha da mesa; meu café, o fogareiro para aquecer o tradicional bule vriki, feito de latão. Esperei um pouco, mas ninguém apareceu. Havia um silêncio desértico naquela casa que me intrigou. Esperava por Conchis, por mais comédia, não por um palco vazio. Eu me sentei e fiz o desjejum.

Depois levei as louças até o chalé de Maria, sob o pretexto de ser prestativo, mas a porta estava trancada. Primeiro fracasso. Subi as escadas, bati na porta de Conchis, tentei abrir: segundo fracasso. Então dei a volta por todos os cômodos do térreo. Cheguei, por curiosidade, a procurar nas caixas de livros da sala de música pelos documentos psiquiátricos, também sem sucesso. Senti um medo súbito: devido à noite anterior, tudo estava acabado. Eles todos tinham desaparecido de uma vez.

Andei até a estátua, andei por toda a propriedade, como um homem procurando por uma chave perdida — depois voltei até a casa. Quase uma hora se passara. Permanecia deserta como antes. Comecei a me sentir desesperado e perdido — o que deveria fazer agora? Ir até a vila, contar à polícia? Por fim, desci até a praia particular. O barco desaparecera. Nadei pela pequena enseada e dei a volta pelo seu promontório oriental. Lá, alguns dos penhascos mais altos da ilha, de trinta metros ou mais de altura, caíam no mar em meio a um conjunto de pedregulhos e rochas partidas. As falésias se curvavam num arco côncavo, bastante aplainadas, a um quilômetro para o leste, sem formarem de fato uma baía, mas no fim projetando-se o suficiente da costa para esconder a praia onde ficavam os três chalés. Examinei cada metro dos penhascos: não havia como descer, nenhum lugar onde nem mesmo um pequeno barco pudesse atracar. E ainda assim aquele era o lugar onde supostamente as duas irmãs teriam se dirigido quando foram para "casa". Havia apenas um pequeno arbusto no alto do penhasco, logo após o trecho onde terminavam os pinheiros. Era claro que seria impossível se esconder ali. Só restava uma solução. Teriam chegado ao topo do penhasco, depois dado a volta pelo terreno e descido por trás dos chalés.

Nadei um pouco mais para longe da praia, mas uma corrente fria me fez voltar. E logo vi. Uma garota num vestido de verão rosa claro estava parada debaixo dos pinheiros, no topo do penhasco, a uns cem metros a leste de onde eu estava; na sombra, mas radiante, exuberantemente visível. Ela acenou para mim e eu acenei de volta. Ela andou uns poucos metros debaixo da barreira verde das árvores, a luz do sol entre os pinheiros salpicando o rosa pálido do vestido; e então, com um sobressalto, avistei outro clarão rosado, uma segunda garota. Elas pararam, uma a réplica da outra, e a mais próxima acenou de novo, me chamando para fora d'água. As duas se viraram e desapareceram, como se estivessem andando para me encontrar no meio do caminho.

Cinco ou seis minutos depois eu cheguei, quase sem fôlego, com a camisa grudada no calção molhado, no canto mais afastado da ravina. Elas não estavam perto da estátua, e por alguns momentos de raiva suspeitei que estivessem brincando comigo outra vez — aparecer apenas para desaparecer depois. Mas desci em direção à encosta, passando pela alfarrobeira. O mar ardia azul através dos pinheiros mais distantes. De repente, avistei as duas silhuetas. Estavam sentadas à sombra, num montinho de rocha e terra, um pouco mais ao leste. Andei mais devagar, certo de que as encontraria. Os vestidos idênticos eram muito singelos, com mangas curtas bufantes, decote acima dos seios; usavam meias de um azul-claro, sapatos cinza-claros. Eram bastante femininas, bonitas, uma dupla de garotas de 19 anos nos seus melhores vestidos de ir à missa... ainda que estivessem um tanto arrumadas demais para o meu gosto, urbanas demais — e havia também, muito estranhamente, uma cesta de junco ao lado de June, como se ainda fossem estudantes em Cambridge.

June parou assim que me aproximei e veio ao meu encontro. Estava com os cabelos soltos, assim como a irmã, a pele dourada, um bronzeado ainda mais forte do que eu havia reparado na noite anterior, e se notava uma diferença facial de perto, uma maior abertura, mesmo um ar descarado de molecagem. Atrás dela, Julie observava nosso encontro. Nitidamente não sorria, mantinha distância. June sorriu.

"Contei a ela que você disse que não fazia diferença com qual das duas ia se encontrar hoje de manhã."

"Muito gentil da sua parte."

Ela pegou minha mão e me levou até o pé do monte.

"Eis aqui seu cavaleiro da armadura brilhante."

Julie olhou para mim com frieza. "Olá."

Sua irmã disse: "Ela sabe de tudo".

Julie olhou para ela. "Também sei de quem é a culpa."

Mas então ela se levantou e desceu até nós. A reprovação em seus olhos deu lugar à preocupação.

"Voltou bem?"

Contei a elas o que tinha acontecido, a cusparada. Os primeiros momentos de brincadeira entre as irmãs acabaram logo. Tinham dois pares de olhos azuis que me olhavam preocupados. Depois se entreolharam, como se aquilo confirmasse algo que estiveram discutindo. Julie se pronunciou primeiro.

"Você viu Maurice hoje de manhã?"

"Nem sinal dele."

Trocaram olhares mais uma vez.

June disse: "Também não o vimos".

"O lugar parecia deserto. Estive procurando vocês por todos os cantos."

June olhou de relance para trás de mim, entre as árvores. "Pode parecer. Mas aposto que não estava."

"Quem é aquele negro maldito?"

"Maurice o chama de criado. Quando você não está aqui, ele até serve à mesa. O dever dele é tomar conta de nós quando estamos escondidas. Na verdade, ele nos dá arrepios."

"Ele é mudo de verdade?"

"Você mesmo pode perguntar. Suspeitamos que não. Ele só fica parado, encarando. Como se pudesse contar tudo."

"Ele nunca...?"

Julie fez que não. "Ele mal parece perceber que somos mulheres."

"Também deve ser cego."

June abriu um pequeno sorriso. "Seria um insulto se não fosse um grande alívio."

"O velho deve estar sabendo o que aconteceu na noite passada."

"É o que estamos tentando descobrir."

June continuou: "O mistério do cachorro que *não* latiu à noite".

Olhei para ela. "Achei que não fosse para você e eu nos encontrarmos oficialmente."

"Já estava tudo combinado para hoje. Imagino que para confirmar a história de Maurice."

Julie completou: "Depois que eu fizesse mais uma de minhas célebres encenações de maluca".

"Mas ele tem que..."

"Isso é o que nos intriga. O problema é que ele não nos contou o próximo capítulo. O que devemos fazer quando você descobrir que a esquizofrenia é uma farsa."

June disse: "Então decidimos ser nós mesmas. E ver o que acontece".

"Vocês precisam me contar tudo o que sabem."

Julie lançou um olhar seco para a irmã. June fingiu uma reação de surpresa.

"Por acaso não estou *sobrando* aqui?"

"Você pode ir e aprimorar seu bronzeado enjoativo. Quem sabe não toleramos você na hora do almoço?"

June fez uma pequena reverência e saiu, recolhendo a cesta, mas enquanto voltava, ergueu um dedo para avisar: "Vou querer ouvir tudo o que falarem a meu respeito".

Sorri, e só então percebi, enquanto June se afastava, que eu estava recebendo um olhar frio e arregalado por parte da Julie.

"Estava escuro. As mesmas roupas, eu..."

"Estou furiosa com ela. As coisas já são bastante complicadas sem isso."

"Ela é muito diferente de você."

"Nós nos esforçamos para ser." Mas então sua voz soou mais gentil, mais honesta. "Somos muito próximas, na verdade."

Peguei a mão dela. "Prefiro você."

Mas ela não me deixou puxá-la para perto de mim, ainda que sua mão tivesse se afastado. "Encontrei um lugar perto do penhasco. Onde pelo menos podemos conversar sem sermos vistos."

Andamos entre as árvores, em direção ao leste.

"Você não está chateada de verdade?"

"Gostou de beijá-la?"

"Apenas porque pensei que era você."

"Quanto tempo durou?"

"Alguns segundos."

Ela afastou minha mão. "Mentiroso."

Mas havia um sorriso escondido em seu rosto. Ela me mostrou o caminho que dava a volta por um afloramento de rochas, um pinheiro solitário, depois uma colina inclinada que descia até a borda do penhasco. As rochas formavam uma muralha natural que nos protegia de olhares distantes, atrás de nós. Outra cesta estava ali, numa esteira verde, aberta sob a fina sombra de uma árvore arqueada pelo vento. Espiei em volta, então peguei Julie nos braços. Dessa vez, ela me deixou beijá-la, brevemente apenas, antes de virar o rosto.

"Eu quis tanto aparecer noite passada."

"Foi horrível."

"Precisei deixar que ela te encontrasse." Ela suspirou um pouco. "Minha irmã reclama que eu fico com toda a diversão, apesar de tudo."

"Não importa. Agora temos o dia inteiro."

Ela beijou meu ombro por cima da camisa úmida. "Temos que conversar."

Ela descalçou os sapatos de sola baixa, depois se sentou na esteira, com as pernas dobradas, ao lado do corpo. As meias azuis-claras terminavam logo abaixo dos seus joelhos nus. O vestido era branco, na verdade, porém bordado com um padrão de pequenas rosas. Era decotado, aberto em toda a volta do pescoço, até o ponto em que os seios começavam a se projetar. Suas roupas lhe conferiam uma espécie de inocência sensual, como uma colegial. O vento solar jogava as pontas dos seus cabelos em suas costas, como quando ela fingiu ser "Lily", na praia — mas todo aquele lado dela havia ido embora, escoado, como água entre as pedras. Sentei-me ao seu lado, e ela se virou para alcançar a cesta. O tecido apertou seus seios, sua cintura fina. Ela virou o rosto de volta e nossos olhos se encontraram; aqueles lindos olhos cinza-violetas, os cantos inclinados, que se demoravam sobre os meus.

"Vamos. Me pergunte o que quiser."

"O que você estudava em Cambridge?"

"Estudos clássicos." Ela viu minha surpresa. "Era o tema do meu pai. Ele era como você. Um professor."

"Era?"

"Morreu na guerra. Na Índia."

"E June também?"

Ela sorriu. "Eu fui o cordeirinho sacrificial. Ela podia fazer o que quisesse. Línguas modernas."

"Quando vieram para cá?"

"Ano passado." Ela abriu a boca, mas depois mudou de ideia e pôs a cesta entre nós. "Trouxe tudo que consegui. Tenho tanto medo de que vejam o que estou fazendo." Eu olhei ao redor, mas a muralha natural fornecia uma proteção completa. Apenas do alto alguém poderia nos observar. Ela pegou um livro. Era pequeno, encadernado em couro preto, com o papel esverdeado nas laterais, marmorizado, um exemplar bastante surrado e gasto. Vi a página de rosto: *Quintus Horatius Flaccus, Parisiis*.

"É de Didot Aîné."
"Quem é?" Vi a data: 1800.
"Um famoso impressor francês."
Ela me fez virar as páginas até a folha de guarda. Nela, numa caligrafia muito delicada, havia uma inscrição: *Dos "idiotas" do IV-B para sua adorável professora, srta. Julia Holmes*. Abaixo, umas quinze assinaturas: *Penny O'Brien, Susan Smith, Susan Mowbray, Jane Willings, Lea Gluckstein, Jean Ann Moffat...*
"Onde foi isso?"
"Por favor, antes veja isto aqui."
Seis ou sete envelopes. Três estavam endereçados a "srta. Julia e srta. June Holmes, a/c de Maurice Conchis, Esquire, Bourani, Phraxos, Grécia". Tinham selos ingleses e carimbos recentes, todos de Dorset.
"Leia uma."
Peguei uma carta do envelope de cima. Estava num papel timbrado: *Chalé Ansty, Cerne Abbas, Dorset*. Começava num rabisco apressado:

> Queridas, estive bastante ocupada com toda a bagunça da exposição, e para piorar o sr. Arnold está aqui e quer terminar o quadro o quanto antes. Aliás, adivinhem? Roger ligou, ele está em Bovington agora e se convidou para passar o final de semana aqui. Ele ficou muito desapontado em saber que vocês estão fora — ninguém contou. Acho que ficou muito mais simpático — deixou de ser pomposo. E já é capitão!! Não sabia que diabos fazer com ele, por isso chamei a filha dos Drayton e o irmão para jantar, e acho que tudo correu maravilhosamente bem. Billy não para de engordar, o velho Tom diz que é a grama, então pediu pra D. cavalgar de vez em quando com ele, eu sabia que vocês não se importariam...

Eu virei a página para o final da carta. Estava assinada por *Mamãe*. Olhei para cima e ela fez uma careta. "Desculpe."
Ela me entregou as outras três cartas. Uma era claramente de um antigo colega de magistério — notícias sobre pessoas, sobre atividades escolares. Outra era de uma amiga que assinava como Claire. Outra de um banco em Londres, para June, avisando que "uma remessa de £100 fora recebida no dia 31 de maio". Memorizei o endereço: Barclay's Bank, Englands Lane, Londres NW3. O nome do gerente era P. J. Fearn.
"E isto aqui."
Era o passaporte dela. Srta. J. N. Holmes.
"N?"

"Neilson. Meu sobrenome materno."

Eu li o *signalement* ao lado de sua fotografia. *Profissão*: Professora. *Data de nascimento*: 16/1/1929. *Local de nascimento:* Winchester.

"Era em Winchester que o seu pai ensinava?"

"Ele era o professor catedrático de clássicas ali."

País de residência: Inglaterra. *Altura:* 1,72m. *Cor dos olhos:* cinza. *Cabelos:* louros. *Peculiaridades especiais:* cicatriz no punho esquerdo (irmã gêmea). Embaixo, ela assinou o nome, uma caligrafia limpa, em itálico. Eu folheei as páginas dos vistos. Duas viagens à França, uma à Itália no verão anterior. Um visto de entrada na Grécia aberto em abril, um selo de entrada, 2 de maio, Atenas. Não havia nenhum visto no ano anterior. Pensei de novo no dia 2 de maio — quando tudo isto já estava sendo preparado, desde então.

"Que faculdade você cursou?"

"Girton."

"Você deve conhecer a srta. Wainwright. Dra. Wainwright."

"De Girton?"

"Especialista em Chaucer. Langland." Ela ficou me encarando, depois olhou para baixo, e de novo para cima, com um sorrisinho: ela não ia cair nessa. "Desculpe. Certo. Você estudou mesmo em Girton. Depois virou professora?"

Ela mencionou o nome de uma famosa escola primária para garotas no norte de Londres.

"Não é muito plausível."

"Por que não?"

"Muito pouco *prestígio*."

"Não queria *prestígio*. Queria estar em Londres." Ela puxou a saia. "Não pense que eu nasci para este tipo de vida."

"Por que queria estar em Londres?"

"June e eu fizemos de tudo em Cambridge. Tínhamos nossas carreiras, mas..."

"Qual era a dela?"

"Publicidade. Redatora. Eu não gostava muito daquele mundinho. Ou pelo menos dos publicitários."

"Eu te interrompi."

"Estava dizendo que nenhuma de nós morria de amores pelo que fazia. Nos envolvemos com uma companhia amadora de Londres chamada Tavistock Rep. Tinham um pequeno teatro em Canonbury..."

"Ouvi falar deles."

Eu me reclinei sobre um cotovelo, ela se sentou apoiada em um braço. Atrás dela, o azul profundo do mar se fundia com o anil do céu. Uma brisa soprava pelo pinheiral, acima de nós, acariciando a pele como se fosse água morna. Achei esse seu novo eu, com essa simplicidade e seriedade em sua expressão, ainda mais encantador do que as versões anteriores. Percebi que era aquilo que estava faltando: uma sensação de normalidade, de que ela era alcançável.

"Bem, novembro passado eles montaram *Lisístrata*".

"Me conte antes por que você não se sentia feliz dando aula?"

"Você se sente?"

"Não. Pelo menos não até conhecer você."

"Eu só... achava que não era para mim. Aquela fachada presunçosa que temos de adotar, sabe?"

Eu sorri, e concordei com um aceno. "*Lisístrata?*"

"Achei que você tivesse lido a respeito. Não? De qualquer jeito, um produtor bem esperto, chamado Tony Hill, escalou nós duas, June e eu, para o papel principal. Eu ficava na frente do palco e dizia as falas, algumas em grego, e June interpretava todas as ações por mímica. O resultado... saiu em alguns jornais, muita gente de teatro veio assistir. À produção. Não vieram nos ver."

Ela procurou na cesta um maço. Acendi os dois cigarros, e ela continuou.

"Um dia, perto do final da temporada, um homem foi aos bastidores e nos disse que era agente teatral, e que tinha alguém interessado em nos conhecer. Um produtor de cinema." Ela sorriu quando eu levantei as sobrancelhas. "Claro. E ele fez tanto segredo sobre quem era o produtor que deveria ser alguém óbvio demais. Mas, uns dois dias depois, recebemos enormes buquês de flores e um convite para almoçarmos em Claridge, assinados por alguém que atendia por..."

"Nem se preocupe. Posso adivinhar."

Ela curvou a cabeça rispidamente. "Conversamos a respeito e aí — só pela diversão — decidimos aceitar." Ela fez uma pausa. "Imagino que tenhamos ficado deslumbradas. Estávamos tão certas de que seria algum falso figurão de Hollywood. E, na verdade, lá estava aquele... ele parecia perfeitamente aberto. É óbvio que era muito rico, ele nos disse que tinha projetos de negócios em toda a Europa. Ele nos deu um cartão, um endereço na Suíça, mas disse que vivia principalmente na França e na Grécia. Chegou a descrever Bourani e a ilha. Tudo aqui. Exatamente como é... quero dizer, o lugar."

"Não contou nada sobre o passado dele?"

"Chegamos a perguntar sobre sua pronúncia do inglês. Disse que queria ser médico quando era jovem, e que tinha estudado medicina em Londres." Ela deu de ombros. "Sei que inúmeras coisas que ele nos disse ali eram exageros, mas, juntando todas as peças do quebra-cabeças que nos deram desde então — acredito que ele tenha passado boa parte de sua juventude na Inglaterra. Quem sabe tenha estudado num internato por lá — outro dia mesmo ele foi bastante sarcástico a respeito do sistema público escolar inglês. Pareceu saber do que estava falando." Ela apagou o cigarro. "Tenho certeza de que, em algum momento de sua vida, ele se rebelou contra o dinheiro. E contra o próprio pai."

"Você não percebeu...?"

"Na mesma hora. Perguntamos com educação. Eu me lembro exatamente do que ele disse: 'Meu pai era o mais sem graça dos seres humanos. Um milionário com mentalidade de lojista'. Fim de papo. Nós nunca ficamos mais íntimos do que isso. Com exceção da vez em que ele disse ter nascido em Alexandria — o próprio Maurice. Existe uma colônia de gregos ricos por lá."

"Então algo que era, na verdade, o oposto da história de De Deukans?"

"Suponho que essa deve ter sido uma tentação que o próprio Maurice sentiu em algum momento. Uma forma de gastar a fortuna que herdou."

"É o que eu havia pensado. Mas você não terminou de contar sobre o almoço em Claridge."

"Aquilo apenas confirmou tudo. Ele estava tão ansioso para demonstrar que era um homem culto, cosmopolita. Não apenas um milionário. Perguntou o que estudávamos em Cambridge — o que, é claro, permitiu que ele demonstrasse seus próprios estudos. Depois, o teatro contemporâneo, ele obviamente conhece muito sobre o assunto. O que estava acontecendo no resto da Europa. Disse que estava financiando um pequeno teatro experimental em Paris." Ela tomou fôlego. "De qualquer maneira. Credenciais culturais devidamente estabelecidas. Mais do que devidamente, começamos a nos perguntar por que estávamos ali. No final, June, no seu jeito de sempre, perguntou à queima-roupa. Ao que ele respondeu que era o maior investidor numa companhia cinematográfica no Líbano." Seus olhos cinzentos se arregalaram na minha frente. "Então. Num suspiro. De modo completamente abrupto." Ela fez uma pausa. "Ele queria que estrelássemos um filme neste verão."

"Mas vocês devem ter..."

"Na verdade, quase caímos na gargalhada. Sabíamos que ele deveria estar com outras intenções — foi o que suspeitamos logo de imediato. Mas ele disse as condições." Ela fez uma cara ainda impressionada. "Mil libras para cada uma quando assinássemos o contrato. Mais mil quando terminássemos. Mais cem libras para cada uma, para as despesas. As quais, no final das contas, eram virtualmente zero."

"Meu Deus. Vocês viram a cor desse dinheiro?"

"O dinheiro do contrato. E as despesas... aquela carta." Ela olhou para baixo, como se eu achasse que ela fosse uma mercenária, e alisou a esteira com o pé. "É um dos principais motivos pelo qual continuamos aqui, Nicholas. É tão absurdo. Fizemos tão pouco para merecê-lo."

"Sobre o quê deveria ser o filme?"

"Seria filmado aqui na Grécia. Eu te explico em um minuto." Ela me olhou com incerteza. "Não pense que fomos totalmente inocentes. Não dissemos sim de uma só vez. Pelo contrário. E ele jogou muito bem suas cartas. Foi quase paternal. É claro que não podíamos decidir na hora, queríamos fazer perguntas, consultar nosso agente — não que tivéssemos algum naquele momento."

"Continue."

"Nos deram uma carona para casa — num Rolls Royce alugado — para que pudéssemos pensar. Você sabe, uma cobertura em Belsize Park. Como duas cinderelas. Ele foi muito esperto, nunca pôs nenhum tipo de pressão suspeita sobre nós. Nós o vimos, hum... mais outras duas ou três vezes. Ele nos levou para sair. Teatro. Ópera. Nunca tentou falar com nenhuma de nós a sós. Mas você sabe o quanto ele pode ser encantador quando quer. Aquele sentimento que ele transmite de que sabe qual é o sentido da vida."

"O que os outros acharam? Seus amigos — sobre aquele produtor?"

"Acharam que devíamos agir com muito cuidado. Encontramos um agente. Ele nunca tinha ouvido falar de Maurice ou da companhia cinematográfica de Beirute. Mas logo descobriu detalhes sobre a empresa. Fazia filmes comerciais para o mercado árabe. Iraque e Egito. Como Maurice nos havia contado. Explicou que queriam entrar no mercado europeu. Nosso filme seria financiado pela companhia libanesa apenas por uma questão fiscal qualquer.

"Como se chamava a empresa?"

"Polymus Filmes." Ela soletrou o nome. "Você a encontra em listas de companhias de cinema. Nos catálogos do ramo. Perfeitamente respeitável e relativamente bem-sucedida, até onde nosso agente pôde verificar. O contrato, idem, quando chegamos a ele... também era absolutamente normal."

"Ele pode ter comprado o agente?"

Ela soltou um suspiro. "Pensamos nisso. Mas acho que não precisou. Imagino que tenha sido o dinheiro. Estava lá, no banco. O dinheiro era para valer. Quer dizer, sabíamos que era um pouco arriscado. Talvez se fosse apenas uma de nós. Mas estaríamos as duas." Ela me lançou um olhar irônico, levemente inquisitivo. "Você acredita nessa história?"

"Não deveria?"

"Acho que não estou explicando muito bem."

"Está, sim."

Mas ela exibiu outro olhar, ainda duvidando de como eu reagia àquela sua aparente credulidade, e então abaixou os olhos.

"Tem outra coisa. A Grécia. Por ter estudado os clássicos. Sempre tive essa vontade de vir para cá. Fazia parte da provocação. Maurice prometia que teríamos tempo para ver tudo. E nisso ele não nos enganou. Quer dizer, tem esta situação toda, mas o resto foi como se estivéssemos de férias." Outra vez, ela parecia estar quase envergonhada ao perceber que suas recompensas tinham sido muito maiores do que as minhas. "Ele tem um iate fabuloso. Ali vivemos como princesas."

"E a sua mãe?"

"Ah. Maurice cuidou disso. Ele insistiu em conhecer nossa mãe um dia quando ela fosse a Londres nos visitar. Ele a conquistou com seu cavalheirismo." Ela sorriu com certo pesar. "E com seu dinheiro."

"Ela sabe o que aconteceu?"

"Dissemos que ainda estávamos ensaiando. Não queríamos preocupá-la." Ela fez uma careta. "Mamãe é uma especialista em fazer confusões à toa."

"E o filme?"

"Era uma adaptação de um conto popular grego de um autor chamado Theodoritis — já ouviu falar dele? *Três Corações*?" Fiz que não. "Ao que parece, nunca foi traduzido. Foi escrito no começo da década de 1920. É sobre duas garotas inglesas que supostamente seriam filhas do embaixador inglês em Atenas, apesar de não serem gêmeas no original, que viajam de férias para uma ilha grega durante a Primeira Guerra Mundial e..."

"Uma delas não se chamava Lily Montgomery, por acaso?"

"Não, mas espere. Essa ilha. Elas encontram um escritor grego aqui — um poeta, ele tem tuberculose, está morrendo... e ele se apaixona pelas irmãs, uma de cada vez, e elas se apaixonam por ele e todos se sentem terrivelmente mal e tudo termina — você pode imaginar. Na verdade, não é tão bobo assim. Tem um certo charme de época."

"Você leu?"

"O que consegui entender. É bastante curto."
Eu falei em grego: "*Xerete kala ta nea ellenika?*".*
Ela respondeu, de maneira muito mais fluente e com um sotaque demótico bem melhor do que o meu, que estava aprendendo um pouco de grego moderno, embora saber a língua antiga não ajudasse tanto quanto as pessoas imaginavam; e ficou me encarando. Toquei minha testa como sinal de reverência.
"Ele também nos mostrou um roteiro em Londres."
"Em inglês?"
"Disse que estava esperando para distribuir duas versões. Em grego e em inglês. Dublando as vozes nas duas línguas." Ela deu de ombros, com sutileza. "Parecia real. Ainda que fosse apenas um ensaio ardiloso."
"Mas como..."
"Espere um minuto. Mais pistas."
Ela revirou a bolsa e girou de modo que ficamos sentados frente a frente. Pegou uma carteira e de lá retirou dois recortes. O primeiro mostrava as duas irmãs posando numa rua londrina, usando sobretudos e chapéus de lã, sorrindo. Reconheci aquele jornal pela impressão, mas de qualquer maneira o recorte estava colado numa cartolina cinza com a etiqueta de uma agência de imprensa: *Evening Standard, 8 de janeiro, 1953*. O parágrafo abaixo dizia:

E TAMBÉM SÃO INTELIGENTES!

Duas gêmeas de sorte, June e Julie (à direita) Holmes, vão estrelar um longa-metragem neste verão, a ser filmado na Grécia. As duas irmãs têm diplomas em Cambridge, atuaram bastante na universidade e, somadas, falam oito idiomas. Triste notícia para os solteiros; nenhuma delas deseja se casar por enquanto.

"Não escrevemos a legenda."
"Imaginei."
O outro recorte era da *Cinema Trade News*. O artigo repetia, em americanês, o que ela acabara de me contar.

---

* "Você entende grego moderno?" [NT]

"Ah, e já que estou aqui... Minha mãe." Ela me mostrou um retrato da sua carteira: uma mulher de cabelo volumoso numa espreguiçadeira de jardim, com um *clumber spaniel* ao seu lado. Eu vi que havia outra foto, e insisti para que ela me mostrasse também: um homem de camisa esportiva, um rosto nervoso e inteligente. Parecia ter seus trinta e poucos anos.

"Este é...?"

"Sim." Ela completou: "Era".

Ela guardou a foto. Havia algo de proibitivo em seu rosto, não insisti. Ela logo prosseguiu.

"Evidentemente percebemos então que aquele era um disfarce perfeito para Maurice. Se fôssemos interpretar as jovens filhas bem-nascidas de um embaixador em 1914... nós inocentemente corremos para ter lições de etiqueta. Teste de figurinos. Todos os vestidos da Lily foram feitos em Londres. Partimos em maio. Ele nos encontrou em Atenas e disse que o restante da companhia se encontraria conosco dali a quinze dias. Fomos alertadas, por isso não ficamos surpresas. Ele nos levou num cruzeiro. Para Rhodes e Creta. No *Arethusa*. O iate dele."

"Que ele nunca traz para cá?"

"Geralmente fica em Náuplia."

"Em Atenas... você ficou na casa dele?"

"Acho que ele não tem casa lá. Ele diz que não tem. Ficamos no Grande Bretagne."

"Nenhum escritório?"

"Pois é." Ela contraiu a boca de maneira autodepreciativa. "Mas nos disseram apenas que a locação de filmagem seria ali. E os interiores, em Beirute. Ele nos mostrou os projetos dos cenários." Ela hesitou. "Era um mundo novo para nós, Nicholas. Se não fôssemos tão novatas. E tão entusiasmadas. E ele nos apresentou para duas pessoas. O ator grego que ele disse que iria interpretar o poeta. E o diretor. Outro grego. Jantamos todos... na verdade, nós gostamos dos dois. Conversamos bastante sobre o filme."

"Vocês não verificaram a identidade deles?"

"Só ficamos ali por umas duas noites... depois partimos no iate com Maurice. Eles deveriam vir direto pra cá."

"Mas nunca vieram?"

"Nunca mais os vimos." Ela puxou um fio solto da bainha da saia. "Para falar a verdade, achamos estranho que não houvesse nenhuma divulgação, mas eles tinham até um motivo para isso. Pelo visto, se você disser que vai fazer um filme aqui, vai receber centenas de figurantes tentando arrumar emprego."

Por acaso, eu sabia que era verdade. Uns três meses antes, uma unidade de filmagem grega estava trabalhando em Hidra. Dois garçons da escola haviam fugido na esperança de serem contratados. Foi um pequeno escândalo durante uns dois dias. Não contei para Julie, mas esse conhecimento secreto me fez sorrir.

"Vocês chegaram aqui."

"Após um cruzeiro adorável. Mas foi aí que a loucura começou. Mal tinham se passado quarenta e oito horas. Já tínhamos percebido que havia algo diferente a respeito de Maurice, algo sutil. Por causa do cruzeiro, nos sentíamos próximas dele, de muitas maneiras... imagino que nós duas sentíamos falta de ter um pai desde 1943. Ele não seria um pai, mas era um pouco como se achássemos uma espécie de tio encantado. Ficando a sós com ele por tanto tempo, sabíamos que podíamos confiar nele. E tivemos noites fascinantes. Discussões intermináveis. Sobre a vida, o amor, a literatura, o teatro... tudo. Exceto quando tentávamos descobrir seu passado, aí caía uma espécie de cortina. Você sabe como é. Coisas que só percebe em retrospectiva. Como posso dizer? Foi tudo tão civilizado no barco. E aqui, de repente, era como se ele fosse nosso dono. De alguma forma, não éramos mais suas convidadas."

Ela procurou meus olhos mais uma vez, como se eu devesse culpá-la por ter gostado minimamente do velho. Ela havia se recostado, apoiada num cotovelo, e seu tom de voz ficara mais grave. De vez em quando, ela retirava os cabelos que a brisa jogava para o outro lado do rosto.

"Sei como é."

"A primeira coisa foi. Queríamos sair e ver o vilarejo. Mas ele disse que não, queria fazer o filme da maneira mais discreta possível. Só que era discreto demais. Não havia mais ninguém aqui, nenhum sinal de geradores, luzes, holofotes, todas as coisas de que eles precisariam. Nenhuma equipe de produção. E aquela sensação de que o Maurice estava nos vigiando. Havia algo no modo como ele começou a sorrir. Como se soubesse de algo que não sabíamos. E não precisasse mais esconder."

"Entendo perfeitamente."

"Era nossa segunda tarde aqui. June tentou sair — eu estava dormindo — para um passeio. Ela chegou até o portão e de repente aquele negro mudo — nunca o tínhamos visto — apareceu no caminho e a impediu. Ele não a deixava passar, não respondia. É claro que ela ficou paralisada. Ela voltou na hora e nós fomos falar com Maurice." Os olhos dela se perderam por um instante sobre os meus, com frieza. "Então ele nos disse." Ela desviou os olhos para a esteira. "Não tão abertamente. Ele podia ver que estávamos... era óbvio. Ele nos colocou numa espécie de catequese. Por acaso ele alguma vez tinha se comportado de maneira imprópria? Tinha deixado de honrar todos os termos financeiros estipulados nos contratos? Acaso o relacionamento que havíamos aprofundado durante o cruzeiro... você sabe. E aí ele abriu o jogo. Sim, ele havia mentido sobre o filme, mas não totalmente. Ele precisava dos serviços de duas jovens atrizes, talentosas e muito inteligentes — palavras dele. Pediu, por favor, que acreditássemos nele. Jurou de pés juntos que se, após escutarmos, não estivéssemos convencidas, então..."

"Vocês poderiam partir."

Ela fez que sim. "Então fizemos a besteira de lhe dar ouvidos. Aquilo levou horas, no final das contas. A essência coisa toda era que, apesar de ter um interesse verdadeiro pelo teatro — e de realmente possuir seu próprio estúdio cinematográfico no Líbano —, ele continuava sendo um médico, muito mais do que nos tinha feito acreditar. Que o seu campo tinha sido a psiquiatria. Chegou a dizer que tinha sido aluno de Jung."

"Essa eu também ouvi."

"Sei tão pouco sobre Jung. Você acha...?"

"Ele me convenceu, quando me contou."

"Nós também. Enfim, e a despeito da nossa vontade. Mas naquele dia. Ele ficou falando como podíamos ajudá-lo a atravessar uma fronteira para um novo mundo que seria metade arte e metade ciência. Uma aventura única, psicológica e filosófica. Que seria uma viagem extraordinária ao inconsciente humano. Essas foram as expressões que ele usou. É claro que queríamos saber o que se escondia por detrás de todas aquelas palavras difíceis — o que deveríamos esperar de verdade. Então, pela primeira vez, ele mencionou você. Que queria ensejar uma situação na qual nós duas interpretaríamos papéis parecidos com a história original de *Três Corações*. E você, sem perceber, interpretaria o poeta grego."

"Jesus Cristo sagrado, vocês devem ter..."

Ela inclinou a cabeça, desviou o olhar por um instante, sem palavras para expressar o que queria dizer. "Nicholas, ficamos espantadas. E ainda assim, de alguma maneira... Não sei, de certa forma sempre esteve ali. Você sabe, o pessoal do teatro costuma ser bobo e superficial fora do palco. E Maurice... me lembro que June disse algo sobre se sentir ofendida. Como ele ousava pensar que podia comprar as pessoas apenas por ser tão rico. Foi o mais perto que eu cheguei de vê-lo ser desmascarado. Atingido. Ele fez um longo discurso, e eu sei que estava sendo sincero, sobre a culpa que sempre sentiu por causa do dinheiro que possuía. Sobre sua única paixão verdadeira ser o saber, estender o conhecimento humano. Sobre seu único sonho ser testar na prática uma teoria desenvolvida ao longo de muito tempo, que não se tratava de egoísmo, ou mero capricho estranho... sua autenticidade foi tamanha que nos impressionou. Conseguiu calar minha irmã no final das contas."

"Vocês devem ter perguntado que teoria era essa."

"Diversas vezes. Mas ele sempre vinha com a mesma resposta. Se soubéssemos, teríamos contaminado a pureza do experimento. Também palavras dele. Ele fazia mais analogias do que jamais tínhamos escutado. De certa maneira, aquela deveria ser uma extensão fantástica do método Stanislavski. Improvisando realidades mais reais do que a realidade. Você seria um homem seguindo uma voz misteriosa, inúmeras vozes, através de uma floresta de possibilidades alternativas — nós mesmas, que sequer sabíamos o que nossas alternativas significavam de fato. Outro paralelo era uma peça, mas sem um autor ou uma plateia. Apenas atores."

"E, no final, seríamos avisados?"

"Ele nos prometeu que sim, desde o começo."

"Eu também?"

"Ele deve estar morrendo de vontade de saber como você está se sentindo, o que está pensando. Já que você é o centro de tudo. A cobaia principal."

"Ele certamente conquistou vocês naquele dia."

"Nós duas passamos a noite conversando. Uma hora concordávamos, na outra, não. No final das contas, June decidiu fazer um pequeno teste. Descemos na manhã seguinte e dissemos que queríamos voltar para casa o quanto antes. Ele quis porque quis discutir, mas estávamos convencidas. Acabou dizendo muito bem, ele faria o iate voltar de Náuplia e nos levaria para Atenas. Mas dissemos que não. Teria que ser hoje, agora. Pegaremos o barco a vapor de volta para Atenas."

"E ele deixou vocês irem?"

"Fizemos as malas, ele nos buscou e demos a volta na ilha de barco. Ficou em silêncio absoluto, não disse uma palavra. Eu só pensava que iríamos perder aquele sol, aquilo tudo à nossa volta. Voltar para a velha e deprimente Londres. Estávamos a uns cem metros do barco. Olhei para June..."

"E mordeu a maçã." Ela fez que sim. "Ele quis o dinheiro de volta?"

"Não. Esse foi mais um motivo. Ele ficou encantado. Não pôs a culpa na gente." Ela suspirou. "Disse que aquilo era uma prova de que havia feito a escolha certa."

Durante tudo aquilo, fiquei esperando alguma referência ao passado, ao que ela sabia, com certeza, sobre Conchis ter devotado ao menos três verões à sua "teoria desenvolvida por tanto tempo", qualquer que fosse ela. Mas segurei minha língua. Talvez Julie tenha percebido que eu continuava cética.

"Aquela história da noite passada. Sobre Seidevarre. Acho que é uma espécie de pista. O lugar do mistério em nossas vidas. De saber que nada é para sempre neste mundo. Que as certezas não existem. É o que ele está tentando criar aqui."

"Com ele no papel de Deus."

"Mas não por vaidade. E, sim, por curiosidade intelectual. Como uma hipótese. Para ver como reagimos. E não apenas um tipo de deus. Vários."

"Ele vive me dizendo que o acaso controla tudo. Mas é impossível se fingir de Deus enquanto Acaso."

"Acho que a intenção dele é que nós percebamos isso." Ela continuou: "Ele faz até piada sobre isso, às vezes. Temos nos visto cada vez menos, desde que você apareceu. Apenas para ver o que está acontecendo. É como se ele tivesse se afastado. Ele mesmo diz isso. Não devemos achar que vamos questionar Deus".

Eu observei sua cabeça inclinada, os contornos do seu corpo, sua proximidade, e quase ouvi a voz de Conchis respondendo a minha dúvida sobre o acaso. Então por que você está aqui com essa garota? Ou, faz alguma diferença, desde que você esteja aqui com ela?

"June diz que ele faz perguntas a meu respeito."

Os olhos dela se voltaram aos céus por um instante. "Você não tem ideia. Não apenas sobre você. O que *eu* sinto. Se eu acredito ou não em você... até mesmo sobre o que eu acho que ele, Maurice, está pensando. Você não acreditaria."

"Deve ter ficado claro que não sou ator."

"Nem tanto. Achei você brilhante. Atuando como se não conseguisse atuar." Ela mudou de posição, se deitou de bruços, o rosto virado para mim. "Faz tempo que percebemos que a primeira fala que ele nos deu — que enganaríamos você — era um artifício. De acordo com o roteiro, nós iludiríamos você. Mas estávamos nos iludindo mais ainda."

"Este roteiro?"

"'Roteiro' é uma piada. Ele nos diz por alto quando devemos aparecer e desaparecer, em termos de saídas e entradas. O tipo de atmosfera para criar. Algumas falas."

"Aquele papo teológico da noite passada?"

"Sim. Ele me pediu para dizer aquilo." Ela me olhou brevemente como quem pede desculpas. "E eu acredito um pouco naquilo, de qualquer forma."

"Mas, de uma maneira geral, vocês improvisam?"

"O tempo todo ele diz que, se as coisas não saírem exatamente como planejado, não tem problema. Desde que a gente mantenha o conceito geral." Ela disse: "é uma questão também de ficar na personagem. Como as pessoas se comportam em situações que não entendem. Eu te disse. Ele falou que isso faz parte do experimento."

"Uma coisa é óbvia. Ele quer que a gente pense que ele está colocando vários obstáculos entre nós. E então nos dá várias oportunidades de destruí-los."

"Para começar, nunca se falou em fazer com que você se apaixonasse por mim, exceto de um modo muito distante e antiquado, estilo século XIX. Depois, na segunda semana ele me persuadiu a conciliar minha personagem de 1915 com a sua verdadeira identidade de 1953. Ele me perguntou o que eu faria se você quisesse me beijar." Ela deu de ombros. "Já beijei outros homens no palco. No final das contas, disse que se fosse absolutamente necessário. Naquele segundo domingo, eu ainda não tinha decidido. Por isso, fiz uma atuação tão ruim."

"Foi uma boa atuação."

"Aquela primeira conversa com você. Estava com um medo de palco terrível. Bem pior do que jamais havia sentido num teatro de verdade."

"Mas você se obrigou a me deixar beijá-la."

"Só porque achei que precisava." Eu segui o desenho de sua coluna arqueada. Ela erguera um pé com a meia azul e, com o queixo apoiado nas mãos, evitava os meus olhos. Disse: "Acho que para ele é como uma proposição matemática. Exceto que todos nós somos x, e ele pode nos colocar onde quiser em sua equação." Fez-se um breve silêncio. "Não estou sendo honesta. Eu queria saber como era ser beijada por você."

"Apesar da propaganda em contrário."

"Isso só começou depois daquela tarde de domingo. Apesar de ele ter dito desde o começo que eu não deveria me envolver emocionalmente com você."

Ela olhou para a esteira. Uma borboleta amarela pairava acima de nós, e depois foi embora, planando, para longe.

"Ele deu algum motivo?"

"Deu. Que um dia eu poderia ter que fazer com que você... me odiasse." Ela baixou os olhos. "Porque você deveria começar a se sentir atraído por June. Mais uma vez, tudo remonta àquela ridícula história dos *Três Corações*.

O personagem do poeta transferiu seus afetos. Uma irmã era instável, a outra o pegou no rebote... você sabe." Ela prosseguiu: "Ele continua falando mal de você, incansavelmente. Para nós duas. Como se pedisse desculpa aos cães de caça por ter fornecido uma raposa tão horrível. O que é um absurdo incrível. Especialmente quando foi você quem caçou na verdade". Ela ergueu os olhos. "Você se lembra daquele discurso que ele fez, quando eu era a Lily, sobre você não ter o dom da poesia? Nem do humor, e tudo mais? Tenho certeza de que aquilo era uma indireta para mim, tanto quanto para você."

"Mas por que ele queria nos aproximar?"

Ela ficou calada por um instante. "Não acho que a história de *Três Corações* signifique alguma coisa. Mas existe uma obra literária muito mais grandiosa, que talvez signifique." Ela fez uma pausa para que eu adivinhasse, depois sussurrou: "Ontem à tarde, depois da minha curta encenação. Outro mágico certa vez mandou um rapaz cortar lenha."

"Não percebi. Próspero e Ferdinand."

"Aquelas falas que eu recitei."

"Ele também mencionou isso na minha primeira visita aqui. Antes mesmo que eu soubesse que você existia." Percebi que ela estava evitando meus olhos. Não era difícil, dado o final de *A Tempestade*, descobrir o porquê. Sussurrei: "Ele não tinha como saber que nós...".

"Eu sei. É só que...", disse, sacudindo a cabeça. "Eu pertenço a ele." Ela continuou: "Não a você".

"E ele certamente tem um Calibã."

Ela suspirou. "Eu sei."

"O que me faz lembrar... Esse esconderijo de vocês."

"Nicholas, eu não posso te mostrar. Se estamos sendo observados, ele vai ver."

"É perto daqui?"

"É."

"Pelo menos me diga onde é." Ela parecia envergonhada de uma maneira diferente desta vez, novamente evitando meus olhos. "Caso você corra perigo."

Ela sorriu. "Se estivéssemos condenadas a um destino pior do que a morte... acho que já teria acontecido."

"Mas por que não posso saber? Você prometeu."

"Ainda prometo. Mas, por favor, não agora." Ela deve ter notado a aspereza na minha voz, porque se esticou e tocou minha mão. "Desculpa. Quebrei tantas outras promessas que fiz a Maurice nesta última hora... Acho que devo manter esta."

"É tão importante assim?"

"Não mesmo. Só que ele diz que quer fazer uma surpresa para você um dia desses. Não sei por quê."

Eu estava intrigado, ainda que, de uma maneira, aquilo fosse uma prova a mais da história dela, uma contrariedade que a confirmava. Fiquei em silêncio por um momento, como um teste, ciente de que os mentirosos odeiam o silêncio. Mas ela passou no teste.

"Você já conversou com as outras pessoas daqui?"

"Nunca encontramos os outros para conversar. Apenas Maria, mas com ela não tem jeito. É tão impossível tirar algo dela como do Joe."

"E a tripulação do iate?"

"São só uns gregos. Não acho que saibam o que acontece por aqui." Ela disse de repente: "June te contou que suspeitamos de um espião na escola?".

"Quem?"

"Maurice nos disse um dia que você não se misturava com os outros professores. Que eles não gostavam de você."

Pensei logo em Demetriades e como, quando parava para pensar, era estranho que um fofoqueiro nato como ele tivesse mantido minhas vindas a Bourani em segredo. Além do mais, eu *não* me misturava. Ele era o único colega com quem eu andava frequentemente, fora da sala dos professores. Eu me lembrei, com um lampejo de alívio, de que havia mentido para ele a respeito de Alison — não de forma planejada, mas para evitar suas malditas piadinhas.

"Tenho um palpite de quem pode ser."

"É o lado de Maurice que eu não suporto. Toda essa espionagem. Ele tem uma câmera de cinema no iate. Com uma teleobjetiva. Diz que é para os pássaros."

"Se eu pego esse velho desgraçado..."

"Eu nunca vi a câmera na ilha. Acho que é mais uma de suas cinquenta e sete variedades de pistas falsas."

Eu a observei, sabia que sentia algum tipo de conflito interno, alguma indecisão, alguma confissão que ela queria arrancar de mim que fosse no sentido contrário do que estivemos conversando. Eu me lembrei do que a irmã dela havia me contado na noite anterior, e arrisquei um palpite.

"E, apesar de tudo, você quer continuar?"

Ela balançou a cabeça. "Nicholas, eu não sei. Hoje, agora, sim. Amanhã, provavelmente não. Nada assim jamais aconteceu comigo. Suponho que, pensando com clareza, se nós abandonássemos isso tudo agora, nada parecido jamais aconteceria de novo. Você concorda?"

O olhar dela era todo meu, e o momento pareceu ideal. Saltei para o meu derradeiro teste.

"Na verdade, não. Porque eu sei que isso aconteceu pelo menos duas vezes antes deste ano."

Ela ficou tão surpresa que não entendeu. Encarou meu sorriso sutil, e então se levantou do chão e se sentou sobre os calcanhares.

"Quer dizer que você já esteve... que não é sua primeira..."

Ela estava nitidamente na defensiva. Seus olhos, magoados e perdidos, acusavam os meus.

"Meus dois antecessores na escola."

Ela continuava sem entender. "Eles te contaram? Você sabia o tempo todo?"

"Sabia apenas que algo estranho aconteceu aqui ano passado. E no ano anterior." Expliquei como havia descoberto, e que era pouco o que eu sabia, e que o próprio velho havia admitido. Mais uma vez observei a reação dela. "Ele também me contou que vocês duas estiveram aqui antes. E os conheceram."

Ela me encarou, furiosa. "Mas nós nunca pisamos..."

"Eu sei."

Ela se sentou de lado e olhou para o mar. "Ah, ele é impossível." Então seus olhos se voltaram de novo para os meus. "Então, esse tempo todo você esteve pensando que nós..."

"Na verdade, não. Eu sabia que ele estava mentindo sobre algo." Descrevi Mitford, e a história do velho a respeito da suposta atração que ele teria sentido por ela. Julie fez perguntas, quis saber cada detalhe.

"E você não tem mesmo a menor ideia do que aconteceu com eles?"

"Eles com certeza não contaram para ninguém na escola. Mitford me deu essa pista. Eu escrevi para ele. Nenhuma resposta por enquanto."

Ela procurou meus olhos uma última vez, e depois olhou para o chão. "Imagino que isso demonstre que não deve acabar tão mal assim."

"É o que tento dizer a mim mesmo."

"Extraordinário."

"Melhor não contar a ele."

"Não, claro que não." Após um instante, ela abriu um sorriso irônico. 'Você acha que ele tem um estoque infinito de irmãs gêmeas?"

"Como vocês, não. Nem mesmo ele."

Ela evitou meus olhos cheios de certeza.

"O que você acha que devemos fazer?"

"Quando ele deve voltar? Ou fingir que está de volta?"

"Hoje à noite. Pelo menos, foi o que nos disse ontem."

"Pode ser um encontro interessante."

"Posso ser demitida por incompetência."

Eu disse em voz baixa: "Aí eu te arranjo um emprego".

Fez-se um breve silêncio, então ela encontrou meu olhar. Estiquei a mão, que também foi encontrada; eu a puxei em minha direção, e nos deitamos de lado, levemente afastados. Comecei a traçar as feições do seu rosto... os olhos, que ela havia fechado, o nariz até a ponta, e depois o contorno da boca. Ela beijou meu dedo. Eu a puxei para perto e beijei sua boca. Ela respondeu, ainda que eu sentisse nela uma certa reserva, uma vontade e uma falta de vontade. Nós nos separamos um pouco, encarei aquele rosto. Acho que nunca me cansaria dele, uma fonte eterna de desejo, de vontade de proteger, sem nenhuma falha física ou psicológica. Ela abriu os olhos e me deu um sorriso gentil, porém reticente.

"No que você está pensando?"

"Em como você é bonita."

"É verdade que você não viu sua amiga em Atenas?"

"Você ficaria com ciúmes se eu tivesse?"

"Ficaria."

"Pois então eu não vi."

"Aposto que viu."

"Sério. Ela não apareceu."

"Mas você queria se encontrar com ela?"

"Sim, como um tipo de gentileza que se faz com animais irracionais. Apenas para dizer que não tinha jeito. Eu tinha vendido minha alma a uma bruxa."

"E que bruxa."

Puxei a mão dela e a beijei, depois a cicatriz.

"Como você fez isso?"

Ela levantou o pulso e olhou de perto. "Com dez anos. Brincando de esconde-esconde." Ela franziu os lábios, zombando de si mesma. "Deveria ter aprendido a lição. Me escondi num barracão do jardim, e derrubei sem querer o que parecia ser uma vara comprida pendurada... e levantei o braço para me proteger." Ela fez a mímica. "Era uma foice."

"Coitadinha." Beijei outra vez seu pulso, e nos aproximamos de novo, mas algum tempo depois soltei sua boca, beijei seus olhos, o pescoço, a garganta, até a curva que o vestido fazia acima dos seios; e reencontrei sua boca. Exploramos os olhos um do outro. Havia algo ainda incerto nos dela, mas também algo derretido. De repente, se fecharam, e sua boca se aproximou da minha, como se ela agora falasse melhor com os lábios do que com palavras. Mas assim que começamos a nos afogar um no outro, alheios a tudo que não fossem nossas bocas unidas e nossos corpos pressionados, fomos interrompidos.

Foi o sino da casa, uma campainha regular e monótona, porém insistente, como um alarme. Nós nos sentamos e olhamos em volta, culpados: pelo visto estávamos sozinhos. Julie puxou minha mão para ver meu relógio de pulso.

"Deve ser June. Almoço."

Eu me inclinei e beijei sua cabeça. "Preferia ficar aqui."

"Ela vai acabar vindo nos procurar." Julie me lançou um olhar pretensamente ríspido. "A maioria dos homens acha que ela é mais atraente do que eu."

"Então a maioria dos homens é idiota."

O sino parou. Julie pegou minha mão e olhou para ela enquanto ficamos sentados lado a lado. "Talvez eles só queiram algo que ela tem mais facilidade em oferecer do que eu."

"Isso qualquer garota pode oferecer." Ainda assim, ela examinou minha mão, como se fosse um objeto dissociado de mim. "Você se entregou àquele homem?"

"Eu tentei."

"E o que deu errado?"

Ela sacudiu a cabeça, como se fosse muito complicado. Mas então, disse: "Não sou virgem, Nicholas. Não é isso".

"Mas não quer se magoar de novo?"

"Não quero ser... usada de novo?"

"Como foi que ele te usou?"

O sino recomeçou a tocar. Ela sorriu para mim. "É uma longa história. Agora não."

Ela me beijou com pressa, então se levantou e pegou sua cesta, enquanto eu dobrava a esteira e a colocava debaixo do braço. Partimos de volta para a casa. Depois de alguns poucos passos entre os pinheiros, percebi um movimento no canto dos meus olhos: a visão de uma silhueta preta recuando atrás dos galhos mais baixos, a uns setenta ou oitenta metros de distância. Mal pude ver o homem, mas havia algo de inconfundível na movimentação dele.

"Estamos sendo vigiados. Aquele Joe qualquer coisa."

Não paramos, embora ela olhasse para onde ele estava. "Não podemos fazer nada. Apenas ignorá-lo."

Mas a presença daquele par de olhos escondidos nas árvores atrás de nós não podia ser ignorada, na verdade. Dali em diante caminhamos separados de forma autoconsciente, quase culposa. Parte de mim desprezava aquela culpa, já que, ao conhecer cada vez melhor a garota ao meu lado, mais artificial se tornava aquela situação que nos mantinha afastados e, ainda assim, outra parte de mim — a da eterna criança que se satisfaz com a decepção — tolerava a culpa. Há algo de erótico em toda conspiração. Talvez eu devesse ter sentido uma culpa mais real e me lembrado de um par de olhos escondidos mais profundamente na floresta do meu inconsciente; talvez eu de fato as conhecesse, apesar de todo meu esquecimento aparente, e sentisse uma dose extra de satisfação. Só muito depois entendi por que certos homens, pilotos de corrida e que tais, se tornavam viciados em velocidade. Alguns de nós nunca vemos a morte de frente, mas sempre pelo retrovisor: se pararmos para pensar, ela nos alcança.

John Fowles
O Mago

47

Quando nos aproximamos da colunata, uma figura com as pernas de fora numa saia vermelha cor de tijolos se levantou dos degraus ao sol em que estava sentada.

"Quase comecei sem vocês. Estou faminta."

A camisa estava desabotoada, e por debaixo dela eu vi um biquíni azul escuro. A palavra, assim como a moda, era bastante nova na época: na verdade, era o primeiro biquíni que eu via fora de uma fotografia de jornal, e aquilo me chocou de certa maneira... o umbigo à mostra, as pernas compridas, a pele dourada de sol, um par de olhos divertidamente questionadores. Flagrei Julie torcendo o nariz para aquela deusa mediterrânea, o que só fez aumentar o sorriso dela. Enquanto a seguíamos até a mesa montada na sombra abaixo dos arcos, me lembrei da história de *Três Corações*... mas afugentei o pensamento antes que ele crescesse. June foi até o canto da colunata e chamou Maria, e então se virou para sua irmã.

"Ela tentou me contar alguma coisa sobre o iate. Mas não consegui entender."

Nós nos sentamos e Maria apareceu. Ela falou com Julie. Eu compreendi o bastante. O iate estava chegando às cinco, para levar as garotas embora. Hermes estava chegando para levar Maria de volta à vila por uma noite. Precisava ver o dentista. O "jovem cavalheiro" deve retornar à escola, para que a casa seja trancada. Eu ouvi Julie perguntar para onde o iate estava indo. *Then xero, despoina.* Não sei, senhorita. Ela repetiu, como se aquilo fosse o ponto crucial da mensagem: Às cinco horas? Depois ela fez uma reverência do seu jeito de sempre e desapareceu, voltando ao seu chalé.

Julie traduziu para que June entendesse.

Eu disse: "Isso não estava planejado?".

"Achei que ficaríamos aqui." Ela olhou incrédula para a irmã, que em resposta olhou para mim, depois se voltou para questionar Julie, friamente.

"Confiamos nele? Ele confia na gente?"
"Sim."
June me deu um pequeno sorriso. "Então seja bem-vindo, Pip."
Eu olhei para Julie, pedindo ajuda. Ela sussurrou: "Achei que você tinha dito que estudou literatura inglesa em Oxford".
Uma breve sombra de suspeita despertou entre nós. Então acordei e suspirei fundo. "Todas essas referências literárias." Sorri. "A senhorita. Havisham ataca outra vez?"
"E a Estella também."*
Eu olhei de uma para a outra. "Vocês não estão falando sério..."
"É nossa piada interna."
Julie olhou para a irmã. "*Sua* piada."
June falou comigo. "Que eu tentei fazer com que Maurice compartilhasse. Um fracasso total." Ela apoiou os cotovelos sobre a mesa. "Mas tudo bem. Contem para mim a que grandes conclusões vocês chegaram."
"Nicholas me contou algo extraordinário."
Tive outra oportunidade para testar uma reação; e mais uma vez me convenci, embora June parecesse ficar mais ultrajada que achar graça na nova evidência da duplicidade do velho. Enquanto repassávamos toda aquela história, descobri (e poderia já ter deduzido pelos seus nomes) que, em termos de parto, June era a gêmea mais velha. Também parecia mais velha de outras formas. Detectei uma postura protetora em relação a Julie, que nascia de uma personalidade mais aberta e uma maior experiência com os homens. Havia uma sombra de realidade na escalação do elenco; uma irmã mais normal e uma menos normal, ou uma mais assertiva e outra mais frágil. Eu me sentei entre elas, de frente para o mar, mantendo um olho atento no observador escondido — embora ele tenha ficado escondido, se é que ainda estava nos espionando. As garotas começaram a me fazer perguntas sobre meus antecedentes e o meu passado.
Então conversamos sobre Nicholas: sua família, suas ambições, seus fracassos. O uso da terceira pessoa é apropriado, já que apresentei uma versão um tanto ficcional de mim mesmo, uma vítima das circunstâncias, uma combinação de libertinagem atraente e uma decência interna essencial. Alison veio à tona, brevemente. Pus a maior parte da culpa no acaso, no destino, na afinidade eletiva, em saber que não se pode desistir

---

* Personagens do romance *Grandes Esperanças* (1861), de Charles Dickens (1812-1870). [NT]

de procurar. E deixei que elas sentissem, como Julie dissera, que eu não queria entrar em detalhes sobre o assunto. Estava acabado, um romance pálido e amargo, comparado ao presente.

Algo a respeito daquele longo almoço, a deliciosa comida e a *retsina*, os debates e a especulação, as perguntas que elas fizeram; estar ali entre as duas, a vestida e a quase-nua, me sentindo mais próximo delas o tempo todo — falamos do pai delas, sobre elas terem passado a infância à sombra de um colégio interno para rapazes, depois falamos a respeito da mãe delas, uma irmã completando as histórias apaixonadas da outra sobre a doença da mãe... era como entrar num quarto deliciosamente aquecido depois de uma longa e gélida viagem, um quarto eroticamente aquecido, também. Perto do final da refeição, June tirou a camisa. Como resposta, Julie tirou sua língua para fora, num gesto típico de irmã, ao que a outra respondeu com um sorrisinho impenetrável. Comecei a ter dificuldades para manter meus olhos longe daquele corpo. A parte de cima do biquíni mal cobria os seios, e a parte de baixo estava amarrada aos quadris por lacinhos brancos que deixavam a pele aparente. Sabia que estava sendo visualmente provocado, um flerte inocente... uma pequena vingança, talvez, da parte de June por ter sido mantida durante tanto tempo nos bastidores. Se seres humanos ronronassem feito gatos, eu teria ronronado.

Por volta das duas e meia, decidimos sair de Bourani e descer até Moutsa para nadar — em parte para verificar se teríamos ou não permissão para isso. Se Joe bloqueasse nosso caminho, eu havia prometido não desafiá-lo. As garotas pareciam compartilhar de minha opinião sobre a força física dele. Então descemos pela trilha, esperando que nos barrassem, como acontecera antes com June. Mas não havia ninguém lá; apenas os pinheiros, o calor, a algazarra das cigarras. Nós nos instalamos no meio do caminho da praia, perto da pequena capela nas árvores. Abri duas esteiras onde a terra espinhosa corria até o cascalho. Julie, que havia desaparecido por um minuto, antes que deixássemos a casa, retirou suas meias de colegial, depois puxou o vestido por cima da cabeça. Estava usando por baixo um maiô branco com as costas nuas, e conseguia parecer envergonhada com a palidez do seu bronzeado.

Sua irmã sorriu. "Pena que Maurice não pôde providenciar os sete anões também."

"Cala a boca. Não é justo. Eu nunca vou conseguir te alcançar." Ela me olhou com uma expressão quase carrancuda. "Para falar a verdade, fiquei sentada naquele maldito iate debaixo de um toldo enquanto tudo o que ela faz é...", e se virou para dobrar seu vestido.

Eu me inclinei e beijei o rosto dela. Fui repelido, mas sem força.

Chegamos à capela caiada de branco. Imaginei que estaria trancada, como da primeira vez em que tentei entrar. Mas o trinco primitivo de madeira cedeu — alguém deve ter estado aqui e se esquecido de trancar a porta de volta. Não havia janela, apenas a luz que vinha da porta. Nenhuma cadeira, um candelabro de ferro com um ou dois montículos de cera acumulada, um iconóstase ao fundo, pintado em estilo popular, um sutilíssimo aroma de incenso. Olhamos as imagens rústicas dos santos no biombo carcomido pelos cupins, mas eu sabia que estávamos muito menos interessados neles do que na escuridão e no isolamento daquele lugar. Pus um braço em volta dos ombros dela. Um instante depois, ela se virou e estávamos nos beijando. Ela afastou a boca e encostou o rosto no meu ombro. Olhei para a porta aberta, e então puxei Julie de volta para, fechei a porta. Encostei-me à parede ao lado da dobradiça e a atraí para perto de mim. Comecei a beijar seu pescoço, seus ombros, então segurei as alças do seu vestido.

"Não. Você não pode."

Mas a voz dela tinha aquele tom peculiar feminino que convida a prosseguir ao mesmo tempo em que pede para parar. Com suavidade, liberei as tiras dos seus ombros, e então desci o vestido, até que ela estivesse nua da cintura para cima; acariciei a cintura, subi as mãos, sem pressa, até a firmeza dos seios pequenos, ainda um pouco úmidos da água do mar, mas quentes, excitados. Eu me curvei e lambi o sal dos seus mamilos. Suas mãos começaram a acariciar minhas costas, meus cabelos. As minhas voltaram a vagar pela cintura dela de novo, onde o vestido estava preso, mas ali ela me interrompeu de repente.

Ela sussurrou. "Por favor. Ainda não."

Esfreguei meus lábios em sua boca. "Quero tanto você."

"Eu sei."

"Você é tão linda."

"Mas não podemos. Aqui, não."

Eu levei minhas mãos até os seus seios.

"Você me quer?"

"Você sabe que eu quero. Mas não agora."

Os braços dela deslizavam em volta da minha nuca, e nos beijamos de novo, apertando-nos um ao outro. Eu passei uma mão por suas costas, coloquei os dedos dentro do vestido, segurei uma de suas nádegas, puxei-a para mais perto de mim, contra a rigidez na minha virilha, fiz questão que ela pudesse sentir e sabia que era o que ela queria. Nossas bocas se reviraram, nossas línguas exploraram sem pudor, ela começou a se balançar sobre mim e eu senti que ela estava perdendo o controle, que aquela nudez, a escuridão, a emoção contida, o desejo reprimido...

Ouvimos um barulho. Foi mínimo, e impossível de discernir. Mas veio sem sombra de dúvidas do outro canto da capela, lá de dentro. Nós nos agarramos num horror petrificado por um longuíssimo segundo, mas as poucas réstias de luz que vinham das frestas da porta fechada dificultavam nossa visão. Por instinto, nós dois subimos o vestido e colocamos as alças nos ombros dela. Então eu agarrei sua mão e a coloquei contra a parede, ao meu lado, e alcancei a porta. Eu a escancarei, e a luz inundou o espaço. Os santos do iconóstase nos encaravam, o candelabro de ferro preto na frente deles. Não havia mais nada. Mas eu vi que aquele biombo, como em todas as capelas gregas, ficava a mais ou menos um metro da parede do fundo; e havia uma portinha no final. De repente, Julie estava na minha frente, muda, mas sacudindo a cabeça com violência — deve ter adivinhado que meu instinto era o de sair correndo por aquela portinha. Imaginei na hora quem poderia ser: o negro maldito. Poderia ter muito bem se esgueirado, enquanto estávamos nadando, e provavelmente imaginara que nós não sairíamos da praia e do mar.

Julie puxou minha mão com urgência, olhando para trás brevemente. Hesitei, depois deixei que ela me levasse para fora. Bati a porta com força, e então olhei para ela.

"O maldito."

"Ele não tinha como saber que entraríamos ali."

"Mas podia muito bem ter nos avisado antes."

Falávamos aos sussurros. Ela me fez dar mais alguns passos para longe dali. Lá adiante, ao sol, eu podia ver June com a cabeça levantada, olhando para nós. Deve ter ouvido a batida violenta da porta.

Julie disse: "Maurice com certeza vai ficar sabendo".

"Isso já não me preocupa. Já não era sem tempo."

June disse: "Alguma coisa errada?".

Julie levou o dedo até a boca. Sua irmã se virou, se sentou, vestiu a parte de cima do biquíni, e então veio até nós.

"Joe está aqui. Escondido."

June olhou para além de onde estávamos, até as paredes brancas da capela, depois para nossos rostos — já não mais brincando e sim preocupada.

Julie disse: "Vou ter que falar com Maurice. Ou Joe vai embora, ou vamos nós".

"Sugeri isso semanas atrás."

"Eu sei."

"Vocês estavam conversando? Ele ouviu alguma coisa?"

Julie baixou os olhos. "Não é isso." Suas faces ficaram coradas. June me deu um sorriso solidário, mas teve a elegância de também desviar o olhar.

Eu disse: "Ficaria feliz de ir até lá e...".

Mas elas discordaram totalmente. Andamos até nossos pertences e conversamos sobre o assunto por alguns minutos, secretamente vigiando a porta da capela. Continuava sendo a mesma, mas de alguma maneira o lugar agora estava arruinado. A presença invisível do capanga negro na pequena construção contaminara a paisagem, a luz do sol, aquela tarde. Também senti uma frustração sexual violenta... mas não havia nada o que fazer a respeito. Decidimos voltar para casa.

Lá encontramos Maria sentada, impassível, do lado de fora do seu chalé, conversando com Hermes, o cuidador de mulas. Ela disse que o chá nos esperava em cima da mesa. Os dois camponeses nos olharam, sentados em suas cadeiras de madeira, como se fôssemos tão alheios ao mundinho deles, tão estrangeiros, que toda forma de comunicação se tornava impossível. Mas então Maria apontou misteriosamente para o mar e disse duas ou três palavras em grego que não entendi. Olhamos, mas não vimos nada.

Julie disse: "Ela disse uma frota de navios de guerra".

Fomos até a beira do cascalho, ao sul da casa, e lá, quase com os cascos submersos, uma linha de navios cinzentos rumava a leste cortando o Mar Egeu, entre Malea e Skuli: um porta-aviões, um cruzador, quatro destróieres e outro barco, em busca de uma nova Tróia. A barulhenta interrupção de nossa paz pelo caça a jato se explicava.

June disse: "Talvez seja o último truque de Maurice. Nos bombardear até a morte".

Rimos, mas estávamos contidos por aquelas silhuetas cinzentas sobre o arco azulado do planeta. Máquinas da morte levando milhares de mascadores de chiclete, portadores de preservativos, de certa maneira mais a trinta anos do que a trinta milhas de distância; como se estivéssemos olhando para o futuro, e não para o sul; para um mundo onde não havia mais Prósperos, propriedades privadas, poesia, fantasias, tenras promessas sexuais... Eu estava entre as duas garotas e senti precisamente a fragilidade, não apenas da iniciativa extraordinária do velho, mas do próprio tempo. Sabia que nunca teria outra aventura como aquela. Renunciaria ao resto dos meus dias em troca de reviver aquela tarde infinitamente, num ciclo perfeito, ao contrário de sua realidade: um pequeno e breve passo que nunca mais poderia ser retraçado.

Minha euforia anterior diminuiu ainda mais durante o chá. As garotas tinham entrado na casa e depois apareceram com os vestidos que usaram na manhã daquele mesmo dia. O iate logo chegaria, deu-se uma confusão apressada sobre tudo o que havíamos dito. Elas estavam divididas quanto ao que deviam fazer; houve até mesmo um momento em que conversamos sobre elas virem comigo até o outro lado da ilha — poderiam ficar num hotel. Mas, no final das contas, decidimos dar a Conchis mais uma chance, um último final de semana para se revelar. Ainda estávamos discutindo quando outra coisa no mar chamou minha atenção. Tinha dado a volta no promontório, vinda de Náuplia.

Elas haviam me contado a respeito do iate, sobre o quanto era luxuoso, como ele era a prova, se ainda precisássemos de alguma, de que o velho só podia ser rico. E mesmo assim fiquei boquiaberto. Todos voltamos à beira do cascalho, de onde podíamos ver melhor. Uma embarcação de dois mastros se movia bem devagar, o motor ligado, as velas recolhidas; um longo casco branco, cabines se projetando do convés tanto na proa quanto na popa. A bandeira grega pendia preguiçosamente num pequeno mastro na popa. Vi uma dúzia de silhuetas de branco e azul, presumivelmente a tripulação. Estava longe demais, quase um quilômetro, para distinguir um rosto.

Eu disse: "Bem, nada mal para uma prisão...".

June disse: "Você precisa ver as acomodações. Na bancada da nossa cabine tem oito marcas diferentes de perfume francês".

O iate quase parou de se mover. Três homens estavam na serviola, se preparando para arriar um bote. Uma sirene gemeu para garantir que saberíamos da chegada. Senti, bem ao estilo tradicional inglês, uma punhalada de inveja e outra de desprezo. O iate em si não era vulgar, mas eu sentia o cheiro da vulgaridade que era possuí-lo. Também me imaginei a bordo. Nada na minha vida me aproximara do mundo dos muito ricos — cheguei a ter um ou dois colegas ricos em Oxford, gente como Billie Whyte, mas nunca fui convidado a frequentar suas propriedades. Naquele momento, invejei, sim, as duas irmãs. Era mais fácil para elas, a boa aparência era o único passaporte de que precisavam para ingressar naquele mundo. Conquistar o dinheiro era uma coisa masculina, uma virilidade sublimada. Talvez Julie tenha percebido isso. De qualquer forma, quando voltamos à colunata para que recolhessem suas coisas, ela pegou minha mão e me levou para dentro de casa, onde June não podia me ver ou ouvir.

"É só por alguns dias."

"Que vão parecer alguns anos."

"Para mim, também."

Eu disse: "Esperei a vida inteira para conhecer você".

Ela olhou para baixo, estávamos muito perto um do outro. "Eu sei."

"Você também se sente assim?"

"Não sei o que estou sentindo, Nicholas. Exceto que eu quero que você sinta o mesmo."

"Se você voltar, poderia sair uma noite durante a semana?"

Ela olhou ao redor, através das portas abertas, depois direto nos meus olhos. "Não que eu não fosse adorar, mas..."

"Eu consigo na quarta-feira. Podíamos nos encontrar em frente à capela." Acrescentei: "Não dentro dela".

Ela apelou pela minha compreensão. "É possível que a gente nem esteja aqui mais."

"Eu irei, de qualquer maneira. Quando escurecer. Vou esperar até meia-noite. Vai ser melhor do que ficar roendo as unhas naquela escola miserável."

"Vou tentar. Se for possível. Se estivermos aqui."

Nós nos beijamos, mas havia algo de despedaçado, de tardio, naquele beijo.

Saímos. June esperava ao lado da mesa de chá e imediatamente acenou em direção ao cascalho. Lá, parado no caminho que levava até a praia particular, estava o negro. Vestia calças pretas e uma camisa polo, usava óculos escuros e esperava. A sirene do iate gemeu mais uma vez. Pude ouvir o som do pequeno motor de popa do bote se aproximando depressa.

June alcançou minha mão, e desejei boa sorte para as duas. Então fiquei olhando enquanto elas caminhavam sobre o cascalho, em seus vestidos rosa e meias azuis, cestinhas nas mãos. O negro se voltou muito antes de elas o alcançarem e começou a descer pela trilha, tão certo de que elas o seguiriam que nem se preocupou em esperar. Quando suas cabeças desapareceram, fui até o topo do caminho. O bote entrou na pequena enseada e se aproximou do cais. Um minuto depois, a silhueta negra, com as duas silhuetas brancas das garotas logo atrás, andou até lá. Havia um marinheiro no bote, de calção branco, camiseta azul marinho de mangas curtas com um nome em vermelho na altura do peito. Não conseguia ler daquela distância, mas obviamente era *Arethusa*. O marinheiro ajudou as duas garotas a subirem, depois o negro também embarcou. Notei que ele se sentou na proa, logo atrás delas. Partiram para o mar. Após alguns metros, devem ter me visto de pé lá em cima, as garotas acenaram, e depois acenaram de novo assim que deixaram a enseada e partiram acelerando em direção ao iate.

O mar vespertino se estendia até Creta, a cerca de 150 quilômetros dali. A frota já havia quase desaparecido. A sombra escura de um cipreste, penhasco abaixo, apunhalava um caminho de terra vermelha-acinzentada, já se alongando. O dia morria. Eu me senti tolhido tanto sexual quanto socialmente, não esperava que conseguíssemos nos encontrar durante a semana, mas ainda assim um profundo entusiasmo me animava, um conhecimento como o de um jogador de pôquer que só precisa de mais uma carta para alcançar uma mão imbatível.

Eu me virei para a casa, que Maria agora esperava para trancar. Não tentei extrair nada dela, sabia que seria inútil, mas fui até meu quarto e guardei minhas coisas na mochila. Quando desci de novo, o pequeno bote já havia sido içado a bordo, e o enorme iate seguiu viagem. Ele fez uma curva longa, depois manteve seu rumo até o extremo sul do Peloponeso. Fiquei tentado a observá-lo até sumir de vista, mas então, sabendo que eu provavelmente estava sendo vigiado também do lado de lá, decidi que não queria fazer o papel melancólico do náufrago ilhado.

Momentos depois, parti de volta para minha tediosa e diária colônia penal do lado mais afastado do sonho; assim como Adão se sentiu ao deixar o jardim do Éden, acho... a diferença é que eu sabia que não existiam deuses, e que nada iria impedir o meu retorno.

John Fowles
O Mago

48

Durante a longa subida de volta, eu sofri, talvez inevitavelmente, uma reação aos acontecimentos do dia. Não duvidava da evidência física que Julie me dera — poderia confiar emocionalmente nela —, mas fiquei pensando nas perguntas adicionais que deveria ter lhe feito —, e também me lembrando de como cheguei perto, em mais de uma ocasião, de engolir a história da esquizofrenia. Mas teria sido impossível conferir aquilo, ao contrário daquela nova informação. Era bastante concebível que as irmãs estivessem, de alguma maneira, jogando dos dois lados — isso é, que Julie me achasse fisicamente atraente e ainda assim estivesse pronta para me enganar a respeito de sua verdadeira história. Também haveria meu próximo encontro com Conchis: seria algo bastante útil obter uma prova concreta de que eu não apenas sabia a verdade sobre as irmãs, como a tinha confirmado fora da ilha.

Naquela mesma noite de domingo, de volta ao meu quarto, escrevi cartas para a sra. Holmes em Cerne Abbas, para o sr. P. J. Fearn do Banco de Barclay, e para a diretora da escola primária onde Julie lecionara. Para a primeira, expliquei que havia conhecido suas duas filhas num assunto relacionado ao filme delas; que o reitor da escola havia me pedido para encontrar uma escola rural na Inglaterra que pudesse providenciar correspondentes para os alunos de inglês; e que as duas garotas sugeriram que eu escrevesse para a mãe delas e pedisse que ela me pusesse em contato com a escola primária em Cerne Abbas — tão logo fosse possível, já que nosso trimestre estava prestes a acabar. Na segunda carta, disse que queria abrir uma conta e que eu fora recomendado por duas clientes do banco. Na terceira, eu me apresentei como o titular de um curso de língua inglesa em Atenas, que começaria no próximo outono, e que uma certa srta. Julia Holmes havia se candidatado como professora.

Na segunda-feira, li os rascunhos inteiros, alterei uma ou duas palavras, então escrevi as duas primeiras cartas à mão e laboriosamente datilografei a última no escritório da tesouraria, onde havia uma máquina de escrever antiga, com o alfabeto inglês. Eu sabia que a terceira carta era um tanto forçada: estrelas de cinema normalmente não se transformam em professorinhas no exterior. Mas qualquer tipo de resposta serviria.

Em seguida, resolvi ampliar minhas chances — se está no inferno da desconfiança, então melhor abraçar o capeta. E decidi escrever mais duas cartas, uma para a companhia de teatro Tavistock Rep. e outra para Girton, em Cambridge.

Enviei aquelas cinco cartas, e além delas, outra para Leverrier. Tinha alguma esperança de que houvesse uma carta de Mitford esperando por mim. Mas sabia que a minha para ele ainda deveria estar para ser enviada; e mesmo assim ele poderia não responder. Escrevi a carta para Leverrier de maneira muito sucinta, apenas explicando quem eu era e então dizendo:

> O real motivo de eu estar escrevendo é que me envolvi numa situação um tanto complicada em Bourani. Entendo que você costumava visitar o sr. Conchis por lá — ele mesmo me contou. Eu realmente preciso do conselho e da experiência de outra pessoa no momento. Preciso avisar que não se trata apenas de mim. Há outros envolvidos. Ficaremos muito gratos por qualquer tipo de resposta de sua parte, por motivos que eu tenho a sensação de que o senhor vai apreciar.

Enquanto selava aquela carta, sabia que o silêncio de Mitford e de Leverrier era o melhor presságio do que poderia acontecer comigo. Se nos anos anteriores coisas desagradáveis de fato tivessem acontecido em Bourani, eles com certeza teriam mencionado; e se ficaram em silêncio, então haveria de ser o silêncio da gratidão. Nunca me esqueci da história de Mitford sobre sua briga com Conchis, ou do seu aviso. Mas começava a duvidar das suas motivações.

Quanto mais pensava a respeito, mais certeza eu tinha de que era Demetriades o espião. A primeira regra da contraespionagem é se fazer de bobo, por isso fui especialmente amigável com ele após a ceia de domingo. Caminhamos por dez minutos no cais da escola a fim de procurarmos alguma brisa naquele opressivo calor noturno. Sim, obrigado, Mèli, eu disse, passei um ótimo final de semana em Bourani. Lendo, nadando e ouvindo música. Cheguei a rir dos palpites obscenos — apesar de eu agora suspeitar que a obscenidade tinha um propósito, ele estava a mando de Conchis, para conferir minha habilidade de manter a boca calada — a respeito de como era que eu de fato passava meu tempo por lá. Também agradeci a ele por não comentar nada com os outros professores.

Enquanto rumávamos à toa para cima e para baixo, olhei para a água turva que se estendia entre a ilha e as terras da Argólida, e imaginei o que as irmãs estariam fazendo naquele momento, por quais outras águas turvas navegavam... o mar silencioso, com todos os seus segredos e sua infinita paciência, e, no entanto, desprovido de hostilidade. Agora eu entendia os seus mistérios.

Eu os entendi melhor ainda depois do intervalo da manhã do dia seguinte. Encontrei uma oportunidade para ficar lado a lado com o vice-diretor, que também era professor-sênior de grego moderno. Alguém me contou que eu devia ler uma história de um autor chamado Theodoritis... *Três Corações*, ele já tinha ouvido falar? Tinha, sim. Ele não falava francês, nem inglês, e eu não entendia tudo o que ele dizia. Pelo visto, Theodoritis havia sido uma espécie de discípulo grego de Maupassant. Dos pedaços da história que consegui juntar, aquilo confirmava o que Julie me contara. Qualquer dúvida que restasse foi removida durante o almoço. Um garoto veio da mesa do diretor até a minha e entregou um exemplar do livro. *Três Corações* era o conto final de uma coletânea. Fora escrito em *catarévussa*, a forma "literária" e antipopular do idioma moderno. Estava bem além de minha compreensão, e eu não podia pedir ajuda a Demetriades. Mas as passagens que li com um dicionário ao lado confirmaram a verdade dita por Julie.

Quarta-feira... quarta-feira. Mal podia esperar por ela. Depois das aulas, na noite de terça, eu subi o cume central. Tinha me convencido de que seria uma jornada em vão. Mas estava enganado. Lá embaixo, ancorado como um brinquedo no mar azul da baía de Moutsa, vi algo que fez meu coração saltar: a forma branca inconfundível do *Arethusa*. Soube na hora. O velho se rendera.

John Fowles

O Mago

49

Cheguei no portão por volta das nove e meia, aguardei alguns instantes para ficar ali escutando, não ouvi nada, e segui por fora da trilha, entre as árvores de onde conseguia observar a casa. Estava em silêncio, uma sombra escura contra os últimos raios de luz do poente. Havia uma lâmpada acesa, na sala de música, um cheiro de resina de lenha acesa, vindo do chalé de Maria. As corujas piavam de algum lugar ali perto. Enquanto eu retornava ao portão, uma silhueta esguia deslizou acima de mim e mergulhou em direção ao mar por entre os pinheiros: talvez fosse Conchis, o mago, transformado em coruja.

Desci com pressa, fora do terreno, até a praia de Moutsa: a floresta estava escura, a água, turva, um levíssimo bater das ondas. A quinhentos metros, no mar, vi a luz vermelha do iate ancorado. Não havia outras luzes visíveis, nenhum sinal de vida. Andei depressa entre as árvores em direção à capela.

Julie esperava na parede do lado leste, uma sombra contra a parede caiada de branco, e avançou na minha direção assim que me viu chegando. Vestia a camiseta azul marinho de mangas curtas da tripulação do *Arethusa*, e uma saia desbotada. Seus cabelos estavam presos com uma fita, o que lhe conferia um aspecto severo, professoral. Paramos a um metro de distância um do outro, repentinamente tímidos.

"Conseguiu escapar?"

"Está tudo bem. Maurice sabe que estou aqui." Ela sorriu. "E acabou a espionagem. Esclarecemos tudo."

"Quer dizer...?"

"Ele sabe sobre nós. Contei para ele. E disse que eu podia ser uma esquizofrênica na trama que ele criou, mas não na realidade."

Ela ainda sorria. Dei um passo para frente e ela veio me abraçar. Mas quando, durante o beijo, tentei apertar o abraço, ela me afastou um pouco, com a cabeça baixa.

"Julie?"

Ela ergueu uma das minhas mãos e a beijou.

"Você deve ser gentil. O maldito calendário. Não sabia como te contar no domingo."

Eu vim preparado para qualquer eventualidade, mas não para isso, que era a coisa mais banal e frequente de todas. Encostei minha boca em seus cabelos: um sutil aroma de melão.

"Que pena."

"Eu quis tanto que você viesse."

"Vamos andar até o outro lado."

Peguei a mão dela e começamos a caminhar, para além da capela, entre as árvores, em direção a oeste. Elas haviam contado tudo ao velho quase na mesma hora, após subirem a bordo naquela tarde de domingo. Pelo visto, ele tentou fazer o papel de inocente, mas então June contou sobre o negro e a espionagem na capela. Elas estavam fartas. Ou ele contava a elas o que estava fazendo ou... Julie soltou um breve suspiro, ainda se divertindo com a surpresa, olhando para mim.

"Sabe o que ele disse? Com a mesma calma como se disséssemos a ele que uma torneira precisava de conserto?" Fiz que não. "'Ótimo. Aconteceu exatamente o que eu queria e esperava.' E então, antes que recuperássemos o fôlego, ele nos informou que tudo o que tinha acontecido até aquele momento havia sido um mero ensaio. É verdade, você precisava ver o sorriso dele. Tão presunçoso. Como se fossemos duas estudantes que tinham passado em algum exame preliminar."

"Um ensaio para quê?"

"Primeiro, tudo *ainda* será explicado para a gente. Para você também, no próximo final de semana. De agora em diante, devemos todos trabalhar sob a direção dele. Alguém mais chegará aqui em breve — ele falou em 'pessoas', então deve ser mais do que um ou dois. E virão aqui para interpretar nossos papéis. A roleta dando voltas e voltas. E somos nós que vamos fazê-la girar desta vez."

"Que pessoas?"

"Ele não contou. Nem o que é isso que será explicado. Disse que queria que você também estivesse aqui."

"Você vai seduzir outra pessoa?"

"Foi a primeira coisa que eu disse. Que estava cansada de fazer contato com homens estranhos. Agora ainda mais."

"Você contou a nosso respeito?"

Ela apertou minha mão. "Contei." Ela deixou escapar um suspiro. "Na verdade, ele disse que temia pelo pior assim que eu colocasse os olhos em você."

"Como assim, o pior?"
"Que o queijo da ratoeira dele se apaixonasse pelo rato."
"E ele aceita..."
"Jurou de pés juntos."
"Você acredita nele?"
Ela hesitou. "Tanto quanto é possível acreditar nele. Ele me deu uma cenoura para pendurar na frente do teu nariz."
"Além daquela cuja mão estou segurando."
Ela apoiou a cabeça em meu ombro. "Ele não esperava que você participasse de graça... você seria remunerado. De qualquer maneira, não começaria antes que seu trimestre terminasse. E ele queria que nós três morássemos, ao menos dormíssemos, na casa da vila. Inicialmente, como se nunca o tivéssemos conhecido."
"Você está disposta a aceitar?"
Ela fez uma pausa. "Tem mais uma coisinha. Ele queria que você e eu fingíssemos ser marido e mulher para quem quer que esteja vindo."
"Eu jamais poderia fingir. Não tenho suas habilidades de atuação."
"Fale sério."
"Estou falando. Mais do que você imagina."
Ela apoiou a cabeça em meu ombro outra vez. "Me diga o que você sente."
"Tudo vai depender do próximo final de semana. Quando vamos saber o que está realmente em jogo."
"É o que pensamos."
"Não é possível que ele não tenha dado alguma pista."
"Ele disse, sim, que nós definitivamente podemos pensar nisso como um caso psiquiátrico. Então, enigmático como sempre, acrescentou que era na verdade algo que não havia uma palavra para descrever. Ele disse... uma ciência que ainda precisa ser descoberta e batizada. Ele ficou terrivelmente curioso para saber por que passei, enfim, a confiar em você."
"E o que você respondeu?"
"Que certos sentimentos entre duas pessoas não podem ser fingidos."
"Como ele reagiu?"
"Bem, ele foi bastante gentil, para falar a verdade. Muito mais do que antes. Elogiou o quanto nós temos sido corajosas, inteligentes e tudo mais."
"Cuidado com os gregos..."
"Eu sei. Mas deixamos tudo absolutamente claro. Mais um truque dele, e está tudo acabado."
Olhei em direção ao iate silencioso. "Aonde ele foi?"
"Até Citera. Voltamos ontem."

Pensei nos meus três últimos dias: me atualizando com o eterno atraso das correções, preparando novas tarefas, o cheiro do giz, dos alunos... e então o trimestre terminando, a casa isolada na vila, a constante presença das duas garotas.

"Arrumei um exemplar de *Três Corações*."

"Conseguiu ler?"

"O suficiente para entender aquela parte."

Ela ficou em silêncio por um instante.

"Alguém me disse algo sobre confiar nos próprios instintos. Faz só três dias."

"É só que, quando estou lá... eu me sento na sala de aula e me pergunto se este lado da ilha sequer existe. Se não é tudo apenas um sonho."

"Você não teve notícias do homem que esteve aqui antes de você?"

"Nem uma palavra."

Mais uma vez, ela ficou em silêncio.

"Nicholas, faço o que você quiser." Ela me interrompeu, pegou minha outra mão, olhou-me nos olhos. "Vamos voltar agora mesmo e contar para ele. Sério."

Eu hesitei, depois sorri. "Posso cobrar isso de você se eu não gostar do próximo capítulo?"

"Pode, sim."

Um instante, e os braços dela deram a volta em mim. A boca confirmou os olhares. Depois caminhamos assim, muito colados. Chegamos até o final da baía. Fazia um calor tropical, sem vento.

Ela me disse: "Adoro as noites daqui. Mais do que os dias".

"Eu também."

"Quer molhar os pés?"

Atravessamos o cascalho até a água. Ela chutou os sapatos para longe, eu me livrei dos meus. Então entramos no mar tépido, e ela me deixou beijá-la de novo, sua boca, seu pescoço. Eu lhe dei um abraço carinhoso, protetor, e então sussurrei no seu ouvido:

"Maldita fisiologia feminina."

Ela se aproximou um pouquinho mais, em solidariedade.

"Eu sei. Me desculpa."

"Fico me lembrando de você na capela."

"Me sinto arrasada."

"Isso é coisa de donzelas."

"É como você me fez sentir."

"Imagino que com outros homens também, não é?"

"Um ou dois."

"Esse outro homem em particular?" Ela não disse nada. "Gostaria que você me falasse sobre ele."

"Não há muito o que contar."

"Venha, vamos sentar ali."

Voltamos até as árvores, no início da subida, de onde o promontório ocidental se elevava. Houvera um deslizamento de uma ou duas rochas enormes ali, tempos atrás, e nos instalamos onde uma delas havia se assentado. Sentei-me com as costas apoiadas na rocha, e Julie se debruçou sobre mim. Estiquei o braço e soltei o laço de fita que prendia seus cabelos.

Ele fora um homem distinto de Cambridge, um matemático, quase dez anos mais velho que ela; muito inteligente, sensível, culto, "nem de longe um monomaníaco". Os dois se conheceram quando ela estava no segundo ano, mas permaneceram numa relação "semiplatônica" até quase ela terminar o curso.

"Não sei o que aconteceu, talvez ao perceber que eu só tinha mais dois trimestres de aula, Andrew começou a ficar magoadíssimo quando eu saía com outros rapazes. Ele odiava o grupo de teatro do qual June e eu participávamos. Foi como se ele tivesse decidido se apaixonar por mim. Sempre dizia de uma forma muito gentil — de certa maneira até engraçada — que eu havia corrompido um solteirão nato. Eu gostava de estar com ele, costumávamos ir para o campo com frequência, ele era muito generoso, sempre me dava flores, livros... você sabe. Nesse sentido, ele não era um solteirão nato, coisa nenhuma. Mas, mesmo assim, nunca senti atração física muito grande por ele. Sabe como é, quando você gosta de alguém de outro jeito, você se sente meio lisonjeada, até mesmo um pouco constrangida de ter um cavalheiro como ele à sua disposição, te acompanhando para cima e para baixo. Você o admira intelectualmente e..."

"Não sabe o que fazer com ele?"

"Ele insistiu em oficializar nosso noivado. Foi no começo das aulas de verão. Eu estava estudando feito louca. Não tínhamos ido para a cama ainda, e achei que ele estava sendo muito atencioso... o combinado era que viajaríamos de férias para a Itália, e então nos casaríamos no outono."

Ela ficou em silêncio. "O que aconteceu?"

"É tão constrangedor."

Eu acariciei seus cabelos. "Melhor contar do que deixar guardado."

Ela hesitou, e então falou num tom de voz ainda mais baixo.

"Sempre percebi que faltava algo, não sei como descrever, uma certa naturalidade da parte dele quando nós... seus gestos eram sempre um pouquinho mecânicos. Ele me beijava, porque sabia que as garotas esperam ser beijadas. Nunca senti qualquer desejo sincero da parte dele. Nesse sentido." Ela alisou a saia sobre os joelhos. "Para resumir, na Itália ele demonstrou que tinha... uns problemas bem sérios. Não tinha me contado antes, mas teve experiências homossexuais na escola. Inclusive quando foi aluno em Cambridge, antes da guerra." Ela fez uma pausa. "Estou parecendo terrivelmente ingênua."

"Terrivelmente, não. Apenas ingênua."

"Para ser honesta, ele não demonstrava qualquer sinal. Ele estava desesperado para ser alguém normal em tudo. Talvez desesperado demais."

"Entendo."

"Eu dizia que não importava, dizia inclusive para mim mesma. Era uma questão de paciência. E houve... certos momentos. E fora da cama ele continuava sendo tão gentil comigo que era inacreditável." Ela ficou em silêncio por um longo instante. "Fiz algo terrível, Nicholas. Eu deixei a pensão em Siena onde estávamos hospedados e peguei um trem de volta à Inglaterra. Assim mesmo, sem lhe avisar. Foi um estalo dentro de mim. De alguma maneira, eu soube que sempre haveria aquele problema entre nós. Ficamos com o costume de sair, depois disso... mas não funcionava, e eu costumava olhar os rapazes italianos e pensar...", ela se calou, como se ainda estivesse envergonhada de seus pensamentos. Ela disse: "O que você me fez sentir na capela. Que coisa simples".

"Você nunca mais o viu?"

"Vi. Esse é o problema."

"Me conte."

"Voltei direto para casa, em Dorset. Não podia contar para minha mãe o que tinha acontecido de verdade. Andrew voltou, insistiu para que nos encontrássemos em Londres. Ela sacudiu a cabeça ao reviver as lembranças. "Ele estava em frangalhos, quase suicida, e eu... eu acabei cedendo. Não vou entrar nos detalhes mais sinistros. Cancelei o casamento, aceitei o trabalho de professora na verdade para que pudesse me afastar de Cambridge. Mas... bem, nós tentamos de novo o contato físico e... meu Deus, aquilo se arrastou por vários meses. Dois seres humanos supostamente inteligentes destruindo um ao outro devagar. Ele me ligava para avisar que não conseguiria ir a Londres no final de semana seguinte e eu só sentia alívio." Ela fez mais uma pausa e então tomou coragem, escondendo o rosto na escuridão. "Funcionava melhor se eu fazia o papel do homem... e eu odiava aquilo. Ele também odiava, para falar a verdade." Eu a senti suspirar fundo, seu corpo apoiado no meu.

"No final, June me fez tomar a decisão que eu deveria ter tomado meses antes. Ele me escreve de vez em quando. Mas isso foi tudo." Houve um silêncio. "Fim dessa triste historinha."

"É mesmo triste."

"Eu não sou nenhuma puritana. É só que…"

"Não foi sua culpa."

"Aquilo se transformou em algo um tanto masoquista. Quanto mais piorava, mais nobre eu me sentia."

"Não teve mais ninguém desde então?"

"Estava saindo com alguém da Tavistock no começo deste ano. Mas ele já tinha percebido que eu era uma má ideia."

Acariciava as mechas do cabelo dela com os meus dedos.

"Por quê?"

"Porque eu não ia pra cama com ele."

"Por princípio?"

"Teve outro cara em Cambridge. No meu primeiro ano."

"E o que aconteceu com ele?"

"Foi o contrário, por mais absurdo que pareça. Ele era muito, muito melhor na cama do que fora dela." Ela acrescentou: "Infelizmente, ele sabia disso. Um dia descobri que eu não era sua única opção".

"Ele devia ser um idiota."

"Sei que para os homens é diferente. Ou para homens como ele. Eu me senti tão humilhada. Mais uma cabeça empalhada na parede."

Beijei seus cabelos. "Pelo menos ele teve bom gosto em escolher esta cabecinha."

Ficamos um pouco em silêncio. Sua voz ficou mais baixa, tímida, uma quase ingenuidade: "Você já dormiu com muitas garotas?".

"Nenhuma como você. E nunca namorei com duas ao mesmo tempo." Só então ela deve ter percebido que sua pergunta fora um tanto desconcertante. "Eu não quis dizer… você sabe." Aquele não era um assunto no qual eu gostaria de me estender, mas era óbvio que gerava uma certa fascinação por parte dela, agora que viera à tona. "O que se passa é que não consigo ser tão racional quanto a minha irmã nesses assuntos."

"Ela é racional a meu respeito?"

"Você tem a aprovação dela. Se isso tem alguma importância."

"Você fala como se importasse."

"Fiquei com ódio dela no domingo." Julie me cutucou com o cotovelo. "E de você, por não odiá-la também."

"É que eu fiquei imaginando você daquele jeito."

"Desde aquele dia ela tem me provocado. Dizendo que ela faz muito mais o seu tipo do que eu."

Eu a trouxe mais para perto. "Sei que personalidade eu prefiro. De longe."

Fez-se um longo silêncio. Ela pegou minha mão e acariciou os meus dedos.

"Viemos aqui ontem à noite."

"Por quê?"

"Estava muito quente. Não conseguimos dormir. Viemos nadar. Ela ficou torcendo para que algum adorável pastor grego surgisse detrás das árvores."

"E você?"

"Lembrei do meu inglês."

"É uma pena que não trouxemos roupa de banho."

Ela ainda acariciava meus dedos.

"Também não trouxemos, na noite passada."

"Está sugerindo alguma coisa?"

Ela deixou passar um tempinho. "June apostou que eu não teria coragem."

"Não podemos deixar que ela ganhe a aposta."

"Só para nadar."

"Mas só porque..."

Ela não disse nada por um instante, mas percebi que estava sorrindo. Então ela se inclinou e sussurrou no meu ouvido:

"Por que os homens sempre querem tudo explicado em palavras?"

Um segundo depois, ela estava de pé e me puxando para que fizesse o mesmo. Fomos de volta até a praia. A luz vermelha flutuava ao lado do fantasmagórico iate branco, tremeluzindo um pouco sobre a água. Havia um brilho de luz por cima das árvores mais altas do outro lado, vindo da casa. Alguém ali ainda estava acordado. Eu segurei as laterais da camiseta dela, e ela levantou os braços para que eu a tirasse; depois virou de costas para que eu desenganchasse seu sutiã, enquanto ela mexia na lateral da própria saia. Pus minhas mãos na parte da frente. A saia caiu. Por um instante ela apoiou as costas em mim, e suas mãos seguraram as minhas, para guiá-las até seus seios nus. Beijei a curva do seu pescoço. E então ela partiu em direção à água, uma silhueta pálida e longilínea, de cabelos compridos, com uma faixa branca e estreita ao redor da cintura, um eco natural da irmã naquela mesma praia, ao sol, três dias antes. Tirei minhas roupas. Sem olhar para trás, ela entrou na água até a cintura, então mergulhou para frente e começou a nadar de peito, em direção ao iate. Meio minuto depois, eu estava ao lado dela, e nós nadamos juntos um pouco mais para o fundo. Ela parou primeiro, boiando, sorrindo para mim — aquilo virou uma brincadeira, uma pequena provocação atrevida.

Ela começou a falar em grego, mas não o grego que eu sabia, algo muito mais arcaico, menos sibilante, mais tônico.

"O que foi isso?"

"Sófocles."

"E o que quer dizer?"

"É só o som." Ela disse: "Quando cheguei aqui, não podia acreditar. Centenas e centenas de rabiscos que ganharam vida. Não no passado, mas no presente."

"Imagino."

"Como alguém que sempre morou no exílio. Mas nunca se deu conta."

"Também me senti assim."

"Você tem saudade da Inglaterra?"

"Não."

Eu a vi sorrir. "Deve haver alguma coisa em que não concordemos."

"Talvez em outra vida. Nesta, não."

"Vou boiar um pouco. Acabei de aprender como."

Ela abriu os braços e flutuou de costas, como uma criança se exibindo. Eu dei uma ou duas braçadas em sua direção. Ela estava deitada com os olhos fechados, um sorriso nos lábios, e seus cabelos molhados a deixavam mais jovem. O mar estava totalmente calmo, parecendo um vidro preto.

"Você parece a Ofélia."

"Devia entrar para um convento?"

"Nunca me senti tão diferente de Hamlet."

"Talvez você seja o tolo com quem ele me aconselhou a casar."

Sorri na escuridão. "Você já interpretou o papel dela?"

"Na escola. Apenas aquelas cenas. Contracenando com uma lésbica terrivelmente reprimida que aproveitou cada minuto em que se vestiu como homem."

"Incluindo a braguilha?"

Sua voz demonstrou sua reprovação: "Senhor Urfe! Achei que você estava acima dessas vulgaridades."

Eu me aproximei um pouco mais e beijei a lateral do seu corpo e então tentei mordiscá-lo, mas fui empurrado para longe, enquanto ela se virava novamente para dentro d'água. Houve um pequeno duelo, marolas e esguichos de água, quando tentei abraçá-la. Ela me permitiu que lhe desse um selinho na boca, mas então se virou de novo e seguiu dando suas tradicionais braçadas de peito em direção à praia.

Entretanto, foi mais devagar desta vez, como se o esforço a tivesse cansado, quando chegamos perto da areia, e parou com água na altura das axilas. Fiquei ao lado dela, nossas mãos se encontraram novamente debaixo d'água, e agora ela se deixou ser puxada em minha direção, e então minhas mãos estavam em sua cintura. Ela ergueu os braços e os pôs em volta do meu pescoço, e abaixou os olhos enquanto eu gentilmente explorava debaixo d'água — as curvas, os seios, as axilas. Eu a puxei ainda mais para perto e senti as solas dos seus pés se apoiando sobre os meus, aos poucos. Nossos corpos colados, seu rosto se levantou, os olhos fechados, se encontraram com os meus. Deslizei uma das mãos por baixo da faixa de tecido molhada ao redor do seu quadril, encaixei a outra mão na lateral de um seio. Era uma versão refrescante, líquida e contida da febre que sentimos com nossos corpos nus na capela.

Adivinhei, enquanto ela falava, o que ela escondera ao contar sobre seu caso de amor abortado: o delicado equilíbrio entre sua timidez física e sua imaginação sensual... a primeira deve ter atraído o sujeito inicialmente, a segunda o teria condenado quando foi chegada a hora — e tudo aquilo concedia a Julie sua qualidade genuína de ninfa, qualidade esta que sua irmã, apesar de sua atuação naquela noite, não possuía. Num sentido bastante literal, o que a garota fez foi fugir do sátiro e, ao mesmo tempo, incitá-lo. Havia um animal selvagem dentro dela, selvagem de verdade, intensamente desconfiado de qualquer passo em falso, de tentativas muito óbvias de adestramento. Ela impunha limites, quase como armadilhas, para ver se eu entendia — se me comportava, se avançava, se recuava — do jeito que ela queria. E por trás disso tudo, eu previa um futuro lugar sem limites, onde ela um dia me permitiria tudo... e muito em breve, pois ela havia me agarrado, sucumbido, sua feminilidade contra minha masculinidade, e nossas línguas entrelaçadas, imitando o que nossos quadris desejavam.

O silêncio, a água escura, o dossel brilhante das estrelas e minha excitação sexual, que ela há de ter sentido. De repente, ela virou a cabeça para o lado, quase violentamente, apesar de ainda estar pendurada em mim. Após um instante, eu a ouvi sussurrar: "Coitadinho. Não é justo".

"Não dá pra controlar. Você me deixa muito excitado."

"Não quero que você se controle."

Ela se afastou um pouco e deslizou uma de suas mãos por debaixo d'água, no espaço que havia entre nós. Ela me puxou gentilmente para cima, enroscou seus dedos em mim; com timidez, trazendo de novo aquela inocência que havia demonstrado antes.

"Pobre enguiazinha."

"Sem ter aonde nadar."

Começou a se esfregar em mim e a me provocar com seus dedos debaixo d'água, e sussurrou mais uma vez.

"Você gosta assim?"

"Boba."

Ela hesitou, depois se virou e deslizou seu braço direito em volta da minha cintura, enquanto eu passava meu braço esquerdo sobre os ombros dela e a puxava para mais perto de mim. Sua mão esquerda desceu um pouco mais, acariciando minha virilha, subindo e descendo, tocando, e então ela habilmente achou o caminho até meu membro, o agarrou e o apertou com delicadeza. Os dedos pareciam inexperientes, com receio de me machucar. Eu fiz minha própria mão escorregar até a posição e ensinei para ela como fazer, depois a soltei, levantei sua cabeça, fui ao encontro da boca. Comecei a perder a noção de tudo que estava ao nosso redor. Não havia nada além da sua língua, da sua nudez pressionada ao meu corpo, os cabelos molhados, o ritmo suave da mão submersa. Queria que durasse a noite toda, esse jogo de ser seduzido que também era de seduzir, essa conversão repentina da garota indiferente, meticulosa, a voz que citava Sófocles, e que agora se transformava numa gueixa obediente, numa adorável sereia — ainda que não fisiologicamente. Eu havia postado os pés de modo que ficassem mais abertos para me sustentar com maior firmeza, e uma das pernas dela havia se enroscado na minha. A pequena peça de roupa que ela vestia foi pressionada com força contra os meus quadris. Escorreguei minha mão até ali, mas ela foi interceptada e discretamente conduzida de volta ao seio que estava segurando.

A noite inteira assim; mas foi extremamente erótico. Julie parecia saber por instinto que eu não queria que ela continuasse sendo gentil; me apertou com mais força, começando a demonstrar que não era tão novata assim, e enquanto eu era torturado calmamente debaixo d'água, ela inclinou a cabeça e mordeu a lateral da minha axila, como se ela também estivesse gozando, ainda que apenas mentalmente.

Terminamos. Sua mão esquerda me soltou, depois acariciou com delicadeza a minha barriga. Eu a puxei de volta e a beijei, um pouco atordoado com a velocidade com que ela havia abandonado por completo seu puritanismo. Suspeitei que deveria agradecer em parte pela provocação que sua irmã fizera, mas em parte também à própria Julie, que talvez tivesse sempre desejado, em segredo, que algo assim acontecesse. Permanecemos agarrados, como antes, sem precisar dizer nada, a barreira final entre nós fora derrubada. Ela beijou minha pele com delicadeza, uma promessa tácita.

"Preciso ir. June está esperando por mim."

Um último beijo de leve, depois nadamos em poucas braçadas até a praia. De mãos dadas, fomos até o local onde estavam nossas roupas. Não nos preocupamos em nos secar. Ela entrou na saia, e a retorceu para fechá-la. Beijei seus seios molhados e então fechei seu sutiã, ajudando a vestir a camiseta, e depois foi sua vez de me ajudar a me vestir. Caminhamos ao lado da água até Bourani, de braços dados. Tive uma intuição de que aquilo fora mais significativo para ela... uma espécie de descoberta, ou de redescoberta, de sua própria sexualidade latente, por meio da satisfação da minha sexualidade — e por conta da noite, do calor, da antiga magia da Grécia selvagem. Seu rosto parecia mais suave, mais simples, completamente desmascarado. Também soube, com uma triunfante euforia interna, que aquilo destruíra quaisquer traços remanescentes da suspeita que Conchis tentara semear entre nós dois. Não precisava mais que respondessem às minhas cartas. Aquilo poderia ter sido na superfície — ou debaixo d'água —, um momento trivial de perversão, ainda assim compartilhada, desejada por ambas as partes; e só para testar, eu a puxei para perto enquanto andávamos. Ela se virou e ofereceu os lábios com o mesmo desejo, como se pudesse ler meus pensamentos. Tudo era transparente entre nós.

Eu a acompanhei de volta pelo terreno, até a casa despontar no horizonte. A luz da sala de música estava apagada, mas eu conseguia ver uma luz nos fundos, na janela do quarto que eu mesmo usava. Parecia que outra cama fora levada para lá, ela e June dormiam lá quando eu não estava de visita — e aquilo me pareceu um perfeito desfecho simbólico para aquela noite: ela ia dormir na "minha" cama. Tivemos uma última e breve discussão, aos sussurros, a respeito do próximo final de semana, mas tudo aquilo parecia muito distante. O velho mantivera sua palavra, ninguém havia nos espionado, eu finalmente fora sancionado como o Ferdinand dessa Miranda de cabelos salgados, de lábios quentes e pegajosos. Não importava o que acontecesse, tínhamos todo o verão, toda a vida pela frente.

Ela me beijou e me deixou, depois, após uns poucos passos, virou-se rapidamente, correu de volta e me beijou mais uma vez. Esperei até vê-la caminhar sob a colunata e desaparecer.

Apesar de me sentir cansado, subi a trilha do cume central rapidamente, para secar minhas roupas ensopadas. Mal pensei sobre o dia que estava por vir, sobre a falta de sono, a luta terrível para me manter acordado na sala de aula, naquele momento, tudo aquilo era tolerável. Julie me enfeitiçara. Era como se eu tivesse esbarrado numa princesa adormecida e descobrisse que ela, depois de acordar, não apenas estava apaixonada por mim, mas eroticamente faminta, deliciosamente ansiosa para exorcizar qualquer relação sexual amarga e perversa que tivera por causa de suas malfadadas escolhas no ano anterior. Imaginei uma Julie que tivesse adquirido toda a experiência e a aptidão de Alison, suas paixões aceleradas, sua lascívia incansável, porém aprimorada, enriquecida, diversificada por suas qualidades superiores, seu bom gosto, sua inteligência, sua poesia... Fiquei rindo sozinho enquanto caminhava. Havia uma finíssima lua nova, o brilho das estrelas, e eu agora sabia quase de cor meu caminho pela silenciosa e fantasmagórica floresta de pinheiros-de-Alepo. Não via nada no presente, apenas a infinda sedução e rendição daquele corpo disposto: noites na casa da vila, *siestas* indolentes, nus em alguma cama à sombra... e quando estivéssemos saciados, aquela outra presença dourada e envolvente — June — implicitamente, duas pelo preço de uma. É claro que era Julie que eu amava, mas todo o amor precisa de um descanso, para testá-lo e provocá-lo.

Comecei a repensar no milagre/mistério que nos havia reunido — Conchis, e seus propósitos. Se você possui um zoológico particular, sua preocupação é manter os animais enclausurados, não ditar exatamente o que eles devem fazer dentro das jaulas. Ele construíra as grades ao nosso redor, sutis grades psicossexuais que nos mantinham presos em Bourani. Ele era como um nobre elizabetano. Éramos sua trupe do Conde de Leicester, sua companhia privada, mas ele também poderia ter incorporado o princípio de Heisenberg ao seu "experimento", de maneira que boa parte fosse indeterminada, tanto para ele enquanto voyeur-observador, quanto para nós no papel de partículas humanas observadas. Imagino que em parte ele quisesse nos provocar com um falso contraste entre uma sábia Europa e uma Inglaterra imberbe. Apesar de toda sua hipocrisia gnômica, ele era como tantos outros europeus, incapaz de entender as profundidades e sutilezas emocionais da atitude inglesa a respeito da vida. Achava que as garotas e eu éramos imaturos, inocentes, mas éramos capazes de superá-lo em sua perfídia, e precisamente porque éramos ingleses: nascidos com máscaras e criados para mentir.

Cheguei ao cume principal. Enquanto caminhava, eu revirei uma pedra solta aqui e ali, mas, tirando isso, a paisagem estava em total silêncio. Lá embaixo, por cima do veludo cinzento e amarrotado das copas dos pinheiros, o mar lançava um brilho sombrio sob o céu cintilante de estrelas. O mundo pertencia à noite.

As árvores rareavam onde o solo se erguia abruptamente até o pequeno penhasco que marcava a lateral sul do cume principal. Parei por um instante para tomar fôlego e me virei para olhar de novo para Bourani. Espiei meu relógio. Era pouco mais de meia-noite. A ilha inteira dormia. Sob a fina fatia prateada da lua eu senti, ainda que sem nenhum vestígio de melancolia, aquela solidão existencial, de existir e de estar sozinho no universo, que noites tranquilas às vezes nos trazem.

Então, atrás de mim, de algum lugar no alto do monte, ouvi um ruído. Um ruído discreto, mas suficiente para me fazer sair logo do caminho e me esconder atrás de um pinheiro. Alguém, ou alguma coisa lá em cima, havia revirado uma pedra. Uma pausa de quinze segundos ou mais. Então eu congelei, tanto de susto como de precaução.

Um homem estava de pé no alto da encosta, uma silhueta acinzentada contra o céu noturno. Depois, um segundo homem e um terceiro. Podia ouvir os sutis ruídos dos seus pés sobre a pedra, o tilintar abafado de algo metálico. Então, num passe de mágica, eram seis. Seis sombras cinzentas de pé ao longo do horizonte. Uma delas levantou um braço e apontou, mas não ouvi o som de vozes. Seriam ilhéus? Mas eles raramente usavam o cume central no verão, e nunca naquela hora da noite. De qualquer forma, eu logo percebi quem eram. Eram soldados. Conseguia ver o contorno inconfundível das armas, o brilho opaco de um capacete.

Houve manobras do exército grego no continente um mês antes, e frequentes idas e vindas de lanchas de desembarque no estreito. Aqueles homens deveriam estar num exercício típico de comandos militares. Mas eu não me mexi.

Um desses homens deu meia-volta, e os outros o seguiram. Pensei saber o que tinha acontecido. Eles vieram através do cume central e ultrapassaram o caminho que levava até Bourani e Moutsa. Confirmando meu palpite, ouvi um estrondo distante, como fogos de artifício. Eu vi, de algum lugar a oeste de Bourani, um sinalizador cintilante, pendendo do céu. Era uma variedade daqueles sinalizadores, e a luz desceu lentamente em parábola. Eu mesmo já disparara uma dúzia deles, em exercícios noturnos. Os seis homens evidentemente estavam a caminho de "atacar" algum ponto do outro lado de Moutsa.

Por isso mesmo, olhei ao redor. A vinte metros de distância havia um grupo de rochas com pequenos arbustos, em quantidade suficiente para servir de abrigo. Corri sem fazer barulho, debaixo das árvores, e sem me importar com minhas calças e camisa limpas, me agachando num vão entre duas rochas. Ainda estavam quentes por causa do sol. Fiquei vigiando o caminho formado na fissura entre as rochas.

Em poucos segundos, um movimento tímido me confirmou que eu estava certo. Os homens estavam descendo. É provável que fosse apenas um grupo de colegas amigáveis da região de Épiro ou coisa parecida. Mas fiquei o mais colado que pude no chão. Quando ouvi que marchavam em dupla, a uns trinta metros de distância, espiei-os passar por meio dos galhos que me camuflavam.

Meu coração saltou. Vestiam uniformes alemães. Por um instante pensei que talvez se vestissem assim para representarem os "inimigos" durante as manobras, mas era impensável, após as atrocidades da ocupação, que qualquer soldado grego pusesse um uniforme alemão, mesmo que fosse num exercício, e então eu entendi. O teatro havia ultrapassado os limites do território, e o velho diabo não desistira de nada.

O último homem carregava uma mochila muito mais volumosa do que os demais, uma mochila com uma haste visível saindo de dentro dela. A verdade me veio de lampejo. Num instante, descobri que Demetriades tinha um colega espião na escola. Era um grego com aparência turca, um homem compacto, taciturno, com os cabelos raspados, um dos professores de ciência. Nunca ficava na sala dos professores, vivia em seu laboratório. Seus colegas o apelidaram de *"o Alchemikos"*, o alquimista. Com uma revelação sombria desses novos níveis de traição, me lembrei que ele era um dos amigos mais próximos de Patarescu. Mas a primeira coisa de que me lembrei foi que havia um transmissor em seu laboratório, haja vista que alguns dos garotos queriam ser oficiais de comunicação. A escola chegou a ter até mesmo uma estação de rádio amador. Dei um soco no chão. Aquilo tudo era tão óbvio. Por isso sempre sabiam quando eu estava chegando. Só havia um único portão principal, o velho vigia estava sempre a postos.

Os homens se foram. Deviam estar calçando botas com solado de borracha, e devem ter forrado seus equipamentos com muita atenção para que não fizessem barulho. Mas o fato de eu ter caminhado com pressa evidentemente atrapalhou seus cálculos. O sinalizador só pode ter sido um sinal atrasado de que eu estava a caminho. Por um instante, pus a culpa em Julie, depois a desculpei. Desconfiar dela era obviamente tudo o que Conchis queria que eu fizesse naquele momento, mas ele não imaginava que sua "isca" pudesse estar do lado do rato. Eu sabia que ela era totalmente inocente, não tinha culpa dessa nova ratoeira. E agora o rato se transformara numa raposa que não seria enganada com tanta facilidade.

Eu já estava quase tentado a seguir os homens para ver aonde tinham ido, mas me lembrei das velhas lições do meu treinamento militar. Nunca saia para patrulhar numa noite sem vento, se puder evitar; lembre-se que o homem mais perto da lua consegue enxergá-lo melhor do que você a ele. E pronto, em cerca de trinta segundos após sua passagem, eu mal conseguia ouvi-los. O som de uma pedra rolando, depois silêncio, depois outra pedra, quase imperceptível. Dei-lhes mais trinta segundos e então me levantei e comecei a subir pela trilha o mais rápido possível.

Ao chegar no topo, onde o cume se achatava, precisei atravessar uns cinquenta metros de espaço aberto antes de chegar ao declive do lado norte. Era uma área varrida pelo vento repleta de pedras, alguns poucos arbustos solitários. Do outro lado, havia um vasto trecho de terra, de mais ou menos um acre, com tamargueiras. Pude ver a abertura sombria por entre os galhos emplumados que cortavam o meu caminho. Parei e fiquei escutando. Silêncio. Comecei a correr pelo espaço aberto.

Cheguei na metade do caminho quando ouvi um estampido. Um segundo depois, um sinalizador explodiu a cerca de duzentos metros à direita. Inundou o cume com sua luz. Eu me joguei no chão, protegi o rosto. A luz foi se apagando. No instante em que o silvo do sinalizador cessou, trazendo a escuridão de volta, eu já estava de pé, correndo, sem me preocupar com o barulho, em direção às tamargueiras. Me enfiei entre elas com cuidado, parei por um momento, tentando decifrar o novo truque insano que Conchis estava tentando. Depois ouvi passos correndo pelo cume, vindos da mesma direção que o sinalizador fora disparado. Comecei a descer correndo pelo caminho entre os arbustos de dois metros de altura.

Cheguei a uma curva sem declive, mais larga, da trilha, onde podia correr mais rápido. Então, assustadoramente, sem nenhum aviso prévio, meu pé foi içado e eu caí de bruços no chão. Senti uma dor intensa quando minha mão aberta atingiu a ponta de uma pedra afiada. Um golpe agonizante nas costas. Ouvi minha boca deixando escapar todo o ar dos meus pulmões com o impacto, e minha própria voz dizendo: "Nossa!". Por um instante, fiquei atordoado demais para perceber o que havia acontecido. E então, por trás dos arbustos, à direita, ouvi uma voz grave me dando ordens. Eu só conhecia uma ou duas palavras daquele idioma. Mas o sotaque era autenticamente alemão.

Ouvi sons por todos os cantos, dos dois lados da trilha. Eu estava cercado por homens vestidos como soldados alemães. Estavam em sete.

"Que maldita brincadeira é essa?"

Fiquei de joelhos, esfregando as palmas das mãos para limpar a sujeira. Havia sangue cobrindo os nós dos dedos de uma delas. Dois homens vieram por trás e me agarraram pelos braços, me puseram de pé. Outro homem ficou parado no meio da trilha. Era quem parecia estar no comando. Não portava um fuzil ou metralhadora, como os demais, apenas um revólver. Com o canto do olho, vi o fuzil que o homem à minha esquerda tinha pendurado no ombro. Parecia real, não um adereço de palco. O homem também parecia ser mesmo alemão: não era grego.

O homem do revólver, evidentemente um suboficial, se pronunciou em alemão mais uma vez. Dois homens se inclinaram, um de cada lado da trilha, e mexeram nos galhos das tamargueiras: uma armadilha detonada por um fio. O homem com o revólver assoprou um apito, baixinho. Olhei para os dois homens do meu lado.

"Fala inglês? *Sprechen Sie Englisch?*"

Eles não davam a mínima para nada, exceto para sacudir meus braços para que eu ficasse quieto. Pensei: Meu Deus, espere só até eu encontrar Conchis de novo. O suboficial parou na trilha, de costas para mim, e outros quatro homens se reuniram ao seu lado. Dois deles se sentaram.

Um deles, pelo visto, perguntou se podiam fumar. O suboficial deu permissão.

Acenderam cigarros, os fósforos iluminaram seus rostos encobertos pelos capacetes, e começaram a cochichar. Pareciam ser todos alemães mesmo. Não gregos que sabiam algumas palavras em alemão, mas alemães. Falei com o sargento.

"Quando acabarem com a palhaçada, talvez possam me dizer o que estamos esperando."

O homem deu meia-volta e se aproximou de mim. Era um homem de uns 45 anos, de rosto comprido. Ficou me encarando a meio metro de distância. Não parecia particularmente bruto, mas estava à vontade em seu papel. Esperava uma nova cusparada, mas ele apenas disse, baixinho: "*Was sagen Sie?*".

"Ah, vá pro inferno."

Ele ficou me encarando, como se não tivesse entendido, mas estava interessado em finalmente me ver; e logo se virou, sem qualquer expressão. Os soldados aliviaram a pressão sobre mim. Se me sentisse um pouco menos abatido, teria saído dali correndo. Mas então ouvi passos vindos lá do alto. Alguns segundos depois, os seis homens que eu tinha visto chegaram marchando pela trilha numa fila indiana improvisada. Mas, antes de virem até nós, eles se sentaram com o grupo dos fumantes.

O rapaz que me segurava pela direita só devia ter uns 20 anos. Ele começou a assobiar baixinho, numa atuação bastante convincente, apesar do meu comentário anterior sobre aquilo ser uma palhaçada. Até ele estragar tudo, ao fazer uma escolha óbvia demais, já que a canção era a mais famosa de todas, "Lili Marlene". Ou seria uma piada de muito mau gosto? Ele tinha um queixo enorme, todo coberto de acne, e olhos sem cílios — havia sido escolhido a dedo, imagino, por ter uma aparência tão teutônica, com uma curiosa e mecânica indiferença, como se não soubesse por que estava ali, quem eu era, e não se importasse. Estava apenas seguindo ordens.

Fiz as contas: treze homens, sendo pelo menos a metade deles alemães. O custo de trazê-los até a Grécia, de Atenas até a ilha. O equipamento. Ensaio, preparação. O custo de levá-los de volta, da ilha até a Alemanha. Não poderia sair por menos de quinhentas libras. E para quê? Para assustar — ou talvez impressionar — uma única pessoa sem importância. Ao mesmo tempo, agora que a adrenalina do pânico inicial abaixava, senti minha atitude mudar. Essa cena fora muito bem organizada, muito elaborada. Voltei a me sentir sob o encanto de Conchis, o mágico. Assustado, porém fascinado: e então ouvi mais passos.

Dois homens apareceram. Um era baixinho e magro. Ele veio a passos largos pela trilha ao lado de um homem mais alto. Ambos usavam os quepes de oficiais. Distintivos de águia. Os soldados se levantaram de pronto quando o baixinho passou por eles, mas este fez um gesto rápido com a mão para que descansassem. Ele veio direto até mim. Era óbvio que era um ator que se especializara no papel de coronéis alemães; um rosto duro, boca fina; só lhe faltavam os óculos retangulares com armação de metal.

"Olá."

Ele não respondeu, mas olhou para mim do mesmo jeito que o sargento, que agora estava em posição de sentido a alguns metros dali. O outro oficial aparentava ser um tenente, um ajudante. Percebi que mancava um pouco, tinha cara de italiano, sobrancelhas muito escuras, bochechas redondas e bronzeadas, um homem bonito.

"Cadê o produtor?"

O "coronel" tirou um maço do seu bolso interno e escolheu um cigarro. O "tenente" se aproximou com um isqueiro. Além deles, vi um dos soldados atravessar a trilha com algo numa sacola de papel — algum tipo de alimento. Estavam comendo.

"Devo admitir que você é perfeito para o papel."

Ele disse uma palavra, cuidadosamente alojada em sua boca, cuspida como um caroço de uva.

"*Gut.*"

Ele se virou de costas, disse algo em alemão. O sargento subiu pela trilha e voltou com um lampião, que ele mesmo acendeu e se sentou atrás de mim.

O "coronel" subiu a trilha, até onde o "sargento" estava, e eu fiquei encarando o "tenente". Havia algo estranho no seu olhar, como se quisesse me contar algo, mas não pudesse, procurando em meu rosto uma resposta. Seus olhos piscaram para o lado, e ele se virou de repente, embora de maneira muito esquisita, sobre o calcanhar, e se juntou ao coronel. Ouvi vozes em alemão falando baixinho, e depois a ordem lacônica do sargento.

Os homens se levantaram, e por algum motivo que não consegui entender, se alinharam nos dois lados da trilha, voltados para dentro, de maneira irregular, sem continências, como se esperassem alguém passar. Achei que fossem me levar para algum lugar, e eu teria que passar por eles. Mas fui puxado de volta pelos meus dois guardas para entrar na fila com eles. Apenas o sargento e os dois oficiais permaneceram no meio do caminho. O lampião lançou um círculo de luz em volta de mim. Percebi que aquilo tinha uma função dramática.

Fez-se um silêncio preocupante. Eu havia sido escalado como um espectador, de certa maneira, não no papel de protagonista. Por fim, ouvi mais pessoas se aproximando. Uma figura diferente, à paisana, apareceu. Por um segundo, achei que fosse um bêbado. Mas logo percebi que estava com as mãos amarradas nas costas; como eu, um prisioneiro. Vestia calças escuras, mas estava nu da cintura para cima. Atrás deles vieram mais dois soldados. Um deles pareceu cutucar o prisioneiro, que gemeu. Enquanto ele se aproximava, pude ver, com a aguda sensação de que aquele teatro estava saindo do controle, que o homem estava descalço. Seus passos cambaleantes, hesitantes eram reais, não eram fingidos.

Chegou perto de mim. Um rapaz, nitidamente grego, mais baixo. Seu rosto tinha um ferimento atroz, inchado, um lado inteiro coberto do sangue de um corte perto do olho direito. Parecia atordoado, quase incapaz de andar. Não reparou em mim até o último instante, quando parou e me olhou com desespero. Senti uma pontada de pavor; aquele era um garoto que eles haviam prendido e surrado de verdade — não alguém interpretando um personagem, mas vivendo aquilo. Sem falar nada, o soldado atrás dele o golpeou com fúria na lombar. E eu vi, vi quando ele despencou para a frente num espasmo, e ouvi — pelo menos foi o que pareceu — um arquejo de dor, indiscutivelmente autêntico, causado pelo soco que ele tinha recebido. Ele cambaleou por uns cinco ou seis metros. E então o coronel expeliu uma palavra. Os guardas o agarraram bruscamente, e o detiveram. Os três homens permaneceram ali na trilha, olhando ladeira abaixo. O coronel desceu até ficar na minha frente, seu tenente mancando do seu lado, ambos de costas para mim.

Silêncio, outra vez; a respiração ofegante do homem. Então, quase que no mesmo instante, uma nova figura apareceu, igual, as mãos amarradas nas costas, dois soldados atrás dele. Soube então onde eu estava. Estava de volta em 1943, vendo os combatentes capturados da resistência.

O segundo homem era obviamente o *kapetan*, o líder — estatura mais robusta, uns 40 anos, mais de um metro e oitenta. Estava com um braço nu, apoiado numa tipoia, uma atadura grosseira coberta de sangue ao redor do antebraço. Parecia ter sido feita da manga rasgada de sua camisa, era fina demais para estancar o sangue. Ele desceu a trilha até mim, um magnífico rosto *klepht** com um farto bigode preto, um nariz adunco. Vira rostos como aquele uma ou duas vezes no Peloponeso, mas sabia de onde viera aquele homem, porque em sua testa ainda usava o *sariki*, o lenço preto com franjas dos montanheses da ilha de Creta. Eu podia imaginá-lo em alguma pintura do início do século XIX, com roupas típicas, um iatagã de punho de prata, e pistolas no cinturão, o nobre brigadista do mito de Lord Byron. Estava, de fato, vestindo o que pareciam ser calças do uniforme do exército inglês, e uma camisa cáqui. E também estava descalço. Mas pelo visto se recusava a cambalear. Não havia sido espancado tanto quanto o outro homem, talvez por causa do ferimento.

Quando se aproximou de mim, ele parou e então olhou para além do coronel e do tenente, direto para mim. Entendi que ele devia me reconhecer, que ele devia ser alguém que eu já conhecera. Ele me olhava com o mais profundo desprezo. E repugnância. E, ao mesmo tempo, um desespero furioso. Não disse nada por um instante. E então sussurrou em grego uma palavra:

"*Prodotis*." Seus lábios rosnaram ao pronunciar a letra delta, que em grego demótico tem som de "v".

Traidor.

Ele tinha muita força, estava totalmente absorto em seu papel; e de forma quase inconsciente, como se eu percebesse que também deveria atuar, não respondi com outra frase de efeito, mas aceitei o seu olhar e o seu ódio em silêncio. Por um momento, eu fui o traidor.

---

* Ou *Cleftes*, foram soldados gregos que lutaram contra os turcos durante a guerra de independência, entre 1821 e 1828. [NT]

Levou um chute para que voltasse a andar, mas então se virou e me deu um último olhar fulminante durante os três metros iluminados pelo lampião. E disse aquela palavra de novo, como se eu não a tivesse escutado da primeira vez:

"*Prodotis.*"

Enquanto fazia isso, houve um grito, uma exclamação. A ordem vociferada pelo coronel: *Nicht schiessen*! Meus guardas me agarraram com força. O primeiro homem havia fugido, mergulhando de cabeça nas tamargueiras. Seus dois guardas saltaram atrás dele e, logo depois, três ou quatro soldados alinhados na trilha. Ele não conseguiu correr mais do que dez metros. Ouviu-se um grito, palavras em alemão, depois um berro revoltante de dor, e mais um. O som de um corpo levando chutes e coronhadas.

Após o segundo grito, o tenente, que estivera de pé, vigiando, bem na minha frente, se virou e passou a olhar para além de mim, noite adentro. Era para eu entender que ele estava revoltado com aquilo, com essa brutalidade; e o olhar que ele lançara antes para mim foi explicado. O coronel estava ciente de que ele havia se afastado. Ele deu ao tenente uma rápida espiada, lançou um olhar aos guardas que me seguravam, e então falou — em francês, para que os guardas não pudessem entender... e sem dúvida, para que eu pudesse.

"*Mon Lieutenant, voilà pour moi la plus belle musique dans le monde.*"*

Seu francês tinha o sotaque carregado dos alemães, e ele fez uma careta afetada arreganhando os lábios ao pronunciar a palavra *musique*, cheia de sarcasmo, para explicar a situação. Era um alemão sádico típico, e o tenente, o clássico alemão bonzinho.

O tenente parecia prestes a dizer alguma coisa, mas de repente a noite foi rasgada por um grito tremendo. Veio do outro homem, o nobre brigadista, do fundo dos seus pulmões, e deve ter sido escutado, se houvesse alguém acordado para ouvi-lo, de um lado ao outro da ilha. Era apenas uma palavra, porém a mais grega de todas as palavras.

Eu sabia que estava encenando, mas foi uma encenação magnífica. O grito era ríspido como o fogo, um uivo mais diabólico do que qualquer coisa, porém eletrizante, saído do âmago daquele homem.

---

* "Meu tenente, esta é para mim a música mais bonita do mundo." [NT]

Aquilo perfurou o coronel como os espinhos de uma espora. Seu corpo serpenteou feito uma mola de aço. Em três passos já estava diante do cretense e lhe providenciou um furioso tapa no rosto. O golpe deslocou a cabeça do homem para o lado, mas ele imediatamente a aprumou. Mais uma vez, aquilo me surpreendeu, quase como se eu tivesse levado o tapa. Os hematomas, o braço ensanguentado, podiam ser falsos, mas não aquele golpe.

Mais abaixo na trilha, eles vieram arrastando o outro homem dos arbustos. Ele não conseguia ficar de pé, e eles o puxavam pelos braços. Largaram-no pelo meio do caminho e ele ficou caído de lado, gemendo. O sargento foi até lá, pegou um cantil de um dos soldados e jogou água no seu rosto. O homem fez uma tentativa de se levantar. O sargento disse algo e os guardas o içaram para que ficasse de pé.

O coronel se pronunciou.

Os soldados se dividiram em duas seções, com os prisioneiros no meio, e começaram a andar. Em menos de um minuto, o último deles desapareceu, de costas para mim. Eu estava a sós com os dois guardas, o coronel e o tenente.

O coronel se aproximou de mim. Seu rosto tinha a frieza de um basilisco. Pronunciava-se num inglês exageradamente pausado.

"Isso... ainda... não... terminou."

Havia um vestígio de um sorriso severo em seu rosto, e mais do que um vestígio de ameaça. Como se ele insinuasse, mais do que a promessa de que haveria uma continuação daquela cena, que a própria cosmovisão nazista um dia seria ressuscitada e concretizada. Ele era um homem tão de ferro que impressionava. Assim que terminou de falar, deu meia-volta e seguiu seus soldados pela trilha. O tenente foi com ele. Eu gritei:

"O que é que não terminou?"

Mas não houve resposta. As duas figuras sombrias, o mais alto mancando, desapareceram pela muralha pálida e suave das tamargueiras. Eu olhei para os meus guardas.

"E agora?"

Como resposta, eu fui empurrado para frente e para trás, forçado a me sentar. Houve alguns momentos ridículos de luta, que eles venceram com facilidade. Um minuto depois, eles amarraram meus tornozelos com força, depois me colocaram com as costas contra um rochedo, para que eu pudesse apoiar minhas costas. O soldado mais jovem retirou três cigarros do bolso superior de sua túnica e os jogou para mim. Ao riscar do fósforo, olhei para os cigarros. Tinham aspecto barato. Impressas em vermelho, entre duas pequenas suásticas pretas, as palavras

Leipzig dankt euch.[*] O que eu fumei tinha um gosto rançoso, de pelo menos uns dez anos atrás, como se tivessem sido minuciosos até demais e de fato usassem cigarros encontrados em cigarreiras de latão da época da guerra. Em 1943, teria gosto de cigarros novos.

Fiz várias tentativas de conversar com eles. Em inglês, depois em meu precário alemão, em francês, em grego. Mas eles ficaram sentados, impassíveis, do lado oposto da trilha. Mal trocaram dez palavras entre si, e obviamente receberam ordens de não falar comigo.

Eu havia olhado para o meu relógio no momento em que eles me amarraram. Marcava 12h35. Agora era 01h30. De algum lugar na costa norte da ilha, a uns dois ou três quilômetros a oeste da escola, ouvi o primeiro bombear de um motor. Mais parecia um motor a diesel de um enorme rebocador costeiro do que o de um iate. O elenco havia reembarcado. Meus dois guardas deviam estar esperando por aquele som. Eles se levantaram e o mais velho segurou uma faca para que eu visse, e a atirou no chão, no ponto onde eles estiveram sentados. E então, sem dizer uma palavra, partiram — mas não na direção que os outros seguiram. Eles subiram a trilha de volta para o cume, e desceram até Bourani.

Assim que tive certeza de que tinham ido embora, engatinhei sobre as pedras até a faca. Estava cega, a corda era nova, e não consegui me libertar antes que se passassem exasperantes vinte minutos. Subi de volta ao cume, de onde podia ver de cima a costa sul. É claro que estava tudo quieto, sereno, uma paisagem voltada para as estrelas, uma ilha do mar Egeu em sua clássica paz noturna. O iate continuava ancorado. Eu podia ouvir o caíque, ou o que fosse, navegando, atrás de mim, em direção a Náuplia. Pensei em invadir Bourani, acordar as garotas, confrontar Conchis, exigir uma explicação de imediato. Mas me sentia exausto, tinha certeza da inocência das garotas e estava longe de saber se minha presença seria permitida em algum lugar perto da propriedade... eles teriam antecipado uma reação assim da minha parte, e eu estava numa desvantagem numérica desesperadora. Também sentia, por baixo de minha fúria, um regresso à velha admiração pelo que Conchis estava fazendo. Uma vez mais eu era um homem vivendo um mito, incapaz de entendê-lo, mas de alguma forma ciente de que compreendê-lo significava que ele deveria prosseguir, por mais sinistra que fossem suas peripécias.

[*] "Leipzig agradece." [NT]

John Fowles
O Mago

50

As aulas da manhã começavam às sete, portanto apareci na sala depois de menos de cinco horas de sono. Além disso, o tempo estava feio, sem vento, implacavelmente quente e estagnado. Todas as cores da vegetação haviam sido queimadas, os poucos verdes remanescentes se viam ressequidos e derrotados. Procissões de lagartas haviam massacrado os pinheiros, os oleandros ficaram amarronzados nas pontas das pétalas. Apenas o mar sobrevivera, e eu não consegui pensar com coerência até que as aulas terminaram, ao meio-dia, quando pude me jogar dentro d'água e ficar boiando em seu azul terapêutico.

Uma coisa me ocorreu pela manhã. Com exceção dos atores principais, quase todos os "soldados" alemães pareciam muito jovens — entre 18 e 20 anos. Era começo de julho, os trimestres das universidades alemãs e gregas provavelmente haviam terminado. Se Conchis realmente tivesse alguma conexão com produções de cinema, não teria nenhuma dificuldade para atrair estudantes alemães — dispostos a trabalhar alguns dias para ele e depois passar férias na Grécia. O que eu não conseguia acreditar era que ele os tivesse trazido até a Grécia para usá-los uma única vez. Havia mais sadismo, como o coronel me avisara, por vir.

Boiei de costas com os braços abertos e os olhos fechados, crucificado sobre as águas. Já tinha esfriado a cabeça o suficiente para saber que eu não iria escrever a carta raivosa e sarcástica que estivera planejando ao voltar do cume. Além do mais, era o que o velho esperava — naquela manhã detectara um olhar especulativo e inquisidor em Demetriades — e o meu único lance certeiro era não agir como esperavam que eu agisse. Tampouco achava, após refletir, que houvesse qualquer perigo para as irmãs. Desde que ele acreditasse que elas tinham sido enganadas, estariam a salvo, como sempre estiveram. Se eu quisesse tirá-las daquela situação, seria melhor esperar até que estivessem na minha frente, e não alertá-lo quanto às minhas intenções. E também ele tinha a enorme vantagem de prover o entretenimento — e que entretenimento. De certo modo peculiar, parecia bobagem se irritar com a forma como as coisas aconteceram, quando o impressionante era o próprio fato de terem acontecido.

A correspondência chegou no barco do meio-dia, e foi distribuída durante o almoço. Recebi três cartas, uma das raras do meu tio da Rodésia, outra com boletins de informação emitidos pelo British Council em Atenas, e a terceira... Reconheci a caligrafia, letras grandes, arredondadas, meio desalinhadas. Rasguei o envelope. A carta que enviei a Alison caiu, lacrada. Não havia mais nada. Alguns minutos depois, de volta ao meu quarto, coloquei a carta no cinzeiro, ainda fechada, e a queimei.

O dia seguinte era sexta-feira. Recebi outra carta no almoço. Tinha sido entregue em mãos e eu reconhecia a letra. Não a abri até conseguir escapar da sala de jantar — o que foi uma boa ideia, já que seu breve conteúdo me fez soltar palavrões. Era um tapa brutal e inesperado no meu rosto; sem data, sem endereço, sem cabeçalho.

> Quaisquer futuras visitas a Bourani serão em vão. Não acho que precise explicar o porquê. Você me desapontou profundamente.
>
> MAURICE CONCHIS

Mergulhei num poço de decepção e de raiva amargurada. Que direitos ele tinha para me enviar um decreto arbitrário, um *ukase** como este? Era incompreensível, contradizia tudo o que eu ouvira de Julie; mas não, como logo vi, o que aconteceu depois que a deixei... aquela acusação de traição ganhava um novo significado. Tive a percepção assombrosa de que o episódio da ocupação nazista poderia ter sido também um desfecho, uma carta de demissão — ele não tinha mais tempo para mim. Mas só que ainda havia as garotas. Que história ele lhes teria contado? Ou poderia contar, quando soubessem que ele vinha mentindo para elas?

---

* Um decreto dos czares russos, dogma autoritário e ditatorial. [NT]

O dia inteiro fiquei com alguma expectativa de que elas aparecessem na escola. Deviam ter visto a verdade numa hora dessas. Tive vontade de ir à polícia, de contatar a embaixada britânica em Atenas. Mas aos poucos fui chegando a uma decisão melhor. Eu me lembrei dos paralelos com *A Tempestade*, e do julgamento do velho contra o jovem usurpador da *sua* propriedade. Relembrei as diversas ocasiões em que Conchis disse o oposto do que queria dizer e, sobretudo, me lembrei de Julie... não apenas do corpo nu dentro do mar, mas da sua confiança intuitiva em nosso Próspero. Na hora de dormir, já havia decidido que aquilo deveria ser tomado como uma última piada mórbida da parte dele, uma espécie de teste análogo ao jogo dos dados e da pílula suicida. Eu me recusava a acreditar que ele realmente passaria mais uma semana escondendo de mim tanto Julie quanto a verdade. Ele precisava saber que eu iria até Bourani no dia seguinte. Ele até podia encenar alguma forma cômica de intensa reprovação, mas ele estaria ali; e sua outra marionete também estaria ali para me ajudar a desmascarar seu blefe.

Logo depois das duas horas no sábado, eu estava a caminho, subindo as colinas. Às três, entrei nas moitas das tamargueiras. Sob o calor escaldante — o tempo continuava estagnado, sem vento — era difícil acreditar no que eu vira acontecer. Mas havia dois ou três galhos e ramos quebrados; e onde o "prisioneiro" havia mergulhado, várias pedras reviradas, suas bases manchadas de vermelho da terra da ilha, e mais vestígios de tamargueiras. Um pouco acima, apanhei diversas guimbas de cigarro. Uma delas havia sido fumada só até a metade, e continha o início da mesma frase: *Leipzig da...*

Eu fiquei na falésia olhando de cima o outro lado da ilha. Logo vi que o iate não estava lá, mas não deixei que aquilo arruinasse minha esperança.

Cheguei ao portão e caminhei diretamente até a casa, passando pelo chalé banhado de sol. Estava fechada e deserta. Forcei as portas francesas, e tentei as outras venezianas. Mas nenhuma delas cedeu. O tempo todo fiquei olhando ao redor, não porque sentisse que estava sendo vigiado, mas por achar que esse deveria ser o meu sentimento. Eles tinham que estar me vigiando, talvez até de dentro da casa, sorrindo na escuridão logo atrás das venezianas, a uns dois ou três passos para trás. Saí dali e para conferir a praia particular: o calor, o cais, a casa de máquinas, o velho tronco de madeira, a entrada à sombra daquela pequena caverna; mas nenhum barco. Então fui até a estátua de Poseidon. Estátua em silêncio, árvores em silêncio. Fui ao penhasco, onde eu me sentara com Julie no domingo anterior.

Aquele mar sem vida era agitado aqui e ali por um zéfiro perdido, por um cardume pontilhado de sardinhas, por linhas escuras, azul-acinzentadas, que serpenteavam, alargando-se e estreitando-se em câmera lenta através da miragem cintilante da superfície, como se a água fosse um criadouro de corrupção.

Comecei a andar em direção à baía com os três chalés. A paisagem do lado oeste entrou no meu campo de visão, e então cheguei aos limites cercados de Bourani. Assim como nos outros lugares, o arame estava enferrujado, uma barreira simbólica, não de verdade. Logo além dela, o penhasco caía por um declive de uns vinte metros até um terreno mais baixo. Eu me abaixei para passar pela cerca, e fui seguindo rente à beira. Havia um ou dois lugares onde era possível descer, mas no fundo se via uma selva impenetrável de arbustos e de hera espinhosa. Cheguei até onde a cerca virava a oeste, em direção ao portão. Não havia pedras reviradas, nenhuma brecha evidente na cerca. Seguindo o penhasco até o ponto em que se nivelava, acabei chegando ao caminho raramente usado, que tomei quando fui visitar os chalés nas vezes anteriores.

Pouco depois, estava caminhando pelo pequeno pomar de oliveiras que cercava os chalés. Vi as três casas caiadas enquanto me aproximava por entre as árvores. Era estranho que não houvesse nem mesmo uma galinha ou um burrico. Ou um cachorro. Antes havia um ou dois cachorros ali.

Dois daqueles chalés térreos eram contíguos. Ambas as portas estavam cobertas por tapumes e com cadeados trancando as maçanetas. A terceira casa parecia mais fácil de abrir, mas a porta cedeu apenas dois centímetros antes de travar. Havia uma trave de madeira por dentro. Dei a volta por trás. A porta também estava com cadeado. Mas ao chegar na outra lateral da casa, sobre um galinheiro, vi que duas das venezianas estavam soltas. Espiei através das janelas sujas. Uma velha cama de latão, um monte de roupas de cama dobradas em cima. Uma parede de fotografias e ícones. Duas cadeiras com pés de junco, um berço perto da janela, um velho baú. No peitoril da janela à minha frente havia uma vela marrom sobre uma garrafa de *retsina*, uma guirlanda quebrada de sempre-vivas, uma catraca enferrujada, e uma camada de um mês de poeira. Fechei as venezianas.

O segundo chalé tinha outro cadeado na porta dos fundos e, embora o primeiro estivesse trancado, este estava simplesmente amarrado com um pedaço de linha de pesca. Acendi um fósforo. Meio minuto depois, eu estava dentro do chalé, em outro dormitório. Nada naquele quarto escuro parecia minimamente suspeito. Fui até a cozinha e a sala de estar em frente. Dali, uma porta levava até o chalé vizinho, outra cozinha, depois dela, outro quarto mofado. Abri uma ou duas gavetas, um armário de louças. Os chalés eram, sem nenhuma possibilidade de falsificação, típicas casas empobrecidas dos ilhéus. A única coisa estranha era o fato de estarem desocupadas.

Saí e fechei o trinco com um pedaço de arame. A cinquenta metros, mais ou menos, entre as oliveiras, avistei uma casinha caiada. Fui até ela. Uma teia de aranha havia se formado em cima do buraco no chão. Uma coleção de quadradinhos rasgados de jornais gregos amarelados pendia de um prego enferrujado.

Derrota.

Fui até o poço que ficava ao lado do chalé duplo, retirei o tampo de madeira e desci um velho balde numa corda que estava presa ao lado da borda caiada de branco. Um vento fresco subiu do poço, como uma cobra aprisionada. Eu me sentei na borda e tomei longos goles de água. Tinha aquele frescor vivo, o frescor rochoso de água de poço, incomparavelmente mais doce do que o sabor neutro da água da torneira.

Uma aranha saltadora, rubro-negra e brilhante, veio se esgueirando do poço, na minha direção. Coloquei minha mão no seu caminho e ela saltou em cima dela. Ao vê-la de perto, pude examinar seus minúsculos olhos negros, como as lamparinas de uma carruagem. Ela girou sua volumosa cabeça retangular de um lado ao outro, numa paródia aracnídea dos interrogatórios de Conchis; e mais uma vez, como acontecera com a coruja, tive a impressão assustadora de que a feitiçaria era real, da onipresença assombrosa e sombria de Conchis.

O que realmente me derrotou foi a prova de que eu não era indispensável. Eu assumira que o "experimento" precisava da minha presença, acima de tudo, mas talvez não fosse esse o caso, e eu fosse apenas uma trama paralela, descartada assim que tentasse ganhar muita proeminência. O que me mais me intrigava era aparentemente me encontrar na mesma categoria de Mitford e sem nenhum motivo específico para isso. Também sentia medo, uma paranoia aguda. Embora ele deva ter encontrado uma mentira para contar às garotas, um motivo para eu não poder visitá-las no final de semana, ainda havia a possibilidade de que os três estivessem me iludindo. Mas como eu podia acreditar nisso agora? Depois daqueles beijos, da franqueza, dos carinhos, daquela cópula simbólica à noite, dentro do mar... nenhuma garota iria fingir que desejava e gostava daquilo tudo, a menos que fosse uma prostituta. Era impensável. Talvez a pista estivesse na dispensabilidade. Estavam me ensinando uma lição metafísica obscura sobre o lugar do homem na existência, sobre as limitações da visão egocêntrica. Mas aquilo parecia muito mais uma amostra de crueldade gratuita, era mais semelhante ao ato de atormentar animais irracionais do que uma forma verdadeira de ensino. Eu me afogava num mar de desconfiança — não apenas de aparências externas, mas também de motivações profundas. Durante semanas, tive a sensação de estar sendo despedaçado, desconectado de uma individualidade anterior — ou das estruturas de conexão de ideias e de sentimentos conscientes que constituem o indivíduo; e agora era como se eu estivesse deitado na bancada de uma oficina, as partes amontoadas, o engenheiro desaparecido... e sem ter certeza de como me recompor.

Eu me peguei pensando em Alison, pela primeira vez com menos culpa do que arrependimento. Quase desejei que ela estivesse lá, do meu lado, pela companhia. Para conversar, nada mais, como se fosse um amigo homem. Eu mal tinha pensado nela desde a devolução da minha carta ainda lacrada. Os acontecimentos já haviam varrido Alison de volta para o passado. Mas agora eu relembrava aqueles momentos no Parnaso: o rumor da cachoeira, o sol nas minhas costas, seus olhos fechados, seu corpo inteiro arqueando para me receber mais profundamente... aquela estranha certeza que sempre tive de saber, mesmo quando ela mentia, a maneira e a razão de suas mentiras; de modo que ela não conseguia mentir, em suma. É claro que aquilo a transformava, falando de maneira simples, numa pessoa chata e previsível, enfadonha de tão transparente. O que sempre me atraiu no sexo oposto era o que elas tentavam esconder, o que provocava todos os equivalentes metafóricos de seduzi-las para que tirassem as roupas e abraçassem a nudez. Essas coisas sempre foram fáceis demais com Alison. E de qualquer maneira... Eu me levantei e apaguei a promiscuidade da minha cabeça com um cigarro. Ela era leite derramado, ou sêmen derramado. Eu desejava Julie dez vezes mais.

Passei o resto daquela tarde vasculhando a costa a leste dos três chalés, depois passei por eles de novo, voltando a Bourani, bem a tempo da hora do chá debaixo da colunata. Mas o lugar permanecia tão deserto quanto antes. Passei mais uma hora procurando por um bilhete, um sinal, qualquer coisa; era como um idiota revirando uma gaveta que ele mesmo já revirou várias vezes.

Às seis horas, resolvi voltar à escola, sem sentir nada além de uma fúria inútil de frustração. Com Conchis, com a Julie, com tudo.

No lado oposto da vila, havia outro porto, usado apenas pelos pescadores locais. Era evitado por todos da escola e por todos que tivessem qualquer pretensão social na vila. Boa parte das casas haviam sido impiedosamente dilapidadas. Outras já não passavam de pedaços cariados de parede; e aquelas que ainda continuavam de pé ao longo dos cais arruinados tinham telhados de ferro corrugado, remendos de concreto e outras evidências lamentáveis de consertos frequentes. Havia três tabernas, mas só uma delas de aparência razoável. Contava com umas poucas mesas simples de madeira do lado de fora.

Uma vez, ao voltar de um dos meus passeios solitários de inverno, eu havia parado ali para tomar um drinque; lembrava que o taberneiro era tagarela e relativamente compreensível. Pelos padrões da ilha, e talvez por ser anatoliano de nascimento, era alguém com quem se podia conversar. Seu nome era Georgiou, tinha cara de raposa, com um cabelo preto-grisalho ralo e um pequeno bigode que lhe conferiam uma cômica semelhança com Hitler. No domingo de manhã, eu me sentei debaixo de uma árvore e ele veio, obsequiosamente encantado por ter atraído um cliente rico. Sim, ele disse, é claro que seria uma honra tomar um ouzo comigo. Ele chamou uma de suas crianças para nos servir... o melhor ouzo, as melhores azeitonas. As coisas iam bem na escola? Eu gostava da Grécia...? Deixei que fizesse as perguntas de sempre. Então comecei os trabalhos. Cerca de uma dúzia de caíques nas cores carmim e verde desbotados flutuavam nas calmas águas azuis à nossa frente. Apontei para eles.

"É uma pena que vocês não recebam turistas por aqui. Iates."

"Pfff", disse, cuspindo um caroço de azeitona. "Phraxos está morta."

"Achei que o senhor Conchis de Bourani guardasse seu iate aqui, de vez em quando."

"Aquele homem." Soube na hora que Georgiou era um dos inimigos de Conchis no vilarejo. "Você o conhece?"

Disse que não, mas estava pensando em visitá-lo. Ele tinha um iate, não tinha?

Sim. Mas nunca vinha para este lado da ilha.

Será que *ele* conhecia Conchis?

"*Ochi.*" Não.

"Ele tem casas na vila?"

Apenas a casa onde Hermes morava. Era perto de uma igreja chamada Santo Elias, nos fundos da vila. Mudando de assunto, perguntei à toa sobre os três chalés perto de Bourani. Para onde as famílias tinham ido?

Ele sacudiu a mão na direção sul. "Para o continente. Passar o verão." Explicou que uma minoria dos pescadores da ilha era seminômade. No inverno, pescavam nas águas protegidas ao redor de Phraxos, mas no verão, levando as famílias com eles, vagavam pelo Peloponeso, às vezes indo até Creta, atrás de peixes melhores. Ele voltou ao assunto dos chalés.

Apontou para baixo e depois fez gestos imitando alguém bebendo. "Os poços são ruins. Água não é boa no verão."

"Sério? A água não é boa?"

"Não."

"Que pena."

"É culpa dele. Ele, de Bourani. Podia fazer poços melhores. Mas ele é muito mau."

"Ele é o dono dos chalés, então?"

"*Veiavos*." É claro. "Naquele lado da ilha, tudo é dele."

"Todos os terrenos?"

Ele contou com seus dedos atarracados; Korbi, Stremi, Bourani, Moutsa, Pigadi, Zastena... todos os nomes das baías e enseadas ao redor de Bourani, e, ao que parece, essa era outra queixa contra Conchis. Várias. Os atenienses, "gente rica", gostariam de construir condomínios por lá. Mas Conchis se recusava a vender um metro quadrado que fosse, privando a ilha da riqueza de que ela tanto precisava. Um burrico carregado de lenha atravessava o cais em nossa direção, esfregando suas patas umas nas outras, escolhendo meticulosamente seu caminho, como uma modelo. Aquela notícia provava a cumplicidade de Demetriades. Devia ser uma fofoca corriqueira.

"Imagino que você veja os convidados dele aqui na vila?"

Ele sacudiu a cabeça, negativamente, sem interesse, não lhe importava a mínima se ele recebia convidados por lá ou não. Persisti. Será que ele sabia se tinham estrangeiros hospedados por lá?

Mas ele deu de ombros. *"Isos."* Talvez. Não sabia.

Então eu tive um golpe de sorte. Um velhinho apareceu, vindo de um beco lateral, e chegou pelas costas de Georgiou, um velho quepe de marujo, um paletó de tecido azul tão desbotado que quase ficava branco à luz do sol. Georgiou viu quando ele passou por nossa mesa e o chamou.

"Eh, Barba Dimitraki! Ela." Vem cá. Vem cá falar com o professor de inglês.

O velho parou. Devia ter uns 80 anos, tremia bastante, barba por fazer, mas não estava totalmente senil. Georgiou se virou para mim.

"Antes da guerra. Ele era o mesmo que o Hermes. Levava a correspondência para Bourani."

Eu acenei para que o velho se sentasse, pedi mais ouzo e outro *mezé*.*
"Você conhece bem Bourani?"

Ele gesticulou com a mão, queria dizer: muito bem, mais do que poderia expressar. Ele disse algo que eu não entendi. Georgiou, que tinha alguma engenhosidade linguística, empilhou nossos maços de cigarros e caixinhas de fósforos como se fossem tijolos. Uma construção.

"Entendi. Em 1929?"

O velho fez que sim.

"O senhor Conchis tinha muitos convidados antes da guerra?"

"Muitos, muitos convidados." Aquilo surpreendeu Georgiou, e ele até repetiu minha pergunta, mas recebeu a mesma resposta.

"Estrangeiros?"

"Muitos estrangeiros. Franceses, ingleses, todos."

"E os professores de inglês da escola? Eles iam lá?"

"*Ne, ne. Oloi.*" Sim, todos eles.

"Você se lembra dos nomes deles?" Essa pergunta ridícula arrancou-lhe um sorriso. Não lembrava nem da cara deles. Exceto de um que era muito alto.

"Você encontrava com eles na vila?"

"Às vezes. Às vezes."

"O que faziam em Bourani, antes da guerra?"

"Eram estrangeiros."

Georgiou ficou impaciente com essa exibição da lógica de vila. "*Ne, Barba. Xenoi. Ma ti ekanon?*"

"Música. Cantoria. Dança." De novo, Georgiou não acreditou nele e piscou para mim, como se dissesse que o velho estava meio lelé da cabeça. Mas eu sabia que não estava, e que Georgiou não tinha vindo para a ilha antes de 1946.

"Que tipo de canto e dança?"

Não sabia, seus olhos reumáticos pareciam estar vasculhando a memória, e se perderam. Mas ele disse: "E outras coisas. Montavam peças de teatro". Georgiou soltou uma gargalhada, mas o velho deu de ombros e disse, com a voz indiferente: "É verdade".

Georgiou se inclinou adiante com um sorriso. "E você era quem, Barba Dimitraki? Karayozis?" Estava se referindo ao personagem de teatro de sombras grego.

---

* Antepasto típico da Grécia e da Turquia, acepipes para acompanhar o *ouzo*. [NT]

Fiz com que o velho visse que eu acreditava nele. "Que tipo de peças?"
Mas seu rosto respondeu que ele não sabia. "Tinha um teatro no jardim."
"Onde no jardim?"
"Atrás da casa. Com cortinas. Um teatro de verdade."
"Você conhece a Maria?"
Mas parece que, antes da guerra havia outra empregada, chamada Soula, que já tinha morrido.
"Quando foi a última vez que você foi até lá?"
"Muitos anos. Antes da guerra."
"E ainda gosta do senhor Conchis?"
O velho acenou com a cabeça, mas foi um aceno breve, restrito. Georgiou explicou:
"Seu filho mais velho foi morto na execução."
"Oh. Eu sinto muito. Sinto muito."
O velho deu de ombros, era o destino. Disse: "Ele não é um homem mau".
"Ele colaborou com os alemães na ocupação?"
O velho ergueu a cabeça, uma firme negativa. Georgiou grunhiu, discordava com violência. Os dois começaram a bater boca, falando tão rápido que eu não consegui acompanhá-los. Mas ouvi o velho dizer: "Eu estava lá. Você não estava".
Georgiou se virou para mim com uma piscadela. "Ele deu uma casa para o velho. E dinheiro, todo ano. O velho não pode dizer o que ele pensa de verdade."
"Ele faz o mesmo com os outros parentes?"
"Nada. Um ou dois. Os mais velhos. Por que não? Ele tem milhões." Ele fez o gesto de corrupção, querendo dizer dinheiro para comprar a consciência.
De repente, o velho me disse: "*Mia phora*... uma vez teve um grande *paneyiri* com muitas luzes e música e fogos de artifício. Muitos fogos e muitos convidados".
Tive uma visão absurda de uma festa no jardim; centenas de mulheres elegantes e homens de fraque.
"Quando foi isso?"
"Três, cinco anos antes da guerra."
"Por que houve essa celebração?"
Mas ele não sabia.
"Você esteve lá?"
"Estive com o meu filho. Saímos para pescar. Vimos a festa em Bourani. Muitas luzes, muitas vozes. *Kai ta pyrotechnimata*." E os fogos de artifício.

Georgiou disse: "Ah! Você estava bêbado, Barba".

"Não. Eu não estava bêbado."

Por mais que tentasse, não consegui tirar mais nada do velho. Então, no final, apertei a mão dos dois, paguei a conta, dei uma gorjeta gorda para Georgiou e caminhei de volta à escola.

Uma coisa ficou clara. Antes de mim, houve Leverrier e Mitford, mas também outros nomes que não cheguei a conhecer, nos anos trinta, uma longa fila. Aquilo me fez ter grandes expectativas outra vez, e a coragem de encarar qualquer novidade que estivesse sendo preparada naquele teatro, agora descortinado, lá do outro lado da ilha.

Naquela mesma tarde, voltei à vila e subi as ruelas estreitas de paralelepípedos que levavam até os fundos dela, passei por labirintos de muros caiados, interiores rústicos, atravessando pracinhas minúsculas sombreadas por amendoeiras. O magenta dos grandes ramos de buganvílias flamejava durante o dia e brilhava nas pálidas sombras noturnas. Era uma espécie de cidadela murada, uma *kasbah* muito bonita, de onde se avistava o azul-violeta das seis horas no oceano lá embaixo e o verde-dourado das copas dos pinheiros lá em cima. As pessoas sentadas do lado de fora dos seus chalés me cumprimentavam, e eu atraí a inevitável fileira de crianças que me seguiam como a um flautista de Hamelin. Morriam de rir se eu olhasse para elas e acenasse para que fossem embora. Enfim cheguei à igreja e entrei. Queria justificar minha presença no quarteirão. Havia uma penumbra densa, com um miasma de incenso cobrindo todos os cantos, e uma fileira de imagens, silhuetas melancólicas feitas em ouro esfumado, me encarava, como se soubessem que eu era um estranho naquele mundo bizantino com aspecto de cripta.

Após cinco minutos, eu saí. As crianças tinham desaparecido, misericordiosamente, e pude pegar o beco à direita da igreja. De um lado, havia o circuito dos cilindros das absides da igreja, e do outro, um muro de dois metros e meio, quase três, de altura. O beco entrava e o muro continuava. Mas, na metade dele, havia um portão em arco: um marco de pedra datado de 1823, e em cima dele um lugar onde antes havia um brasão de armas. Imaginei que a casa atrás do portão tinha sido construída por um dos piratas "almirantes" da Guerra da Independência. Havia uma porta estreita que levava até a mão direita do portão de duas bandas, com uma abertura para a correspondência. Acima dela, pintado de branco sobre o fundo preto numa velha chapa de metal, o nome "Hermes

Ambelas". À esquerda, o chão descia, contornando a igreja. Não havia como olhar por sobre o muro daquele lado. Eu fui até a portinha e a empurrei com suavidade, para ver se cederia. Mas estava trancada. Os ilhéus eram notoriamente honestos, não se conhecia casos de roubos, e eu não conseguia lembrar de ter visto outro portão trancado como esse em nenhum outro lugar de Phraxos.

A ruela rochosa descia abruptamente entre dois chalés. O teto do chalé da esquerda era mais baixo que o muro da casa. No fundo, um beco transversal me obrigou a dar a volta até o outro lado. O terreno descia de maneira ainda mais íngreme e eu me vi de frente para um paredão de três metros de rocha de onde começava a fundação do muro. A casa e o muro do jardim seguiam o sentido da rocha, e dava para ver que não era, na verdade, uma casa muito grande, ainda que fosse grandiosa demais para os padrões da vila, especialmente para um condutor de burrico.

Duas janelas no térreo, três no andar de cima, todas fechadas. Elas ainda recebiam os últimos raios do sol e deveriam proporcionar uma ótima vista para o lado oeste da vila e dos estreitos até as terras de Argolis. Seria aquela uma paisagem que Julie conhecia bem? Eu me senti como Blondel debaixo da janela de Ricardo Coração de Leão, mas sem ser capaz de passar mensagens através de canções. Na pracinha abaixo, podia ver duas ou três mulheres que me observavam com interesse. Acenei e continuei andando, como se meu olhar para cima tivesse sido uma mera curiosidade. Cheguei a um novo cruzamento e subi de volta ao meu ponto de partida, do lado de fora da Agios Elias. A casa era impenetrável aos olhares dos transeuntes.

Mais tarde, em frente ao Hotel Philadelphia, eu olhei para trás. Podia ver, por cima de todos os telhados, a igreja e a casa à direita dela, as cinco janelas voltadas para fora.

Pareciam desafiadoras, porém fechadas.

John Fowles
O Mago

51

Segunda-feira foi um dia dedicado aos afazeres acadêmicos, à retomada de pilhas sisifianas de correções que pareciam desmoronar eternamente em minha mesa, a conclusão — uma palavra miserável para uma perspectiva miserável — dos trabalhos de fim de semestre, o tempo todo tentando não pensar em Julie.

Sabia que era inútil pedir a Demetriades que me ajudasse a descobrir os nomes dos professores ingleses que lecionavam na escola antes da guerra. Caso soubesse, não diria nada, e muito provavelmente ele, de fato, não os conhecia. Fui ao tesoureiro da escola, que desta vez não pôde me ajudar: todos os registros da tesouraria haviam se esvaído com os ventos de 1940. Na terça-feira, consultei o professor responsável pela biblioteca. De imediato, dirigiu-se a uma estante e pegou um volume encadernado de programas do Dia dos Fundadores — um para cada ano que antecedeu a guerra. Tais programas eram luxuosamente preparados para impressionar pais visitantes, com listas de aulas no verso, bem como de "professores". Em dez minutos obtive os nomes dos seis que lecionaram entre 1930 e 1939. Mas ainda me faltavam seus endereços.

A semana se arrastou vagarosamente. A cada horário de almoço, eu observava o carteiro da vila chegar com cartas e entregá-las ao monitor, que então fazia sua demorada ronda pelas mesas. Nada para mim. Agora eu já não esperava nenhuma misericórdia de Conchis; mas era Julie que eu tinha dificuldade de perdoar.

A primeira e mais óbvia possibilidade era a de que tivessem voltado à Inglaterra, e nesse caso eu não poderia acreditar que ela não teria enviado prontamente uma carta, ao menos para me avisar. A segunda, era de que ela tivesse sido obrigada a aceitar o cancelamento do fim de semana; mas, ainda assim, ela poderia ter escrito para me consolar, explicar o porquê. A terceira, era a de que estava sendo mantida como prisioneira ou incomunicável, a ponto de não conseguir sequer me enviar uma carta. Eu era incapaz de acreditar nisso, apesar de ainda ter momentos de raiva, quando cogitava ir à polícia.

Os dias se arrastaram, redimidos apenas por uma única informação que chegou às minhas mãos por acaso. Vasculhando os livros da seção de literatura inglesa da biblioteca em busca de algum título "jamais retirado" para as provas, peguei um exemplar de Conrad. Havia um nome na guarda, D. P. R. Nevinson. Sabia que havia estado na escola antes da guerra. Logo abaixo estava escrito "Balliol College, 1930". Passei a vasculhar os outros livros; Nevinson havia deixado um bom número destes, mas nenhum endereço além de Balliol. O nome W. A. Hughes, outro professor do pré-guerra, surgira nas guardas de dois volumes de poesia, sem endereço.

Encerrei o almoço mais cedo na terça-feira, e pedi a um garoto que me trouxesse qualquer carta que viesse a chegar mais tarde. Não esperava mais nenhuma, porém cerca de dez minutos depois, quando já estava de pijama e pronto para a sesta, o garoto bateu à minha porta. Duas cartas: uma de Londres, um endereço datilografado, o catálogo de alguma editora universitária; já a outra...

Um selo grego. Carimbo postal indecifrável. Caligrafia delicada em itálico. Em meu idioma.

Segunda-feira, Sifnos

Meu doce e querido Nicholas,
    Sei que você deve estar bastante desapontado em relação ao fim de semana, e espero que esteja melhor agora. Maurice me entregou sua carta. Sinto muito por você. Comigo costumava ser o mesmo, contraía cada uma das doenças que os terríveis pequeninos traziam para as aulas. Não pude escrever antes, estamos em alto-mar e hoje foi a primeira vez que nos deparamos com uma caixa de correio. Preciso ser rápida — disseram-me que o barco que leva as correspondências para Atenas parte em meia hora. Escrevo isto em um café próximo ao porto.
    Maurice, a bem da verdade, vem sendo um anjo, ainda que um anjo mudo. Insiste em esperar até que você esteja conosco no próximo fim de semana, caso esteja melhor. (*Por favor* esteja! Não só por isso.) M. têm se feito de magoado também, pois nós, criaturas nada razoáveis,

não prometemos seguir adiante com seu plano até sabermos suas implicações. De fato, desistimos de tentar arrancar mais coisas dele — uma grande perda de tempo, e ele adora ser obscuro e enigmático.

O que me lembra, havia esquecido, que ele *deixou* escapar que quer lhe falar sobre o "último capítulo" (em suas palavras) de sua vida e também que você esperaria por isso... esta última parte dita com um sorriso afetado, como se tivesse acontecido algo que não sabemos. Ele é terrível, não abre mão destes jogos. De qualquer forma, espero que você saiba do que se trata.

Estou guardando a melhor parte para o final. Ele jurou que não seremos mais levadas embora às pressas outra vez, podemos ficar na ilha em sua casa na vila, caso desejemos... talvez você passe a não gostar mais de mim ao me ver todos os dias. E June já está enciumada porque finalmente consegui pegar algum bronzeado.

Terão se passado apenas dois ou três dias até que você receba esta carta. Ele pode tentar algum truque típico mauriceano, por isso rogo-lhe que finja, lembre-se de que você não ouviu nada a respeito disso de último capítulo, deixe-o fazer uma provocação final, caso queira. Acredito haver aí também um certo ciúme. Ele vive falando sobre como você é *sortudo*... e não me dá ouvidos quando digo — você sabe o que digo.

Nicholas.

O mar à noite. Você foi tão gentil.

Devo encerrar por aqui.

Amo você.

De sua Julie

Li a carta duas, três vezes. Era óbvio que o diabo velho ainda tinha truques na manga. Ela nunca havia visto minha caligrafia, seria fácil forjar algo — Demetriades poderia ter-lhe levado materiais de meu próprio punho, caso desejasse exatidão. O motivo de ele ainda desejar impor tais atrasos, lançar esses últimos obstáculos, isso eu já não era capaz de conceber. Mas sua carta, aquelas últimas cinco palavras, o pensamento de tê-la na vila — tudo aquilo fazia o restante desvanecer sem importância. Senti-me esperançoso mais uma vez, capaz de suportar, contanto que ela ainda estivesse na Grécia, à minha espera, que me desejasse...

Fui acordado às quatro da tarde pelo sino que anunciava o fim da sesta, sempre tocado com uma violência rancorosa por algum encarregado, de passagem pelo corredor de pedra do lado de fora de nossos quartos. Em seguida, começou o costumeiro coro de gritos enraivecidos de meus colegas. Apoiei-me sobre meu cotovelo e reli a carta de Julie. Então lembrei da outra que havia atirado à mesa e, aos bocejos, fui abri-la.

Dentro, uma nota datilografada e outro envelope, enviado por via aérea, aberto, mas só bati o olho neles, pois dois recortes de jornal estavam afixados à parte de cima do recado. Tive que lê-los primeiro.
   As primeiras palavras.
   As primeiras palavras.
   Aquilo tudo havia me acontecido antes, as mesmas sensações, o mesmo sentimento de que não poderia ser verdade e era verdade, de choque vertiginoso e tranquilidade superficial. A saída do hotel Randolph em Oxford, com mais duas ou três pessoas, a caminhada até Carfax, um homem abaixo da torre vendendo o *Evening News*. De pé, uma garota boba dizia: "Olhe só o Nicholas, fingindo que sabe ler". Olho para cima e me deparo com a notícia do acidente aéreo em Karachi, a morte de meus pais diante de meus olhos, e digo "Minha mãe e meu pai". Como quem havia acabado de descobrir da existência de tais pessoas.
   O recorte de acima era de algum jornal local de Londres, ao final de uma coluna. Lia-se:

Suicídio de aeromoça
A aeromoça australiana Alison Kelly, de 24 anos, foi encontrada morta ontem em sua cama no apartamento da Russell Square por Ann Taylor, amiga com quem dividia o local, também australiana, ao retornar de um final de semana em Stratford-on-Avon. Foi levada às pressas ao Hospital de Middlesex, declarada como falecida ao chegar. A Srta. Taylor recebeu atendimento para o choque. Inquérito deve ocorrer na próxima semana.

O segundo recorte dizia:

Apaixonada e infeliz decide tirar a vida
O oficial Henry Davis relatou ao perito forense de Holborn na terça-feira como, na noite de domingo, 29 de junho, encontrou uma jovem na própria cama, ao lado um frasco vazio de soníferos. Ele havia sido chamado até o local pela colega de apartamento da finada, a fisioterapeuta australiana Ann Taylor, que encontrou a falecida Alison Kelly, aeromoça, de 24 anos, ao retornar de um final de semana em Stratford-on-Avon.

O caso foi registrado como suicídio.

A srta. Taylor disse que, por mais que sua amiga já houvesse tido períodos de depressão e que afirmasse não conseguir dormir bem, não havia motivo para supor que a falecida estivesse passando por qualquer quadro de ideação suicida. Questionada, a srta. Taylor disse: "Minha amiga andava deprimida há pouco por conta de um caso de amor malsucedido, mas achei que havia superado".

A médica da falecida, Dra. Behrens. disse ao legista que a Srta. Kelly a havia convencido de que era seu trabalho a razão da insônia. Ao ser questionada pelo legista se costumava prescrever quantidades tão grandes de pílulas, a Dra. Behrens respondeu que levava em consideração a dificuldade da falecida de ir a um farmacêutico com frequência. Não havia motivo para que suspeitasse do suicídio.

De acordo com o legista, os dois bilhetes encontrados pela polícia não lançavam luz alguma sobre a real motivação por trás do trágico ocorrido.

A nota datilografada era de Ann Taylor.

Caro Nicholas Urfe,

Os recortes inclusos explicarão por que estou lhe escrevendo. Sinto muito, será um grande choque, mas não sei outra forma de lhe dar essa notícia. Ela estava muito deprimida ao voltar de Atenas, mas não falava sobre o assunto, por isso não sei de quem é a culpa. Costumava falar muito sobre suicídio em determinada época, mas sempre encaramos como uma brincadeira.

Este envelope foi deixado a você. A polícia o abriu. Não havia nenhum bilhete dentro. Havia um bilhete para mim, mas não dizia nada demais, apenas pedia desculpas.

Todos ficamos devastados. Sinto que tenho culpa. Agora que ela se foi, percebemos o que ela era. Não consigo compreender nenhum homem deixar de perceber do que se tratava por trás de tudo e não querer se casar com ela. Mas talvez seja eu que não compreenda os homens.
      Com pesar no coração,
                Ann Taylor

P.S.: Não sei se você gostaria de escrever para a mãe dela. As cinzas serão enviadas para casa. Seu endereço é: Sra. Mary Kelly, 19 Liverpool Avenue, Goulburn, N.S.W.

Olhei para o envelope do correio aéreo. Meu nome estava do lado de fora, com a letra de Alison. Virei seu conteúdo sobre a mesa. Um emaranhado de flores prensadas de qualquer jeito: duas ou três violetas, algumas rosadas. Duas destas ainda estavam entrelaçadas.

Três semanas.

Para o meu desespero, comecei a chorar.

Minhas lágrimas não duraram muito. Me faltava a privacidade. Logo soou o sino da escola, e Demetriades bateu à porta. Limpei os olhos com as costas da mão e fui abrir. Ainda de pijama.

"Ei! O que você está fazendo? Estamos atrasados."

"Não me sinto lá muito bem."

"Você está meio estranho, meu caro." Ele pareceu preocupado; dei-lhe as costas.

"Diga para a primeira turma fazer uma revisão para a prova. E então diga às outras para fazer o mesmo."

"Mas...".

"Me deixe em paz, está bem?"

"O que devo dizer?"

"Qualquer coisa." Empurrei-o para fora.

Assim que os passos e vozes emudeceram, e após ter a certeza de que as aulas haviam começado, vesti minhas roupas e saí. Queria me afastar da escola, da vila, de Bourani, de tudo. Segui a costa ao norte até uma enseada deserta, sentei-me em uma pedra e mais uma vez peguei os recortes e os reli. Vinte e nove de junho. Uma das últimas coisas que ela deve ter feito foi devolver minha carta sem abri-la. Quiçá, a última coisa. Por um momento senti raiva da outra garota, mas então me lembrei dela, seu rosto de traços pouco definidos e recatados, bem como seus olhos gentis. Escrevia em um inglês pomposo, mas jamais deixaria alguém na mão. Era do tipo de pessoa que jamais faria isso. Eu conhecia esses dois lados de Alison, o lado prático e rígido que enganava os outros de que era capaz de lidar com qualquer coisa, e a outra Alison, que aparentava ser um tanto quanto histriônica, nunca levada à sério por ninguém. De maneira trágica, estes dois lados haviam finalmente se combinado: não haveria suicídios falsos com ela, nada de engolir algumas pílulas sabendo que alguém chegaria dali uma hora. Haveria, sim, um final de semana para morrer.

Não era só questão de me sentir culpado por ter alijado Alison. Eu sabia que, fruto daquele conhecimento secreto que pode existir entre duas pessoas, seu suicídio era resultado direto de ter lhe falado sobre minha própria tentativa, com eufemismos lacônicos e irônicos que visavam ocultar profundezas; e, uma última vez, ela desmascarou meu blefe. *Acho que você não sabe o que é tristeza.*

    Lembrei-me daquelas cenas histéricas no hotel em Pireu; aquele "bilhete suicida" que ela havia rabiscado muito antes, de forma a me chantagear, como pensava à época, pouco antes de deixar Londres. Pensei nela no Parnaso; pensei nela na Russell Square; nas coisas que ela dissera, que ela fizera, que ela era. Uma grande nuvem negra de culpa e a consciência de meu egoísmo atroz recaíram sobre mim. Todas aquelas verdades íntimas amargas que ela havia lançado sobre mim, desde o princípio... e ainda assim ela me amava; tão cega que ainda me amava. Certo dia, ela dissera: *Quando você me ama* (e ela não queria dizer "faz amor comigo") *é como se Deus me perdoasse por ser essa confusão*; o que encarei como chicanice, mais uma chantagem emocional para que me sentisse importante e responsável por ela. De certa forma, sua morte havia sido a chantagem derradeira, mas o chantageado deveria se sentir inocente — e eu me sentia culpado. É como se neste momento, quando o que mais buscava era a pureza, eu houvesse mergulhado na mais profunda imundície; mais livre em relação ao futuro, porém mais acorrentado ao passado.

    Julie, por sua vez, havia se tornado uma necessidade total.

    Não somente me casar com ela, mas me confessar *para* ela. Caso estivesse ao meu lado naquele momento, poderia ter despejado toda a verdade em cima dela, tendo ali um novo começo. Precisava lançar-me sobre ela, desesperadamente, em busca de misericórdia, de seu perdão. Seu perdão era a única justificativa possível agora. Estava cansado, cansado de trapaças, cansado de engodos; cansado de enganar os outros; e acima de tudo, cansado de enganar a mim mesmo, de estar sucumbindo aos desejos da carne; a ânsia pelo melhor que despertava o pior em mim.

    Aquelas flores, insuportáveis flores.

    Meu crime hediondo era o mesmo de Adão, dos egoísmos mais antigos e perversos do homem: ter imposto ao verdadeiro eu de Alison aquilo que eu precisava que ela fosse. Algo muito pior que *lèse-majesté*. *Lèse-humanité*.[*] O que ela havia dito a respeito daquele arreeiro mesmo? *Eu senti por ele um carinho de dois maços.*

    E um carinho de uma morte por mim.

---

[*] Crime de lesa-majestade, traição contra um soberano, e um crime contra a humanidade, respectivamente. [NT]

• • •

Ao retornar aquela noite, escrevi duas cartas. Uma para Ann Taylor, outra para a mãe de Alison. Agradeci Ann e, fiel à minha nova determinação, assumi o máximo de culpa que pude; para a mãe (Goulburn, N.S.W. — Lembrei de Alison fazendo pouco caso de seu rosto: *Goulburn, só serve a primeira metade, com a segunda que façam o que bem entenderem*), para a mãe, uma difícil carta de condolências, tendo em vista que não sabia o quanto Alison havia lhe falado de mim.

Antes de dormir, peguei o *England's Helicon*, busquei por Marlowe.

>Venha ser meu amor, comigo viver
>E assim provar de todo o prazer
>Que há em vales, bosques, campanhas,
>Matas, colinas, íngremes montanhas.
>
>Em Rochas nos sentaremos os dois
>Vendo os rebanhos e seus pastores
>Ante Rios rasos, de quedas cantadas
>Em madrigais de melodiosas aves.
>
>Para ti eu farei camas de Rosas,
>E um milhar de poesias olorosas,
>A ti bordarei um barrete florido,
>E com folhas de Murta, um vestido...

John Fowles
O Mago

52

Recebi outra carta da Inglaterra no sábado pela manhã. Havia uma pequena águia negra no envelope: Barclay's Bank.

> Caro sr. Urfe,
> Obrigado por me escrever após a recomendação da senhora Holmes. É prazer todo meu anexar um formulário, que espero que o senhor gentilmente preencha e remeta a mim, além de um livreto com informações sobre os serviços especiais que podemos oferecer a clientes no exterior.
> Atenciosamente,
> P. J. Fearn
> Gerente

Levantei os olhos da leitura ao encontro do olhar do garoto sentado à minha frente, cumprimentei-o com um sorrisinho, o sorriso nada contido do mau jogador de pôquer.

Meia hora depois, eu estava subindo pela floresta sem vento, rumo ao cume central. As montanhas haviam sido reduzidas a uma pálida insubstancialidade pelo calor, e as ilhas ao leste se erguiam e cintilavam sobre o mar, uma estranha ilusão de ótica, assemelhando-se a piões. Cheguei ao ponto em que podia enxergar até o sul, e meu coração saltou. Lá estava o iate, como uma graça. Segui para um local em que havia sombra e uma visão de cima de Bourani, onde fiquei sentado por meia hora, no limbo, com a morte de Alison ainda preenchendo uma escuridão dentro de mim, e a esperança de Julie, Julie agora confirmada como Julie, lá embaixo ao sol. Aos poucos, ao longo dos últimos dois dias, passei a absorver o fato de que Alison havia morrido, ou seja, havia começado a deixar os limites do mundo moral rumo ao estético, onde era mais fácil conviver com o ocorrido.

Através desta funesta elisão, deste lapso do remorso legítimo, a crença de que o sofrimento que precipitamos deveria *nos* enobrecer, ou ao menos nos tornar menos ignóbeis dali em diante, para o autoperdão disfarçado, a crença de que o sofrimento, de alguma forma, enobrece a *vida*, a fim de que a precipitação da dor venha, através de tal álgebra torta, a igualar o enobrecimento ou, ao menos, o enriquecimento da vida, por esta fuga do conteúdo à forma, do significado à aparência, da ética à estética, de *aqua* à *unda*, tão característica do século xx. Abrandei a dor daquela morte acusatória; e endureci para não falar nada a seu respeito em Bourani. Permaneci determinado a contar a Julie, mas na hora e tempo certos, quando a taxa cambial entre a confissão e a compaixão evocada a partir daquilo indicar uma possível alta.

Antes de seguir, peguei a carta timbrada do Barclays e a reli. Seu efeito foi me fazer sentir mais indulgente em relação a Conchis do que intendia sê-lo. Agora, não me opunha mais a nenhum destes pequenos e derradeiros atos dissimulados — de ambas as partes.

Era como o primeiro dia. A falta de um convite, a incerteza, a passagem pelo portão, aproximar-se da casa com todo seu mistério iluminado pelo sol, a volta pela colunata, e lá estava aquela mesma mesa de chá coberta por musselina. Ninguém à vista. O mar e o calor através dos arcos, o piso azulejado, o silêncio, a espera.

Por mais que estivesse nervoso por razões diferentes, a sensação era a mesma. Coloquei minha bolsa sobre o sofá trançado e adentrei a sala de música. Uma silhueta se levantou por detrás do cravo, como se estivesse sentada à minha espera. Nenhum de nós disse nada.

"Esperava por mim?"

"Sim."

"Apesar do seu bilhete?"

Fitou-me, depois dirigiu o olhar para minha mão — o ferimento de batalha do incidente nazista de dez dias atrás. Estava marcada e ainda avermelhada por conta dos emplastros de mercurocromo ali aplicados pela enfermeira da escola.

"É preciso tomar cuidado. Há sempre o risco do tétano."

Dei um sorriso soturno. "Pretendo."

Nada de desculpas, nada de explicações, nem mesmo respostas às perguntas: estava muito claro que, seja lá o que houvesse dito às garotas, ainda não havia desistido de tentar me passar para trás. Pela janela, atrás dele, vi Maria passar com uma bandeja. Também vi algo mais. A antiga fotografia de "Lilly" havia sumido do gabinete de antiguidades obscenas. Coloquei minha mochila no chão, cruzei os braços, oferecendo-lhe mais um sorriso insincero.

"Conversei com Barba Dimitraki um dia desses."

"É mesmo?"

"Descobri que tenho mais companheiros-vítimas do que havia pensado."

"Vítimas?"

"Seja lá como você chama aqueles que sofrem sem direito à escolha."

"Isso soa como uma definição excelente do ser humano."

"Estou mais interessado na definição de alguém que parece pensar ser Deus."

Ao fim, ele sorriu, como se tivesse tomado como um elogio algo que havia sido dito com claro sarcasmo. Ele contornou o cravo e veio na minha direção.

"Deixe-me ver esta sua mão." Levantei-a, sem paciência. A pele ao longo dos nós dos dedos havia sido bastante esfolada, mas já estava quase toda cicatrizada. Examinou-a e questionou se havia se instalado algum tipo de septicemia. Então me olhou nos olhos. "Isto não foi intencional. O senhor pode ao menos aceitar isso?"

"Não aceitarei nada mais, senhor Conchis. Nada além da verdade."

"Pode acabar descobrindo que era mais feliz sem saber."

"Correrei esse risco."

Mediu meu olhar, então deu de ombros. "Muito bem. Vamos ao chá."

Acompanhei-o para o lado de fora, por baixo da colunata. Preparou-se para servir o chá, gesticulando com certa impaciência em direção à cadeira diante de mim. Sentei-me. Gesticulou mais uma vez, em direção à comida. "Por favor." Peguei um sanduíche, mas falei antes de começar a comê-lo.

"Pensei que as garotas ouviriam a verdade comigo."

"Elas já sabem." Sentou-se.

"Inclusive o fato de que o senhor forjou uma carta minha para Julie?"

"São as cartas dela a você que são forjadas."

Notei aquele plural. Deve ter presumido que ela vinha escrevendo, mas presumiu errado se tratando da quantidade. Sorri. "Desculpe. Já caí nessa muitas vezes."

Olhou para baixo, e nisso notei certa apreensão, o óbvio desconhecimento de toda a dimensão do entrosamento entre mim e Julie, depois alisou a ponta da toalha de mesa. Lançou-me seu olhar severo.

"O que você acha que estou fazendo?"

"Tomando algumas liberdades infernais."

"O senhor em algum momento foi forçado a voltar aqui? Ou mesmo a vir aqui, em primeira instância?"

"Agora o senhor está sendo ingênuo. Sabe muito bem que nenhuma pessoa normal teria conseguido manter distância." Levantei minha mão ferida. "E apesar disto, estou bem longe de ser ingrato. Mas o estágio um do teatro, experiência, como quer que a chame, acabou". Sorri para ele. "Suas cobaias caíram." Percebi que ele não compreendia o uso vulgar daquela última palavra. Então completei: "De cara no chão. Mas não vejo razão para repetirmos o processo até que saibamos o motivo".

Mais uma vez, ele buscou meus olhos. Lembrei-me de algo que June tinha dito: *Ele quer que sejamos misteriosos para ele também.* Estava claro até demais que o que ele queria em nós era uma liberdade e um mistério muito restritos; por maior que seja o labirinto construído pelo cientista, seu propósito continua sendo permitir que acompanhe cada movimento. Ele parecia ter chegado a uma decisão.

"O senhor ficou sabendo, através de Barba Dimitraki, que tive um pequeno teatro privativo aqui antes da guerra?"

"Sim."

Recostou-se. "Durante a guerra, quando tinha muito tempo para pensar, e nenhum amigo para me distrair, concebi um novo tipo de obra teatral. Uma obra em que a divisão convencional entre autor e público fosse abolida. Em que a geografia cênica convencional, conceitos de proscênio, palco, auditório, seriam completamente descartados. Em que a continuidade da performance, no tempo ou no espaço, era ignorada. E em que a ação, a narrativa, era fluida, com apenas um ponto de partida e um ponto de conclusão fixos. Entre esses pontos, os participantes criam seu próprio drama." Seus olhos, hipnóticos, fixavam os meus. "O senhor verá que Artaud, Pirandello e Brecht todos seguiram a mesma linha de raciocínio, por diferentes caminhos. Mas não tinham o dinheiro ou a vontade — nem o tempo, sem sombra de dúvida — para levar esse pensamento tão longe quanto eu. O elemento do qual não conseguiram abrir mão foi o público."

Sorri para ele com franco ceticismo. Isso fazia um pouco mais de sentido que suas "explicações" anteriores, mas aparentava manter uma cegueira absurda em relação ao fato de que havia destruído a mais remota esperança de que eu poderia acreditar outra vez em qualquer coisa que me dissesse — ou seja, lançava em minha direção esta nova história com sua habitual convicção, como se fosse impossível que eu não a engolisse.

"Entendo."

"Somos todos atores aqui, meu amigo. Nenhum de nós é o que realmente é. Todos mentimos em algum momento, e alguns o tempo todo."

"Exceto eu."

"O senhor tem muito a aprender. Está muito distante de seu eu verdadeiro, assim como aquela máscara egípcia usada por nosso amigo americano se distancia de sua verdadeira face."

Lancei a ele um olhar de advertência. "Ele não é *meu* amigo americano."

"Se o senhor tivesse visto ele no papel de Otelo, não diria isso. Trata-se de um jovem ator muito habilidoso."

"Deve ser. Pensei que ele fosse mudo."

"Então acabo de provar a razão de meu elogio."

"Um desperdício de tamanho talento." Sentou-se, observando-me com o costumeiro olhar entretido, mas sem um pingo de humor. Falei: "Seu saldo bancário deve surpreender às vezes".

"A tragédia de ser muito rico é que o saldo bancário é incapaz de surpresas. Quer sejam agradáveis ou não. Mas confesso que essa deveria ser a mais ambiciosa de nossas criações." Continuou: "Pois talvez não haja outro ano para mim".

"Seu coração?"

"Meu coração."

Mas ele tinha um bronzeado e uma boa forma imortais; ou que impossibilitava qualquer forma de compaixão.

"Por que disse *deveria ser*?"

"Porque o senhor se mostrou incapaz de desempenhar seu papel adequadamente."

Sorri com ironia diante do absurdo. "Teria ajudado saber do que se tratava."

"O senhor recebeu muitas pistas."

"Veja, senhor Conchis, sei o que o senhor tem dito a Julie sobre o restante deste verão. Não vim aqui para ser provocado ao ponto de brigar com o senhor. Podemos deixar de lado toda esta bobagem ridícula de eu ter falhado com o senhor de alguma forma? Ou era a sua intenção que eu falhasse ou não falhei. Não há outra alternativa."

"Estou comunicando ao senhor, enquanto diretor, digamos, que fracassou em conseguir um papel. Caso isso lhe sirva de consolo, digo ainda que, mesmo que tivesse conseguido, não lhe traria aquilo que deseja... a jovem que considera tão sedutora. Este sempre deveria ser o ponto fixo de conclusão deste verão."

"Gostaria de ouvir isso dela."

"Pois era para o senhor não desejar mais revê-la. A comédia chegou ao fim."

"Mas posteriormente pretendo acompanhar a atriz até em casa."

"Ela prometeu isso, sem sombra de dúvidas."

"De formas muito mais críveis que o senhor."

"De nada valem suas promessas. Tudo aqui é artifício. Ela está atuando, entretendo-se com o senhor. A Olívia de seu Malvólio."

"Presumo então que seu nome não seja Julie Holmes?"

"Seu primeiro nome verdadeiro é Lily."

Abri um sorriso tão largo a ponto de mais uma vez admirar sua capacidade de manter uma expressão séria. Por fim, olhei para baixo.

"Onde elas estão? Posso vê-las agora?"

"Em Atenas. O senhor não verá Lily ou Rose nunca mais."

"Rose?" Indaguei com sarcástica incredulidade, ele apenas assentiu.

"O senhor perdeu o contato com a realidade. Ninguém mais chama garotas dessa idade de nomes como esses."

"O senhor não as verá novamente."

"Sim, verei. Primeiro, o senhor quer que eu as veja. Segundo, mesmo que, se por algum motivo não quisesse, e seja lá quais forem as mentiras contou para elas a fim de mantê-las em Atenas neste final de semana, nada poderá me impedir de finalmente me reencontrar com Julie. Terceiro, o senhor não deveria se meter em nossos sentimentos em relação um ao outro".

"Concordo. Se ao menos fossem verdadeiros de ambos os lados."

Adotei um tom menos agressivo.

"Também sei que o senhor é humano demais para se considerar capaz de comandar as emoções alheias com tamanha facilidade."

"É mais fácil do que o senhor imagina, quando se conhece a trama."

"A trama do momento está arruinada. Aquilo de *Três Corações*. Disso o senhor sabe bem." Arrisquei um último apelo a ele. "Sei que o senhor admitiu a elas, então qual o sentido de tentar me fazer pensar que o senhor não o fez?" Ele não disse nada. Assumi o tom de voz mais ponderado que pude. "Senhor Conchis, mal precisamos de qualquer convencimento. Todos admitimos estar sob seu feitiço até certo ponto. Considerando limites, é nosso prazer seguir em frente com o quer que o senhor tenha planejado em seguida."

"Não há espaço para limites no metateatro."

"Então o senhor não deveria envolver pessoas comuns nele."

Isso pareceu afetá-lo. Ele olhou para a mesa entre nós, e por alguns instantes senti como se eu tivesse vencido. Então seus olhos se voltaram para mim, e entendi que não.

"Ouça meu conselho. Volte à Inglaterra e faça as pazes com esta garota de que fala. Case-se com ela, constitua família e aprenda a ser o que é." Desviei o olhar. Queria gritar a ele que Alison havia morrido, e em grande parte porque ele havia entrelaçado a vida de Julie à minha. Tremi, a ponto de quase lhe dizer que não queria mais engodos, nada mais dessa conversa ambígua e inútil... mas fiquei calado. Eu sabia que minha conduta ali não passaria sem sua inevitável inquirição.

"É assim que se aprende o que é? Ao casar e constituir família?"

"Por que não?"

"Um emprego estável e uma casa no subúrbio?"

"É como a maioria das pessoas vivem."

"Prefiro a morte."

Deu de ombros com um pouco de arrependimento, como se de fato não se importasse mais com quem sou ou como me sentia. De súbito, levantou-se.

"Voltaremos a nos encontrar no jantar."

"Gostaria de ver seu iate."

"Não será possível."

"Gostaria de falar com as garotas."

"Já disse ao senhor. Estão em Atenas." Então, completou: "Hoje à noite pretendo lhe falar algo que cabe somente ao nosso sexo. Não há lugar para mulheres".

O último capítulo: já havia intuído o que ele queria dizer.

"O que aconteceu na guerra?"

"O que aconteceu na guerra." Assentiu de forma breve. "Até o jantar."

Virou-se e marchou para dentro, e foi isso. Senti raiva dele, mas era uma raiva mais de impaciência do que de temor. Imaginei que Julie e eu havíamos, de alguma forma, estragado sua diversão, tendo enxergado para além de seus truques de algum jeito que ele não gostou, talvez antes do que o antecipado; o que, por sua vez, levou a este melindre infantil em um velho. Eu sabia que as garotas estavam no iate; que, mesmo que não as visse esta noite, eu as veria no dia seguinte. Me servi de um bolo e comi, em meio a pensamentos. Além de tudo, havia ainda meu velho senso de gravidade, da natureza da probabilidade de que ninguém faria tantas preparações elaboradas para o entretenimento de um verão, para cancelar tudo assim que as coisas começavam a ficar interessantes. Devemos seguir em frente; o que acabara de viver era mais um blefe no início de uma partida de pôquer. A aposta real ainda estava por vir.

Lembrei-me do almoço, naquela mesma mesa, quinze dias antes, então voltei o olhar para além da colunata. Talvez as irmãs estivessem esperando ali agora, em algum lugar em meio aos pinheiros... talvez tudo não passasse um modo perverso de me obrigar a olhar. Levei minhas coisas ao meu quarto no andar de cima; tateei embaixo do travesseiro, dentro do guarda-roupa, cogitando que Julie poderia ter deixado alguma mensagem. Mas não havia nada. Então saí.

Caminhei por toda a propriedade, em meio ao ar sem vento. Esperei em todos os lugares de antes. O tempo todo me virando, olhando para trás, para os lados, ouvindo. Entretanto, a paisagem parecia silenciosa, nada, nem ninguém apareceu. Mesmo no iate não havia nenhum sinal de vida, por mais que tenha notado o bote a motor na água, atracado por meio de uma escada de corda entre embarcações. O teatro parecia verdadeiramente vazio; e, como qualquer teatro vazio, como o diabo velho certamente pretendera, no final das contas acabou por perder a graça e tornar-se um pouco assustador.

Jantaríamos debaixo da colunata, não no andar de cima, como de costume. A mesa, posta para dois, havia sido colocada a oeste, com vista para as árvores e Moutsa mais abaixo. Havia outra mesa adiante, próxima aos degraus centrais, com xerez e ouzo, água e uma tigela de azeitonas. Havia quase terminado minha segunda taça quando o velho apareceu. O crepúsculo esvanecia em noite. Um ar inerte, morto, pairava acima de todas as coisas.

Enquanto aguardava, decidi ser mais diplomático. Suspeitava que, quanto mais raivoso ficasse, maior seria, em segredo, a satisfação dele. Resignei-me de não ver as garotas e fingir ter aceitado sua explicação. Ele veio em silêncio até mim, e sorri em sua direção.

"Aceita algo?"

"Um pouco de xerez. Obrigado."

Servi meia taça e entreguei a ele.

"Sinceramente, sinto muito por estragar seus planos."

"Meus planos consistem no que quer que seja que acontecer." Brindou comigo em silêncio. "É impossível estragar isso."

"Mas o senhor deveria saber que enxergaríamos o que estava por trás dos papéis que nos deu."

Olhou para o mar. "O objeto do metateatro é exatamente esse: permitir que os participantes percebam através de seus primeiros papéis nele. Mas essa é somente a catástase."

"Receio não saber o que essa palavra significa."

"É aquilo que antecede o ato final, ou catástrofe, em uma tragédia clássica." Acrescentou: "Ou comédia. Como bem pode ser o caso".

"A depender de?"

"Se aprendemos a ver através dos papéis que nos damos na vida comum."

Disparei minha próxima pergunta a ele, a partir do silêncio, seguindo seu estilo.

"Até que ponto você desgosta de mim como parte do *seu* papel?"

Respondeu, nada desconcertado. "Gostar não é importante. Não entre homens."

Senti o ouzo em mim. "Mesmo assim, o senhor não gosta de mim?"

Seus olhos escuros fitaram os meus. "Devo responder?" Fiz que sim. "Então, não. Mas gosto de pouquíssimas pessoas. E menos ainda em sua idade e sexo. Gostar dos outros é uma ilusão que temos que cultivar em nós mesmos para viver em sociedade. Uma ilusão que há muito bani, ao menos de minha vida neste lugar. O senhor deseja ser querido. Eu desejo apenas ser. Um dia o senhor saberá o que isso significa, talvez. E sorrirá. Não diante de mim. Mas comigo."

Fiz uma pausa. "O senhor soa como um certo tipo de cirurgião, aquele muito mais interessado na cirurgia do que no paciente."

"Não gostaria de estar nas mãos de um cirurgião que não tenha tal visão."

"Então, o seu metateatro, no fim, é como uma sala de cirurgias?"

A sombra de Maria surgiu por detrás dele, trazendo consigo uma terrina à mesa branca e prateada sob a poça de luz da lamparina.

"O senhor pode encarar assim. Já eu prefiro pensá-lo como metafísico." Maria anunciou que poderíamos nos sentar. Ele indicou ter captado suas palavras com uma breve reverência, mas não se mexeu. "Acima de tudo, trata-se de uma tentativa de fugir de tais categorias."

"Mais uma arte do que uma ciência?"

"Toda boa ciência é arte. E toda boa arte é ciência."

Com este apotegma vazio, mas que soava bem aos ouvidos, pousou sua taça e dirigiu-se à mesa. Falei com suas costas ao segui-lo.

"Meu palpite é que, na sua visão, eu sou o verdadeiro esquizofrênico aqui."

Não respondeu até estar acomodado em sua cadeira. "Esquizofrênicos de verdade não têm escolha quanto ao que são."

Eu estava diante dele. "Então sou um falso esquizofrênico?"

Por um momento, ele relaxou um pouco, como se eu tivesse dito algo infantil, mas do qual ele achou graça. Ele fez um gesto.

"Não importa agora. Vamos comer."

Logo que começamos a refeição, ouvi os passos de duas ou três pessoas atrás de mim, no cascalho, em torno do chalé de Maria. Desviei a atenção da minha sopa de limão e ovos e olhei de relance, mas a mesa havia sido posta, sem dúvida de maneira deliberada, onde era impossível ver.

"Esta noite, eu gostaria de ilustrar minha história", disse Conchis.

"Achei que o senhor já tivesse feito isso. E de forma muito vívida."

"Estes são documentos reais."

Ele indicou que eu deveria seguir comendo, que ele não diria mais nada. Então ouvi passos no terraço externo ao seu quarto, acima de nossas cabeças. Um leve guincho, um arranhar metálico. Terminei minha sopa, e enquanto esperávamos por Maria, tentei mais uma vez apaziguá-lo.

"Sinto muito por não ouvir mais sobre a sua vida antes da guerra."

"O senhor já ouviu o essencial."

"Se bem entendi a história com os noruegueses, o senhor rejeitou a ciência. Mesmo assim, entrou no ramo da psiquiatria."

Ele deu de ombros. "Flertei com isso."

"O vislumbre que tive de seus artigos sugere mais que um simples flerte."

"Não eram de minha de autoria. Os frontispícios não eram genuínos."

Tive que sorrir para ele àquela altura. A maneira brusca e desdenhosa com que dava tais declarações haviam se tornado um indicativo quase certeiro de que não deveria acreditar nelas. Claro que ele não retribuiu o sorriso, mas era evidente que sentia que eu precisava ser lembrado de seu lado mais sério.

"Há alguma verdade no que lhe falei. Nesse tocante, sua pergunta é justa. Ocorreu um evento em minha vida, análogo à história que inventei." Fez uma pausa, depois decidiu continuar. "Sempre houve em mim um conflito entre mistério e significado. Buscava este último, o idolatrava enquanto médico. Enquanto socialista e racionalista. Então percebi que a tentativa de fazer da realidade ciência, nomeá-la, categorizá-la, dissecá-la até que não mais existisse era como tentar remover o ar da atmosfera. Ao criar o vácuo, o experimentador era quem falecia, por estar dentro do vácuo."

"Seu enriquecimento em algo se assemelha à história de De Deukans?"

"Não", acrescentou. "Nasci rico. E não na Inglaterra."

"Então a Primeira Guerra Mundial..."

"Invenção pura."

Respirei fundo; pois, pela primeira vez, ele evitava meus olhos.

"O senhor deve ter nascido em algum lugar."

"Há muito deixei de me importar com o que sou, nesses termos."

"E o senhor deve ter morado na Inglaterra."

Olhou para o alto, de relance, em busca de algo, sem sorrir, mas ali havia ainda um quê de ironia. "Seu apetite pela invencionice nunca cessa?"

"Ao menos sei que o senhor possui uma casa na Grécia."

Olhou para além de mim, para além do sarcasmo, para a noite. "Sempre ansiei por território. No sentido técnico e ornitológico. Uma propriedade fixa em que ninguém de minha espécie possa adentrar sem minha permissão."

"E mesmo assim, o senhor pouco vive aqui."

Ele hesitou, como se tivesse passado a considerar esta interrogação tediosa. "A vida é mais complicada para os seres humanos do que para os pássaros. E o território humano é definido por tudo, menos fronteiras físicas."

Maria trouxe um guisado de cabrito e retirou nossos pratos de sopa, o que foi seguido por um pouco de silêncio. Inesperadamente, quando ela saiu, ele me olhou. Tinha algo mais a dizer.

"A riqueza é um monstro. Leva-se um mês para aprender a controlá-la financeiramente. E muitos anos mais para aprender a controlá-la psicologicamente. Ao longo desses muitos anos, vivi uma vida egoísta. Ofereci a mim mesmo todo e cada prazer. Viajei muito. Perdi algum dinheiro com o teatro, mas ganhei muito mais com o mercado de ações. Ganhei diversos amigos, alguns dos quais são bastante famosos agora. Mas nunca fui muito feliz. Porém, no final descobri aquilo que alguns ricos nunca descobrem: que todos temos uma certa capacidade para a felicidade e infelicidade. E os acasos econômicos da vida não afetam tanto isso."

"Quando o senhor deu início ao teatro aqui?"

"Amigos costumavam me visitar. Ficavam entediados. Com frequência me entediavam também. Uma pessoa interessante em Londres ou Paris pode-se tornar insuportável numa ilha do Egeu. Tínhamos um pequeno teatro fixo, um palco. Onde o Priapo está agora. *Et voilà.*"

"O senhor manteve contato com algum de meus antecessores?"

Ele se serviu de um pouco do guisado. "Antes da guerra, as coisas não eram assim. Atuávamos as peças de outros homens. Ou versões destas. Não as nossas."

"Barba Dimitraki falou sobre um show de fogos. Ele viu tudo do mar."

Acenou de leve com a cabeça. "Então sem saber, ele testemunhou uma noite importante de minha vida."

"Ele não lembra quando aconteceu."

"1938." Ele me deixou esperando por um instante. "Risquei um fósforo em meu teatro. No prédio. Os fogos foram uma celebração."

Lembrei-me daquela história de queimar cada romance que possuía, e iria lembrá-lo disso, mas subitamente ele fez um gesto com sua faca.

"Basta. Vamos comer."

Comeu muito pouco do excelente guisado, e muito antes que eu pudesse limpar meu prato, já estava de pé.

"Termine seu jantar. Voltarei."

Ele então desapareceu dentro da casa. Pouco depois, ouvi vozes, baixas, falando em grego, no andar de cima. E então, silêncio. Maria trouxe a sobremesa, depois café, e eu fiquei esperando, enquanto fumava. Ainda mantinha a vã esperança de que Julie e sua irmã iriam chegar. O calor, a normalidade, o ar inglês das irmãs muito me eram necessários mais uma vez. No discurso de Conchis, ao longo de toda a refeição, havia um quê de pesar e retração, como se mais do que uma comédia houvesse se encerrado; tantas máscaras caíam e, mesmo assim, aquela que mais me preocupava não dava indício nenhum de que seria abandonada. Havia acreditado nele quando disse que não gostava de mim. De alguma forma, agora sabia que ele não manteria as garotas longe de mim à base da força, mas um homem com tão formidável poder para a mentira... Cultivei o pequeno terror de que ele soubesse que eu havia me encontrado com Alison em Atenas, de alguma maneira havia obtido provas para elas de que eu também era um mentiroso, de um tipo muito mais banal.

Ele ressurgiu entre as portas abertas da sala de música, com um fino folheto de cartolina na mão.

"Gostaria que nos sentássemos ali." Apontou para a mesa de bebidas, agora já arrumada por Maria, próxima ao arco central da frente da colunata. "Traga duas cadeiras, por favor. E a lamparina."

Levei as cadeiras. Quando voltava com a lamparina, alguém surgiu pelo canto da colunata. Meu coração saltou por uma fração de segundo, pois achava que poderia, finalmente, ser Julie, que estaríamos esperando por ela. Mas era o negro, em negros trajes. Carregava consigo um cilindro longo. Passou pelo cascalho diante de nós e, alguns metros mais a frente, posicionou o cilindro com a base no tripé. Percebi então do que se tratava: uma diminuta tela de cinema. Um ruído forte de engrenagem se deu enquanto ele desenrolava o quadro branco, o afixava e ajustava seu ângulo. Alguém chamou com a voz suave lá de cima.

"*Entaxi.*" Certo, uma voz em grego que não reconheci.

O negro saiu por onde havia entrado, em silêncio, sem olhar para nós. Conchis ajustou a lamparina para seu luzir mais fraco, então me fez sentar ao seu lado, de frente para a tela. Houve uma longa espera.

"O que estou prestes a relatar ao senhor pode ajudá-lo a entender por que encerrarei suas visitas aqui a partir de amanhã. E, desta vez, trata-se de uma história real." Não falei nada, por mais que ele houvesse deixado uma pequena pausa no ar como se aguardasse minha objeção. "Também gostaria que o senhor refletisse que esses eventos poderiam ter ocorrido somente em um mundo em que o homem se considera superior à mulher. Naquilo que os americanos chamam de 'mundo dos homens'. Ou seja, um mundo regido pela força bruta, pela arrogância desprovida de humor, pelo prestígio ilusório e pela estupidez primitiva." Ele encarou a tela. "Os homens amam a guerra porque ela permite que eles pareçam sérios. Porque pensam ser a única coisa que impede as mulheres de rirem deles. Nela, podem reduzir as mulheres a objetos. Eis a grande distinção entre os sexos. Homens veem objetos, mulheres veem as relações entre os objetos. Se tais objetos precisam uns dos outros, amam uns aos outros, combinam-se uns com os outros. É uma dimensão adicional de sentimento que nós homens não temos, e que torna a guerra abominável para todas as mulheres de verdade, abominável e absurda. Vou lhe dizer o que é a guerra. A guerra é uma psicose causada pela inépcia em perceber relações. Nossa relação com nossos semelhantes. Nossa relação com nossa situação econômica e histórica. E, acima de tudo, nossa relação com o nada. Com a morte."

Fez uma pausa. Seu rosto de máscara me pareceu atingir o máximo de concentração, de introversão, que eu me lembro de ter visto. Então ele disse: "Começarei".

Ελευθερία

John Fowles
O Mago

53

"Quando os italianos invadiram a Grécia em 1940, eu já havia decidido que não fugiria. Não poderia lhe dizer o motivo. Talvez por curiosidade, talvez culpa, quiçá indiferença. E aqui, em um canto remoto de uma ilha remota, isso não exigia muita coragem. Os alemães tomaram o poder dos italianos em 6 de abril de 1941. Em 27 de abril chegaram em Atenas. Em junho, deram início à invasão de Creta e, por um tempo, estivemos no cerne da guerra. Aviões de transporte sobrevoavam o dia todo, e as lanchas de desembarque alemãs lotavam os portos. Mas, depois disso, a paz logo voltou a brilhar na ilha. Não possuía valor estratégico algum, nem para o Eixo, nem para a Resistência. A guarnição aqui era muito pequena. Quarenta austríacos. Os nazistas cederam aos austríacos e italianos todos os postos de ocupação fáceis, comandados por um tenente que havia sido ferido durante a invasão da França.

"Durante a invasão de Creta, já haviam ordenado minha saída de Bourani. Aqui havia um posto permanente de onde era possível observar tudo, e a existência de uma tropa era o que justificava mantermos esse posto na ilha. Felizmente, eu tinha uma casa na vila. Os alemães não foram desagradáveis. Carregaram todos os meus pertences portáteis até lá; até me pagaram um aluguel simbólico por Bourani. Quando as coisas estavam se assentando, aconteceu que o *proedros*, o prefeito da vila aquele ano, sofreu uma trombose fatal. Dois dias depois, fui convocado para conhecer o recém-chegado comandante da ilha. Ele e seus homens estavam instalados na sua escola, fechada desde o Natal.

"Eu esperava me deparar com um oficial intendente recém-promovido. Em vez disso, me vi diante de um jovem belíssimo, de 27 ou 28 anos, que me disse, em um excelente francês, que sabia que eu falava o idioma com fluência. Era extremamente polido, quase como se pedisse desculpas, e, considerando as circunstâncias em que nos encontrávamos, nos demos bem. Logo foi ao ponto. Gostaria que eu fosse o novo prefeito da vila. Recusei no ato; não queria envolvimento algum com a guerra. Ele então mandou buscar dois ou três dos líderes da vila. Ao chegarem, me deixou sozinho com estes, e descobri que eles haviam sugerido meu nome. Claro que a verdade era que nenhum deles queria o cargo, o desgosto da colaboração, e eu seria o bode expiatório ideal. Apresentaram-me a questão apelando para a moralidade e a admiração, e mesmo assim recusei. Veio então a franqueza: a promessa de apoio tácito... em suma, no final, eu disse que sim, aceitaria.

"Minha nova e dúbia glória significava que teria contato frequente com o tenente Kluber. Cinco ou seis semanas após nosso primeiro contato, certa noite me disse que gostaria que o chamasse de Anton quando estivéssemos a sós. Isso já deixa claro que não raro estávamos a sós; e havíamos confirmado o apreço um pelo outro. Nossa primeira conexão se deu através da música. Ele tinha uma bela voz de tenor. Como tantos outros amadores abençoados com um dom, cantava Schubert e Wolfe melhor (e de certa forma, com mais sentimento) que a maioria dos cantores de *lieder* profissionais. Para os meus ouvidos, ao menos. Em sua primeira visita à minha casa, reparou no cravo. Com malícia, toquei para ele as *Variações Goldberg*. Se você quiser levar um alemão sensível às lágrimas, não há lacrimatório mais certeiro. Não quero sugerir que Anton era difícil de ser conquistado. Ele estava mais do que disposto a ter vergonha de seu papel e encontrar uma figura antinazista conveniente para idolatrar. Na próxima vez que visitei a escola, ele implorou que o acompanhasse no piano da escola, que ele havia mandado levarem aos seus aposentos. Foi minha vez de ficar impressionado, em termos sentimentais. Não a ponto das lágrimas, claro. Mas ele cantava muito bem. E eu sempre tive um fraco por Schubert.

"Uma das primeiras coisas que quis saber era por que Anton, com seu francês impecável, não estava na França ocupada. Parecia que 'certos compatriotas' não o consideravam 'alemão' o suficiente em sua atitude para com os franceses. Sem dúvida devia ter falado, mais de uma vez, no refeitório, em defesa da cultura gálica. Por isso fora relegado a este fim de mundo. Esqueci de mencionar que ele havia levado um tiro na rótula durante a invasão de 1940, ficara manco, inapto para quaisquer obrigações militares. Era alemão e não austríaco. Sua família era rica, e antes da guerra ele havia passado um ano estudando na Sorbonne. Por fim, decidiu se tornar arquiteto. Claro que sua educação foi interrompida pela guerra."

Ele parou e aumentou a intensidade da lamparina; ao abrir o arquivo, desdobrou uma grande planta. Havia dois ou três esboços, perspectivas e elevações, tudo em vidro e concreto brilhante.

"Ele foi bastante rude em relação a esta casa. Prometeu voltar depois da guerra e construir algo novo para mim. Com base nos melhores princípios da Bauhaus."

Todas as notas estavam em francês, nem sequer uma palavra em alemão em lugar algum. A planta estava assinada: *Anton Kluber, le sept juin, l'an 4 de la Grande Folie*. Ele me deixou observar por mais alguns instantes, depois diminuiu a lamparina ainda mais.

"Por um ano, durante a ocupação, tudo foi tolerável. Havia grande escassez de comida, mas Anton e seus homens faziam vista grossa às incontáveis irregularidades. A ideia de que a ocupação consistiu em tropas violentas e nativos abatidos é absurda. Grande parte dos soldados austríacos tinham mais de 40 anos e eram pais, presas fáceis para as crianças da vila. Em uma bela alvorada de verão, em 1942, um avião dos Aliados veio e disparou um torpedo sobre uma lancha de desembarque alemã com suprimentos, que estava ancorada no antigo porto, rumo a Creta. Ela afundou. Centenas de caixas de alimentos subiram boiando até a superfície. Àquela altura, os nativos tinham vivido um ano inteiro à base de peixe, pão ruim e nada mais. Ver toda aquela carne, leite, arroz e demais luxos, foi demais. Atiraram-se na água com qualquer coisa que pudesse boiar. Alguém me falou do que estava acontecendo e corri para o porto. A guarnição dispunha de uma metralhadora no local, furiosamente disparada contra o avião aliado, e eu logo imaginei um vingativo massacre. Ao chegar lá, me deparei com nativos às voltas com o transporte das caixas, a poucos metros da metralhadora. Do lado de fora do posto, estavam Anton e a seção em serviço. Nenhum tiro foi disparado.

"Mais tarde naquela manhã, Anton me convocou. Eu o cobri de agradecimentos, é claro. Ele disse que iria relatar que muitos dos tripulantes da lancha de desembarque foram salvos pela rápida ação dos nativos que haviam remado em seu socorro. Precisaria, no entanto, que algumas caixas fossem devolvidas à guisa de resgate. Caberia a mim cuidar disso. O resto seria considerado como 'afundado e destruído'. Toda hostilidade dos nativos para com ele e seus homens desapareceu.

"Lembro de determinada noite, deve ter sido cerca de um mês após o ocorrido, em que um grupo de soldados austríacos, um pouco bêbados, começou a cantar perto do porto. De repente, os nativos começaram a cantar também. Revezando-se. Primeiro os austríacos, então os nativos. Alemão e grego. Um canto tirolês. Depois um *kalamatiano*.* Foi estranhíssimo. Ao final, todos estavam cantando as canções uns dos outros.

---

* Música típica grega, com um tipo de dança que leva o mesmo nome. [NT]

"Mas esse foi o zênite da nossa breve idade de ouro. Entre os soldados austríacos devia haver um espião. Cerca de uma semana após a cantoria, uma seção de tropas alemãs foi agregada à guarnição de Anton para 'endurecer o moral'. Certo dia ele veio a mim, como uma criança irritada e falou: 'Disseram-me que corro o risco de me tornar uma vergonha para a Wehrmacht. Devo dar um jeito nisso'. Suas tropas foram proibidas de dar comida aos nativos, e os víamos cada vez menos na vila. Em novembro, o ataque a Gorgopótamos levou a uma nova tensão. Felizmente, os nativos me deram mais crédito que o merecido pela tranquilidade do regime, e logo aceitaram a situação mais rigorosa da melhor forma que se podia esperar."

Conchis parou de falar, depois bateu palmas duas vezes.

"Gostaria que você conhecesse Anton."

"Acho que já o vi."

"Não. Anton está morto. Quem o senhor viu foi um ator parecido com ele. Mas este é o verdadeiro Anton. Durante a guerra, tive comigo uma pequena câmera cinematográfica e dois rolos de filme. Fiquei com eles até 1944, quando pude revelá-los. A qualidade é péssima."

Ouvi o leve chiar de um projetor. Um facho de luz surgiu de cima, ajustado e centralizado na tela. Um borrão, um foco apressado.

Vi um homem bonito, jovem, de idade próxima à minha. Não era a mesma pessoa que havia visto na semana anterior, mas se assemelhavam e muito em uma característica: as sobrancelhas escuras e marcantes. Claramente se tratava de um oficial dos tempos de guerra. Não parecia ser alguém particularmente delicado, se assemelhava mais a um piloto da Batalha da Grã-Bretanha, elegantemente despreocupado. Seguia por um caminho rente a um muro alto, talvez o mesmo da casa de Hermes Ambelas. Sorria. Tinha um ar de tenor heroico, ria com certo constrangimento; a sequência de dez segundos terminou de vez. Na cena seguinte, ele tomava café, brincando com um gato aos pés; olhou de soslaio para a câmera acima, um olhar sério e tímido, como se alguém lhe tivesse dito para não sorrir. O filme era muito difuso, irregular, amador. Mais uma sequência. Homens em fila marchando em torno do porto da ilha; pareciam ter sido filmados de cima, de alguma janela em um andar superior.

"Anton é aquele mais atrás."

Mancava de leve. Ali soube que, por um instante, estava assistindo à infalsificável verdade. Podia ver, atrás dos homens, um amplo cais, onde se localizava o prédio da alfândega e da guarda costeira da ilha. Eu sabia que o edifício havia sido construído na época da guerra. Neste filme, o cais estava vazio.

O facho de luz se extinguiu.

"Pronto. Filmei outras cenas, mas um dos rolos se deteriorou. Isso foi tudo que consegui resgatar." Fez uma pausa, e tornou a falar. "O oficial responsável por 'endurecer o moral' nesta região da Grécia era um coronel da ss chamado Wimmel. Dietrich Wimmel. A essa altura, na época à qual me refiro, movimentos de resistência surgiam pela Grécia. Onde quer que o terreno permitisse. Entre as ilhas, claro, apenas Creta permitia operações de *maquis*.* Mais ao norte e na região do Peloponeso, o ELAS** e os outros grupos haviam começado a se organizar. Receberam armas. Treinaram sabotadores. Wimmel foi trazido a Náuplia no final de 1942, vindo da Polônia, onde havia sido muito bem-sucedido. Era o responsável pela região sudeste grega, onde nos incluíamos. Sua técnica era simplíssima. Ele tinha os preços tabelados. Para cada alemão ferido, executavam-se dez reféns; a cada alemão morto, vinte. Como o senhor pode imaginar, era um sistema bem funcional.

"Ele havia escolhido a dedo uma companhia, composta por monstros teutônicos sob seu comando, responsáveis por interrogatórios, torturas, execuções e todo o resto. Eram conhecidos, por conta da insígnia que usavam, como *die Raben*. Os corvos.

"Eu o conheci antes de suas infâmias virem a público. Certa manhã de inverno soube que um barco a motor alemão havia trazido inesperadamente um oficial importante para a ilha. Mais tarde, naquele dia, Anton mandou me buscarem. Fui apresentado a um homem diminuto e magro em seu escritório. Tínhamos a mesma altura, a mesma idade. Seus trajes, imaculados. Educação sistemática. Levantou-se para apertar minha mão. Falava um pouco de inglês, o suficiente para saber que eu dominava o idioma muito mais que ele. Quando confessei ter diversos apegos culturais à Inglaterra, parte de minha educação tendo se dado lá, ele disse: 'A grande tragédia de nossos tempos é o fato de Inglaterra e Alemanha terem entrado em conflito'. Anton esclareceu que havia falado ao coronel sobre nossas noites musicais e que este esperava que almoçasse com eles, e então acompanhasse Anton em uma ou duas canções. Claro que, *à titre d'office*, tive de aceitar.

---

*   Nome do movimento de resistência francês durante a ocupação alemã. [NT]
**   Exército Popular de Libertação grego. [NT]

"Não gostei nada do coronel. Seus olhos eram como navalhas. Creio terem sido os olhos mais desagradáveis que já vi em um ser humano. Sem nenhum pingo de simpatia pelo que viam. Nada além de análise e cálculo. Fossem olhos dotados de brutalidade, depravação ou sadismo, seriam melhores. Mas eram os olhos de uma máquina.

"Uma máquina educada. O coronel havia trazido algumas garrafas de vinho branco alemão e então seguimos para o melhor almoço que fiz em vários meses. Discutimos a guerra com muita brevidade, como quem fala sobre o clima. Foi o próprio coronel que mudou o tópico para literatura. Estava claro que se tratava de um homem que havia lido muito. Shakespeare ele conhecia bem, já Goethe e Schiller, conhecia muito bem. Até mesmo traçou paralelos interessantes entre literatura inglesa e alemã, nem sempre a favor da Alemanha. Notei que ele bebia menos do que nós. Notei também que Anton se descuidava com a língua. De fato, estávamos os dois sendo observados. Soube disso no meio da refeição, e o coronel sabia que eu sabia. Nós dois, homens mais velhos, polarizávamos a situação. Anton havia se tornado uma irrelevância. O coronel não tinha nada senão desprezo pelo oficial grego ordinário, e para mim era uma grande honra ser tratado por ele como um cavalheiro e um semelhante. Mas não me deixei enganar.

"Após o almoço, tocamos alguns *lieder* para ele, que era só elogios. Então anunciou que gostaria de inspecionar o posto de observação no lado mais distante da ilha, convidando-me para que o acompanhasse; o lugar não era de grande relevância militar. Sendo assim, fui com eles em seu escaler até Moutsa. Havia muita parafernália militar por ali, arame farpado por todos os lados e algumas casamatas. Fiquei contente em ver que a casa não havia sofrido nenhum estrago. Os homens desfilaram e o coronel dirigiu-se a eles por alguns instantes, diante de mim, em alemão. Referiu-se a mim como 'este cavalheiro' e insistiu que minha propriedade deveria ser respeitada. Mas lembro bem do seguinte: ao sairmos, ele parou para corrigir alguma pequena falha na forma como o homem estacionado ao portão trajava seu equipamento. Apontou o erro para Anton e disse a ele: '*Schlamperei, Herr Leutnant. Sehen Sie?*'. Veja bem, *schlamperei* é algo como desleixo. O tipo de palavra que prussianos usam para falar dos bávaros. E também dos austríacos. Estava evidente que ele se referia a alguma conversa prévia; aquilo me indicou um elemento essencial de seu caráter.

"Não o vimos mais por nove meses, o outono de 1943.

"Era o final de setembro. Estava em casa, em um belíssimo fim de tarde quando Anton chegou. Sabia que algo terrível acabara de acontecer. Ele estava vindo de Bourani. Cerca de doze homens encontravam-se estacionados ali à época. Naquela manhã, quatro que não estavam em serviço haviam ido a Moutsa para nadar. Devem ter ficado descuidados, mais *schlamperei*, porque todos entraram na água juntos. Saíram, um a um, e se sentaram na areia, jogando uma bola de um lado para outro e tomando sol. Eis que três homens surgiram das árvores atrás deles. Um deles portava uma submetralhadora. Os alemães não tiveram nenhuma chance. O *Unteroffizier* no comando ouviu os tiros daqui, da casa, entrou em contato por rádio com Anton, e foi até lá verificar. Deparou-se com três corpos, e um homem que sobreviveu tempo o suficiente para contar o que havia acontecido. Os guerrilheiros haviam sumido, e junto com eles, as armas dos soldados. Na mesma hora, Anton partiu para uma ronda pela ilha, em um escaler.

"Pobre Anton. Dividido entre cumprir o dever e tentar fazer com que as notícias demorassem a chegar ao temido coronel Wimmel. É claro que sabia que deveria relatar o incidente. E o fez, mas não antes daquela noite, depois de ter me encontrado. Disse-me que, naquela manhã, argumentou ter tido que lidar com os *andarte** do continente, que devem ter se infiltrado à noite e certamente não arriscariam retornar antes de escurecer. Sendo assim, fez uma ronda vagarosa pela ilha, buscando por todo e qualquer lugar em que um barco poderia estar escondido. Acabou encontrando um, pendurado nas árvores na ponta da ilha, de frente para Petrocaravi. Não restava alternativa. Os guerrilheiros devem tê-lo ouvido e visto durante a busca. Havia instruções rígidas do Alto Comando para lidar com tal contingência; destruíam-se os meios para fuga: ele ateara fogo no barco. Os ratos estavam presos.

"Ele viera me explicar isso tudo, a essa altura, a tabela de preços de Wimmel era bem conhecida. Devíamos oitenta homens para ele. Anton pensou que tínhamos uma chance. Capturar os guerrilheiros e deixá-los à espera de Wimmel até que este chegasse, o que era quase certo de ocorrer no dia seguinte. Ao menos se provaria que não eram nativos, mas *agents provocateur*. Sabemos que devem ter sido comunistas, homens do ELAS, porque sua política consistia em instigar, de forma deliberada, reação por parte dos alemães, um método para endurecer o moral do lado grego. Os cleftes do século XVIII empregaram a mesmas táticas para atiçar o campesinato contra os turcos.

---

* Guerrilheiros gregos, parte da resistência durante a Segunda Guerra Mundial. [NT]

"Às oito da noite convoquei os líderes da vila e expliquei a eles a situação. Era tarde demais para fazer qualquer coisa naquele momento. Nossa única chance era cooperar com as tropas de Anton na varredura da ilha no dia seguinte. Claro que eles sentiram uma fúria passional ao terem sua paz, e suas vidas, tão prejudicadas. Prometeram ficar de guarda à noite toda em seus barcos e cisternas, partindo ao alvorecer no encalço dos guerrilheiros.

"Entretanto, fui acordado à meia-noite pelo som de pés marchando e batidas no portão externo. Era Anton, mais uma vez. Viera me falar que já era tarde. As ordens haviam chegado. Não poderia mais agir por iniciativa própria. Wimmel chegaria com *die Raben* pela manhã. Eu deveria ser preso imediatamente. Todo homem da vila com idade entre 14 e 75 anos seria capturado ao nascer do sol. Anton me contara tudo aquilo em meu quarto. Andava de um lado para o outro, quase aos prantos, enquanto eu estava sentado na lateral da cama, ouvindo-o dizer como tinha vergonha de ser alemão, vergonha de ter nascido. Como teria se matado se não sentisse que era seu dever tentar interceder junto ao coronel no dia seguinte. Tivemos uma longa conversa. Foi quando me falou mais a respeito de Wimmel, mais do que antes. Éramos sempre interrompidos, e tinha muito que eu não havia ouvido. Ao concluir, disse que havia uma coisa boa nesta guerra. Me permitiu conhecer você. Nos cumprimentamos.

"Voltei com ele à escola, onde dormi sob o olhar dos guardas.

"Ao ser levado para o porto às nove da manhã do dia seguinte, todos os homens e quase todas as mulheres da vila estavam presentes. As tropas de Anton guardavam todas as saídas. Nem é preciso dizer que não havia um sinal sequer dos guerrilheiros. O desespero tomava conta dos nativos. Porém, não havia nada que pudessem fazer.

"Às dez, *die Raben* chegaram em uma lancha de desembarque. De cara, era possível notar a diferença entre eles e os austríacos. Mais bem-treinados, mais disciplinados, muito melhor protegidos contra qualquer sentimento de humanidade. E jovens, muito jovens. Foi então que descobri o aspecto mais aterrorizante deles, sua juventude fanática. Dez minutos depois, um aeroplano aterrissou. Lembro-me das sombras de suas asas recaindo sobre as casas caiadas, como uma foice negra. Um jovem pescador, próximo a mim, pegou um hibisco e pressionou a flor vermelho-sangue contra o coração. Todos sabíamos o que ele queria dizer.

"Wimmel chegara à terra firme. A primeira coisa que fez foi conduzir ao cais todos nós, homens, e pela primeira vez os nativos souberam o que era ser chutado e atacado por tropas estrangeiras. As mulheres foram empurradas para as ruas e becos adjacentes. Wimmel então sumiu para dentro de uma taverna com Anton. Fui chamado pouco depois. Todos os nativos fizeram o sinal da cruz, já eu fui bruscamente conduzido por dois de seus homens, para vê-lo. Não se levantou para me cumprimentar, e quando se dirigia a mim, era como se fosse um completo estranho. Até mesmo se recusou a falar inglês. Havia trazido consigo um intérprete grego, um colaboracionista. Pude notar que Anton estava perdido. Com o baque do ocorrido, não sabia o que fazer.

"Wimmel anunciou seus termos. Oitenta reféns deveriam ser escolhidos imediatamente. O restante dos homens faria uma busca pela ilha, encontraria os guerrilheiros e os traria de volta, com as armas roubadas. Não bastaria trazerem cadáveres de três corajosos voluntários. Caso cumpríssemos as demandas dentro das próximas 24 horas, os reféns seriam deportados para campos de trabalho forçado. Caso contrário, seriam executados.

"Questionei como capturaríamos três homens armados e desesperados, se é que poderíamos encontrá-los. Ele apenas olhou para relógio e disse, em alemão: 'São onze horas em ponto. Vocês têm até meio-dia de amanhã'.

"No cais, me fizeram repetir, em grego, o que havia sido dito a mim. Todos os homens começaram a dar sugestões, aos gritos, a reclamar, a exigir armas. No final das contas, o coronel disparou um tiro de sua pistola para o alto, e fez-se silêncio. Os nomes dos homens da vila foram chamados. O próprio Wimmel escolhia os reféns enquanto faziam fila. Notei que escolhera os mais saudáveis, com idades entre 20 e 40, como se já tivesse o campo de trabalhos em mente. Mas creio que estava selecionando os melhores espécimes para a morte. Foram setenta e nove escolhidos desta forma, depois apontou para mim. Eu seria o octogésimo refém.

"Oitenta de nós fomos enviados à escola, marchando, sob guarda cerrada. Nos enfiaram em uma sala de aula, sem acesso a banheiro, sem comida ou bebida, sob vigia dos *Raben*, mas o pior de tudo: sem notícias. Somente muito tempo depois descobri o que aconteceu durante aqueles momentos.

"Os homens restantes correram para suas casas em busca de varas, foices, facas, qualquer coisa que pudessem levar consigo, e se reagruparam em um morro acima da vila. Homens tão velhos que mal podiam andar, garotos de dez, doze anos. Algumas mulheres tentaram se juntar a eles, mas foram impedidas. Seriam a garantia do retorno de seus homens.

"Esse triste regimento se perdeu em discussões, como é costume entre os gregos. Optavam por um plano, depois outro. Por fim, alguém assumiu a liderança e atribuiu posições e áreas de busca aos outros. Partiram, cento e vinte deles. Não tinham como saber que a busca era em vão antes mesmo de começarem. Mas mesmo que os guerrilheiros estivessem no pinhal, eu não acreditei que pudessem encontrá-los, e menos ainda que conseguiriam capturá-los. Tantas árvores, tantas ravinas, tantas pedras.

"Passaram a noite nos morros, em um esparso cordão humano pela ilha, torcendo para que os guerrilheiros tentassem passar pela vila. Uma busca desvairada foi conduzida na manhã do outro dia. Reuniram-se às dez e tentaram se convencer a lançar um ataque desesperado contra as tropas presentes na vila. Os mais sábios tinham noção de que aquilo só poderia findar em uma tragédia ainda maior. Em uma vila em Mani, dois meses antes, os alemães haviam matado todos os homens, mulheres e crianças por muito menos.

"Desceram à vila ao meio-dia, carregando uma cruz e imagens religiosas. Wimmel os aguardava. Seu porta-voz, um velho marinheiro, em uma última e vã mentira, disse a ele que os guerrilheiros haviam escapado em uma pequena embarcação. Wimmel sorriu, balançou a cabeça e mandou prender o velho, o octogésimo primeiro refém. O que havia acabado de acontecer era simples: os alemães já haviam capturado os guerrilheiros, na vila. Mas vamos dar uma olhada em Wimmel."

Conchis bateu palmas mais uma vez.

"Este é ele, em Atenas. Um dos grupos da resistência fez as imagens para que pudéssemos ter um registro do seu rosto."

A tela foi mais uma vez preenchida com luz. A rua de uma cidade. Um veículo alemão semelhante a um jipe encostou em meio às sombras do outro lado da rua. Três oficiais saltaram e caminharam sob a forte luz do sol em um trajeto diagonal em relação à câmera, que deveria estar no cômodo térreo da casa vizinha à que eles entravam. A cabeça de um transeunte bloqueou a visão. Um homem mais baixo, mais esbelto, os liderava. Pude notar que tinha ares de uma autoridade ríspida e invencível. Os outros dois existiam à sua sombra. Algo, uma persiana ou tela, obscureceu a visão. Escuridão. Logo surgiu o fotograma de um homem em trajes civis.

"Esta é sua única fotografia conhecida de antes da guerra."

Um rosto sem nenhum traço marcante, mas com uma boca grosseira. Lembrei que existiam outros tipos de olhares fixos e sem humor além do de Conchis; e muito mais desagradáveis. Havia certa semelhança com o rosto do "coronel" no cume central, mas eram homens diferentes.

"E aqui, trechos de cinejornais feitos na Polônia."

Ao surgirem as imagens na tela, Conchis disse: "Ali está ele, atrás do general" ou "Wimmel está no canto esquerdo". Por mais que pudesse notar que se tratava de imagens genuínas, tinha a mesma sensação de sempre com filmagens de nazistas: a de certa irrealidade, da distância, gigantesca, entre uma Europa capaz de gerar tais monstros e uma Inglaterra incapaz de fazer o mesmo. Senti que Conchis queria me enredar, fazer de mim alguém inocente demais, verde demais em termos históricos. Ainda assim, quando vislumbrei sua face refletida na luz da tela, parecia estar ainda mais absorto do que eu mesmo naquilo que via; ainda mais vitimado pelo passado.

"Os guerrilheiros devem ter feito o seguinte: logo que perceberam que seu barco fora queimado, voltaram à vila. Provavelmente já estariam chegando quando Anton veio me ver. O que não sabíamos era que um deles tinha uma ligação com uma família nos arredores da vila, os Tsatsos. Consistia em duas irmãs, com 18 e 20 anos, um pai e um irmão. Os homens, por acaso, haviam saído dois dias antes rumo ao Pireu com uma carga de azeite; eram donos de um pequeno caíque e os alemães permitiam tráfego costeiro até certo ponto. Um dos guerrilheiros era primo das garotas, possivelmente apaixonado pela mais velha.

"Os guerrilheiros saíram do chalé sem serem notados, antes que qualquer um na vila soubesse da catástrofe. Com certeza, estavam contando com o caíque da família, que não estava lá. Mais tarde, uma vizinha chorosa chegou para contar às irmãs sobre as mortes e tudo que eu já havia dito aos homens da vila. Nesse ponto, os guerrilheiros estavam escondidos. Não sabemos onde passaram a noite, possivelmente em uma cisterna vazia. Grupos de vigilantes montados às pressas vasculharam cada chalé e casa de campo, vazia ou habitada, incluindo a residência dos Tsatsos, e não encontraram nada. Se as garotas estavam simplesmente morrendo de medo ou eram estranhamente patrióticas, nunca saberemos. Contudo, não tinham outros familiares na vila, e claro que seu pai e irmão estavam longe, em segurança.

"Os guerrilheiros devem ter decidido se separar no dia seguinte. De qualquer forma, as garotas haviam começado a assar pães. Uma vizinha mais atenta percebeu aquilo e lembrou que elas haviam assado pães não fazia nem dois dias. Pães para que o irmão e o pai levassem na viagem. Pelo jeito, não suspeitou de nada àquela altura. Porém, por volta das cinco da tarde, foi à escola e contou aos alemães. Dentre os reféns, ela tinha três familiares.

"Um esquadrão dos *Raben* chegou ao chalé. Apenas o sobrinho estava lá. Logo se escondeu em um armário. Ouviu as garotas sendo atacadas, bem como seus gritos. Sabia que chegava a sua hora, por isso saltou para fora, pistola em punho, disparando antes que os alemães pudessem reagir. Nada aconteceu. A pistola havia travado.

"Levaram os três para a escola, onde foram interrogados. As garotas foram torturadas, e o primo logo convencido a cooperar. Duas horas depois, quando a noite já havia caído, ele os guiou por uma estrada ao longo da costa a uma casa vazia, deu uns toques na persiana e sussurrou para seus dois camaradas que as irmãs haviam conseguido um barco para eles. Assim que passaram pelo portão, os alemães deram o bote. O líder foi alvejado no braço, mas ninguém mais se feriu.

"E ele era cretense?", interrompi.

"Sim. Muito parecido com o homem que o senhor viu. Porém mais baixo e mais largo. Aquele tempo todo, nós, os reféns, estávamos na sala de aula. Com a vista para o pinhal, não conseguíamos ver o que acontecia. Mas, por volta das nove, ouvimos dois gritos de dor lancinantes e uma fração de tempo depois, um berro tremendo. Uma palavra, em grego: *eleutheria*.

"Deve imaginar que retribuímos os gritos, mas não. Em vez disso, sentimos esperança, esperança de que os guerrilheiros tivessem sido capturados. Não muito depois, ouvimos as rajadas de fogo automático. Passado um tempo, a porta do cômodo em que nos encontrávamos foi escancarada com violência. Fui chamado, junto a outro homem, o açougueiro local.

"Fomos conduzidos escada abaixo e levados à frente da escola, rumo à ala que acredito ser ocupada por vocês, professores, agora, a ala oeste. Wimmel, de pé na entrada, acompanhado de um de seus tenentes.

"Ao lado dos degraus atrás deles, sentava o intérprete colaboracionista, com a cabeça apoiada nas mãos. Pálido, em estado de choque. A uns vinte metros de distância, próximos à parede, vi dois cadáveres femininos. Enquanto nos aproximávamos, soldados os colocaram em macas. O tenente deu um passo à frente e sinalizou para que o açougueiro o acompanhasse.

"Wimmel se virou e entrou no prédio. Vi suas costas descendo o corredor de pedra escuro e então fui empurrado, de forma a acompanhá-lo. Ficou parado diante de uma porta ao final do corredor, esperando por mim. Havia uma luz intensa do outro lado da porta. Quando cheguei, ele fez um gesto para que eu entrasse.

"Creio que qualquer um teria desmaiado, com exceção de um médico. Eu mesmo gostaria de ter desmaiado. Era um cômodo vazio. Ao centro, uma mesa. Amarrado à mesa, havia um jovem. O primo. Estava nu, com exceção de uma camiseta manchada de sangue, com queimaduras terríveis na boca e olhos. Eu só tinha olhos para uma coisa, porém: onde deveriam estar seus genitais, não havia nada além de um buraco rubro-negro. Seu pênis e saco escrotal tinham sido removidos. Com um alicate.

"Em um dos cantos havia outro homem deitado no chão. Seu rosto estava virado para o piso e não pude ver o que tinham feito com eles. Aparentava também estar inconsciente. Nunca me esquecerei do ar de estagnação daquela sala. Havia três ou quatro soldados na sala — soldados! — claro que eram torturadores, psicopatas sádicos. Um deles portava uma longa estaca de ferro. Havia ali um aquecedor elétrico ligado, deitado no chão. Três dos homens vestiam aventais de couro, semelhantes ao de ferreiros, para manter seus uniformes limpos. Um cheiro repugnante de fezes e urina pairava no ar.

"Havia ainda um outro homem, preso a uma cadeira mais ao canto. Tinha sido amordaçado. Um touro de um homem. Coberto de hematomas e ferido em um braço, mas estava claro que ainda não havia sido torturado. Wimmel havia começado por aqueles com maiores chances de ceder.

"Já vi filmes, como os de Rossellini, a respeito das reações de uma pessoa boa a cenas como aquelas. Como a pessoa se volta contra os monstros fascistas e faz ali uma abrupta, ainda que magnífica, condenação dos atos. Como fala em prol da história e da humanidade, colocando-os em seu devido lugar. Confesso que meus sentimentos foram de um medo imediato e intenso. Veja bem, Nicholas, eu pensei, e Wimmel havia feito questão de deixar pairar um longo silêncio para pensar, que agora eu seria torturado também. Não sabia o motivo. Mas não restava um pingo de racionalidade no mundo. Quando seres humanos são capazes de atos assim uns com os outros...

"Virei e olhei para Wimmel. O mais extraordinário é que ele parecia ser a outra pessoa mais humana no recinto. Aparentava cansaço e irritação. Parecia até mesmo um tanto enojado, envergonhado da bagunça que seus homens haviam feito.

"Disse então, em inglês: 'Estes homens fazem isso por prazer. Eu não. Gostaria que que o senhor conversasse com ele antes que comecem com o assassino ali'.

"Perguntei: 'O que devo perguntar?'.

"'Quero os nomes de seus amigos. Os nomes das pessoas que o ajudam. Quero saber onde ficam os esconderijos e as armas. Caso me consiga essas informações, dou minha palavra de que terá uma execução militar apropriada.'

"Questionei: 'Então *eles* não lhe falaram o suficiente?'.

"Wimmel respondeu: 'Tudo que sabiam. Mas ele sabe mais. É um homem que quero conhecer há tempos. Seus amigos não o convenceram a falar. Não acredito que nós conseguiremos convencê-lo. Talvez o senhor consiga. Dirá o seguinte: a verdade, que não gosta dos alemães. O senhor é um homem educado, quer apenas pôr um fim nestes... procedimentos. O senhor o aconselhará a falar o que sabe. Não há culpa em falar, agora que foi capturado. Compreende? Venha comigo.'

"Fomos para o cômodo ao lado, também vazio. Alguns instantes depois, o homem ferido foi arrastado para dentro, ainda amarrado à cadeira, e colocado no centro da sala. Trouxeram-me uma cadeira e a puseram diante dele. O coronel sentou-se ao fundo, dispensando os torturadores com um aceno. Comecei a falar.

"Fiz exatamente o que foi ordenado pelo coronel. Ou seja, implorei para que o homem me desse todas as informações que podia. O senhor diria que foi desonroso de minha parte, pois pensaria nas famílias e nos outros homens que ele poderia ter traído. Mas naquela noite eu vivi naquelas duas salas. Eram a única realidade. O mundo exterior não existia. Senti, de forma irracional, que era meu dever impedir mais esta degradação atroz da inteligência humana. Que a obstinação do cretense, tão obsessiva, parecia contribuir tão diretamente à degradação que, em parte, acabava por constituí-la.

"Eu disse a ele que não era um colaboracionista, e sim um médico, que meu inimigo era o sofrimento humano. Que falava em nome da Grécia quando dizia que Deus lhe perdoaria se falasse agora; seus amigos já haviam sofrido o bastante. Que havia um ponto que não se esperava que qualquer homem suportasse sofrer... E assim por diante. Todo e qualquer argumento que consegui pensar.

"Mas sua expressão era de uma hostilidade inabalável em relação a mim. Ódio de mim. Duvido que ele tenha até mesmo ouvido o que eu disse. Deve ter presumido que eu era um colaboracionista, que tudo que eu dissesse seriam mentiras.

"Por fim, fiquei em silêncio e voltei meu olhar ao coronel. Era incapaz de esconder o fato de que pensava ter fracassado. Ele deve ter feito um sinal para os guardas do lado de fora, pois um deles entrou, foi para trás do cretense e afrouxou a mordaça. De súbito, o homem rugiu com todas as suas cordas vocais, aquela mesma palavra, aquela única palavra: *eleutheria*. Havia algo de nobre naquilo. Era um ato de pura selvageria, como se lançasse sobre nós um galão de gasolina em chamas. O guarda dobrou a mordaça por cima de sua boca com brutalidade, prendendo-a mais uma vez.

"Claro que a palavra não era um conceito ou ideal para ele. Tratava-se apenas de sua última arma, e ele a usou como uma arma.

"O coronel disse: 'Leve-o de volta e aguarde minhas ordens'. O homem foi arrastado de volta àquela sala sinistra. Então o coronel se dirigiu à persiana, abriu-a e deparou-se com a escuridão; ficou parado ali por um minuto, depois se virou para mim, e declarou: 'Agora o senhor vê por que devo falar a língua que falo.'

"Respondi: 'Agora já não vejo mais nada'. Wimmel rebateu: 'Talvez eu deva fazer o senhor assistir ao diálogo entre meus homens e aquele animal'. 'Rogo que não', falei. Perguntou se eu acreditava que ele gostava de cenas como aquelas. Não dei resposta alguma. Então ele disse: 'Eu deveria me contentar por ficar sentado em meu escritório. Não ter nada a fazer além de assinar papéis e desfrutar de belos monumentos clássicos. O senhor não acredita em mim, pensa que sou um sádico. Não sou. Sou um realista.'

"Permaneci sentado em silêncio. Plantou-se diante de mim e disse: 'O senhor será colocado sob guarda em uma sala separada. Ordenarei que receba algo para comer e beber. De um homem civilizado para o outro, lamento os incidentes de hoje, bem como os incidentes na outra sala. O senhor, é claro, não será um dos reféns'.

"Olhei para cima, em sua direção, suponho que com um misto de gratidão e choque.

"Ele disse: 'Rogo ao senhor que lembre que, assim como qualquer outro oficial, tenho um único propósito supremo em minha vida, o propósito histórico alemão: trazer ordem ao caos da Europa. Quando isso acontecer, aí sim será hora de cantar *lieder*'.

"Não consigo explicar como, mas sabia que ele estava mentindo. Uma das grandes falácias de nosso tempo é a de que os nazistas ascenderam ao poder porque impuseram ordem ao caos. O oposto exato é verdadeiro — eles obtiveram sucesso porque impuseram o caos à ordem. Rasgaram os dez mandamentos, negaram o superego, como queira. Disseram: 'Perseguirás minorias, matarás, torturarás, copularás e procriarás sem amor'. Ofereceram à humanidade suas maiores tentações. Nada é verdadeiro, tudo é permitido.

"Creio que, diferente da maioria dos alemães, Wimmel sabia, sempre soubera disso. O que ele era. O que estava fazendo. E que estava brincando comigo. Não parecia ser o caso logo no início. Dirigiu o olhar a mim uma última vez e saiu; pude ouvi-lo falar com um dos guardas que haviam me trazido. Fui conduzido até uma sala em outro andar, onde me deram algo para comer e uma garrafa de cerveja alemã. Muitos sentimentos se fizeram presentes em mim, mas o dominante era o de que eu sobreviveria. Ainda veria o sol brilhar. Respiraria, comeria pão, tocaria piano.

"A noite passou. Pela manhã, me trouxeram café e permitiram que me lavasse. Às dez e meia fui retirado da sala. Deparei-me com todos os reféns à espera de algo. Não lhes deram nada para beber ou comer, e fui proibido de falar com eles. Não havia nem sinal de Wimmel ou Anton.

"Fomos conduzidos, marchando, até o porto. A vila inteira estava lá, cerca de quatrocentas ou quinhentas pessoas, em tons de preto, cinza e azul desbotado, amontoadas até o cais com uma fila de *Raben* observando. Os padres da vila, as mulheres, até mesmo os meninos e meninas. Gritaram logo que nos viram. Como um protoplasma amorfo. Tentavam se libertar, mas eram incapazes disso.

"Seguimos marchando. Há uma grande casa com enormes acrotérios áticos de frente para o porto, o senhor a conhece? Naqueles dias, havia uma taverna no térreo. Na sacada acima, vi Wimmel e Anton logo atrás, ladeados por homens com metralhadoras. Fui levado da coluna e posicionado contra a parede sob a sacada, entre as cadeiras e mesas. Os reféns continuaram marchando, um quarteirão acima e até sumir de vista.

"Estava muito quente. Um dia de céu azul perfeito. Os nativos foram levados do cais ao terraço com os velhos canhões à frente da taverna. A multidão aguardou ali. Rostos morenos virados para o sol, os lenços negros das mulheres tremulando ao vento. Não conseguia ver a sacada, mas o coronel aguardava lá em cima, impondo seu silêncio e sua presença a todos. Aos poucos, silenciaram em absoluto, uma muralha de rostos à espera. Pude ver no alto, no céu, as andorinhas. Como crianças brincando em uma casa onde ocorre uma tragédia entre os adultos. Estranho, tantos gregos... Mas nenhum som. Apenas o gorjeio sereno dos passarinhos.

"Wimmel começou a falar, o colaboracionista o acompanhava como intérprete.

"'Agora verão o que acontece com aqueles... aqueles que são inimigos da Alemanha... e aqueles que auxiliam os inimigos da Alemanha... por ordem de corte marcial do Alto Comando alemão instaurada na noite passada... três já foram executados... agora dois mais o serão...'

"Todas aquelas mãos morenas se levantaram de súbito e deram quatro toques formando o sinal da cruz. Wimmel fez uma pausa. O alemão é para a morte o que o latim é para o rito religioso: completamente apropriado.

"'Em consequência disso... os oitenta reféns... detidos sob a lei de Ocupação... em retaliação ao brutal assassinato... de quatro integrantes inocentes das Forças Armadas alemãs...' — e mais uma pausa — '... serão executados.'

"Assim que o intérprete transmitiu a última frase, ouviu-se um gemido exalado, como se todos tivessem sido golpeados no estômago. Muitas das mulheres, e alguns dos homens, foram de joelhos ao chão, implorando em direção à sacada. A humanidade tateando em busca da misericórdia inexistente de um *deus vindicans*. Wimmel devia ter se retirado, pois logo as súplicas se transformaram em lamentos.

"Fui empurrado para longe da muralha e conduzido para trás dos reféns. Soldados, os austríacos, guardavam cada entrada do porto e forçavam os nativos a recuarem. Horrorizava-me o fato de que eram capazes de ajudar os *Raben*, obedecer a Wimmel, permanecer ali em pé com seus rostos impassíveis, e empurrar, com truculência, pessoas que eu sabia que eles não odiavam um ou dois dias atrás.

"A viela se curvava entre as casas até a praça ao lado da escola da vila. Um palco natural, levemente inclinado para o norte, em que o mar e o continente cobrem os telhados mais baixos. Com o muro da escola do lado ascendente do morro, e muros altos à leste e oeste. Caso o senhor se lembre, há um grande plátano no jardim da casa à oeste. Os galhos cobrem o muro. Foi a primeira coisa que vi ao chegar na praça. Três corpos pendiam dos galhos, empalidecidos na penumbra, monstruosos como gravuras de Goya. Lá estava o corpo nu do primo com seu ferimento tenebroso. Estavam lá os corpos nus das duas garotas. Haviam sido estripadas. Uma fenda partia de seus esternos até os pelos púbicos, os intestinos puxados para fora. Carcaças estripadas pela metade, em um leve balanço à brisa do meio-dia.

"Para além daquelas três formas atrozes, pude ver os reféns. Tinham sido arrebanhados de frente para a escola em um curral de arame farpado. Os homens mais atrás estavam à sombra do muro; os da frente, banhados pelo sol. Logo que me viram, começaram a gritar. Insultos dos mais óbvios foram dirigidos a mim, lamentos confusos em apelo, como se qualquer coisa que eu pudesse dizer àquela altura fosse capaz de tocar o coronel. Lá estava ele, no centro da praça, junto de Anton e por volta de vinte dos *Raben*. Do outro lado, à leste, há um muro longo. O senhor conhece? No meio, um portão. Grades de ferro. Os dois guerrilheiros sobreviventes foram amarrados às barras, mas não com cordas e sim com arame farpado.

"Fui impedido de seguir adiante por duas fileiras de homens, cerca de vinte metros de onde Wimmel estava. Anton não me dirigia o olhar, ainda que o Wimmel o tivesse feito brevemente. Anton, olhar fixo no nada, como se houvesse hipnotizado a si mesmo para crer que nada do que via era real. Como se ele mesmo já não existisse. O coronel acenou para que o colaboracionista fosse até ele. Suponho que gostaria de saber o que os reféns tanto gritavam. Pareceu refletir, por um breve instante, depois seguiu na direção dos homens. Emudeceram. Claro que não faziam ideia de que suas sentenças já haviam sido proferidas. Ele disse algo e o outro traduziu. O que foi dito já não pude ouvir, apenas notei que os reduziu ao silêncio. Não era uma sentença de morte. O coronel marchou de volta a mim.

"Ele disse: 'Fiz uma oferta a estes camponeses'. Olhei para seu rosto. Estava completamente desprovido de qualquer nervosismo ou excitação, um homem que tinha comando total de si mesmo. Prosseguiu: 'Permitirei que não sejam executados. Que partam para um campo de trabalhos forçados. Sob uma única condição. Que o senhor, no papel de prefeito desta vila, execute os dois assassinos diante deles'.

"Respondi: 'Não sou carrasco'.

"Os homens da vila começaram a gritar para mim, frenéticos."

"Ele consultou seu relógio e disse: 'O senhor tem trinta segundos para tomar uma decisão'.

"Decerto que, sob tais circunstâncias, não se pode raciocinar. Com tanto no que pensar, a coerência é expulsa da mente. O senhor deve se lembrar disso. Deste ponto em diante, agi sem qualquer razão. Além de qualquer razão.

"Falei: 'Não tenho escolha'.

"Ele se dirigiu à ponta de uma das fileiras de homens diante de mim. Pegou uma submetralhadora do ombro de um deles, pareceu certificar-se de que estava carregada corretamente, então retornou e a entregou para mim, usando as duas mãos. Como se fosse um prêmio que eu havia acabado de ganhar. Os reféns gritaram de entusiasmo, e então fizeram o sinal da cruz. Logo após, veio o silêncio. O coronel me observava. Me ocorreu a louca ideia de apontar a arma para ele. Claro que o massacre de toda a vila seria inevitável, caso o fizesse.

"Me aproximei dos homens presos aos portões de ferro. Eu sabia por que ele fizera aquilo. Seria uma notícia amplamente divulgada pelos jornais controlados pela Alemanha; a pressão sobre mim não seria mencionada, me apresentariam como um grego que cooperou com a teoria alemã da ordem. Um aviso para os outros prefeitos. Um exemplo para outros gregos amedrontados por toda parte. Mas aqueles oitenta homens, como poderia condená-los?

"Me aproximei cerca de cinco metros dos dois guerrilheiros. Perto assim, pois não disparava uma arma havia muitos anos. Por algum motivo, não os tinha encarado até agora. Voltei o olhar para o muro alto com seu topo revestido por telhas, um par de urnas ornamentais vulgares acima dos pilares que ladeavam o portão, as copas de uma pimenteira mais atrás. Então tive que olhar para eles. O mais jovem dos dois poderia estar morto. Sua cabeça pendia para a frente; haviam feito algo com suas mãos, algo que não conseguia identificar, mas seus dedos estavam cobertos de sangue. Não estava morto. Eu o ouvi gemer. Balbuciar algo. Estava delirando.

"Já o outro havia sido golpeado ou chutado na boca. Seus lábios estavam machucados ao extremo, vermelhos. Ao levantar a arma, ali, em pé, ele encolheu o que restava de seus lábios. Todos os dentes haviam sido esmagados, o interior de sua boca se assemelhava a uma vulva enegrecida. Meu desespero em acabar com aquilo era tão grande que não pude me dar conta da verdadeira causa. Seus dedos também haviam sido esmigalhados, as unhas arrancadas, notei ainda múltiplas queimaduras em seu corpo. Todavia, os alemães haviam cometido um erro terrível. Não haviam arrancado seus olhos.

"Levantei a arma, às cegas, e apertei o gatilho. Nada aconteceu. Um clique. Apertei de novo. E outra vez, um clique vazio.

"Virei e olhei em volta. Wimmel e meus dois guardas observavam, a cerca de nove metros de distância. Os reféns, de repente, começaram a gritar. Pensavam que eu havia perdido a vontade de atirar. Me virei e tentei mais uma vez. E, de novo, nada. Virei para o coronel, fiz um gesto com a arma, para indicar que não estava atirando. Senti uma fraqueza com aquele calor. Náusea até. Ainda assim, incapaz de desmaiar.

"Ele perguntou: 'Há algo de errado?'.

"Respondi: 'A arma não dispara'.

"'É uma Schmeisser. Uma excelente arma.'

"'Já tentei três vezes.'

"'Ela não vai atirar, pois não está carregada. É terminantemente proibido que a população civil porte armas carregadas.'

"Olhei para ele e então para arma. Continuava sem entender. Os reféns em silêncio de novo.

"Perguntei, de forma muito desamparada: 'Como posso matá-los?'.

"Ele sorriu, um sorriso fino como o corte de um sabre. E então disse: 'Estou esperando'.

"Foi então que entendi tudo. Deveria golpeá-los até a morte. Entendi muita coisa naquele momento. Quem ele era, qual era sua verdadeira posição. E a partir disso, veio o entendimento de que era um louco, e por conseguinte, inocente; pois todos os loucos, por mais cruéis que sejam, são inocentes. Um exemplo do que a vida poderia fazer, se assim o desejasse. Uma possibilidade extrema em uma pavorosa combinação de mente e carne. Talvez por isso fosse capaz de se impor com tanta força, como uma espécie de divindade sinistra. Afinal, havia algo de sobre-humano no feitiço que lançara. Logo, o verdadeiro mal, a verdadeira monstruosidade da situação cabia aos outros alemães, àqueles tenentes, cabos e soldados que, menos que loucos, ficavam ali em silêncio apenas observando o diálogo.

"Andei em sua direção. Os dois guardas acharam que eu iria atacá-lo, pois logo levantaram suas armas, em um movimento brusco. Mas ele logo disse algo aos homens, que permaneceram imóveis. Parei a dois metros de distância e nos encaramos.

"'Suplico-lhe que ponha um fim a essa barbárie em nome da civilização europeia.'

"'E eu lhe ordeno que prossiga com esta punição.'

"Sem olhar para baixo, ele disse: 'A recusa em cumprir esta ordem resultará em sua própria execução imediata'.

"Retornei ao portão, pela terra árida. Fiquei diante daqueles dois homens. Iria dizer ao que parecia capaz de compreender que não me restava escolha; eu precisava fazer esta coisa terrível a ele. Acabei deixando passar uma pausa fatal de um segundo. Talvez porque tenha percebido, estando próximo dele, o que havia acontecido com a sua boca. Havia sido queimada, não apenas atingida por golpes e chutes. Lembrei-me do outro com a estaca de ferro, do aquecedor elétrico. Haviam quebrado seus dentes e marcado sua língua, queimando-a até a base com ferro incandescente. Aquela única palavra gritada por ele deve finalmente tê-los levado ao limite. Durante aqueles cinco segundos atordoantes, dos mais expressivos de minha vida, compreendi o guerrilheiro. Digo que o compreendi para muito além da compreensão que ele tinha de si mesmo, do que era. Ele me ajudou. Conseguiu esticar sua cabeça em minha direção e articular a palavra que não conseguia articular. Quase nem era um som, mas uma contorção em sua garganta, um engasgo em cinco sílabas. Mas, outra vez, uma última vez, se tratava daquela palavra, sem sombra de dúvida. A mesma palavra que estava em seus olhos e em seu ser como um todo. O que foi que Cristo disse na cruz mesmo? Por que me abandonastes? O que este homem havia falado era algo que despertava muito menos simpatia, muito menos misericórdia, era até mesmo menos humano, mas muito mais profundo. Falava de um mundo que era o oposto completo do meu. No meu, a vida não tinha preço. Valia tanto a ponto de ser inestimável de fato. No seu, apenas uma coisa tinha essa mesma qualidade inestimável. E era *eleutheria*: liberdade. Aquele homem era o imaleável, a essência, o além da razão, além da lógica, além da civilização, além da história. Não se tratava de Deus, porque não há um Deus cognoscível. Mas era prova de que existe um Deus que nunca poderemos conhecer. Era o direito final à negação, da liberdade de escolha. Ele, ou o que quer que tenha se manifestado através dele, incluía até mesmo o insano Wimmel, bem como as desprezíveis tropas alemãs e austríacas. Ele era toda e qualquer liberdade, das piores às melhores. A liberdade de desertar do campo de batalha em Neuve Chapelle. A liberdade de confrontar um Deus primitivo em Seidevarre. A liberdade de estripar camponesas e castrar com alicates. Era algo que ia além da moralidade, mas surgia da essência primordial das coisas; englobava tudo, a liberdade para fazer tudo e se opunha apenas a uma outra coisa: à proibição de não fazer tudo.

"São precisas muitas palavras para dizer isso ao senhor. E não falei nada sobre como senti que tal imaleabilidade, esta recusa à coerência, era grega em essência. Ou seja, finalmente assumi minha grecomania. Tudo que vi, vi em questão de segundos, talvez até mesmo isolado da ideia de tempo. Vi que eu era a única pessoa na praça que ainda tinha a liberdade de escolher, e que a anunciação e a defesa de tal liberdade importavam mais que o bom senso, a autopreservação, sim, mais que minha própria vida e que as vidas de oitenta reféns. Por diversas vezes, desde então, aqueles oitenta homens surgiram à noite para me acusar. Devo lembrar ao senhor que tinha certeza de que morreria também. Mas tudo que tenho para oferecer contra seus rostos crucificados são aqueles poucos segundos transcendentais de conhecimento. Conhecimento que se assemelha à incandescência. A razão já me disse repetidas vezes que eu estava errado. Mas meu eu, como um todo, ainda afirma que estava certo.

"Fiquei ali por talvez quinze segundos. Não saberia lhe dizer, visto que o tempo não quer dizer nada em situações como aquela, então larguei a arma e fiquei ao lado do líder guerrilheiro. Vi que o coronel me observava, e disse, de forma que ele e também o que restava do homem ao meu lado ouvissem, a única palavra que restava ser dita.

"Em algum ponto, para além de Wimmel, vi Anton se mover, a passos rápidos em sua direção. Mas era tarde demais. O coronel deu a ordem, as submetralhadoras lampejaram e fechei os olhos no momento exato em que as primeiras balas me atingiram."

John Fowles
O Mago

54

Ele se inclinou para a frente, após longo silêncio, e aumentou a lamparina; depois, ficou me encarando. Senti que algo finalmente havia se movido em seu íntimo; mas após um instante, seu olhar voltou à secura de antes.

"A desvantagem de nosso novo drama é que, em seu papel, o senhor não sabe no que pode ou não acreditar. Não há na ilha nenhuma pessoa que esteve na praça. Mas muitos podem confirmar qualquer outro incidente que relatei ao senhor."

Pensei na cena do cume central; por não ser inserível na história real, fazia sentido. Não que eu duvidasse de Conchis. Sabia que estava ouvindo o relato de eventos que de fato ocorreram, que na história de sua vida, ele havia guardado a verdade incontestável até o final.

"E após ter sido alvejado?"

"Fui atingido e fui ao chão, nada mais além disso, pois desmaiei. Acredito ter ouvido a confusão dos reféns antes de a escuridão tomar conta. É possível que isso tenha me salvado. Creio que isso tenha distraído os homens que estavam atirando. Foram dadas outras ordens, para que mirassem nos reféns. Contaram-me que, meia hora depois, quando foi permitido aos nativos lamentarem seus mortos, fui encontrado em meio a uma poça de sangue aos pés dos guerrilheiros. Fui encontrado por minha governanta, Soula, que precedeu Maria, e por Hermes. Quando me deslocaram, dei fracos sinais de vida, então eles me carregaram até em casa e me esconderam no quarto de Soula. Patarescu veio e cuidou de mim."

"Patarescu?"

"Patarescu." Tentei interpretar seu olhar; entendi, por conta de algo ali presente, que admitia por completo aquela culpa, mas não a considerava culpa, estando preparado para justificá-la caso eu o pressionasse para me contar verdade.

"E o coronel?"

"Ao final da guerra já era procurado por incontáveis atrocidades. Muitas das quais compartilhavam a mesma característica: uma espécie de perdão aparente no último minuto, mas que não passava de um mero prolongamento da agonia para os cativos. A Comissão de Crimes de Guerra fez o melhor que pôde. Todavia, ele está na América do Sul. Ou no Cairo, talvez."

"E quanto a Anton?"

"Anton achou que eu tinha morrido. Meus criados não deixaram ninguém se aproximar, exceto Patarescu, em segredo. Cheguei a ser enterrado. Ou melhor, um caixão vazio fora enterrado. Wimmel partiu da ilha naquela mesma tarde, deixando Anton em meio à toda aquela devastação da carne, sem contar a destruição das boas relações que havia estabelecido. Ele deve ter passado todo o anoitecer, quem sabe até mesmo a noite inteira, escrevendo um relatório detalhado de todo o incidente. Digitou tudo ele mesmo, sete cópias. Tal fato era mencionado no relatório. Suponho que era tudo que conseguia datilografar de uma vez. Não escondeu nada, nem justificou as ações de ninguém. Mostrarei ao senhor, logo mais."

O Negro atravessou o cascalho e começou a desmontar a tela. Pude ouvir gente se movendo no andar de cima.

"O que aconteceu com ele?"

"Dois dias depois, seu corpo foi encontrado sob o muro da escola da vila, em um ponto onde o chão já estava escurecido pelo sangue. Havia se suicidado com um tiro. Um ato de remorso, claro, e fez questão de que os nativos soubessem disso. Os alemães encobriram todo o ocorrido. Não muito tempo depois, a guarnição foi alterada. O relatório explica isso."

"O que aconteceu com todas as cópias?"

"Uma delas foi dada a Hermes pelo próprio Anton no dia seguinte, e lhe foi pedido que a entregasse ao primeiro de meus amigos estrangeiros para que me procurassem após a guerra. Outra foi dada a um dos padres da vila, com as mesmas instruções. Uma terceira foi deixada sobre sua mesa, quando se matou. Estava aberta, sem dúvida para que todos seus homens e o Alto Comando lessem. Outras três cópias desapareceram por completo. Provavelmente foram enviadas para pessoas com quem tinha relações ou amigos na Alemanha. Podem ter sido interceptadas. Agora, nunca saberemos. Já a última cópia surgiu após a guerra. Foi enviada a Atenas, para um jornal, acompanhada de uma pequena quantia de dinheiro. Para fins de caridade. Um carimbo postal vienense. Claramente ele dera uma cópia para um de seus homens."

"O relatório foi publicado?"

"Sim. Algumas partes."

"Ele foi enterrado aqui?"

"No cemitério da família, perto de Leipzig."

Aqueles cigarros.

"E os nativos nunca souberam que o senhor teve escolha?"

"O relatório foi publicado. Alguns acreditam nele, outros não. Claro que me certifiquei de que nenhum dos dependentes desamparados dos reféns tivesse problemas financeiros."

"Quanto aos guerrilheiros, chegou a descobrir algo sobre eles?"

"O primo e o outro homem, sim. Sabemos seus nomes. Há um monumento para eles no cemitério da vila. Mas quanto ao líder... Solicitei que investigassem sua vida. Antes da guerra, ele havia passado seis anos na prisão. Em uma das ocasiões, por assassinato, um *crime passionnel*. Nas duas ou três outras, violência e furto. Em Creta, acreditava-se que, no geral, ele teria envolvimento em pelo menos quatro outros assassinatos. Um deles especialmente selvagem. Estava em fuga quando os alemães invadiram. Então cometeu uma série de loucuras no sul do Peloponeso. Pelo jeito não pertencia a nenhum grupo de resistência organizada, mas vagava por aí matando e roubando. Em pelo menos dois casos comprovados, as vítimas eram gregas, não alemãs. Chegamos até diversos homens que haviam lutado ao seu lado. Alguns afirmaram ter medo dele, outros demonstravam clara admiração por sua coragem, mas nada muito além disso. Encontrei um velho fazendeiro em Mani que o abrigara por diversas vezes. *Kakourgos, ma Ellenas*, foi o que ele teve a dizer. Um homem mau, porém grego. Considero esta frase seu epitáfio."

Entre nós, o silêncio.

"Todos esses anos devem ter posto sua filosofia à prova. O sorriso."

"Pelo contrário. Aquela experiência me fez compreender por completo o que é o humor. É uma manifestação da liberdade. É porque existe liberdade que existe sorriso. Apenas um universo totalmente predeterminado existiria sem sorriso. No final, apenas ao se tornar a vítima é possível escapar da piada derradeira, que consiste justamente na descoberta de que por estarmos escapando por todo momento, enfim escapamos. O indivíduo não existe mais, não é mais livre. É isso que a grande maioria de nossos semelhantes têm de descobrir sempre. E terão de descobrir sempre." Voltou-se para o arquivo. "Mas deixe-me terminar mostrando o relatório escrito por Anton."

Vi um fino maço de papéis. A página de título dizia: *Bericht über die von deutschen Besetzsungstruppen unmenschliche Grausamkeiten...*
"Há uma tradução atrás."
Virei a página e li:

> Relatório das atrocidades inumanas cometidas pelas tropas de Ocupação Alemãs sob o comando do Coronel Dietrich Wimmel na ilha de Phraxos entre 30 de setembro e 2 de outubro de 1943.

Virei outra página.

> Na manhã de 29 de setembro de 1943, quatro soldados do posto de observação nº. 10, Comando da Argólida, situado no cabo conhecido como Bourani, na costa sul da ilha de Phraxos, estando de dispensa, receberam permissão para nadar. Às 12h45...

"Leia o último parágrafo", disse Conchis.

> Juro por Deus e tudo que é me mais sagrado que os eventos descritos acima foram descritos com exatidão e veracidade. Observei tudo com meus próprios olhos e não intervim. Por este motivo, condeno a mim mesmo à morte.

Ergui os olhos. "Um bom alemão."
"Não. A não ser que o senhor considere o suicídio uma coisa boa. Não é. O desespero é uma doença, tão perversa quanto o mal que acometia Wimmel." Logo lembrei de Blake, como era mesmo? "Antes assassinar uma criança em seu berço que acalentar desejos não realizados." Um texto que havia usado para seduzir incontáveis vezes, tanto a mim quanto a outros. Conchis prosseguiu. "É preciso se decidir, Nicholas. O senhor, ou seguirá o *kapetan*, aquele assassino que conhecia apenas uma palavra, mas a única palavra, ou seguirá Anton. Você observa e entra em desespero. Ou entra em desespero e observa. A primeira opção o leva ao suicídio físico, já a segunda, ao suicídio moral."
"Ainda consigo sentir pena dele."
"O senhor consegue, *sim*. Mas deveria?"
Pensava em Alison, ciente de que não tinha escolha. Senti pena dela como senti pena do rosto daquele alemão desconhecido ao longo de alguns poucos metros de película tremeluzente. Talvez até admiração,

uma admiração que é na verdade inveja daqueles que foram mais longe em sua própria senda: desesperados o suficiente para não quererem ver mais. Para mim, restava o suicídio moral.

Respondi: "Sim. Não lhe restava opção".

"Então o senhor é doente. Vive pela morte. Não pela vida."

"É uma questão de opinião."

"Não. De convicção. Pois o evento que acabei de lhe relatar é a única história europeia. É o que a Europa é. Um coronel Wimmel. Um rebelde sem nome. Um Anton dividido entre eles, recorrendo à própria morte quando é tarde demais. Como uma criança."

"Talvez eu não tenha escolha."

Ele dirigiu o olhar a mim, mas não disse nada. Senti toda sua energia naquele momento, sua ferocidade, sua crueldade, sua impaciência com minha estupidez, minha melancolia, meu egoísmo. Seu ódio não apenas por mim, mas por tudo aquilo que decidira que eu representava; algo passivo, resignado, inglês, em relação à vida. Ele era como um homem que desejava mudar tudo, mas era incapaz; marcado por sua impotência, restando-lhe somente a mim, um microcosmo de pequenez infinita, para converter ou detestar.

Por fim, voltei meu olhar para baixo. "Então o senhor acha que sou outro Anton. É isso que quer que eu compreenda?"

"O senhor é alguém que não compreende o que é liberdade. E acima de tudo, quanto mais a compreende, menos a possui."

Tentei absorver esse paradoxo. "Busquei agradá-lo demais?"

"Buscou ter maior significância para mim." Pegou o arquivo. "Sugiro dormirmos agora."

Com rispidez, falei: "O senhor não pode tratar as pessoas assim. Como se fôssemos nativos a serem alvejados para que possa provar alguma teoria abstrata sobre a liberdade".

Ele levantou e me encarou de cima para baixo. "Enquanto o senhor se prender à sua visão atual de liberdade, é o senhor quem segura a arma do carrasco."

Mais uma vez pensei em Alison. Suprimi o pensamento. "O que lhe dá tanta certeza de conhecer meu verdadeiro eu?"

"Não afirmo isso. Minha decisão se baseia na certeza de que o senhor é incapaz de se conhecer a si mesmo."

"O senhor acredita genuinamente ser Deus, não?"

O incrível mesmo foi ele não ter respondido, seus olhos declarando que aquilo talvez fosse o que me restava acreditar. Deixei escapar um breve grunhido, para mostrar a ele o que achava, então prossegui.

"O que o senhor quer que eu faça agora? Pegue minha bolsa e volte caminhando para a escola?"

Isso pareceu, inesperadamente, fazê-lo recuar um pouco. Uma breve, porém reveladora, hesitação se deu antes de sua resposta.

"Como queira. Eu havia planejado uma pequena cerimônia final para amanhã de manhã. Nada tão relevante."

"Ah, certo. Odiaria perder isso."

Ele contemplou meu sorriso sem graça, depois assentiu.

"Desejo-lhe uma boa noite." Dei-lhe as costas, e ouvi seus passos se afastando. Parou diante das portas da sala de música. "Repito. Ninguém virá."

Tampouco esbocei qualquer reação, e ele entrou. Acreditei nele quando disse que ninguém viria, mas comecei a sorrir para mim mesmo na escuridão. Sabia que a ameaça de abandonar tudo de uma vez o deixara secretamente alarmado; aquilo o havia forçado a atirar mais uma cenoura em minha direção, às pressas, uma razão para ficar. Certamente se tratava de um teste, algum tipo de provação a se passar antes de adentrar o círculo interno. De qualquer forma, mais do que nunca, eu tinha certeza de que as garotas estavam no iate. Eu havia, por assim dizer, sido levado para frente do pelotão de fuzilamento, com a diferença de que dessa vez haveria uma espécie de perdão de última hora. Quanto mais ele me negava Julie, mais seguia a filosofia de Wimmel... e eu ao menos sabia que Conchis era um ser humano muito diferente; quando agia com crueldade, segundo ele mesmo, visava o bem.

Fumei um cigarro, mais um. No ar, pairava uma grande e crescente quietude, certa opressão, silêncio. A lua gibosa pendia sobre o planeta Terra, uma coisa morta acima de uma coisa moribunda. Levantei-me e caminhei através do cascalho rumo ao banco no caminho que dá na praia.

Não esperava por um final como aquele: a estátua de pedra no limiar cômico. Todavia, àquela altura ele não teria como saber de sua relevância secreta para mim. Havia simplesmente intuído que, a meu ver, a liberdade era a liberdade de satisfazer desejos pessoais, ambições privadas. A esse conceito, ele contrapunha uma liberdade que deve responder por seus atos, algo muito mais antigo que a liberdade existencialista, pelo que eu suspeitava; um imperativo moral, um conceito quase cristão, com certeza não político, nem democrático. Repensei os últimos anos de minha vida, a busca por individualidade que foi a obsessão de minha geração após os anos limitadores e conformistas da guerra, nossa fuga da sociedade e da nação rumo ao eu interior. Sabia que não poderia responder de verdade à sua acusação, a questão apresentada por sua narrativa; sabia também que não poderia me safar ao dizer que sou uma vítima da história, incapaz de ser qualquer outra coisa, apenas egoísta. Ou, pelo menos, não teria como me safar de agora em diante. É como ele tivesse colocado uma bandarilha em meu ombro, ou um súcubo em minhas costas: um conhecimento que eu não queria ter.

Mais uma vez, minha mente divagou em meio aos silêncios cinzentos da noite, não até Julie, mas até Alison. Observando o mar, enfim me forcei a parar de pensar nela como alguém que ainda existia em algum lugar, embora apenas em memória, ainda viva de alguma forma obscura, respirando, fazendo coisas, se movendo, e sim como uma pá de cinzas que já foram espalhadas; um elo quebrado, um beco sem saída biológico, um afastar-se eterno da realidade, um objeto outrora complexo e que foi se reduzindo, se reduzindo, a ponto de não ser mais que uma mancha, uma partícula de fuligem sobre uma folha de papel em branco.

Algo demasiado diminuto pelo qual se enlutar; a própria palavra soava arcaica e supersticiosa, da era de Browne, ou Hervey; ainda que Donne estivesse certo, a morte dela depreciava, e sempre depreciaria, minha própria vida. Cada morte dispunha uma carga pavorosa de cumplicidade diante dos vivos; cada morte era incongruente, sua culpa irredutível, seu pesar imortal; um bracelete de fios de cabelo brilhantes em torno do osso.

Não orei por ela, porque a oração não possui eficácia alguma; não chorei por ela, nem por mim mesmo, porque apenas extrovertidos choram duas vezes; mas me sentei no silêncio daquela noite, aquela infinita hostilidade ao homem, à permanência, ao amor, lembrando dela, lembrando dela.

John Fowles

O Mago

55

Dez em ponto. Acordei e saltei da cama, ciente de que havia dormido demais. Fiz a barba às pressas. Em algum lugar mais embaixo, pude ouvir uma voz martelada, masculina, e algo que soava como a voz de Maria. Entretanto, a colunata estava deserta quando desci. Próximas à parede, notei quatro caixas de madeira. Era óbvio que três delas continham pinturas. Tornei o olhar para dentro da sala de música. O Modigliani já não estava lá, nem o pequeno Rodin e o Giacometti. Supus que as outras duas caixas contivessem os Bonnards do andar de cima. Meu otimismo acerca da noite anterior esvaneceu de súbito diante de tal evidência de que o "teatro" estava sendo desmantelado. Tinha a terrível impressão de que Conchis pretendia fazer exatamente o que dissera que faria.

Maria surgiu com café para mim. Gesticulei em direção às caixas. "O que está acontecendo?"

"*Phygoume.*" Estamos de saída.

"*O kyrios Conchis?*"

"*Tha elthei.*"

Ele está vindo. Desisti dela, engoli uma xícara de café, mais uma. Um vento radiante pairava no ar, um dia digno de Dufy,* cheio de agitação, movimento e cores animadas. Fui até a beirada do cascalho. O iate havia ganhado vida, pude ver muitas pessoas no convés, mas nenhuma parecia mulher. Voltei o olhar para a casa, de relance. Conchis estava sob a colunata, como se esperasse pelo meu retorno.

---

* Raoul Dufy (1877-1953) foi um pintor impressionista francês caracterizado pelo uso de cores vivas e muita luminosidade. [NT]

Vestia trajes que de alguma forma pareciam deslocados, como se estivesse fantasiado. Ele parecia precisamente um executivo com laivos de intelectual: uma maleta de couro preta; um paletó de verão azul escuro, camisa creme, e uma discreta gravata borboleta de poá. Perfeito para Atenas, mas ridículo em Phraxos... e desnecessário, já que teve no mínimo seis horas em seu iate para se trocar, exceto como prova de que seu outro mundo já o havia reivindicado. Não sorriu quando me aproximei.

"Partirei em breve." Olhou de relance para o relógio de pulso, um objeto que eu nunca o vira usar antes. "Amanhã, a esta hora, estarei em Paris."

O vento agitava os cálices vegetais brilhantes das copas das palmeiras.

O último ato deveria ser representado *presto*.

"Uma cortina rápida?"

"Nenhuma peça de verdade tem cortina. Ela é atuada, e o ato continua."

Encaramos um ao outro.

"E as garotas?"

"Elas me acompanharão até Paris." Suspirei e sorri para ele, de leve, com um ar de ceticismo. "O senhor está sendo ingênuo", ele disse.

"De que forma?"

"Ao supor que homens ricos abrem mão de seus brinquedos."

"Julie e June não são seus brinquedos." Ele sorriu como provocação, ao que respondi, com raiva: "Não engulo essa também".

"O senhor crê que inteligência e bom gosto, sem contar boa aparência, não podem ser comprados? Está profundamente enganado."

"Então o senhor dispõe de uma dupla de amantes deveras infiéis."

Continuei a entretê-lo. "Quando for mais velho, perceberá que essa infidelidade não é de relevância alguma. Pago por suas aparências, suas presenças, suas conversas. Não por seus corpos. Na minha idade, a demanda nesse sentido é cumprida com facilidade."

"O senhor espera mesmo que eu..."

Fui interrompido. "Sei o que o senhor está pensando. Que elas estão trancadas em uma cabine. Sendo coagidas em algum lugar, alguma conclusão do tipo, considerando toda a bobagem com a qual tenho lhe alimentado." Ele sacudiu a cabeça. "Não nos encontramos no final de semana passado por uma única e simples razão. Para que Lily decidisse o que ela preferiria: a vida com um professor pobretão, que suspeito não ter dom algum... ou a existência em um mundo muito mais rico e interessante."

"Se ela é o que o senhor diz que é, não precisaria pensar duas vezes."

Ele cruzou os braços. "Caso sirva de consolo à sua autoestima, ela pensou. Mas no fim teve o bom senso de perceber que um futuro longo, enfadonho e previsível era um preço alto a se pagar pela satisfação de uma atração sexual passageira."

Após um breve silêncio, baixei o meu café. "Lily? E o que você disse mesmo, Rose?"

"Já lhe disse na noite passada."

Encarei-o, depois peguei minha carteira, localizei a carta do Barclay's Bank e a entreguei a ele. Tomou-a em mãos, dando apenas uma olhada superficial.

"Uma falsificação. Sinto muito."

Arranquei a carta de suas mãos. "Senhor Conchis, quero ver aquelas duas garotas. Também sei como o senhor as trouxe até aqui, em primeiro lugar. A polícia também pode se interessar."

"A polícia que se interesse em Atenas. Já que as garotas estão lá, e farão troça de sua acusação no primeiro instante."

"Não acredito no senhor. Elas estão no iate."

"O senhor pode subir a bordo comigo daqui a pouco. Já que insiste. Procure onde bem entender. Pode interrogar minha tripulação. Nós o devolveremos à terra firme antes de sairmos."

Eu sabia que ele poderia estar blefando, mas tive a forte impressão de que não era esse o caso. De qualquer forma, caso as estivesse coagindo, não arriscaria usar um local tão óbvio.

"Está bem. Dou-lhe o crédito por ser mais esperto que isso. Mas farei com que a embaixada britânica saiba de tudo assim que chegar à vila."

"Não creio que a embaixada vá gostar muito disso. Ainda mais quando descobrirem que quem busca seu auxílio é um mero amante decepcionado." Seguiu apressado, como se essa fútil demonstração de ameaça o entediasse. "Vamos. Dois integrantes do meu elenco querem se despedir do senhor." Ele caminhou de volta ao canto da casa.

"Catherine!"

Pronunciou à maneira francesa. Virou-se para mim. "Maria, é claro, não é uma simples camponesa grega."

Eu não me deixaria distrair tão fácil. Acusei-o mais uma vez. "Afora todo o resto, Julie... mesmo que fosse o que o senhor afirma ser... ao menos teria coragem de falar tudo isso diante de mim."

"Tais cenas pertencem ao drama de antigamente. Não ao novo."

"Isso não tem relação alguma com o que ela é."

"Talvez um dia o senhor a reencontre. Poderá se dar ao luxo de satisfazer seus instintos masoquistas nessa ocasião."

Fomos poupados dessa discussão pela chegada de Maria. Ela continuava sendo uma mulher de idade, ainda tinha o rosto marcado; usava um vestido preto de excelente corte, acompanhado de um broche folheado a ouro e com granadas cravejadas, em uma das lapelas. Meia-calça, sapatos que indicavam um quase salto, um toque de pó e rouge, batom... o tipo de matrona de classe média sessentona que se poderia encontrar em qualquer rua badalada de Atenas. Lá estava ela, com um leve sorriso — a surpresa, a entrada de troca rápida. Conchis me observava, indiferente.

"Esta é madame Catherine Athanasoulis, especialista em papéis de camponesas. Já me ajudou muitas vezes antes."

Ele estendeu a mão em um gesto educado para que se aproximasse. Ela o fez com a palma da mão aberta, um gesto de quase arrependimento por ter me enganado tão bem. Lancei-lhe um olhar frio, arregalado. De mim, não receberia elogio algum. Estendeu-me a mão. Ignorei. Após um breve momento, fez uma falsa mesura com a cabeça.

"*Les valises?*", disse Conchis.

"*Tout est prêt.*" Ela voltou os olhos a mim. "*Eh bien, monsieur. Adieu.*"

E então se retirou com a mesma compostura com que surgiu. Comecei a sentir algo que se assemelhava ao desespero — ou choque. Sabia que Conchis estava mentindo, excessiva e detalhadamente. A mim não restava qualquer folga, pois ele agora olhava para além do cascalho.

"Bem, este é Joe. Isto é o que chamamos de *désintoxication.*"

Referia-se ao negro, subindo o caminho da praia em um paletó bronze escuro, elegante, camisa rosa, gravata estampada, óculos escuros. Levantou a mão com tranquilidade ao perceber que o esperávamos, atravessou o cascalho; um sorriso para Conchis e um esgar ríspido em minha direção.

"Este é Joe Harrison."

"Olá."

Não falei nada. Ele olhou de relance para Conchis, depois estendeu a mão. "Perdão, amigo. Apenas fiz o que o patrão mandou."

Ele era americano, não antilhano. Ignorei a mão, mais uma vez.

"Com certa convicção."

"É, bem, claro que nós crioulos somos primos em primeiro grau dos macacos. Vocês nos chamam de eunucos, nós só não entendemos", disse com leveza, como se já não importasse mais.

"Não foi minha intenção."

"Certo."

Trocamos olhares receosos, depois ele virou para Conchis. "Estão vindo buscar as coisas."

"Restam algumas últimas coisas no andar de cima", respondeu Conchis.

Fiquei esperando ali, junto de Joe. Mais silhuetas surgiram no caminho, quatro ou cinco marinheiros com suas camisetas azul-marinho e bermudas brancas. Quatro pareciam gregos, mas outro, de cabelo louro bem claro, aparentava ser escandinavo ou alemão. As garotas mal haviam falado sobre a tripulação, até então eram apenas "marinheiros gregos". Senti uma nova pontada de ciúmes, e outra mais profunda de incerteza; agora, de fato, começava a sentir que havia sido descartado, um mero estorvo... e um tolo. Todos sabiam que eu era um tolo. Olhei para Joe, encostado contra um dos arcos, indolente. Parecia uma péssima aposta, mas era a única de que eu dispunha.

"Onde estão as garotas?"

Seus óculos escuros me analisaram de cima a baixo. "Em Atenas." Então seu olhar brevemente se voltou para trás, na direção das portas pelas quais o velho havia desaparecido. Olhou de soslaio para mim mais uma vez, o indício de um sorriso arrependido. Sacudiu a cabeça, uma única vez, acompanhado de uma espécie de solidariedade compartilhada.

"O que isso quer dizer?" Deu de ombros: era o que era. "Fala por experiência própria?", questionei.

Um suave murmúrio: "Pode ser".

Os marinheiros subiram, passando por nós em direção às caixas. Hermes logo surgiu ao lado da casa, carregando mais malas sobre o cascalho, no sentido da praia. Maria o acompanhou com toda sua elegância, alguns passos atrás. Joe se afastou da coluna, relaxado, e se aproximou um ou dois passos de mim, com um maço de cigarros americanos na mão. Hesitei, mas aceitei um, me inclinei para o fogo que me foi oferecido. Ele então falou, em um tom de voz mais baixo.

"Ela pediu para dizer que sente muito." Busquei seus olhos depois que ele acendeu o próprio cigarro. "Sem lorota. Ela falou sério. Certo?" Continuei a encará-lo. Mais uma vez seus olhos se distanciaram de mim e miraram na direção das portas, como se não quisesse ser pego falando comigo em segredo. "Cara, você está com um par de cartas baixas contra um *full house*. Não tem chance nenhuma. *Compris*?"

De alguma forma, aquilo me convenceu, totalmente contra minha vontade, mais do que qualquer coisa que o próprio velho me dissera. Estava quase tentado a mandar algum recado amargo através de Joe, mas antes que conseguisse fazê-lo, já era tarde demais. Conchis estava na soleira da porta com uma maleta. Dirigiu-se a um dos marinheiros em grego. Joe tocou meu braço mais uma vez, quase como um ato de solidariedade, em segredo, depois foi pegar a maleta da mão de Conchis. Ao passar por mim, na volta, fez uma careta.

"Sabe aquela do fardo do homem branco? Eles que criam, nós que carregamos."

Ergueu uma das mãos em sinal de despedida, depois seguiu Hermes e Maria. Os marinheiros partiram com as caixas, e mais uma vez fui deixado a sós com Conchis. Abriu as mãos, sem sorrir, uma quase provocação: já passava da hora de acreditar no que ele me dissera.

"Não é a última vez que ouvirá falar de mim."

"Não sou tolo. O dinheiro vale muito neste país."

"Pelo visto o sadismo também."

Ele me examinou uma última vez. "Hermes voltará para fechar tudo logo mais." Eu não disse nada. "O senhor teve sua chance. Sugiro que reflita sobre o que há em seu interior que a fez perdê-la."

"Vá pro inferno."

Ele não disse nada, apenas fitou meus olhos, como se pudesse me hipnotizar e me levar a uma retratação.

Eu disse: "Estou falando a verdade".

Passado um momento, ele balançou a cabeça, devagar. "O senhor ainda desconhece a sua verdade. Ou a minha."

Em seguida, decerto ciente de que não deveria ter apertado sua mão, ele me abandonou. Chegando aos degraus, parou e virou para mim.

"Esqueci. Meu sadismo não se estende ao seu estômago. Hermes virá lhe trazer um almoço para viagem. Já está pronto."

Ele já havia atravessado boa parte do cascalho antes que pudesse pensar uma provocação final. Gritei em sua direção.

"Sanduíches de ácido cianídrico?"

Mas ele não deu a mínima. Senti vontade de correr atrás dele, segurá-lo pelo braço e impedi-lo à força, fazer qualquer coisa; sentia-me impotente na mesma intensidade. Hermes retornava da praia, atrás de Conchis. Pude ouvir o som do bote a motor partindo em sua primeira viagem para o iate. Os dois homens pararam um diante do outro, trocaram algumas palavras, se cumprimentaram, e então o condutor de burrico veio em minha direção. Conchis continuou sua descida até sumir de vista. Hermes parou na base da escada e me apresentou seu olhar opaco e melancólico, depois me mostrou um molho de chaves. Falei em grego.

"As duas garotas, elas estão no iate?"

Manteve os lábios cerrados, ele não sabia.

"Você as viu hoje?"

Seu queixo se moveu para cima: não.

Dei-lhe as costas, enojado. Hermes me seguiu até dentro da casa, ao andar de cima, mas me deixou diante da porta de meu quarto e partiu para fechar janelas e venezianas em outro lugar... mas nem me dei conta disso, pois, assim que entrei no quarto, reparei que haviam me deixado um presente de despedida. Estava sobre o travesseiro, um envelope apinhado de cédulas gregas. Contei-as: 20 milhões de *drachmai*. Mesmo considerando a inflação aguda da época, eram bem mais que 200 libras, mais do que um terço de meu salário anual. Foi quando entendi o motivo de o velho ter ido ao andar de cima antes de partir. O dinheiro e a sugestão implícita de que eu também poderia ser comprado me enraiveceram; era a humilhação final. E, ao mesmo tempo, era muito dinheiro. Pensei em correr até o cais e jogar tudo na cara dele; ainda havia tempo, o bote a motor teria que descarregar e fazer a volta. Mas isso ficou apenas em pensamento. Ao ouvir Hermes voltar, enfiei o dinheiro às pressas em minha mochila. Ele observava da porta enquanto eu guardava o resto das minhas coisas, e mais uma vez, me acompanhou até o andar de baixo, como se cada movimento meu devesse ser observado.

Uma última olhada pela sala de música, o prego, a marca na parede vazia de onde pendia o Modigliani; um instante ou dois depois, eu estava parado, sozinho sob a colunata, ouvindo Hermes trancar a porta da sala de música por dentro. Pude ouvir o barco retornando lá embaixo, ainda me sentia tentado a ir até lá e... mas eu precisava fazer algo assertivo, não simbólico. Com sorte, poderia convencer o sargento de polícia da vila a me deixar usar o rádio da estação da guarda costeira. Já não me importava mais se passaria por tolo ou não. Nutria uma última esperança, a de que Conchis teria contado às gêmeas alguma história nova que fazia com que sua ausência da ilha soasse plausível. Ocorreu-me que as irmãs podiam ter ouvido algo equivalente ao que ele me dissera sobre elas, tendo sido persuadidas de que eu estava na sua folha de pagamento, mentindo para Julie o tempo todo... precisava entrar em contato com elas, mesmo que fosse apenas para descobrir, por fim, que eram exatamente o que ele dissera. Mas enquanto eu não ouvisse isso delas, não acreditaria. Me apeguei à lembrança de Julie na água, Julie em incontáveis momentos que devem ter sido sinceros; e seu ar inglês, todo aquele pano de fundo universitário de classe média que compartilhávamos. Vender-se, mesmo que fosse para um Conchis, exigia uma falta de alegria, de objetividade, uma superficialidade que não perdia em nada ao trocar a decência pelo luxo, a mente pelo corpo... mas de nada adiantava. Não importava o quanto daquele ceticismo inglês imaturo eu tentasse opor à decadente venalidade europeia, ainda me restava o mistério de como foi que duas garotas estonteantes aceitaram a ausência de admiradores, guardando-se em *purdah** para Conchis; havia ainda seu aparente controle intelectual sobre Julie, sua fortuna, um certo ar que denunciava que ambas as garotas já estavam mais acostumadas a esta vida de luxo do que fingiam estar. Desisti.

Ouvi Hermes sair pela porta com a aldrava de golfinho, raramente usada, sob a colunata lateral, e trancá-la. Decidi então que quanto mais rápido colocasse as coisas em ação, melhor. Virei e marchei em direção ao portão, pulando da beirada da colunata no cascalho. Hermes chamou, de repente, da porta.

"A comida, *kyrios*!"

Acenei em sua direção sem parar — para o inferno com a comida também. Vi seu burro, sacolas volumosas amarradas às suas costas, amarrado ao lado da porta da cabana. Como se tivesse um medo imbecil de não cumprir as ordens de Conchis ao pé da letra, o nativo correu sob colunata e foi pisando a terra até onde a besta estava presa. Segui em frente, sem dar atenção a ele, apesar de ter visto de relance que ele havia pegado algo na sombra do lado de dentro da porta. Logo ouvi seus passos apressados no cascalho, atrás de mim. Virei-me mais uma vez para enxotá-lo. Mas parei, minha mão havia congelado no ar.

O que ele segurava era uma cesta de junco. Uma que eu já vira antes, ao lado de Julie, durante nosso longo domingo juntos. Subi meus olhos lentamente a partir dela ao encontro dos olhos de Hermes. Ele a trouxe mais para perto, tentando me persuadir a aceitá-la. Então disse, em grego: "O senhor precisa aceitar". Pela primeira vez desde que o encontrei, houve o espectro de um sorriso em seu semblante.

---

* Prática comum no mundo islâmico e em algumas partes da Índia, consiste em separar fisicamente homens e mulheres, além do uso de burca. [NT]

Ainda assim, hesitei. Larguei minha mochila no chão, peguei a cesta e a abri: duas maçãs, duas laranjas, dois pacotes enrolados em papel branco e amarrados com esmero; mais abaixo, quase escondida, a folha de ouro do gargalo de uma garrafa de champanhe francês. Movi um dos pacotes com sanduíches para ler o rótulo: Krug. Olhei para cima com aquilo que deveria parecer o maravilhamento de uma criança. Ele disse uma palavra.
"*Perimeni.*"
Ela aguarda.
Acenou para trás com a cabeça, apontando para os penhascos ao leste da praia privada. Olhei para lá, esperando ver uma silhueta. Em meio ao silêncio, ouvi o bote retornar do barco. Desta vez, Hermes apontou e repetiu a mesma palavra.
O senhor ainda desconhece o meu propósito.

Para preservar alguma aparência de dignidade, caminhei até os degraus atravessando a ravina, mas chegando ali não me contive mais e comecei a correr, subindo para o outro lado. A estátua de Poseidon aguardava ao sol, mas, dessa vez, com ar um pouco menos majestoso. Um aviso, feito à mão, ondulava na brisa como uma peça de roupa em um varal, pendendo do braço esticado. Mostrava apenas uma mão em indicação, apontando para as árvores próximas do penhasco. Desci por entre os arbustos, rumo ao pinhal.

John Fowles
O Mago

56

Quase de imediato eu a avistei em meio às árvores delgadas. Ela esperava à beira do penhasco, trajando calças azul-claro, uma camisa azul-escuro, um chapéu de praia rosa; e olhava em minha direção. Acenei e ela retribuiu o gesto, mas então, para minha surpresa, em vez de vir até mim, ela deu as costas e sumiu da minha vista, descendo o acentuado declive logo acima do penhasco escarpado. Fiquei aliviado demais, eufórico demais, para pensar qualquer coisa desse gesto. Talvez ela quisesse indicar ao iate que tudo estava bem. Comecei a correr. Nem meio minuto se passou entre avistá-la e minha aproximação... e então parei, incrédulo. O chão apresentava um declive vertiginoso de quase vinte metros, antes de chegar à borda do penhasco de fato. Sem um lugar para se esconder, havia ali um punhado de pedras e seixos, alguns poucos arbustos rasteiros, mas ela havia desaparecido por completo. Não havia ninguém vestido de forma tão distinta... Larguei a cesta e a mochila no chão, e segui até o topo do aclive, na mesma direção por onde ela havia seguido... mas de nada adiantou. Não havia nenhuma grande rocha ou ravina secreta. Corri até a borda do penhasco, mas apenas um alpinista treinado conseguiria descer aquilo, e mesmo assim, somente com uma corda.

Aquilo contrariava toda razão física. Ela havia desvanecido no ar. Olhei para o iate lá embaixo. O bote estava sendo içado a bordo, pude contar ao menos dez pessoas no convés, entre tripulação e passageiros; o longo casco já estava em movimento, vindo na minha direção, lentamente, como se fossem zombar de mim em público uma última vez.

Sem qualquer aviso, ouvi alguém tossir atrás de mim. Virei-me sobressaltado e me deparei com uma visão extraordinária. Cerca de quinze metros atrás de mim, na metade da subida, a cabeça e os ombros de Julie emergiam do solo. Seus cotovelos estavam em contato com o chão, e por trás de sua cabeça, como um tipo de auréola negra, sinistra e grotesca, havia um círculo recortado. Mas não havia nada de sinistro em seu semblante travesso.

"Perdeu alguma coisa? Posso ajudar?"

"Jesus amado."

Eu me aproximei mais um pouco, parando a dois metros dela, que sorria de cima para baixo em minha direção. Sua pele estava muito mais morena agora, próxima do tom de bronzeamento da irmã. Notei que o círculo atrás dela era uma tampa de ferro, semelhante a uma tampa de bueiro com dobradiças. Pedras haviam sido cimentadas na borda superior. A própria Julie estava dentro de um tubo de ferro vertical enterrado no chão. Dois cabos metálicos desciam da tampa, uma espécie de sistema de contrapeso. Ela mordeu os lábios e dobrou um dos dedos, um gesto de convite.

"Não quer entrar na minha sala, disse a..."*

Aquilo soou muito adequado. Havia aranhas de verdade na ilha que criavam pequenas armadilhas escavadas no solo ao longo da costa; já havia visto os garotos tentando atraí-las para fora. De súbito, sua voz e expressão mudaram.

"Ah, pobrezinho, veja o que aconteceu com a sua mão!"

"Ele não lhe contou?" Ela balançou a cabeça, preocupada. "Não se preocupe. Já é passado."

"Está horrível."

Ela saiu do tubo e ficamos ali parados por momento. Então ela se aproximou, pegou minha mão machucada e a examinou, olhando em meus olhos com zelo. Sorri.

"Não é nada. Espere até ouvir a dança pela qual ele me conduziu nestas últimas 24 horas."

"Imaginei mesmo que ele faria isso." Ela olhou para a mão mais uma vez. "Mas está suportável agora?"

"Assim que eu superar o choque." Acenei com a cabeça em direção ao buraco no chão. "Que diabos é isso?"

---

* Referência ao poema "The Spider and the Fly" (1829), da poetisa inglesa Mary Howitt (1799-1888). Trata-se de uma fábula moral a respeito da aranha que seduz uma mosca ingênua através de bajulação. [NT]

"Os alemães. Na guerra."

"Deus do céu. Devia ter imaginado."

O posto de observação... Conchis apenas escondeu a entrada, bloqueou as passagens na frente. Nós nos dirigimos à lateral. O buraco precipitava-se na treva. Pude ver uma escada, contrapesos enormes na ponta dos cabos, um piso de concreto mal iluminado ao fundo. Julie se esticou e inclinou a tampa, que caiu com suavidade no chão, bem onde as pedras incrustadas que se destacavam da porção superior encaixavam com as que estavam ao redor, como peças de um quebra-cabeças. Ninguém perceberia aquilo; talvez ao caminhar sobre a tampa, seria possível notar uma estranha fixidez em relação às pedras, mas o gargalo do tubo mal aparecia, normalmente passaria despercebido.

"Não acredito que isso esteja acontecendo", falei.

"Você não achou mesmo que eu...", ela não concluiu a frase.

"Há apenas meia hora, ele me disse que você era amante dele. Que eu nunca a veria outra vez."

"A *amante dele*!"

"E June também."

Foi a vez de ela ficar estarrecida. Me encarava como se eu a estivesse testando de alguma forma, depois deixou escapar um pequeno suspiro de protesto.

"Você não pode ter acreditado nele!" Pela primeira vez recebi dela um olhar severo, ou quase. "Caso tenha acreditado nele, mesmo que por um instante, nunca mais falarei com você."

Passado um instante, meus braços estavam envolvendo seu corpo e nossas bocas se encontraram. Foi breve, mas prazeroso. Ela afastou a cabeça com delicadeza.

"Acho que estamos sendo observados."

Olhei para o iate e soltei seu corpo, mas não suas mãos.

"Onde está June?"

"Adivinhe."

"Não estou em condições de adivinhar mais nada."

"Fiz uma longa caminhada hoje. Uma adorável caminhada."

"A vila? A casa de Hermes?"

"Estamos lá desde sexta-feira. Tão perto de você. Foi horrível."

"Maurice ...?"

"Ele nos emprestou para passarmos o verão." O sorriso dela se aprofundara. "Eu sei. Também tenho custado a acreditar."

"Deus do céu. E essa outra coisa que ele vinha planejando?"

"Deixada de lado. De repente, ele anunciou certa noite que não tinha tempo para isso. Falou em fazer algo no ano que vem, mas...", ela deu de ombros. Esse seria o preço de nossa felicidade. Busquei seus olhos.

"Você ainda quer ficar?"

Ela fixou os olhos nos meus por um segundo, depois assentiu com a cabeça. "Caso você ache que somos capazes de nos suportarmos como pessoas comuns. Sem toda a empolgação."

"Que bobagem. Me recuso a responder."

Ela sorriu para mim. "Então parece que você vai ter que me aturar."

A sirene do iate soou. Nós nos viramos, de mãos dadas. Estava vindo em nossa direção, a menos de trezentos metros da costa. Julie levantou um dos braços e acenou, e pouco depois eu fiz o mesmo. Pude ver Conchis e Joe, com a silhueta obscura de Maria entre eles. Levantaram os braços e acenaram de volta. Conchis chamou um homem que estava na proa. Uma pluma de fumaça ascendente surgiu, um informe, um pequeno objeto preto arremessado aos céus. Foi subindo, reduzindo a velocidade e então estourou. Uma chuva de estrelas incandescentes brilhou por alguns momentos com um estalar explosivo contra o céu azul; então mais um, e um terceiro. Fogos de artifício, marcando o final de uma peça. Um gemido prolongado da sirene, mais braços acenando. Julie levou as mãos aos lábios e mandou lançou beijos ao iate, eu acenei outra vez. Depois o longo casco branco começou a se afastar da costa.

"Ele disse mesmo que eu era a concubina dele?"

Contei o que ouvi, palavra por palavra. Ela fitou o iate que se afastava.

"Que atrevimento."

"Eu sabia que era tudo fingimento. É aquela boa e velha cara de jogador de pôquer dele."

"Pois lhe darei um tabefe da próxima vez que vê-lo. June ficará possessa." Então ela sorriu para mim. "Ainda assim", puxou minha mão. "Essa caminhada... Estou morrendo de fome."

"Quero ver onde você estava."

"Depois. Primeiro vamos comer, por favor."

Subimos até onde eu havia deixado a cesta, e nos acomodamos debaixo de um pinheiro. Ela desfez o pacote com os sanduíches, eu abri o champanhe, derramando um pouco, pois havia esquentado demais. Mesmo assim brindamos, depois nos beijamos de novo e começamos a comer. Ela quis saber de tudo que havia acontecido no dia anterior, e eu contei; depois, quis saber de todo o resto, das empreitadas noturnas, da suposta carta dela para mim da semana passada, a minha não-doença...

"Você recebeu minha carta verdadeira de Sifnos?"
"Sim."
"Na verdade, ficamos nos perguntando se era algum truque final. Mas ele foi tão gentil conosco... Desde nosso pequeno embate."

Perguntei a ela o que andavam fazendo... em Creta e por aí. Ela fez uma careta. "Pegando sol e morrendo de tédio."

"Não imagino o porquê do atraso."

Julie hesitou. "Na semana passada, ele tentou uma última vez nos convencer da ideia de... você sabe, empurrar você para June. Presumo que ele ainda não conseguiu desistir disso por completo."

"Veja isso." Alcancei minha mochila e mostrei a ela o envelope do dinheiro; disse quanto havia ali dentro, bem como o que ainda me sentia inclinado a fazer com ele. Ela discordou no ato.

"Sendo sincera, você deveria aceitar. Você fez por merecer, e ele tem muito dinheiro." Ela abriu um sorriso. "Além do mais, em breve você talvez tenha que pagar pelas minhas refeições. Agora que estou desempregada."

"Ele não tentou convencê-la com mais dinheiro?"

"Na verdade, sim. A casa na vila e você *versus* o recebimento do valor integral do contrato."

"Um pouco duro com June, não?"

Julie fungou. "Ela não teve direito a voto."

"Adorei esse chapéu de praia."

Era macio, quase infantil, de aba curta. Ela tirou o chapéu e o contemplou, como uma criança, mais uma vez, quase acanhada, como se ninguém nunca houvesse elogiado sua aparência antes. Me inclinei e dei um beijo em sua bochecha, depois passei um dos braços sobre seus ombros e a puxei para perto. O iate já estava a quase cinco quilômetros de distância, desaparecendo na ponta de Phraxos ao leste.

"E quanto ao grande enigma, nenhuma pista?"

"Você não tem ideia. Quase imploramos para ele um dia desses. Mas esse é o outro preço a se pagar. Se sujeitar aos caprichos absurdos dele, de uma forma ou de outra. Não saber de nada."

"Roguei a Deus querendo saber o que aconteceu aqui no ano passado, e no ano anterior."

"Não entraram em contato com você?"

"Nem uma palavra." Então complementei: "Devo me confessar". Falei a respeito das cartas que havia escrito para saber como ela estava, e mostrei aquela que recebi de seu banco em Londres.

"Isso vindo de você é absolutamente terrível, Nicholas. Imagine só, não confiar em nós." Ela mordeu os lábios. "Quase tão terrível quanto June ligar para o British Council em Atenas para investigar você." Dei um sorriso irônico. "Lucrei meia libra com aquilo."

"Isso era tudo que eu valia?"

"Tudo que ela valia."

Olhei para o leste. O iate havia desaparecido, o mar agora vazio, o vento soprava suave através dos pinheiros acima de nós, chegando a mover tufos de seu cabelo. Ela havia relaxado, afundando um pouco em cima de mim, enquanto eu estava sentado com as costas no tronco do pinheiro. Me senti como um daqueles foguetes, como o champanhe que havíamos tomado. Virei seu rosto e nos beijamos, depois nos deitamos, ainda aos beijos, lado a lado na sombra sarapintada de sol. Eu a desejava, mas não com urgência em demasia, agora que tínhamos todo um verão pela frente. Sendo assim, me contentei com uma mão por baixo da blusa, em suas costas nuas, e sua boca. Por fim ela se deitou com metade do corpo sobre mim, os lábios contra minha bochecha, em silêncio.

"Sentiu minha falta?", sussurrei.

"Mais do que seria bom você saber."

"Gostaria de ficar deitado assim todas as noites de minha vida."

"Eu não. Não é tão confortável assim."

"Não seja tão literal." Abracei-a um pouco mais apertado.

"Digamos que eu talvez seja. Hoje à noite."

Ela percorreu os dedos sobre minha camisa.

"Ela era boa de cama? Sua amiga australiana?"

Fiquei ali parado, um breve calafrio, olhei para o céu, através dos galhos do pinheiro, quase inclinado a contar a ela... mas não, era melhor esperar.

"Contarei dela para você um dia."

Beliscou minha pele de leve. "É melhor mesmo."

"Por que a pergunta?"

"Porque sim."

"Como porque sim?"

"É provável que eu não seja tão... você sabe."

Virei e beijei seu cabelo. "Você já provou ser muito mais esperta."

Ela ficou em silêncio por um momento, como se aquilo não a tivesse tranquilizado por completo.

"Nunca amei alguém fisicamente antes."

"Não é uma doença."

"Mas um lugar desconhecido."

"Prometo que você vai gostar."

Mais um breve silêncio. "Gostaria que existisse outro de você. Para June."

"Ela quer ficar?"

"Por um tempo." E então ela disse, aos murmúrios: "Esse é o problema com as gêmeas, acaba-se tendo os mesmos gostos para tudo".

"Achei que vocês não concordassem no quesito homens."

Ela beijou meu pescoço. "Com este aqui, concordamos."

"Ela está provocando você."

"Aposto que você queria que tivéssemos seguido com *Três Corações.*"

"Estou rangendo meus dentes de tamanha decepção."

Mais um beliscão, este não tão de leve assim. "Sério."

"Você parece uma garotinha às vezes."

"É como me sinto. *Meu* brinquedo."

"Quem você vai levar para a cama hoje?"

"É só uma cama de solteiro."

"Sem espaço para pijamas, então."

"Na verdade, já desisti de usá-los aqui."

"Você está me deixando louco."

"Eu me deixo louca. Deitada ali, nua, pensando em você."

"O que estou fazendo com você?"

"Todo tipo de perversidade."

"Me conte."

"Não consigo imaginar em palavras."

"Coisas suaves ou mais pesadas?"

"Coisas."

"Me fale uma só."

Ela hesitou e em seguida sussurrou: "Saio correndo e você me pega".

"E o que faço depois?" Ela não disse nada. Tateei mais abaixo de suas costas. "Coloco-a sobre meus joelhos e lhe dou uns tapas?"

"Às vezes preciso ser conquistada com muita, muita calma."

"Porque você nunca fez amor comigo antes?"

"Ahã."

"Quero despi-la agora."

"Então teria que me carregar de volta."

"Não me importaria."

Ela se apoiou em um cotovelo, depois se inclinou para frente e me beijou, e por fim sorriu.

"Hoje. Eu prometo. E June nos espera." "Deixe-me ver sua casa primeiro."

"É horrível, parece uma tumba."

"Só uma espiadinha."

Ela fitou meus olhos, como se por algum motivo estivesse disposta a discutir para me convencer do contrário; depois sorriu e se levantou, estendendo-me uma das mãos. Voltamos pela íngreme descida sobre o mar. Julie se abaixou, pegando uma das pedras: a tampa encrustada se ergueu, o buraco negro se escancarava. Ela virou e se ajoelhou, buscou o primeiro degrau da escada com o pé, então começou a descer. Chegou ao fundo depois de cerca de quatro metros e meio, quando esticou o pescoço.

"Cuidado. Alguns dos degraus estão gastos."

Virei e desci logo depois dela. O interior do tubo era desagradável ao ponto da claustrofobia. Mas, ao final, em frente à escada, havia uma pequena sala quadrada, de 4,5 por 4,5 metros. Pude perceber uma porta em cada parede lateral sob a fraca iluminação. Já no sentido do mar, notei as aberturas bloqueadas do que devem ter sido fendas para metralhadoras ou observação. Uma mesa, três cadeiras de madeira, um pequeno armário. O ar era rançoso, mofado, como se o silêncio tivesse um cheiro.

"Tem um fósforo?"

Ela segurava uma lamparina de querosene, que logo acendi. O lado esquerdo do cômodo estava pintado com um mural tosco, uma cena típica de uma adega de cerveja, canecas cobertas de espuma e garotas voluptuosas piscando. Traços fracos indicavam onde houvera cor, agora restava apenas o traçado preto. Era uma pintura tão remota quanto um afresco etrusco; uma cultura há muito submersa no tempo. Na parede à direita, havia algo que exigia mais habilidade: a perspectiva de uma rua que presumi pertencer a alguma cidade austríaca... Viena, talvez. Presumi também que Anton teria ajudado em sua execução. As portas laterais pareciam portas de anteparo de uma embarcação. Cada uma tinha cadeados enormes.

Julie apontou com a cabeça. "Aquele ali era nosso quarto. Joe usava o outro."

"Que lugar pavoroso. Cheira mal."

"Costumávamos chamar de Toca. Você já sentiu o cheiro da toca de uma raposa?"

"Por que as portas estão trancadas?"

"Não sei. Nunca estiveram antes. Suponho que deva ter gente na ilha que saiba que este lugar existe." Ela sorriu com ironia. "Você não está perdendo nada demais. Só roupas. Camas. Mais murais horrorosos."

Olhei para ela à luz da lamparina. "Você é uma garota corajosa. Corajosa por encarar esse tipo de coisa."

"Detestávamos. Tantos homens amargurados, infelizes. Trancados aqui com todo aquele sol do lado de fora."

Toquei em sua mão.

"Certo. Já vi o suficiente."

"Pode apagar a lamparina?"

Fiz isso. Julie se virou para subir a escada que dava para fora. Pernas azuis esbeltas, a luz intensa do dia brilhando de cima para baixo. Esperei ali no fundo por mais um instante, para não encostar em seus pés, depois a segui. A parte de cima de seu corpo desapareceu.

Foi quando ela gritou o meu nome.

Apareceu alguém, talvez dois alguéns, por detrás da tampa, segurando seus braços. Ela parecia ter sido levantada, puxada aos solavancos para longe; chutes ferozes dados com uma das pernas, como se tentasse prender um pé por trás dos cabos de contrapeso. Meu nome foi chamado mais uma vez, mas interrompido; ouvi uma confusão e o barulho das pedras no exterior, além de minha visão. Subi os degraus restantes agarrando as barras com violência. Por uma fração de segundo, um rosto surgiu na abertura logo acima. Um jovem de cabelos louros e corte militar, o marinheiro visto na casa aquela manhã. Ele percebeu que me faltavam dois degraus para chegar ao topo e fechou a tampa com força no ato. Os contrapesos atingidos pelo baque trepidaram contra a parede de metal aos meus pés. Berrei em meio àquela súbita escuridão absoluta.

"Pelo amor de Deus! Ei! Espere um pouco!"

Empurrei a parte de baixo da tampa com todas as minhas forças. A tampa cedeu um milímetro, como se alguém estivesse sentado ou de pé em cima dela. Mas não cedeu mais na segunda tentativa. O tubo era estreito demais, o que me impedia de fazer muito mais pressão para cima.

Mais uma vez me esforcei para erguê-la; depois parei, tentando escutar alguma coisa. Silêncio. Tentei forçar a tampa uma última vez, apenas para desistir e descer para o fundo. Risquei um fósforo e reacendi a lamparina de querosene; tentei abrir as duas portas enormes. Eram impenetráveis. Escancarei o armário. Tão desprovido de objetos como a situação era desprovida de sentido. Rosnando de raiva, lembrei-me da despedida de Conchis, digna de uma fada madrinha: o alegre adeus, os fogos de artifício, a garrafa de Krug. Nossas celebrações haviam chegado ao fim. Este era Próspero às raias da loucura, um maníaco decidido a nunca libertar sua Miranda.

Fiquei parado na base da escada, fervilhando; buscando entender as duplicidades do velho sádico, ler seu palimpsesto. Seu "teatro sem público" não fazia sentido, não poderia ser essa a razão. Se havia uma coisa que atores e atrizes buscavam, era um público. Talvez o que ele vinha fazendo tivesse nascido, em parte, graças a alguma teoria do teatro, mas ele mesmo já dissera: *O teatro é apenas uma metáfora.* E então? Alguma nova filosofia incompreensível: metaforismo? Talvez ele se enxergasse como professor em uma faculdade impossível de ambiguidade, uma espécie de William Empson do evento. Pensei, pensei e pensei mais uma vez, sem chegar a nenhuma conclusão, apenas mais dúvidas. Dúvidas que começaram a se estender para Julie e June também. Eu havia retornado ao estágio da esquizofrenia. Deve ser isso, tudo foi planejado desde o início, eu nunca a teria, sempre seria atormentado e alvo de zombaria, como Tântalo. Mas como uma garota poderia fazer o que ela fez? Ainda podia sentir seus beijos, lembrar cada palavra daquela breve conversa erótica sussurrada que ela havia iniciado, mas sem ter sido sincera com nada daquilo? Com exceção, talvez, de alguém que de fato tivesse uma perturbação mental, de alguma maneira ciente de que suas promessas jamais seriam cumpridas?

Mas como um homem que se dizia médico poderia permitir que tais coisas seguissem adiante? Era inconcebível.

Meia hora e diversas tentativas depois, a tampa enfim cedeu suavemente aos meus empurrões. Passados três segundos, eu me vi sob a luz do sol mais uma vez. O mar estava vazio, assim como as árvores ao meu redor. Subi o aclive para ver mais do interior, mas claro que não havia nada. O vento soprava pelos pinheiros de Alepo, indiferentes, inumanos, em outro planeta. Um pedaço de papel branco, relíquia de nosso almoço, tremulava, moroso, após se prender em um emaranhado de salsaparrilha a menos de cinquenta metros de distância. A cesta e a mochila continuavam onde as havíamos deixado; o chapéu rosa, onde ela o havia deposto ao retirá-lo.

Após dois minutos cheguei à casa. Estava toda fechada, exatamente como eu a vira da última vez. Comecei a correr pelo caminho até o portão. E lá, assim como em minha primeira visita a Bourani, descobri que me fora deixada uma pista.

John Fowles
O Mago

57

Ou melhor, duas pistas.

Ambas pendiam do galho de um pinheiro próximo ao portão, no meio do caminho, a menos de dois metros do chão, balançando ao vento, inocentes e indolentes, tocadas pela luz do sol. Uma delas era uma boneca. A outra, um crânio humano.

O crânio pendia de uma corda preta que passava por um furo perfeito no topo. Já a boneca pendia de uma corda branca. Seu pescoço envolto em um laço. Não apenas pendurada, mas enforcada. Tinha menos de meio metro de altura, esculpida em madeira de forma canhestra e pintada de preto, com uma boca sorridente e olhos brancos, num estilo naïf. Ao redor dos tornozelos, suas únicas "roupas", dois tufos de trapo branco. A boneca representava Julie, indicando que ela era má, negra por baixo da inocência branca que trajava.

Fiz o crânio girar. Vultos assombravam as órbitas, a boca sorria sinistra.

Ah, pobre Yorick.

Corpos estripados?

Ou Frazer... *O Ramo de Ouro*? Tentei me lembrar, o que dizia mesmo? Bonecas pendentes em bosques sagrados.

Conferi as árvores em volta. Em algum lugar, olhos me observavam. Mas nada se movia. As árvores secas ao sol, os arbustos na penumbra sem vida. Mais uma vez o medo, medo e mistério, tomaram conta de mim. A fina rede da realidade, essas árvores, esse sol. Era infindável o quanto eu estava longe de casa. As distâncias mais profundas nunca são geográficas.

Sob a luz, na viela entre as árvores. E em toda parte, uma escuridão subjacente.

O que é, não tem nome.

O crânio e sua esposa balançaram com um sopro da brisa. Corri para longe, deixando-os ali em sua misteriosa comunhão.

• • •

Hipóteses me imobilizavam, assim como Gulliver foi imobilizado pelas incontáveis cordas dos liliputianos. Tudo que eu sabia é que padecia por Julie, era louco por ela, o mundo naquele dia não tinha qualquer outro significado; assim sendo, desci rumo à escola como um líder tribal que prepara uma vingança em uma saga islandesa, mas sempre considerando a ínfima e derradeira chance de encontrar Julie esperando por mim. Porém, ao escancarar minha porta, escancarei-a para encontrar um quarto vazio. Senti que deveria encontrar Demetriades e tentar arrancar a verdade dele; forçá-lo a ir comigo até o professor de ciências. Parte de mim havia decidido ir para Atenas, até mesmo alcancei uma maleta da parte de cima do guarda-roupa, mas mudei de ideia. Provavelmente o fato de que ainda restavam duas semanas de período letivo fosse o único fato que importava; duas semanas a mais para nos atormentar... ou para me atormentar.

Por fim, desci até a vila e segui direto para a casa atrás da igreja. O portão estava aberto; um jardim verde com limoeiros e laranjeiras, por onde um caminho de pedra levava à porta da casa. Por mais que não fosse grande, possuía certa elegância, um pórtico com pilastras, janelas com frontões graciosos. Sua fachada caiada estava coberta pela sombra, um azul pálido contra o azul pálido do céu do início da noite. Enquanto eu caminhava entre as paredes frescas e escuras das árvores, Hermes surgiu na porta da frente. Olhou para trás de mim, como se estivesse surpreso em me ver sozinho.

"A jovem está aqui?", perguntei em grego. Ele me encarou, depois abriu as mãos num gesto de incompreensão. Eu o interrompi, sem paciência. "A outra jovem, a irmã?"

Ele ergueu a cabeça. Não.

"Onde ela está?"

No iate. Após o almoço.

"Como você sabe? Você não estava aqui."

Sua esposa havia contado.

"Com o senhor Conchis? Para Atenas?"

"Nai." Sim.

O iate poderia facilmente ter parado em um dos portos da vila após sumir de nossa vista; suponho que June poderia ter embarcado sem grandes problemas, caso tivessem dito a ela que estávamos por lá. Ou talvez esse sempre tenha sido o plano. Encarei Hermes por um instante, depois passei por ele e entrei na casa.

Um salão arejado, fresco e desguarnecido, um tapete turco fino pendurado em uma das paredes; na outra, um brasão obscuro, semelhante a um emblema funerário inglês. Por uma porta aberta à esquerda, vi as caixas de quadros de Bourani. De pé, à porta, um garotinho, devia ser um dos filhos de Hermes. O homem lhe disse algo e, após um solene enfrentamento de seus olhos castanhos, a criança se foi.

Hermes, às minhas costas, questionou: "O que o senhor quer?".

"Em quais quartos as garotas ficavam?"

Ele hesitou, depois apontou para as escadas. Tive a impressão relutante de que ele estava de fato fora de seu elemento. Subi as escadas. Havia corredores à esquerda e à direita, por todo o comprimento da casa. Voltei meu olhar para Hermes, que tinha me seguido. Mais uma vez, ele hesitou, então apontou. Uma porta à direita. Eu me encontrava em um típico quarto da ilha. Uma cama com uma colcha trançada, piso de tábuas polidas, cômoda, um fino *cassone*,* algumas aquarelas simpáticas de casarios da ilha. Tinham a aparência limpa, estilosa e superficial das perspectivas de arquitetura, e por mais que não estivessem assinados, presumi que, mais uma vez, estava diante do trabalho de Anton. As persianas do lado oeste estavam quase que inteiramente fechadas. No peitoril das janelas abertas, havia um *kanati* molhado, o jarro poroso que os gregos costumam deixar nos peitoris para refrescar, não só o ar como a água. Uma pequena tigela com flores de jasmim e plumbago, em branco cremoso e azul pálido, repousava em cima do *cassone.* Um cenário belo, simples, convidativo.

Abri uma das persianas para que mais luz entrasse. Hermes ficou na porta, me observando, desconfiado. Me perguntou outra vez o que eu estava fazendo. Notei que não se deu ao trabalho de me perguntar onde estava Julie, e dessa vez eu o ignorei. Eu até esperava que ele fosse tentar me impedir, já que eu sentia uma necessidade crescente de algum tipo de violência física. Mas ele não fez nada, restando a mim descontar minha frustração na cômoda. Além de meia-gaveta com coisas de banheiro e cosméticos, não havia nada além de roupas. Desisti e percorri o quarto com os olhos. Em um dos cantos, um trilho havia sido instalado, de onde

---

* Espécie de baú que contém todo o enxoval de uma mulher antes do casamento. [NT]

pendia uma cortina. Arrancada e atirada para o lado, revelou uma curta fileira de vestidos, saias, um casaco de verão. Reconheci o vestido rosa que ela havia usado no domingo em que me foi dita a "verdade", ou o que parecia ser a verdade naquele momento. No chão, sapatos, e atrás destes, em um dos cantos da parede, uma maleta. Peguei-a e a lancei na cama, e sem muita esperança tentei as travas. Mas elas abriram.

Dentro, mais roupas, dois ou três suéteres de lã, uma saia de tweed grosso, coisas que supostamente não seriam necessárias na Grécia no verão; duas bolsas transversais gregas, novas em folha, ainda com as etiquetas de preço, como se tivessem sido compradas para presente. Embaixo havia alguns livros. Um guia da Grécia datado do pré-guerra, acompanhado de alguns cartões postais de pontos turísticos e esculturas clássicas. Não havia nada anotado em nenhum deles. Um romance de Graham Greene. Um livro americano sobre bruxaria impresso em papel jornal com uma página marcada por uma carta. Tirei um cartão impresso do envelope. Era um convite para a festa de formatura, uma semana antes, da escola de Londres em que Julie dissera trabalhar. O envelope havia sido encaminhado a Bourani de Cerne Abbas, seu lar em Dorset, quase um mês antes. Havia ainda um volume da Antologia Palatina. Abri-o. *Julia Holmes, Girton*. Alguns dos poemas tinham pequenas notas nas margens, equivalentes em inglês, em sua bela caligrafia.

"O que o senhor está procurando?", perguntou Hermes.

"Nada", murmurei. Havia em mim uma suspeita crescente de que Conchis operava com base em algum princípio semelhante ao de uma célula de espionagem; ninguém repassava ao baixo escalão mais informações do que aquilo que precisavam saber, e Hermes não sabia de muita coisa: talvez apenas que eu apareceria desse jeito, com aparente raiva, e deveria ser tratado de acordo. Desisti da maleta e voltei o olhar a ele.

"E o quarto da outra jovem?"

"Nada. Ela levou todas as suas coisas."

Fiz com que me mostrasse o cômodo, que ficava ao lado e era mobiliado de forma semelhante. A diferença é que não havia sinais de que fora ocupado. Até mesmo uma cesta de lixo ao lado da mesa estava vazia. Mais uma vez, fitei Hermes.

"Por que ela não levou as coisas de sua irmã consigo?"

Ele deu de ombros, como se eu estivesse agindo de forma irracional.

"O patrão me disse que ela retornaria. Com o senhor."

No andar de baixo, fiz Hermes buscar sua esposa. Era uma nativa com idade próxima aos 50 anos, de aspecto pálido, coberta em onipresentes trajes negros, mas parecia menos melancólica e mais loquaz que seu marido. Sim, os marinheiros trouxeram as caixas, o patrão viera. Isso por volta das duas da tarde. A jovem partiu com ele. Parecia infeliz? De forma alguma. Estava rindo. Uma jovem tão bonita, comentou a mulher. Acaso ela já a teria visto antes desse verão? Nunca. Disse ainda, como se eu não soubesse, que era estrangeira. Ela avisou para onde estava indo? Para Atenas. Chegou a dizer se voltaria? A mulher gesticulou com as mãos, indicando que não sabia. Então ela disse *Isos*. Talvez. Fiz mais perguntas, mas não obtive respostas melhores. Era de grande estranheza o fato de não terem me perguntado nada em contrapartida, mas eu tinha certeza de que eram meros joguetes; e mesmo que soubessem o que estava acontecendo, estava claro que não me contariam.

Eyele. Ela estava rindo. Creio que essa foi a única palavra em grego que me impediu de ir à polícia. Conseguia imaginar June sendo enganada a acompanhar Conchis, mas ela deve ter suspeitado de algo, não podia só estar rindo. Algo de suspeito pairava no ar e confirmava todas as minhas piores dúvidas. E todos aqueles pertences de Julie ainda à sua espera no quarto do andar de cima; era outra anomalia, ainda que mais favorável. Tudo isso de me provocar, depois me afastar, me provocar... ainda não havia chegado ao fim. Comecei a ter certeza de que devia apenas esperar, por mais desapontado e frustrado que me sentisse agora.

Recebi uma carta durante o almoço na segunda-feira. Era da senhora Holmes e havia sido postada em Cerne Abbas na terça-feira passada.

> Caro sr. Urfe,
> Claro que não incomoda o senhor me escrever. Encaminhei a sua carta ao sr. Vulliamy, diretor responsável por nosso ensino primário, um homem tão gentil, e ele se animou com a ideia. Creio que ter amigos por correspondência na França e América já está ficando antiquado, não concorda? Tenho certeza de que ele entrará em contato com você.
> Fico muito feliz que tenha conhecido Julie e June, e que haja outros ingleses na ilha. Parece mesmo formidável. Lembre-as de escrever. São *péssimas* se tratando disso.
> Atenciosamente,
Constance Holmes

Estava de plantão naquela noite, mas escapei quando os garotos foram dormir e fui até à casa de Hermes. Não havia luzes no andar de cima.

A terça-feira chegou. Me sentia inquieto, inútil, incapaz de decidir qualquer coisa. Ao final da tarde, me dirigi do cais até a praça da execução. Havia ali uma placa no muro da escola da vila. A nogueira ainda estava de pé à direita, porém, à esquerda, as grades de ferro haviam sido substituídas por portões de madeira. Dois ou três meninos jogavam futebol contra o muro alto ao lado da escola, que estava como aquela sala, a sala de tortura que fui visitar quando voltei da vila na noite de domingo: trancada, mas passei pela lateral e olhei para dentro. Agora era um almoxarifado, com cavaletes e quadros negros, mesas sobressalentes e demais peças de mobília; completamente exorcizada pela força das circunstâncias. Deveriam ter deixado como era, com o sangue, o aquecedor elétrico e aquela mesa terrível no centro.

Talvez eu estivesse amargo demais em relação à escola aqueles dias. O período de provas havia passado, com a perspectiva promissora de que "cada aluno seria examinado individualmente em inglês escrito pelo professor de inglês nativo". Isso queria dizer que eu tinha duzentos ou mais trabalhos a serem corrigidos. Por um lado, não me importava. Afinal, dessa forma outras ansiedades e suspenses permaneciam sob controle.

Percebi então que uma mudança súbita, porém profunda, se dava em mim. Sabia que não poderia mais confiar nas garotas — o parafuso dera voltas demais para isso. Julie rememorando, pouco antes de ser "sequestrada", minha suposta atração por June era, em retrospecto, o que havia de mais suspeito em tudo. Se não estivesse tão deslumbrado por ela, deveria ter percebido no ato. Parecia claro que ainda estavam fazendo o que Conchis queria, o que devia ser indicativo de que sabiam, sabiam desde o início, o que estava por trás de tudo. Se essa era uma hipótese razoável, precisava incluir outra: de que Julie sentia uma atração legítima por mim. Ao juntar ambas, a conclusão a se chegar era de que ela, de alguma forma, estava jogando dos dois lados... me enganando para agradar o velho, mas também enganando o velho por minha causa. O que, por sua vez, indicava que ela deveria saber que não me seria negada ao final, que as provocações, um dia, cessariam. Me arrependi de não ter contado a ela sobre Alison quando tive oportunidade, já que isso deveria — caso o sentimento que tinha por mim tivesse algum pingo de decência pôr um fim abrupto naquele absurdo jogo de esconde-esconde. Ao menos meu silêncio então eliminou um medo do passado. Ela não teria como saber a verdade *e ainda assim* seguir adiante com a farsa.

Quarta-feira foi um dia abafado de sol encoberto, um dia com um quê de fim do mundo, nada egeu. Sentei-me para uma longa sessão de correções àquela noite. Quinta-feira era o prazo final para entregar os trabalhos ao diretor-assistente. O ar estava pesado e, por volta das dez e meia pude ouvir trovoadas distantes. A chuva se anunciava, misericordiosa. Uma hora depois, após ter me livrado de cerca de um terço da pilha de papéis, uma batida à porta. Gritei. Achei que se tratava de algum dos outros professores, talvez algum dos formandos do secundário em busca de resultados antecipados.

Mas era Barba Vassili, do portão. Sorria por baixo de seu bigode de morsa, e suas primeiras palavras me fizeram saltar da mesa.

"*Sygnomi, kyrie, ma mia thespoinis.*"

John Fowles
O Mago

58

"Com licença, senhor, mas uma jovem..."

"Onde?"

Ele gesticulou em direção ao portão. Vesti um casaco às pressas. "Uma jovem muito bonita. Estrangeira, ela..."

Eu já o havia deixado para trás e seguia apressado pelo corredor. Me virei para seu rosto sorridente e disse "*To phos*!", para que ele apagasse a luz, então saltei sobre as escadas, disparei para fora do prédio, pelo caminho até o portão. Havia uma lâmpada acima da janela de Barba Vassili, uma poça de luz branca. Esperava vê-la debaixo da luz, mas não havia ninguém. O portão estava fechado àquela hora da noite, já que todos os professores tinham chaves. Tateei meus bolsos e lembrei que havia deixado a minha no casaco velho que usei durante a aula. Olhei através das barras. Não havia ninguém na estrada, ninguém na terra desolada repleta de arbustos de tojo que descia rumo ao mar a menos de cinquenta metros de distância, ninguém à margem da água. Falei, em um tom de voz baixo.

Mas nenhuma silhueta saltou por detrás dos muros. Exasperado, dei meia-volta. Barba Vassili coxeava, vagaroso, por entre as árvores, vindo do bloco dos professores.

"Ela não está aí?"

Tive a sensação de demorar eras para abrir o portão lateral usado à noite. Seguimos pela estrada. O velho apontou para longe da vila.

"Por ali?"

"Acho que sim."

Senti o cheiro de mais jogos no ar. Havia algo no sorriso do velho, a eletricidade na atmosfera, a estrada deserta; mesmo assim não me importava com o que fosse acontecer, contanto que algo acontecesse.

"Pode me dar sua chave, Barba?"

Mas ele não me deu a chave em sua mão, e retornou à sua cabana em busca de uma outra cópia. Parecia estar me atrasando, e quando por fim apareceu com uma chave adicional, tomei-a de sua mão.

Fui depressa pela estrada, me afastando da vila. Raios e trovões estremeciam ao leste. Depois de uns sessenta ou setenta metros, o muro da escola se virava para o interior em ângulos retos. Pensei que Julie poderia estar esperando em um dos cantos. Não estava. A estrada não avançava muito mais que uns quatrocentos metros; para além do muro, ela dava uma volta mais afastada do mar para atravessar um caudal que havia secado. Havia uma pequena ponte e, a menos de cem metros à esquerda no sentido do continente, mais uma daquelas incontáveis capelas da ilha, ligada à estrada por um bulevar de altos ciprestes. A lua estava completamente coberta por um denso véu de nuvens, mas uma luz cinzenta palmeresca* cobria a paisagem. Cheguei à ponte e hesitei, dividido entre seguir adiante e retornar à vila, o caminho muito mais plausível que ela poderia ter seguido. Então a ouvi chamar meu nome.

A voz vinha do bulevar de ciprestes. Caminhei entre eles, apressado. No meio do caminho para a capela, reparei numa movimentação à minha esquerda. Ela esperava a três metros de distância, escondida em relação à estrada, no meio das duas maiores árvores. Um casaco impermeável de verão, escuro, lenço na cabeça, calças, uma camisa que parecia preta; seu rosto pálido e ovalado. Apesar do que eu havia dito antes, de cara já sabia: havia algo na forma como ela me esperava, com as mãos nos bolsos do casaco.

"Julie?"

"Sou eu. June. Graças a Deus você veio."

Me aproximei dela. "Onde está Julie?"

Ela me encarou por um longo momento, depois abaixou a cabeça. "Achei que você já tinha percebido."

"Percebido o quê?"

"O que está acontecendo." Seus olhos encontraram os meus. "Entre ela e Maurice."

Deixei um silêncio no ar, e ela abaixou os olhos mais uma vez.

"O que diabos vocês acham que eu sou?" Ela não disse nada. "Parecem ter esquecido que já passei por toda essa farsa da amante de rico."

Ela balançou a cabeça. "Não foi o que eu quis dizer. Só que ela... fará tudo que ele pedir. De outras formas."

---

* Referente ao paisagista inglês Samuel Palmer (1805-1891). [NT]

Sua cabeça permaneceu abaixada, e eu me vi ali diante de uma escolha. Devia ter me virado e retornado à escola, meu quarto, minha mesa, minhas correções, ali no ato; porque sabia que, no tocante àquele teatrinho, eu havia retornado à estaca zero. Considerando fatos e apenas fatos, a respeito desta garota, eu agora não sabia mais do que quando pousei meus olhos pela primeira vez em sua silhueta nua à noite abaixo do terraço em Bourani. Mesmo assim, estava ciente de que não podia simplesmente virar as costas, assim como uma pedra lançada não volta à mão que a atirou.

"E o que *você* está fazendo aqui exatamente?"

"Já não acho que isso seja justo."

"O que não é justo?"

Ela olhou para mim. "Tudo foi planejado. Ela ter sido arrancada de você daquele jeito. Ela sabia o tempo todo que isso aconteceria."

"E isso aqui não é planejado?"

Resignada, ela olhou para além de mim, em direção à noite. "Não o culpo por presumir que seja."

"Você não me disse onde Julie está."

"Em Atenas, com Maurice."

"De onde você acaba de chegar?" Ela assentiu. "Por que em um horário tão incomum?"

"Cheguei só depois de escurecer."

Examinei sua expressão. Aliada à sua postura, transmitia um ar de inocência ferida, de reprovação à minha suspeita. Era evidente que ela estava desempenhando um papel.

"Por que você não esperou no portão?"

"Entrei em pânico. Ele demorou demais para avisá-lo."

Relampejou mais uma vez. Uma brisa suave passou, o cheiro de chuva vindoura, e a trovoada quase contínua e cada vez mais agourenta vinda do leste.

"Que motivo há para se entrar em pânico?"

"Eu fugi, Nicholas. Eles devem ter adivinhado para onde."

"Por que você não foi à polícia, à embaixada?"

"Não é crime fazer alguém se apaixonar por você sob falso pretexto. E ela é minha irmã." Ela ainda comentou: "A questão não é o que Maurice está fazendo. Mas sim o que Julie é".

Entre as frases, pequenas pausas reveladoras, como se cada uma delas precisasse ser deglutida por mim antes que ela pudesse prosseguir. Não tirei os olhos dela nem por um instante. No escuro, ela se assemelhava tanto à irmã que parecia uma alucinação.

"Vim apenas avisá-lo e nada mais", ela disse.

"E me consolar?"

Uma voz grave vinda da estrada a salvou de ter que me responder. Olhamos em volta dos ciprestes. Três silhuetas tênues, homens, caminhavam vagarosamente em direção à ponte, falando grego. As pessoas, os nativos, os professores, costumavam caminhar no começo da noite, até o fim da estrada e depois voltar, para aproveitar o clima fresco. June me lançou um olhar que deveria ser de alguém assustado. Aquilo também não me convenceu.

"Você veio no barco do meio-dia?"

Ela se desviou dessa armadilha. "Encontrei um caminho por terra. Através de Kranidi."

De vez em quando, pais de alunos com talassofobia usavam aquela rota, que consistia em mudar o caminho em Corinto, pegar um táxi em Kranidi, e então contratar um barco para ser levado do continente; uma jornada de um dia inteiro, difícil quando não se fala bem o grego.

"Por quê?"

"Porque Maurice tem espiões por toda parte aqui. Na vila."

"Acreditarei nessa parte."

Voltei o olhar para a estrada mais uma vez. Os três homens caminhavam calmamente pelo bulevar de árvores, as costas viradas para nós; a faixa cinzenta da estrada, os arbustos negros, além, o mar em trevas. Eram exatamente aquilo que pareciam.

Eu disse: "Olha, estou farto disso. Jogos, tudo bem. Mas não com as emoções dos outros".

"Talvez eu sinta o mesmo."

"Já não é a primeira vez. Desculpe. Não dará certo."

"Ela te enganou mesmo, não foi?", ela disse com a voz baixa.

"De um modo muito mais convincente do que você. E, além do mais, já tivemos essa conversa antes. Então, me diga, onde ela está?"

"Neste momento? Provavelmente na cama com seu amante de verdade."

Me deixei suspirar. "Maurice?"

"O homem que você conhece como Joe."

Dei uma risada, aquilo era demais para mim. "Tudo bem, você não precisa acreditar em mim", ela disse.

"Você vai ter que caprichar mais do que isso. Ou eu volto para o meu quarto." Ela se calou. "Suponho que seja por isso que ele fica ali, observando enquanto fazemos amor."

"Pode-se fazer isso quando se faz amor de verdade com alguém toda noite. Quando se sabe que o outro homem está sendo feito de bobo e nada mais."

Ela era persistente demais, era como tentar vender gato por lebre para o mesmo freguês duas vezes.

"Isso está ficando doentio. Já chega."

Virei-me para ir embora, mas ela segurou meu braço.

"Nicholas, por favor... além disso tudo, não sei onde vou passar a noite. Não posso ir à casa na vila."

"Tente o hotel."

Ela engoliu em seco minha resposta, depois tentou mais uma vez. "É provável que eles estejam aqui amanhã, e, se eu for acusada de algo, gostaria de tê-lo ao meu lado. Para me apoiar. Só isso. De verdade."

Por um breve momento, havia um tom genuíno em sua voz, e ela por fim deixou escapar um pequeno sorriso, uma bela mistura de tristeza e pedido de proteção. Assumi então um tom mais gentil.

"Você não deveria ter me contado a história de *Três Corações*."

"Soa tão improvável assim?"

"Você sabe bem até demais que a improbabilidade está em você dobrar a realidade para acomodá-la."

"Não vejo o que há de tão irreal em termos nos encontrado...", ela sacudiu a cabeça, evitando meu olhar.

"Passarmos a noite juntos. É essa a ideia?"

"Só estou falando que, quando você descobrir a verdade sobre Julie, se...", mais uma vez ela sacudiu a cabeça.

"Por que temos que esperar tanto tempo?"

"Porque... eu sei que você ainda não acredita em mim."

"Achei que haveria algum outro empecilho."

Meu tom de voz foi ficando mais e mais sarcástico, mas enfim ela me olhou nos olhos. Os dela, por sua vez, apresentavam a dilatação exagerada de uma criança que foi desafiada.

"Se é um desafio, eu o aceito. Se isso fará com que você acredite em mim."

"Quanto mais conheço vocês duas, mais inacreditáveis vocês ficam."

"Por que ambas achamos você bastante atraente? E por um acaso eu sinto pena de você? De mim mesma também. Se é que isso importa."

Fitei-a, tentado a colocá-la à prova. Mas estava óbvio demais que quem, de fato, estava sendo testado era eu.

"Julie comentou com você que escrevi para sua mãe?"

"Sim."

"Obtive resposta há alguns dias. Fico aqui imaginando o que ela acharia caso eu lhe escrevesse de volta e contasse o que suas duas filhas andam aprontando, na verdade."

"Ela não acharia coisa alguma. Porque ela não existe."

"Então vocês por um acaso têm alguém em Cerne Abbas que escreve cartas para vocês e encaminha sua correspondência?"

"Nunca estive em Dorset em toda minha vida. Meu nome verdadeiro nem é Holmes. Nem mesmo June, por sinal."

"Entendo. Voltamos a esse ponto então. Rose e Lily?"

"Geralmente me chamam de Rosie. Mas sim."

"Bobagem."

Ela me contemplou e então olhou para baixo. "Não me lembro das palavras exatas, mas a carta de nossa mítica mãe a você era algo assim: Caro sr. Urfe, dei a sua carta ao sr. Vulliamy, diretor da escola primária aqui. Depois tinha algo sobre como amigos por correspondência na França e Estados Unidos eram coisa do passado. E como as duas filhas dela não escrevem com frequência. Certo?"

Então foi minha vez de começar a cair; como tantas outras vezes antes, o chão firme havia se transformado em areia movediça em questão de segundos.

Ela disse: "Me desculpe. Mas existe uma coisa chamada carimbo postal universal. A carta foi escrita aqui, um selo inglês foi colocado nela, e então...", ela fez um gesto como se carimbasse algo. "Agora você acredita em mim?"

Fui percorrendo minhas lembranças com desespero: se haviam aberto as cartas que enviei, então...

"Vocês também abriam cartas endereçadas a mim?"

"Receio que sim."

"Então você sabe a respeito de...?"

"A respeito de quê?"

"Minha amiga australiana."

Ela fez um breve movimento com os ombros: era claro que sabia. Mas de alguma forma intuí que não sabia, que a havia colocado em uma armadilha.

"Então me fale."

"Falar o quê?"

"O que aconteceu."

"Você teve um caso com ela."

"E?" Ela fez outro gesto vago. "Você leu toda minha correspondência. Deve saber."

"Claro."

"Então sabe que me encontrei com ela em Atenas durante o recesso trimestral?"

Ela ficou encurralada, sem saber de onde vinha meu blefe. Hesitou por um instante, depois abriu um sorriso, sem dizer nada. Eu havia deixado a carta de sua mãe sobre a minha mesa; Demetriades ou qualquer outra pessoa poderia ter entrado ali e lido. Mas a carta de Ann Taylor e seus conteúdos tinham sido bem escondidas, em uma maleta trancada.

"Nós sabemos mesmo de tudo, Nicholas."

"Então prove. Eu me encontrei ou não com ela em Atenas?"

"Você sabe muito bem que não."

Antes que ela pudesse se mexer, eu lhe dei uma bofetada no rosto. Um tapa controlado, não forte, o suficiente para arder, mas aquilo a deixou chocada. Levou uma mão à bochecha, devagar.

"Por que você fez isso?"

"Farei bem pior caso não comece a falar a verdade. *Toda* minha correspondência foi violada?"

Ela hesitou por um momento, ainda segurando a bochecha e logo cedeu.

"Apenas... o que parecia ser de nosso interesse."

"É uma pena. Deveriam ser mais minuciosos." Ela não falou nada. "Caso tivessem aberto, você saberia que eu me encontrei com aquela pobre coitada em Atenas."

"Não vejo o que..."

"Por causa da sua irmã, pedi gentilmente que ela sumisse de minha vida." June parecia mais assustada agora, sem saber o que fazer, sem saber aonde isso iria levar. "Algumas semanas depois, ela não só sumiu da minha vida, como da própria também. Ela se matou." Fiz uma pausa. "Agora você sabe o preço de toda essa diversão e fogos de artifício em Bourani."

Ela me encarou, e por um momento pensei que havia acreditado em mim; mas então distanciou o olhar.

"Por favor, não tente jogar o jogo de Maurice."

Peguei-a pelos braços e a sacudi. "Não estou jogando nada, sua tonta imbecil! Ela se *matou.*"

Ela começou a acreditar, apesar de tentar não fazê-lo. "Mas... por que você não nos contou?"

Soltei seus braços. "Porque me senti mal por causa disso."

"Mas as pessoas não se matam só porque..."

"Creio que algumas levam a vida mais a sério do que qualquer um de vocês possa imaginar."

Fez-se silêncio. E então ela se pronunciou, com um ar de timidez ingênua.

"Ela... amava você?"

Hesitei. "Eu tentei ser justo. Talvez justo até demais. Teria feito tudo certo caso não tivessem cancelado aquele fim de semana. Àquela altura me pareceu crueldade não falar para ela que...", dei de ombros.

"Você contou a ela sobre Julie?"

Notei um tom de inquietação genuína em sua voz.

"Vocês estão em segurança. Cinzas não abrem o bico."

"Não foi o que quis dizer." Ela olhou para baixo. "Ela... lidou mal com isso?"

"Não declaradamente. Se eu tivesse percebido... só estava tentando ser sincero. Libertá-la de ter que ficar me esperando."

Silêncio mais uma vez, e então ela falou, em voz baixa: "Se é verdade, não sei como você deixou que... continuássemos assim".

"Por causa da minha paixão insensata pela sua irmã."

"Mas Maurice te avisou."

"E em que momento ele me falou a verdade?"

Mais uma vez, ela ficou em silêncio, ruminando. Havia mudado, e eu percebi que a farsa de que ela agora estava do meu lado fora descartada. Olhou-me nos olhos.

"Nicholas, isso é muito importante. Você não está mentindo?"

"Tenho provas em meu quarto. Quer vê-las?"

"Por favor."

Sua voz agora assumia um tom oscilante, de quem pede desculpas.

"Certo. Esteja no portão em dois minutos. Caso não esteja lá, pode esquecer. Para mim, podem todos ir para o inferno."

Dei as costas e saí andando antes que ela pudesse responder, fiz questão de me recusar a olhar para trás para ver se ela me seguia. Assim que destranquei o portão lateral, escola adentro, trovejou mais uma vez, mais perto, um grande relâmpago bifurcado, e pude ver que ela descia a estrada, devagar, a uns cem metros de distância.

Passados dois minutos, ao voltar com a carta de Ann Taylor e os recortes de jornal, eu a vi de súbito, em pé à margem da estrada de frente aos portões. Barba Vassili estava na soleira iluminada de sua porta, mas eu o ignorei. Ela veio ao meu encontro e pegou o envelope que empurrei em sua direção, em silêncio. Seu nervosismo fora desvelado, e até mesmo derrubou a carta ao retirá-la do envelope, tendo que se curvar para recuperá-la. Em seguida, virou-se para pegar um pouco da luz da cabana e começou a ler. Terminara de ler a carta de apresentação de Ann Tailor, mas continuou a fitá-la por um momento; logo depois, levantou a página e deu uma olhada breve nos recortes de jornal. De repente, seus olhos se fecharam e ela inclinou a cabeça, como se estivesse em oração. Com muito cuidado, dobrou os papéis de novo, colocou-os no envelope e o passou de volta a mim. Ela continuou cabisbaixa.

"Sinto muito. Não sei o que dizer."

"Uma mudança muito bem-vinda."

"Falo com sinceridade, nós não sabíamos."

"Agora sabem."

"Você deveria ter nos contado."

"Para que Maurice me dissesse que é tudo parte da comédia da vida?"

Ela olhou para cima, ofendida. "Se você soubesse... isso realmente não é justo, Nicholas."

"*Se* eu soubesse."

Ela me contemplou com severidade e então olhou para baixo. "Eu realmente não sei o que dizer. Deve ter sido..."

"Tempo verbal errado."

"Sim, eu posso...", então ela disse: "Sinto muito".

"A maior parte da culpa não é sua."

Ela sacudiu a cabeça. "Aí é que está. De certa forma, é sim."

Mas não me explicou por quê. Por alguns instantes ficamos ali como dois desconhecidos ao lado de um túmulo. Relampejou mais uma vez, o que pareceu tê-la forçado a tomar uma decisão. Ela esboçou um sorriso compreensivo, tocou em minha manga.

"Espere aqui um instante."

Ela deu as costas e atravessou o portão lateral em direção a Barba Vassili, que nos assistia de sua porta, parado.

"*Barba Vassili*", eu a ouvi falar em grego, rápido, muito mais fluente do que eu. Após as primeiras palavras, o tom de voz baixou e não pude acompanhar. Vi o velho assentir com a cabeça uma vez, então mais duas, ao aceitar orientações. June voltou pelo portão e parou a dois metros de mim; lançou em minha direção um olhar oblíquo, confessional.

"Vamos."

"Vamos aonde?"

"Até a casa. Julie está lá. Esperando."

"Então por que diabos..."

"Já não importa." Seus olhos voltaram-se para as nuvens carregadas de chuva que se aproximavam. "Partida cancelada."

"Você parece ter aprendido grego bem rápido."

"Isso porque passei três verões aqui."

Ela sorriu, com gentileza, de forma a aplacar meu semblante inconsolável, enraivecido; de súbito, ela me pegou pelos braços, de forma que tive que olhar para ela.

"Quero que você esqueça tudo que eu disse esta noite. Meu nome é June Holmes. Ela se chama Julie. Nós temos, sim, uma mãe gagá, mas não em Cerne Abbas." Ainda assim, não me dei por vencido. Ela disse: "Ela escreve daquele jeito mesmo. Mas nós inventamos a carta".

"E quanto a Joe?"

"Julie... gosta dele." Em seus olhos, uma secura fugaz. "Mas garanto a você que ela não vai para cama com ele." Ela parecia quase impaciente agora, sem saber como me convencer e amansar. Levantou as mãos em gesto de oração. "Nicholas? Por favor, *por favor*, confie em mim. Por alguns minutos apenas, até chegarmos lá. Juro por Deus que não sabíamos sobre sua amiga. Que teríamos deixado de te atormentar assim que soubéssemos. Você precisa acreditar nisso." Havia uma força, um ar de persuasão nela agora; uma garota diferente, de outra natureza. "Se um minuto com Julie não te fizer perceber que não tem do que sentir ciúmes, pode me afogar na cisterna mais próxima."

Ainda assim, recusei-me a sair do lugar.

"O que você falou para ele agora?"

"Nós temos um tipo de código de emergência. Pare o experimento."

"Experimento?"

"Sim."

"O velho está aqui?"

"Em Bourani. A mensagem será comunicada a ele via rádio."

Atrás dela, Barba Vassili trancava o portão lateral. Eu o vi partir em direção ao bloco dos professores. June olhou em volta em busca do meu próprio olhar, depois pegou minha mão e a puxou.

"Vamos."

Permaneci vacilante, mas sua determinação persuasiva havia vencido. Fui levado a caminhar ao seu lado, uma mão presa à dela como um prisioneiro.

"Que experimento?"

Ela apertou minha mão, mas não disse nada por alguns passos.

"Maurice vai enlouquecer."

"Por quê?"

"Porque o que sua amiga fez é aquilo que ele dedicou a maior parte da sua vida a tentar impedir."

"Quem é ele?"

Ela hesitou, mas logo deixou o mistério de lado. "Alguém muito próximo daquilo que ele mesmo lhe disse ser. Em certo sentido." Com um último aperto encorajador, ela soltou minha mão. "Ele é o equivalente francês de um professor emérito de psiquiatria. Até um ou dois anos atrás, era considerado um pilar da escola de medicina da Sorbonne." Ela me lançou um breve olhar de soslaio. "E eu não estudei em Cambridge. Estudei psicologia na Universidade de Londres. Então fui à Paris, para uma pós-graduação sob orientação de Maurice. Com Joe, foi a mesma coisa, só que ele veio dos Estados Unidos. Assim como muitos outros que você ainda não conheceu." Ela comentou: "O que me lembra... você deve ter tido tantas impressões falsas, mas há uma coisa: você precisa perdoar Joe pelo que ele fez aquela noite. Ele é mesmo uma pessoa muito inteligente... e gentil". Eu olhei para ela: algo em seu rosto denunciava timidez, o que foi confirmado por um breve dar de ombros. "Entre nós duas, não é com Julie que ele deve se sentir homem."

"Não compreendo."

"Não se preocupe. Logo entenderá. Há mais uma coisa: Julie não mentiu quando disse a você que era seu primeiro verão aqui. É mesmo. De certa forma, ela também foi vítima."

"Mesmo ao saber o que está acontecendo?"

"Sim, mas... também teve que achar o próprio caminho pelo labirinto. Todos já passamos por isso. No passado. Joe. Eu. Todos os outros. Sabemos como é. Sentir-se perdido. A rejeição. A raiva. E todos sabemos que, ao final, vale a pena."

Um forte trovejar, quase contínuo, estrondou às nossas costas. Ilhas ao leste, a quinze ou vinte quilômetros dali, destacavam-se, pálidas, e depois sumiam. O cheiro de chuva pesava no ar, com algumas lufadas de um vento pressagiador. Caminhávamos com rapidez pela vila. Em algum lugar, uma persiana se fechou com força, mas não parecia haver ninguém.

"Um experimento de que natureza?"

Ela parou sem mais nem menos, então me fez virar e olhar para ela de frente.

"Nicholas, antes de tudo, você foi nosso participante mais interessante até então. Além do quê, todas as suas reações, sentimentos, palpites secretos... tudo o que você não contou nem mesmo a Julie... são de grande importância para nós. Temos centenas de perguntas para lhe fazer. Mas não queremos estragar sua legitimidade explicando tudo de antemão. Peço que tenha paciência por mais um dia ou dois somente."

Seu olhar era bastante incisivo, a ponto de eu ter que desviar o meu, de forma a evitá-lo.

"Minha paciência está no fim."

"Sei que parece pedir muito. Mas ficaríamos muito gratas."

Não dei indício algum de haver aceitado aquilo, mas não discuti mais. Voltamos a caminhar. Ela certamente havia percebido minha contrariedade. Após alguns passos, me deu uma colher de chá.

"Vou dar uma pista. O campo de especialização de toda a vida de Maurice tem sido a natureza dos sintomas delirantes da insanidade." Ela colocou as mãos nos bolsos. "A psiquiatria cada vez mais se interessa pelo outro lado da moeda: por que as pessoas sãs são assim, por que não aceitam delírios e fantasias como reais. Claro que é muito difícil explorar isso, caso se diga à sua cobaia, sua cobaia extremamente sã, neste caso, que tudo que lhe será dito é uma tentativa de iludi-lo." Eu não disse nada, e ela prosseguiu. "Você deve estar pensando que estamos em uma corda bamba das mais tênues em termos de ética médica. Nós estamos... cientes disso. Mas nossa justificativa é que, um dia, as pessoas sãs como você, que foram nossas vítimas temporárias, terão ajudado algumas pessoas muito doentes. Talvez muito mais do que você possa imaginar."

Deixei que se fizesse silêncio entre alguns passos.

"Qual era a ilusão planejada para hoje?"

"De que eu sou sua última amiga de verdade." Ela logo completou: "O que não era uma mentira completa. A parte da amizade, ao menos".

"Eu não cairia nessa."

"Não era esperado mesmo que caísse." Ela sorriu brevemente para mim mais uma vez. "Encare tudo como um jogo de xadrez, mas que não visa a vitória... apenas ver quais lances a outra pessoa fará."

"Toda aquela baboseira de Lily e Rose."

"Os nomes são uma espécie de piada." Há uma carta no Tarô chamada O Mago. O mágico... conjurador. Dois de seus símbolos tradicionais são o lírio e a rosa."

Passamos pelo hotel e chegamos à praça no entorno do porto principal. As trovoadas faziam as fachadas cerradas ganharem vida com violência, como um palco de teatro... e aquilo que ela me dizia também se assemelhava a trovões: clarões em que se podia ver tudo, e escuridão de ainda seguir em dúvida. Mas, assim como os trovões de verdade, a iluminação começou a sobrepujar a noite.

"Por que é o primeiro ano de Julie?"

"A vida emocional dela tem sido... imagino que ela tenha contado a você."

"Ela esteve em Cambridge?"

"Sim. Seu relacionamento com Andrew foi mesmo um desastre. Eu sabia que ela não havia superado. Achei que isso poderia ajudá-la. E Maurice se atraía pela possibilidade que irmãs gêmeas trazem consigo. Esse foi o outro motivo."

"Era para eu me apaixonar por ela?"

Ela hesitou. "Nada ao longo de nosso experimento 'é para' ocorrer nesse sentido. É possível forçar as pessoas a fazerem muitas coisas, mas não a sentirem atração sexual. Nem o contrário." Ela olhou para baixo, em direção aos paralelepípedos. "É improvisado, Nicholas. Não planejado. Caso queira saber, o rato fica em certa paridade com o experimentador. Ele também pode ditar quais as paredes do labirinto. Como você fez, talvez sem perceber de fato." Mais alguns passos e ela disse, assumindo um tom mais delicado: "Contarei outro segredo a você. Julie não estava nada feliz em relação ao domingo. O sequestro. Na verdade, não tínhamos certeza se ela iria em frente com aquilo. Até que ela foi".

Pensei naquilo e lembrei da clara relutância de Julie em me mostrar aquele esconderijo subterrâneo terrível antes de nosso piquenique e o que aconteceu em seguida; e mesmo naquela altura eu quase a obriguei a fazê-lo.

"Tenho aprovação da irmã, na vida real?"

"Você deve ter atendido a cada prece que ela já fez na vida." Logo ela comentou: "Estou sendo maldosa. Andrew era muito inteligente. Sensível. Mas bissexual, e estes têm problemas terríveis. Ela precisa de alguém que...". Notei sua boca se curvar. "Minha opinião estritamente clínica é que ela já encontrou."

Subimos por uma viela rumo à praça da execução.

"Tudo que o velho me falou sobre seu passado, foi tudo invenção?"

"Estamos muito ansiosos para ouvir seus palpites e conclusões primeiro."

"Mas você sabe a verdade?"

Ela hesitou. "Creio saber a maior parte dela. Sei o que Maurice nos deixou saber."

Apontei para o muro em que a placa em celebração da execução ficava. "E aquilo ali?"

"Pergunte a qualquer um na vila."

"Eu sei que ele esteve aqui. Mas tudo aconteceu como ele relatou?"

Ela se calou por um instante. "Por que você acha que não?"

"Tudo aquilo da visão da pura essência da liberdade foi ótimo. Mas oitenta vidas em troca disso me parece um preço muito alto. E é difícil de conciliar com o ódio pelo suicídio que você afirma que ele tem."

"Talvez, então, ele tenha cometido um terrível erro de julgamento?" Aquilo me fez parar nos trilhos por um momento. "Foi o que senti."

"Chegou a dizer isso a ele?"

"Não dessa forma."

Eu a vi sorrir. "Então talvez esse tenha sido o seu erro de julgamento." Ela prosseguiu antes que eu pudesse responder. "Quando eu fui... isso que você é agora, ele passou uma noite destruindo cada crença que eu tinha em minha própria inteligência, cada orgulho que tinha de meu trabalho, tudo sob circunstâncias em que tive de acreditar nele... ao final, eu cedi, repetindo, não é verdade, não é verdade, não sou assim. Então olhei para cima e ele estava sorrindo. Ele disse apenas: 'Finalmente'."

"Eu gostaria que ele não demonstrasse uma satisfação tão genuína e sádica ao dizer isso."

"Mas é precisamente por isso que se acredita nele. Ou, como ele diria, por isso que ninguém se opõe à coisa legítima." Ela olhou na minha direção, severa. "É a conspiração que parece sádica contra o indivíduo que chamamos de evolução. Existência. História."

"Eu percebi que era disso que se tratava o metateatro."

"Ele costumava dar uma palestra famosa sobre a arte enquanto ilusão institucionalizada." Ela fez uma careta. "Um temor secreto que sempre temos é de que alguém como você possa ter lido essa palestra. É um dos motivos pelos quais nunca poderíamos fazer isso com um jovem intelectual francês."

"Ele é francês?"

"Não. Grego. Mas nasceu em Alexandria. Passou a maior parte de sua criação na França. Seu pai era muito rico. Um cosmopolita. Ao menos é o que acho. Maurice parece ter se rebelado contra o tipo de vida que deveria levar. Afirma ter ido à Inglaterra em primeira instância para fugir de seus pais. Para estudar medicina."

"Obviamente você o admira muito."

Ela assentiu de leve com a cabeça enquanto caminhava, então disse, em voz baixa: "Acho que ele é o melhor professor do mundo. Não acho, eu sei".

"Como foi no ano passado?"

"Ah, Deus. Aquele homem horroroso. Tivemos que encontrar outro participante. Um que não fosse da escola. Alguém em Atenas."

"E Leverrier?"

Ela tinha um sorriso nos lábios, inegável que se tratava de uma lembrança carinhosa. "John." Então tocou meu braço. "Essa é uma história bem diferente. Amanhã? É sua vez agora. Me fale um pouco mais sobre... você sabe."

Então contei um pouco sobre Alison. Não a enganei de qualquer forma em Atenas, claro. Eu apenas não havia percebido o quanto ela vinha escondendo.

"Não existiam registros de tentativas de suicídio prévias?"

"Absolutamente nenhuma. Sempre me pareceu o tipo de pessoa capaz de lidar com o que quer que acontecesse."

"Nada de depressão...?"

"Não."

"Pode acontecer. Com as mulheres. Assim, sem mais." A tragédia é que, muitas vezes, elas não desejam aquilo."

"Receio que ela desejasse."

"É provável que se tratasse de que algo que sempre esteve ali. Porém, em geral, há sinais." Ela disse ainda: "E, em geral, há um motivo melhor para isso além do término de um relacionamento".

"Tentei encarar assim."

"Ao menos não é como se você tivesse mentido para ela de qualquer forma." Ela apertou minha mão por um instante. "Não deve se culpar."

Chegamos à casa na hora certa, pois as primeiras gotas, esparsas mas pesadas, de chuva começavam a cair. A tempestade parecia estar seguindo direto para a ilha. June abriu o portão externo e eu a segui pelo caminho. Ela sacou uma chave e destrancou a porta da frente. O salão estava iluminado, por mais que a corrente elétrica oscilasse devido a descargas muito maiores do céu. Foi então que ela se virou e me deu um beijo na bochecha, com rapidez, quase tímida.

"Espere aqui. Ela pode estar dormindo. Não demorarei."

Assisti enquanto ela subia correndo a escada, onde desapareceu. Houve uma batida, então ela chamou por Julie, em voz baixa. Uma porta se abriu e fechou. Veio o silêncio. Trovões e relâmpagos do lado de fora, rajadas abruptas de chuva mais consistentes nas janelas, uma lufada de ar gelado vinda de algum lugar. Dois minutos se passaram. Foi quando a porta invisível no andar de cima se abriu.

Julie surgiu primeiro, descalça, trajando um quimono preto sobre uma camisola branca. Fez uma breve pausa na escada, o rosto aflito, me encarando, depois desceu correndo.

"Ah, Nicholas."

Ela caiu em meus braços. Não nos beijamos. June ficou no topo das escadas, sorrindo em nossa direção. Julie me segurou à distância, examinando meus olhos.

"Por que você *não* me contou?"

"Não sei.'

Ela afundou sobre meu corpo mais uma vez, como se fosse ela quem precisasse ser reconfortada. Afaguei suas costas. June soprou um beijo, de leve, uma benção em minha direção do topo das escadas, depois desapareceu.

"June contou a você?"

"Sim."

"Tudo?"

"Uma parte."

Ela me abraçou um pouco mais apertado. "Fico tão aliviada pelo fim disso tudo."

"Ainda não perdoei você pelo domingo."

Ela olhou para cima, com muito mais seriedade no rosto do que havia em minha voz, me implorando para que acreditasse nela.

"Eu *odiei*. Nicholas, quase não fiz aquilo. De verdade. Foi tão horrível, saber que aquilo aconteceria."

"Você escondeu tão bem que me deu nojo."

"Só porque sabia que estava quase tudo acabando."

"Soube que é seu primeiro ano também."

"E meu último. Não conseguiria fazer isso de novo. Ainda mais agora...", mais uma vez ela apelava pela minha compreensão, meu perdão. "June sempre foi tão misteriosa em relação a tudo. Eu tinha que ver como era."

"Fico feliz. Enfim."

Ela se apertou contra mim mais uma vez.

"Tem uma coisa sobre a qual eu não menti."

"Fico imaginando o que seja."

Minha mão foi encontrada por ela, um leve beliscão como advertência. Sua voz se tornou um sussurro. "De qualquer forma, você não pode voltar para sua escola com essa chuva." Comentou ainda: "E eu odeio ficar sozinha em meio a relâmpagos e trovões".

"Eu também, agora que você falou..."

Nossas próximas falas não foram ditas; e assim que foram trocadas, ela me pegou pela mão e me levou escada acima. Chegamos à porta do quarto que eu havia vasculhado três dias antes. Foi ali que ela hesitou, depois me lançou um olhar que combinava um leve deboche de si com timidez genuína.

"O que eu disse no domingo?"

"Há muito tempo você me fez esquecer qualquer outra garota que..."

Ela olhou para baixo. "É aqui que minha bruxaria chega ao fim."

"Sempre gostei mais de nós dois como Ferdinando e Miranda."

Ela sorriu por um momento, como se tivesse esquecido daquilo; me olhou intensamente, parecia prestes a dizer algo, então mudou de ideia. Ela abriu a porta e entramos. Havia uma luminária acesa próxima à cama, as persianas estavam fechadas. A cama estava como ela havia deixado, o lençol e a colcha trançada jogadas para o lado, o travesseiro amassado; um livro de poemas qualquer abaixo da luminária. Pude notar a quebra irregular dos versos; uma concha de abalone usada como cinzeiro. Ficamos um pouco perdidos ali, como as pessoas ficam quando se veem diante de momentos que foram aguardados por muito tempo. Seu cabelo estava solto, a bainha branca de sua camisola quase chegava aos tornozelos. Ela percorreu o quarto rapidamente com os olhos, como se fossem os meus, como se eu fosse desdenhar de tamanha simplicidade doméstica; fez uma breve careta. Sorri, mas sua timidez era contagiosa; e a realidade alterada entre nós, o que ela quisera dizer com nada mais de "bruxaria": nada de jogos, evasões, provocações. Por alguns bizarros segundos, isso tudo parecia, em retrospecto, conter uma inocência paradoxal. Como Adão e Eva antes da queda.

O mundo externo, em sua misericórdia, veio nos ajudar. Deu-se o clarão de um relâmpago. A luminária oscilou e então se apagou. Fomos lançados na escuridão total. Quase que de imediato o estrondo espantoso de um trovão rugiu sobre nossas cabeças. Antes que terminasse, ela estava em meus braços e nos beijávamos, famintos um do outro. Mais relâmpagos, trovões ainda mais altos e mais próximos. Ela se contorceu junto a mim, aconchegando-se como uma criança. Beijei o topo de sua cabeça, afaguei suas costas, murmurei:

"Posso despi-la e deitá-la na cama e abraçá-la?"

"Deixe-me sentar em seu colo por um instante. Fico tão nervosa."

Fui conduzido na penumbra a uma cadeira de frente para a cama, encostada na parede. Sentei-me e ela se sentou no meu colo, então nos beijamos outra vez. Ela se aninhou em mim; encontrou minha mão livre e entrelaçou seus dedos nos meus.

"Conte-me sobre sua amiga. Sobre o que de fato aconteceu."

Contei-lhe o que havia contado à sua irmã alguns minutos antes. "Foi no calor do momento. Eu já não suportava mais Maurice. Você. Não conseguia lidar com a ideia de continuar por aqui."

"Você contou para ela sobre mim?"

"Só que havia conhecido alguém na ilha."

"Ela ficou chateada?"

"Essa é a parte absurda. Antes tivesse ficado. Não tivesse escondido tudo tão bem."

Sua mão pressionou a minha com delicadeza. "E você não a queria mesmo?"

"Sentia pena dela. Mas ela não pareceu tão surpresa, a bem da verdade."

"Não respondeu minha pergunta."

Sorri na escuridão com esta batalha não tão oculta que se travava entre solidariedade e curiosidade feminina.

"Eu ficava pensando no quanto preferia estar com você."

"Coitada. Ao menos consigo imaginar como ela deve ter se sentido."

"Ela não era como você. Nunca levou nada a sério. Especialmente quando se tratava de homens."

"Mas ela deve ter levado você a sério. No final."

Eu havia previsto algo do tipo. "Penso que fui apenas um tipo de símbolo, Julie. De toda sorte de coisas que deram errado em sua vida. A gota d'água, suponho."

"O que você fez em Atenas?"

"Visitei alguns pontos turísticos. Fiz uma refeição. Sentei e conversei. Bebi muito. Foi tudo bastante civilizado, sinceramente. Ou ao menos pareceu."

Suas unhas se cravaram, de leve, nas costas de minha mão. "Eu aposto que dormiram juntos."

"Você ficaria com raiva se tivéssemos dormido?"

Sua cabeça sacudiu contra a minha. "Não. Eu mereci. Entenderia." Ela levantou minha mão e a beijou. "Gostaria que você me contasse."

"Por que tanta curiosidade?"

"Porque há muito que não sei sobre você."

Eu suspirei.

"Talvez eu devesse ter contado mesmo. Ao menos então ela poderia ainda estar viva."

Fez-se um breve silêncio, então ela beijou minha bochecha.

"Estou apenas tentando descobrir se estou passando a noite com um porco insensível ou um anjo que foi ferido."

"Só há um jeito de descobrir."

"Você acha?"

Mais um beijo leve, e então ela se desvencilhou, com cuidado, de meu braço e se aproximou da cama. O quarto estava muito escuro e eu não conseguia ver nada. Foi quando os raios estremeceram do outro lado das persianas. No breve clarão, eu a vi próxima do *cassone*, despindo-se de sua camisola por sobre a cabeça. Então veio o som, ela tateando seu caminho de volta a mim, uma trovoada, um expirar curto de choque. Alcancei-a e encontrei sua mão tateante; puxei-a nua de volta para o meu colo.

Nossos lábios se encontraram e explorei seu corpo: os seios, a barriga macia, o pequeno tufo de pelos, as coxas. Poderia ter usado uma dezena de mãos, não uma... para enfim tê-la, entregue, submissa, minha. Ela mudou de posição, ficando de pé por um instante, então montou no meu colo e começou a desabotoar minha camisa. Durante outro relampear, vi de relance a expressão em seu rosto; uma seriedade cheia de intenção, como uma criança que despe uma boneca. Ela arrancou a camisa, e o paletó que eu ainda estava usando, atirando-os para longe de meu corpo. Então cruzou as mãos atrás de meu pescoço, como havia feito no mar em Moutsa, e se afastou um pouco.

"Você é a coisa mais linda que eu já vi."

"Você nem consegue me ver."

"Que senti."

Me inclinei e beijei seus seios, então a puxei para mim e encontrei seus lábios mais uma vez. Ela tinha um cheiro peculiar, almiscarado e com um toque de laranja, semelhante a prímulas; aquilo parecia combinar com algo de sensual e inocente nela, um abandono crescente à paixão que também servia como uma tentativa deliberada de ser aquilo que ela acreditava ser meu maior desejo: febril, inquieta, nada brincalhona. Ao final, ela afastou os lábios dos meus com violência, como se estivesse exausta. Momentos depois, sussurrou.

"Vamos abrir as persianas. Adoro o cheiro da chuva."

Ela se afastou, sorrateira, e foi abri-las. Me despi do restante de minhas roupas com rapidez, e a agarrei quando retornava da janela; fiz com que se virasse, abracei-a forte por trás, de forma que ficássemos de frente para a chuva que caía a um metro de distância, a parede gelada de ar escuro. Todas as luzes da vila estavam apagadas, o fusível do gerador devia ter estourado. O relampejar rasgava o céu em direção ao continente, e por um momento ou dois, as casas abaixo de nós, todas as paredes e telhados, e até mesmo o mar, foram aclarados por uma luz violeta pálida, fora do comum. Mas o trovão demorou mais a chegar; o centro diminuto da tempestade já havia passado.

Julie se recostou sobre mim, entregando a frente do seu corpo para a noite e minhas mãos que a cercavam. Deslizei por sua barriga, encrespei seus pelos púbicos. Sua cabeça virou para mim, e então ela levantou a perna direita e a repousou sobre um banquinho abaixo da janela, para que a mão pudesse acariciá-la com mais facilidade. Ela tomou minha outra mão e a conduziu aos seus seios; depois assumiu uma postura de absoluta passividade, permitindo que eu a excitasse, como se a chuva fosse seu verdadeiro amante, com a noite lá fora; como se agora eu devesse fazer com ela o que ela fez comigo no mar. Pequenos respingos da chuva rebatiam do peitoril na minha mão mais abaixo e em sua pele, mas ela parecia não se importar.

"Gostaria que pudéssemos ir lá fora", sussurrei.

Sua boca se franziu para me beijar, logo concordando comigo, mas não demorou para suas mãos reencontrarem as minhas, apertando-as para que ficassem onde estavam. Ela preferia assim agora: ser maltratada com gentileza, coagida devagar... ainda relampejava, mas pareciam relâmpagos de outro mundo; o único mundo real era o corpo dela e o meu... as curvas de suas costas, o calor que emanava dali, a pele sedosa com suas extremidades eriçadas, o afago mais abaixo, complacente e solicitado. Era um pouco como havia imaginado no início, na fase Lily Montgomery: essa criatura delicada e esquiva, quase desmaiada, entregue à parte animal de si mesma; ainda não adulta por completo, por baixo de seus ares e graças, algo da perversão inocente de uma garotinha brincando de sexo com outros garotinhos.

De súbito, meio minuto depois, ela pegou minhas mãos e as colocou sobre sua barriga, aprisionando-as.

"O que foi?"

"Você está sendo cruel."

"Essa era a ideia."

Ela se virou para mim, seu rosto escondido.

"Diga o que mais você gostava que ela fizesse com você."

Lembrei-me de uma antiga lei dos Urfe: as garotas possuem tato sexual inverso à sua educação. Mas ali notei uma deliciosa oportunidade para instrução nesse caso.

"Por que quer saber?"

"Porque quero fazer com você."

Eu a trouxe mais para perto. "Eu gosto de você como você é."

"Você é tão grande", ela sussurrou.

Suas mãos desceram em silêncio entre nós. Nos afastamos um pouco. Ela aparentava um ar virginal, que mesmo assim buscava ser corrompida, ser conduzida mais além. Sussurrou outra vez.

"Você tem uma daquelas coisas?"

"Em meu casaco."

"Posso colocar para você?"

Fui em busca do contraceptivo e Julie ficou ao lado da cama. Estava um pouco mais iluminado agora, as nuvens tinham diminuído um pouco, podia ver apenas sua silhueta. Ela pegou o preservativo, me fez sentar na ponta da cama, ajoelhou sobre o carpete nativo, inclinou-se para frente e desenrolou-o; inclinou-se e deu um beijo de leve. Então sentou-se sobre os calcanhares de novo, as mãos cruzadas sobre a cintura, recatada. Podia ver apenas seu sorriso.

"Mentirosa. Não acho que você seja nada tímida."

"Eu passei, sim, cinco anos no dormitório de um convento. Nada lá era deixado à imaginação."

A chuva acalmava, mas seu frescor, o cheiro de cisterna, água sobre pedra, invadia o quarto. Pude ver a água descendo as paredes de centenas de cisternas; as enguias excitadas ao fundo.

"Toda aquela conversa de fugir."

O sorriso dela se aprofundara, sem dizer nada. Fui de encontro a ela, que se levantou e se deixou ser puxada para cima de mim. Fez-se um silêncio, tudo parou, menos o diálogo entre corpos. Ela simulava me possuir, zombava e me consolava com seus lábios; e então houve um silêncio até mesmo de movimentos, como se ela fosse derreter em mim; logo aquilo pareceu se tornar uma ânsia sua. Rompi com o feitiço e ela tornou a mudar de posição, agora de costas sobre a colcha áspera, sua cabeça repousada no travesseiro. Eu me ajoelhei e beijei seu corpo até os calcanhares, observei-a por um momento do outro lado da cama. Ela deitada e levemente contorcida para um dos lados, um dos braços esticados para fora, sua cabeça, de lado. Mas ao passo em que eu avançava, ela foi se movendo até se deitar de costas por completo. Passados poucos momentos, eu estava dentro dela, profundamente. Não foi como qualquer outro momento de primeira penetração que eu já vivera; ia muito além do sexual, um passado tenso e frustrado se fazia presente, um futuro inerente, tamanha era a possessão. Eu sabia que havia conquistado muito mais que seu corpo. Fiquei suspenso pelos braços sobre ela. Ela encarava a escuridão acima.

"Eu adoro você", eu lhe disse.

"Quero que adore."

"Sempre?"

"Sempre."

Comecei a penetrá-la com calma — porém foi aí que algo estranho aconteceu. Sem aviso, a luminária ao lado da cama se acendeu de novo.

Deviam ter arrumado o gerador lá na vila. Parei meu movimento por um ou dois segundos, e ficamos ali como dois estranhos em choque, em estado de comicidade e olhares travados um no outro, de pura vergonha; tamanha vergonha que não tivemos escolha senão sorrir. Percorri seu corpo esbelto com o olhar até onde nos uníamos, e então retornei ao seu rosto. Percebi certa preocupação e timidez em seu olhar, mas ela logo fechou os olhos e deixou a cabeça pender para o lado, de perfil. Se eu quisesse, então...

Comecei a penetrá-la. Seus braços se dobraram por trás da cabeça, como se estivesse indefesa, duplamente nua, à minha mercê como um todo; aquela adorável frouxidão subserviente em tudo menos no baixo ventre. Ouvia-se um ínfimo ranger rítmico em algum lugar da cama. Ela parecia tão pequena, frágil, pedindo pela brutalidade que dizia ter sentido na capela em Moutsa. Suas mãos se cerraram, como se eu a estivesse mesmo machucando. Eu gozei, era cedo demais, mas foi impossível resistir. Achei que era cedo demais para ela, mas quando eu estava prestes a desistir, exaurindo-me, ela levantou os braços de súbito e me encorajou a seguir em frente: um breve e convulsivo empurrão contra mim. Em seguida, fui puxado violentamente de encontro aos seus lábios.

Ficamos ali unidos ainda por um breve momento, em meio ao silêncio profundo da casa; até que nos desvencilhamos e me deitei ao seu lado. Ela alcançou o interruptor da luminária e lá estávamos na escuridão mais uma vez. Ela se deitou de bruços, seu rosto virado para o outro lado. Acariciei suas costas, afaguei seu pequeno traseiro, continuei acarinhando suas curvas. Já então, apesar da natureza tradicional do momento, senti um pico maravilhoso de euforia. Não esperava que fosse ser algo tão compartilhado, tão promissor, que, como a pele sob a minha mão, ela pudesse ser tão quente, tão capaz de se entregar. Disse a mim mesmo que deveria ter imaginado, havia aquela intuição a respeito de June como uma garota que gostava daquilo, e a mesma necessidade deveria existir latente na irmã menos extrovertida ao meu lado. Por fim, nossos corpos haviam se expressado, e eu sabia que tudo só melhoraria... mais sutileza, maior duração, infinitas variações. As nádegas redondas como maçãs, o cabelo enredado contra minha boca. Um trovão distante, quase desaparecendo. Àquela altura já havia mais luz do lado de fora, a lua devia ter saído de trás das nuvens, ao menos em parte. Todas as tempestades haviam passado, e repousávamos no silêncio do Éden reconquistado.

Passaram-se cerca de cinco minutos. Deitados em silêncio absoluto, não havia necessidade de palavras. Então ela se levantou, inclinou-se sobre mim por um instante, curvou-se e me beijou, um beijo rápido. Inclinou-se de volta, seu rosto sobre o meu em uma nuvem de cabelos pendentes, um leve sorriso, seus olhos nos meus.

"Nicholas, você sempre lembrará de algo dessa noite?"

Eu sorri. "De quê?"

"Que também é uma questão de como, não de porquê."

Continuei sorrindo. "Como foi belo."

"Como eu queria que fosse."

Por um brevíssimo momento, ela hesitou, quase como se fosse uma fórmula que esperava que eu fosse repetir. De repente, ela se ajoelhou, deu as costas e saiu da cama, buscando seu quimono. Eu deveria ter reagido mais depressa, ao menos diante da rispidez com que ela buscou a peça de roupa, ou ainda devido a algo em sua voz e em seu semblante, quando ela olhou para mim — com uma severidade que não tinha nada a ver com a ingenuidade que ela interpretara até então. Apoiei-me em um dos cotovelos.

"Aonde você vai?"

Ela permaneceu calada por um momento, depois se virou, enquanto amarrava a faixa do quimono, e olhou para mim. Acho que ainda havia o vestígio de um sorriso em seu rosto.

"Ao julgamento."

"Ao quê?"

Tudo aconteceu com uma rapidez irreal. Ela já estava de partida antes que eu pudesse ter notado completamente a mudança em sua voz, sua agora evidente falta de inocência.

"Julie?"

Ela se virou para a porta, incluindo a pequena pausa que uma atriz faz antes de sua última fala.

"Meu nome não é Julie, Nicholas. Sinto muito por não podermos oferecer as chamas de praxe."

Desta vez, eu me sentei por completo — chamas, mas que diabos de chamas? —, mas antes que eu pudesse falar, ela havia aberto a porta e saído do quarto. A luz tomou conta de tudo.

Seguiu-se um violento fluxo de silhuetas.

John Fowles
O Mago

59

Três homens — trajados de preto dos pés à cabeça, das calças aos coletes negros de gola polo — chegaram tão rápido que, paralisado de tudo, exceto de instinto, não tive tempo de fazer qualquer coisa exceto agarrar a colcha para cobrir minha cintura. O que assumia a liderança era Joe, o negro. Atirou-se sobre mim no momento em que eu estava prestes a gritar. Sua mão bateu em minha boca com brutalidade, e senti sua força e peso me empurrarem para trás. Um dos outros deve ter acendido a luminária de novo. Vi outro rosto conhecido: a última vez que o avistara fora no cume, quando seu dono trajava um uniforme alemão, interpretando Anton. O terceiro rosto pertencia ao marinheiro louro que vira duas vezes em Bourani no domingo anterior. Enquanto me debatia embaixo de Joe, busquei Julie com o olhar — não era capaz de aceitar de que não se tratava de um pesadelo, como um bizarro erro de encadernação em que um romance de D.H. Lawrence se transforma, ao virar da página, em um de Kafka. Mas tudo que pude ver foram suas costas ao deixar o quarto. Alguém a encontrou ali, um braço se esticou sobre seus ombros como se ela tivesse acabado de escapar de um acidente aéreo, removendo-a de vista. Dei início à minha resistência violenta, mas claro que haviam previsto isso e tinham cordas à mão. Em menos de meio minuto, eu já estava amarrado e de cara no chão. Não sei se ainda gritava obscenidades, mas certamente as pensava. Em seguida fui amordaçado. Alguém jogou a colcha sobre mim. Consegui girar minha cabeça para ver a porta.

Outra figura apareceu ali: Conchis. Estava vestido assim como os outros, de preto. Chamas, diabos, inferno. Ele veio e ficou de pé próximo a mim, me olhou em meus olhos revoltados, sem qualquer expressão facial. Lancei-lhe todo o ódio que tinha dentro de mim, me esforçando para fazer sons que ele pudesse compreender. Minha mente saltou para aquele incidente durante a guerra: a sala ao fim de um corredor, um homem deitado de barriga para cima, castrado. Meus olhos começaram a se encher de lágrimas de pura frustração raivosa e humilhação. Por fim percebi como havia sido o olhar derradeiro de Julie para mim. Se assemelhava ao de um cirurgião que acabara de realizar com sucesso uma operação complicada; descartando então as luvas de borracha, observando a sutura. Julgamento, chamas... todos estavam loucos, só podiam estar, e ela a mais cruel, desavergonhada, degenerada...

"Anton" segurava uma pequena caixa aberta para Conchis. De lá, retirou uma seringa hipodérmica, confirmou se estava preenchida corretamente, então inclinou-se de leve sobre mim e a mostrou.

"Não vamos mais assustá-lo, meu jovem. Mas queremos que você durma. Será menos doloroso para você. Por favor, não resista."

A lembrança absurda da pilha de provas a serem corrigidas passou pela minha cabeça. Joe e o outro homem me viraram para cima de novo e seguraram meu braço esquerdo como alicates. Eu resisti por alguns momentos, depois cedi. Um toque úmido. A agulha havia perfurado meu antebraço. Senti a morfina, ou o que quer que fosse, entrar. A agulha foi retirada, mais um toque de algo úmido. Conchis se afastou e me observou por um momento, então se virou e colocou a seringa de volta no estojo médico preto de onde havia saído.

Tentei entender no que havia me metido: um mundo de gente que não conhecia leis ou limites.

Um sátiro com uma flecha no coração.

Mirabelle. *La Maîtresse-Machine*, um mecanismo repugnante que assumira uma forma mais repugnante ainda.

Talvez três minutos tivessem se passado. Foi quando June apareceu na porta. Ela não olhou para mim. Vestia trajes como o dos homens, camisa e calças pretas — fervilhei de raiva outra vez ao lembrar que ela havia vestido aquelas mesmas roupas do lado de fora da escola, já naquele momento ciente de que isso aconteceria — tudo isso após eu ter contado para elas sobre Alison! Ela andou pelo quarto, seu cabelo preso agora com um lenço de chiffon preto; começou a tirar as roupas do armário do canto e passar para uma maleta, com frieza. Minha cabeça começou a flutuar. Rostos e objetos, o teto, tudo sumira da realidade presente; cada vez mais fundo em uma mina sinistra de choque, incompreensão e agitadas profundezas de vingança impossível.

John Fowles
O Mago

60

Eu perderia a noção do tempo por completo, no decorrer dos cinco dias seguintes. Quando acordei, não fazia ideia de quantas horas tinham se passado. Sentia muita sede, o que deve ter sido a causa do meu despertar. Lembro-me de uma ou duas coisas com pouca clareza: uma sensação de surpresa, de estar de pijamas, porém não em meu quarto na escola; e então perceber que estava em um beliche, no mar, mas não em um caíque. Tratava-se da estreita cabine da proa de um iate. Relutava em deixar meu sono, em pensar, em fazer qualquer coisa que não fosse mergulhar nele de novo. O jovem marinheiro de cabelo louro e corte escovinha me ofereceu um copo d'água. Estava claro que ele esperava meu despertar. Minha sede era tamanha que não tinha como eu não beber a água, mesmo tendo percebido sua suspeita turbidez. Deve ter sido ali que tudo virou um borrão de sono outra vez.

O mesmo homem me fez ir ao banheiro na proa do iate em um momento posterior, e lembro que ele teve que me segurar de pé, como se eu estivesse bêbado; sentei-me no vaso sanitário e caí no sono mais uma vez. Havia escotilhas ali, mas seus fechos de metal estavam parafusados. Fiz uma ou duas perguntas, que ele não respondeu, e que também não pareciam importar.

O mesmo procedimento se repetiu uma, duas, sabe-se lá quantas vezes, sob diferentes circunstâncias. Agora, eu estava em um quarto com uma cama de verdade. Sempre era noite, sempre, e se havia luz, era elétrica; figuras sombrias e vozes; e aí a escuridão.

Porém, certa manhã — ao menos parecia manhã, embora pudesse ser meia-noite, até onde sei, pois meu relógio havia parado — eu fui acordado pelo marinheiro-enfermeiro, que me fez sentar na cama, me vestir, e percorrer o quarto vinte ou trinta vezes. Outro homem que eu nunca viera antes esperava na porta.

Tomei consciência de algo que, nebulosamente, eu pensava ter sonhado: um mural extraordinário dominava a parede caiada em frente à cama. Tratava-se de uma figura negra enorme, maior que o normal, uma espécie de esqueleto vivo, um horror digno de Buchenwald, deitado de lado no que poderia ser grama ou chamas. Uma mão descarnada apontava para um pequeno espelho pendurado na parede; uma admoestação, supus, para que olhasse para mim mesmo ou ponderasse que sobre a minha morte. O rosto da caveira era dotado de uma intensidade desconcertada e desconcertante que trazia desconforto ao olhá-la; de qualquer forma, não era nada reconfortante pensar na mente que havia colocado aquilo ali para mim. Pude notar que se tratava de uma pintura recente.

Uma batida na porta. Surgiu um terceiro homem. Trazia consigo uma jarra de café sobre uma bandeja. O cheiro era dos melhores; café de verdade, do tipo Blue Mountain, não aquele pó "turco" sem graça que era usado na Grécia. Acompanhavam ainda pãezinhos, manteiga e marmelada; um prato com presunto e ovos. Fui deixado sozinho. Apesar das circunstâncias, foi um dos melhores desjejuns da minha vida. Todos os sabores eram dotados de uma intensidade proustiana, mescalinada. Eu parecia estar faminto e comi tudo que foi servido na bandeja, bebi cada gota de café e bem que poderia repetir tudo de novo. Havia até mesmo um maço de cigarros americanos e uma caixa de fósforos.

Peguei para mim. Eu trajava um de meus próprios suéteres e calças grossas estriadas, que não usava desde o inverno. O teto alto e curvo era o de uma cisterna embaixo de uma casa; as paredes sem janelas eram secas, mas subterrâneas. Havia luz elétrica. Uma maleta, a minha própria, estava no canto. Meu paletó estava ao lado, em um cabide pendurado a um prego.

A parede de frente para a mesa era de tijolos, recém-construída. Nela, uma porta pesada de madeira. Sem maçaneta, postigo, fechadura, nem mesmo uma dobradiça. Tentei empurrá-la, mas seu ferrolho parecia estar fechado ou estava bloqueada pelo lado de fora. No canto, outra mesa triangular — um lavatório à moda antiga, com um balde para as necessidades logo abaixo. Vasculhei minha maleta; uma camisa limpa, uma troca de roupas de baixo, um par de calças de verão. Vi minha lâmina de barbear, o que me lembrou de que havia um pouco de barba por fazer no meu queixo. Uma penugem de pelo menos dois dias me encarava no espelho. Meu rosto me pareceu estranho; deteriorado, mas ainda assim com uma certa indiferença. Voltei o olhar para a efígie da morte na parede acima. Efígie da morte, cela da morte, o tradicional desjejum derradeiro: uma execução simulada era o último ultraje que me restava passar.

Por trás e por baixo de tudo, havia ainda a vil e imperdoável, a máxima traição não só contra mim, mas contra todos os melhores instintos, cometida por Julie... Lily... quem quer que ela fosse. Comecei a pensar nela como Lily mais uma vez, talvez porque agora sua primeira máscara parecesse mais verdadeira, mais verdadeira por ser obviamente mais falsa que as demais. Tentei imaginar como ela realmente era — claro que se tratava de uma jovem atriz de talento, de imoralidade contumaz ainda por cima. Somente uma prostituta teria se comportado como ela; um par de prostitutas, pois intuí que sua irmã, June, Rose, poderia muito bem ter se preparado também para levar a cabo aquele ato final abominável. É provável que elas teriam gostado de me humilhar em dupla.

Todas as suas histórias haviam sido mentiras; ou engodos. As cartas eram falsas, pura e simplesmente — não poderiam facilitar de forma alguma para que eu pudesse rastreá-las. Um súbito palpite dos piores: nada de minha correspondência chegou ou saiu da ilha sem ter sido lida. A partir disso, cheguei à terrível conclusão de que todos sabiam a verdade a respeito de Alison o tempo inteiro. Quando Conchis me aconselhou a retornar e casar com ela, já devia saber que estava morta; Lily devia saber que ela estava morta. Minha mente afundou em repugnância, como se eu tivesse acabado de cair da beirada do mundo. Eu já havia visto recortes de jornais forjados sobre as irmãs, logo, seria só uma questão de forjar tais recortes... fui até meu paletó, onde guardara a carta de Ann Taylor após "June" tê-la lido, do lado de fora dos portões da escola. A carta continuava ali. Encarei-a, assim como seus anexos, em busca de quaisquer indícios de que tudo havia sido forjado... em vão. Lembrei-me daquele outro envelope que havia deixado em meu quarto, que não fora mostrado a ela, com seu cabeçalho escrito com a caligrafia de Alison, o arranjo patético de flores secas. Somente ela poderia ter dado aquilo para eles.

Alison.

Fitei meus próprios olhos no espelho. De repente sua honestidade, sua ausência de insídia — sua morte verdadeira — era a única âncora que restava. Se ela também, se ela... Fui arrebatado. A vida como um todo havia se tornado uma conspiração. Me esforcei para voltar no tempo e me apoderar de Alison, de ter certeza absoluta em relação a ela; capturar uma Alison fundamental, além de todos os seus poderes de amor ou ódio, além de toda a sua corrupção. Por um tempo, deixei minha mente vagar por uma loucura sem fundo. Supus que *toda* a minha vida no ano passado tivesse sido o oposto total do que Conchis dizia com tanta frequência — com tanta frequência, para me enganar mais uma vez? — a respeito da vida em geral. Ou seja, o mais completo oposto do acaso. O apartamento na Russell Square... mas eu o havia conseguido ao responder a um anúncio qualquer no *New Statesman*. Conhecer Alison naquela primeira noite... mas eu poderia nem mesmo ter ido à festa, poderia não ter esperado aqueles poucos minutos... e Margaret, Ann Taylor, todas elas... a hipótese ficou pesada demais e colapsou.

Encarei a mim mesmo. Estavam tentando me enlouquecer, fazer uma lavagem cerebral em mim, das mais espantosas. Mas eu me prendia à realidade. Me prendia também a algo em Alison, algo como um diminuto cristal límpido de eterna não-traição. Como uma luz em meio à noite mais escura. Como uma lágrima. Uma eterna incapacidade de ser cruel assim. E as lágrimas que por um breve momento se formaram em meus olhos serviram como uma espécie de garantia amarga de que ela estava mesmo morta.

Não eram apenas lágrimas por ela, mas também de ódio a Conchis e Lily; raiva da certeza de que sabiam que ela estava morta e que usavam esta nova dúvida, esta torturante possibilidade que não poderia ser uma possibilidade, para me atormentar. Para realizar em mim, por algum motivo incompreensível, uma cruel e atroz vivissecção da mente.

Como se apenas quisessem me punir; e me punir; e me punir mais uma vez. Sem qualquer direito, sem qualquer razão.

Sentei-me com as mãos cerradas contra a cabeça.

Fragmentos de coisas que eles me disseram continuavam retornando a mim, com terríveis duplos sentidos; uma ironia dramática constante. Quase toda fala de Conchis e Lily vinha carregada de ironia, até mesmo aquele último diálogo dúbio com "June".

Aquele final de semana em branco, é claro que tinha sido cancelado para dar tempo de eu receber a "carta de referência" do banco; uma forma de me segurar, só para em seguida me lançar ladeira abaixo com ainda mais velocidade.

Repetidamente, imagens de Lily, a Lily da fase Julie, tudo me voltou, em retrospecto; momentos de paixão, essa derradeira entrega total de seu corpo — e outros momentos de ternura, sinceridade, momentos espontâneos que não teriam como ter sido ensaiados, mas só poderiam ter surgido de uma profunda identificação com o papel que desempenhava. Até mesmo revisitei minha teoria anterior, a de que ela estaria agindo sob efeito de hipnose. Mas não era possível.

Acendi mais um Philip Morris. Tentei pensar no presente. Mas tudo me fazia retornar àquela mesma raiva, àquela mesma humilhação profunda. Somente uma coisa poderia me prover algum alívio: uma humilhação semelhante ocorrer a Lily. Fiquei furioso por não ter sido mais violento com ela antes. Esse foi a maior das indignidades: que a pouca decência que eu tinha fosse usada contra mim.

Ouvi barulhos do lado de fora, e a porta se abriu. O marinheiro louro de cabelo escovinha entrou, e atrás dele, outro homem, com as mesmas calças pretas, camisas pretas e tênis pretos. E atrás deste, Anton. Trajava um conjunto branco de médico, sem colarinho. Um bolso com canetas. Uma voz brilhante de sotaque alemão; era como se estivesse em uma de suas rondas. Agora, sem mancar.

"Como o senhor se sente?"

Encarei-o, mas mantive o controle. "Ótimo. Adorando cada minuto."

Ele olhou para a bandeja do café da manhã. "Gostaria de mais café?"

Fiz que sim. Ele fez um gesto em direção ao segundo homem, que tratou de retirar a bandeja. Anton se sentou na cadeira próxima à mesa, e o jovem marinheiro recostou-se com tranquilidade na porta. Podia ver, mais além, um longo corredor, e ao final dele, degraus que levavam à luz do dia. Era uma cisterna ampla demais para ser parte da casa de alguém. Anton me observava. Recusei-me a falar e ali ficamos, em silêncio, por algum tempo.

"Eu sou médico. Vim examinar você." Ele me analisava. "Você se sente... não tão mal?"

Fiquei contra a parede, com o olhar fixado em seu rosto.

Ele agitou o dedo em riste, em reprovação. "Peço que responda."

"Adoro ser humilhado. Adoro ter uma garota de quem gosto arruinando todo e qualquer vestígio de decência humana. Toda vez que aquele velho desprezível me conta outra mentira, sinto calafrios de puro êxtase percorrerem minha espinha." Eu gritei. "Agora me diga onde diabos eu estou?"

Ele me deu a impressão de que minhas palavras de nada valiam; o que ele estava a observar era a forma como me portava.

Ele disse, devagar: "Muito bem. Você acordou". Sentou-se então com as pernas cruzadas, recostando-se de leve; uma imitação razoável de um médico em seu consultório.

"Onde está aquela rameira?" Ele parecia não ter entendido. "Lily. Julie. Seja lá qual for seu nome."

Ele sorriu. "'Rameira' quer dizer mulher ruim?"

Fechei os olhos. Minha cabeça estava começando a doer. Eu tinha que manter a calma. O homem à porta se virou; o segundo descia os degraus distantes com uma bandeja em mãos e veio deixá-la na mesa. Anton serviu uma xícara para si e outra para mim. O marinheiro me passou a minha. Anton engoliu a sua com rapidez.

"Meu caro, o senhor está errado. Ela é uma boa garota. Muito inteligente. Muito corajosa. Ah, se é." Ele contradizia a minha provocação. "Muito corajosa."

"Tudo que tenho a dizer ao senhor é que, quando eu sair daqui, vou criar uma confusão tão grande para todos vocês que vão pedir a Deus para que..."

Ele ergueu a mão com calma e clemência. "Sua cabeça não está bem. Demos muitas drogas ao senhor nestes últimos dias."

Respirei fundo.

"Quantos dias?"

"Hoje é domingo."

Três dias inteiros perdidos: lembrei-me das malditas avaliações finais. Dos alunos, dos outros professores... a escola inteira não poderia estar mancomunada com Conchis. Era a enormidade de todo o abuso o que mais me desnorteava, muito mais que as consequências das drogas; o fato de que podiam passar por cima da lei, do meu trabalho, do respeito pelos mortos, por cima de tudo que fazia do mundo um lugar comum, habitável, coordenado. E não era só uma negação do meu mundo; era uma negação do que eu havia passado a entender ser o mundo de Conchis.

Olhei fixamente para Anton.

"Suponho que tudo isso seja uma brincadeirinha comum para vocês alemães."

"Eu sou suíço. E minha mãe é judia, diga-se de passagem."

Suas sobrancelhas eram muito grossas, como tufos de carvão. Seus olhos pareciam entretidos. Agitei o restante do café na xícara e o arremessei em seu rosto. A bebida manchou seu jaleco branco. Ele puxou um lenço e limpou o rosto, depois disse algo ao homem ao seu lado. Não parecia sentir raiva; apenas deu de ombros e olhou de relance para o seu relógio.

"São dez e trinta... e oito. Hoje temos o julgamento e o senhor precisa estar desperto. Muito bem." Tocou no jaleco. "Acho que senhor está desperto."

Ele se levantou.

"Julgamento?"

"Logo mais partiremos e o senhor nos julgará."

"Julgar vocês!"

"Sim. O senhor encara isto aqui como se fosse uma prisão. De forma alguma. Trata-se de... como se chama o cômodo em que o juiz reside?"

"Aposentos."

"Isso. Aposentos. Então talvez o senhor queira...", então ele fez um movimento em torno do queixo.

"Deus!"

"Haverá muita gente lá." Fitei-o, incrédulo. "Sua aparência ficará melhor." Ele desistiu. "Muito bem. Adam" — gesticulando em direção ao louro, com ênfase na segunda sílaba — "ele retornará em vinte minutos para prepará-lo."

"Me preparar?"

"Nada demais. Temos um pequeno ritual. Nada para o senhor. É para nós."

"Nós?"

"Em breve... o senhor entenderá tudo."

Quisera eu ter guardado o café para atirá-lo agora.

Ele sorriu, fez uma mesura e então saiu. Os outros dois fecharam a porta, pude ouvir o ferrolho. Olhei para o esqueleto na parede. E ele, de seu jeito necromante, parecia dizer o mesmo: logo mais o senhor entenderá. Tudo.

John Fowles
O Mago

61

Dei corda no relógio; e, dali em exatos vinte minutos, os mesmos dois homens de antes voltaram à cela. As roupas pretas faziam com que parecessem mais agressivos, mais fascistas do que de fato eram; não havia nada de particularmente truculento em seus semblantes. O louro, Adam, estava de pé diante de mim; trazia na mão uma bolsa absurdamente pequena.

"Por favor... não resista."

Ele colocou a bolsa sobre a mesa e procurou algo dentro dela; retirou dali dois pares de algemas. Estendi os pulsos com desdém e me deixei ser algemado ao outro par ao meu lado. Então ele tirou da bolsa uma curiosa máscara negra de borracha; côncava, com uma protuberância grossa para ser mordida.

"Por favor.... eu coloco isso. Sem machucar."

Ambos hesitamos por um momento. Eu havia decidido que não resistiria, que seria melhor manter a calma e esperar por uma oportunidade em que poderia machucar alguém que eu quisesse mesmo machucar. Ele estendeu a mordaça emborrachada, dei de ombros. Aceitei essa língua negra por entre meus dentes; um gosto de desinfetante. Adam ajustou as alças atrás com destreza. Então retornou à bolsa em busca de fita adesiva preta, afixando as extremidades da mordaça sobre minha pele. Foi quando comecei a pensar que devia, sim, ter me barbeado.

O que veio a seguir me pegou de surpresa. Adam se ajoelhou e levantou a perna direita da minha calça acima do joelho, prendendo-a ali com uma liga elástica. Fui colocado de pé mais uma vez. Com um gesto para que eu não ficasse alarmado, ele tirou meu suéter pela cabeça e forçou-o para baixo até que pendesse de meus pulsos, atrás de mim. Foi quando desabotoou minha camisa até embaixo e forçou o lado esquerdo para atrás até despir o ombro. A seguir, retirou da bolsa duas fitas brancas com cinco centímetros de largura, cada uma com uma roseta vermelho-sangue. Ele amarrou uma delas na parte de cima de minha panturrilha direita, a outra sob a axila e por cima do ombro nu. Em seguida, um círculo preto, cerca de cinco centímetros de diâmetro, recortado de fita adesiva, foi afixado no meio da minha testa, como um grande remendo. Por fim, em um último gesto domesticador, ele colocou um saco preto folgado sobre minha cabeça. Eu me sentia cada vez mais inclinado a resistir, mas a oportunidade já havia passado. Seguimos. Havia uma mão em cada um de meus braços.

Me fizeram parar ao final do corredor e Adam então falou: "Devagar, vamos subir". Fiquei pensando se "subir" significava "subir para a casa", ou só era um erro de tradução.

Caminhei adiante e subimos rumo ao sol. Eu podia senti-lo em minha pele desnuda, por mais que o saco ocluísse tudo com exceção de exíguos lampejos de luz. Devemos ter percorrido duzentos ou trezentos metros. Pensei ter sentido o cheiro do mar, mas não tinha certeza. Em parte, eu esperava sentir uma muralha contra minhas costas, me ver diante de um pelotão de fuzilamento. Mais uma vez, eles me pararam e uma voz disse: "Para baixo, agora". Eles me deram tempo suficiente para manobrar nos degraus; eram muito mais numerosos do que os que levavam à minha cela, e o ar ficou mais gelado. Fizemos uma curva e descemos mais degraus, então pude ouvir, pela ressonância dos sons que fazíamos, que havíamos entrado em um cômodo grande. No ar, um cheiro execrável de madeira queimando e piche acre. Fui retido e então alguém retirou o saco de minha cabeça.

Eu esperava ver gente ali. Mas eu e meus dois guardas estávamos sós. Estávamos em uma das extremidades de uma enorme sala subterrânea, uma espécie de cisterna gigantesca, do tamanho de uma pequena igreja, encontrada embaixo de alguns dos antigos castelos turco-venezianos em ruínas do Peloponeso. Lembrei-me de ter visto algo muito parecido naquele inverno em Pilos. Olhei para cima e avistei duas aberturas reveladoras, semelhantes a chaminés; seriam os gargalos vedados no térreo.

Em uma extremidade havia um pequeno tablado, e sobre ele, um trono. Diante do trono uma mesa, ou melhor, três grandes mesas dispostas, uma colada à outra, em plano crescente, tudo coberto por uma toalha preta. Atrás da mesa, doze cadeiras pretas e um décimo-terceiro assento vazio no meio.

As paredes haviam sido caiadas até quase cinco metros, e acima do trono havia uma roda de oito raios pintada. Entre a mesa e o trono, encostados à parede da direita, havia uma série de pequenos bancos enfileirados, como a tribuna de um júri.

Nesse estranho tribunal, uma coisa destoava por completo. A luz que vi era de uma série de tochas que ardiam nas paredes laterais. Mas, em cada um dos cantos atrás do trono, havia uma série de projetores apontados para a mesa de formato crescente. Não estavam ligados, porém seus cabos e lentes alinhados agregavam um ar sinistro de uma sala de interrogatório ao ambiente estilo Ku Klux Klan, por si só alarmante. Não parecia um tribunal de justiça e sim de injustiça; uma Câmara Estrelada,* um comitê inquisidor.

Fui conduzido adiante. Marchamos por um lado da câmara, passando pela mesa crescente e em direção ao trono. Logo percebi que deveria me sentar ali. Fizeram uma breve pausa para que eu subisse no tablado. Quatro ou cinco degraus levavam a uma diminuta plataforma na parte de cima, onde ficava o trono. Assim como o tablado rústico, não se tratava de um trono de fato, apenas uma peça de cenário, pintada de preto, com braços, espaldar ogival e colunas de ambos os lados. No meio do painel preto sólido, um olho branco, semelhante aos que pescadores mediterrâneos pintam nas proas de seus barcos para repelir o mal. Uma fina almofada carmesim; me fizeram sentar.

Assim que me sentei, soltaram as algemas que estavam presas aos meus guardas, apenas para serem afixadas aos braços do trono, de imediato. Olhei para baixo. O trono estava fixo no tablado por braçadeiras resistentes. Balbuciei através da mordaça, mas Adam fez que não com a cabeça. Era para eu assistir, não falar. Os outros dois guardas assumiram posições atrás do trono, no degrau mais baixo do tablado, contra a parede. Adam, como um pajem enlouquecido, conferiu as algemas, puxou a camisa com a qual eu havia tentado cobrir meu ombro esquerdo de novo, então desceu os degraus em direção ao piso. Chegando lá, ele se virou, como se estivesse diante do altar de uma igreja, fazendo uma breve reverência, depois deu a volta na mesa e saiu pela porta nos fundos. Fui deixado ali, sentado na companhia da dupla silenciosa atrás de mim e do leve crepitar das tochas ardentes.

Observei a sala ao meu redor; me forcei a contemplá-la friamente. Havia outros emblemas cabalísticos. Na parede à minha direita, uma cruz negra — não a cruz cristã, pois a parte de cima da porção vertical

---

* A Câmara Estrelada foi uma corte composta de juízes e de membros do Conselho Privado do Reino Unido, estabelecida em 1515 e dissolvida em 1641 pelo Parlamento Longo. Tornou-se sinônimo de injustiça por conta de suas punições cruéis e arbitrárias. [NE]

tinha uma protuberância, como uma pera invertida; à esquerda, de frente para a cruz, uma rosa de um vermelho profundo, o único toque de cor em um cômodo preto e branco. Mais ao fundo, acima da porta alta, havia, pintada de preto, uma mão esquerda enorme a partir do pulso, com o indicador e o mínimo apontados para cima, e os dois dedos do meio segurando o polegar. Estava claro o clima ritualístico na sala, e eu sempre detestei rituais, de qualquer tipo. Segui repetindo uma frase para mim mesmo: mantenha a dignidade, mantenha a dignidade, mantenha a dignidade. Sei que deveria *parecer* ridículo com aquele olho de ciclope preto em minha testa, somado às fitas brancas e rosetas. Porém, de alguma forma, tinha que dar um jeito de não ser ridículo.

Foi quando meu coração disparou.

Uma figura aterrorizante.

Herne, o Caçador, surgiu na soleira da porta, ao fundo, súbita e silenciosamente. Um deus neolítico; um espírito das trevas, das florestas do norte, de um tempo anterior aos reis, sombrio e frio como o toque do ferro.

Um homem com cabeça de veado que preenchia a porta arqueada; sua silhueta em pé, gigante, uma imagem inesquecível, contra a parede caiada na penumbra do corredor logo atrás. As galhadas eram colossais, escuras como ramos de amendoeira, de muitas pontas. O homem estava vestido de preto da cabeça aos pés, com exceção dos olhos e narinas marcados em branco. Ele impôs sua presença a mim, depois desceu sem pressa em direção à mesa; ficou em pé, no centro, majestoso, por um longo instante, então seguiu até o canto mais à esquerda. Àquela altura, eu havia reparado nas luvas e sapatos pretos por baixo da estreita túnica abatinada que ele usava; reparei ainda que ele precisava se mover devagar devido à precariedade da máscara, considerando seu porte.

O medo que senti era aquele mesmo velho medo; não da aparência, mas do motivo por trás da aparência. Não era a máscara que eu temia, pois em nosso século já estamos amortecidos pela ficção científica e muito seguros da realidade da ciência, para temer o sobrenatural como antes; o medo era pelo que estava por trás da máscara. A fonte de todo os medos, todos os horrores, todo o mal real, o próprio homem.

Outra figura apareceu e parou sob o arco da porta, como todas o fariam.

Dessa vez se tratava de uma mulher. Trajava uma fantasia típica de bruxa inglesa; um chapéu preto e pontudo com abas, longos cabelos brancos, avental vermelho, capa preta e uma máscara malévola, acompanhada de um nariz que mais parecia um bico. Mancou, curvada, até à ponta direita da mesa, posicionando o gato que levava consigo. Estava morto, empalhado como se estivesse sentado. Os olhos de vidro do gato me fitavam. Os olhos dela, em preto e branco. E os olhos do homem-veado.

Mais uma figura assombrosa surgiu: um homem com cabeça de crocodilo — uma bizarra máscara com crina, que se projetava para frente, mais negroide do que qualquer outra coisa, com dentes brancos ferozes e olhos saltados. Ele mal fez uma pausa, seguindo com rapidez para seu lugar ao lado do veado, como se estivesse incomodado com a fantasia; desacostumado com a cena.

Uma figura masculina mais baixa surgiu em seguida: uma cabeça anormal de tão grande, em que dentes brancos em forma de cubos se espalhavam num sorriso absurdo de orelha a orelha. Seus olhos pareciam estar enterrados em órbitas negras e profundas. Ao redor da parte de cima da cabeça, erguia-se uma grande crista de iguana. Este homem trajava um poncho preto e parecia mexicano; asteca. Seguiu para seu lugar ao lado da bruxa.

Outra figura feminina apareceu. Tive certeza de que se tratava de Lily. Ela era a vampira alada, uma cabeça de morcego com penugem negra, duas longas presas brancas; abaixo da cintura, trajava saia preta, meias-calças pretas e sapatos pretos. Pernas esguias. Ela logo seguiu para seu lugar ao lado do crocodilo, as asas com garras para fora, rijas, avolumando-se um pouco no ar, sobrenaturais à luz das tochas; uma grande sombra tremeluzente que obscurecia a cruz e a rosa.

A figura seguinte era africana, um terror folclórico, um boneco de palha composto por uma série de tiras pretas de farrapos que pendiam até o chão, em uma espécie de saia exagerada. A própria máscara era composta por esses trapos; arrematada por três penas brancas e dois enormes olhos arregalados. Aparentava não ter braços, nem pernas, e nem mesmo sexo, o pesadelo infantil máximo. Se arrastou para frente até chegar ao seu lugar, ao lado da vampira; mais uma adição ao coro de visões absurdas.

Então veio um súcubo atarracado, com um focinho ao estilo de Bosch.

O homem que surgiu depois contrastava, em grande parte, pela alvura, um macabro pierrô-esqueleto; um eco da imagem na parede de minha cela. Sua máscara era um crânio. O traçado da pelve com um exagero engenhoso; o fantasiado tinha um andar rígido, ossudo.

Logo após, surgiu um personagem ainda mais bizarro. Uma mulher, e comecei a duvidar se, no final das contas, a vampira era Lily. A parte da frente de sua saia engomada tinha o formato de um rabo de peixe estilizado, que se avolumava em uma barriga de grávida em estágio de gestação avançado; esta, por sua vez, acima dos seios, se transformava na cabeça de um pássaro, virada para cima. Seguia em frente de forma vagarosa, a mão esquerda apoiando a barriga inchada de oito meses, a mão direita entre os seios. A cabeça branca, com bico e com olhos amendoados, parecia mirar o teto. Era bela, essa mulher-peixe-pássaro, um toque de estranha ternura após a morbidez e a ameaça das outras figuras. Em sua garganta esticada pude notar dois buracos pequenos, aberturas para os olhos da pessoa de verdade ali.

Restavam outros quatro lugares.

A próxima figura era quase como um velho amigo. Anúbis, da cabeça de chacal, vigilante e impiedoso. Caminhou a passos largos e ágeis ao seu lugar, o caminhar de um negro.

Um homem de capa preta com vários símbolos astrológicos e alquímicos em branco. Na cabeça, um chapéu com uma ponta de um metro e aba larga, funesta; uma espécie de cobertura preta para o pescoço pendia da parte de trás do chapéu. Luvas pretas e um longo cajado branco com um círculo na ponta, uma cobra abocanhando a própria cauda. Sobre o rosto, nada além de uma máscara profunda também preta. Sabia de quem se tratava. Dava para ver os olhos brilhantes e a boca implacável.

Ao centro, mais dois lugares. Houve uma pausa. O grupo de figuras detrás da mesa me encarou, imóvel, em silêncio absoluto. Voltei o olhar para os meus guardas, virados para a frente, como soldados; depois dei de ombros. Queria ter bocejado, de forma a colocar todos em seus lugares; e também para me ajudar no meu.

Quatro homens surgiram no corredor branco. Traziam consigo uma liteira preta, tão estreita que quase lembrava um caixão na vertical. Pude notar cortinas fechadas nas laterais e na frente. Em seu painel frontal estava pintado, de branco, o mesmo emblema que havia acima de meu trono — uma roda com oito raios. No teto da liteira, havia uma espécie de tiara preta, cujos dentes se encerravam em um menisco branco, um anel de luas novas.

Os quatro carregadores trajavam batas pretas. Em suas cabeças, máscaras grotescas — rostos de curandeiros em branco e preto, com enormes cruzes verticais de um metro ou mais de altura despontando da coroa de cada um. Em vez de se encerrarem como cruzes comuns, as extremidades horizontais e verticais irrompiam em tufos de trapos ou ráfia, de modo a parecem que ardiam em chamas negras.

Eles não se aproximaram do centro da mesa diretamente, mas, como uma espécie de hóstia, alguma relíquia purificadora, levaram o caixão--liteira pela sala, à esquerda, então em frente ao meu trono, entre mim e a mesa, de forma que eu pudesse ver as luas crescentes brancas, os símbolos de Ártemis-Diana, nos painéis laterais, depois para a direita e em direção à porta e, por fim, de volta à mesa. As barras foram desencaixadas dos suportes, e a caixa foi levada ao lugar vazio no centro. No decorrer de tudo isso, as demais figuras continuaram a me encarar. Os carregadores obscuros ficaram perto das tochas, três das quais já estavam quase apagadas. A luz começava a enfraquecer.

Então a décima-terceira figura surgiu.

Em contraste com as outras, ele usava uma longa bata ou sotaina branca que alcançava o chão, seus únicos ornamentos sendo duas faixas pretas na ponta de suas mangas folgadas. Trazia consigo um cajado preto, as mãos usavam luvas vermelhas. A cabeça era a de um bode inteiramente preto; a cabeça de um bode de verdade, usada como uma espécie de chapéu, de modo a se distanciar dos ombros da pessoa que o usava, cuja verdadeira face devia ficar por trás da barba negra desgrenhada. Chifres enormes virados para trás, de cor natural; olhos de vidro ambarinos; o único ornamento era uma grossa vela vermelho-sangue fixada e acesa entre os chifres. Eu queria poder falar, pois precisava e muito gritar algo que quebrasse aquele clima, algo imaturo, saudável e decididamente inglês, algo como "Doutor Crowley, eu presumo". Mas tudo que pude fazer foi dobrar meus joelhos e aparentar o oposto de como eu me sentia: a aparência de alguém que não estava impressionado.

A figura do bode, sua majestade satânica, avançou com dignidade arquidiabólica e me preparei para o próximo acontecimento: uma missa satânica parecia bastante provável. Talvez a mesa fosse servir de altar. Percebi que ele parodiava a figura tradicional do Cristo; o cajado era o báculo pastoral, a barba negra era a própria barba castanha de Cristo, a vela vermelho-sangue, um arremedo blasfemo da auréola. Ele se dirigiu ao seu lugar, e a longa fileira de bonecos daquele carnaval profano me encarava do chão. Voltei o olhar para eles: o veado-diabo, o crocodilo--diabo, a vampira, o súcubo, a mulher-pássaro, o mago, o caixão-liteira, o bode-diabo, o chacal-diabo, o pierrô-esqueleto, o boneco de palha, o asteca, a bruxa. Me flagrei engolindo em seco, mais uma vez olhando para meus guardas inescrutáveis. A mordaça começava a machucar. Por fim, foi mais confortável olhar fixamente para a base do tablado.

Talvez um minuto tenha se passado assim. Mais uma das tochas cessou de queimar. O bode levantou seu cajado, mantendo-o erguido por um instante, então o colocou na mesa à sua frente; mas o cajado deve ter enganchado em algo porque houve um breve solavanco em meio àquela teatralidade. Assim que aquilo foi resolvido, ele levantou as duas mãos como um sacerdote, os dedos formando chifres, e apontou para os cantos atrás de mim. Meus dois guardas se dirigiram aos projetores. De repente, o ambiente foi tomado pela luz e, após um breve momento de absoluta quietude, pelo movimento.

Como atores que acabaram de descer do palco, as figuras diante de mim começaram a remover suas máscaras e capas. Os homens com cabeças de cruz próximos às tochas se viraram, tiraram as tochas e partiram em direção à porta. Chegando lá, tiveram que esperar, pois um grupo de cerca de vinte jovens surgiu. Chegaram de qualquer jeito, trajando roupas comuns, sem qualquer tentativa de organização. Alguns deles tinham em mãos pastas e livros. Permaneceram em silêncio e logo assumiram seus lugares em meio aos bancos enfileirados à minha direita. Os homens com as tochas desapareceram. Olhei para os recém-chegados — alemães ou escandinavos, rostos que sugeriam inteligência, rostos de estudantes, com uma ou duas pessoas mais velhas entre eles, e três garotas, com uma idade média de vinte e poucos anos. Reconheci dois dos homens do incidente no cume.

Esse tempo todo, as figuras por trás da mesa se despiam. Adam e meus dois guardas seguiram para ajudá-los. Adam posicionou pastas com rótulos brancos em cada lugar. O gato empalhado foi retirado, bem como os cajados e toda a parafernália. Tudo foi feito de forma ágil, bem ensaiada. Continuei lançando olhares à fileira, tendo em vista a revelação de cada pessoa, uma após a outra.

O último a chegar, o cabeça de bode, era um velho com a barba branca bem aparada, olhos azuis cinzentos; lembrava Smuts.[*] Como todos os outros, evitou me olhar deliberadamente, mas o vi sorrir para Conchis, o astrólogo-mago ao seu lado. Ao lado de Conchis surgiu, por detrás da cabeça de pássaro e barriga gestante, uma mulher magra de meia-idade. Usava um terninho cinza escuro; tratava-se de uma diretora de escola ou mulher de negócios. O cabeça de chacal, Joe, vestia um terno azul

---

[*] Jan Christian Smuts (1870-1950), político e líder militar sul-africano, influente no contexto do Império Britânico. [NT]

escuro. Anton surgiu por trás da fantasia de esqueleto-pierrô, uma surpresa. O súcubo de Bosch deu lugar a mais um velho de rosto gentil e pincenê. O boneco de palha era Maria. O coronel alemão era o asteca, o pseudo-Wimmel do incidente no cume. A vampira não era Lily, mas sua irmã; um pulso sem cicatrizes. Uma blusa branca, e a saia preta. Já o crocodilo era um homem de vinte e tantos anos. Ele possuía uma barba fina, com jeito de artista; tratava-se de um grego ou italiano. Também estava de paletó. O cabeça de veado era outro homem que eu não conhecia; um intelectual muito alto com cara de judeu, por volta dos 40 anos, de bronzeado profundo e calvície leve.

Com isso, restava apenas a bruxa mais à direita na mesa. Tratava-se de Lily, em um vestido branco de lã, com mangas longas e gola alta. Eu a vi ajeitar seu cabelo em um coque bem apertado e então colocar um par de óculos. Ela se inclinou para ouvir algo que o "coronel" ao seu lado sussurrou em seu ouvido. Após assentir com a cabeça, ela abriu a pasta à sua frente.

Somente uma pessoa não foi revelada: quem estava no caixão-liteira.

Me vi sentado diante de uma longa mesa com pessoas de aparência absolutamente normal, todos ali diante de mim consultando suas pastas e depois me olhando. Suas faces demonstravam interesse, mas nenhuma misericórdia. Encarei June-Rose, que retribuiu o olhar sem qualquer expressão, como se eu fosse um boneco de cera. Eu esperava, acima de tudo, que Lily me olhasse, mas quando ela o fez, seus olhos estavam vazios. Ela se comportava, como sugerido por sua posição ao fim da mesa, feito uma integrante menos importante de uma equipe, de uma banca de seleção.

Por fim, o homem de barba branca bem aparada se levantou, e um breve burburinho que havia se iniciado na plateia cessou totalmente. Os outros membros da "banca" lançaram o olhar em sua direção. Vi alguns, mas não muitos dos "alunos" com cadernos abertos em seus colos, prontos para tomar nota. O velho de barba branca olhou para mim através de seus óculos de aro dourado, sorriu e fez uma reverência.

"Senhor Urfe, há muito o senhor deve ter concluído que caiu nas mãos de loucos. Até pior do que isso, sádicos e loucos. Penso que minha primeira tarefa aqui é apresentá-lo a este bando de sádicos e loucos." Alguns dos outros presentes deram risinhos. Seu inglês era excelente, ainda que retivesse traços fortes de um sotaque alemão. "Mas primeiro devemos devolvê-lo à normalidade, assim como nós o fizemos, cada um consigo mesmo." Acenou em silêncio para os meus dois guardas, que haviam retornado para o meu lado. Desamarraram com agilidade os laços brancos com rosetas, ajeitando minhas roupas em sua posição regular mais uma vez, e o remendo preto de minha testa foi retirado, meu casaco ajustado, até meu cabelo foi penteado; a mordaça, porém, permaneceu.

"Bom. Agora, se me permite, hei de me apresentar. Sou o doutor Friedrich Kretschmer, originalmente de Stuttgart, e agora diretor do Instituto de Psicologia Experimental da Universidade de Idaho, dos Estados Unidos. À minha direita, temos o doutor Maurice Conchis, da Sorbonne, que o senhor já conhece." Conchis se levantou e fez uma breve reverência em minha direção. Apenas fiquei encarando. "À sua direita, a doutora Mary Marcus, agora da Universidade de Edimburgo, antes da Fundação William Alanson White de Nova York." A mulher, com ar profissional, inclinou a cabeça. "À direita dela, o professor Mario Ciardi, de Milão." O homem, um gentil e diminuto sapo, se levantou e fez uma mesura. "Para além dele, temos nossa charmosa e muito talentosa figurinista, senhorita Margaret Maxwell." "Rose" me deu um breve sorriso amarelo. "À direita da senhorita Maxwell, você vê o senhor Yanni Kottopoulos. Ele tem atuado como nosso diretor de palco." O homem barbado se inclinou, e em seguida, o judeu alto ficou de pé. "Este fazendo reverência a você é Arne Halberstedt, do Teatro da Rainha, de Estocolmo, nosso dramaturgo e diretor, a quem, assim como à senhorita Maxwell e ao senhor Kottopoulos, nós, meros amadores do novo drama, devemos muito, por conta do resultado bem-sucedido e da beleza estética de nossa... empreitada." Primeiro Conchis, então os outros membros da "banca" e em seguida os estudantes começaram a bater palmas. Até mesmo os guardas atrás de mim participaram daquilo.

O velho se virou. "Agora, à minha esquerda, o senhor pode ver essa caixa vazia. Mas nós preferimos pensar que há uma deusa ali dentro. Uma deusa virgem que nenhum de nós jamais viu, nem verá. Nós a chamamos de Ashtaroth, a Não Vista. Sua educação literária há de lhe permitir, tenho certeza, intuir seu significado. E por meio dela, o nosso próprio significado, humildes cientistas que somos." Pigarreou. "Para além da caixa, o senhor pode ver o doutor Joseph Harrison, integrante do meu departamento em Idaho, cuja pesquisa brilhante a respeito de neuroses urbanas entre negros, *Mentes Negras e Brancas*, o senhor já deve ter ouvido falar." Joe ficou de pé e levantou uma das mãos casualmente. "Anton" veio em seguida. "Na sequência, o doutor Heinrich Mayer, que no momento trabalha em Viena. Ao lado deste, madame Maurice Conchis, que muitos de nós conhecemos como a talentosa investigadora dos efeitos de traumas de guerra em crianças refugiadas. Falo, é claro, da doutora Annette Kazanian, do Instituto de Chicago." Me recusei a ficar a surpreso, o que era mais do que poderia ser dito a respeito de parte do "público", que murmurava e se inclinava para frente para ver "Maria". "Ao lado da madame Conchis, o senhor vê o *Privatdozent* Thorvald Jorgensen da Universidade de Aalborg." O "coronel" se levantou com rapidez e fez uma mesura. "Ao lado dele, a doutora Vanessa Maxwell." Lily estava de óculos e me lançou um olhar rápido, sem qualquer expressão. Voltei a olhar para o velho, que observava os colegas. "Creio que todos sentimos que o sucesso do aspecto clínico de nossa empreitada este verão se deu em grande parte graças à doutora Maxwell. A doutora Mary Marcus já havia me dito o que esperar quando sua mais talentosa pupila veio até nós em Idaho. Mesmo assim, gostaria de dizer que nunca tais expectativas haviam sido cumpridas com tanta completude. Por vezes, sou acusado de colocar muita pressão sobre o papel das mulheres em nossa profissão. Deixe-me dizer que a doutora Maxwell, minha jovem e encantadora colega Vanessa, confirma aquilo em que sempre acreditei: que um dia todos nossos psiquiatras praticantes, em oposição aos teóricos, serão do sexo de Eva." Aplausos se sucederam. Lily voltou os olhos para baixo, para a mesa em sua frente, e quando o barulho das palmas arrefeceu, ela olhou para o velho e murmurou: "Obrigada". Ele se virou para mim.

"Os estudantes que o senhor vê são austríacos e dinamarqueses, das turmas do doutor Mayer e de Aalborg. Creio que todos aqui falamos inglês, sim?" Alguns disseram que sim. Sorriu com benevolência e bebeu um gole d'água.

"Bem, então, senhor Urfe, creio que o senhor já tenha desvendado nosso segredo a essa altura. Somos um grupo internacional de psicólogos, o qual tenho a honra, por motivos de senioridade apenas" — duas ou três cabeças sacudiram em discordância — "de liderar. Por diversos motivos, o caminho da pesquisa pela qual todos nos interessamos em particular exige que tenhamos participantes que não são voluntários, que nem ao menos saibam que estão participando de um experimento. De forma alguma, temos consenso em nossas teorias comportamentais, em nossas diferentes escolas, mas há, sim, um consenso ao considerarmos que, dada a natureza do experimento, é melhor que o seu participante não tenha ciência alguma de seu propósito, nem mesmo na sua conclusão. Porém, tenho certeza de que o senhor, quando puder se relembrar com mais calma, será capaz de deduzir ao menos parte de nossas causas a partir de nossos efeitos." Houve sorrisos por toda parte. "Agora. Colocamos o senhor, ao longo destes últimos três dias, sob efeito de narcose profunda e o material que obtivemos a partir do senhor se provou o mais valoroso, o mais valoroso mesmo, e, portanto, gostaríamos, em primeiro lugar, de demonstrar nosso apreço pela normalidade demonstrada pelo senhor em todos os peculiares labirintos que o fizemos percorrer."

Todos ficaram de pé e me aplaudiram. Eu não podia mais me conter. Vi Lily e Conchis batendo palmas, assim como os alunos. Levantei os pulsos e mostrei os dedos em formato de V aos dois. Isso deixou o velho aturdido, pois ele se virou e inclinou para Conchis para perguntar o significado. As palmas cessaram. Conchis se virou para a suposta doutora de Edimburgo. Ela se pronunciou com um forte sotaque americano.

"O símbolo é um equivalente visual de alguma verbalização como 'Vá se ferrar' ou 'Vou comer o seu cu'."

Aquilo pareceu interessante ao velho. Ele repetiu o gesto, observando a própria mão. "Mas o senhor Churchill..."

Lily respondeu, inclinando-se para frente. "É o movimento para cima que carrega a intenção, doutor Kretschmer. O sinal da vitória do senhor Churchill era com a mão invertida e estático. Mencionei isso em meu artigo 'Metáfora anal-erótica direta na literatura clássica'."

"Ah, sim. Eu me lembro. *Ja, ja.*"

Conchis voltou-se para Lily. "*Pedicabo ego vos et irrumabo, Aureli patheci et cinaedi Furi?*"*

"Precisamente", respondeu Lily.

Wimmel-Jorgensen inclinou-se para frente; com forte sotaque. "Há então, sem sombra de dúvida, uma relação com o gesto do corno?" Ele fez chifrinhos com os dedos sobre a cabeça.

"Eu sugeri", disse Lily, "que podemos supor um quê de castração no insulto, um desejo de degradar e humilhar o rival masculino que, ao final, seria passível de identificação com o estágio infantil de fixação relevante e fobias subsequentes."

Flexionei os músculos, rocei minhas pernas, me forcei a continuar são, para deduzir que razão poderia abstrair de tanta irracionalidade. Eu não acreditava, não podia acreditar que se tratava de psicólogos; jamais arriscariam me dizer seus nomes.

---

* "Meu pau no cu, na boca, eu vou meter-vos, / Aurélio bicha e Fúrio chupador." Versos de abertura do poema 16 de Catulo (Trad. João Angelo Oliva Neto, Edusp, 1996). [NE]

Por outro lado, devem ser brilhantes para improvisar com o jargão correto, já que o meu gesto se deu sem qualquer aviso. Ou não? Pensei rápido. Precisavam do meu gesto como deixa para seu diálogo, e calhou de ser algo que eu não usava há muitos anos. Mas então me lembrei de ter ouvido que se pode convencer o outro a fazer coisas após a hipnose, a partir de um sinal pré-sugerido. Teria sido fácil. Quando fui aplaudido, senti-me forçado a fazer o gesto. Devo seguir vigilante; não fazer nada sem pensar.

O velho impediu o prosseguimento da discussão. "Senho Urfe, seu gesto significativo me traz ao nosso propósito em todos encontrarmos o senhor aqui. Claro que estamos cientes de que o senhor está repleto de sentimentos de raiva e ódio direcionados a alguns de nós, ao menos. Alguns dos materiais reprimidos que descobrimos revelam uma situação diferente, mas como meu colega, o doutor Harrison diria, 'É aquilo com o qual *acreditamos* conviver o que mais nos preocupa'. Assim sendo, nos reunimos aqui hoje para permitir que o senhor, por sua vez, nos julgue. Por isso o colocamos na cadeira do juiz. Nós o silenciamos, pois a justiça deve ser muda até que chegue a hora da sentença. Porém, antes de ouvirmos o seu julgamento a nosso respeito, permita-nos fornecer provas adicionais *contra* nós mesmos. Nossa justificativa legítima é científica, mas todos concordamos que, como expliquei antes, os requisitos da boa prática clínica nos proíbem de usar tal escusa. Convoco agora a doutora Marcus para ler a parte de nosso relatório sobre o senhor que o trata não como participante do experimento, mas sim como um ser humano comum. Doutora Marcus."

A mulher de Edimburgo se levantou. Tinha cerca de 50 anos, um cabelo que assumia tons de grisalho, mas curto, dando-lhe um ar de menino; sem batom, semblante severo, intelectual, semilésbico, que aparentava pouca paciência, em especial com os mais tolos. Começou a leitura em um tom monótono, transatlântico e beligerante.

"O participante de nosso experimento de 1953 integra uma categoria familiar de introversão semi-intelectual. Embora excelente para nossos fins, o padrão de sua personalidade é desprovido de maior interesse subsidiário. A característica mais significativa de seu estilo de vida é negativa: sua falta de conteúdo social.

"A motivação para tal atitude tem origem em um complexo de Édipo apenas parcialmente resolvido. O participante demonstra sintomas característicos de um misto de medo e ressentimento em relação à autoridade, em especial a autoridade masculina e a síndrome básica que acompanha: uma atitude ambivalente para com as mulheres, vistas tanto como objetos de desejo quanto objetos que o traíram, o que por sua vez as torna merecedoras de vingança e atos de traição.

"O tempo não nos permitiu investigar a fundo os traumas de separação do útero e do seio materno, mas os mecanismos compensatórios desenvolvidos por ele são tão frequentes entre os chamados intelectuais, que podemos sugerir com determinado grau de certeza um período conturbado de separação do seio materno, possivelmente por conta de exigências ligadas à carreira militar do pai do participante, bem como uma identificação muito precoce do pai, ou macho, como separador — papel adotado pelo doutor Conchis em nosso experimento. O participante nunca foi capaz de aceitar a perda inicial de gratificação oral e proteção materna, o que explica sua abordagem autoerótica dos problemas emocionais e da vida em geral. O participante também se encaixa nas descrições de Adler de características de personalidade de filhos únicos.

"O participante atuou como predador sexual e emocional em relação a uma série de jovens mulheres. Seu método, de acordo com a doutora Maxwell, é enfatizar e expor sua solidão e infelicidade, em suma, fazer o papel de menino em busca da mãe perdida. Ele então estimula instintos maternais reprimidos em suas vítimas, as quais passa a explorar com a crueldade semi-incestuosa deste tipo.

"Da mesma forma, o participante associa Deus à figura paterna, rejeitando de maneira agressiva qualquer crença Nele.

"Em se tratando de sua carreira, ele vem repetidamente se colocando em situações de isolamento. Sua solução para sua ansiedade de separação exige que se coloque como rebelde e marginal. Sua intenção consciente ao buscar tal isolamento é encontrar uma justificativa para seu comportamento predatório em relação às mulheres e também para seu afastamento de qualquer comunidade orientada em direções hostis às suas necessidades fundamentais de autogratificação.

"A família, a casta e o histórico nacional do participante em nada ajudaram na resolução de suas questões. Ele vem de uma família militar, onde havia uma grande série de tabus resultantes de regime paternal de extremo autoritarismo. Sua casta em seu próprio país, a classe média profissional, a *tecnoburguesia* de Zwiemann, é marcada, evidentemente, por uma aderência obsessiva a esses regimes. Em declaração dada à doutora Maxwell, o participante relatou o seguinte: 'Durante toda minha adolescência, eu tive que levar duas vidas'. Esta é uma boa descrição feita por um leigo de uma paraesquizofrenia motivada pelo ambiente e por fim induzida conscientemente — 'loucura como lubrificante', na célebre formulação de Karen Horney.

"Ao sair da universidade, o participante se colocou no único ambiente que seria incapaz de tolerar: uma escola particular caríssima, transmissor social de todas as características paternalistas e autoritárias que ele mesmo repudia. Como esperado, ele se sentiu forçado para fora, tanto da escola quanto de seu país, adotando assim o papel de expatriado, por mais que tenha garantido que não seria possível nenhum ajuste válido, ao mais uma vez escolher um meio, a escola em Phraxos, que decerto lhe ofereceria os elementos necessários de hostilidade. Seu trabalho ali mal se adequa aos requisitos acadêmicos e seu relacionamento com colegas e alunos é péssimo.

"Em suma, em termos de comportamento, ele é vítima de uma repetição-compulsão a qual fracassou em compreender. Em todos os ambientes, busca os elementos que lhe permitam se sentir isolado, que lhe permitam justificar seu afastamento de responsabilidades sociais e relacionamentos significativos, bem como sua regressão consequente ao estado infantil de autogratificação. No momento, tal regressão autista assume a forma mencionada acima, os casos com mulheres jovens. Por mais que tentativas prévias de resolução artística tenham, à primeira vista, fracassado, nós prevemos que mais tentativas serão feitas e que ele seguirá o padrão de vida cultural normal desse tipo: respeito excessivo por arte de vanguarda iconoclasta, desprezo pela tradição, simpatia paranoica por outros rebeldes e não-conformistas em conflito, às voltas com fases depressivas e persecutórias frequentes nas relações pessoais e profissionais.

"Como observado pelo doutor Conchis em *O dilema do meio do século*: 'O rebelde sem qualquer dom específico para a rebeldia está destinado a se tornar um zangão; e mesmo esta metáfora revela-se imprecisa, tendo em vista que o zangão tem ao menos uma chance ínfima de fecundar a rainha, já o zangão-rebelde humano é privado até mesmo de tal chance ínfima e poderá finalmente se encontrar como alguém estéril em sua totalidade, faltando-lhe não somente o sucesso da vida brilhante das rainhas, mas até mesmo as pequenas satisfações dos operários na colmeia humana. Tal personalidade é reduzida à cera e nada mais, um mero receptor de impressões; ainda assim, essa condição é a negação de sua força-motriz básica, o ato de rebeldia. Não é de espantar que, ao chegarem à meia idade, tantos rebeldes fracassados como ele, rebeldes que se tornaram abelhas operárias cientes de si, cientes de sua suscetibilidade às modas intelectuais, adotem uma máscara de cinismo incapaz de ocultar seu sentimento mais ou menos paranoico de terem sido traídos pela vida'."

Enquanto ela falava, os outros à mesa ouviam, cada um ao seu modo. Alguns a olhavam, outros mergulhavam em uma contemplação à mesa. Lily estava entre aqueles que mais prestavam atenção. Os "estudantes" tomavam notas. Passei todo o tempo de olho na mulher, que lia, e em momento algum voltou o olhar a mim. Me senti repleto de amargura, de ódio de todos eles. Havia alguma verdade no que ela dizia. Mas eu sabia que nada poderia justificar tamanha análise pública, mesmo que fosse tudo verdade; assim como nada poderia justificar o comportamento de Lily, porque a maior parte do "material" em que tal análise se baseava só poderia ter vindo dela. Encarei-a, mas ela não olhava para mim. Eu sabia quem havia escrito o relatório. Muitos ecos de Conchis se faziam presentes. Não me deixei enganar por sua nova farsa. Ele continuava sendo o mestre de cerimônias, o homem por trás de tudo; no centro da teia.

A americana bebeu água de um copo. Fez-se silêncio. Estava claro que o relatório ainda não havia chegado ao fim. Ela deu prosseguimento à leitura.

"Há ainda dois apêndices, ou notas de rodapé. Uma delas é do professor Ciardi, e diz o seguinte:

> 'Discordo da visão de que nosso participante seja destituído de significância para além de nosso experimento. Em minha opinião, é possível antever, nos próximos vinte anos, um período de considerável e hoje, quase inimaginável, prosperidade no Ocidente. Repito minha afirmativa de que a ameaça de uma catástrofe nuclear terá um efeito salutar na Europa Ocidental e na América. Em primeira instância, estimulará a produção econômica; em segunda, garantirá a paz; e em terceira, oferecerá uma sensação de perigo real e constante por trás de cada instante vivido, o que acredito ter feito falta antes da última guerra, e por conseguinte, contribuiu para a mesma. Por mais que essa ameaça de guerra possa se contrapor ao papel de outra forma dominante que o sexo feminino deve desempenhar na sociedade em tempos de paz, dedicada à busca do prazer, prevejo que homens com fixações por seios, como o participante, hão de se tornar a norma. Estamos diante de uma era amoral e permissiva em que a autograti-

ficação, na forma de salários elevados e ampla variedade de bens de consumo obtidos e acessíveis, em contraste com um aparente panorama de catástrofe universal iminente, será disponibilizada, se não para todos, então para uma maioria que cresce cada vez mais. Em uma era como esta, o tipo de personalidade característico inevitavelmente há de se tornar autoerótico e, em termos clínicos, autopsicótico. A pessoa que vive essa realidade, em razão de sua elevada situação econômica, terminará afastada da sociedade, o que, aliás, já acontece, na medida em que ela não tem mais contato direto com o que é, para muitos, intrínseco à condição humana, ou seja, males como a fome, pobreza, condições inadequadas à vida, e todo o resto. O *homo sapiens* ocidental virá a se tornar o *homo solitarius*. Por mais que eu nutra pouca empatia, enquanto ser humano, pelo participante, seu dilema me interessa como psicólogo social, tendo em vista que ele se desenvolveu precisamente conforme as minhas expectativas, sendo um homem de inteligência moderada, porém pouco poder analítico, e praticamente nenhuma ciência, dentro de nossa era. No mínimo, ele comprova a total inadequação dos juízos de valor e pseudodeclarações confusas da arte em equipar o homem moderno para seu papel evolucionário.'

A mulher deixou o papel de lado e puxou outro.

"Esta segunda nota é da doutora Maxwell, que teve o contato pessoal mais íntimo com o participante, é claro. Ela afirma:

'A meu ver, o egoísmo e a inadequação social do participante foram determinados por seu passado, e qualquer relato que fizermos a ele deve deixar claro que suas deficiências de personalidade se devem a circunstâncias fora de sua alçada. O participante poderá não entender que estamos traçando descrições clínicas, e não, ao menos em meu caso, qualquer associação à culpa moral. Nossa atitude deve ser a de compadecimento diante de uma personalidade que precisa encobrir suas deficiências com muitas mentiras conscientes e inconscientes. Devemos sempre nos lembrar de que o participante foi lançado ao mundo sem qualquer educação em autoanálise e autoorientação; além do mais, quase toda a educação recebida por ele é, com certeza, danosa ao mesmo. Ele é dotado de uma miopia inata, por assim dizer, e foi ficando cada vez mais cego por conta dos ambientes ao seu redor. Não é de surpreender que ele não consiga encontrar seu caminho.'

A americana se sentou. O velho de barba branca assentiu com a cabeça, como se estivesse satisfeito com o que havia sido dito. Ele dirigiu o olhar a mim e em seguida a Lily.

"Penso eu, doutora Maxwell, que seria justo para com o participante que a senhora repetisse o que me disse a respeito dele ontem à noite."

Lily fez uma reverência com a cabeça e, em seguida, se levantou e falou com os outros. Lançou-me um olhar breve, como se eu fosse um diagrama em um quadro negro. "Ao longo de minha relação com o participante, pude vivenciar certo grau de contratransferência. Analisei isso com ajuda da doutora Marcus e achamos que tal apego emocional pode ser dividido em dois componentes. Um se originou por meio de uma atração física por ele, exagerada artificialmente pelo papel que eu tinha a desempenhar. Já o segundo componente era de natureza empática. A autopiedade do participante se projeta com tamanha intensidade em seu ambiente que qualquer um acaba contaminado por ela. Penso que isso seria de interesse, considerando o comentário do professor Ciardi."

O velho fez que sim. "Obrigado." Ela se sentou. Ele então olhou para mim. "Tudo isso pode parecer cruel ao senhor. Mas não queremos esconder nada." O olhar dele se voltou para Lily. "Em relação ao primeiro componente de seu apego, a atração sexual, poderia descrever ao participante e a nós como se sente no momento?"

"Creio que o participante seria um marido muito inadequado, exceto enquanto parceiro sexual." Fria como gelo, seus olhos se dirigiram a mim e então retornaram para o velho. Tive uma lembrança terrível, lancinante, do seu corpo contra o meu; a noite, a chuva, as carícias sem pressa.

"Ele tem pulsões básicas de destruição do casamento?", interveio a doutora Marcus.

"Sim."

"Mais especificamente?"

"Infidelidade. Egoísmo. Falta de consideração em tarefas cotidianas. E, possivelmente, tendências homossexuais."

O velho questionou: "A situação mudaria caso ele fizesse análise?".

"Em minha opinião, não."

"Maurice?", o velho se virou.

Conchis respondeu, enquanto me encarava: "Penso que todos concordamos que ele foi um excelente participante, tendo em vista nossos propósitos, mas que possui características masoquistas que derivam prazer até mesmo de nossa discussão a respeito de seus defeitos. Na minha opinião, qualquer interesse continuado de nossa parte por ele torna-se danoso ao mesmo, além de desnecessário".

Os olhos do velho dirigiram-se a mim. "Sob narcose, descobriu-se que o senhor ainda tem uma forte ligação com a doutora Maxwell. Alguns de nós demonstraram preocupação sobre o efeito que a perda da jovem australiana, evento pelo qual, devo lhe dizer, inclusive, o senhor sente uma enorme culpa inconsciente, e agora a segunda perda da figura mítica que o senhor conhece como 'Julie', poderia ter sobre o senhor. Estou me referindo à possibilidade do suicídio. Eis nossa conclusão: seu apego à autogratificação é profundo demais para que seja provável qualquer coisa além de uma tentativa histérica de suicídio. Portanto, recomendamos que o senhor se resguarde."

Fiz uma reverência sarcástica como agradecimento. Dignidade, era preciso manter um lampejo de dignidade.

"Agora... alguém gostaria de dizer algo mais?" Ele olhou para os dois lados da mesa. Todos balançaram a cabeça, em negação. "Muito bem. Chegamos ao fim de nosso experimento." Ele gesticulou para que a "banca" se levantasse, o que fizeram em seguida. Já o "público" permaneceu sentado. Então olhou para mim. "Não ocultamos nossa opinião verdadeira a respeito do senhor; e como este é um julgamento, é claro que agimos como testemunhas contra nós mesmos. Devo lembrá-lo, mais uma vez, que o senhor é o juiz e chegou a hora de nos julgar. Antes de tudo, escolhemos um *pharmakos*. Um bode expiatório."

Ele então olhou para sua esquerda. Lily tirou seus óculos, deu a volta pela mesa e ficou ao pé do tablado, diante de mim, em posição de reverência; o vestido branco de lã, uma penitente. Mesmo naquele momento eu ainda era tão imbecil que antevi um fantástico novo acontecimento; um casamento de mentira, um final feliz absurdo... e pensei no que eu seria capaz de fazer caso ousassem prosseguir com aquilo.

"Ela é sua prisioneira, mas o senhor não pode fazer o que bem entender com ela, porque o código de justiça médica sob o qual atuamos especifica com precisão a punição para o crime da destruição de toda capacidade de perdão no participante dos nossos experimentos." Ele se virou para Adam, que estava próximo ao arco. "O aparato."

Adam pediu alguma coisa. As outras pessoas atrás da mesa ficaram de um só lado, um grupo compacto, de frente para os "estudantes", com o velho à frente. Quatro homens de uniformes pretos entraram. Logo moveram a liteira-caixão e duas das mesas, para que o centro do cômodo fosse liberado. A terceira mesa foi levantada à minha frente, ao lado de Lily. Então, dois dos homens saíram e voltaram com uma esquadria pesada de madeira, semelhante a uma porta, sobre pernas com suportes. A uns dois metros de altura, na parte vertical superior, havia anéis de ferro. Lily se virou e caminhou até onde haviam colocado o objeto, no meio da sala. Ela ficou diante daquilo e levantou os braços. Adam algemou seus pulsos aos anéis, de forma que ela ficou crucificada contra o aparelho, suas costas viradas para a mim. A seguir, uma espécie de capacete de couro enrijecido, com uma peça que se projetava para baixo em sua traseira e cobria sua nuca, foi colocada em sua cabeça; uma proteção.

Tratava-se de uma cruz de Santo André.

Adam saiu; após dois segundos, retornou.

Não pude ver o que carregava em um primeiro momento, mas ele soltou o objeto e veio em minha direção. Foi quando entendi o último truque absurdo que estavam tentando fazer.

Tratava-se de uma rígida empunhadura preta, que terminava em um longo cabo com vários chicotes com nós. Adam desenrolou dois ou três que estavam emaranhados, depois deixou aquela coisa repugnante sobre a mesa, sua empunhadura virada para mim. Em seguida, ele voltou até Lily — tudo fora planejado de forma a seguir esta sequência — e desceu o zíper na parte de trás de seu vestido até a cintura. Ele até mesmo desafivelou o sutiã, dobrando-o e afastando o vestido, com cuidado, para que as costas dela ficassem expostas por completo. Pude ver as linhas rosadas na sua pele por onde a alça cruzava.

Eu era as Eumênides, as Fúrias impiedosas.

Minhas mãos começaram a suar. Mais uma vez, eu estava sendo atirado, desesperançoso, para fora do meu elemento. Sempre que Conchis estava envolvido, alguém afundava e parecia não ser possível ir mais além; mas ao final, havia sempre uma forma de descer ainda mais.

O velho, aquele que lembrava Smuts, deu um passo à frente e ficou diante de mim.

"O senhor tem diante de si o bode expiatório e o instrumento de punição. Agora, o senhor assume o papel de júri e carrasco. Todos aqui partilhamos do repúdio ao sofrimento desnecessário; como é esperado que o senhor compreenda ao pensar sobre estes eventos. Dito isso, todos concordamos que deve haver um ponto em nosso experimento em que o senhor, o participante, tenha absoluta liberdade para escolher se deseja infligir dor a nós — uma dor que todos abominamos — quando chegar sua hora. Escolhemos a doutora Maxwell, pois ela melhor simboliza o que somos para o senhor. Agora, pedimos que faça como os imperadores romanos e levante ou abaixe seu polegar direito. Caso opte por abaixá-lo, o senhor será liberado e estará livre para levar adiante a punição com a severidade e brutalidade que bem desejar, em até dez chibatadas. Isso é o suficiente para garantir o mais atroz sofrimento, bem como desfiguração permanente. Caso levante seu polegar em sinal de misericórdia, o senhor estará, após um breve processo de desintoxicação, livre de nós para sempre. A mesma liberdade se aplica caso opte pela punição, que também demonstrará a conclusão satisfatória de sua desintoxicação. Agora, um último pedido ao senhor: pense com muito, muito cuidado mesmo, antes de escolher."

Todos os estudantes se levantaram, após algum sinal que não pude perceber. Os olhares se voltaram para mim. Eu estava ciente de que gostaria de tomar a decisão certa; algo que faria todos se lembrarem de mim, que provaria que estavam errados. Sabia que o papel de juiz me cabia apenas nominalmente. Como todos os juízes, eu era o julgado ao final; a ser julgado pelo meu próprio juízo.

Logo percebi que a escolha que me fora oferecida era absurda. Tudo foi feito de forma a impossibilitar que eu conseguisse puni-la. A única punição que gostaria de infligir a ela era fazê-la chorar pedindo perdão, e não por dor. De qualquer forma, eu sabia que mesmo que virasse meu polegar para baixo, eles dariam um jeito de me deter. A situação como um todo, com a gratuidade de seus tons sádicos subjacentes, era uma armadilha; um falso dilema. Mesmo assim, em meio a todo meu ressentimento e raiva que fervilhavam por conta da exposição cruel no tronco da vila, o meu sentimento por eles era algo que com certeza não era perdão, e menos ainda gratidão, mas uma recrudescência do maravilhamento que eu havia sentido tantas vezes antes: que tudo aquilo havia sido montado apenas para mim.

Não sem hesitar, pensar, mensurar se eu, de fato tinha liberdade de escolha, e tendo certeza de que não se tratava do resultado de um condicionamento prévio, virei o polegar para baixo.

O velho me encarou por um longo momento, depois sinalizou para os guardas e retornou ao grupo. Meus pulsos foram libertados. Fiquei de pé e os esfreguei, então arranquei a mordaça. A fita repuxou a barba por fazer em meu queixo, e por um momento fiquei apenas piscando de dor, como um idiota. Os guardas não moveram um músculo. Esfreguei a pele em torno da minha boca e a seguir dei uma olhada ao meu redor.

Silêncio. Eles esperavam que eu fosse me pronunciar; por isso, não me pronunciei.

Desci os degraus de madeira e peguei o chicote. Eu até esperava que se tratasse de um objeto cenográfico. Mas o peso do chicote me surpreendeu. Um cabo de madeira coberto de couro trançado; um botão decorativo na ponta. As correias estavam gastas, os nós eram duros como balas. A peça parecia antiga, uma antiguidade legítima da Marinha Real da época das guerras napoleônicas. Enquanto a manuseava, fui ponderando. A solução mais provável seria apagarem as luzes; uma comoção sucederia. Os quatro homens e Adam estavam próximos à porta e seria impossível escapar.

Sem qualquer aviso, peguei o chicote e bati com ele na mesa. Um sibilo selvagem. O zurzir das caudas sobre a mesa de madeira soava como uma arma de fogo. Aquilo fizera com que um ou dois alunos saltassem. Notei que um destes, uma garota, desviou o olhar. Ainda assim, ninguém se aproximou. Comecei a caminhar na direção de Lily. Eu não esperava conseguir chegar até ela.

Mas cheguei. Ainda assim, ninguém se mexeu. Logo eu estava perto o suficiente para atingi-la e a pessoa mais próxima estava a nove metros de distância. Fiquei parado como se estivesse medindo a distância, com o pé esquerdo mais à frente, e me preparei para desferir o golpe. Até mesmo calculei o alcance daquela coisa feroz, de forma que as caudas roçassem o meio das costas dela. Seu rosto estava coberto pelo capacete. Lancei o chicote por sobre o meu ombro, como se fosse retorná-lo com toda força naquelas costas alvas. Em parte, eu esperava por um grito para que desistisse, ver ou ouvir alguém correndo até mim. Mas ninguém moveu uma palha, e eu sabia, assim como eles deviam saber, que teria sido tarde demais. Apenas uma bala poderia me impedir. Olhei ao redor, já esperando me deparar com uma arma de fogo. Mas os onze, os guardas, os "alunos", todos permaneceram imóveis.

Olhei para Lily outra vez. Dentro de mim, havia um demônio muito real, um marquês malévolo, que queria açoitá-la, ver os talhos vermelhos úmidos riscando sua pele delicada; não tanto para feri-la, mas para chocá-los, fazer com que percebessem a enormidade do que estavam fazendo; quase como a enormidade de fazê-la arriscar tanto. "Anton" dissera: *Muito corajosa*. Eu sabia que eles deviam ter certeza absoluta de minha decência, minha estúpida decência inglesa; apesar de tudo que haviam dito, de todas as *banderillas* plantadas em minha autoestima, certos em absoluto de que nem mesmo em cem mil anos eu a açoitaria com aquele chicote. Eu o fiz naquele instante, mas muito devagar, como se estivesse me certificando da distância mais uma vez, então puxei-o para trás novamente. De novo, tentava determinar se eu estava pré-condicionado, por Conchis, a não fazer aquilo; mas eu sabia que tinha liberdade absoluta de escolha. Poderia fazê-lo se assim o quisesse.

Então de repente.

Eu entendi.

Eu não empunhava um chicote em uma cisterna subterrânea, eu estava em uma praça ensolarada, dez anos antes, e em minhas mãos portava uma submetralhadora alemã. Agora, não era Conchis que interpretava o papel de Wimmel. Wimmel estava dentro de mim, em meu braço teso, lançado para trás, em todo o meu passado; acima de tudo, presente naquilo que eu havia feito a Alison.

Quanto mais você compreende a liberdade, menos a possui.

E minha liberdade também residia em não açoitá-la, fosse qual fosse o preço, ou quais outras oitenta partes de mim devessem morrer, ou o que os olhares observadores pensariam de mim; por mais que parecesse, como deviam ter previsto, que eu os estava perdoando, que eu havia sido doutrinado, que eu era seu joguete. Abaixei o chicote e pude sentir as lágrimas se acumularem — lágrimas de raiva, lágrimas de frustração.

Todas as manobras de Conchis visavam me trazer até esse ponto; todas as farsas psíquicas, teatrais, sexuais, psicológicas; e lá estava eu onde ele esteve antes, diante do guerrilheiro, incapaz de espancá-lo até que o cérebro vazasse de seu crânio; descobrindo que há tempos insólitos para se cobrar velhas dívidas; e preços ainda mais insólitos a serem pagos.

O grupo de onze, de pé próximo à parede; a liteira-caixão quase escondida no centro, como se a protegessem de mim. Vi June, que teve a decência de não me retribuir o olhar. De alguma forma, sabia que ela estava assustada; ela, ao menos, não estava muito certa daquilo.

As costas brancas.

Caminhei em direção a elas, em direção a Conchis. Vi "Anton", de pé ao seu lado, se inclinar minimamente. Sabia que ele estava se preparando para ir embora. Joe também me observava, como um gavião. Fiquei diante de Conchis e lhe ofereci o chicote, a empunhadura primeiro. Ele o pegou, mas sem tirar seus olhos dos meus. Nós nos encaramos por um longo momento; aquele olhar de sempre, simiesco.

Ele esperava que eu fosse falar; que dissesse aquela palavra. Mas eu não o fiz. Não poderia tê-lo feito.

Vasculhei os rostos do grupo. Sabia que eram apenas atores e atrizes, mas nem mesmo os melhores da profissão eram capazes de interpretar certas qualidades humanas em silêncio, tais como inteligência, experiência, honestidade intelectual; e eles possuíam um pouco daquilo. Também não teriam como participar de uma cena como essa sem qualquer outro incentivo que não o dinheiro, qualquer que fosse o valor oferecido por Conchis. Pude sentir um momento de compreensão entre cada um de nós, um estranho tipo de respeito mútuo, da parte deles talvez nada mais que o alívio pelo fato de que eu era aquilo que em segredo acreditavam que eu fosse, por trás de todos os mistérios e humilhações; de minha parte, uma convicção obscura de ter adentrado uma sociedade esotérica mais profunda e mais sábia da qual eu não poderia participar sem correr perigo. De pé ali, próximo de seus onze silêncios, seus rostos destituídos de hostilidade e também de qualquer concessão, rostos desassociados de minha raiva, tão próximos-distantes e oblíquos como as faces nas Adorações das pinturas flamengas. Sentia-me quase como se me diminuísse fisicamente; como alguém se apequena diante de certas obras de arte, certas verdades, ao perceber a própria pequenez, a estreiteza mental, a insuficiência em dimensão e valor.

Pude notar isso nos olhos de Conchis; algo além de *eleutheria* havia sido comprovado. E eu era a única pessoa ali que não sabia do que se tratava. Busquei em seus olhos, mas era como mirar a noite mais escura. Centenas de coisas estremeceram em meus lábios, em minha mente, e ali mesmo morreram.

Nenhuma reação; nenhum movimento.

Abruptamente, retornei ao "trono".

Observei a saída dos "estudantes", observei Lily ser libertada. June ajudou-a a se vestir, e elas se juntaram aos outros. A estrutura foi retirada. Por fim, restava apenas o grupo de doze. E mais uma vez, como um coro de Sófocles bem ensaiado, fizeram uma reverência, deram as costas e foram embora.

Os homens abriram espaço para que as mulheres passassem por baixo do arco, e Lily foi a primeira a desaparecer. Mas quando o último dos homens se foi, ela voltou pelo arco por um breve instante, me encarando enquanto eu a encarava, seu rosto sem qualquer expressão, sem gratidão, deixando no ar uma dúzia de motivos pelos quais teria me dado esta última visão; ou dado a si mesma essa última visão de mim.

John Fowles
O Mago

62

Eu estava sozinho com os mesmos três guardas que haviam me trazido. Ficaram esperando um minuto, dois minutos. Adam me ofereceu um cigarro. Fumei, atormentado entre a raiva e o alívio, entre um sentimento de que deveria ter feito uma crítica ferina a eles e todas as suas práticas e um sentimento de que tinha feito a única coisa que poderia me preservar alguma dignidade. O cigarro estava quase acabando quando Adam olhou para seu relógio, e em seguida para mim.

"Agora."

Ele apontou para as algemas que ainda estavam penduradas nos suportes dos braços.

"Olha. Acabou. Chega disso." Eu me levantei, mas logo meus braços foram detidos. Respirei fundo. Adam deu de ombros.

"*Bitte.*"

Deixei que os dois homens me algemassem. Em seguida, ele voltou com a mordaça. Aquilo já era demais. Comecei a me debater, e eles simplesmente me empurraram com brusquidão de volta ao trono; mais uma vez, não tive escolha, fui subjugado. Ele deslizou a mordaça sobre minha cabeça, dessa vez sem usar a fita adesiva. Após ter sido mascarado, partimos. Passamos pelo arco, mas do lado de fora viramos à direita, não à esquerda; não voltaríamos por onde viemos. Vinte ou trinta passos depois, descemos cinco degraus e adentramos o que parecia ser mais um grande cômodo ou cisterna.

Fui forçado para trás, senti alguma movimentação nas algemas. Logo, de forma abrupta, meu braço esquerdo foi levantado, um clique se sucedeu, e com uma gélida e nova apreensão, eu acabara de perceber o que eles haviam feito. Eu havia sido preso à estrutura de açoitamento. Comecei a me debater no mesmo momento. Chutei e bati os joelhos, me debatendo contra o homem a cujo pulso eu ainda estava preso. Poderiam ter me espancado o quanto quisessem, afinal, estavam em três, eu não conseguia ver nada e tudo era ridículo. Mas decerto haviam sido ordenados a conduzir tudo da maneira mais gentil possível. Por fim, forçaram meu outro braço para cima e o prenderam ao segundo anel. A máscara foi retirada.

Tratava-se de um cômodo muito longo e estreito, mais uma cisterna, mas com o teto abobadado mais baixo; tinha mais de vinte metros de comprimento, por uns seis de largura. No meio do caminho, uma tela branca de cinema, como aquela usada em Bourani. Três quartos mais adiante, um par de cortinas pretas se estendia pela largura da sala. A parede da extremidade mal se via por cima das cortinas. Tratava-se de uma versão maior da capela de Moutsa com a iconóstase. Eu estava preso ao suporte de açoitamento, mas de frente, e a tela havia sido encostada contra a parede. Diante de mim e um pouco à direita havia um pequeno projetor de cinema com um rolo de filme de dezesseis milímetros. A pouca luz que havia vinha da porta, que eu podia ver à minha esquerda.

Meu trio de camisas negras não perdeu tempo. Foram na direção do projetor e o ligaram, verificaram se o rolo estava posicionado corretamente e o colocaram para rodar. Começou com a roda preta sobre o fundo branco, como se fosse o símbolo de uma produtora cinematográfica. Um dos homens ajustou brevemente o foco. Adam retornou e ficou diante de mim — fora do alcance de qualquer chute que eu pudesse tentar desferir — e se pronunciou.

"A desintoxicação final."

Eu entendi que havia sido forçado a "perdoar" para que pudesse ser levado a esta humilhação final; um açoitamento metafórico, se não literal.

Ainda não havia chegado ao fundo do poço.

Estava ali sozinho com o projetor e seu chiado e o quer que estivesse além das cortinas. O símbolo desvaneceu e palavras surgiram.

Polymus Films
apresenta

A tela ficou branca por um instante. Em seguida:

A verdade vergonhosa

A roda preta. A seguir:

APRESENTANDO
A FABULOSA MERETRIZ
IO

A tela em branco.

TAMBÉM CONHECIDA COMO
ÍSIS
ASTARTE
KALI.

Uma tela em branco por vários segundos.

NO PAPEL DA ADORÁVEL
"LILY MONTGOMERY"

Surgiu um breve plano de Lily se ajoelhando atrás de um homem. A cena quase chegou ao final antes que eu pudesse perceber que o homem era eu mesmo. Alguém, Conchis, devia ter nos filmado com uma teleobjetiva, no dia em que ela recitou *A Tempestade*. Lembrei-me de que ela havia até mesmo me alertado de que ele vinha usando uma câmera do tipo.

NO PAPEL DA INESQUECIVELMENTE DESEJADA
"JULIE HOLMES"

Mais um breve plano: Eu estava de pé e a beijava sob a forte luz do sol. Era o mesmo dia, ao lado da estátua de Poseidon.

NO PAPEL DA INSTRUÍDA E CORAJOSA
"VANESSA MAXWELL"

Dessa vez se tratava de uma fotografia. Ela estava atrás de uma mesa, uma mesa de laboratório coberta por papéis. Uma prateleira de tubos de ensaio. Um microscópio. Uma espécie de Madame Curie.

AGORA EM SEU MAIOR PAPEL COMO

A roda ressurgiu por um instante.

ELA MESMA!

A tela em branco mais uma vez.
 Então surgiu, gradual, um plano de Joe com sua máscara de chacal correndo pelo caminho em direção à casa em Bourani; um demônio sob a luz do sol; ele correu em direção à lente, tapando-a.

COESTRELANDO
O MONSTRO DO MISSISSIPI

Um branco.

JOE HARRISON

A roda mais uma vez.

INTERPRETANDO A SI MESMO

A seguir, palavras em uma moldura excessivamente ornamentada.

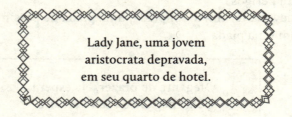

Lady Jane, uma jovem
aristocrata depravada,
em seu quarto de hotel.

Eu iria assistir a um filme erótico.
 Começou: um quarto de decoração exuberante, cheio de rufos e babados no estilo eduardiano. Lily apareceu trajando um penhoar, seu cabelo solto. O penhoar abria-se, exageradamente, sobre um espartilho preto. Ela parou ao lado de uma cadeira para ajeitar a meia-calça, uma cena típica e vulgar para mostrar as pernas, por mais que o close também permitisse a ela exibir o pulso com a cicatriz. De repente, ela olhou em direção a porta, e chamou alguém. Surgia um pajem, com uma

carta sobre uma bandeja. Ela pegou a carta e o pajem saiu de cena. Um plano dela abrindo a carta, fazendo cara feia e a jogando para o lado. A câmera mostra a carta no chão.

A qualidade do filme se assemelhava aos primeiros filmes mudos, granulado e cheio de bolhas, mal sincronizado. Outro título emoldurado piscante surgiu.

> "...agora sei da verdade abominável a respeito de seus desejos pervertidos, tudo entre nós acabou. Sigo, enojado, como seu marido, mas não por muito tempo... Lorde de Vere!"

Um novo plano. Lily está deitada na cama, a câmera a filmando de cima. O penhoar havia sumido. O espartilho, a meia-calça. Ela havia conseguido dar ao seu rosto, pesado de rouge e rímel, um aspecto adequado de *femme fatale*, com direito a beicinho, mas o efeito visual não se distanciava muito do verbal: como é comum no ramo da pornografia — e que neste caso suponho ser deliberado — a proximidade com o ridículo era perigosa.

Tudo deveria terminar em piada, uma piada de péssimo gosto, mas ainda assim uma piada.

> Ofegante de prazer, ela espera pela chegada de seu Parceiro negro como o carvão em pecado indizível.

De volta para o mesmo plano. De súbito, ela se sentou com um olhar malicioso sobre a cama de cobre de bordel francês. Outra pessoa entrou.

> A entrada de Touro Negro, um cantor de vaudeville.

Um plano da porta aberta. Era Joe, trajando calças absurdamente apertadas e uma espécie de blusa branca de mangas soltas. Mais parecia um toureiro negro do que um touro negro. Ele fechou a porta; um olhar fumegante.

> A única língua que conheciam..

O filme degringolou completamente na perversão. Houve um plano dela correndo em direção a ele. Com um passo adiante, ele a segurou pelos braços, e logo estavam se beijando com selvageria. Forçando-a contra a cama, os dois caíram sobre o colchão. Ela rolou por cima dele, cobrindo seu rosto e seu pescoço com beijos.

> Um crioulo e uma mulher branca.

Ela estava de pé, de lingerie preta, contra a parede, os braços estendidos. Joe se ajoelhava diante dela, nu da cintura para cima, apalpando seus seios sobre o espartilho. Ela pegou sua cabeça e pressionou contra si.

> Por isso ela sacrificou um marido amoroso, filhos adoráveis, amizades, relações, religião, tudo.

Em seguida, um interlúdio fetichista de cinco segundos. Ele estava deitado sobre o chão. Um plano aproximado de uma perna desnuda que acabava em um salto preto repousando sobre sua barriga. Ele o acariciava com as mãos. Comecei a suspeitar de algo. Poderia muito bem ser a perna de qualquer mulher branca, bem como as mãos e a barriga de qualquer homem negro.

> A paixão se inflama.

Um plano que atravessa o quarto e mostra a mulher pressionando-o contra a parede, beijando-o. Sua mão desce pelas costas dela e começa a abrir o espartilho. Longas costas nuas envolvidas em braços negros. A câmera se encerra ali, então volta a acompanhar os movimentos, desajeitada. Uma mão negra move-se, de forma sugestiva, plano adentro. Joe agora parecia estar nu, mas encoberto pelo corpo branco dela. Podia ver seu rosto, mas a qualidade do filme era tão ruim que era impossível ter certeza de que era mesmo Joe. E o rosto dela ficava invisível o tempo todo.

> Sem vergonha.

Comecei a ficar cada vez mais desconfiado, em vez de chocado. Sucederam-se uma série de planos curtos. Seios brancos desnudos, coxas negras nuas; duas figuras nuas na cama. Mas a câmera estava longe demais para que fosse possível identificar qualquer coisa. O cabelo louro da mulher logo começou a parecer louro demais, brilhante demais: uma peruca.

> As pessoas decentes levam vidas normais enquanto ocorre essa orgial bestial.

Um plano de uma rua em uma cidade que eu não reconheço; embora parecesse americana. Calçadas lotadas, era hora do *rush*. Tratava-se de um plano de maior qualidade que os demais, e estava claro que havia sido recortado a partir de outro filme, fazendo com que as sequências "eróticas" parecessem ainda mais antiquadas e claustrofóbicas.

> Carícias obscenas.

Uma mão branca anônima acariciava um falo negro anônimo em uma das menos excepcionais carícias de amor. A obscenidade repousava no fato de que duas pessoas poderiam deitar-se e serem fotografadas no ato. Mas era o pulso direito, a mão sem cicatriz, que estava no quadro; e por mais que fizesse um gesto brincalhão como se tocasse uma flauta, eu apostaria que não era a mão de Lily.

> O convite.

Veio então o plano mais pornográfico e brutal até o momento, visto de baixo, da garota nua deitada na cama. Mais uma vez, seu rosto não se revelava, virado para trás, quase fora do campo de visão. O plano a mostrava à espera do negro, cujas costas escuras, um borrão, estavam próximas da câmera.

> Enquanto isso.

De repente, a qualidade do filme mudou. Era um plano bastante trêmulo, feito com uma câmera diferente em circunstâncias diferentes. Duas pessoas em um restaurante lotado. Com um choque agudo, um jorro de raiva amarga, vi de quem se tratava: Alison e eu mesmo, naquela primeira noite, no Pireu. Houve um clarão de filme em branco, depois outra cena nossa, que por um momento não soube dizer onde se passava. Alison descendo uma rua íngreme da aldeia, eu a um metro ou dois atrás dela. Ambos parecíamos exaustos; e por mais que estivesse longe demais para ver as expressões faciais, qualquer um diria, pela distância entre nós, a forma como andávamos, que estávamos infelizes. Reconheci o momento: nosso retorno a Arácova. O cinegrafista devia estar escondido em uma cabana, filmando por trás das persianas, talvez, pois uma barra preta transversal obscurecia o final do plano. Lembrei da sequência de Wimmel, dos tempos de guerra. Também reconheci as implicações daquilo; o fato de que havíamos sido seguidos, observados e filmados todo aquele tempo. Não seria possível nas encostas superiores desguarnecidas do Parnaso, mas em meio às árvores... Lembrei-me da piscina, o sol em minhas costas nuas e Alison por baixo de mim. Era terrível demais, blasfemo demais, que, de todos os momentos, aquele pudesse ser público.

Destituído, açoitado por aquele conhecimento e também pelo fato de que eles sempre souberam.

Mais uma vez, a tela em branco. A seguir, outro título.

> O ato da cópula.

Porém, o que o filme exibiu foi uma série de números e arranhões brancos que piscavam: era o fim do rolo. Um estalo no projetor. A tela permaneceu em branco. Alguém entrou pela porta e desligou o aparelho. Grunhi em sinal de desprezo; já estava esperando aquele esmorecimento, aquela perda de coragem daquela pornografia deles. Contudo, o homem — pude ver pela fraca luz que vinha da porta que se tratava de Adam de novo — foi até a tela e a recolheu. Fui deixado sozinho mais uma vez. Por uns trinta segundos ou mais, o cômodo permaneceu na escuridão total. Eis que surgiu uma luz por trás das cortinas.

Alguém começou a puxá-las, por trás, através de cordas, como fazem em peças que se dão em salões paroquiais. Pararam quando as cortinas estavam abertas a dois terços; muito antes disso, os paralelos com salões paroquiais haviam desaparecido. A luz vinha de uma persiana pendurada no teto. Ela não deixava a luz passar por completo, por isso o que se via era uma iluminação suave, intimista, um cone sobre o que se encontrava abaixo.

Um sofá baixo, coberto por uma manta entre o dourado e amarelo acastanhado, talvez um tapete afegão. Nele, completamente nua, estava Lily. Não pude ver a cicatriz, mas sabia que era ela. O bronzeado não era escuro o suficiente para que se tratasse de sua irmã. Deitada sobre um monte de almofadas nas cores de ouro profundo, âmbar, rosa, castanho avermelhado, empilhadas contra uma cabeceira entalhada com ornamentos em dourado; ela estava de lado, virada para mim em uma imitação deliberada da *Maja Desnuda* de Goya. As mãos por trás da cabeça, sua nudez oferecida. Não ostentada, mas oferecida, apresentada como um fato divino e imemorial. Uma axila nua, tão sensual sua virilha. Mamilos da cor de cornalinas, como se fossem as únicas coisas naquela pele cor de mel que haviam sido, ou pudessem ser, mordidas e machucadas. As curvas afunilando, coxas, tornozelos, os pequenos pés descalços. E os olhos uniformes, sem movimento, encarando as sombras onde eu me encontrava, com uma espécie de calma arrogante.

Atrás dela, na parede mais ao fundo, uma série de arcos escuros e delgados havia sido pintada. Em um primeiro momento, pensei que deveriam representar Bourani; mas eram estreitos demais e, além disso, sua porção superior tinha o formato de uma ogiva fina, mourisca. Goya... Alhambra? Percebi que o sofá não era do tipo sem pés, mas que a extremidade da sala estava em um nível um pouco mais abaixo, como um banho romano. As cortinas haviam ocultado mais degraus que desciam.

A silhueta esbelta permaneceu em seu lago de luz fulvo-esverdeada, sem se mexer; ela me encarava como se dentro de uma tela. A cena e sua pose se mantiveram por tanto tempo que comecei a pensar que aquela seria a grande conclusão; esta pintura viva, este enigma nu, este inalcançável eterno.

Minutos se passaram. Aquele corpo adorável permanecia deitado em seu mistério. Pude notar o ritmo imperceptível de sua respiração... ou será que não? Por alguns momentos, o que eu observava era uma efígie de cera que se aproximava do real de uma forma magnífica.

Mas então ela se mexeu.

Sua cabeça ficou de perfil e seu braço direito se estendeu, com graciosidade, em sinal de convite, o gesto clássico de *Récamier*, para quem ligou a luz e abriu as cortinas. Uma nova figura apareceu.

Era Joe.

Ele trajava um manto de algum período indeterminado, de uma alvura imaculada, com muitos detalhes em dourado. Ele se dirigiu para trás do sofá. Roma? Uma imperatriz e seu escravo? Ele me encarou, ou ao menos voltou o olhar em minha direção por um momento, e eu logo soube que não teria como ele ser um escravo. Havia um ar de majestade, de nobreza obscura. Ele se apoderava da sala, do palco, da mulher. Olhava para baixo, na direção dela, que voltou o olhar para cima, uma afeição severa; o pescoço do cisne. Ele tomou para si sua mão estendida.

De súbito, entendi quem eram; e quem eu era; como este momento havia sido preparado. Eu também assumira um novo papel. Tentei, desesperado, me livrar da mordaça, mordendo, escancarando a boca, esfregando minha cabeça contra os braços. Mas estava apertada demais.

O negro, o mouro, ajoelhou ao lado dela e beijou seu ombro. Um braço branco e delgado emoldurou e prendeu sua cabeça negra. Passou-se um longo momento. Então ela se jogou para trás. Ele a percorreu com os olhos e sem pressa desceu a mão de seu pescoço para a cintura. Como se ela fosse feita de seda. E ele, certo de sua rendição. Com calma, foi desabotoando a toga do ombro.

Fechei os olhos.

Nada é real; tudo é permitido.

Conchis: *O papel dele ainda não chegou ao fim.*

Abri meus olhos novamente.

Não havia nenhuma perversão, nenhuma tentativa de sugerir que eu estivesse assistindo a algo além de duas pessoas apaixonadas fazendo amor; como se assiste a dois boxeadores em um ginásio ou dois acrobatas no palco. Não que houvesse qualquer coisa de acrobática ou violenta a respeito deles. Comportavam-se como quem demonstra que a realidade era a antítese do absurdo, da sujeira que se via no filme.

Por longos instantes, mantive meus olhos fechados, me recusando a assistir. Mas eu também sempre parecia forçado a levantar a cabeça e observar aquilo de novo, como um *voyeur* no inferno. Meus braços começaram a adormecer, uma tortura adicional. As duas figuras sobre a cama de cor leonina, a palidez luminescente e o negror opulento, corpos que se abraçavam, tornavam a se abraçar, alheios a mim, a tudo, exceto a própria atuação.

O ato cometido por eles não tinha nada de obsceno em si, era meramente privado, familiar; um ritual biológico que acontece centenas de milhões de vezes a cada noite que o mundo gira. Mas me peguei tentando imaginar o que faria com que eles o praticassem diante de mim; qual argumento incrível Conchis usara para convencê-los; como eles mesmos haviam se convencido. Lily agora parecia tão à frente de mim no tempo quanto antes parecia ter começado atrás; de alguma forma, aprendera a mentir com o corpo como as outras pessoas conseguiam apenas com a língua. Talvez buscasse algum estado de emancipação sexual completa, e aquela demonstração fosse mais necessária para ela como prova para si mesma, do que sua exibição para mim como parte da minha já desnecessária "desintoxicação".

Tudo que eu havia pensado entender a respeito das mulheres se retraía, se entrelaçava, fluía rumo a um grande mistério; correntes e sombras distorcidas, como objetos afundando, longe, cada vez mais longe, em profundas em colunas de água.

O arco negro de suas costas longas, seu ventre em união com o dela. Joelhos brancos separados. Aquele movimento terrível, a possessão entre aqueles joelhos submissos. Algo me levou de volta àquele incidente noturno em que ela interpretara Ártemis; à alvura insólita da pele de Apolo. A coroa de folhas douradas sem brilho. O corpo atlético, mármore vivo. Soube ali que Apolo e Anúbis haviam sido interpretados pelo mesmo homem. Aquela noite, quando ela se foi... a virgem inocente no dia seguinte na praia. A capela. A boneca negra balançava em minha mente, o crânio sorria, malévolo. Ártemis, Astarte, eterna mentirosa.

Ele celebrou em silêncio o próprio orgasmo.

Os dois corpos jaziam em completa imobilidade no altar da cama. A cabeça dele, virada, ficava encoberta pela dela, e eu podia ver as mãos dela acariciando os ombros dele, as costas. Tentei libertar meus braços doloridos da estrutura de açoitamento, tombá-la. A esquadria havia sido afixada à parede, com grampos especiais; os anéis, por sua vez, estavam parafusados na madeira.

Após uma pausa insuportável, ele se levantou da cama, ajoelhou e beijou o ombro dela, quase que uma formalidade, e então, recolhendo seu manto, foi deixando o palco com calma em direção às sombras. Ela ficou deitada por um momento, como ele a havia deixado, esmagada entre as almofadas. Então, ela se levantou, apoiada no cotovelo esquerdo, assumindo a pose inicial. O olhar fixado em mim. Sem rancor e sem arrependimento; sem triunfo e sem maldade; como Desdêmona outrora se voltara para olhar Veneza.

À incompreensão, o ódio perplexo de Veneza. Eu havia assumido ser, de alguma forma, o traiçoeiro Iago punido, em um sexto ato jamais escrito. Acorrentado no inferno. Mas eu também era Veneza; o estado deixado para trás; a coisa de onde parte a jornada.

As cortinas se fecharam, sem pressa. Fui deixado no mesmo lugar onde tudo havia começado, na escuridão. Até mesmo a luz atrás de mim havia se apagado. Passei por um momento vertiginoso em que duvidei se aquilo tinha acontecido ou não. Uma alucinação induzida? Será que o julgamento havia acontecido de fato? Será que algo de tudo aquilo aconteceu mesmo? Porém, a dor selvagem em meus braços me dizia que tudo havia acontecido, sim.

E então, a partir daquela dor, da pura tortura física, comecei a compreender. Eu era Iago, mas também o crucificado. O Iago crucificado. Crucificado por... as metamorfoses de Lily corriam selvagens pelo meu cérebro, como mênades, em busca de alguma cegueira, algum demônio dentro de mim. De repente, tive conhecimento de seu nome verdadeiro, por trás das máscaras. O motivo de terem escolhido uma situação semelhante à de Otelo. O motivo de Iago. Mergulhei nisso. Eu sabia seu nome verdadeiro. Não só não a perdoei, como, de fato, se senti algo, foi mais raiva.

Mas agora eu sabia seu nome verdadeiro.

Uma silhueta surgiu à porta. Era Conchis. Ele veio até onde eu estava, pendurado naquela estrutura, e ficou diante de mim. Fechei meus olhos. A dor em meus braços engolia todo o resto.

Emiti um barulho entre um murmúrio e um rugido através da mordaça. Eu mesmo não sabia o que aquilo queria dizer: se era por sofrer com a dor ou se queria dizer que, caso eu o visse mais uma vez, eu o dilaceraria membro por membro.

"Vim lhe dizer que agora o senhor foi eleito."

Balancei a cabeça de um lado para o outro com violência.

"O senhor não tem escolha."

Continuei a balançar minha cabeça, mas já cansado.

Ele me encarou com aqueles olhos que pareciam mais antigos que a vida inteira de um homem, e um lampejo de compaixão surgiu em suas expressões, como se tivesse percebido que aquela poderia ser a gota d'água.

"Aprenda a sorrir, Nicholas. Aprenda a sorrir."

Me ocorreu que ele queria dizer algo diferente do que eu diria com "sorrir"; que a ironia, a falta de humor, a crueldade que sempre notei em seu sorriso era uma qualidade que ele havia inserido de forma deliberada; que para ele, o sorriso era algo cruel em essência, porque a liberdade é cruel, porque a liberdade que nos torna responsáveis em parte pelo que somos é cruel. Logo, o ato de sorrir não era uma *atitude* a ser tomada em relação a vida, mas sim em relação à *natureza* da crueldade da vida, uma crueldade que não podemos nem mesmo escolher evitar, já que é a própria existência humana. Ele queria dizer algo muito mais inusitado com "Aprenda a sorrir" do que um "Sorria e se conforme" de Smiles.* Se é que queria dizer algo, era algo como "Aprenda a ser cruel, aprenda a ser rude, aprenda a sobreviver".

---

* Samuel Smiles (1812-1904), autor escocês conhecido pelo livro *Auto-Ajuda*, de 1859. [NE]

Que não temos escolha em se tratando de papéis ou funções. É sempre *Otelo*. Em termos imutáveis, ser é ser Iago.

Ele me fez a menor das reverências, repleta de ironia, o desprezo implícito em incongruente cortesia, então saiu.

Logo que ele saiu, Anton entrou acompanhado por Adam e os demais camisas-negras. Tiraram minhas algemas e libertaram meus braços.

Um longo mastro preto, carregado por dois dos camisas-negras, foi desenrolado e vi ali uma maca. Me forçaram a deitar nela e, mais uma vez, meus pulsos foram algemados às laterais. Era incapaz de resistir ou suplicar para que parassem. Fiquei deitado, passivo, de olhos fechados, para evitar vê-los. Senti o cheiro de éter, senti, de leve, a pontada de uma agulha. Dessa vez, torci para que o esquecimento chegasse logo.

John Fowles
O Mago

63

Eu fitava uma parede em ruínas. Restavam alguns pontos com reboco, mas a maior parte era composta por pedra bruta. Muitas inclusive haviam caído e estavam em meio à argamassa que se desintegrava ao pé da parede. Então ouvi o som, muito fraco, de sinos de cabras. Passei algum tempo deitado ali, drogado demais para empreender o esforço de descobrir de onde vinha a luz que via batendo na parede; a luz e o som de sinos, o vento, e os andorinhões gritando. Fora condicionado a ser um prisioneiro. Por fim, movi meus pulsos. Estavam livres. Me virei e vasculhei o lugar com os olhos.

Pude ver frestas de luz através do telhado. Uma porta quebrada a uns cinco metros de distância; do lado de fora, o sol ofuscante. Estava deitado sobre um colchão inflável, com um lençol marrom e áspero sobre mim. Olhei para trás. Ali estava minha maleta, contendo uma série de coisas: uma garrafa térmica, um pacote de papel pardo, cigarros e fósforos, uma caixa preta semelhante a uma caixa de joia, um envelope.

Me sentei e balancei a cabeça. Joguei o lenço para o lado, e fui caminhando, com o passo irregular, sobre o piso também irregular, rumo à porta. Estava no topo de um morro. Diante de mim, uma vasta encosta repleta de ruínas. Centenas de casas de pedra, todas arruinadas, a maior parte não mais que pilhas cinzentas de entulho, fragmentos deteriorados de paredes cinzentas. Aqui e ali podia-se ver construções um pouco menos dilapidadas; os restos de segundos pisos, janelas que enquadram o céu, portas pretas. Mas o que havia de mais extraordinário nessa cidade inclinada dos mortos parecia flutuar em pleno ar, trezentos metros acima do mar que a circundava. Consultei meu relógio. Ainda estava funcionando; faltava pouco para as cinco. Subi em um muro e olhei ao redor. Na direção em que o sol da tarde repousava, pude ver um terreno montanhoso que se estendia ao sul e ao norte. Eu parecia estar no alto de um gigantesco promontório, absolutamente sozinho, o último homem vivo, entre o céu e o mar em uma espécie de Hiroshima medieval. Por um instante, eu não sabia dizer se haviam passado horas ou civilizações inteiras.

Um forte vento soprou do norte.

Voltei para o quarto e então levei a maleta e as outras coisas para o sol. Antes de mais nada, conferi o envelope. Nele estavam meu passaporte, umas dez libras em moeda grega e uma folha de papel datilografada. Três frases. "Há um barco saindo para Phraxos hoje às 23:30. Você está na Cidade Velha em Monemvasia. Para descer, siga na direção sudeste." Sem data ou assinatura. Abri a garrafa térmica: café. Me servi uma caneca cheia e bebi, e em seguida, mais uma. No pacote, havia sanduíches. Comecei a comer, com a mesma sensação daquela manhã, de prazer intenso, diante do sabor do café, do sabor do pão, da carne de cordeiro, fria e salpicada de orégano e suco de limão.

Mas, somado a isso, agora havia um sentimento, para o qual contribuía também o panorama vasto e arejado, de libertação, de ter sobrevivido; uma resiliência. Acima de tudo, pairava a extraordinariedade da experiência; seu caráter único conferia um caráter único a mim, e que eu encarava como um grande segredo, uma jornada para Marte, um prêmio jamais conquistado por ninguém. Pareceu-me, então, que agora conseguia perceber meu próprio comportamento; já o percebia desde que acordara, sob uma perspectiva aprimorada; o julgamento e a desintoxicação foram fantasias malévolas enviadas para testar minha normalidade, e minha normalidade havia triunfado. *Eles* acabaram humilhados no final — e percebi que, talvez, aquela última e atordoante performance pretendia ser uma espécie de humilhação mútua. Enquanto ocorria, parecia ser uma torção da adaga dentro de um ferimento já mais do que suficiente; mas agora percebia que podia se tratar de algum tipo de vingança concedida a mim contra a espionagem, o voyeurismo *deles próprios*, em relação a mim e Alison.

O que me restava: sair daquilo vitorioso, ainda que uma vitória obscurecida. Estar livre mais uma vez, mas lidando com um novo tipo de liberdade... após uma espécie de expurgo.

Como se eles tivessem cometido um erro de cálculo.

Crescia essa sensação, tornou-se uma alegria tocar a pedra morna na qual estava sentado, assim como ouvir o soprar do *meltemi*, sentir o cheiro do ar grego mais uma vez, estar sozinho neste planalto peculiar, esta Gibraltar perdida, um lugar que eu até mesmo planejara visitar um dia. Análise, vingança, registro: tudo isso viria depois, assim como as explicações na escola, a decisão de ficar ou não mais um ano, tudo teria que ser feito mais adiante. O que importava mais é que eu havia sobrevivido, eu *havia* superado aquilo.

Posteriormente, percebi que havia algo de artificial, de não-natural nessa alegria, nessa tentativa de disfarçar todas as indignidades, a morte de Alison que eles exploraram, as liberdades monstruosas tomadas em relação à minha própria; e mais uma vez supunha que se tratava de algo induzido através de hipnose por Conchis. Seria parte das amenidades oferecidas; assim como o café e os sanduíches.

Abri a caixa preta. Dentro dela, sobre um acolchoado de baeta verde, repousava um revólver novo em folha, um Smith & Wesson. Peguei-o e o abri. Olhei para as bases de seis balas, seis círculos de cobre com olhos em chumbo acinzentado. O convite era claro. Removi uma delas. Não eram balas de festim. Apontei a arma em direção ao mar, para o norte, e puxei o gatilho. O estalo fez meus ouvidos zumbirem e os enormes andorinhões marrons e brancos que cruzavam o céu azul acima de minha cabeça fizeram manobras abruptas.

A última piada de Conchis.

Subi noventa metros até o topo do morro. Não muito longe, ao norte, havia uma cortina em ruínas, vestígio de alguma fortificação veneziana ou otomana. A partir dela, a minha vista alcançava cerca de quinze quilômetros do litoral na direção norte. Uma extensa praia branca, um vilarejo a vinte quilômetros de distância, uma ou duas casas ou capelas brancas polvilhadas por ali, e atrás delas, uma montanha que crescia íngreme, que eu acreditava ser o Monte Párnon, visível de Bourani em dias de céu limpo. Phraxos ficava a cerca de cinquenta quilômetros ao longo do mar a nordeste. Olhei para baixo. O platô descia rumo a um penhasco íngreme de duzentos, duzentos e quarenta metros, que culminava em uma estreita faixa de cascalho; um estirão verde-jade em que o mar raivoso tocava a terra, e então cavalos brancos, azul profundo. De pé no antigo bastião, disparei as cinco balas restantes na direção do mar. Não mirei em nada. Era um *feu de joie*, uma recusa em morrer. Ao soar do quinto estalo, peguei a arma pelo cabo e a lancei, rodopiante, pelo céu. Ela traçou uma parábola, então ficou suspensa por um instante, caindo muito devagar pelo abismo de ar; ao me deitar na ponta pude vê-la se chocar entre as pedras à beira-mar.

Parti. Algum tempo depois, encontrei um caminho melhor, que por duas vezes passava por portas que levavam a grandes cisternas repletas de entulho. No lado sul da enorme rocha, vi, bem mais abaixo, uma antiga cidade murada em um pedaço de terra que descia íngreme do fundo do penhasco até o mar. Muitas casas em frangalhos, e algumas poucas ainda com telhados e oito, nove, dez, um grupelho de igrejas. O caminho serpenteava através das ruínas e levava a uma porta. Um túnel descendente conduzia a outra porta, com uma barreira na passagem, o que explicava a ausência de um rebanho de cabras. Era óbvio que existia apenas um caminho para subir e descer, mesmo para as cabras. Subi sobre a barreira e saí sob a luz do sol. Um caminho de tons entre o cinza e o preto, pavimentado de basalto séculos atrás, revestia todo o declive do morro, por fim fazendo uma curva na direção dos telhados vermelho-ocre da cidade murada.

Fiz a minha própria rota pelas vielas entre as casas caiadas. Uma velha camponesa estava de pé na sua porta segurando uma tigela com aparas de vegetais, que distribuía para suas galinhas. Eu devia lhe parecer muito estranho com aquela maleta, a barba por fazer, estrangeiro.

"*Kal' espera.*"

"*Pois eisai?*", ela queria saber. "*Pou pas?*" As velhas perguntas homéricas do camponês grego: Quem és? Aonde vais?

Disse a ela que era inglês, funcionário da empresa que estava fazendo o filme, *epano*.

"Que filme ali em cima?"

Acenei e disse que não importava, ignorando suas dúvidas indignadas, e logo alcancei uma rua principal deserta. Nem chegava aos dois metros de largura, casas se apinhavam, a maioria delas fechadas, ou mesmo vazias, mas notei uma placa acima de uma delas e fui entrando. Um senhor idoso de bigode, proprietário da loja de vinhos, surgiu de um canto na penumbra.

Acompanhado da caneca de ferro com retsina e das azeitonas que dividimos, descobri tudo que havia a ser descoberto. Primeiro de tudo, eu tinha perdido um dia. O julgamento não se dera naquela manhã, mas no dia anterior; era segunda-feira, não domingo. De novo, eu passei mais de 24 horas dopado; e sabe-se lá o que mais. Como eles devem ter sondado os recantos mais profundos de minha mente. Nenhuma produtora de cinema esteve em Monemvasia; nenhum grande grupo de turistas; nenhum estrangeiro nos últimos dez dias... quando um professor francês e sua esposa estiveram ali. Como era o professor? Um homem bem gordo, não falava nada de grego... Não, ele não ficou sabendo de gente subindo lá ontem ou hoje. Uma pena, ninguém vinha visitar

Monemvasia. Existiam grandes cisternas com pinturas nas paredes lá em cima? Não, nada do tipo. Eram apenas ruínas. Mais tarde, quando passei pelo velho portão da cidade, vi abaixo dos penhascos dois ou três trapiches caindo aos pedaços, em que um barco poderia ter atracado e deixado três ou quatro homens carregando uma maca. Não precisariam passar pelo punhado de casas ainda habitadas no vilarejo; além disso, teriam vindo à noite.

O Peloponeso era repleto de antigos castelos: Koroni, Methoni, Pilos, Corifásio, Passavas. Todos tinham enormes cisternas; todos acessíveis dentro de um dia, saindo de Monemvasia.

Percorri a ponte contra o vento forte, rumo ao pequeno vilarejo continental, de onde chamava o barco a vapor. Fiz uma péssima refeição na taverna local, me barbeei na cozinha — afinal, eu era um turista — e questionei o cozinheiro-garçom. Ele não sabia mais nada que o outro homem não soubesse.

Aos trancos e barrancos, o pequeno vapor, atrasado por conta do *meltemi*, chegou à meia-noite; como um monstro do fundo mar, surgiu todo enfeitado com guirlandas glaucas de luz perolada. Eu e dois passageiros fomos levados de bote até ele. Fiquei algumas horas no bar deserto, lutando contra o enjoo marinho e as persistentes tentativas de iniciar uma conversa vindas de um verdureiro ateniense que tinha ido até Monemvasia comprar tomates. Reclamava sem parar dos preços das coisas. Na Grécia, as conversas sempre giram em torno de dinheiro; *não* política, ou quando se chega à política é porque tem algo a ver com dinheiro. No final das contas, o enjoo passou e simpatizei com o verdureiro. Ele e seu monte de pacotes enrolados em jornal eram referenciáveis e localizáveis; pertenciam por completo ao mundo ao qual eu retornava; apesar de que, no decorrer dos dias, passei a encarar com suspeitas cada estranho que cruzava meu caminho.

Quando nos aproximamos da ilha, eu me dirigi até o convés. A baleia negra surgia da escuridão, envolta em ventania. Eu podia ver o cabo de Bourani, embora a casa estivesse invisível, e evidentemente, não havia luzes. Ali na proa, onde eu estava, havia cerca de uma dúzia de figuras cabisbaixas; pobres camponeses viajando na terceira classe. O mistério de outras vidas humanas: fiquei pensando quanto teria custado o teatro de Conchis; cinquenta vezes mais, é provável, do que qualquer um daqueles homens ganhava em um ano de trabalho duro. O custo de suas vidas inteiras.

De Deukans. Millet. O capinar dos nabos.*
Ao meu lado, estava uma família; o marido de costas, sua cabeça enfiada em um saco, dois garotinhos enfiados entre ele e a esposa, de forma a garantir algum calor. Um cobertor fino sobre eles. A esposa usava um lenço branco amarrado à moda medieval, em torno do queixo. José e Maria; uma de suas mãos repousava sobre o ombro da criança mais à frente. Vasculhei meu bolso; ainda restavam sete ou oito libras do dinheiro que me havia sido dado. Olhei de um lado para o outro, e então, com agilidade, me inclinei e coloquei o bolo de notas em uma dobra do cobertor, logo atrás da cabeça da mulher; depois os deixei, furtivo, como se tivesse cometido algum ato embaraçoso.

Às quinze para as três me peguei subindo as escadas, em silêncio, na ala dos professores. Meu quarto estava arrumado, tudo em ordem. A única coisa que tinha mudado era que as pilhas de provas não mais estavam lá. Havia, em seu lugar, muitas cartas.
A primeira que abri foi escolhida porque não conseguia pensar em ninguém que me escreveria da Itália.

14 de julho
Monastério de Sacro Speco,
Próximo a Subiaco

Caro sr. Urfe,
Sua carta foi encaminhada a mim. Em um primeiro momento, optei por não respondê-la, porém, após refletir, penso que é mais justo com o senhor escrever para dizer que não estou pronto para discutir o assunto que o senhor gostaria de discutir. Minha decisão é definitiva.
Eu agradeceria se o senhor não reiterasse tal pedido sob qualquer circunstância.

Atenciosamente,
JOHN LEVERRIER

---

* Referência à obra "Homem com enxada" (1862), do pintor francês Jean-François Millet (1814-1875). [NE]

A escrita era impecável de tão limpa e legível, por mais que estivesse meio aglomerada no centro da página; por trás dela — caso não se tratasse de uma última falsificação — um homem igualmente polido e também em uma posição desconfortável. Presumo que em algum tipo de retiro, um daqueles jovens católicos combalidos que costumavam falar com afetação sobre Oxford quando eu ainda era estudante universitário, tagarelando sobre o Monsenhor Knox e Farm Street.

A carta seguinte era de Londres, de alguém que se passava por diretora de escola, em papel timbrado que parecia autêntico.

Srta. Julie Holmes

A Srta. Holmes ficou conosco por apenas um ano, quando ensinou os clássicos e algo de Inglês e Ensino Religioso para nossas séries do fundamental. Parecia capacitada para se tornar uma boa professora, era muito confiável e esforçada, além de ser popular com seus alunos.

Sabia que ela estava embarcando em uma carreira nos palcos, mas fico muito contente em saber que está voltando ao magistério.

Devo comentar ainda que ela obteve muito sucesso ao produzir nossa peça anual, e também assumiu um papel de liderança em nossa sociedade escolar de "Jovens Cristãos".

Recomendo a srta. Holmes com cordialidade.

Muito engraçado.

A seguir, abri outro envelope de Londres. Dentro estava minha própria carta à Tavistock Repertory Company. Alguém havia feito o que eu havia solicitado com exatidão, ainda que sem um pingo de paciência, tendo rabiscado o nome do agente de June e Julie Holmes na parte de baixo da página com lápis azul.

Depois dessa, restava uma carta da Austrália. Dentro, um cartão impresso com as bordas pretas com um espaço em branco para que o remetente anotasse o nome; numa caligrafia patética de criança.

> Descanse em paz.
> **Sra. Mary Kelly**
> Muito obrigada por sua gentil carta
> de pesar referente à sua trágica
> perda recente.

A última carta era de Ann Taylor: dentro, um cartão postal e fotos.

> Encontramos isto aqui. Achamos que você poderia querer umas cópias. Enviei os negativos para a sra. Kelly. Entendo o que você diz na carta, que cada um tem a sua forma distinta de sentir culpa. Mas uma coisa que eu não acho que Allie gostaria é que sofrêssemos com isso, já que sofrer agora não trará nada de bom. Ainda não consigo acreditar. Tive que arrumar todas as coisas dela e você deve imaginar como foi. Tudo pareceu tão desnecessário na hora, o que me fez chorar de novo. Bem, suponho que todos nós tenhamos que superar. Voltarei para casa na próxima semana, devo encontrar a sra. K o quanto antes. Atenciosamente,
>
> Ann

Oito fotos ruins. Cinco delas eram minhas ou de alguma paisagem; apenas três mostravam Alison. Uma delas ajoelhada sobre a garotinha com o furúnculo, outra dela na encruzilhada de Édipo, outra com o arreeiro no Parnaso. Ela estava mais próxima da câmera na imagem da encruzilhada, com aquele sorriso direto, meio de menino, que de algum jeito sempre escancarava sua honestidade... como era que ela se referia a si mesma? Grossa; da franqueza do sal. Lembrei-me de como entramos no carro, como falei sobre meu pai, e até então só consegui falar com ela daquele jeito por conta da honestidade *dela*; porque eu sabia que ela era um espelho incapaz de mentir; cujo interesse em mim era verdadeiro; cujo amor era verdadeiro. Essa era sua virtude suprema: ela era de uma realidade constante.

Sentei-me em minha mesa e olhei fixamente aquele rosto; a mecha de cabelo soprada na têmpora, aquele único momento, o cabelo, o vento, ainda presentes e ausentes para sempre.

A tristeza tomou conta de mim. Não conseguia dormir. Guardei as cartas e fotos em uma gaveta, depois saí mais uma vez, caminhando ao longo da costa. Bem longe, ao norte, passando pela água, havia um arbusto em chamas. Uma linha interrompida, de um tom vermelho-rubi, abria caminho devorando o que viesse pela montanha, assim como uma linha de fogo me devorava por dentro.

O que eu era, no final das contas? Quase aquilo que Conchis me dissera: nada mais que a soma de incontáveis guinadas equivocadas. Descartei a maior parte do jargão freudiano do julgamento; mas durante a minha vida inteira tentei transformar a vida em ficção, afastar a realidade; sempre agi como se uma terceira pessoa estivesse ouvindo e escutando e me dando notas para comportamentos bons ou ruins — um deus que se assemelha a um romancista, a quem buscava, como um personagem com o poder de agradar, uma sensibilidade para se sentir diminuído, a capacidade de se adaptar a qualquer coisa que acreditasse que o deus-romancista queria. Essa variação parasítica do superego que eu mesmo havia criado e fomentado, por conta da qual sempre fui incapaz de agir livremente. Não era meu defensor, mas sim meu déspota. E agora, uma morte depois, eu entendia isso, tarde demais.

Sentei-me à margem e esperei o sol nascer sobre o mar cinzento.

Uma solidão intolerável.

John Fowles
O Mago

64

Não importava se era a natureza da minha natureza, ou aquele otimismo de autossugestão do método Coué que Conchis aplicara em mim durante meu último e longo cochilo, o fato é que fui ficando cada vez mais melancólico com o nascer do dia. Estava bem ciente de que não tinha provas ou testemunhas para apresentar em apoio à verdade; e alguém que acreditava tanto em logística como Conchis jamais deixaria desorganizada sua linha de retirada. Ele devia saber que o risco imediato era o de que eu fosse à polícia; neste caso, seu próximo passo seria óbvio. Suponho que, a essa altura, ele e todo o "elenco" já tivessem deixado a Grécia. Não haveria ninguém para ser interrogado, exceto pessoas como Hermes, que provavelmente era mais inocente do que eu suspeitara; e Patarescu, que não admitiria nada.

A única testemunha legítima era Demetriades. Jamais conseguiria dele uma confissão à força, mas me lembrei de sua doce inocência no início; e também de que devia existir uma época, antes de eu ir a Bourani, em que dependiam em grande parte dele para obter informações. Como eu já sabia, por conversar a respeito dos alunos com ele, ele mesmo não era destituído de certa perspicácia para julgamentos, ainda mais quando se tratava de separar trabalhadores dedicados e genuínos de vagabundos inteligentes. Pensar no que poderia ser seu relatório mais detalhado a meu respeito fez meu sangue fervilhar. Eu queria algum tipo de vingança física contra alguém. Também queria que a escola inteira soubesse que eu estava com raiva.

Não participei da primeira aula, deixando meu retorno triunfal à vida escolar para a hora do café da manhã. Quando ressurgi, fez-se o silêncio súbito que se obtém ao lançar uma pedra em uma poça de sapos coaxantes; um calar abrupto, ao qual se segue o retorno gradual do ruído. Alguns dos garotos riram. Os outros professores me olhavam como se tivesse cometido o crime final. Pude ver Demetriades no canto mais distante da sala. Caminhei em sua direção, depressa o suficiente para que ele não pudesse agir. Ele quase se levantou, então percebeu que eu ia em sua direção e, como um Peter Lorre assustado, logo se sentou de novo. Fiquei de pé diante dele.

"Levante-se, desgraçado."

Uma débil tentativa de sorriso da sua parte; então deu de ombros para o menino ao seu lado. Repeti meu pedido, alto, em grego, incluindo uma provocação.

"Levante-se, putanheiro."

Houve um silêncio total mais uma vez. Demetriades enrubesceu e encarou a mesa.

À sua frente, um prato de pão mole e leite salpicado com mel, que era o que sempre comia no desjejum. Estiquei o braço e virei o prato no rosto dele. O leite escorreu por sua camisa e terno caros. Levantou-se em um sobressalto, limpando-se com as mãos. Ao olhar para cima, vermelho de raiva, como uma criança, eu o acertei bem onde queria, no seu olho direito. Não foi digno de Lonsdale, mas pegou com força.

Todos se levantaram. Os representantes clamavam por ordem. O professor de educação física correu para trás de mim e segurou meu braço, mas gritei para ele que estava tudo certo, já havia acabado. Demetriades permaneceu de pé, como uma paródia de Édipo, com as mãos sobre os olhos. Então, sem qualquer aviso, pulou em cima de mim, aos chutes e arranhões, como uma velha. O professor de educação física, que o odiava, passou por mim e imobilizou seus braços com facilidade.

Dei as costas e fui embora. Demetriades passou a balbuciar xingamentos dos mais petulantes, que não entendi. Havia um camareiro de pé, à porta, e pedi que levasse café ao meu quarto. Sentei-me lá e esperei.

☆

Como era de se esperar, assim que as aulas do segundo grau começaram, fui chamado à sala do diretor. Ao lado do velho, estavam o vice-diretor, o velho professor responsável pelo alojamento e o professor de educação física; este último, presumo que estivesse ali caso eu resolvesse arrumar confusão mais uma vez. O velho responsável pelo alojamento, Androutsos, falava francês fluente e estava ali para atuar como intérprete dessa corte marcial.

Logo que sentei, me foi entregue uma carta. Pelo cabeçalho, vi que era do Conselho Escolar de Atenas. Estava escrito em franco-burocratês; datava de dois dias antes.

> O Conselho de Diretores da Escola Lord Byron, após consideração do relatório enviado pelos diretores da mesma, decidiu, infelizmente, que o próprio Conselho deverá encerrar o contrato com o senhor com base na cláusula 7ª do referido contrato: conduta insatisfatória enquanto docente.
> Com base na referida cláusula, seu salário será pago até o final de setembro e será oferecida a passagem para sua viagem para casa.

Não haveria qualquer julgamento, apenas a sentença. Olhei para cima, para aqueles quatro rostos. Demonstravam um certo embaraço, se é que demonstravam algo, podia até mesmo sentir um toque de arrependimento da parte de Androutsos; mas nenhum sinal de cumplicidade.

"Não sabia que o diretor estava na folha de pagamento do senhor Conchis", eu disse.

Androutsos parecia intrigado, é óbvio. «*A la solde de qui?*" Ele traduzira aquilo que eu vinha repetindo com raiva; mas o diretor também parecia perplexo. Ele era um representante digno até demais, assemelhando-se mais ao reitor de uma universidade americana do que a um diretor de fato, para que fosse provável sua conivência com dispensa tão injusta. Demetriades havia merecido seu olho roxo ainda mais do que eu suspeitava. Demetriades, Conchis, alguma terceira pessoa influente do Conselho. Um relatório secreto...

Houve uma rápida conversa em grego entre o diretor e seu vice. Ouvi o nome Conchis duas vezes, mas não consegui acompanhar o que foi dito. Foi solicitado a Androutsos que traduzisse.

"O diretor não entendeu o seu comentário."

"Não?"

Abri um sorriso ameaçador para o velho, mas já havia sido convencido em grande parte de que sua incompreensão era genuína.

Com um sinal do vice-diretor, Androutsos levantou uma folha de papel e começou a lê-la. "As seguintes queixas foram feitas contra o senhor. Um: o senhor fracassou em integrar-se à vida escolar, ausentando-se quase todos os finais de semana durante este último trimestre." Abri um sorriso. "Dois: em duas ocasiões o senhor subornou representantes para que assumissem seus períodos de supervisão." Isso era verdade, embora o suborno não fosse pior do que dispensá-los da entrega das redações que os alunos me deviam. Demetríades havia sugerido que eu fizesse isso; só ele poderia ter me delatado. "Três: o senhor falhou em corrigir suas provas, um dever escolástico dos mais sérios. Quatro: o senhor..."

Já havia suportado o suficiente daquele teatro. Eu me levantei. O diretor ainda se pronunciava; lábios franzidos em um rosto velho e severo.

"O diretor diz ainda", traduzia Androutsos, "que sua agressão desatinada a um colega durante o desjejum desta manhã causou danos irreparáveis ao respeito que ele sempre nutriu pela terra de Byron e Shakespeare."

"Jesus Cristo." Ri alto, depois sacudi o dedo para Androutsos. O professor de educação física se preparou para saltar sobre mim. "Agora escute, diga o seguinte a ele: eu irei a Atenas. Irei à Embaixada Britânica, irei ao Ministério da Educação, irei aos jornais, vou fazer um escarcéu tão grande que..."

Não terminei a frase. Lancei sobre eles todo meu desprezo e saí andando.

Não tive tempo de fazer as malas, quando voltei ao meu quarto. Nem cinco minutos haviam se passado quando ouvi uma batida à porta. Dei um sorriso soturno e a abri com violência. Diante de mim, o membro do tribunal que eu menos esperava: o vice-diretor.

Seu nome era Mavromichalis. Cuidava da parte administrativa da escola e também atuava como decano disciplinar; uma espécie de adjunto em campo, um homem esguio, tenso, calvo, reservado mesmo em relação a outros gregos. Eu mesmo tivera pouquíssimo contato com ele. O professor de demótico de maior senioridade ali, ele era, seguindo a tradição histórica de sua estirpe, um adorador fanático do próprio país. Havia publicado um famoso boletim clandestino em Atenas durante a Ocupação; e o pseudônimo clássico que usara à época, *o Bouplix*, "aguilhão", perdurara. Por mais que sempre obedecesse ao diretor em público, de diversas maneiras era seu espírito que guiava a escola, em grande parte; ele odiava a preguiça bizantina que ainda persistia na alma grega muito mais intensamente do que qualquer estrangeiro seria capaz.

Ele ficou ali, me observando de perto, e eu permaneci no umbral da porta, com uma surpresa que me tirou de toda aquela raiva, graças a algo em seu olhar. Ele foi capaz de sugerir que, caso a situação permitisse, poderia até mesmo estar sorrindo. Pronunciava-se em um tom de voz baixo.

"*Je veux vous parler, Monsieur Urfe.*"

Mais uma surpresa, pois ele nunca havia falado comigo em nenhum outro idioma que não grego; sempre presumi que não conhecesse outra língua. Deixei-o entrar. Ele lançou um rápido olhar para as maletas abertas sobre minha cama, então me convidou a me sentar à mesa. Ele mesmo se sentou próximo à janela e cruzou os braços: o olhar sagaz, incisivo. De forma muito deliberada, ele deixou que o silêncio falasse por ele. Soube na hora. Para o diretor, eu era apenas um péssimo professor; para este homem, algo além disso.

Falei, frio: "*Eh bien?*".

"Lamento muito tais circunstâncias."

"O senhor não veio até aqui me dizer isso."

Ele me encarou. "O senhor acha que nossa escola é uma boa escola?"

"Meu caro senhor Mavromichalis, se o senhor soubesse..."

Ele ergueu as mãos com rapidez, mas em tom de paz. "Estou aqui somente como colega. Minha pergunta é séria."

Seu francês era arrastado, um pouco enferrujado, mas muito além de elementar.

"Colega... ou emissário?"

Ele lançou um olhar em minha direção. Os garotos faziam uma piada ao seu respeito: de que até as cigarras deixavam de cantar quando ele passava.

"Peço que responda à minha pergunta. Nossa escola é boa?"

Dei de ombros, sem paciência alguma. "Em termos acadêmicos? Sim. É óbvio."

Ele me observou por mais um instante, então foi direto ao ponto. "Pelo bem de nossa escola, eu não quero escândalos."

Pude perceber bem as implicações do uso da primeira pessoa do singular.

"O senhor devia ter pensado nisso antes."

Mais um silêncio. "Na Grécia, temos uma antiga canção popular que diz que quem rouba por pão é inocente; quem rouba por ouro é culpado." Seus olhos me observavam para confirmar se eu havia entendido. "Caso queira se demitir... posso lhe garantir que *Monsieur le Directeur* vai aceitar. A outra carta será esquecida."

"Qual *Monsieur le Directeur*?"

Ele deu um sorriso muito breve, mas não disse nada; e, como eu viria a saber, nunca diria nada. De modo um tanto quanto peculiar, talvez porque eu estava por trás da mesa, me sentia no papel do interrogador tirano. Já ele, era o bravo patriota. Por fim, ele olhou pela janela e disse, como se não tivesse qualquer relevância: "Temos um excelente laboratório de ciências".

Eu sabia disso, sabia que os equipamentos tinham vindo de um doador anônimo, quando a escola reabriu após a guerra, e eu sabia da "lenda" que corria na sala dos professores, de que o dinheiro tinha sido arrancado de algum colaboracionista rico.

"Entendo", respondi.

"Vim convidá-lo a se demitir."

"Como aconteceu com meus antecessores?"

Ele não respondeu. Balancei a cabeça.

Ele se aproximou mais da verdade. "Não sei o que aconteceu com o senhor. Nem peço que perdoe aquilo. Peço que perdoe isto aqui." Ele fez um gesto: a escola.

"Ouvi dizer que o senhor me considera um péssimo professor, de qualquer jeito."

"Faremos uma boa *recommandation*", ele comentou.

"Isso não é bem uma resposta."

Deu de ombros. "Se o senhor insiste..."

"Eu sou tão ruim assim?"

"Aqui não temos lugar para ninguém além dos melhores."

Sob seus olhos aguilhoantes, voltei meu olhar para baixo. As maletas aguardavam na cama. Eu queria ir embora, para Atenas, qualquer lugar, fugir rumo à não-identidade e ao não-envolvimento. Eu sabia que não era um bom professor. Mas eu havia sido esfolado demais, dilacerado demais em outras questões, para admitir.

"O senhor está pedindo demais." Ele esperou em silêncio, implacável. "Manterei o silêncio em Atenas sob uma condição: que ele me encontre lá."

"*Pas possible.*"

Silêncio. Perguntei-me como seu senso de dever monomaníaco em relação à escola convivia com sua espécie de lealdade em relação a Conchis. Uma vespa rondou a janela, ameaçadora, e então rebateu no vidro e se foi; assim como minha raiva foi se retraindo diante de meu desejo de que tudo acabasse de vez.

Eu disse: "Por que você?".

Ele sorriu, um sorrisinho fino. "*Avant la guerre.*"

Eu sabia que ele não lecionava na escola; devia ser em Bourani. Encarei a mesa. "Quero partir logo. Hoje."

"Isso já foi entendido. Sem mais escândalos?" Ele se referia ao ocorrido no café da manhã.

"Veremos. Se...", foi minha vez de gesticular. "Apenas por conta disso."

"*Bien.*" Ele falou, quase que com simpatia, depois deu a volta na mesa para apertar minha mão e até mesmo me tocou no ombro, como o próprio Conchis já fizera algumas vezes, para me assegurar de que acreditava em minha palavra.

Então, brusca e discretamente ele se foi.

E foi assim que fui expulso. Logo que ele saiu, fiquei mais uma vez com raiva, raiva mais uma vez por não ter usado o chicote. Não me importava de deixar a escola; me arrastar por mais um ano, fingindo que Bourani não existia, fermentando amargamente ao me lembrar do passado... seria impensável. Mas deixar a ilha, a luz, o mar. Olhei pela janela, para os bosques de oliveiras. De repente, era como perder um membro do corpo. Não era nem pela mesquinhez de se fazer um escândalo, mas pela inutilidade. Não importava o que acontecesse, eu seria banido de viver em Phraxos para sempre.

Pouco depois, eu me obriguei a continuar com a arrumação das malas. O tesoureiro mandou um funcionário com o contracheque e o endereço da agência de viagens que deveria consultar em Atenas para tratar do meu retorno para casa. Pouco depois do meio-dia, saí pelo portão da escola pela última vez.

Fui direto à casa de Patarescu. Uma camponesa veio à porta; o doutor havia ido a Rodes, onde ficaria por um mês. Então segui para a casa na colina. Bati no portão. Ninguém respondeu; estava trancado. Em seguida, voltei pela vila, rumo ao antigo porto, à taverna onde havia conhecido o velho Barba Dimitraki. Georgiou, como eu já esperava, sabia que havia um quarto para mim em uma cabana próxima. Mandei um garoto de volta à escola com um carrinho para recolher minhas malas; depois comi um pouco de pão e azeitonas.

Às duas, sob o forte sol da tarde, começou minha dificultosa subida entre as cercas vivas de palmas espinhosas rumo ao cume central. Carregava comigo uma lamparina de querosene, um pé de cabra e um serrote. Não fazer escândalo era uma coisa; deixar de investigar, era outra.

John Fowles
O Mago

65

Cheguei a Bourani por volta das três e meia. O espaço entre a lateral e a parte de cima do portão havia sido fechado com arame farpado, e um novo aviso cobria a antiga placa de *Salle d'attente*. Dizia, em grego, *Propriedade privada, entrada estritamente proibida.* Ainda assim, foi fácil escalar por cima do arame. Logo que entrei, ouvi uma voz vindo das árvores de Moutsa. Escondi as ferramentas e a lamparina atrás de um arbusto, e desci.

Segui o caminho com cautela, tenso como um gato à espreita, até que pude ver a praia. Um caíque estava atracado na ponta mais distante. Estavam em cinco ou seis pessoas — nenhum nativo, gente em trajes de banho extravagantes. Enquanto eu os observava, dois homens pegaram uma garota, que soltou um grito, e a carregaram pelo cascalho para ser atirada ao mar. Houve um retumbar percussivo no rádio. Andei alguns metros por dentro da orla de árvores, em parte esperando reconhecê-los a qualquer instante. A garota era miúda e de pele morena, bastante grega; duas mulheres roliças; um homem por volta dos 30 anos e dois homens mais velhos. Eu nunca tinha visto nenhum deles antes.

Ouvi um som logo atrás de mim. Um pescador descalço com calças cinzas esfarrapadas, dono do caíque, vinha da capela. Perguntei a ele quem eram aquelas pessoas. Eram de Atenas, um tal senhor Sotiríades e sua família, vinham para a ilha todo verão.

Muitos atenienses vinham à baía em agosto? Muitos, muitos mesmo, ele disse. Então apontou para a praia: em duas semanas, dez, quinze caíques, mais gente do que mar.

Bourani estava vulnerável: agora eu tinha meu motivo derradeiro para deixar a ilha.

. . .

A casa estava toda fechada, exatamente como quando eu a vi pela última vez. Dei a volta pelo barranco, rumo à Toca. Mais uma vez admirei a maneira engenhosa como o alçapão havia sido ocultado, e então o levantei. A fenda escura me encarou. Desci com a lamparina e a acendi; subi mais uma vez e peguei as ferramentas. Tive que serrar metade do ferrolho do cadeado da primeira sala; em seguida, sob a pressão do pé de cabra, ele cedeu. Peguei a lamparina, puxei o ferrolho, abri a enorme porta e entrei.

Me vi no canto noroeste de uma câmara retangular. Diante de mim, notei duas canhoneiras com indícios de terem sido preenchidas, embora as grades de ventilação indicassem o acesso ao exterior. Ao longo da parede norte, em frente, um extenso armário embutido. Na parede ao leste, duas camas, de casal e de solteiro. Mesas e cadeiras. Três poltronas. O piso tinha uma espécie de tapete trançado sobre feltro, e três das paredes haviam sido caiadas, de modo que o local, mesmo sem janelas, não carregava o mesmo ar sorumbático do cômodo central. Na parede a oeste, acima da cama, um enorme mural de camponeses tiroleses dançando; um homem de *lederhosen* e uma garota cuja saia esvoaçante mostrava suas pernas logo acima das meias-calças com tufos de dente de leão. As cores ainda estavam vivas, ou haviam sido retocadas.

Dentro do guarda-roupa, cerca de uma dezena de mudas de roupas para Lily, pelo menos oito das quais se apresentavam duplicadas para a irmã; muitas eu nem tinha visto. Em um conjunto de gavetas encontravam-se luvas longas, bolsas, meias-calças, chapéus; até mesmo um antiquado maiô de linho que fazia par com uma absurda boina escocesa, com faixa e tudo.

Lençóis empilhados sobre cada colchão. Cheirei um dos travesseiros, mas não fui capaz de detectar o perfume característico de Lily. Sobre uma mesa, entre as antigas seteiras, uma estante de livros. Peguei um dos títulos que ali estavam. *A Anfitriã Perfeita. Um Breve Simpósio Sobre os Princípios e Regras de Etiqueta, Tal Como Observados e Praticados na Alta Sociedade. Londres. 1901.* Havia ainda uma dúzia ou mais de romances eduardianos. Alguns destes contavam com anotações a lápis em suas guardas. *Bom diálogo*, ou *Clichês úteis nas páginas 98 e 164. Ver cena na página 203*, dizia uma delas. *Você está me pedindo para cometer osculação?*, riu a sempre brincalhona Fanny.

Um baú, mas estava vazio. De fato, o quarto inteiro estava destituído de qualquer objeto pessoal, uma decepção. Voltei e serrei o outro cadeado. A mobília do quarto se assemelhava à do outro; mais um mural, desta vez com montanhas cobertas por neve. Em um guarda-roupa ali, encontrei o berrante que a figura de "Apolo" havia soprado; a fantasia de Robert Foulkes; os trajes brancos e chapéu de um chef de cozinha; uma bata lapona; e o uniforme completo de um capitão da Primeira Guerra Mundial, com distintivos da Brigada de Rifles.

Por fim, voltei à estante de livros. Irritado, tirei todos dali e, de dentro de um deles, uma antiga cópia encadernada da *Punch 1914* (em que várias das imagens haviam sido marcadas com giz de cera vermelho), caiu uma pequena pilha dobrada do que, em um primeiro momento, pensei se tratar de cartas. Mas não era o caso. Eram pedaços de papel mimeografado. Pareciam comunicar algum tipo de ordens. Nenhum deles estava datado.

1. *O Aviador Italiano Afogado.*
   Decidimos omitir este episódio.

2. *Noruega*
   Decidimos omitir as visitas com este episódio.

3. *Hirondelle*
   Tratar com cautela. Ainda sensível.

4. *Caso o participante descubra a Toca*
   Certifique-se de sua familiaridade com o novo procedimento para esta possível eventualidade até o próximo final de semana. Lily considera provável que o participante nos obrigue a essa situação.

   Reparei naquele "Lily".

5. *Hirondelle*
   Evitar qualquer menção ao participante de agora em diante.

6. *Fase Final*
   Conclusão ao final de julho para todos, exceto o núcleo.

7. *Estado do participante.*
   Maurice acredita que o participante agora tenha chegado ao estágio da maleabilidade. Lembrar-se de que, para o participante, qualquer encenação agora é melhor do que nada. Alternar modos, intensificar abstinência

A oitava folha era uma cópia datilografada da passagem de *A Tempestade* que Lily havia recitado para mim. Por fim, em um papel diferente, uma mensagem rabiscada:

Dizer a Bo para que não esqueça das roupas íntimas e dos livros. Ah, e lenços, por favor.

Cada um dos pedaços de papel tinha algo escrito atrás, e estava claro que eram rascunhos de Lily (ou foram feitos para parecer isso). Palavras riscadas, revisões. Tudo parecia ser de seu próprio punho.

1. O que é?
   Se lhe dissessem seu nome,
   Você não entenderia.
   Por quê?
   Se lhe dissessem seus motivos,
   Você não entenderia.
   É mesmo?
   Nem disso você tem certeza. Passos
   miseráveis em um quarto vazio.

2. O amor é o sentido do experimento.
   No limite da imaginação.
   O amor é sua masculinidade em meus pomares.
   O amor é seu rosto moreno lendo isto.
   Seu rosto moreno, seu rosto e mãos gentis.
   Será que Desdêmona

   Tratava-se de algo inacabado, é claro.

3. *A Escolha*
   Poupe-o até que ele morra.
   Atormente-o até que ele viva.

4. ominus dominus
   Nicholas
   homullus est
   ridiculus
   igitur meus
   parvus pediculus
   multo vult dare
   dare sine morari

    in culus illius
    ridiculus
    Nicholas
    colossicus ciculus

5. O Barão von Masoch sobre um alfinete sentou;
  Então mais uma vez, de forma que o alfinete entrou.
    "Que avançada", clamou Platão,
    "A ideia de uma batata assada."
    Mas mais avançada para alguns
    É a batata na virada.

  "Minha cara, você sempre deve ficar espantada",
  Disse uma amiga à Madame de Sade.
  "Não bem espantada.
  Mas um tanto escoriada."
  Dê-me meu cardigã,
  Decido até amanhã.

Devia se tratar de um jogo entre irmãs; caligrafias diferentes alternadas

6. Meio-dia, mistério que baste.
  Os caminhos ofuscantes não frequentados
  Sobre o mar frequentado em demasia
  Contêm labirinto e máscara bastante.
  Sob a lua, debater-se não é necessário.
  Aqui neste morro secreto ascendente
  Nesta fúria alva da luz
  Ao meio-dia, há mistério que baste.

As últimas três folhas abrigavam um conto de fadas.

O príncipe e o mágico

Era uma vez um jovem príncipe, que em tudo acreditava, à exceção de três coisas. Não acreditava em princesas, não acreditava em ilhas, não acreditava em Deus. Seu pai, o rei, disse a ele que tais coisas não existiam. Como não havia nem princesas ou ilhas nos domínios de seu pai, e nem sinal de Deus, o jovem príncipe acreditou em seu pai.

Porém, um dia, o príncipe fugiu de seu palácio. Ele foi à terra vizinha. Lá, para seu assombro, ao longo de todo o litoral, ele viu ilhas, e nessas ilhas, criaturas estranhas e perturbadoras que nem ousava nomear. Enquanto procurava por um barco, um homem em trajes de gala o abordou na praia.

"Aquelas são ilhas de verdade?", perguntou o jovem príncipe.

"Claro que são ilhas de verdade", disse o homem em trajes de gala.

"E quanto àquelas criaturas estranhas e perturbadoras?"

"Todas elas são princesas genuínas e autênticas."

"Então Deus também deve existir!", exclamou o príncipe.

"Eu sou Deus", respondeu o homem em trajes de gala, com uma reverência.

O jovem príncipe voltou para casa o mais rápido que podia.

"Então você voltou", disse seu pai, o rei.

"Vi ilhas, vi princesas, vi Deus", disse o príncipe, em tom de repreenda.

O rei não se abalou.

"Nem ilhas de verdade, nem princesas de verdade, nem um Deus de verdade existem."

"Eu os vi!"

"Fale-me como Deus estava vestido."

"Deus estava em trajes de gala."

"As mangas de seu casaco estavam enroladas?"

O príncipe lembrou que sim, de fato estavam. O rei sorriu. "Este é o uniforme de um mágico. Você foi enganado."

Com isso, o príncipe voltou à terra vizinha, e seguiu para a mesma praia, onde mais uma vez encontrou o homem em trajes de gala.

"Meu pai, o rei, me falou quem você é", disse o jovem príncipe, indignado. "Você me enganou da última vez, mas não mais. Agora sei que aquelas não são ilhas e princesas de verdade, porque você é um mágico."

O homem na praia sorriu.

"Você é quem foi enganado, meu rapaz. No reino de seu pai há muitas ilhas e muitas princesas. Mas você está sob o feitiço de seu pai, por isso não consegue vê-las."

O príncipe voltou para casa, pensativo. Quando encontrou o pai, olhou-o nos olhos.

"Pai, é verdade que o senhor não é um rei de verdade, mas apenas um mágico?"

O rei sorriu e dobrou suas mangas.

"Sim, meu filho, sou apenas um mágico."

"Então o homem na praia era Deus."

"O homem na praia era outro mágico."

"Devo saber a verdade, a verdade além da magia."

"Não há verdade além da magia", disse o rei.

O príncipe ficou cheio de tristeza.

Ele falou: "Vou me matar".

O rei fez a morte aparecer, num passe de mágica. A morte parou na porta e chamou o príncipe. O príncipe tremeu. Lembrou-se das belas e irreais ilhas e das belas e irreais princesas.

"Muito bem", ele disse. "Eu posso suportar."

"Veja, meu filho", disse o rei, "agora você também começa a ser mágico."

As "ordens" pareciam todas terem sido datilografadas ao mesmo tempo, o que era um tanto quanto suspeito, assim como os poemas todos foram escritos com o mesmo lápis e aplicando-se a mesma pressão, como se tivesse tudo sido escrito *ad hoc* de uma única vez. Nem mesmo acreditei que tais "ordens" tivessem sido enviadas. Mas fiquei intrigado com Hirondellle... *ainda sensível*; não devia ser mencionada; alguma surpresa, algum episódio que nunca me fora revelado. Os poemas e a pequena fábula epistemológica eram mais fáceis de se entender; possuíam aplicações claras. É óbvio que não tinham como ter certeza de que eu invadiria a Toca. Talvez tais pistas estivessem espalhadas por toda parte, porque acreditaram que eu só encontraria uma proporção ínfima destas. Mas o que eu encontrei de fato seria entendido de outra forma quando comparado com pistas plantadas de um modo tão despudorado — com maior convicção; e, ainda assim, tudo poderia ser tão enganoso quanto as outras pistas que me foram fornecidas.

Eu estava perdendo meu tempo em Bourani; tudo que poderia encontrar ali só confundiria a confusão.

Era esse o sentido da fábula. Ao buscar por pistas de forma tão obstinada, eu criava uma história detetivesca a partir dos eventos do verão, e encarar a vida como uma história de detetive, como algo a ser deduzido, caçado e por fim capturado, não era mais realista (e muito menos poético) do que encarar a história detetivesca como o mais relevante gênero literário, em vez do que realmente era, um dos menos relevantes.

Em Moutsa, logo que avistei o grupo, senti, apesar de tudo, um choque causado pela empolgação; em seguida uma decepção tão reveladora quanto ao perceber que não eram ninguém: apenas turistas. Talvez aquele fosse meu mais profundo ressentimento em relação a Conchis. *Não pelo fato de ele ter feito o que fizera, mas por ter deixado de fazê-lo.*

Invadir a casa também estava nos meus planos, colocar em prática algum tipo de vingança ali. Mas de repente me pareceu desprezível e mesquinho de minha parte; e insuficiente, porque não era como se eu não tivesse a intenção de me vingar. Só que agora eu via muito bem como colocar isso em prática. A escola poderia me dispensar. Mas nada poderia me impedir de voltar à ilha no verão seguinte. E então veríamos quem riria por último.

Me levantei e saí da Toca, em direção à casa; andei sob a colunata uma última vez. As cadeiras não estavam mais lá, nem mesmo o sino. Na horta, os pés de pepino jaziam amarelados e definhando; o Priapo havia sido removido.

Eu estava tomado por uma tristeza múltipla, pelo passado, pelo presente, pelo futuro. Naquele momento, eu não estava ali apenas para me despedir e viver essa despedida, mas com uma fração de esperança de que uma figura pudesse surgir. Não sei o que teria feito se alguém tivesse aparecido, assim como não sabia o que faria ao chegar em Atenas. Se eu queria mesmo morar na Inglaterra; o que eu queria fazer. Estava no mesmo ponto de quando havia chegado de Oxford. Sabia apenas o que eu não queria fazer; e tudo que havia ganhado, em relação à escolha de uma carreira, foi uma violenta determinação em nunca mais atuar como professor de qualquer espécie. Preferiria ser lixeiro.

Um deserto emocional se espraiava diante de mim, uma incapacidade de me apaixonar mais uma vez, composta pela morte virtual de Lily e pela morte factual de Alison. Eu fora desintoxicado de Lily, mas minha decepção de fracasso na combinação com ela se tornou uma decepção com meu próprio caráter; um sentimento indesejado, ainda que inevitável, de que ela solaparia ou assombraria qualquer relacionamento que eu pudesse vir a ter com outra mulher; estaria ali como um fantasma a cada dissabor, a cada estupidez. Apenas Alison poderia tê-la exorcizado. Lembrei-me daqueles momentos de alívio em Monemvasia e no navio de volta a Phraxos, momentos em que as coisas mais ordinárias pareceram belas e amáveis — detentoras de uma cotidianidade magnífica. Eu poderia ter encontrado isso em Alison. Sua genialidade, aquilo que fazia dela uma pessoa única, era sua normalidade, sua realidade, sua previsibilidade; seu núcleo cristalizado de não-traição; seu apego a tudo que Lily não era.

Eu estava isolado, sem asas e inerte, como se tivesse sido cercado momentaneamente e depois abandonado por um bando de estranhas criaturas aladas; emancipado, misterioso, de partida, enquanto pássaros cantam ao passar mais acima; deixando um silêncio exausto de vozes.

Apenas vozes e gritos ordinários vinham da baía, fracos. Mais brincadeiras idiotas. O presente erodia o passado. O sol descia sobre os pinheiros, e eu fui caminhando até a estátua uma última vez.

Poseidon, a majestade perfeita por ser o controle perfeito, saúde perfeita, ajuste perfeito, permanecia flexionado diante do seu mar divino; a Grécia, a eterna, a nunca-compreendida, a mais corajosa por ser mais clara, a terra do mistério ao meio-dia. Talvez essa estátua fosse o centro de Bourani, seu *ônfalo* — não a casa, nem a Toca, nem Conchis ou Lily, mas esta figura inerte, benigna, poderosa, e ainda assim incapaz de intervir ou falar; capaz apenas de ser e constituir.

John Fowles
O Mago

66

A primeira coisa que fiz ao chegar no Grande Bretagne em Atenas foi telefonar para o aeroporto. Fui encaminhado ao atendente certo. Um homem atendeu.

Ele não entendeu o nome. Soletrei-o. Em seguida, ele quis saber o meu. "Espere um minuto", ele disse.

Aparentava ter sido literal naquela expressão; por fim, ouvi uma voz feminina, um sotaque greco-americano. Soava como aquela garota de plantão, quando encontrei Alison no aeroporto.

"Quem fala, por favor?"

"Apenas um amigo dela."

"O senhor mora aqui?"

"Sim."

Um instante de silêncio. Soube na hora. Havia alimentado aquela pequena esperança febril durante horas. Encarei o carpete verde abatido.

"O senhor não ficou sabendo?"

"Sabendo o quê?"

"Ela morreu."

"Morreu?"

Minha voz deve ter soado estranhamente sem surpresa.

"Há um mês. Em Londres. Achei que todos já soubessem. Ela teve uma overd..."

Coloquei o telefone no gancho. Permaneci deitado na cama, mirando o teto. Um longo tempo se passou antes que eu reunisse a força necessária para descer e começar a beber.

Na manhã seguinte, dirigi-me ao Conselho Britânico. Disse ao homem que cuidava do meu caso que havia me demitido por "motivos pessoais", mas dei um jeito de sugerir, sem quebrar minha quase promessa a Mavromichalis, que o Conselho não deveria mandar gente para postos tão isolados. Com isso, ele chegou às piores conclusões possíveis sem nenhuma demora.

"Eu não me envolvi com os garotos. Não foi isso", falei.

"Meu caro, Deus me perdoe, não foi o que quis dizer." Ele me ofereceu um cigarro, consternado.

Tivemos uma vaga conversa sobre isolamento, o Egeu e o inferno absoluto de ter que explicar à Embaixada que o Conselho não era só mais um anexo da Chancelaria. Perguntei a ele, por fim, em tom casual, se tinha ouvido falar de alguém chamado Conchis. Não tinha.

"Quem é ele?"

"Ah, apenas um homem que conheci na ilha. Parecia ter alguma rixa com os ingleses."

"Está se tornando o novo passatempo nacional. Jogarem-nos contra os ianques." Ele encerrou o assunto com elegância. "Bem, muito obrigado, Urfe. Foi uma conversa muito útil. Lamento que as coisas tenham ocorrido assim. Mas, não se preocupe, levaremos em consideração tudo que foi dito pelo senhor."

No caminho até a porta, ele deve ter se sentido pior por mim, pois me convidou para jantar aquela noite.

Quando dei por mim, já estava atravessando a praça Kolonaki, próxima ao Conselho, sem nem ter pensado direito porque havia dito sim. A atmosfera inglesa sufocante do lugar nunca havia me parecido tão alheia; e mesmo assim, para horror de mim mesmo, me peguei tentando me encaixar, ser aceito, me ajustar, obter sua aprovação. O que eles disseram no julgamento mesmo? *Ele busca situações em que sabe que será forçado a se rebelar.* Eu me recusava a ser vítima de uma compulsão repetitiva; mas, ao fazê-lo, teria que encontrar a coragem necessária para recusar todo meu passado social, todo meu histórico. Eu deveria me preparar não só para trabalhar esvaziando lixeiras em vez de dar aulas, mas em compensação não teria que conviver e trabalhar com a classe média inglesa de novo.

As pessoas no Conselho eram completamente estranhas para mim; já os gregos anônimos ao meu redor, nas ruas, eram meus compatriotas conhecidos.

Quando dei entrada no Grande Bretagne, perguntei se, por acaso, duas gêmeas inglesas, de cabelos louros, por volta dos vinte e pouco anos teriam se hospedado lá fazia pouco tempo. O recepcionista tinha certeza de que não; não era algo com o qual eu estivesse contando, e não insisti.

Ao sair do Conselho Britânico, fui ao Ministério do Interior. Sob o pretexto de que estava escrevendo um guia de viagem, tive acesso ao setor em que os registros de crimes de guerra eram arquivados; dentro de quinze minutos, tinha em minhas mãos uma cópia em inglês do relatório escrito pelo verdadeiro Anton. Sentei-me e li; tudo era como Conchis havia relatado, com exceção de alguns detalhes ínfimos aqui e ali.

Perguntei ao oficial que havia me auxiliado se Conchis ainda estava vivo. Ele vasculhou a pasta de onde tinha retirado o relatório. Não constava nada, além de um endereço em Phraxos. Ele não sabia. Nunca tinha ouvido falar de Conchis, era novo no setor.

Fiz um terceiro telefonema, então, dessa vez para a embaixada francesa. A moça que me atendeu conseguiu, por fim, convencer o adido cultural a descer de seu escritório. Expliquei a ele quem eu era, que queria muito ler este distinto psicólogo francês versar sobre a arte enquanto ilusão institucionalizada... a ideia pareceu entretê-lo, mas me flagrei em maus lençóis assim que mencionei a Sorbonne. Ele, de forma peremptória, lamentou que devia haver algum engano: a Sorbonne não contava com nenhum curso de medicina. Dito isso, ele me indicou uma prateleira cheia de livros de referência na biblioteca da embaixada. Logo uma série de elementos se estabeleceu. Conchis nunca havia estado na Sorbonne sob qualquer pretexto (nem em qualquer outra universidade francesa, aliás), não era um médico registrado na França, nunca publicara nada em francês. Existia um Professor Maurice Henri de Conches-Vironvay de Toulouse, autor de uma série de tratados sobre doenças que afetavam as parreiras, mas me recusei a aceitá-lo como substituto. Ao final, escapei daquilo sentindo que havia feito minha parte pelas relações anglo-francesas — de forma alguma prejudiquei a noção gaulesa de que a maior parte dos ingleses são tão ignorantes quanto malucos.

Sob o calor abafado do meio-dia, retornei ao hotel. O recepcionista me entregou minha chave; e com ela, uma carta. Continha apenas meu nome e a seguinte marcação: *Urgente*. Rasguei o envelope. Dentro dele, uma folha de papel com um número e um nome. *184 Syngrou.*

"Quem trouxe isso?"

"Um garoto. Um mensageiro"

"De onde?"

Ele gesticulou com as mãos, indicando que não sabia.

Eu sabia onde Syngrou ficava: uma ampla avenida que ia de Atenas até o Pireu. Saí apressado e tomei um táxi. Passamos pelas três colunas do templo de Zeus Olímpico rumo ao Pireu, e em um minuto o táxi chegou a uma casa, nos fundos de um jardim de tamanho razoável. Os dígitos cobertos de esmalte rachado indicavam que se tratava do número 184.

O jardim estava completamente abandonado, as janelas tapadas. Um vendedor de bilhetes de loteria, sentado em uma cadeira logo abaixo de uma aroeira próxima, perguntou o que eu queria, mas não lhe dei atenção. Caminhei em direção à porta da frente, então dei a volta e fui pelos fundos. A casa era uma casca vazia. Estava claro que um incêndio havia ocorrido ali anos antes, e o telhado havia desabado. Voltei os olhos para o jardim dos fundos. Seco, sem nenhum cuidado, abandonado como o da frente. A porta dos fundos estava escancarada. Havia indícios, entre as vigas caídas e as paredes chamuscadas, que mendigos ou ciganos valáquios moravam ali; vestígios de um fogo mais recente em uma antiga lareira. Esperei ali por um minuto, mas de alguma forma pressenti que não encontraria nada mais. Tratava-se de uma pista falsa.

Voltei ao táxi amarelo que me aguardava. A poeira de terra seca subia em pequenos redemoinhos na brisa diurna, salpicando as folhas já caducas dos esquálidos oleandros. O trânsito ia e vinha de Syngrou, as folhas de uma palmeira próxima ao portão farfalhavam. O vendedor de bilhetes conversava com meu motorista. Ele se virou logo que cheguei.

"*Zitas kanenan?*" Procura por alguém?

"De quem é essa casa?"

Era um homem de barba trajando um terno cinza surrado, uma camisa branca encardida sem gravata; um terço de contas de âmbar em mãos. Levantou-as, demonstrando desconhecimento.

"Agora. Não sei. De ninguém."

Olhei-o por trás de meus óculos escuros. Falei uma única palavra.

"Conchis?"

Logo seu rosto se abriu, como se tivesse entendido tudo. "Ah. Entendo. O senhor busca por *o kyrios* Conchis?"

"Isso."

Ele abre as mãos. "Está morto."

"Desde quando?"

"Há quatro, cinco anos." Mostrou-me quatro dedos; então fez um gesto como se cortasse a garganta e disse *"Kaput"*. Olhei para trás dele, onde se encontrava sua longa vareta de bilhetes, apoiada na cadeira, debatendo-se contra o vento.

Dirigi a ele um sorriso ácido, passando a falar em inglês. "De onde você é? Do Teatro Nacional?" Ele sacudiu a cabeça, como se não me entendesse.

"Um homem muito rico." Ele olhou para o motorista, como se ele fosse entender, mesmo que não entendesse. "Está enterrado no São Jorge. Um ótimo cemitério." Havia algo perfeito demais em seu sorriso indolente tipicamente grego, na forma como oferecia informações desnecessárias, ao ponto de eu quase acreditar que ele era o que parecia ser.

"Isso é tudo?", perguntei.

"*Ne, ne.* Vá visitar sua sepultura. Uma belíssima sepultura."

Entrei no táxi. Ele correu para pegar seus bilhetes, brandindo-os através da janela.

"O senhor terá sorte. Os ingleses sempre têm sorte." Ele pegou um dos bilhetes e me ofereceu. De repente falava inglês. "Ei, só um bilhetinho."

De súbito, me dirigi ao motorista. Ele fez a volta, mas, depois de menos de cinquenta metros, eu o fiz parar próximo a um café. Chamei o garçom.

A casa ali atrás, sabe a quem pertence?

Sim, uma viúva chamada Ralli, que morava em Corfu.

Olhei pelo retrovisor. O bilheteiro andava rápido demais, na direção oposta; e enquanto eu o observava, ele virou em um beco e sumiu de vista.

Às quatro da tarde, quando estava mais fresco, peguei um ônibus até o cemitério. Ficava a alguns quilômetros de Atenas, em uma subida arborizada do Monte Egaleu. Quando questionei um velho no portão, já esperava receber um olhar inexpressivo. Mas ele se dirigiu, com dificuldade, à sua cabana, percorreu os dedos por um grande livro de registros, então me disse que deveria seguir pela rua principal e dobrar na quinta à esquerda. Passei por fileiras e mais fileiras de miniaturas de templos jônicos, bustos colunados e estelas extravagantes, um bosque de mau--gosto helênico; ainda assim, agradável com todo seu verde e sombras.

Quinta à esquerda. E lá, entre dois ciprestes, sombreada por uma lamuriosa planta semelhante a uma aspidistra, estava uma lápide de mármore pentélico simples, abaixo de uma cruz, com os dizeres:

ΜΩΡΙΣ ΚΟΓΧΙΣ
1896-1949

Morto há quatro anos.

Ao pé da lápide, um vasinho verde, de onde brotavam, de uma cama de discretas flores brancas, um lírio do Nilo e uma rosa vermelha. Me ajoelhei e as retirei do vaso. Os talos tinham sido cortados havia pouco, provavelmente aquela mesma manhã; a água estava límpida e fresca. Eu entendi. Aquele era seu jeito de me dizer o que eu já havia intuído, que o trabalho de detetive não me levaria a lugar algum — a uma sepultura falsa, a outra piada, um sorriso que esvanecia no ar.

Coloquei as flores no lugar. Um dos ramos menores do fundo tombou, eu o apanhei e cheirei; sua fragrância era doce como mel. Como estavam ali uma rosa e um lírio, talvez houvesse algum significado. Coloquei-o em minha lapela e deixei para lá.

Já de volta ao portão, perguntei ao velho se ele conhecia algum dos familiares do falecido Maurice Conchis. Ele mais uma vez verificou o registro, mas não encontrou nada. Será que sabia quem havia trazido as flores? Não, muitos traziam flores. A brisa eriçou os cabelos desgrenhados em sua testa enrugada. Era um homem velho, cansado.

O céu estava muito azul. Um avião zumbia na direção do aeroporto do outro lado da planície ática. Outros visitantes chegaram, e o velho saiu mancando.

O jantar naquela noite foi horroroso, epítome da futilidade inglesa. Antes de ir até lá, pensara em lhes contar um pouco sobre Bourani; imaginara uma mesa de convivas entusiasmados. Mas a ideia não sobreviveu aos primeiros cinco minutos de conversa. Estávamos em oito, cinco do Conselho, um secretário da Embaixada, e um crítico efeminado de meia-idade que tinha vindo para dar algumas palestras. Houve muito blábláblá literário. O crítico esperava que nomes viessem à baila, como um pequeno abutre.

"Alguém leu o último de Henry Green?", perguntou o homem da Embaixada.

"Detestei."

"Ah, eu gostei bastante."

O crítico ajeitou a gravata borboleta. "Claro que o senhor sabe o que o querido Henry disse quando..."

Vasculhei os outros rostos, após ele ter feito isso pela décima vez, esperando encontrar neles um pouco de simpatia entre colegas, sinais de que alguém mais gostaria de gritar para ele que a literatura tem a ver com livros, não anedotas da vida privada. Mas todos estavam na mesma, intelectos dentro de uma mesma armadura esquisita, como os rufos de um arcossauro, uma franja de estalactites de gelo. Tudo que ouvi aquela noite foi o tilintar de agulhas de gelo quebrando-se ao passo em que cada um fazia sua tentativa, tímida e supérflua, de ir além da barreira bolorenta das palavras... tilintando, tilintando, e então se retirando.

Ninguém ali falava o que queria de verdade, o que pensava de verdade. Ninguém se comportava de forma aberta, calorosa, natural; por fim, tudo ficou patético. Eu pude notar que meu anfitrião e sua esposa nutriam um carinho genuíno pela Grécia, mas era algo que ficava entalado em suas gargantas. O crítico fez uma análise perspicaz de Leavis, apenas para arruiná-la com um toque gratuito de maledicência. Éramos todos iguais; eu mal disse coisa alguma, mas isso não me tornava mais inocente — ou menos condicionado. As figuras solenes do Velho País, a Rainha, a Escola Pública, Oxbridge, o Sotaque Correto, Gente Como Nós, aguardavam em torno da mesa como a polícia secreta, pronta para destruir em um instante qualquer tentativa de uma humanidade europeia inteligente.

Era sintomático que a pessoa onipresente do discurso era "cada um" — a visão de cada um, os amigos de cada um, os criados de cada um, o escritor favorito de cada um, as viagens de cada um pela Grécia, até que o Deus Vingador da Burguesia Britânica, o Cada Um, surgiu ali de pé como um obelisco enegrecido pela fuligem pairando sobre a noite inteira.

Retornei ao hotel na companhia do crítico, pensando, em uma espécie de pânico agoniado, nas solidões iluminadas de Phraxos; nas perdas que havia sofrido.

"Tediosos e terríveis, esse povo do Conselho", ele disse. "Mas cada um precisa viver sua vida." Ele não entrou. Disse que faria uma caminhada até a Acrópole. Porém, foi na direção do Zappeion, um parque onde os mais desesperados entre os garotos da vila que fogem para Atenas comercializam seus corpos magros pelo preço de uma refeição.

Fui ao Zonar's, na Panepistimiou, sentei-me no balcão e tomei uma dose grande de conhaque. Estava aborrecido; uma incapacidade profunda de encarar meu retorno à Inglaterra. Estava em exílio, e para sempre, independentemente de morar lá ou não. O fato do exílio era algo que eu poderia suportar; já a solidão do exílio era intolerável.

Era por volta de meia-noite e meia quando voltei ao meu quarto. Estava aquele calor abafado, sem brisa, da Atenas noturna no verão. Tinha acabado de me despir e ligar o chuveiro quando o telefone tocou ao lado da cama. Fui em sua direção, nu. Me ocorreu a terrível ideia de que poderia ser o crítico, sem sucesso no Zappeion, agora em busca de um alvo para sua infindável lista de nomes.

"Olá."

"Senhô Ouf." Era o porteiro da noite. "Telefonema para o senhor."

Um estalo.

"Alô"?

"Ah. É o senhor Urfe quem fala?"

Era a voz de um homem que eu não reconhecia. Grego, mas com boa pronúncia.

"Eu mesmo. Quem fala?"

"O senhor poderia olhar pela janela, por favor?"

Um clique. Silêncio. Sacudi o gancho, sem obter resultado algum. O homem tinha desligado. Peguei meu roupão na cama, apaguei a luz e corri para a janela.

Meu quarto, no terceiro andar, tinha vista para uma rua lateral.

Um táxi amarelo estava parado do outro lado da rua, com a traseira virada para mim, um pouco mais abaixo no morro. Nada de anormal nisso. Os táxis do hotel aguardavam ali. Um homem de camisa branca surgiu e cruzou a rua com rapidez, passando o táxi. Cruzou a rua logo abaixo de mim. Não havia nada de estranho nele. Calçadas desertas, luzes dos postes, lojas fechadas, e escritórios no escuro; o táxi solitário. O homem desapareceu. Foi quando notei uma movimentação.

Em frente e abaixo de minha janela havia uma luz presa à parede sobre a entrada de uma galeria de lojas. Por conta do ângulo, não conseguia ver os fundos da galeria.

Uma garota saiu.

O motor do táxi ganhou vida.

Ela sabia onde eu estava. Foi até a beira da calçada, pequena, inalterada ainda que alterada, e olhou em direção à minha janela. A luz brilhou sobre seus ombros bronzeados, mas seu rosto estava coberto pela sombra. Um vestido preto, sapatos pretos, uma bolsinha preta para noite em sua mão esquerda. Ela saiu das sombras como uma prostituta o faria; como Robert Foulkes fez. Sem nenhuma expressão, apenas o olhar para cima que me atravessou. Não durou nada. Aquilo tudo acabou em quinze segundos. O táxi de repente deu ré na rua e se colocou à frente dela. Alguém abriu a porta e ela logo entrou. O táxi partiu com muita rapidez. Pneus cantando, escaldantes, no fim da rua.

Um cristal jazia despedaçado.

E tudo mais, traído.

John Fowles
O Mago

67

No último instante, gritei seu nome, cheio de raiva. Pensei, por um instante, que haviam encontrado uma sósia inacreditável; mas ninguém seria capaz de imitar aquele jeito de andar. Aquela forma de se portar.

Voltei ao telefone aos pulos e falei com o porteiro noturno.

"Aquela ligação... você pode rastreá-la?" Ele não entendia a palavra "rastrear". "Você sabe de onde ela veio?"

Não, ele não sabia.

Algum desconhecido estivera no saguão do hotel na última hora? Alguém que tenha ficado por ali esperando um tempo?

Não, senhô Ouf, ninguém.

Desliguei o chuveiro, vesti minhas roupas apressado e fui até à Praça Sintagma. Circulei por todos os cafés, conferi todos os táxis, voltei ao Zonar's, ao Tom's, ao Zaporiti's, a todos os lugares da moda na região; incapaz de pensar, incapaz de pensar qualquer coisa além de dizer seu nome, esmagando-o com ferocidade entre meus dentes.

Alison. Alison. Alison.

Eu entendi, ah, como entendi. Assim que aceitei, e tive que aceitar, o primeiro e inconcebível fato: que ela devia ter concordado em se juntar a eles. Mas como poderia? E por quê? Várias e várias vezes: por quê.

Retornei ao hotel.

Conchis teria descoberto a briga, talvez até mesmo a teria ouvido; se usou câmeras, poderia muito bem usar microfones e gravadores. Abordou-a a durante a noite, ou na manhã seguinte bem cedo... aquelas mensagens na Toca: *Hirondelle*. As pessoas no hotel do Pireu, que testemunharam quando tentei persuadi-la a me deixar entrar no quarto de novo. Assim que mencionei o nome dela, Conchis deve ter ficado de orelhas em pé; logo que soube que ela viria a Atenas, já anteviu novas complicações em seus planos. Ele faria com que nos seguissem desde o momento que nos encontramos; então a persuadiu, com todo seu charme, quem sabe até mesmo enganando-a, em parte, desde o começo... vivi um momento estranho de ciúme não-sexual, a visão dele lhe dizendo a verdade: quero dar a este seu rapaz egoísta uma lição que ele nunca esquecerá. Lembrei-me de algumas discussões que tive com Alison a respeito de algo que não era de todo alheio ao caso: diversos escritores e pintores contemporâneos. Apontar suas falhas sempre me agradou mais do que ouvi-la derreter-se por conta de suas virtudes; até mesmo ali eu me sentia pessoalmente diminuído... como ela mesma teve a astúcia de me falar por diversas vezes.

Ou será que ela sempre havia trabalhado para ele? Ele não havia praticamente me forçado a encontrá-la, ao cancelar o final de semana das férias? Não me oferecera até mesmo a casa da vila, caso quisesse levá-la até a ilha? Mas então me lembrei de algo que "June" dissera naquela última noite — como eles improvisavam, como o "rato" estava em pé de igualdade com o experimentador na construção do labirinto. Eu era capaz de crer naquilo: eles deviam, portanto, de alguma forma, depois de ouvirem a gritaria no hotel do Pireu, ter dado um jeito de comprar Alison com sua lógica doente, sua loucura, sua mentira, seu dinheiro... talvez revelando a ela o grande segredo que eu não poderia saber: o motivo pelo qual haviam me escolhido, para começo de conversa. Também me lembrei de todas as mentiras que contei a eles sobre Alison, sobre temas dos quais eles deveriam ter conhecimento total. Essa lembrança me fez rosnar alto de raiva.

A seguir, em retrospecto, sempre foi estranho como fizeram pouco uso de "June". Tinham todas aquelas roupas suas na Toca. Um papel muito mais completo deve ter sido planejado para ela muito antes da "entrada" inesperada de Alison. Aquele primeiro encontro cara-a-cara — boca-a-boca — com ela, com seu desdém em relação à minha inconstância, toda a repetição sem sentido em torno da história dos *Três Corações* — tudo aquilo indicava o rumo que as coisas poderiam ter seguido. Então o domingo na praia, a ostentação de seu corpo nu... talvez Conchis não estivesse tão certo de Alison logo após sua primeira abordagem. Era necessário considerar outras contingências. Então Alison deve ter sido convencida e "June" foi retirada de cena. Foi por isso também que a personagem e o papel de Lily mudaram e ela teve que assumir — com tanta rapidez — a função de Circe.

A liteira-caixão. Não estava vazia; eles gostariam que ela testemunhasse o sucesso de sua metodologia. Me retorci mentalmente com a crueldade daquilo, a exposição sem fim. O julgamento: meu "comportamento predatório em relação a mulheres jovens" — ela deve tê-los levado a isso. Sem contar seu humor suicida antes de minha partida de Londres. Todo o conhecimento deles de meu passado.

Eu fiquei louco de raiva. Pensei naquela onda de tristeza atroz e genuína que me varreu quando ouvi as notícias a respeito de Alison. O tempo todo ela estava em Atenas; quem sabe até mesmo na casa da vila; ou em Bourani. Quiçá me observando. Fazendo o papel de uma Maria invisível em relação à Olívia de Lily e meu Malvólio — sempre estes ecos de situações shakespearianas.

Fiquei zanzando pelo quarto, imaginando cenas em que teria Alison à minha mercê. Estapeando-a até ficar roxa, fazendo-a chorar de remorso.

E mais uma vez, tudo remetia a Conchis, ao mistério de seu poder, sua capacidade de moldar e usar garotas tão inteligentes quanto Lily; tão independentes quanto Alison. Como se ele tivesse algum segredo que revelava a elas, um segredo que as colocava sob suas ordens; e mais uma vez eu era o homem que não sabia de nada, o excluído, eterno alvo de tudo.

Não um Hamlet enlutado por Ofélia, mas um Malvólio.

Não conseguia dormir. Em vez disso, sentia vontade de ir ao Ellinikon torcer o pescoço da mocinha no balcão da companhia aérea. Tanto o homem que havia me atendido quanto a garota que o sucedeu, agora eu percebia, pareciam muito apressados em determinar quem eu era; devem ter sido persuadidos a cooperar, quem sabe até mesmo pela própria Alison. Mas sei que aquilo não me levaria a lugar nenhum. Era muito provável que acabassem me mostrando os mesmos recortes forjados.

Enquanto isso, havia outra coisa que eu precisava fazer. Dirigi-me ao átrio do hotel e encontrei o atendente noturno.

"Quero uma linha para Londres. Este número." Anotei-o. Alguns minutos depois, ele me apontou uma cabine.

Fiquei ali ouvindo tocar o telefone em meu antigo apartamento na Russell Square. Tocou por muito tempo. Até que, por fim, alguém atendeu.

"Pelo amor de Deus... quem está falando?"

"Você tem uma ligação de longa distância de Atenas", disse a operadora.

"De onde?!"

Eu disse. "Certo, operadora. Alô?"

"Quem *está* falando?"

Parecia ser uma garota simpática, mas ainda sonolenta. Por mais que a ligação tenha me custado quatro libras, valeu a pena. Descobri que Ann Taylor *havia sim* voltado para a Austrália, mas seis semanas antes. Ninguém havia se suicidado. Uma garota que a garota do outro lado da linha não conhecia, mas "acho que uma amiga de Ann" havia ficado com o apartamento; ela não a via "fazia semanas". Sim, era loira; na verdade ela só a tinha visto duas vezes; sim, ela acreditava se *tratar* de uma australiana. Mas quem diabos...

De volta ao meu quarto, me lembrei da flor na lapela do paletó que usei àquela tarde. Estava bem murcha, mas mesmo assim eu a peguei e coloquei em um copo com água.

Acordei tarde, tendo enfim dormido bem melhor do que o esperado. Fiquei um tempo na cama, ouvindo os barulhos da rua lá embaixo, pensando em Alison. Tentei lembrar com exatidão de sua expressão naquela hora, se havia um indício qualquer de humor, compaixão, qualquer coisa boa ou ruim, durante o breve momento em que ela estivera ali. Não conseguia entender o momento de sua ressurreição. Eu descobriria se voltasse a Londres; por isso teve que ser em Atenas.

Agora, me restava caçá-la.

Queria vê-la, sabia que queria vê-la desesperadamente, para descobrir ou arrancar a verdade dela, para fazê-la saber como a sua traição tinha sido cruel. Para fazê-la saber que mesmo que ela se arrastasse pela linha do equador de joelhos, eu jamais seria capaz de perdoá-la. Tudo havia chegado ao fim com ela. Ela me dava nojo. Estava tão desintoxicado dela quanto estava de Lily. Foi quando pensei, meu Deus, se eu pudesse colocar minhas mãos nela. Mas uma coisa que eu não faria era caçá-la.

Era só esperar. Eles a trariam a mim agora. E, dessa vez, eu usaria o chicote.

☆

Desci para fazer o desjejum ao meio-dia; a primeira coisa que descobri é que não precisaria esperar. Mais uma carta, escrita à mão, havia chegado para mim. Dessa vez, com uma única palavra: *Londres*. Lembrei-me daquela ordem na Toca: *Conclusão em julho para todos, exceto o núcleo.* O núcleo, Astarte, a Não-Vista, era Alison.

Fui até a agência de viagens e garanti um lugar no voo da noite; ao ver um mapa da Itália na parede, enquanto esperava a emissão do bilhete, descobri onde ficava Subiaco; então decidi apostar. A marionete faria os manipuladores das cordas esperarem um dia, para variar.

Ao sair, me dirigi à maior livraria de Atenas, na esquina da Stadiou, e pedi um livro sobre identificação de flores. Minha tentativa tardia de ressuscitação não foi bem-sucedida; tive que jogar a flor fora. A livreira não dispunha de nada em inglês, mas havia um bom livro sobre a flora francesa, ela disse, que listava os nomes em diversas línguas. Fingi me impressionar com as a imagens, então fui logo verificar o índice; em busca de Alyssum, página 69.

E lá estava, na página 69: folhas verdes finas, flores brancas, *Alysson maritime... parfum de miel...* do grego *a* (sem), *lyssa* (loucura). Chamava-se assim em italiano e assado em alemão.

Em meu idioma: *Doce Alison.*

3

Le triomphe de la philosophie serait de jeter du jour sur l'obscurité des voies dont la providence se sert pour parvenir aux fins qu'elle se propose sur l'homme, et de tracer d'après cela quelque plan de conduite qui pût faire connaître à ce malheureux individu bipède, perpétuellement ballotté par les caprices de cet être qui dit-on le dirige aussi despotiquement, la manière dont il faut qu'il interprète les décrets de cette providence sur lui.

De Sade, *Les Infortunes de la Vertu*

John Fowles

O Mago

68

Roma.

Na minha cabeça, a Grécia ficara semanas para atrás, e não horas, como de fato ficara. O sol brilhava com a mesma certeza, as pessoas eram muito mais elegantes, a arquitetura e a arte muito mais ricas, mas era como se os italianos, assim como seus ancestrais romanos, usassem uma grande máscara de luxo, um cosmético dos sentidos superestimulados, entre a luz, a verdade, e seus verdadeiros eus. Eu não conseguia suportar a perda da bela nudez, da humanidade da Grécia, e, portanto, fui incapaz de lidar com a visão dos opulentos e animalescos romanos; como às vezes não conseguimos tolerar nossa própria imagem no espelho.

Cedo pela manhã, após minha chegada, tomei um trem local em direção a Tivoli e às colinas albanas. Após uma longa viagem de ônibus, almocei em Subiaco e subi andando pela estrada, sobre um abismo verde. Uma de suas faixas levava a um vale deserto. Eu podia ouvir o som de água corrente, bem lá embaixo, o canto dos pássaros. A estrada chegava ao fim, e um caminho conduzia a um bosque de azevinhos, e então se estreitava até virar uma série de degraus que davam a volta por uma parede de pedra. Avistei o monastério, agarrado ao penhasco como um monastério ortodoxo, como o ninho de uma andorinha. Uma *loggia* gótica surgiu belíssima sobre a ravina verdejante, sobre uma pequena faixa de terraços com plantas cascateando mais abaixo. Afrescos refinados na parede interna: um clima ameno, silêncio.

Um velho monge de hábito preto estava sentado atrás da porta que levava a uma galeria interna. Perguntei se poderia ver John Leverrier. Um inglês em retiro, disse a ele. Por sorte, estava com sua carta à mão para mostrar. O velho decifrou a assinatura, com cuidado, e então — para minha surpresa, pois eu havia decidido que estava em uma busca infrutífera — assentiu com a cabeça e desapareceu, em silêncio, em algum outro patamar mais baixo do monastério. Prossegui, em direção a um corredor. Uma série de murais macabros; a morte espetando um jovem falcoeiro com sua espada longa; uma garota medieval cartunesca, primeiro se pavoneando diante de um espelho, depois recém-deitada em seu caixão, em seguida, os ossos começavam a saltar da pele; e por fim, como um esqueleto. No ar, o som de alguém rindo, um velho monge de rosto entretido ralhava com outro mais jovem, em francês, enquanto passavam pelo corredor atrás de mim. "*Oh, si tu penses que le football est un digne sujet de méditation...*"

Então outro monge surgiu; percebi, em choque, que se tratava de Leverrier.

Ele era alto, cabelo de corte bem rente, o rosto moreno de faces magras, óculos de armação típica da saúde pública britânica; inegavelmente inglês. Fez um breve gesto, perguntando se era eu quem o chamara.

"Sou Nicholas Urfe. De Phraxos."

Conseguiu a façanha de parecer impressionado, acanhado e incomodado, tudo ao mesmo tempo. Após um longo momento vacilante, ele estendeu a mão. Me parecia seca e gélida; já a minha grudenta, quente, de toda a caminhada. Ele era uns bons dez centímetros mais alto que eu, e muitos anos mais velho, falava com um quê de incisividade que por vezes professores mais jovens tentam emular.

"Você veio até aqui mesmo?"

"Chegar em Roma foi fácil."

"Eu achei que tinha deixado claro que..."

"Sim, deixou, mas..."

Ambos sorrimos, desolados, diante das frases interrompidas. Ele me olhou nos olhos, confirmando sua decisão.

"Receio que sua visita tenha sido em vão."

"Eu sinceramente não fazia de ideia de que você...", acenei de maneira vaga em direção ao seu hábito. "Achei que você assinava suas cartas..."

"Atenciosamente, em Cristo?" Ele deu um sorriso sem graça. "Receio que mesmo aqui estejamos suscetíveis às forças da antipretensão."

Ele olhou para baixo e ficamos os dois ali, sem graça. Como se tivesse perdido a paciência diante de nosso acanhamento, ele chegou a uma decisão mais afável; cedeu um pouco.

"Bem. Agora que você está aqui, deixe-me me mostrar o lugar."

Eu queria dizer que não estava ali como turista, mas ele já foi abrindo caminho em direção a um pátio interno. Mostrou-me os tradicionais corvos e gralhas, o Espinheiro Sagrado, que floresceu com rosas quando São Bento rolou sobre ele — como sempre em ocasiões como aquela, a santidade da autoflagelação se apequenava em minha mente literal diante da visão de um homem nu se batendo na terra firme e saltando em cima de uma espécie de amoreira... e achei mais fácil sentir reverência diante das obras de Perugino.

Não descobri mais nada sobre o verão de 1951, porém descobri um pouco mais a respeito de Leverrier. Ele estava em Sacro Speco fazia apenas algumas semanas, tendo concluído seu noviciado em um monastério suíço fazia pouco. Tendo frequentado Cambridge e estudado história, falava italiano fluente, era considerado, "de maneira um tanto quanto injustificável", uma autoridade em termos de ordens monásticas pré-Reforma na Inglaterra, e era por isso que ele estava em Sacro Speco — para consultar as fontes de sua famosa biblioteca; não retornava à Grécia desde então. Continuava sendo um intelectual inglês, um tanto constrangido, ciente de que poderia muito bem parecer que estava brincando de ser monge, fantasiando-se, e até mesmo com um certo ar complicado de vaidade em relação a isso.

Por fim, ele me guiou, descendo alguns degraus, a uma área ao ar livre abaixo do monastério. Admirei, de maneira superficial, os terraços com vinhedos e hortas. Ele nos conduziu até um banco de madeira sob uma figueira mais à frente. Sentamo-nos. Ele não olhou para mim.

"Isso deve ser muito insatisfatório para você. Mas eu avisei."

"É um alívio encontrar outro colega, outra vítima. Por mais que ela seja muda."

Ele lançou o olhar para além de um jardim repleto de canteiros em direção ao calor azulado da ravina aquecida pelo sol. Eu era capaz de ouvir a água correndo nas profundezas.

"Um colega. Não uma vítima."

"Eu apenas queria comparar observações."

Ele fez uma pausa e então disse: "A essência do... sistema dele é que, com certeza, você aprende a não 'comparar observações'.". Com isso, ele fez a expressão soar mesquinha. Seu desejo de que eu fosse embora era tudo, menos verbalizado. Olhei para ele, em silêncio.

"Você estaria aqui agora se..."

"Uma carona em uma estrada que o indivíduo já percorre há tempos explica o quando. Não o porquê."

"Nossas experiências devem divergir bastante."

"E por que seriam similares? Você é católico?" Balancei a cabeça. "Cristão, ao menos?" Balancei a cabeça mais uma vez. Ele deu de ombros. Círculos escuros abaixo de seus olhos, como se estivesse cansado.

"Mas eu acredito, sim... na caridade?"

"Meu caro, você não busca caridade em mim. Você busca confissões, as quais ainda não estou pronto a fazer. Do meu ponto de vista, sou caridoso em não fazê-las. Se estivesse na minha posição, você entenderia." Ele ainda comentou: "Acredito que entenderá, assim que eu me retirar".

Sua voz era fria; fez-se silêncio.

Ele disse a seguir: "Me perdoe. Você me força a ser mais brusco do que eu gostaria".

"É melhor que eu me vá."

Aproveitando a oportunidade, ele se levantou.

"Não é nada pessoal."

"Claro."

"Deixe-me acompanhá-lo até o portão."

Caminhamos de volta; pela porta caiada, aberta na pedra, subindo por outras portas que eram como celas de uma prisão, e então chegamos ao salão com os murais de morte, o sinistro espelho da eternidade.

"Queria lhe perguntar a respeito da escola. Tinha esse rapaz chamado Aphendakis, muito promissor. Eu o orientei", ele disse.

Passamos um tempo ali na *loggia*, ao lado das obras de Perugino, trocando algumas frases a respeito da escola. Pude perceber que ele não estava lá muito interessado, apenas fazendo um esforço para ser agradável; de forma a humilhar seu próprio orgulho. Mas, mesmo nisso, mostrava-se acanhado.

Apertamos a mão um do outro.

"Este é um grande santuário europeu. Dizem que nossos visitantes, independentemente de suas crenças, devem sair daqui se sentindo... creio que as palavras usadas são 'renovados e consolados'", ele disse. Fez uma pausa, caso eu quisesse fazer alguma objeção ou desdenhar, mas fiquei calado. "Peço-lhe mais uma vez que acredite que fico em silêncio pelo seu bem, assim como pelo meu."

"Tentarei acreditar nisso."

Ele fez uma breve reverência formal, mais italiana do que inglesa; segui pela escada de pedra em direção ao caminho por entre os azevinhos.

Já em Subiaco, tive que esperar até a noite por um ônibus para voltar à estação. Esse ônibus passou por amplos vales verdejantes, abaixo das vilas no topo das montanhas, por entre álamos alpinos que já amareleciam com a chegada do outono. Dos azuis mais suaves, o céu partia para um âmbar rosado vespertino. Velhos camponeses sentados à soleira de suas portas; alguns deles com rostos gregos, inescrutáveis, nobres, em paz. Senti, talvez por conta da garrafa de Verdicchio que havia bebido enquanto esperava, que eu pertencia, e sempre pertenceria, a um mundo mais antigo que o de Leverrier. Não gostava dele, nem de sua religião. E essa falta de simpatia por ele, este amor semiébrio pelo mundo greco-latino, antigo e imutável, pareciam se fundir. Eu era um pagão, na melhor das hipóteses um estoico, e na pior, um hedonista, e o seria para sempre.

Enquanto esperava pelo trem, me embriaguei ainda mais. Um homem no bar da estação conseguiu me fazer entender que ali no topo índigo de uma montanha, sob o céu verde-limão a oeste, era onde ficava a fazenda do poeta Horácio. Bebi em honra à montanha sabina; mais vale um Horácio que dez São Bentos; mais vale um poema do que dez mil sermões. Muito tempo depois percebi que talvez até mesmo Leverrier, neste caso, teria concordado; porque ele também havia escolhido o exílio; porque há momentos em que o silêncio é poesia.

John Fowles

O Mago

69

Se Roma, uma cidade dos vivos vulgares, me parecia deprimente depois da Grécia, Londres, cidade de mortos enfadonhos, era cinquenta vezes pior. Havia me esquecido por completo da inumerabilidade do lugar, sua feiura, sua densidade, pessoas como insetos depois da escassez do Egeu. Era como a lama depois de encontrar diamantes, o mato úmido e frio depois do mármore banhado de sol; no ritmo em que o ônibus da companhia aérea rastejava por aquele subúrbio sem fim entre Northolt e Kensington, me peguei pensando por que qualquer um deveria, ou mesmo seria capaz de, voltar para aquele cenário por vontade própria, aquela sociedade, aquele clima. Nuvens brancas flatulentas flutuavam indiferentes em um céu entre o cinza e o azul; mesmo assim podia ouvir gente dizendo: "Que lindo dia, não é mesmo?". Todos aqueles tons cansados de verde, cinza e marrom... pareciam comprimir os movimentos dos londrinos em uma espécie de uniformidade ubíqua. Era algo que havia se tornado familiar demais para mim para eu conseguir percebê--lo nos gregos — como cada rosto lá se destaca, único e penetrante, em relação ao plano de fundo. Nenhum grego se assemelha ao outro; já naquele dia, cada rosto inglês se assemelhava a qualquer outro rosto inglês.

Me hospedei em um hotel próximo ao terminal do aeroporto, por volta das quatro da tarde, e tentei decidir o que fazer. Dentro de dez minutos, peguei o telefone e disquei o número de Ann Taylor. Ninguém atendeu. Meia hora depois, tentei mais uma vez, e mais uma vez, sem resposta. Me forcei a ler uma revista durante uma hora; até que, pela terceira vez, ninguém atendeu. Peguei um táxi e fui até a Russell Square. Estava empolgado demais. Alison estaria esperando por mim, e caso não estivesse, haveria alguma pista. Algo iria acontecer. Sem saber bem o motivo, entrei em um bar, tomei um uísque, e esperei mais uns quinze minutos.

Por fim, fui caminhando até a casa. O ferrolho da porta que dava para a rua estava fechado, como sempre. Nenhum aviso na campainha do terceiro andar. Subi as escadas; fiquei na frente da porta e esperei, tentei ouvir algo e nada, então bati na porta. Nada. Bati de novo, e de novo. Havia música, mas vinha do andar de cima. Tentei o apartamento de Ann Taylor uma última vez, depois subi as escadas. Lembrei-me de quando havia subido com Alison, levando-a para tomar banho. Quantos mundos teriam morrido desde então? E, mesmo assim, Alison continuava por ali, tão próxima. Deduzi que ela estava próxima assim; no apartamento de cima. Eu não sabia o que iria acontecer. Emoções levam a decisões explosivas.

Fechei os olhos, contei até dez, e bati na porta.

Passos.

Uma garota de cerca de 19 anos abriu; usava óculos, era um tanto gorda e usava batom demais. Pude ver através de outra porta, logo atrás dela, a sala de estar. Estavam ali um rapaz e outra moça, entretidos com algum tipo de dança; jazz, o quarto cheio da luz do sol do final da tarde; três figuras interrompidas, imóveis por um instante, como um quadro contemporâneo de Vermeer. Fui incapaz de ocultar minha decepção. A garota na porta me deu um sorriso encorajador.

Me afastei.

"Desculpe. Apartamento errado." Comecei a descer as escadas. Ela me chamou, perguntou quem eu estava procurando, mas respondi: "Tudo bem. Segundo andar". Sumi de vista antes que ela pudesse somar dois e dois; meu bronzeado, minha retirada, os telefonemas peculiares de Atenas.

Voltei andando para o bar, e mais tarde naquela noite fui a um restaurante italiano de que gostávamos; de que Alison gostava. Ainda continuava o mesmo; popular entre acadêmicos e artistas pobres de Bloomsbury: pesquisadores, atores desempregados, funcionários de editoras, em sua maioria jovens, e gente como eu. A clientela não havia mudado, mas eu sim. Ouvi todo o palavrório ao meu redor; e fiquei incomodado a princípio, e depois indiferente, diante daquela insularidade, daquela ingenuidade subitamente percebida. Olhei de um lado para o outro, procurando alguém que pudesse querer conhecer melhor, fazer amizade; não havia ninguém. Foi a confirmação desnecessária da perda do meu britanismo; me ocorreu que eu deveria estar me sentindo como Alison se sentia com frequência: um misto, diante dos ingleses, de irritação e perplexidade, de compartilhar este mesmo idioma, o mesmo passado, tantas coisas tão similares, e ainda assim não mais pertencer a eles. Pior do que não ter raízes... era não ter espécie.

Fui até o apartamento na Russell Square dar uma outra olhada, mas não havia nem mesmo uma luz ligada no terceiro andar. Sendo assim, retornei ao hotel, derrotado. Um homem velho, acabado.

Na manhã seguinte, fui atrás dos corretores de imóveis responsáveis pela casa. Eram proprietários de um punhado de quartos pintados de verde em péssimas condições em uma sobreloja em Southampton Row. Reconheci o funcionário com problemas na adenoide que veio até o balcão me atender, o mesmo com quem havia falado no ano anterior; ele se lembrou de mim, e logo consegui tirar dele o pouco de informação que ele tinha para dar. Alison havia alugado o apartamento no começo de julho, dez ou quinze dias depois do Parnaso. Ele não fazia ideia se Alison estava morando lá ou não. Conferiu então uma cópia do novo contrato; o endereço do cessionário era o mesmo que o do cedente.

"Deviam estar dividindo", disse o atendente.

E ficou por isso mesmo.

O que me importava? Por que eu deveria procurá-la?

Mesmo assim, esperei a noite toda depois dessa visita à imobiliária, ansiando por outra mensagem. No dia seguinte, mudei-me para o Russell Hotel, de modo que bastava sair pela porta da frente e olhar para o outro lado da praça para ver a casa, para esperar que as janelas no obscuro terceiro andar acendessem. Quatro dias se passaram, nada de luz; nem cartas ou telefonemas, nem nenhum sinal por menor que fosse.

Eu ficava cada vez mais impaciente e frustrado, paralisado por este inexplicável lapso de ação. Pensei que talvez tivessem me perdido de vista, não soubessem onde estava, e isso me preocupava; e então me enfureceu o fato de estar preocupado.

A necessidade de ver Alison se sobrepunha a todo o resto. Vê-la. Arrancar o segredo dela, dentre outras coisas que não seria capaz de nomear. Uma semana se passou, uma semana desperdiçada em cinemas, teatros, deitado em minha cama de hotel encarando o teto, esperando que o silêncio implacável daquele telefone ao meu lado fosse interrompido. Quase mandei um telegrama a Bourani com meu endereço, mas o orgulho me impediu.

Por fim, cedi. Não consegui mais suportar o hotel e a Russell Square, aquele apartamento eternamente vazio. Vi o anúncio de um lugar em um mural de uma tabacaria. Tratava-se de um "apartamento" pouco asseado no sótão de dois andares de ateliês de costura na parte norte de

Charlotte Street, do outro lado de Tottenham Court Road. Era caro, mas tinha telefone, e por mais que a senhoria morasse no porão, ela era, sem sombra de dúvida, uma boêmia da Charlotte Street dos anos 30: ar leviano, acabada, fumante inveterada. Nos primeiros cinco minutos dentro da casa, ela deu um jeito de me informar que Dylan Tomas já fora um "amigo próximo". "Quantas vezes o coloquei para dormir, pobre diabo." Não acreditei nela. "Dylan dormia (ou dormia até a embriaguez passar) aqui" era para Charlotte Street o mesmo que o boato semelhante sobre a Rainha Elizabeth e as hospedarias do interior da Inglaterra. Mas eu gostei dela... "Meu nome é Joan, mas todo mundo me chama de Kemp." Seu intelecto, suas peças de cerâmica e pinturas, tudo era uma bagunça; mas seu coração batia no lugar certo.

"Certo", ela disse ao sair, depois que aceitei ficar com o quarto. "Contanto que me pague, pode trazer quem quiser quando bem entender. O último rapaz que ficou aqui era proxeneta. Um doce de pessoa. Os malditos fascistas o pegaram na semana passada."

"Santo Deus."

Ela assentiu. "Eles." Olhei ao redor e vi dois jovens policiais na esquina.

Comprei um velho MG. A carroceria não estava grandes coisas e o teto tinha uma goteira, mas o motor parecia ter ainda um ou dois anos de vida. Levei Kemp até Jack Straw's Castle para um grande passeio inaugural do automóvel. Ela bebia e se expressava como um pirata, mas de resto era tudo o que eu queria e precisava: um coração caloroso e uma fofoqueira contumaz quando se tratava de si mesma; alguém que aceitava sem qualquer suspeita a explicação por trás de meu desemprego; em parte, serviu para me reconciliar, com seu jeito ao mesmo tempo amargo e afável, com Londres e ser inglês, e, ao menos, impediu que eu me sentisse abandonado e sozinho ao ponto da morbidez sempre que o sentimento aflorava.

John Fowles
O Mago

70

Um longo mês de agosto se passou, com surtos de depressão aguda, surtos de uma letárgica indiferença. Eu era como um peixe na água parada, sufocado pelo cinza da Inglaterra. Enquanto me lembrava, como Adão após a queda, das paragens iluminadas, do sal e do tomilho de Phraxos, fui me lembrando dos eventos de Bourani, do que não poderia ter acontecido, mas aconteceu mesmo assim, e me vi, ao final de uma abatida tarde londrina, incapaz de desejar que não tivessem acontecido, prestes a perdoar Conchis por ter me dado o papel que me deu. Aos poucos, percebi que meu dilema era na verdade admitir uma espécie de perdão legítimo, uma absolvição do que havia sido feito comigo; por mais que ainda fosse doloroso aceitar que algo de ativo se sucedeu, pensava em "feito" como algo passivo.

Pensava em Lily da mesma forma. Quase bati o carro um dia, pisando forte no freio ao ver de relance uma garota esbelta de longos cabelos louros de passagem em uma travessa. Lancei o carro sobre o meio-fio e saí correndo atrás dela. Antes de ver seu rosto, já sabia que não era Lily. Dito isso, se corri atrás daquela garota numa travessa foi porque queria ver Lily, questioná-la, tentar compreender o incompreensível; não porque sentisse sua falta. Podia, sim, sentir falta de certos aspectos dela, de certas fases — mas era essa mesma divisão em fases que a tornava impossível de ser amada. Logo, eu era capaz de pensar nela, em sua fase de luz, como alguém relembra, historicamente, com carinho de momentos de poesia em sua vida; e ainda assim, era capaz de odiá-la por seu verdadeiro eu, seu obscuro ser do presente.

Mas eu precisava fazer algo enquanto esperava, enquanto absorvia, por osmose, a experiência em minha vida. Ao longo da segunda metade de agosto, persegui o rastro de Conchis e Lily na Inglaterra, e através deles, o de Alison.

De maneira tênue e indireta, aquilo me mantinha ainda dentro do teatro; além de amortecer minha agonia e meu anseio de ver Alison. Agonia, porque um novo sentimento havia sido plantado e crescia dentro de mim, um sentimento que gostaria de erradicar e era incapaz disso, não menos porque sabia que a semente deste havia sido plantada por Conchis, semente que germinava no silêncio e na ausência deliberados com os quais ele havia me cercado; um sentimento que me assombrava dia e noite, um sentimento que eu desprezava, desaprovava, dispensava e que mesmo assim crescia, como um embrião cresce dentro do útero da mãe relutante, preenchendo-a de raiva, mas que em bons momentos a preenche de... eu não era capaz de dizer a palavra.

Por um tempo, isso ficou enterrado entre questionamentos, conjecturas, cartas. Eu havia decidido ignorar tudo que Conchis e as garotas disseram ser falso ou verdadeiro. Em diversos aspectos, eu queria apenas encontrar algum vestígio, alguma impressão digital: pegá-los em seu próprio jogo de enganação.

O recorte de jornal sobre Alison. A fonte era diferente da usada pela *Holborn Gazette*, onde o inquérito teria sido publicado.

O panfleto de Foulkes. Está no catálogo do Museu Britânico. Os de Conchis, não.

História militar. Carta do major Arthur Lee-Jones.

> Caro sr. Urfe,
> Receio que sua carta, como o senhor mesmo disse, exija o impossível. As unidades dispostas na batalha campal de Neuve Chapelle eram, em grande parte, comuns. Parece-me bastante improvável que voluntários do Regimento da Princesa Louise Kensington tenham se envolvido no conflito, mesmo sob as circunstâncias sugeridas pelo senhor. Mas é claro que nossos registros daqueles tempos caóticos não são dos mais detalhados, e não posso arriscar mais nada além de uma opinião.
> Não encontrei nenhum vestígio de um capitão chamado Montague nos registros. Geralmente, há maior segurança em se tratando de oficiais. Talvez ele tenha sido enviado de algum dos outros regimentos do condado.

De Deukans. Nenhuma família com este nome no Almanaque de Gotha ou qualquer outra fonte semelhante consultada por mim. Givray-le-Duc não se encontrava nem mesmo nos maiores dicionários geográficos franceses. A aranha *Theridion deukansii* não existe; existe um gênero *Theridion*, porém.

Seidevarre. Carta de Johan Fredriksen.

> Meu caro senhor,
> O prefeito de Kirkenes passou a mim, diretor da escola, a sua carta para que a respondesse. Há em Pasvikdal um lugar chamado Seidevarre, e nesse lugar, há muitos anos, vivia uma família de nome Nygaard. Sinto muito em informar que não sabemos o que aconteceu com essa família.
> Foi um prazer lhe ajudar.

Eu senti um prazer ainda maior ao ter sido ajudado. Conchis já havia estado ali, algo tinha acontecido. Nem tudo era ficção.

A mãe de Lily. Fui até Cerne Abbas, sem expectativas de encontrar o rancho de Ansty — ou o que fosse. De fato, não encontrei. Disse à gerente do hotelzinho em que almocei que tinha conhecido duas garotas de Cerne Abbas — gêmeas, muito bonitas, mas que não me recordava de seus sobrenomes. Aquilo a deixou preocupadíssima — afinal, conhecia a todos na vila e não conseguia imaginar de quem eu estava falando. O "diretor" da escola primária era, na verdade, uma diretora. Claro que as cartas tinham sido forjadas em Phraxos.

Charles-Victor Bruneau. Não em Grove. Um homem com quem falei na Academia Real de Música nunca ouviu falar dele, nem de Conchis, o que nem precisava ser dito.

A fantasia de Conchis durante o "julgamento". Na volta de Cerne Abbas, parei para jantar em Hungerford, e passei por uma loja de antiguidades no caminho para o hotel. Na vitrine havia cinco antigas cartas de Tarot. Em uma delas, a imagem de um homem vestido exatamente como Conchis; até mesmo os emblemas em seu manto. Logo abaixo, as palavras LE SORCIER — o feiticeiro. A loja estava fechada, mas anotei seu endereço e eles me venderam a carta pelo correio, em outra ocasião, "uma bela carta do século XVIII".

Senti um choque súbito quando a vi pela primeira vez — olhei para os lados, como se aquilo tivesse sido plantado ali para que eu percebesse; como se eu estivesse sendo observado.

Os "psicólogos" no julgamento. Entrei em contato com a Clínica Tavistock e a Embaixada Americana. Todos os nomes eram completos desconhecidos, por mais que alguns dos institutos existissem. Uma investigação mais aprofundada não revelou nada sobre Conchis.

Nevinson. O professor do período pré-guerra cujo departamento em Oxford era citado em um livro na biblioteca da escola. O gabinete do tesoureiro em Balliol me passou um endereço no Japão. Escrevi-lhe uma carta. Passadas duas semanas, obtive resposta.

Faculdade de Inglês,
Universidade de Osaka

Caro sr. Urfe,

Agradeço por sua carta. Veio de um passado muito distante, o que me foi uma grande surpresa! Dito isso, fiquei muito feliz em saber que a escola sobreviveu à guerra, e creio que o senhor tenha desfrutado de sua estada lá tanto quanto eu.

Eu havia me esquecido de Bourani. Lembro-me do lugar agora, porém, e também, (de forma muito vaga!) do proprietário. Talvez em algum momento eu tenha tido uma discussão fervorosa com ele a respeito de Racine e predestinação... Tenho uma intuição, e nada mais, de que sim. Mas muitas águas passaram pelo moinho desde aqueles dias.

Quanto a outras "vítimas" de antes da guerra, lamento não poder ajudá-lo. Nunca conheci o homem que me antecedeu. Conheci, porém, Geoffrey Sugden, que ficou lá por três anos depois de mim. Nunca ouvi Sugden falar de Bourani em específico.

Caso em algum momento o senhor venha para este lado do mundo, seria um prazer conversar sobre os velhos tempos com o senhor, e lhe oferecer, na falta de ouzo, ao menos um saquê *pou na pinete*.

Atenciosamente,
Douglas Nevinson

Wimmel. Ao final de agosto, um pouco de sorte. Um de meus dentes começou a doer e Kemp me mandou ao seu dentista para que ele desse uma olhada. Enquanto aguardava na sala de espera, abri uma antiga revista de cinema, datada de janeiro passado. Lá pela metade, me deparei com uma foto do falso Wimmel. Estava até mesmo vestindo um uniforme nazista. Logo abaixo, uma legenda.

> Ignaz Pruszynski, que interpreta o terrível Comandante Alemão da cidade no elogiado filme polonês da resistência, Ordálio Negro, na vida real teve um papel bem diferente. Ele liderou um grupo rebelde polonês durante toda a Ocupação, sendo agraciado com o equivalente polonês de nossa Victoria Cross.

Hipnotismo. Li alguns livros sobre o tema. Conchis havia aprendido a técnica profissionalmente, isso era claro. A sugestão pós-hipnótica, o implante de comandos executados a partir de determinado sinal após o hipnotizado ter acordado do transe e, de toda forma, tendo voltado ao normal, era "perfeitamente viável e demonstrado com frequência". Relembrei, porém, o ocorrido. Em nenhum momento pude notar qualquer força inconsciente que me obrigou a agir de maneira diferente do que eu faria em sã consciência, qualquer coisa que diferisse de como agi de fato. Com certeza, eu havia sido "estimulado" sob hipnose. Mas meu próprio livre arbítrio, com exceção de alguns detalhes, deve ter feito com que uma maior manipulação não fosse necessária.

Erguer os dois braços acima da cabeça. Conchis tirou isso do Egito antigo. Tratava-se do símbolo de Ka, usado por iniciados, "para se apossar das forças cósmicas do mistério". Estava presente em muitas pinturas em tumbas. Seu significado: *"Eu sou o mestre dos feitiços. A força é minha. Eu confiro força".* Outro símbolo egípcio era a cruz com o círculo nas paredes do tribunal. Era sua "chave da vida".

O símbolo da roda. "A mandala, ou roda, é um símbolo universal da existência."

A fita em minha perna, o ombro nu. Retirado de rituais maçônicos, mas supostamente associados aos mistérios eleusinos. Associados à iniciação.

"Maria." Era provável que se tratasse mesmo de uma camponesa, uma camponesa inteligente. Me dirigiu apenas duas ou três palavras em francês; ficou em silêncio no decorrer do julgamento, deslocada a ponto de saltar aos olhos. Diferente dos outros, *ela* sim podia ser quem aparentava ser no primeiro momento.

O banco de Lily. Escrevi outra carta e dessa vez recebi uma resposta do gerente da filial verdadeira do Barclay's. Seu nome não era P. J. Fearn; e o papel timbrado que ele usou não se parecia com o que eu havia recebido.

A escola dela. Julie Holmes — desconhecida.

Mitford. Escrevi um cartão para o endereço de Northumberland que possuía desde o ano anterior e recebi uma carta de sua mãe. Ela disse que Alexander agora era guia turístico, trabalhava na Espanha. Entrei em contato com a empresa de viagens para a qual ele trabalhava, mas me disseram que ele não voltaria até setembro. Deixei uma carta para ele.

As pinturas em Bourani. Comecei pelos Bonnard. O primeiro livro de reproduções de suas obras que abri tinha uma imagem do quadro da garota à janela. Verifiquei a lista de atribuições ao final. Localizava-se no Museu do Condado de Los Angeles. O livro fora impresso em 1950. Depois "encontrei" o outro Bonnard, dessa vez no Museu de Belas Artes de Boston. Os dois quadros eram cópias. Não encontrei nada sobre o Modigliani; mas suspeito, lembrando daqueles olhos curiosos semelhantes aos de Conchis, que não se tratava nem mesmo de uma cópia.

"Evening Standard" de 8 de janeiro, 1952. Nem sinal de fotos de Lily e Rose, em qualquer edição.

L'Astrée. Será que Conchis lembrava que eu acreditava ter alguma relação remota com d'Urfe? A história de *L'Astrée* é a seguinte: a pastora Astrée, ao ouvir relatos terríveis acerca do pastor Celadon, o expulsa de seu convívio. Uma guerra se inicia, e Astrée é levada como prisioneira. Celadon consegue resgatá-la, mas mesmo assim ela não o perdoa. Ele não a reconquista até que ele transforme o leão e os unicórnios que devoram amantes infiéis em estátuas de pedra.

Chaliapin. Esteve em Covent Garden em junho de 1914, e em *Príncipe Igor*.

"Você poderia ser eleito." Quando ele disse isso, em nosso primeiro e estranho encontro, apenas quis dizer "Eu decidi usar você". Esse também foi o único sentido em que, no final das contas, eu podia ter sido eleito para algo. Ele quis dizer "Nós escolhemos *usar* você".

Lily e Rose. Duas irmãs gêmeas, muito belas, talentosas (por mais que eu tenha passado a duvidar da educação clássica de Lily), caso tivessem estudado em Oxford ou Cambridge, poderiam ter sido como uma Zuleika Dobson de seu tempo, em dose dupla. Não creio que tenham frequentado Oxford — já que nossos anos ali se sobreporiam — então tentei o "outro" lugar. Vasculhei publicações estudantis, obtive instantâneos de várias produções teatrais universitárias, até mesmo encarei um ou dois dos gabinetes de tesoureiros de faculdades femininas, mas tudo em vão. Girton, a suposta faculdade dela, não tinha nenhuma possível candidata. A Universidade de Londres também não deu em nada.

Também tentei algumas agências teatrais londrinas. Por três vezes me mostraram fotos de gêmeas; três vezes em que saí decepcionado. A sorte não melhorou quando fui ao Berman's e outros figurinistas teatrais. O Tavistock Repertory não tinha encenado nenhuma produção de *Lisístrata*. A Academia Real de Arte Dramática não tinha como ajudar. Tudo que tal esforço me rendeu — considerando que minhas solicitações envolviam criar as mais diversas motivações que as justificassem — foi uma relutante admiração retrospectiva pela habilidade das garotas em improvisar mentiras.

Claro que houve uma astúcia adicional na invenção de "Julie Holmes". Sempre tendemos a acreditar em pessoas que tiveram as mesmas experiências que nós. Sua Cambridge se assemelhava à minha Oxford, e assim por diante.

Otelo, Ato 1, Cena III.*

> Pois foi abusada, roubada e conspurcada
> Por encantos e poções de embusteiros!
> Ora, a natureza falhar tão absurdamente,
> Não sendo nem manca, nem cega, nem burra,
> Só por meio de feitiçaria.

E:

> Uma virgem puríssima,
> De alma calma e tranquila. Até os seus atos
> Coravam de si. E ela, apesar da criação,
> Da idade, pátria e honra, apesar disso tudo,
> Se enamorar do que lhe dava asco olhar!

A fabulosa meretriz Io. Lemprière: *Em gótico antigo, Io e Gio significavam "terra", como Isi ou Isa significavam "gelo" ou água em seu estado primordial; ambos eram títulos da deusa, que representava o poder produtivo e nutritivo da terra.* A indiana Kali, a síria Astarte (Ashtaroth), a egípcia Ísis e a grega Io eram todas consideradas uma mesma deusa. Tinha três cores (nas paredes do tribunal): branco, vermelho e negro, as fases da lua e também as fases da mulher: virgem, mãe e velha. Lily, estava claro, era a deusa em sua fase branca virginal; e talvez em sua fase negra também. Rose seria a fase vermelha; mas então esse papel foi dado a Alison.

Polymus Films. Não percebi o óbvio, aquela letra no lugar errado, até que era tarde demais.

---

* Trad. Enéias Tavares, DarkSide Books, 2024. [NE]

Tártaro. Quanto mais eu lia, mais passava a identificar a situação toda em Bourani — ou, de qualquer forma, a situação final — com o Tártaro. Tártaro era governado por um rei, Hades (ou Conchis); uma rainha, Perséfone, arauta da destruição (Lily) — que permanecia "seis meses com Hades nas regiões infernais e passava o resto do ano com sua mãe Deméter na Terra". Havia também um juiz supremo no Tártaro — Minos (o "doutor" que presidia tudo, o barbado?); e é claro, Anúbis-Cérbero, o cão negro de três cabeças (três papéis?). O Tártaro foi para onde Eurídice se dirigiu quando Orfeu a perdeu.

Eu estava ciente de que, dentro disso tudo, interpretei o papel que havia decidido não interpretar: o de detetive, o de caçador, e por muitas vezes, abandonei a caçada. Até que uma das partes aparentemente menos promissoras de minha investigação levou a resultados espetaculares.

John Fowles
O Mago

71

Tudo começou certa segunda-feira, com uma suposição das mais improváveis: a de que Conchis *havia, sim,* morado em Londres durante a infância, e que de fato houvera uma Lily Montgomery original em St. John's Wood. Fui até a Biblioteca Central de Marylebone e pedi para ver os diretórios de ruas de 1912 a 1914. É claro que o nome Conchis não deu as caras; busquei então por Montgomery. Acacia Road, Prince Albert Road, Henstridge Place, Queen's Grove, com uma lista de A a Z de Londres ao meu lado, verifiquei todas as ruas prováveis ao leste de Wellington Road. De súbito, num choque de empolgação pura, meus olhos saltaram uma página. *Montgomery, Fredk, 20 Allitsen Road.*

Os nomes dos vizinhos constavam como Smith e Manningham, embora em 1914 este último tenha se mudado e o nome Huckstepp surgisse em seu lugar. Anotei o endereço e dei andamento à busca. Quase que de imediato, do outro lado da rua principal, encontrei outro Montgomery; desta vez em Elm Tree Road. Logo que identifiquei o nome, a decepção se seguiu, visto que o nome completo listado era Sir Charles Penn Montgomery; tratava-se de um cirurgião de prestígio, a julgar pela trilha de iniciais logo após seu nome; era óbvio que não se tratava do homem descrito por Conchis. Os vizinhos ali, por sua vez, eram Hamilton-Dukes e Charlesworth. Havia outro título entre os residentes da Elm Tree Road; um endereço "desejável".

Continuei com a busca, verificando tudo minuciosamente, mas sem encontrar nenhum outro Montgomery.

Decidi consultar os diretórios mais recentes, os dois que havia encontrado até então. O Montgomery de Allitsen Road desapareceu em 1922. Já o Montgomery de Elm Tree Road permaneceu por muito tempo, para minha irritação, por mais que Sir Charles deva ter falecido em 1922; depois disso, o nome do proprietário constava como Lady Florence Montgomery, e assim permaneceu até 1938.

Após o almoço, dirigi até Allitsen Road. Logo que virei a esquina, sabia que não estava no lugar certo. Tratava-se de uma série de casas geminadas que em nada se assemelhavam às "mansões" descritas por Conchis.

Passados cinco minutos, estava em Elm Tree Road. Ao menos o lugar aparentava ser o correto: um belo conjunto de casas maiores, *mews** e chalés vitorianos. Pareciam não ter passado por alteração alguma, um sinal encorajador. A casa de número 46 se revelou uma das maiores da rua. Estacionei o carro e caminhei por uma entrada margeada por hidrângeas, em direção a uma porta imponente; toquei a campainha.

Mas ela ressoou dentro de uma casa vazia, um som que se sucedeu por todo o mês de agosto. Quem quer que morasse ali estava de férias. Encontrei seu nome no diretório daquele ano: um tal senhor Simon Marks. Também descobri em uma antiga edição do *Who's Who* que o ilustre Sir Charles Penn Montgomery teve três filhas. Eu poderia ter descoberto seus nomes, mas estava ansioso demais para estender minhas investigações, como uma criança à qual restam poucos de seus doces. Foi quase uma decepção quando, um dia no início de setembro, vi um carro estacionado na entrada da garagem e logo soube que outra vaga esperança estava prestes a ser extinta.

Um italiano de roupão branco atendeu à campainha. "Será que eu poderia falar com o proprietário? Ou sua esposa?"

"O senhor tem hora marcada?"

"Não."

"O senhor tem algo para vender?"

Uma voz aguda veio ao meu resgate. "Quem é, Ercole?"

Logo ela apareceu, uma mulher de 60 anos, judia, em trajes caros e dona de um ar de inteligência.

"Ah, estou em meio a uma pesquisa e tentando encontrar uma família chamada Montgomery."

"Sir Charles Penn? O cirurgião?"

"Creio que ele residia aqui."

"Sim, ele residia aqui." O criado aguardava, e ela o enxotou com um movimento típico de uma *grande-dame*; parte do aceno se dirigiu a mim.

"De fato... é bem difícil explicar... na verdade, procuro por uma senhorita Lily Montgomery."

---

* Construção típica vitoriana, um misto de estábulo com residência no andar superior. [NT]

"Sim. Eu a conheço." Ela não pareceu ter gostado nada do sorriso atordoado que se formou em meu rosto. "O senhor gostaria de vê-la?"

"Estou escrevendo uma monografia a respeito de um famoso escritor grego — famoso na Grécia, no caso, e acredito que a senhorita Montgomery o tenha conhecido bem quando ele morou na Inglaterra, há muitos anos."

"Qual o nome dele?"

"Maurice Conchis." Ficou claro que ela nunca tinha ouvido falar dele.

O fascínio pela busca superou um pouco sua desconfiança, e ela disse: "Encontrarei o endereço para o senhor. Entre".

Aguardei no esplêndido salão de entrada, puro luxo de mármore e bronze doré; espelhos tremô; o que parecia ser um Fragonard. Opulência petrificada, empolgação apreensiva. Dentro de um minuto, ela voltou com um cartão. Nele, os seguintes dizeres: *Sra. Lily de Seitas, Casa de Dinsford, Much Hadham, Herts.*

"Há muitos anos que não a vejo", disse a senhora.

"Agradeço muito." Comecei a me afastar em direção à porta.

"Gostaria de um chá? Alguma bebida?"

Havia algo de brilhante, de uma avidez obscura em seus olhos, como se durante o momento em que se ausentou, ela tivesse decidido que existia algo de prazer a ser sugado de mim. Uma mulher louva-deus; faminta em sua luxúria. Poder escapar me deixou feliz.

Antes de partir, mais uma vez olhei para as grandes casas dos dois lados do número 46. Era possível que Conchis tivesse passado sua juventude em uma delas. Detrás do número 46, havia o que parecia ser uma fábrica, mas descobri em um dos diretórios que se tratava da parte de trás da arquibancada do Lord's Cricket Ground. Os jardins eram ocultados pelos muros altos, mas o "pequeno horto" com certeza se apequenava ao lado das arquibancadas. Era muito provável que não tivessem sido construídas antes da Primeira Guerra Mundial.

Na manhã seguinte, às onze, já me encontrava em Much Hadham. Era um belo dia, um azul de setembro sem nuvens, comparável a um dia grego. A Casa de Dinsford ficava um pouco distante do vilarejo, e por mais que não fosse tão majestosa quanto o nome sugeria, não era uma espelunca; uma casa de época, de cinco cômodos, graciosa e gracejante, tijolos brancos e vermelhos, em cerca de um hectare de terreno bem--cuidado. Quem abriu a porta desta vez foi uma jovem escandinava *au pair*. Sim, a senhora De Seitas estava — eu poderia encontrá-la nos estábulos, caso desse a volta pela lateral.

Caminhei sobre o cascalho e passei por um arco de tijolos. Havia ali duas garagens, e um pouco mais adiante pude ver os estábulos, bem como sentir seu cheiro. Um garotinho surgiu de uma porta, segurando um balde. Ele me viu e logo gritou "Mamãe! Tem um homem aqui". Uma mulher esbelta, de calças de equitação, lenço vermelho na cabeça e camisa tartã vermelha saiu pela mesma porta. Parecia ter seus quarenta e poucos anos, uma mulher que ainda conservava a beleza e a postura, cuja tez remetia ao ar livre.

"Posso ajudar?"

"Estou procurando pela senhora De Seitas."

"Eu sou a senhora De Seitas."

Tinha a ideia fixa de que ela seria grisalha, já por volta da idade de Conchis. Ao me aproximar, pude notar pés de galinha e uma leve, porém reveladora, flacidez em torno do pescoço; o cabelo castanho vistoso era provável fruto de tingimento. Talvez estivesse mais perto dos 50 do que dos 40; dito isso, ainda eram dez anos a menos do que eu esperava.

"Senhora Lily de Seitas?"

"Sim."

"Consegui seu endereço com a senhora Simon Marks." Uma breve mudança em sua expressão revelara-me que aquilo não havia causado uma boa impressão. "Vim perguntar se a senhora me ajudaria com uma questão de pesquisa de literária."

"Eu!?"

"Se em algum momento a senhora foi a senhorita Lily Montgomery."

"Mas meu pai..."

"Não se trata do seu pai." Um pônei relinchou dentro do estábulo. O garotinho me encarou, cheio de suspeitas; a mãe o enxotou para que fosse logo encher seu balde. Foi quando pus em prática todo meu charme de Oxford. "Caso seja um inconveniente, é claro que posso voltar em outro momento."

"Estamos só limpando os estábulos." Ela apoiou a vassoura que trazia consigo contra a parede. "Mas quem?"

"Estou fazendo uma pesquisa sobre... Maurice Conchis?"

Eu a observava como um gavião; nenhuma reação. "Maurice quem?"

"Conchis." Soletrei o nome. "Trata-se de um famoso escritor grego. Ele morou neste país quando era jovem."

Ela colocou para trás uma mecha de cabelo com a mão enluvada, de forma um tanto quanto *gauche*; ela era, e eu pude notar, uma daquelas mulheres inglesas do interior que carregam em si uma inocência abissal em relação a tudo que não sejam cavalos, casas e crianças. "Devo ser sincera, e sinto muitíssimo, mas deve haver algum engano."

"Talvez a senhora o conheça como... Charlesworth? Ou Hamilton-Dukes? Há muito tempo. À época da Primeira Guerra Mundial."

"Mas, meu caro — sinto muito, não meu caro... ai, nossa...", e interrompeu a própria fala, com certo charme. Pude notar o enorme constrangimento que a tomava; mas sua pele bronzeada e seus olhos azuis claros, assim como seu corpo, como era evidente de que não havia perdido em nada de sua beleza com o tempo, a tornavam perdoável. Ela perguntou: "Qual é o seu nome?".

Eu disse a ela.

"Senhor Urfe, o senhor faz ideia de quantos anos eu tinha em 1914?"

"Claro que era muito jovem." Ela sorriu, como se os elogios não valessem de nada além de envergonhá-la.

"Eu tinha dez anos." Ela então olhou para o filho que estava enchendo o balde. "A idade de Benjie."

"Aqueles outros nomes... não lhe dizem nada?"

"Meu Deus, sim, mas esse Maurice — como o senhor o chamou mesmo? — ele ficou com eles?"

Balancei a cabeça. Mais uma vez Conchis havia me colocado em uma situação ridícula por meio de seus truques. Muito provavelmente teria escolhido o nome ao acaso em um diretório; tudo que ele precisaria encontrar era o nome de uma das filhas. Mergulhei mais fundo, inseguro.

"Era o filho. Filho único? E bem musical."

"Receio que deva ter ocorrido um engano. Os Charlesworth não tinham filhos, e havia sim um garoto Hamilton-Dukes, mas..." — percebi sua hesitação diante de algum empecilho em sua lembrança — "ele morreu na guerra."

"Creio que a senhora tenha lembrado de outra coisa."

"Não... digo, sim. Eu não sei. Foi quando o senhor falou musical." Ela parecia incrédula. "Será que o senhor se refere ao Senhor Rato?" Ela riu e colocou os polegares nos bolsos de suas calças de equitação. "*O Vento nos Salgueiros*. Um italiano que vinha até aqui e tentava nos ensinar a tocar piano. A mim e minha irmã."

"Jovem?"

Ela deu de ombros. "Bastante."

"Poderia me falar mais sobre ele?"

Ela olhou para baixo. "Gambellino, Gambardello... era algo assim. Gambardello?" Ela repetiu o nome como se fosse um gracejo.

"E o primeiro nome?"

Ela não lembrava de jeito nenhum.

"Por que Senhor Rato?"

"Porque ele tinha esses olhos castanhos que iam fundo na gente. Nós costumávamos provocá-lo muito." Ela se mostrou envergonhada diante do filho, que tinha acabado de voltar e a agora a empurrava, como se o alvo das provocações fosse ele mesmo. Ela não notou o salto de empolgação em meus próprios olhos; a certeza de que Conchis havia se valido de algo mais que apenas o acaso.

"Ele era baixinho? Mais baixo do que eu?"

Ela levou as mãos ao lenço em sua cabeça, buscando relembrar; então olhou para cima, intrigada. "O senhor conhece... mas não pode ser...?"

"A senhora me daria a gentileza de questioná-la por cerca de dez minutos?"

Ela hesitou. Fui firme, ainda que educado; apenas dez minutos. Ela se voltou para o filho. "Benjie, vá e peça para Gunhild nos preparar um café. Depois traga aqui no jardim."

Ele olhou para o estábulo. "Mas e o Preguiçoso?"

"Cuidaremos do Preguiçoso logo, logo."

Benjie correu sobre o cascalho e eu acompanhei a senhora De Seitas, enquanto ela tirava suas luvas e soltava o lenço, ao longo de uma caminhada cercada por salgueiros, passando por um muro de tijolinhos e porta adentro, rumo a um antigo e belo jardim; um lago de flores de outono; e, mais afastados da casa, o gramado e um cedro. Ela nos conduziu até uma varanda ao sol. Havia um banco de balanço coberto, algumas cadeiras elegantes de ferro fundido, pintadas de branco. Com base naquilo tudo, deduzi que Sir Charles Penn Montgomery tinha também um bisturi de ouro. Ela se acomodou no banco de balanço e indicou uma cadeira para mim. Murmurei algo a respeito do jardim.

"É bem alegre, não? Meu marido cuida de tudo, quase por conta própria, e agora, pobre coitado, mal pode visitar." Ela sorriu. "Ele é economista. Não consegue sair de Estrasburgo." Ela se balançou com os pés para cima; tinha um ar de menina, ciente demais de sua bela silhueta; uma reação ao tédio rural. "Mas me diga. Fale mais sobre o seu famoso escritor do qual nunca ouvi falar. O senhor o conheceu?"

"Morreu na Ocupação."

"Pobre coitado. De quê?"

"Câncer." Me apressei. "Ele era, bem, bastante discreto em relação ao seu passado, por isso é necessário deduzir as coisas com base em suas obras. Sabemos que era grego, mas pode ter se passado por italiano." Levantei-me e ofereci fogo para que ela acendesse seu cigarro.

"Não creio que seja o Senhor Rato. Ele era um sujeito bem engraçado."

"A senhora por acaso se lembra de uma coisa, se ele tocava o cravo tão bem quanto o piano?"

"O cravo, aquele que faz plim-plom?" Assenti com a cabeça, e ela balançou a dela em resposta. "Você tinha dito escritor?"

"Ele partiu da música para a literatura. Veja bem, há incontáveis referências em seus poemas mais antigos — e também em um romance que escreveu — a um infeliz e muito significativo caso romântico que viveu quando ainda estava na Inglaterra. Claro que não sabemos — ou não sabíamos — até que ponto ele estava relembrando a realidade e até que ponto a estava enfeitando."

"Mas... há uma menção a mim?"

"Os mais variados tipos de pistas indicam que o nome da garota era o nome de uma flor. E que ele morava próximo a ela. E que seu elo era a música."

Ela se sentou reta, fascinada,

"Como *diabos* você chegou até nós?"

"Ah... diversas pistas. A partir de referências literárias. Eu sabia que era muito próximo ao Lord's Cricket Ground. Em determinada passagem, ele fala a respeito dessa garota e menciona o antigo nome de sua família britânica. Ah, e de seu pai, um famoso médico. Foi quando comecei a vasculhar os diretórios de ruas."

"Absolutamente extraordinário."

"É esse tipo de coisa, você se depara com centenas de becos sem saída. Mas um dia acaba achando o caminho."

Ela olhou de relance para a casa, sorrindo. "Aí está Gunhild." Passamos uns dois ou três minutos esperando nos servirem café; alguns comentários educados sobre a Noruega — Gunhild nunca tinha ido além de Trondheim, logo descobri. Foi pedido a Benjie que desaparecesse; eu e a *ur*-Lily estávamos a sós mais uma vez.

Para fins de convencimento, peguei um bloco de notas.

"Agora, se eu pudesse lhe fazer algumas perguntas..."

"Eu diria... até que enfim, meu Deus." Ela riu de um jeito um tanto quanto estúpido, quase um relincho; estava se divertindo.

"Eu imaginei que ele morasse ao lado da senhora. Não morava. Onde, então?"

"Ah, não faço a menor ideia. Você sabe como é. Naquela idade."

"Não sabia nada a respeito de seus pais?" Ela balançou a cabeça. "Por acaso suas irmãs saberiam mais?"

Seu rosto se fechou.

"Minha irmã mais velha mora no Chile. Ela era dez anos mais velha que eu. E minha irmã Rose..."
"Rose!"
Ela sorriu. "Rose."
"Meu Deus, isso é incrível. Faz sentido. Há um... uma espécie de poema misterioso desse conjunto sobre você. É bastante obscuro, mas agora sabemos que a senhora tem uma irmã..."
"Tive uma irmã. Rose faleceu por volta daquela época. Em 1916."
"Foi febre tifoide?"
Falei com tamanha avidez que ela chegou a se assustar; em seguida, um sorriso. "Não. De alguma complicação terrível e rara, relacionada a icterícia." Ela olhou para o jardim por um instante. "Foi a grande tragédia de minha infância."
"A senhora sentiu que ele nutria algum afeto em especial pela senhora... ou por suas irmãs?"
Rememorando, ela sorriu de novo. "Sempre achamos que ele admirava May em segredo — minha irmã mais velha... ela estava noiva, é claro, mas costumava vir passar um tempo conosco. E, sim... minha nossa, que estranho, as lembranças voltam mesmo, lembro que ele sempre ficava 'exibido', o que a gente chamava de 'exibido', quando ela estava por perto. Tocava trechos absurdos de tão complicados. E ela gostava muito daquela lá do Beethoven — 'Für Elise'? Costumávamos cantarolar essa quando queríamos irritá-lo."
"Sua irmã Rose era mais velha do que a senhora?"
"Dois anos mais velha."
"Então eram mesmo duas garotinhas provocando um professor de música estrangeiro?"
Ela começou a balançar na cadeira. "Sabe, é assustador, mas não me lembro. Digo, sim, nós o provocávamos, tenho plena certeza de que éramos umas pestinhas. Aí veio a guerra e ele sumiu."
"Onde?"
"Ah. Não saberia lhe dizer. Não faço ideia. Mas lembro bem que, em seu lugar, veio uma velha medonha. E nós a *odiávamos*. Com certeza, sentíamos falta dele. Suponho que éramos umas arrogantezinhas terríveis. Como se era naqueles tempos."
"Por quanto tempo ele lhe deu aula?"
"Uns dois anos?" Ela estava quase que me perguntando.
"A senhora consegue se lembrar de qualquer indício de um forte afeto pessoal — pela senhora — da parte dele?"

Ela pensou por um longo tempo, depois balançou a cabeça. "O senhor não quer dizer algo, assim... indecente?"

"Não, de forma alguma. Mas em algum momento a senhora esteve a sós com ele?"

Com uma expressão forçada de choque, ela respondeu: "*Nunca*. Nossa governanta sempre estava por perto, ou mesmo minha irmã. Minha mãe".

"A senhora não seria capaz de me dar, de alguma forma, uma descrição de seu caráter?"

"Se encontrasse o agora, penso que se trataria de um homenzinho bem gentil.

Sabe como é."

"Nem a senhora ou sua irmã nunca tocaram flauta ou flauta doce?"

"Não, pelo amor de Deus", retorceu o rosto, diante do absurdo.

"Agora uma pergunta bastante pessoal. A senhora diria que era uma garotinha especialmente bela?... tenho certeza de que era esse o caso — mas a senhora tinha ciência de que havia algo um tanto quanto especial ao seu respeito?"

Ela voltou o olhar para baixo, para o seu cigarro. "Considerando os interesses de, meu Deus, como posso dizer isso, os interesses de sua pesquisa, e falando como uma pobre mãe abatida, a resposta é sim, creio que havia algo, sim. De fato, pintaram um quadro meu. Ele ficou bem famoso. Fez um estardalhaço na Academia Britânica em 1913. Está conosco na casa — mostrarei ao senhor em um instante."

Consultei meu bloco de notas. "E a senhora não se lembra mesmo o que aconteceu com ele assim que a guerra chegou?"

Ela pressionou suas belas mãos contra os olhos. "Santo Deus, isso não lhe fez perceber que — creio que ele tenha sido internado, mas, sinceramente, eu não..."

"A sua irmã no Chile teria uma lembrança mais clara disso? Posso lhe escrever?"

"É claro. O senhor gostaria do endereço dela?" Ela então me deu o endereço e eu o anotei.

Benjie veio e ficou a uns vinte metros de distância, próximo a um astrolábio em uma coluna de pedra, deixando mais claro do que seria possível expressar por meio de palavras que sua paciência havia se esgotado. Ela gesticulou então para que ele se aproximasse e acariciou seus cabelos.

"Sua pobre mãezinha acaba de tomar um susto, querido. Ela descobriu que é uma musa." Ela virou para mim: "É essa a palavra?".

"O que é uma musa?"

"Uma dama que faz um cavalheiro escrever poemas."
"*Ele* escreve poemas?"
Ela riu e se voltou para mim mais uma vez. "E ele é famoso mesmo?"
"Acho que um dia será."
"Posso lê-lo?"
"Sua obra não foi traduzida. Mas será."
"Por você?"
"Bem..." Eu a deixei pensar que me restavam esperanças.
"Sendo bem sincera, acho que não tenho muito mais a lhe dizer", ela comentou. Benjie sussurrou algo. Ela riu e se levantou sob a luz do sol, pegando a mão do garoto. "Vamos mostrar um quadro ao senhor Orfe e depois voltaremos ao trabalho."
"É Urfe, na verdade."
Ela levou uma das mãos ao rosto, envergonhada. "Ai meu Deus, lá vou eu de novo." O garoto puxou sua outra mão; ele também estava envergonhado por toda sua tolice.
Caminhamos todos em direção à casa, passando pela sala de estar e por um grande salão, até enfim adentrarmos um cômodo na lateral. Pude ver uma grande mesa de jantar, candelabros de prata. No painel entre duas janelas, havia uma pintura. Benjie saiu correndo e acendeu a luz sobre ela. No quadro, uma garotinha de cabelo comprido, semelhante a Alice, com um vestido de marinheira, olhando de canto por uma porta, como se estivesse escondida e pudesse ver quem a procurava. Seu rosto era muito vívido, tenso, empolgado, mas ainda assim inocente. Em letras douradas sobre uma pequena placa preta, pude ler: Travessura, por Sir William Blunt, A.R.
"Encantador."
Benjie fez sua mãe se inclinar e lhe cochichou algo.
"Ele quer lhe contar como a família chama o quadro."
Ela assentiu em direção ao menino, que gritou: "O Mais Piegas Possível".
Enquanto o menino ria, a mãe puxou seu cabelo.
Mais uma imagem encantadora.

Ela pediu desculpas por não ter como me convidar para o almoço, pois tinha "obrigações com o Instituto das Mulheres" em Hertford; prometi que logo que uma tradução dos poemas de Conchis estivesse pronta, eu lhe enviaria uma cópia.
Ao ouvi-la, percebi que continuava no papel de vítima do velho; até ali continuava crendo, em parte, na versão mais recente de seu rico passado cosmopolita, com o qual havia me ludibriado e confirmado através

de "June". Agora, lembrara-me do eco repetitivo em suas histórias de alguma mudança essencial na vida, ou na sorte, nos anos 20. Comecei a criar uma nova hipótese. Ele seria o filho talentoso de uma pobre família de imigrantes gregos, talvez de Corfu ou das Ilhas Jônicas, com vergonha de seu nome grego, passando a assumir um italiano; em busca de ascensão no mundo eduardiano e alienígena de Londres, em busca de se livrar de seu passado e histórico, vivendo já àquela altura um tipo de vida dupla... todos nós que passamos pelo "sistema" em Bourani devemos ter servido de bode expiatório para todas as humilhações e infelicidades que ele mesmo sofrera na casa dos Montgomery, e em outros lares parecidos, sem dúvida, durante aqueles anos tão distantes. Eu sorria enquanto ia dirigindo, em parte por conta da ideia de tanto rancor humano por trás de toda a teoria intelectual, e em parte por pensar em toda uma nova e promissora pista para seguir.

Cheguei à rua principal de Much Hadham. Já era meio-dia e meia e decidi comer algo antes da viagem de volta para Londres. Sendo assim, parei em um bar simples em estilo enxaimel. Tinha o bar todo para mim.

"De passagem?", perguntou o senhorio, enquanto me servia uma cerveja.

"Não. Vim visitar uma pessoa. Na Casa de Dinsford."

"É um belo lugar que ela tem ali"

"O senhor conhece?"

Ele usava uma gravata borboleta; tinha um sotaque nauseabundo, nem daqui, nem dali.

"Conheço histórias *a respeito* deles. Vou levar os sanduíches separados." Ele então soou a caixa registradora. "Costumava ver as crianças ali pelo vilarejo."

"Fui até lá a negócios."

"Ah."

A cabeça oxigenada de uma mulher surgiu pela porta. Ela segurava um prato com sanduíches. Enquanto ele me devolvia o troco, disse: "Ela era cantora de ópera, não é?".

"Acho que não."

"É o que dizem por aqui."

Esperei que ele desse continuidade, mas estava claro que não havia muito interesse. Comi meio sanduíche. Me pus a pensar.

"O que o marido dela faz?"

"Não é bem um marido." Ele notou a agilidade com que lhe dirigi o olhar. "Bem, estamos aqui há dois anos e eu nunca ouvi falar de marido. Há... cavalheiros amigos, dizem." Ele me deu uma piscadela.

"Ah. Entendo."

"Claro que são como eu. Gente de Londres." Fez-se silêncio. Ele pegou um copo. "Mulher bonita. Nunca viu as filhas dela?" Balancei a cabeça. Ele poliu o copo em mãos. "Umas belezuras." Silêncio.

"Qual a idade delas?"

"Não me pergunte. Hoje em dia não sei mais dizer quem tem vinte ou trinta. As mais velhas são gêmeas, aliás." Caso ele não estivesse tão ocupado polindo aquele copo, numa tentativa do velho golpe de "me pague uma bebida", ele teria visto meu rosto virar pedra. "Daquelas idênticas. Umas são normais. E outras são idênticas." Ele levantou o copo contra a luz. "Dizem que a única forma para a própria mãe distinguir uma da outra é uma cicatriz ou algo do tipo em seu ..."

Saí do bar com tanta pressa que ele nem mesmo teve tempo de gritar.

John Fowles
O Mago

72

Num primeiro momento não senti raiva; saí dirigindo muito rápido e quase matei um homem em uma bicicleta, mas estava sorrindo durante a maior parte do trajeto. Dessa vez não estacionei meu carro de forma discreta, próximo ao portão. Cheguei derrapando no cascalho diante da porta preta; usei a aldrava de leão com o máximo de força que ela deve ter sentido em seus dois séculos de existência.

A própria senhora De Seitas abriu a porta; havia trocado de roupa, mas apenas as calças de equitação por calças comuns. Ela olhou para além de mim, em direção ao carro, como se aquilo explicasse o motivo de meu retorno. Eu sorri.

"Vejo que o senhor não foi almoçar, afinal."

"Sim, cometi um erro idiota ao longo do dia." Ela apertou o colarinho da camisa. "O senhor esqueceu algo?"

"Sim."

"Ah." Fiquei em silêncio e ela seguiu, animada, com um leve atraso: "O quê?".

"Suas filhas gêmeas."

A expressão no rosto dela mudou; não parecia se sentir nada culpada, lançando-me um olhar de concessão, seguido do mais breve dos sorrisos. Fiquei me perguntando como não havia notado a semelhança; os olhos, a boca alongada. Eu havia deixado aquele retrato espúrio que Lily havia me mostrado permanecer em minha mente. Uma mulher tola de cabelo armado. Ela deu um passo para trás para que eu pudesse entrar.

"Sim. O senhor esqueceu."

Benjie surgiu em uma porta ao final do corredor. Ela falou com ele, calma, enquanto fechava a porta logo atrás de mim.

"Está tudo bem. Vá almoçar."

Andei apressado e me inclinei um pouco diante dele. "Benjie, pode me contar uma coisa? Quais os nomes de suas irmãs gêmeas?"

Ele me encarou, ainda desconfiado, mas agora eu senti um resquício de medo também, uma criança que foi pega no flagra. Ele olhou para a mãe. Suponho que ela tenha assentido com a cabeça.

"Lil' e Rose."

"Obrigado."

O garoto me lançou mais um olhar repleto de dúvida, e então desapareceu. Virei-me para Lily de Seitas.

Ela disse, enquanto rumava para a sala de estar, cheia de si: "Nós as batizamos assim para apaziguar as coisas com minha mãe. Tratava-se de uma deusa faminta". Seus modos tinham mudado junto de seus trajes; e uma outrora vaga disparidade entre seu vocabulário e sua aparência agora se explicava. De súbito, seus 50 anos de idade se tornaram críveis; incrível era o fato de eu havê-la considerado pouco inteligente. Eu a acompanhei cômodo adentro.

"Estou interrompendo seu almoço."

Ela lançou um olhar ríspido em minha direção, sem terminar de se virar. "Há muitas semanas agora que eu já esperava uma interrupção."

Sentou-se em uma poltrona e indicou para que eu me acomodasse no sofá enorme no centro da sala, mas fiz que não com a cabeça. Ela não estava nervosa, até mesmo sorriu.

"E então?"

"Começaremos com o fato de que a senhora tem duas filhas empreendedoras. Gostaria de ouvi-la reinventar a partir disso."

"Receio que minha invencionice tenha chegado ao fim. Me resta agora apenas a verdade." Um sorriso permaneceu em seu rosto ao dizê-lo; um sorriso em réplica ao meu não-sorriso. "Maurice é o padrinho das gêmeas."

"A senhora sabe quem eu sou?" A sua calma me intrigava; não era capaz de acreditar que soubesse o que elas fizeram em Bourani.

"Sim, senhor Urfe. Sei *exatamente* quem o senhor é." Seus olhos me alertavam; e me irritavam.

"E o que aconteceu?"

Ela olhou para baixo, para as próprias mãos, e então de volta para mim. "Meu marido foi morto em 1943. No Extremo Oriente. Nunca nem viu Benjie." Ela percebeu a impaciência em meu rosto e tratou de tomar nota disso. "Ele também foi o primeiro professor de inglês na Escola Lord Byron."

"Não foi, não. Eu conferi todos os antigos prospectos."

"Então o senhor se lembra do nome Hughes."

"Sim."

Ela cruzou as pernas. Estava sentada em uma poltrona antiga, coberta por tecido brocado em tom dourado pálido; a coluna ereta. Todo aquele jeito "do interior" havia sumido.

"Gostaria que o senhor sentasse."

"Não."

Ela aceitou minha frieza dando de ombros, depois olhou em meus olhos; um olhar astuto, impassível, e até mesmo hostil. Então começou a falar.

"Meu pai faleceu quando eu tinha 18 anos. Tendo como principal motivação fugir de casa, entrei em um desastroso — e muito insensato — casamento. Em 1928, conheci meu segundo marido. Meu primeiro marido se divorciou de mim depois de um ano. Nos casamos. Queríamos sair da Inglaterra por algum tempo e não tínhamos muito dinheiro. Foi quando ele se candidatou a uma vaga de professor na Grécia. Era um estudioso dos clássicos... amava a Grécia. Conhecemos Maurice. Lily e Rose foram concebidas em Phraxos. Dentro de uma casa que Maurice havia nos cedido para morar."

"Não acredito em nada do que disse. Mas prossiga."

"Me trazia grande desgosto a ideia de dar à luz gêmeas na Grécia, então tivemos que retornar à Inglaterra." Ela retirou um cigarro de uma caixa prateada na mesa ao lado. Recusei quando ela me ofereceu um; além disso, deixei que ela acendesse o cigarro por conta própria. Estava muito calma, em casa. "O nome de solteira de minha mãe era De Seitas. O senhor pode confirmar isso na Casa de Somerset. Ela tinha um irmão solteiro, meu tio, muito bem de vida e que me tratava — ainda mais após o falecimento de meu pai — como uma filha, o máximo que minha mãe lhe permitia. Tratava-se de uma mulher bastante controladora."

Lembrei-me da data que Conchis havia me dito ser a descoberta de Bourani: abril de 1928.

"O que a senhora está me dizendo é que não conheceu Maurice antes de 1929?"

Ela sorriu. "É claro que não. Mas forneci a ele todos os detalhes daquela parte de sua história ao senhor."

"E quanto a uma irmã chamada Rose?"

"Vá até a Casa de Somerset."

"Farei isso."

Ela contemplou a ponta de seu cigarro; fez-me esperar por um momento.

"As gêmeas chegaram. Passado um ano, meu tio morreu. Descobrimos que ele havia me deixado quase todo seu dinheiro com uma condição: que Bill mudasse seu nome legalmente para De Seitas. Nem ao menos De Seitas-Hughes. Minha mãe foi a principal responsável por tal mesquinharia." Ela voltou o olhar para o conjunto de miniaturas ao seu lado, próximo à cornija. "Meu tio foi o último homem da família De Seitas. Meu marido mudou seu nome para o meu. Como fazem os japoneses. O senhor pode confirmar isso também. Isso é tudo", concluiu.

"Parece-me muito distante de ser tudo. Santo Deus."

"Considerando o tanto que sei a respeito do senhor, posso chamá-lo de Nicholas?"

"Não."

Ela olhou para baixo, de novo aquele sorrisinho enfurecedor que assombrava os rostos de todos eles — as filhas dela, Conchis, até mesmo Anton e Maria, cada um ao seu modo, como se todos tivessem sido treinados para oferecerem os mesmos sorrisos enigmáticos, com um tom de superioridade; e talvez fosse mesmo o caso. Suspeito ainda que se alguém os tivesse treinado nesse sentido, poderia muito bem ser esta mulher.

"O senhor não deve achar que é o primeiro jovem que veio até mim amargurado e com raiva de Maurice. Com raiva de todos nós que o ajudamos. Porém, o senhor é o primeiro a rejeitar a oferta de amizade que acabo de fazer."

"Tenho algumas perguntas incômodas a fazer."

"Pois pergunte."

"Algumas outras antes. Por que a senhora é conhecida na vila como cantora de ópera?"

"Eu cantei uma ou duas vezes em concertos locais. Tive educação formal nesse sentido."

"'O cravo, aquele que faz plim-plom?'"

"E é bem isso, não?"

Dei as costas para ela; sua gentileza; seus modos de dama usados como armas.

"Minha cara senhora De Seitas, nenhum charme, nenhuma inteligência, nenhuma forma de lidar com as palavras a livrará dessa situação."

Ela fez uma pausa longa.

"É o senhor quem cria esta nossa situação. Decerto lhe disseram isso. Vem até aqui contando mentiras. Vem até aqui pelos motivos errados. E então eu lhe respondo com mentiras. Dou-lhe os motivos errados também."

"Suas filhas estão aqui?"

"Não."

Virei-me para encará-la. "Alison?"

"Alison e eu somos grandes amigas."

"Onde ela está?"

Ela balançou a cabeça; sem resposta.

"Exijo saber onde ela está."

"Em minha casa ninguém nunca exige nada." Seu rosto não denotava emoção alguma, mas estava fixado ao meu como um jogador de xadrez em meio à partida.

"Muito que bem. Veremos o que a polícia pensa a respeito disso."

"Pois posso lhe dizer agora mesmo: pensarão que o senhor é um grande tolo."

Dei-lhe as costas mais uma vez, de forma a tentar fazer com que ela falasse mais. Continuou, porém, sentada na poltrona e pude sentir seu olhar em minhas costas. Eu sabia que ela estava ali, em sua poltrona amarelo vivo, e que ela era como Deméter, Ceres, uma deusa em seu trono; não se tratava apenas de uma mulher sagaz de quase 50 anos, em 1953, na sua sala, com o zumbido de um trator ao fundo nos campos da região; mas sim alguém interpretando um papel tão enraizado na fidelidade a conceitos que eu não compreendia, a pessoas que jamais poderia perdoar, que quase deixava de ser um papel.

Ela se levantou e foi até uma cômoda no canto, depois voltou com algumas fotos, que dispôs sobre uma mesa atrás do sofá. Em seguida, retornou à sua poltrona; me chamou para que desse uma olhada nelas. Entre as imagens, uma dela no banco de balanço em frente à *loggia*. Na outra ponta, Conchis; entre os dois estava Benjie. Outra foto mostrava Lily e Rose. Lily sorria para a câmera, já Rose estava de perfil, como se passasse por trás dela, rindo. Mais uma vez pude ver a *loggia* ao fundo. A foto seguinte era antiga. Pude reconhecer Bourani. Na imagem, cinco pessoas nos degraus diante da casa. Conchis estava no meio, com uma bela mulher ao seu lado; estava claro que se tratava de Lily de Seitas. Ao lado dela, com o braço ao seu redor, um homem alto. Conferi a parte de trás da foto; *Bourani, 1935*.

"Quem são os outros dois?"

"Um deles era um amigo. O outro, um de seus predecessores."

"Geoffrey Sugden?" Ela assentiu, deixando transparecer certa surpresa. Devolvi a foto à mesa; foi quando optei por um pequeno ato de vingança. "Fui atrás de um dos professores da escola da época pré-guerra. Ele me contou bastante coisa."

"É?" A sombra de uma dúvida em sua voz calma.

"Então vamos nos ater à verdade."

Um desconfortável silêncio se fez. Seus olhos examinaram os meus. "E o que ele disse?"

"O suficiente."

Encaramos um ao outro. Em seguida, ela se levantou mais uma vez e foi até a mesa. Dela, retirou uma carta, destacou uma folha, a qual examinou, depois veio em minha direção e a entregou para mim. Era uma cópia carbono da carta de Nevinson. Na parte de cima, ele havia rabiscado o seguinte: *"Espero que todo esse pó não cause nenhum dano permanente aos olhos do destinatário!"* Ela havia virado de costas e estava olhando algumas estantes de livros ao lado da mesa, mas agora tinha retornado e, em silêncio, me deu três livros em troca da carta. Engoli o sarcasmo e observei o primeiro da pilha — um livro escolar, encadernado em tecido azul. *Uma Antologia Grega de Nível Intermediário Para Escolas, compilada e comentada por William Hughes, B.A. (Cantab.), 1932.*

"Esse foi um trabalho encomendado, padrão. Os outros dois, ele fez por amor."

O segundo livro era uma edição limitada de uma tradução de Longo, datada de 1936.

"1936. Ainda se trata de Hughes?"

"Um autor pode usar o nome que bem entender."

Holmes, Hughes: lembrei-me de um detalhe da história de sua filha.

"Ele lecionou em Winchester?"

Ela sorriu. "Por pouco tempo. Antes de nos casarmos."

Já o outro livro era uma edição de traduções de poemas de Palamás, Solomós e outros poetas gregos modernos; até mesmo alguns de Seféris.

"Maurice Conchis, o famoso poeta." Olhei para cima, com amargura. "Escolha brilhante de minha parte."

Ela pegou os livros e os colocou sobre a mesa. "Penso que o senhor agiu com muita inteligência."

"Por mais que eu seja um rapaz bem tolo."

"Tolice e inteligência não são incompatíveis. Ainda mais considerando seu gênero e idade."

Ela tornou a se sentar na poltrona, mais uma vez sorrindo para meu rosto não-sorridente; um sorriso de calidez traiçoeira, amigável, de uma mulher inteligente e equilibrada. Mas como poderia ser equilibrada? Fui até à janela. A luz do sol tocou minhas mãos. Pude ver Benjie e a garota norueguesa brincando de pega-pega próximos à *loggia*. De vez em quando conseguíamos ouvir seus gritinhos.

"E se eu tivesse acreditado em sua história sobre o Senhor Rato?"
"Eu me lembraria de algo muito interessante a respeito dele."
"E?"
"O senhor viria até aqui para ouvir tudo de novo?"
"Supondo que eu não tivesse descoberto você?"
"Uma senhora Hughes viria chamá-lo para almoçar na hora certa."
"Assim, sem mais nem menos?"
"Claro que não. Ela teria enviado uma carta." Ela então se recostou na poltrona e fechou os olhos. "Meu caro Sr. Urfe, devo-lhe explicar que consegui seu nome junto ao Conselho Britânico. Meu marido, o primeiro professor de inglês na Escola Lord Byron, faleceu há pouco e entre seus documentos privados encontramos o relato de uma experiência digna de nota, até então desconhecida por mim e que..." A seguir, abriu os olhos e levantou as sobrancelhas, em tom inquiridor.
"E quando este chamado ocorreria? Quanto tempo mais?"
"Receio não poder lhe dizer isso."
"Não vai me dizer."
"Não. Não é uma decisão minha."
"Olha, há apenas uma pessoa responsável pelas decisões. Caso ela..."
"Precisamente."
Ela se esticou em direção à cornija ao seu lado e puxou uma foto que estava por trás de um enfeite.
"Não está muito boa. Benjie tirou a foto com sua câmera Brownie."
Eram três mulheres a cavalo. Uma delas era Lily de Seitas. A outra era Gunhild. Já a terceira, no meio, era Alison. Parecia insegura e ria para a câmera.
"Ela, por acaso... conheceu as suas filhas?"
Seus olhos azuis-cinzentos me encararam. "Pode ficar com ela, se quiser."
Lancei toda minha determinação contra a dela.
"Onde ela está?"
"O senhor pode vasculhar a casa."
Ela me observou, queixo apoiado sobre a mão, na poltrona amarela; inabalada; no controle. De quê, eu não sabia; mas no controle. Me sentia como um cachorro despreparado a perseguir uma lebre experiente e espertalhona; sempre que eu saltava, não pegava nada. Olhei a foto de Alison, depois a rasguei em quatro pedaços e joguei em um cinzeiro sobre uma mesinha próxima à janela. Fez-se silêncio, silêncio este que, a certa altura, acabou interrompido por ela.

"Meu pobre rapaz ressentido, deixe-me dizer uma coisa. O amor pode ser muito mais uma capacidade de amar dentro de si do que algo de fato amável no outro. Creio que Alison tenha uma capacidade rara, em se tratando de apego e devoção. Muito mais que eu mesma já tive. Penso que é algo de muito valor. Tudo que fiz foi persuadi-la da ideia de que ela não deve subestimar, como acredito ter feito ao longo de sua vida até agora, aquilo que ela tem a oferecer."

"Que gentil."

Ela suspirou. "O sarcasmo novamente."

"Bem, o que a senhora esperava? Lágrimas de remorso?"

"Sarcasmo é tão feio. E tão revelador."

Fez-se silêncio. Passado um tempo, ela prosseguiu.

"O senhor é mesmo um rapaz dos mais sortudos e mais cegos. Sortudo, porque nasceu com um certo charme para as mulheres, por mais que pareça determinado a não o revelar a mim. Cego, porque teve um pouco da pura essência feminina em suas mãos. O senhor não percebe que Alison possuía a maior das qualidades que nosso sexo tem a contribuir para a vida? Além de coisas como educação, classe, histórico, que de nada valem? E o senhor a deixou a escapar."

"Com a ajuda de suas encantadoras filhas."

"Minhas filhas não passavam de uma personificação de seu próprio egoísmo."

Uma raiva profunda, sombria, surgiu dentro de mim.

"Acontece que — por estupidez, lhe garanto — acabei me apaixonando por uma delas."

"Assim como um colecionador inescrupuloso se apaixona por um quadro que deseja. E fará de tudo para consegui-lo."

"Com a diferença de que não se tratava de um quadro. Mas sim de uma garota com tanta moralidade quanto uma prostituta decadente da Place Pigalle."

Ela deixou um breve silêncio se passar, uma elegante reprovação de sala de visitas, depois falou, em voz baixa: "Palavras fortes".

Parti para cima dela. "Começo a me perguntar o quanto a senhora sabe. Primeiro de tudo, sua filha não tão virginal..."

"Eu sei com exatidão o que ela fez." Ela se sentou, me encarando tranquilamente, agora com a coluna um pouco mais ereta. "E sei, com precisão, os motivos por trás do que ela fez. Mas se eu os revelasse ao senhor, acabaria lhe contando tudo."

"Devo chamar aqueles dois aqui? Devo contar ao seu filho o que a irmã dele faz — creio que seja esse o eufemismo — uma semana comigo, e na seguinte com um negro?"

Mais uma vez, ela deixou o silêncio se criar, como que para isolar o que eu acabara de dizer; da mesma forma que as pessoas deixam uma pergunta sem resposta para afrontar quem perguntou.

"O fato de ser um negro piora tanto as coisas assim?"

"Não as torna melhores."

"Trata-se de um homem muito inteligente e encantador. Dormem juntos há algum tempo já."

"E a senhora aprova?"

"Minha aprovação não é solicitada, nem necessária. Lily já é maior de idade."

Lancei um sorriso amargurado, então olhei para o lado de fora, para o jardim. "Agora entendo por que a senhora cultiva tantas flores." Ela mudou a posição da cabeça, sem entender. "Para mascarar o fedor do enxofre", eu disse.

Ela então se levantou, uma das mãos na cornija, me observando enquanto eu zanzava pela sala; permanecia calma e alerta, me controlando como se fosse uma pipa. Eu poderia mergulhar ou me debater; mas era ela quem detinha a corda.

"O senhor está pronto para ouvir sem me interromper?"

Olhei para ela e assenti, ainda que dando de ombros.

"Muito bem. Agora vamos deixar de lado essa conversa do que é sexualmente apropriado ou não." Sua voz se mostrava tranquila, como uma médica determinada a retirar a questão de gênero da sala de cirurgia. "Só porque moro em uma casa da época de Ana da Grã-Bretanha, não pense que vivo sob a sua moralidade, como a maior parte do resto de nosso país."

"Não me passou nada do tipo pela cabeça."

"O senhor vai me ouvir?" Me aproximei da janela, de costas para ela. Senti que agora eu a havia encurralado de alguma forma; só podia ser isso. "Como posso lhe explicar? Se Maurice estivesse aqui, ele lhe diria que o sexo é um prazer maior, mas que em nada difere de qualquer outro. Ele lhe diria que é apenas uma parte — e não a parte essencial — da relação que chamamos de amor. Ele lhe diria que essa tal parte essencial é a verdade, a confiança construída por duas pessoas entre suas mentes. Suas almas. Como queira. Que a verdadeira infidelidade é aquela que oculta a infidelidade sexual. Pois, se há uma coisa que nunca deve se colocar entre duas pessoas que ofereceram amor uma à outra, essa coisa é a mentira."

Olhei por cima da grama. Sabia que tudo que ela estava dizendo era ensaiado; talvez até mesmo tivesse decorado aquele discurso, um discurso essencial.

"A senhora ousa pregar para mim, senhora De Seitas?"

"O senhor ousa fingir que não precisa do sermão?"

"Veja..."

"Por favor, me escute." Caso sua voz tivesse um pingo de agressividade ou arrogância, eu não a teria escutado. Mas ela se apresentou com uma gentileza inesperada; quase como uma súplica. "Estou tentando lhe explicar o que somos. Maurice nos convenceu — há mais de vinte anos — de que deveríamos banir os tabus comuns de comportamento sexual de nossas vidas. Não por sermos mais imorais que as outras pessoas. Mas justamente por sermos mais morais. Tentamos aplicar isso às nossas vidas. Eu tentei fazer isso na forma como criei nossos filhos. E é meu dever fazê-lo entender que o sexo para nós, todos nós que ajudamos Maurice, não é algo relevante. Ou, ao menos, não representa o mesmo que representa nas vidas de outras pessoas. Temos coisas mais importantes a fazer."

Permaneci sem me virar e olhar na direção dela.

"Antes da guerra, por duas vezes, eu desempenhei papéis semelhantes ao de Lily com você. Havia atos que eu não estava preparada para cometer, mas ela sim. Eu tinha muitas inibições das quais me livrar. Também tinha um marido a quem amava, tanto no sexo quanto em outras questões mais importantes. Tendo em vista que fomos tão fundo em sua vida, devo confessar ao senhor que, mesmo quando meu marido estava vivo, por vezes me entreguei a Maurice, com conhecimento e consentimento total dele. E durante a guerra, ele, por sua vez, teve uma amante indiana, com conhecimento e consentimento total da minha parte. Dito isso, creio que nosso matrimônio era dos mais completos, dos mais felizes, pois colocávamos em prática duas regras essenciais. Nunca mentimos um para o outro. Quanto ao restante... não lhe direi até conhecê-lo melhor."

Olhei ao meu redor, então, com desprezo. Sua calma me deixava desconfortável; a loucura fervilhando por baixo de tudo. Ela se sentou mais uma vez.

"Claro, caso o senhor queira viver em um mundo de ideias e modos pré-concebidos, aquilo que nós fizemos, o que minha filha fez, é abjeto. Muito bem. Mas lembre-se de que há outra explicação possível. Ela pode muito bem estar sendo muito corajosa. Nem eu, nem minhas filhas, fingimos ser pessoas comuns. Não foram criadas para serem comuns. Dispomos de riqueza e inteligência, e nosso intuito é levar vidas plenas e inteligentes."

"Que sorte a de vocês."

"É claro. Que sorte a nossa. E aceitamos a responsabilidade que nossa boa sorte na loteria da existência coloca sobre nós."

"Responsabilidade!" Circulei em volta dela outra vez.

"Acha mesmo que o que fazemos é apenas pelo senhor? Acha mesmo que não estamos... planejando essa jornada?" Ela assumiu um tom de voz mais suave. "Tudo que fizemos foi por necessidade nossa." E não uma questão de autoindulgência, ela quis dizer.

"Toda a necessidade da obscenidade gratuita."

"Toda a necessidade de um experimento de alta complexidade."

"Prefiro que meus experimentos sejam mais simples."

"Os dias de experimentos simples chegaram ao fim."

Entre nós, fez-se silêncio. Eu permanecia repleto de melancolia; e ao mesmo tempo, de maneira obscura, me assustava pensar em Alison nas mãos dessa mulher, como quando alguém ouve notícias de que algum lugar amado no interior foi vendido para uma grande construtora. Além disso, me senti deixado para trás, abandonado mais uma vez. Eu não pertencia a este mundo de outro planeta.

"Conheço muitos jovens que invejariam o senhor."

"Não se eu lhes contar a história."

"Então eles lamentarão a estreiteza de sua mente."

Ela veio por trás de mim, colocou a mão sobre meu ombro e me fez virar.

"Eu lhe pareço uma mulher perversa? Minhas filhas lhe pareciam isso?"

"Ações. Não aparências." Minha voz saiu embrutecida; queria dar um tapa para que ela tirasse o braço, para que eu pudesse sair dali.

"O senhor tem certeza de que nossas ações foram perversas e nada mais?"

Olhei para baixo. Não quis responder. Ela retirou a mão, mas continuou perto, diante de mim.

"Poderia confiar em mim, mesmo que por um instante?" Eu não disse nada, mas ela prosseguiu. "O senhor sempre pode me telefonar. Caso queira ficar à espreita da casa, faça-o. Mas já alerto que não verá ninguém que deseja ver. Apenas Benjie e Gunhild, além de dois filhos do meio, quando chegarem da França na próxima semana. Somente uma pessoa lhe faz esperar neste momento."

"Ela mesma deveria me dizer isso."

Ela olhou pela janela e então para mim, de relance. "Gostaria muito de ajudá-lo."

"Eu quero Alison, não ajuda."

"Posso chamá-lo de Nicholas, agora?" Dei as costas para ela, em direção à mesa próxima ao sofá, e observei as fotos ali. "Muito bem. Não repetirei a pergunta."

"Eu poderia ir a um jornal e vender a história a eles. Poderia arruinar toda essa desgraça..."

"Assim como poderia ter lançado o chicote nas costas de minha filha."

Lancei o olhar a ela, em um movimento brusco.

"Era você? Na liteira?"

"Não."

"Alison?"

"Já lhe foi dito. Estava vazia." Ela olhou meus olhos, plenos de descrença. "Dou minha palavra. Não era Alison. Nem eu." Sorriu diante de meu olhar, ainda desconfiado. "Bem. Talvez houvesse alguém ali."

"Quem?"

"Alguém... bastante famoso no mundo. Alguém cujo rosto o senhor poderia ter reconhecido. Isso é tudo."

Os tentáculos de sua simpatia começaram a se embrenhar em meio à minha raiva. Com um olhar conciso, dei a volta e fui em direção à porta. Ela me seguiu, pegando uma folha de papel da mesa.

"Por favor, leve isto."

Vi ali uma lista de nomes; datas de nascimento; *Hughes para De Seitas, 22 de fevereiro de 1933;* o número de telefone.

"Isso não prova nada."

"Prova sim. Vá até a Casa de Somerset."

Dei de ombros e enfiei a lista em meu bolso de qualquer jeito; parti sem olhar para ela. Escancarei a porta da frente e desci os degraus. Mais uma vez, ela me seguiu, mas parou no início da escada. Fiquei de pé junto à porta do motorista de meu carro e a encarei com ar de ameaça.

"Prefiro encontrar Alison no inferno a voltar aqui."

Ela abriu a boca como se fosse responder, mas acabou por mudar de ideia. Em seu rosto, uma espécie de reprovação; e também paciência, como se tratasse de um filho temperamental. A primeira expressão me pareceu injustificada, já a segunda, enervante. Entrei no carro e dei a partida. Ao sair pelo portão, olhei de relance sua figura no retrovisor, na varanda toscana. Ela permaneceu ali, ridícula, como se lamentasse me ver partir.

John Fowles
O Mago

73

No entanto, mesmo naquele momento, eu sabia que estava fingindo estar com mais raiva do que realmente sentia; que, da mesma forma que ela tentava arrefecer minha hostilidade por meio da calma, eu tentava romper sua calma por meio da hostilidade. Não me arrependi nem um pouco pela minha falta de graciosidade, por rebater suas falas; e eu estava sendo ao menos parcialmente sincero, quando falei de Alison.

Pois esse era o mistério do momento: o fato de que não me era permitido encontrar Alison. Esperavam algo de mim, alguma performance digna de Orfeu que me garantiria acesso ao submundo em que ela estava escondida ou se escondendo. Eu estava em estágio probatório. Mas ninguém me deu qualquer indicação legítima do que eu deveria provar. Pelo jeito, eu havia encontrado a entrada para o Tártaro, porém isso não havia me levado para mais perto de Eurídice.

Assim como as coisas que Lily de Seitas me dissera não me levaram para mais perto do mistério permanente: que viagem, que planos?

Minha raiva me conduziu ao longo do dia seguinte; e no dia após esse, fui à Casa de Somerset e descobri que cada fato que Lily de Seitas mencionou para que eu verificasse era real; de alguma forma aquilo transformou minha raiva em depressão. Naquela mesma noite, telefonei para ela em Much Hadham. A garota norueguesa atendeu.

"Casa de Dinsford. Por favor, quem fala?" Fiquei calado. Alguém deve ter chamado, pois ouvi a garota dizer: "Ninguém responde".

Então surgiu outra voz.

"Alô. Alô."

Coloquei o telefone no gancho. Ela ainda estava lá. Mas nada me faria falar com ela.

Passei o dia seguinte, o terceiro após a visita, enchendo a cara e escrevendo uma carta amarga para Alison na Austrália. Eu havia decidido que era lá que ela estava. Na carta, tudo que eu tinha a dizer a ela; devo ter relido umas vinte vezes, como se assim pudesse transformá-la na verdade definitiva a respeito de minha inocência e sua cumplicidade.

Continuei postergando o envio, porém, e no final das contas, a carta passou a noite sobre a cornija.

Desenvolvi o hábito de descer e fazer o desjejum com Kemp na maior parte das manhãs, mas não estas últimas três, em que levava comigo uma expressão de má vontade contra toda a condição humana. Kemp não dispunha de tempo para cuidar da cozinha, mas fazia uma excelente xícara de café; era daquilo que eu precisava, desesperadamente, já na quarta manhã.

Quando me aproximei, ela deixou de lado a leitura do *Daily Worker* — que costumava ler "pela verdade" e um outro certo jornal "pela mentirada do caralho" — e ficou ali, sentada, fumando. Sua boca sem um cigarro era como um iate sem mastro; um desastre anunciado. Trocamos ali algumas frases. E então ela ficou em silêncio. Durante os minutos seguintes, tomei ciência de que passava por um prolongado escrutínio entre a fumaça que ela usava como um véu misericordioso diante de seu rosto matinal de Górgona. Fingi estar lendo, mas isso não a enganou.

"O que há com você, Nick?"

"Comigo?"

"Sem amigos. Sem garotas. Nada."

"Não a essa hora da manhã. Por favor."

Ela continuou sentada ali, atarracada e de cara amarrada, com um velho roupão vermelho, o cabelo despenteado, velha como o tempo.

"Não está procurando emprego. É isso que me dá nos nervos."

"Se você diz."

"Estou tentando te ajudar."

"Eu sei que está, Kemp."

Olhei para cima, para o seu rosto. Pálido, inchado, com os olhos sempre semicerrados contra a fumaça do tabaco; assemelhando-se a uma máscara de teatro Nô, o que, estranhamente, combinava com as ressonâncias *cockney* que vagavam por sua voz, bem como a antissentimentalidade que emanava. Mas então, no que para ela era um gesto de extraordinária afeição, ela se esticou sobre a mesa e deu um tapinha em minha mão. Ela era, e eu sabia disso, cinco anos mais nova que

Lily de Seitas; dito isso, parecia dez anos mais velha. Considerando todos os padrões de normalidade, ela tinha a boca suja; uma integrante descarada do regimento mais odiado de meu pai, um que ele colocava muito mais abaixo que os Malditos Socialistas e os Desgraçados Engomadinhos de Whitehall — a Brigada dos Cabeludos. Por um momento, tive uma visão dele, seus olhos azuis agressivos, o bigode grosso de coronel, na porta do apartamento; o divã desarrumado, o velho e fedorento aquecedor a óleo, a bagunça na mesa, as pinturas a óleo abstratas e vulgares com referências sexuais-fetais que cobriam as paredes; um punhado de peças de cerâmica, peças de roupa e jornais velhos. Mas naquele breve gesto dela, e o olhar que o acompanhou, soube que havia muito mais humanidade verdadeira do que aquilo que eu tinha vivido em minha própria casa. Ainda assim, aquela casa, aqueles anos, reinavam sobre mim; eu precisava reprimir minha reação natural. Nossos olhos se encontraram em meio a um espaço que eu não tinha como encurtar; sua oferta de uma maternidade temporária e imperfeita, minha fuga para o que eu deveria ser, o filho solitário. Ela retirou a mão.

"É muito complicado", disse a ela.

"Pois eu tenho o dia livre."

Seu rosto me vigiava através da fumaça azul, e de repente pareceu tão destituído de emoção e tão ameaçador como o de um interrogador. Eu gostava dela, eu gostava dela e mesmo assim sentia sua curiosidade se enredando em volta de mim. Eu era como uma espécie parasítica anormal que poderia se estabelecer somente em um tipo raro de situação, por meio de uma precária simbiose. Eles estavam errados durante o julgamento. Não era que eu tomava as garotas como presas; mas sim o fato de que meu único acesso a uma humanidade normal, à decência social, a qualquer abertura do coração, se dava pelas mulheres, essas sim me tomavam como presa. Era o fato de que eu era a verdadeira vítima.

Havia somente uma pessoa com quem eu queria falar. Até essa hora chegar, eu era incapaz de me mover, seguir adiante, planejar, progredir, me tornar um ser humano melhor, fazer qualquer coisa; e até lá, carregava comigo meu mistério, meu segredo, como um escudo; meu único companheiro.

"Outro dia, Kemp. Agora não."

Ela deu de ombros; lançou-me um olhar sibilino, de pedra, esperando pelo pior.

A velha que limpava as escadas uma vez a cada quinzena irrompeu aos gritos pela porta. Meu telefone estava tocando. Subi as escadas correndo, levantando o telefone do gancho no que parecia ser seu toque derradeiro. "Alô. Nicholas Urfe falando."

"Ah, bom dia, Urfe. Sou eu. Sandy Mitford."

"Você voltou!"

"O que sobrou de mim, meu velho. O que sobrou de mim." Ele pigarreou. "Recebi seu bilhete. Estava aqui pensando se você teria tempo para um almoço."

Um minuto depois, na hora e no local de sempre, eu estava mais uma vez lendo minha carta para Alison. O Malvólio ferido espreitava a cada linha. Passado outro minuto, não havia mais carta; mas como ocorrera com qualquer outro relacionamento em minha vida, uma escara de cinzas. A palavra é rara, porém exata.

☆

Mitford não tinha mudado nada. Na verdade, poderia jurar que ele estava usando as mesmas roupas, o mesmo blazer azul escuro, camisa de flanela cinza-escuro, a mesma gravata estampada. Os trajes pareciam um pouco mais esfarrapados, bem como quem os vestia; ele se apresentou muito menos animado do que eu me lembrava, mas depois de alguns gins, voltou um pouco daquela petulância guerrilheira de outrora. Ela havia passado o verão "levando turmas de americanos" pela Espanha; não, ele não recebeu carta alguma de Phraxos enviada por mim. Devem tê-la destruído. Tinha algo que eles não queriam que ele me contasse.

Em meio a sanduíches, conversamos sobre a escola. Não foi feita menção a Bourani. Ele insistiu que havia me alertado, e eu concordei, sim, ele havia me alertado. Esperei por uma chance para adentrar o único assunto que me interessava. Por fim, como eu já esperava, ele mesmo deu tal abertura.

"Chegou a ir à sala de espera?"

Eu soube na hora que a pergunta não era tão casual como ele a tentou fazer parecer; ele estava com medo e também curioso; no final, os dois tínhamos o mesmo motivo para nos encontrarmos.

"Santo Deus, eu queria lhe perguntar sobre isso mesmo. Lembra, quando nos despedimos..."

"Sim." Ele me deu um olhar de intensa cautela. "Você foi a uma baía chamada de Moutsa? Um lugar bem animado, na parte sul?"

"É claro. Conheci, sim."

"Notou a vila no cabo ao leste?"

"Sim. Sempre fechada. Pelo que me disseram."

"Ah. Interessante. Muito interessante." Olhou pelo salão, com ares de reminiscência; deixou-me pairando em suspense. Eu o observei levar o cigarro aos lábios, com um movimento furioso para cima; um cavalheiro apreciador do melhor tabaco da Virgínia; então vi a fumaça sair de suas narinas. "É isso, meu querido. Nada de mais."

"Mas por que tomar cuidado?"

"Ah, por nada. Nada mesmo."

"Então você pode me falar."

"Já falei."

"Falou!"

"A discussão com o colaboracionista. Lembra?"

"Sim."

"O mesmo homem que é dono da vila."

"Mas..." estalei os dedos, "espere aí. Como era o nome dele?"

"Conchis." Em seu rosto, um sorriso de quem está entretido, como se soubesse o que eu diria em seguida. Ele tocou no bigode; sempre arrumando aquele bigode.

"Mas achei que ele tinha feito algo de bom durante a resistência."

"Não aposte nisso. Na verdade, ele fez um acordo com os alemães. Organizou a execução de 80 nativos. Depois fez com que seus amigos chucrutes o colocassem junto a eles. Entende? Como se ele fosse muito corajoso e inocente."

"Mas ele não foi gravemente ferido ou algo do tipo?"

Ele soprou fumaça, um sinal de desprezo pela minha inocência. "Meu velho, não se sobrevive a uma execução alemã. Não, o cretino deu um golpe dos bons." Agiu como um traidor e ganhou o tratamento de herói, o desgraçado. Chegou até mesmo a forjar um relatório alemão falso sobre o ocorrido. Uma das mais caprichadas varridas para baixo do tapete da guerra."

Olhei-o com atenção. Uma nova e terrível suspeita me passou pela cabeça. Novos corredores no labirinto.

"Mas ninguém...?"

Mitford fez o gesto grego que indicava corrupção; polegar e indicador.

"Você ainda não me explicou que história é essa de sala de espera", falei.

"O nome que ele deu para a vila. Esperando pela morte ou algo do tipo. Tinha uma placa pregada em uma árvore, em francês." Traçou uma linha com seu dedo. *Salle d'attente.*

"O que aconteceu entre vocês?"

"Nada, meu velho. Nada mesmo"

"Ah, vamos lá." Sorri, ingênuo. "Agora eu conheço o lugar."

Lembrei-me de quando era um garotinho deitado em um galho de salgueiro sobre um riacho em Hampshire; observava meu pai tentando pegar trutas com a vara de pescar. Era algo que fazia com muito cuidado, lançar uma isca flutuante e repousá-la sobre a água com a suavidade do carpelo de um cardo. Eu podia ver a truta que ele estava tentando coagir a subir. Lembrei-me então do momento em que o peixe flutuou, vagarosamente, para cima e pairou por baixo da isca, um momento prolongado ao infinito, um momento daqueles de parar o coração; de súbito, o bater da cauda e a agilidade sobrenatural do ataque de meu pai; o barulho do carretel.

"Não é nada, meu velho. Mesmo."

"Pelo amor de Deus, o que é que há?"

"Tudo um absurdo." O peixe engoliu a isca. "Na verdade, eu estava caminhando certo dia. Em maio ou junho, não me lembro. De saco cheio da escola. Fui até Moutsa para nadar e, bem, desci ali pelas árvores, você conhece o lugar, e o que eu vi — não eram apenas garotas. Mas umas garotas ali no meio do nada. Fiz um breve reconhecimento do lugar. Então me dirigi o mais rápido que pude em sua direção, falei algo em grego, e veja só você, me responderam em inglês. Elas *eram* inglesas. Belíssimas criaturas. Gêmeas."

"Santo Deus. Deixe-me pegar outro gim para você."

Fiquei ali no balcão do bar esperando pelas bebidas e me olhei no espelho; dei a mim a mesmo a menor das piscadelas.

"*Sygeia*. Como você pode imaginar, me aproximei *muito* rápido. Consolidei minha posição. Descobri quem eram. Afilhadas do velho lá da vila. Nascidas em berço de ouro, formadas na Suíça, essas coisas todas. Disseram estar ali para passar o verão e que o velho gostaria muito de me conhecer, se eu não gostaria de subir para um chá. Aquilo bastou. E lá fomos nós. Conheci o velho. Tomamos chá."

Ele continuava com o mesmo hábito de esticar o pescoço, como se seu colarinho estivesse apertado demais; de forma a parecer um homem do mundo.

"Esse tal aí, falava inglês?"

"Perfeito. Circulou pela Europa ao longo de toda a sua vida, na mais alta classe e tudo mais. Bem, acabei por achar algo de estranho em uma das gêmeas. Não fazia meu tipo. Optei por mirar na outra e tomá-la como área de operações. Certo, o velho e a gêmea estranha sumiram depois do chá, e esta garota, June, esse era o nome dela, me levou para passear pela propriedade."

"Bom trabalho."

"Não chegamos às vias de fato naquele momento, mas eu senti que ela estava pronta e disposta. Sabe como são coisas naquela ilha. O cartucho cheio e sem ter onde atirar."

"De fato."

Ele flexionou o braço e passou a mão na parte de trás do cabelo. "Certo. Voltei caminhando para a escola. Um adeus caloroso. Um convite para jantar no próximo final de semana. A semana se passa, chego lá o mais apresentável possível. Levava comigo todo o equipamento necessário. Bebidas, as garotas estavam ótimas. Mas então..." Ele me deu um olhar cheio de emoção e suspense. "Bem, como calhou de ser, a outra garota, não June, começou a incomodar."

"Jesus."

"Eu já tinha entendido qual era a dela na semana anterior. Uma dessas malditas intelectuais. Fingia ser durona, mas algumas doses de gim a nocauteavam. Bem, as coisas ficaram feias durante o jantar. Foi uma vergonha. Essa Julie aí veio para cima de mim. Não dei muita bola logo de cara. Pensei que ela talvez estivesse um pouco bêbada, podia ser coisa da época do mês ou algo do tipo. Mas foi aí que ela começou a zombar de mim de um jeito muito idiota."

"Como?"

"Ah, você sabe, imitava a minha voz, o jeito como eu falo. Devo comentar que ela era muito boa nisso. Mas era ofensivo mesmo assim."

"Mas o que ela estava falando?"

"Ah, um monte de bobagem sobre pacifismo e a bomba. Você conhece o tipinho. E eu não engolia nada daquilo."

"Os outros participaram disso também?"

"Mal abriram a boca. Todos muito constrangidos. Enfim, de súbito, bam, essa tal Julie começou a gritar uma série de insultos horrorosos. Perdeu totalmente a cabeça, aí o mundo veio abaixo. Foi quando a tal June foi para cima dela. O velho batia as mãos como um corvo ferido. Aí Julie saiu correndo. Depois, sua irmã. Fiquei sentado ali com o velho. Ele começou a dizer que elas eram órfãs. Um papinho besta. Como se fosse um tipo de desculpas."

"E que insultos ela gritou?"

"Ah, meu velho, já não me lembro. A garota estava possessa." Ele vasculhou a memória. "Chegou a me chamar de nazista, a bem da verdade."

"Nazista!"

"Uma das coisas que discutimos foi a respeito da atuação política de Mosley."

"Mas você não é..."

"Claro que não, meu velho. Pelo amor de Deus." Ele riu, então lançou um olhar na minha direção. "Mas sejamos sinceros, nem tudo que Mosley diz é bobagem. Se quer minha opinião, este país *piorou* muito, sim." Ele esticou o pescoço. "Um pouco mais de disciplina. Orgulho nacional..."

"Talvez, mas Mosley?"

"Meu velho, não me entenda mal. Contra quem diabos você acha que eu estava lutando durante a guerra? É só que... bem, pegue a Espanha por exemplo. Veja o que Franco fez pela Espanha."

"Achei que tudo que ele tinha feito era construir um monte de masmorras em Barcelona."

"Já esteve na Espanha, meu velho?"

"Não, a bem da verdade, nunca estive."

"Olha, eu ficaria bem calado sobre o que Franco fez ou deixou de fazer até ir lá."

Contei até cinco, em silêncio.

"Desculpe. Deixe isso para lá. Continue, por favor."

"Acontece que li algumas das coisas de Mosley, e muito ali faz sentido." Ele articulou aquelas palavras com uma clareza seca. "Muito sentido mesmo."

"Acredito."

Após uma pavoneada metafórica, ele prosseguiu.

"Minha gêmea retornou, então o velho nos deixou a sós por alguns minutos e calhou que era mesmo uma beleza. Claro que me fiz de magoado e dei a entender que uma breve caminhada ao luar depois me ajudaria a voltar ao normal. Foi quando ela disse, bam — Caminhada? E que tal um mergulho? Acredite, meu velho, bastava ouvi-la falar em mergulho para entender que isso poderia levar a outras atividades bem interessantes. Meia-noite em ponto, no portão. Certo, vamos para cama às onze, eu fico ali esperando a chegada da meia-noite. Dou um jeito de sair da casa. Nenhum imprevisto. Chego ao portão. Cinco minutos depois, lá vem ela. E meu velho, deixe eu lhe falar, já passei por umas poucas e boas nessa vida, mas aquela garota era como uma bomba. Comecei a achar que a Operação Mergulho à Meia-Noite daria lugar a um exercício muito mais importante. Mas ela disse que queria relaxar um pouco."

"Fico feliz que você não tenha me contado nada disso antes de eu ir para lá. A decepção teria me matado."

Ele abriu um sorriso condescendente. "Fomos até a praia. Ela disse que não tinha roupa de banho e me perguntou se me importava em entrar na água primeiro. Foi quando pensei que, bem, talvez ela fosse tímida, talvez queira fazer o necessário. Ótimo. Operação despir-se. Ela some entre as árvores. O bonitão aqui fez exatamente o que lhe foi pedido, nado menos de cinquenta metros, espero por dois, três, quatro, ao final uns dez minutos, e começo a sentir um frio dos diabos. Nada da garota ainda."

"E suas roupas sumiram."

"Você entendeu tudo, meu velho. Estou lá, completamente nu. De pé naquela maldita praia, sibilando o nome da desgraçada." Eu ri, mas o sorriso dele era dos mais sem-graça. "Ou seja, uma grande piada. Recado entendido. Dá para imaginar o quanto fiquei nervoso àquela altura. Dei meia hora para que ela retornasse. Vasculhei o lugar. E nada. Marchei em direção à casa. Não fez muito bem para os meus pés. Quebrei um galho de pinheiro para cobrir as partes, caso precisasse."

"Fantástico."

Estava começando a ter dificuldades em não deixar um sorriso se espraiar pelo meu rosto; era claro que eu deveria compartilhar daquele sentimento de revolta.

"Passei pelo portão, subi pelo caminho em direção à casa. Dei a volta e cheguei na porta da frente. O que acha que eu vi lá?" Balancei a cabeça.

"Um homem enforcado."

"Você só pode estar brincando."

"Não, meu velho. Quem estava brincando eram eles. Tratava-se de um boneco, no final das contas. Daqueles que se usa em treinos com baioneta, sabe? Cheio de palha. Pendurado ali com uma corda ao redor do pescoço. E com as minhas roupas. A cabeça pintada para se assemelhar a Hitler."

"Santo Deus. E o que você fez?"

"O que eu poderia ter feito? Puxei aquela porcaria para baixo e peguei minhas roupas de volta."

"E então?"

"Nada. Haviam desaparecido. Caído fora."

"Se foram?"

"Um caíque. Pude ouvir em Moutsa. Achei que era um pescador. Deixaram minha bolsa. Nada foi roubado. Restava aquela porcaria de caminhada de seis quilômetros de volta à escola."

"Você deve ter ficado furioso."

"*Fiquei* meio fulo, sim."

"Mas não deixou que elas se safassem."

Ele sorriu para si mesmo.

"Certo. Coisa simples. Fiz um pequeno relatório. Primeiro sobre aquela coisa lá durante a guerra. Seguido de alguns fatos sobre onde residem as atuais simpatias políticas de nosso amigo Conchis. Enviei aos locais apropriados."

"Comunista?" Desde o fim da guerra civil em 1950, os comunistas haviam sofrido perseguição implacável na Grécia.

"Conhecia alguns em Creta. Apenas comentei que vi uns desses em Phraxos e os segui até a casa dele. É o suficiente, é tudo que querem. Um pouco de esforço já adianta muito. Agora você sabe o motivo pelo qual eu nunca tive tal prazer."

Toquei a haste de minha taça, pensando que, muito pelo contrário, este homem absurdo ao meu lado era muito possivelmente a razão pela qual eu tive "tal prazer". Em algum momento do ano passado, como "June" bem havia admitido, eles devem ter errado feio em algum cálculo e desistido: tamanha ausência de sagacidade de parte da raposa deve ter feito com que desistissem da caçada tão logo ela tinha começado. O que Conchis dissera a respeito de minha própria participação inicial ser uma questão de acaso? Ao menos lhes dei algum trabalho. Eu sorri para Mitford.

"Então você riu por último."

"Um hábito meu, meu velho. Combina com minha pele."

"Por que diabos fizeram tudo isso, para começo de conversa? Digo, tudo bem se não gostarem de você... mas poderiam ter lhe enxotado logo de cara."

"Toda aquela conversa sobre serem afilhadas do velho. Tudo conversa para boi dormir. Claro que não eram. Eram umas vagabundas de alto nível. A linguagem usada pela tal Julie entregou o ouro. O jeito como ela olhava para você... sugestivo." Ele me olhou de relance. "Era o tipo de golpe com o qual você se depararia no Mediterrâneo — ainda mais no Leste do Mediterrâneo. Já tinha visto acontecer antes."

"Quer dizer...?"

"Sendo bem franco, meu velho, o afortunado Conchis não dava conta do recado, mas ele ainda... digamos... obtinha algum prazer em ver alguém o fazer?"

Voltei a olhar para ele, sorrateiro, mais uma vez; sabia que estava perdido em meio ao interminável labirinto de ecos. Ele dava conta ou não?

"Mas eles não chegaram a sugerir nada?"
"Alguns indícios. Coisas que só percebi depois. Havia indícios."
Ele foi buscar mais dois gins.
"Você poderia ter me alertado."
"Eu alertei, meu velho."
"Não foi muito claro."
"Sabe o que Xan — Xan Fielding — costumava fazer com os novatos que chegavam quando estávamos em Lefka Ori? Arrumava logo, bam, um trabalho para fazer. Sem alertas, sem sermões. Só um 'Cuidado aí'. Certo?"

Eu não gostava de Mitford, porque ele era vulgar e rude, mas mais ainda porque ele era uma caricatura, uma extensão, de certas qualidades que eu via em mim; ele levava na pele, visível, o carcinoma que eu cultivava dentro de mim. Tive que voltar à velha paranoia, de que ele poderia ter sido "plantado" ali — um teste para mim, uma lição; mesmo assim, havia algo de impenetrável, a ponto da inefabilidade, no homem que eu não tinha como acreditar ser um ator tão exímio. Pensei em Lily de Seitas; como eu deveria parecer a ela o que Mitford parece para mim. Um bárbaro.

Saímos do Mandrake e fomos para a calçada.
"Estou de viagem marcada para a Grécia no mês que vem", ele disse.
"Ah."
"A firma vai começar a fazer passeios por lá no próximo verão."
"Deus do céu, não."
"Vai fazer bem para o lugar. Dar uma sacudida nas ideias."
Olhei para a rua lotada do Soho. "Espero que Zeus lhe atinja com um raio no momento em que pisar lá."
Ele levou como uma piada.
"É a era do homem comum, meu velho. A era do homem comum."
Ele estendeu a mão. Adoraria saber como torcê-la e mandá-lo voando, bam, por cima do meu ombro. A última imagem que tive dele foi de suas costas azul-escuras marchando de volta à Shaftesbury Avenue; o eterno vitorioso de uma guerra em que os perdedores levam a melhor.

Anos depois descobri que ele *estava* atuando, sim, aquele dia, mas não da forma como eu temia. Seu nome me chamou a atenção em um jornal. Ele havia sido preso em Torquay sob a acusação de passar cheques sem fundo. Vinha fazendo isso por toda a Inglaterra, sob a alcunha de Capitão Alexander Mitford, condecorado com a ordem de serviços distintos e com a cruz militar.

"De fato", disse o advogado de acusação, "o acusado foi para a Grécia, em meio às forças de ocupação, após o colapso alemão, mas não desempenhou papel algum na Resistência." Outro trecho, mais abaixo: "Algum tempo após a desmobilização, Mitford voltou à Grécia, onde conseguiu uma vaga como professor ao forjar suas referências. Em seguida, foi exonerado desse posto".

Naquela mesma tarde, mais adiante, telefonei para o número de Much Hadham. Levou um bom tempo até que alguém atendesse. Ouvi a voz de Lily de Seitas. Parecia esbaforida.

"Casa de Dinsford."

"Sou eu. Nicholas Urfe falando."

"Ah, alô." Ela respondeu, com uma indiferença radiante. "Desculpe. Eu estava no jardim."

"Gostaria de vê-la mais uma vez."

Fez-se uma breve pausa. "Não tenho novidades."

"Ainda assim, gostaria de vê-la."

Eu sabia que ela estava sorrindo no silêncio que se sucedeu.

"Quando?", ela perguntou.

John Fowles

O Mago

74

Passei a manhã seguinte inteira fora. Ao retornar, por volta das duas da tarde, notei que Kemp tinha passado um bilhete por baixo da minha porta: "Um americano veio atrás de você. Disse que é urgente. Retornará lá pelas quatro." Desci para encontrá-la. Ela estava espalhando, com o polegar, enormes minhocas de verde viridiano ao longo de explosões de esmalte Ripolin preto e ocre. Não gostava de ser interrompida quando estava "fazendo um quadro".

"Este homem."
"Disse que tinha que falar com você."
"Sobre o quê?"
"Sobre ir para a Grécia." Ela se afastou do quadro, atarracada, cigarro na boca, contemplando a bagunça que fizera. "Algo a ver com seu antigo emprego ou uma coisa assim."
"Mas como ele descobriu onde eu moro?"
"Não me pergunte."
Fiquei ali encarando aquele bilhete. "Que tipo de homem era?"
"Jesus amado, você não consegue esperar umas horas?"
Ela se virou. "Cabelo escovinha."
Ele chegou às cinco para as quatro, um homem alto de corpo esbelto e o cabelo aparado característico de um americano. Usava óculos, era um ou dois anos mais jovem que eu; rosto agradável, sorriso agradável, todo agradável; tão salutar e verde como um pé de alface. Em um movimento ágil, ele esticou a mão.
"John Briggs."
"Olá."
"Você é Nicholas Urfe? É assim que se pronuncia?" A senhora..."
Eu o fiz entrar. "O lugar não é grande coisa, receio."
"É ótimo", ele olhou em volta, em busca de uma palavra melhor. "Tem uma atmosfera." Fomos nos arrastando escada acima.

"Eu não esperava por um americano."

"Não, bem... acho que tem a ver com a situação do Chipre."

"Ah."

"Passei este último ano aqui na Universidade de Londres. Esse tempo todo tenho tentado descobrir como conseguir passar um ano na Grécia antes de voltar para casa. Você não faz ideia do quanto estou empolgado." Chegamos ao patamar da escada. Ele notou algumas das costureiras trabalhando através de uma porta aberta. Duas ou três delas assoviavam. Ele acenou para as moças. "Não é uma graça? Me lembra de Thomas Hood."

"Onde você ouviu falar a respeito do trabalho?"

"No suplemento educacional do *Times*." Mesmo ao falar das mais familiares instituições inglesas, ele dava uma entonação interrogativa, como se talvez eu não tivesse ouvido falar delas.

Chegamos em meu apartamento. Fechei a porta.

"Pensei que o Conselho Britânico tivesse abandonado o recrutamento."

"É mesmo? Creio que o comitê escolar decidiu que, já que o senhor Conchis estava por aqui, ele bem poderia realizar as entrevistas." Ele se dirigiu à sala de estar e observava a vista da velha e suja Charlotte Street. "Isso é demais. Sabe, eu *amo* esta cidade." Apontei para a menos sebenta das poltronas.

"E... o senhor Conchis lhe deu meu endereço?"

"Claro. Agiu mal?"

"Não, de forma alguma." Sentei-me à janela. "Ele chegou a falar qualquer coisa ao meu respeito?"

Ele ergueu a mão, como se eu precisasse me acalmar. "Bem, sim, ele — eu sei que, digo... ele me avisou o quanto podem ser perigosas estas intrigas escolares. Pelo que sei, você passou pelo infortúnio de...", e desistiu de tentar falar. "Ainda está magoado com aquilo?"

Resignado, respondi: "A Grécia é a Grécia".

"Aposto que estão esfregando as mãos de tanta ansiedade ao pensarem em um americano legítimo."

"Com certeza, estão." Ele balançou a cabeça, como se a ideia de que qualquer um poderia enfiar um americano legítimo em uma intriga escolar levantina forçasse demais a credibilidade. Perguntei a ele: "Quando você viu o senhor Conchis?".

"Quando ele esteve aqui, há três semanas. Teria entrado em contato antes, mas ele tinha perdido seu endereço. Acabou de me enviá-lo lá da Grécia. Esta manhã mesmo."

"Esta manhã mesmo?"

"Isso. Um telegrama." Ele sorriu. "Fui pego de surpresa também. Achei que ele tinha esquecido do assunto. Você... o conhece bem?"

"Ah... eu o encontrei algumas vezes. Nunca soube bem qual era sua posição no comitê escolar."

"Pelo que ele me falou, nada oficial. Apenas ajuda aqui e ali. Mas, meu Deus, o inglês dele é maravilhoso."

"É mesmo, não?"

Ficamos ali, um analisando o outro. Ele tinha um jeito meio despojado que parecia ter sido incutido por meio da educação, ao ler algum livro do tipo *Como ficar à vontade com estranhos*, não fruto de dom intuitivo. De cara, era possível dizer que nada de ruim aconteceu em sua vida; havia nele um certo frescor, um entusiasmo, uma energia que não teria como ser anulada por completo pela inveja.

Analisei a situação. A coincidência natural de seu aparecimento e meu telefonema para Much Hadham era tão improvável que era quase um argumento a favor de sua inocência. Por outro lado, a senhora De Seitas devia ter deduzido, com base em minha ligação, que eu mudara de ideia; e isso seria uma forma oportuna de testar o quanto essa mudança era genuína. Ter contado do telegrama o fez parecer verdadeiramente inocente; por mais que eu tivesse entendido que o "participante" havia de ser uma obra do acaso, talvez houvesse alguma razão, algum resultado desconhecido daquele verão, que fizera com que Conchis decidisse escolher sua próxima cobaia. Diante do inocente e diligente Briggs, senti um pouco daquilo que Mitford deve ter sentido em relação a mim: um divertimento malicioso, em meu caso, assombrado por um deleite europeu em ver passarem a perna num americano descarado; e, para além disso, um desejo mais generoso, que eu jamais admitiria a Conchis ou Lily de Seitas, de não estragar sua experiência.

Claro que eles deviam imaginar (caso Briggs fosse inocente) que eu poderia lhe contar tudo; mas também sabiam o custo que isso teria, caso eu o fizesse. Para eles, só poderia significar que eu não aceitava nada; e nada poderia me ser oferecido em troca. Me vi dividido diante dos riscos que eles assumiam: tentado a puni-los, forçado a admirá-los. Mas, por fim, e mais uma vez, flagrei-me de pé com o chicote na mão, incapaz do açoite.

Briggs retirou um bloco da maleta que havia trazido consigo. "Posso fazer algumas perguntas? Tenho uma lista bem grande aqui."

A coincidência, de novo. Ele estava fazendo o que eu mesmo havia feito, com exatidão, uns dias antes, na Casa de Dinsford. Seu rosto ansioso, livre de qualquer dolo, sorria para mim. Sorri de volta.

"Pode perguntar."

Tratava-se de um homem terrivelmente metódico. Metodologia de ensino, livros didáticos, roupas, clima, estrutura para prática de esportes, remédios a serem tomados, comida, o tamanho da biblioteca, o que ver na Grécia, descrições detalhadas dos outros professores — queria informações a respeito de cada aspecto da vida em Phraxos que se pudesse conceber. Por fim, tirou os olhos do papel e das notas que havia se esforçado tanto para tomar, e pegou a cerveja que eu lhe havia servido.

"Muito obrigado. Que maravilha. Isso dá conta de tudo."

"Exceto do próprio fato de morar lá."

Ele assentiu. "O senhor Conchis me alertou."

"Você fala grego?"

"Um pouco de latim, menos ainda de grego."

"Você vai aprender."

"Já estou fazendo aulas."

"E nada de mulheres."

Ele assentiu. "Dureza. Mas estou noivo, então tanto faz." Ele me entregou uma foto, retirada de sua carteira. Uma garota de cabelos pretos sorria, com bastante intensidade, para mim. Sua boca era pequena demais; detectei os primórdios fantasmagóricos da máscara da deusa-cadela, a Ambição.

Devolvi-lhe a foto. "Parece inglesa."

"E é. Galesa, na verdade. Está estudando artes cênicas aqui mesmo em Londres."

"Sério?"

"Pensei que ela poderia ir a Phraxos no outro verão. Se não tiverem me demitido até lá."

"Você chegou a... mencionar isso ao senhor Conchis?"

"Sim, e ele se mostrou bem simpático à ideia. Disse que ela poderia até mesmo ficar na casa dele."

"Me pego pensando em qual. Ele tem duas, sabia?"

"Acho que ele falou da casa na vila." Sorriu. "Na verdade, ele chegou a dizer que me faria pagar pelo quarto dela."

"É?"

"Ele quer ajuda com esse...", e fez um sinal como se eu soubesse do que ele estava falando.

"Esse?"

"Você não...", e logo percebeu, pela minha expressão, que, fosse o que fosse, eu não tinha participado. "Bem, talvez..."

"Ah, pelo amor de Deus, pode falar."

Ele hesitou e então sorriu. "É que ele queria manter segredo. Pensei que você poderia ter ouvido algo a respeito, mas se não o encontrou tanto assim... esta grande descoberta em sua propriedade?"

"Descoberta?"

"Conhece a casa? Fica em algum lugar do outro lado da ilha."

"Sei onde fica."

"Parece que parte de um penhasco ruiu neste verão e descobriram o que ele acredita ser a fundação de um palácio micênico."

"Ele não vai conseguir manter isso debaixo dos panos."

"Creio que não. Mas acha que conseguirá por algum tempo. Pelo jeito, ele cobriu o lugar com um pouco de terra. Na próxima primavera, vai começar a cavar. Mas, naturalmente, no momento, ele não quer ninguém bisbilhotando por ali."

"Claro."

"Espero não ficar muito entediado."

Pude ver Lily vestida como a deusa-serpente de Cnossos; como Electra; como Clitemnestra; doutora Vanessa Maxwell, a brilhante e jovem arqueóloga.

"Não parece que ficará."

Ele terminou a cerveja e consultou seu relógio.

"Meu Deus, preciso correr. Vou encontrar Amanda às seis." Ele apertou minha mão. "Você não faz ideia do quanto isso significou para mim. E acredite, vou lhe escrever para contar o que acontecer."

"Faça isso. Gostaria muito de saber."

Eu o acompanhei ao descer as escadas e fiquei observando sua cabeça, com corte à escovinha. Comecei então a entender o motivo de Conchis tê-lo escolhido. Caso tivesse pegado um milhão de jovens americanos com educação universitária e os destilasse a um único exemplar quintessencial, o resultado seria algo como Briggs. Eu não gostava nada ideia dos onipenetrantes americanos chegando a um núcleo europeu dos mais privados. Mas me lembrei de seu nome; muito mais inglês que o meu. E havia também Joe; o advogado de acusação, doutor Marcus.

Chegamos à entrada.

"Nenhuma última palavra de sabedoria?"

"Creio que não. Apenas meus mais sinceros votos de sucesso."

"Bem..."
Mais uma vez, apertamos a mão um do outro.
"Você vai ficar bem."
"Acha mesmo?"
"Claro que algumas das experiências vão lhe parecer esquisitas, ao seu modo."
"Ah, claro. Não pense que estou indo sem uma mente bem aberta. E preparado para tudo. Graças a você."

Fiquei um bom tempo sorrindo para ele; queria que lembrasse que se tratava de um sorriso que falava mais do que a ocasião pedia. Ele ergueu a mão e partiu. Após alguns passos, encarou o relógio e começou a correr; em meu coração, acendi uma vela para Leverrier.

John Fowles
O Mago

75

Ela estava dez minutos atrasada; uma leve aflição no rosto, como se pedisse desculpas, e logo se dirigiu até onde eu estava, perto do estande de cartões postais.

"Sinto muito, o táxi estava se arrastando."

Apertei sua mão estendida. Para uma mulher com meio século de idade, sua boa aparência impressionava; vestida com um charme que lhe caía sem esforço e fazia com que os visitantes entediados do Victoria and Albert ao nosso redor parecessem ainda mais sem-graça do que de fato eram; desafiadora, não usava nada na cabeça, com um paletó Chanel branco acinzentado que realçava seu bronzeado e os olhos claros.

"Que lugar exótico para se encontrar. Você se incomoda?"

"De forma alguma."

"Comprei um prato do século XVIII um dia desses. Eles são ótimos para avaliar esse tipo de coisa aqui. Não demorará nada."

Era evidente que ela conhecia bem o museu e seguiu na dianteira até os elevadores. Chegando lá, tivemos que esperar. Ela sorriu para mim; o sorriso da família; solicitava aquilo que eu suspeitava ainda não estar pronto a dar. Determinado a transitar com delicadeza entre a aprovação dela e minha própria dignidade, tinha uma série de coisas a dizer, mas sua chegada esbaforida, a sensação súbita de que ela estava me encaixando, de forma inconveniente, em um dia atarefado, fez com que todas essas coisas parecessem erradas.

"Encontrei John Briggs na terça-feira", falei.

"Que interessante. Não o conheci." Poderíamos estar falando a respeito do novo pároco. O elevador chegou, e entramos nele.

"Disse a ele tudo que sabia. Tudo a respeito de Bourani e o que esperar."

"Imaginamos que fosse fazer isso. Foi por esse motivo que o enviamos até você."

Ambos sorrimos, um tanto a contragosto; um silêncio desconfortável no ar.

"Posso ter feito isso."

"Sim." O elevador parou. Saímos em uma galeria de móveis. "Sim. Pode, sim."

"Talvez ele fosse apenas um teste."

"Um teste não se fazia necessário."

"Você soa bastante segura de si."

Ela me deu aquele mesmo olhar arregalado de quando me repassou uma cópia da carta de Nevinson. Ao final da galeria, nos vimos diante de uma porta: *Departamento de cerâmica*. Ela tocou a campainha ao lado.

"Acho que começamos com o pé esquerdo", falei.

Ela olhou para baixo.

"Bem, sim. Podemos tentar de novo em um instante? Caso não se importe em esperar?"

A porta se abriu e lhe foi permitido entrar. Foi tudo muito apressado, aos tropeções, ela não me deu chance alguma, embora o último olhar antes de a porta se fechar, de relance, parecesse um olhar de desculpas; quase como se temesse que eu fosse fugir.

Ela voltou dois minutos depois. "Deu sorte?"

"Sim, era o que eu esperava que fosse. Incline-se."

"Você não confia em sua intuição para tudo? Então..."

Me lançou um olhar interessado. "Se existisse um Departamento de Rapazes..."

"Comigo catalogado em uma prateleira?"

Ela sorriu de novo e deu uma olhadela no corredor atrás de mim. "Eu não gosto de museus, na verdade. Ainda mais aqueles de atitudes passadas." Ela se moveu. "Eles disseram que há um prato semelhante em exibição. Fica bem por aqui."

Seguimos por uma extensa e deserta galeria de porcelanas. Comecei a suspeitar que ela teria ensaiado essa cena, já que partiu direto para um dos mostruários. Retirou o prato de sua cesta e o ergueu, caminhando sem pressa até se aproximar de um conjunto de xícaras e jarras, quando um prato azul e branco quase idêntico apareceu. Parei ao seu lado.

"É este."

Ela comparou as duas peças, depois embrulhou a sua sem muito cuidado no papel de seda mais uma vez, e então, em total surpresa, me ofereceu.

"Para você."

"Mas..."

"Por favor." Ela contestou meu rosto quase ofendido. "Comprei isso com Alison." Em seguida, se corrigiu. "Ela estava comigo quando o comprei."

Com cuidado, ela empurrou o prato em minhas mãos. Sem saber o que fazer, desembrulhei-o, e encarei o chinês e sua esposa ali estampados em estilo *naïf*, os dois filhos entre eles, eternos fósseis de cerâmica, no centro. Por algum motivo, pensei em camponeses viajando na terceira classe, o movimento das ondas, o vento noturno.

"Acho que você deve se acostumar a manusear objetos frágeis. Bem como outros de valor muito maior que esse."

Permaneci encarando as figuras em tinta azul.

"Foi por isso que pedi para ver você."

Nossos olhos se encontraram; pela primeira vez, senti como se não estivesse apenas sendo avaliado.

"Podemos prosseguir com nosso chá?"

"Bem," ela disse, "gostaria de saber por que você pediu para me encontrar de fato."

Encontramos uma mesinha no canto e logo fomos servidos.

"Alison."

"Eu falei para você." Ela pegou o bule de chá. "Depende dela."

"E de você."

"Não. Não depende nada de mim."

"Ela está em Londres?"

"Prometi a ela não contar a você onde ela está."

"Veja bem, senhora De Seitas, eu creio que...", mas engoli em seco o que tinha a dizer. Observei-a servindo o chá; não me ajudando em nada para além disso. "O que diabos ela quer? O que devo fazer agora?"

"Está muito forte?" Balancei a cabeça, impaciente, em direção à xícara em sua mão estendida. Ela serviu um pouco de leite em sua própria xícara e me passou a jarra. No rosto, um breve sorriso. "Nunca aceito uma expressão de raiva apenas pelo que aparenta ser."

Queria me desvencilhar daquilo, como fiz com a sua mão na semana anterior; mas sabia que, por trás da condescendência implícita, existia uma afirmação válida sobre a diferença entre nossas experiências de vida. Havia algo de uma discreta postura materna naquilo, um lembrete de que, caso me rebelasse contra sua razão, seria rebelar-me contra minha própria imaturidade — se eu me voltasse contra sua civilidade, seria me voltar contra a minha falta da mesma. Olhei para baixo.

"Apenas não estou preparando para esperar muito mais."

"Então ela faz bem em se livrar de você."

Bebi um pouco do chá. Ela começou a passar mel na torrada, sem pressa alguma.

"Meu nome é Nicholas", eu disse. Suas mãos pausaram por um momento, depois ela continuou a espalhar o mel... talvez em mais de um sentido. "É esta a oferenda votiva correta?"

"Se feita com sinceridade."

"Tão sincera quanto sua oferta de ajuda no outro dia."

"Você foi até a Casa de Somerset?"

"Sim."

Ela colocou a faca na mesa e me encarou.

"Espere pelo tempo que Alison quiser fazê-lo esperar. Não creio que será muito. Mas não posso fazer nada para levá-la até você. Agora, trata-se de uma questão entre você e ela apenas. Espero que ela o perdoe. Mas não tenha certeza de que ela o fará, você ainda precisa reconquistá-la."

"Há reconquistas a serem feitas de ambos os lados."

"Talvez. Isso é algo que vocês dois têm a resolver." Ela observou o pedaço de torrada em sua mão por um instante, então abriu um sorriso. "O jogo de deus chegou ao fim."

"O quê?"

"O jogo de deus." Por um instante, houve um brilho vagamente travesso e sardônico em seus olhos. "Porque não há um Deus, e não se trata de um jogo."

Ela começou a mordiscar sua torrada, e meu olhar se voltou, para além dela, à banal e lotada sala de chá. O tilintar discreto dos talheres na porcelana, o murmúrio das vozes de classe média; sons tão ordinários quanto o gorjeio das andorinhas.

"É assim que você o chama?"

"É um apelido que usamos."

"Se me restasse um pouco que fosse de respeito próprio, eu me levantaria e iria embora."

"Conto com você para me ajudar a encontrar um táxi daqui um instante. Hoje é dia de fazer compras para as aulas de Benjie."

"Deméter em uma loja de departamentos?"

"Não? Acho que ela gostaria dessas aí. Até mesmo dos casacos de gabardine e calçados de ginástica."

"E de perguntas, ela gosta?"

"Depende das perguntas."

"Algum dia me dirão o que vocês acham que estão fazendo?"

"Já lhe foi dito."

"Mentiras em cima de mentiras."

"Talvez esta seja nossa forma de mostrar a verdade." De repente, como se soubesse que havia sorrido demais, ela voltou o olhar para baixo e logo comentou: "Maurice certa vez me disse — quando lhe fiz uma pergunta um tanto quanto parecida com a sua: 'Uma resposta é sempre um tipo de morte'.".

Pude notar algo mais em seu semblante naquele momento. Não se mostrava implacável; mas, de alguma forma, impermeável.

"Penso que perguntas são um tipo de vida." Ela ficou em silêncio, por mais que eu tivesse esperado por uma resposta. "Certo. Eu tratei Alison muito mal. Sou um cafajeste por natureza, um porco, como queira. Mas por que tamanha performance só para falar a um pobre coitado como é falida a sua moral?"

"Nunca parou para pensar por que a evolução resolveu se dividir em tantas formas e tamanhos diferentes? Isso não lhe parece uma performance desnecessária também?"

"Maurice me falou isso. Eu sei do que você está falando, num vago sentido metafísico, mas..."

"Gostaria de me certificar. Diga-me."

"De que deve existir algum propósito em nem tudo ser perfeito — nem tudo ser igual."

"E que propósito seria esse?"

Resignei-me. "Dar a trastes como eu liberdade para que se tornem um pouco menos imperfeitos?"

"E você tinha ideia disso antes deste verão?"

"Não precisava de ninguém para me dizer que estou longe da perfeição."

"E você fez algo em relação a isso?"

"Não muito, não."

"Por que não?"

"Porque...", respirei fundo e olhei fixamente para baixo. "Não estou defendendo o que eu era."

"E ainda não aceita o que se tornou?"

"O problema não é a lição, mas sim o seu método."

Ela hesitou, e mais uma vez eu estava sendo avaliado, porém o modo como ela falava se tornou muito menos peremptório.

"Sei que lhe disseram coisas terríveis no julgamento simulado, Nicholas. Mas você era o juiz. E, se essas coisas terríveis fossem tudo que houvesse a se dizer a seu respeito, você não teria dado o veredicto que deu. Todos ali sabiam disso. Incluindo minhas filhas."

"Por que ela me deixou fazer amor com ela?"

"A meu ver, era de sua vontade. Uma decisão dela."

"Isso não responde à minha pergunta."

"Penso então que foi para lhe ensinar que prazer físico e responsabilidade moral são duas coisas bem diferentes." Lembrei-me das últimas palavras de Lily naquela cama; decidi que manteria este segredo comigo mesmo. A noite havia sido mais complexa, ou menos certeira, do que uma lição planejada; ou ao menos teria sido uma lição que serviu para os dois lados. Sua mãe prosseguiu. "Nicholas, se alguém tenta reproduzir, ainda que em partes, algo dos propósitos misteriosos que governam a existência, este mesmo alguém também deve superar algumas das convenções inventadas pelo homem para manter tais propósitos sob controle. Isso não significa que, em nossas vidas comuns, pensemos que tais convenções devam ser deixadas de lado. Muito pelo contrário, pois são ficções necessárias. Mas, no jogo de deus, partimos da premissa de que, na realidade, tudo é ficção e, ainda assim, nenhuma única ficção se faz necessária." Ela sorriu. "E aqui estou eu, sendo levado a águas mais profundas do que deveria mergulhar."

Retribuí seu sorriso com outro, breve. "Mas não entendo o que começou tudo isso — em termos práticos, o motivo pelo qual vocês cismaram comigo."

"O princípio básico da vida é o acaso. Maurice diz que isso já nem é mais uma questão a ser discutida. Ao se aprofundar o bastante em física atômica, chega-se a uma situação de puro acaso. Claro que todos nós compartilhamos da ilusão de que não pode ser assim."

"Mas, para o ano que vem, vocês vão dar um jeito nas variáveis?"

"Dificilmente. Quem sabe como ele vai reagir?"

"O que teria acontecido se eu tivesse levado Alison à ilha? Isso foi sugerido em algum momento."

"Posso lhe garantir uma coisa: Maurice teria reconhecido de imediato que se tratava de uma pessoa cuja honestidade emocional não precisava ser testada."

Olhei para baixo. "Ela sabe a respeito de...?"

"Ela compreende o que somos. Já os detalhes... não."

"Ela concordou de cara?"

"Sei que, por fim, ela concordou ao menos com a farsa do suicídio, apenas pela certeza de que você logo descobriria que se tratava de uma farsa."

Deixei uma pausa no ar.

"Você disse a ela que quero vê-la?"

"Ela sabe o que penso sobre isso."

"Não mereço que pensem a meu respeito nem um segundo a mais."

"Apenas quando fala coisas como essas."

Tracei linhas com o garfo na toalha de mesa; estava determinado a parecer resoluto, nada convencido.

"O que aconteceu com você naquele primeiro ano?"

"O desejo de ajudar Maurice ao longo dos anos seguintes." Antes de continuar, ela permaneceu em silêncio por um instante. "Vou lhe dizer que tudo teve início em um final de semana, ou nem isso, uma longa noite de conversa que teve origem na culpa. Quando meu tio faleceu, Bill e eu logo nos vimos numa posição de riqueza comparável. Foi meio como aquilo que hoje chamam de experiência traumática. Estávamos discutindo sobre o assunto com Maurice. Certos... saltos foram dados. Certas distâncias foram encurtadas. Penso eu — e você? — que todas as novas descobertas ocorrem assim. De maneira muito abrupta, mas total. E dali em diante nos vemos obrigados a explorá-las aos seus limites."

"E quanto às suas vítimas?"

"Nicholas, nosso sucesso nunca é uma certeza. Você adentrou nosso segredo. Agora é como se fosse uma substância radioativa. Esperamos conseguir mantê-lo estabilizado. Mas não temos certeza de nada." Ela olhou para baixo, de relance. "Alguém... em sua posição... certa vez me disse que eu era como uma poça. Disse que queria atirar uma pedra em mim. Não sou tão calma quanto pareço nestas situações."

"Acho que você lida com tudo de maneira bastante inteligente."

"*Touchée.*" Ela fez uma reverência com a cabeça, e em seguida falou: "Viajarei na próxima semana — como faço todo outono em que fico livre das crianças. Não me esconderei, apenas farei o que faço todo mês de setembro".

"Você estará com... ele?"

"Sim."

Algo curiosamente semelhante a um pedido de desculpas pairava no ar; como se ela soubesse da pontada de uma estranha inveja que me acometia e eu não podia negar que era justificada; aquela plenitude, fosse como fosse, da relação e da experiência compartilhada da qual eu suspeitava, existia.

Ela olhou seu relógio. "Ah, meu caro. Sinto muito. mas Gunhild e Benjie me esperam em King's Cross. Todos aqueles bolos adoráveis..."

Intocados e repulsivos em seu esplendor policromado.

"Acho que se paga pelo prazer de não comê-los."

Ela sorriu em concordância, e em seguida indiquei à garçonete que queria a conta. Enquanto esperávamos, ela disse: "Uma coisa que gostaria de lhe dizer é que, nos últimos três anos, Maurice teve dois ataques cardíacos sérios. Então talvez nem haja... um próximo ano".

"Sim. Ele me contou."

"E você não acreditou nele?"

"Não."

"E em mim, você acredita?"

Dei-lhe uma resposta indireta. "Nada que você dissesse me faria acreditar que, caso ele morresse, não haveria um outro ano."

"Por que diz isso?", ela perguntou e tirou as luvas.

Eu sorria para ela, com seu próprio sorriso.

Ela quase falou, mas preferiu o silêncio. Lembrei então do termo que tive que usar ao falar de Lily: fora do papel. Os olhos de sua mãe, e os de Lily através deles; o labirinto; privilégios concedidos e privilégios rejeitados. Uma trégua.

Um minuto depois descíamos o corredor rumo à entrada. Dois homens vieram na nossa direção. Estavam prestes a nos passar quando o que estava à esquerda deixou escapar uma espécie de arquejo. Lily de Seitas parou; também tinha sido pega de surpresa. Ele usava um terno azul-escuro com gravata borboleta, uma juba de cabelos prematuramente grisalhos, tinha uma boca carnuda e volúvel em um rosto corado. Ela logo se virou.

"Nicholas — poderia me dar licença — e me conseguir aquele táxi?"

Ele tinha o rosto de um homem, um homem distinto, que de súbito se tornara um garoto novamente, derretido de maneira um tanto quanto cômica por este evidente encontro inesperado, até se tornar uma ingênua lembrança. Fiz uma conveniente demonstração de educação excessiva às outras pessoas que se dirigiam à sala de chá, o que me permitiu ficar um pouco mais para trás. Ele segurou as duas mãos dela, puxando-a para o lado, enquanto ela sorria, aquele estranho sorriso seu, como Ceres de volta à terra estéril. Eu tinha que seguir, mas, chegando ao final do corredor, me virei mais uma vez. O homem com quem ele estava havia se adiantado e esperava na porta da sala. Os dois ficaram ali. Pude ver os suaves vincos em torno de seus olhos; ela permanecia sorrindo, aceitando seu tributo.

Não havia táxi algum, e eu fiquei esperando no meio-fio. Eu me perguntava se era a tal "pessoa bastante famosa" na liteira, mas não o reconheci. Reconheci apenas sua fascinação. Seus olhos se fixavam somente nela, como se o que ele estivesse fazendo antes houvesse se esvaído diante da simples visão daquele rosto.

Ela veio depois de um minuto ou dois, com pressa.

"Posso lhe dar uma carona?"

Ela não daria nenhuma explicação, e algo em sua expressão hermética fez com que, mais uma vez, irritantemente, a curiosidade parecesse vulgar. Ela não era apenas educada, mas especialista em boas maneiras; as manejava como uma engenheira, de forma a me conduzir — aonde bem entendesse.

"Não, obrigado. Estou indo para Chelsea." Não estava, mas eu queria me livrar dela.

Eu a observei disfarçadamente por um momento, então falei: "Eu costumava pensar em uma certa história com a sua filha, e ainda mais com você". Ela sorriu, com uma pitada de incerteza. "É provável que não seja verdade, mas trata de Maria Antonieta e um açougueiro. O açougueiro levou uma turba ao palácio de Versalhes. Nas mãos, um cutelo, e ele bradava que ia cortar a garganta de Maria Antonieta. A turba matou os guardas e o açougueiro arrombou a porta dos aposentos reais. Correu para a alcova dela, por fim. Ela estava sozinha. De pé, perto de uma janela. Não havia mais ninguém ali. Apenas o açougueiro com seu cutelo na mão e a rainha."

"O que aconteceu?"

Vi o táxi indo na direção errada e sinalizei para que o motorista desse a volta.

"Ele caiu de joelhos no chão e se debulhou em lágrimas."

Ela ficou em silêncio por um momento.

"Pobre açougueiro."

"Creio que tenham sido essas as palavras exatas de Maria Antonieta."

Ela observou o táxi voltar.

"Todas as coisas dependem de por quem o açougueiro chorava, não?"

Desviei meu olhar do seu. "Não, creio que não."

O táxi encostou, abri a porta. Ela me observou por um instante, então desistiu, ou se lembrou de algo.

"Seu prato." Retirou-o da cesta e me entregou.

"Tentarei não quebrá-lo."

"Meus melhores votos o acompanham." Ela estendeu uma das mãos. "Mas Alison não é um presente. Há um preço a se pagar por ela."

"Ela já teve sua vingança."

Mesmo prestes a soltar a minha mão, ela optou por segurá-la. "Nicholas, eu nunca lhe falei do outro mandamento que eu e meu marido tínhamos um com o outro."

O olhar que acompanhou tal declaração não veio junto de um sorriso. Seus olhos fitaram os meus por um longo momento, depois ela entrou no táxi. Fiquei observando aquele táxi até que desaparecesse, para além do Oratório de Brompton; sem lágrimas, mas exatamente, imaginei, como aquele pobre diabo do açougueiro deve ter encarado o tapete de Aubusson.

John Fowles
O Mago

76

E assim, esperei.

Me pareciam sádicos estes últimos dias, com jeito de terra devastada. Era como se Conchis, com a conivência de Alison, seguisse agindo com base numa antiquada moralidade dietética vitoriana — não se podia comer mais geleia, a doçura dos acontecimentos, até que se comesse mais pão, o empanzinamento seco do tempo. Mas o momento de filosofar já havia acabado muito antes. As semanas que se sucederam constituíram-se de um longo embate entre minha crescente — não decrescente — impaciência e o estilo de vida que assumi para lidar com a mesma. Quase toda noite eu me forçava a passar pelo meio da Russell Square, suponho que como as esposas de marinheiros e suas margaridas amarelas fariam, mais por tédio do que esperança, assombrando o cais em dias de partida. Mas meu navio nunca deu as caras. Fui até Much Hadam umas duas ou três vezes, à noite, mas a escuridão da Casa de Dinsford era tão integral quanto a escuridão da Russell Square.

No restante do tempo, passei horas em cinemas, e horas lendo livros, bobagens em sua maior parte, porque tudo que eu exigia de um livro naquele momento era a capacidade de manter minha mente amortecida. Costumava dirigir pela noite em direção a lugares que eu não queria ir, como Oxford, Brighton, Bath. Esses longos passeios de carro me acalmavam, como se estivesse fazendo algo de construtivo ao acelerar noite adentro; ao passar queimando pneus por cidades desacordadas, sempre retornando pela madrugada, chegando exausto a Londres no alvorecer; e, em seguida, dormia até as quatro ou cinco da tarde.

• • •

Não era só meu tédio que exigia ser apaziguado; bem antes de meus encontros com Lily de Seitas, passei por outro problema.

Muitas de minhas horas despertas se passaram no Soho ou em Chelsea; não são regiões que um noivo casto deveria visitar, a não ser que busque testar sua castidade com fervor. Havia dragões o suficiente pela floresta, das velhas bruacas emperiquitadas nas portas da Greek Street, às "modelos" e as quase ninfetas de King's Road, igualmente disponíveis, só que bem mais atraentes. Por vezes eu acabava encontrando alguma garota que me atraía do ponto de vista sexual. Em um primeiro momento, eu reprimia a ideia; depois admitia aquilo, com franqueza. Se eu era resoluto em me afastar ou tirar meus olhos de situações promissoras, era por uma série de razões, razões muito mais egoístas do que nobres, em termos gerais. Queria mostrar a *eles* — caso dispusessem de olhos presentes a observar, e eu jamais poderia ter certeza de que eles não estavam ali — que seria capaz de viver sem ter casos; e de forma menos consciente, também queria provar isso a mim mesmo. Também queria poder encarar Alison manejando o conhecimento como uma arma, uma tira adicionada ao chicote — caso este tivesse de ser usado.

A verdade era que o novo sentimento que eu nutria por Alison nada tinha a ver com sexo. Talvez tivesse a ver com minha alienação em relação à Inglaterra e aos ingleses, ao meu não pertencimento a qualquer espécie, minha sensação de exílio, mas me parecia que eu poderia dormir com uma mulher diferente a cada noite e ainda assim continuaria desejando ver Alison com a mesma intensidade. Queria algo mais dela agora — e tratava-se de algo que somente ela poderia me dar. Essa era a diferença. Qualquer uma poderia me dar sexo. Mas somente ela poderia me dar... não poderia chamar de amor, porque via essa tal coisa como algo experimental, a depender, antes mesmo do início do experimento de fato, de fatores como o grau de seu arrependimento, a integralidade de sua confissão, o ponto até onde seria capaz de me convencer de que *ela* ainda me amava; que seu amor havia levado à sua traição. E assim fui sentindo pelo jogo de deus um pouco do misto de fascínio e repulsa que uma religião inteligente desperta; eu sabia que "devia haver algo" ali, mas tinha certeza de que eu não fazia o tipo religioso. Além do mais, a conclusão lógica desta distinção mais clara entre amor e sexo certamente não era um convite para adentrar um mundo de fidelidade. De certa forma, a senhora De Seitas vinha pregando ao convertido em tudo que falou sobre uma precisa abscisão cirúrgica entre o que se passava no baixo ventre e o que se passava no coração.

Mesmo assim, algo em meu âmago se revirava. Fui capaz de engolir a história dela, mas esta mesma história me caía no estômago de uma forma nauseante. Era uma história que desprezava algo mais profundo do que as convenções e ideias pré-estabelecidas. Desprezava um senso inato de que eu deveria encontrar tudo de que precisava em Alison e que, caso fracassasse nisso, algo além da moral ou da sensualidade estaria envolvido; algo que eu não teria como definir, mas que era tanto biológico quanto metafísico; algo que tem a ver com a imaginação e com a morte. Talvez Lily de Seitas ansiasse por uma moralidade sexual voltada ao século XXI; mas faltava algo, alguma salvaguarda essencial, e suspeito que a mim caberia o século XVII.

É fácil pensar nessas coisas; muito mais difícil seria vivê-las, no que ainda era o século XX. Nossos instintos emergem muito mais vulneráveis, nossas emoções e vontades alternam com rapidez, muito mais do que nunca. Um jovem vitoriano da minha idade não teria problema em esperar sua amada durante cinquenta meses, que dirá cinquenta dias; e não permitiria que nenhum pensamento que não fosse casto poluísse sua mente, muito menos que um ato do tipo maculasse seu corpo. Eu bem que poderia começar o dia com o humor de um jovem vitoriano, mas ao meio-dia, e com uma bela garota ao meu lado em uma livraria, seria capaz de me encontrar rogando ao Deus em que não acredito para que ela não virasse e sorrisse em minha direção.

Até que certa noite, em Bayswater, uma garota chegou a sorrir; não precisou se virar. Estávamos em uma cafeteria, e eu havia passado boa parte da minha refeição observando-a conversar com uma amiga; seus braços à mostra, seus seios promissores. Parecia italiana, com cabelos negros e grandes olhos escuros. Sua amiga se foi, e a garota se recostou e me sorriu, de forma muito direta, ainda que agradável, com seus olhos. Mas não se tratava de uma vagabunda. Apenas deixava claro que, caso eu quisesse abordá-la, a hora era aquela.

Levantei-me, desajeitado, e passei um embaraçoso minuto esperando na entrada para que a garçonete viesse e pegasse meu dinheiro. Minha partida desavergonhada tinha como inspiração, ao menos parcial, a paranoia. A garota e sua amiga chegaram logo depois de mim, e se sentaram em uma mesa de modo que eu não tinha como desviar o olhar delas. Um absurdo. Comecei a pensar que toda e qualquer garota que atravessasse meu caminho havia sido contratada para me atormentar e me testar; comecei a olhar pela janela antes de entrar em qualquer café ou restaurante, para ver se conseguiria um canto que me permitisse escapar de ver e ouvir tais criaturas pavorosas. Fui me comportando cada vez mais como um palhaço, e eu sentia cada vez mais raiva das circunstâncias em torno daquilo. E então veio Jojo.

Tudo aconteceu na última semana de setembro, uma quinzena após meu último encontro com Lily de Seitas. Morrendo de tédio comigo mesmo, saí um final de tarde para assistir a um filme antigo de René Clair. Sentei-me ao lado de uma figura meio acorcundada e assisti ao filme — o imortal *Um Chapéu de Palha da Itália*. Pelas fungadas roufenhas, deduzi que a figura beckettiana ao meu lado era do sexo feminino. Passada meia hora, ela me pediu fogo. O que vi foi um rosto rechonchudo, sem nada de maquiagem, cabelos castanhos trançados atrás e uma franja na frente, sobrancelhas grossas, unhas imundas que seguravam a ponta de um cigarro. Quando as luzes se acenderam, enquanto esperávamos pelo próximo filme, ela tentou, com um amadorismo digno de pena, me seduzir. Usava jeans, um suéter de gola polo cinza com aspecto sujo, um casacão masculino surrado; porém tinha consigo três elementos de charme assexuado — um sorriso de ponta a ponta, um forte sotaque escocês, e um ar de tamanho e solitário desleixo que me fez ver nela tanto uma semelhante quanto alguém digna de um Mayhew moderno. O sorriso, de algum jeito, não parecia lá muito real, mas sim como se alguém o controlasse com cordas. Ela ficou ali, entre sentada e desabada como um garoto gorducho, tentando sem muito sucesso arrancar de mim o que eu fazia, onde morava; e então, talvez por conta de seu sorriso que mais lembrava um sapo, talvez por conta de um lapso que tão obviamente não me colocaria em perigo, que tão obviamente não era teste algum, eu lhe perguntei se não queria tomar um café.

E assim fomos a uma cafeteria. Eu estava com fome e disse a ela que comeria um prato de espaguete. Em um primeiro instante, ela não quis nada, até que admitiu ter gastado o que lhe restava de dinheiro no cinema; depois disso, comeu como um lobo. Me senti preenchido por aquele tipo de afeição que se tem por animais imbecis.

Fomos então a um bar. Ela tinha vindo de Glasgow há dois meses, pelo jeito, com planos de estudar arte. Lá em Glasgow ela parecia fazer parte de uma área céltico-boêmia mais afastada; agora vivia em cafeterias e cinemas, "c'uma forcinha dos *amigo*". A arte fazia parte dela; a eterna mendiga provinciana.

Cada vez mais, eu tinha certeza de minha castidade em sua companhia, e talvez tenha sido por isso mesmo que passei a gostar tanto dela e tão rápido. Ela me divertia, tinha personalidade, com sua voz rouca e sua falta grotesca de uma feminilidade convencional. Ela também desfrutava de uma absoluta falta de pena de si mesma, e, sendo assim, de atração do sexo oposto. Eu a levei até onde morava, uma pensão em Notting Hill, e sua conclusão óbvia foi a de que eu esperava "dormir" com ela. Logo desfiz essa ilusão.

"Então nós não se vê mais."

"Poderíamos." Olhei para sua silhueta atarracada ao meu lado. "Quantos anos você tem?"

"Vinte e um."

"Mentira."

"Vinte."

"Dezoito?"

"Para com isso. Estou na casa dos vinte."

"Tenho uma proposição a fazer." Ela fungou. "Desculpe. Uma proposta. Veja bem, estou esperando por alguém... uma garota... voltar da Austrália. E o que eu gostaria mesmo de ter durante duas ou três semanas é companhia." O sorriso rasgou seu rosto de orelha a orelha. "Estou te oferecendo um emprego. Existem agências em Londres que fazem esse tipo de coisa. Fornecem acompanhantes e parceiras."

Ela continuava sorrindo: "Eu *quiria* mesmo que você subisse comigo".

"Não, eu falo mesmo disso que acabei de oferecer. Você está vagando, por ora. E eu estou na mesma situação. Vamos fazer isso juntos... e eu cuidarei das finanças. Nada de sexo. Apenas companhia."

Ela esfregou seus pulsos, sorriu de novo e deu de ombros, como se uma loucura adicional não fosse nada demais.

Foi então que subi com ela. Caso eles estivessem de olho em mim, seria a vez deles de agir. Pensei que poderia até mesmo ajudar a precipitar os acontecimentos.

Jojo era uma criatura inusitada, tranquila como a chuva — a chuva londrina, no caso, pois raramente era das mais limpas — e completamente destituída de qualquer ambição ou maldade. Ela se encaixava com perfeição no papel em que a coloquei. Nós nos arrastávamos pelos cinemas, nos arrastávamos pelos bares, nos arrastávamos pelas exposições. Por vezes, nos arrastávamos pelo meu apartamento o dia todo. Mas sempre, em algum momento da noite, eu a mandava se arrastando de volta para o seu cubículo. Frequentemente ficávamos horas sentados na mesma mesa lendo revistas e jornais, sem nunca trocar sequer uma palavra. Depois de sete dias, eu sentia como se a conhecesse há sete anos. Dava-lhe quatro libras por semana e me ofereci para lhe comprar algumas roupas, bem como pagar seu aluguel irrisório. Ela acabou por aceitar um suéter azul escuro da Marks and Spencers, mas nada além disso. Sua função era cumprida muito bem; afastava qualquer garota que olhasse em nossa direção e eu, de minha parte, cultivava uma espécie lunática de fidelidade transferida em relação a ela.

Sempre muito agradável, grata pelo menor dos ossos atirados em sua direção, como um vira-lata velho; paciente, tranquila, descontraída. Eu me recusava a falar sobre Alison, e é provável que Jojo tenha deixado de acreditar na existência dela; aceitado, ao seu modo de aceitar tudo, que eu "tinha uns parafusos a menos na cachola".

Então em certa noite de outubro, uma noite em que eu sabia que não conseguiria dormir, me ofereci para levá-la de carro a qualquer lugar que ela quisesse, desde que estivesse a uma noite de distância. Ela pensou por um instante e, sabe-se lá por que, disse Stonehenge. E assim fomos até Stonehenge e caminhamos entre os menires que ali se agigantavam às três da manhã, acompanhados por um vento gelado e o som dos abibes na vegetação banhada pelo luar acima de nossas cabeças. Mais tarde nos sentamos no carro e comemos chocolate. Podia ver apenas seu rosto; as marcas borradas de seus olhos e o sorriso inocente de cãozinho.

"Por que sorri, Jojo?"
"Porque estou feliz."
"Não está cansada?"
"Não."

Me inclinei para a frente e beijei a lateral de sua cabeça. Foi a primeira que a beijei, e logo após isso, dei partida no motor. Passado um tempo, ela adormeceu e se apoiou sobre meu ombro. Ao dormir, ela parecia muito jovem, por volta dos 15 ou 16 anos. Vez ou outra, eu podia sentir o cheiro de seu cabelo, que ela raramente lavava. Sentia por ela quase que o mesmo que sentia por Kemp: uma grande afeição e nenhum desejo.

Uma noite pouco depois daquela, fomos ao cinema. Kemp, que me considerava louco por estar dormindo com uma desocupada tão feia — nem tentei explicar a situação real — ficava feliz porque ao menos eu dava algum indício de normalidade, nos acompanhou e depois todos voltamos a sua "quitinete", onde ficamos enchendo a cara com chocolate quente e o resto de uma garrafa de rum. Por volta de uma da manhã,

Kemp nos expulsou; queria dormir, coisa que eu também gostaria. Segui com Jojo e fiquei diante da porta da frente. Era a primeira noite fria de verdade do outono, e para completar, chovia forte. Ficamos de pé na porta e olhamos para o lado de fora.

"Vou dormir lá em cima na sua poltrona, Nick."

"Não. Vai dar tudo certo. Espere aqui. Vou buscar o carro." Eu costumava estacioná-lo em uma rua lateral. Entrei nele, convenci o motor para que voltasse à vida, andei um pouco, mas não muito. O pneu dianteiro estava mais baixo que barriga de jacaré. Saí na chuva e olhei para os lados, xinguei, e então fui até o porta-malas pegar a bomba de ar. Não estava lá. Eu não a usava há uma semana ou mais, por isso não fazia ideia de quando ela sumiu. Bati o porta-malas com força e corri de volta à porta.

"Estou com o diabo de um pneu murcho."

"Bão."

"Obrigado."

"Não seja biruta. Eu durmo naquela sua cadeira véia."

Cogitei acordar Kemp, mas só de pensar em todas as obscenidades que ela lançaria pela quitinete ajudou a enterrar a ideia. Subimos as escadas, passando pelas salas de costura em silêncio, até o apartamento.

"Olha, você dorme na cama. Eu durmo aqui."

Ela limpou o nariz nas costas da mão e assentiu; foi até o banheiro e então marchou para dentro do quarto, deitou-se sobre a cama e se cobriu com aquele seu casacão velho e horroroso. Fiquei com raiva dela, em segredo, estava cansado, mas juntei duas cadeiras e me estiquei por ali. Cinco minutos se passaram. Daí ela surgiu na porta entre os cômodos.

"Nick?"

"Hum."

"Vem cá."

"Onde?"

"Você sabe."

"Não."

Ela ficou ali na porta por um instante, em silêncio. Ela gostava de calcular bem seus truques.

"Eu quero que você venha." Me dei conta de que nunca a tinha ouvido usar o verbo "querer" na primeira pessoa antes.

"Jojo, nós somos amigos. Não vamos para a cama."

"Mas é só dormir junto mesmo."

"Não."
"Só uma vez."
"Não."
Ela ficou de pé, parada na porta, rechonchuda, com seu jeans e colete azul, uma mancha escura de acusação silenciosa. A luz de fora distorcia as sombras em torno da sua silhueta, isolava seu rosto, de forma que ela se assemelhava a uma litografia de Munch. Ciúmes, ou então Inveja, ou ainda, Inocência.
"Estou com tanto frio."
"Entre debaixo das cobertas, então."
Ela esperou por mais um minuto e então eu a ouvi rastejar até chegar na cama. Cinco minutos se passaram. Senti meu pescoço travar.
"Estou na cama. Nick, você bem podia dormir por cima." Respirei fundo. "Está me ouvindo?"
"Sim."
Silêncio.
"Achei que já estivesse dormindo."
Caía uma chuva torrencial, que pingava nas sarjetas; o ar úmido londrino tomava o cômodo. Solidão. Inverno.
"Posso entrar um instantinho e acender o fogo?"
"Deus do céu."
"Não vou te atrapalhar."
"Obrigado."
Ela se arrastou para dentro e eu a ouvi riscar um fósforo. O gás acendeu com um leve estalido e começou a chiar. Um brilho rosado preencheu o espaço. Ela continuou muito quieta, mas depois de um tempo eu cedi e me sentei direito.
"Não olhe. Tô sem roupa."
E eu olhei. Ela estava de pé, próxima ao fogo, esticando uma camiseta masculina, larga. Percebi, com um breve e desagradável choque, que ela era quase bonita, ou pelo menos que era evidentemente uma mulher, à luz do gás. Virei as costas e busquei um cigarro.
"Olha, Jojo, não aceito isso. Eu *não* vou fazer sexo com você."
"Num achei que era uma boa ideia deitar na sua cama assim toda vestida."
"Esquente-se e volte logo para lá."
Fumei metade do cigarro.
"Tudo isso é porque ocê tem sido tão legal comigo." Me neguei a responder. "Só quero ser legal de volta."
"Se for esse o caso mesmo, não se preocupe. Você não me deve nada."

Dei uma olhada pelo cômodo. Ela estava sentada no chão, com suas costas roliças viradas para mim, abraçada aos próprios joelhos, encarando o fogo. Mais silêncio.

"Não é só isso", ela disse.

"Vá e se vista. Ou se deite na cama. Daí conversamos."

O gás seguia chiando. Acendi outro cigarro logo atrás do outro.

"Eu sei o motivo."

"Me conte."

"Você acha que eu peguei uma dessas doenças londrinas asquerosas."

"Jojo."

"Talvez tenha, você não precisa adoecer, pode levar os micróbios por aí."

"Pare."

"Só tô falando o que você tá pensando."

"Eu *nunca* pensei nada disso."

"Não culpo você. Não culpo mesmo."

"Jojo, cale a boca. Só cale a boca."

Silêncio.

"Você só quer manter seu lindo corpinho inglês limpo." Seus pés descalços seguiram pelo piso e a porta do quarto foi batida — e então escancarada mais uma vez. Passado um instante, eu pude ouvi-la chorar. Amaldiçoei minha própria estupidez; amaldiçoei a mim mesmo por não ter prestado atenção aos mais diversos sinais dados durante a noite — o cabelo limpo preso num rabo de cavalo, um ou dois olhares. Tive a visão pavorosa de uma batida severa à porta, de Alison estar ali. Também fiquei em choque. Jojo nunca usou palavrões e usou um tanto de eufemismos que se espera de uma garota cinquenta vezes mais respeitável que ela. Sua última frase rompia com isso.

Fiquei ali um minuto e então entrei no quarto. O fogo levava consigo uma luz cálida. Cobri até os ombros dela com o lençol.

"Jojo, sua boba."

Acariciei sua cabeça, segurando o lençol firme com a outra mão, caso ela saltasse sobre mim. Ela começou a fungar. Eu lhe ofereci um lenço.

"Posso te falar uma coisa?"

"Claro."

"Nunca fiz isso. Nunca me deitei com um homem."

"Jesus Cristo."

"Sou tão pura quanto no dia em que nasci."

"Graças a Deus por isso."

Ela virou para cima e me encarou.

"Você não me quer agora?"

Essa frase deu um jeito de macular as duas que a antecederam. Toquei de leve sua bochecha e sacudi a cabeça.

"Eu amo você, Nick."

"Jojo, você não me ama. Não pode me amar."

Ela começou a chorar mais uma vez, para minha exasperação.

"Olha, você planejou isso? O pneu murcho?" Lembrei que ela tinha sumido uma hora, supostamente para ir ao andar de cima, enquanto Kemp fazia o chocolate quente.

"Não me aguentei. Naquela noite que fomos ao Stonehenge. Eu num dormi nada na volta. Fiquei ali fingindo."

"Jojo, posso te contar uma longa história que não contei a ninguém antes? Posso?"

Limpei seus olhos delicadamente com o lenço e comecei a falar, sentado de costas para ela na beirada da cama. Contei tudo a respeito de Alison, sobre a forma como a havia deixado, e não me poupei em momento algum. Contei a ela sobre a Grécia. Contei a ela, se não os incidentes reais de minha relação com Lily, a verdade emocional por trás de tudo. Contei a ela sobre o Parnasso, sobre toda minha culpa. Eu a atualizei de tudo que havia acontecido até então, incluindo a própria Jojo e o motivo de ter cultivado essa relação com ela. Era o sacerdote mais estranho com quem poderia me confessar, mas não o pior. Pois ela me absolveu.

Se ao menos eu tivesse contado a ela logo no início, dessa forma ela não teria sido tão tola.

"Eu estava cego. Me desculpe."

"Não tive como me conter."

"Sinto muito. Sinto tanto."

"Arre. Eu sou só uma adolescente imbecil de Glasgow", ela me olhou com um ar solene. "Tenho só 17 anos, Nick. Era tudo lorota."

"Se eu lhe der o dinheiro da passagem, você...", mas ela já fazia que não com a cabeça.

Momentos de silêncio e, em meio a eles, pensei na única verdade que importava, a única moralidade que importava, o único pecado, o único crime. Quando Lily de Seitas me contou a sua versão ao final de nosso encontro no museu, havia encarado como algo retrospectivo, um comentário sobre meu passado e minha anedota a respeito do açougueiro. Mas agora eu via que se tratava de meu futuro.

A História suplantara os dez mandamentos da Bíblia; os mesmos que nunca tiveram significado real para mim, ao menos nada além de uma influência conformista. Mas, sentado naquele quarto, diante do brilho do fogo no umbral da porta em direção à sala, sabia que por fim eu começava a sentir a força deste ultramandamento, a soma de todos os outros; em algum lugar eu sabia que devia escolhê-lo, renová-lo todos os dias, por mais que fracassasse em segui-lo. Conchis havia falado sobre pontos fulcrais, momentos em que o indivíduo se deparava com seu futuro. Também sabia que tudo remetia a Alison, ao ato de escolher Alison e continuar a repetir essa escolha todos os dias. A vida adulta era como uma montanha, e eu estava no sopé deste penhasco de gelo, impossível e inescalável: *Não infligirás dor desnecessária.*

"Poderia me dar um cigarro, Nick?"

Fui lá e peguei um cigarro para ela, que ficou ali fumando; as bochechas coravam de forma intermitente enquanto me observava. Segurei sua mão.

"No que está pensando, Jojo?"

"Supondo que..."

"Ela não apareça?"

"Sim."

"Me caso com você."

"Lorota."

"Te dou um monte de bebês roliços com bochechas gordinhas e sorrisos como os de macacos."

"Arre, que cruel."

Ela me encarou; silêncio; escuridão; carinho frustrado. Lembro de ter ficado do mesmo jeito com Alison, no quarto da Baker Street, em outubro do ano anterior. E a memória me dizia, da maneira mais simples e reveladora, o quanto eu havia mudado.

"Alguém bem melhor do que eu fará isso um dia."

"Ela se parece comigo de algum jeito?"

"Sim."

"Ah é. Aposto que sim. Coitada."

"Porque vocês duas... não são como todas as outras pessoas."

"Só existe um de cada um de nós."

Saí e coloquei um xelim no medidor; daí fiquei na porta entre os dois cômodos. "Você bem poderia morar nos subúrbios, Jojo. Ou trabalhar em uma fábrica. Ou ir à escola pública. Ou jantar em uma embaixada."

Um trem guinchou ao norte, na direção de Euston. Ela se virou e apagou o cigarro.

"Eu queria ser bem bonita."

Então puxou os lençóis até o pescoço, como se tentasse esconder a própria feiura.

"Ser bonita é só algo que adicionam no final, como o papel que embrulha um presente. Não é o presente em si."

Um longo silêncio entre nós. Mentiras piedosas. Mas, no final, o que amortece a queda?

"Você vai me esquecer."

"Não, não vou. Lembrarei de você. Para sempre."

"Nem sempre. Talveiz de veiz em quando." Ela bocejou. "Eu vou lembrar de você." Disse então, minutos depois, como se o presente já não fosse mais exatamente real, e sim um sonho de infância: "Na véia e fedorenta Inglaterra".

John Fowles
O Mago

77

Eram seis da manhã, eu ainda nem tinha conseguido dormir, e mesmo depois disso, acordei por diversas vezes. Por fim, às onze, decidi encarar o dia. Fui até a porta do quarto. Jojo tinha ido embora. Dei uma olhada na cozinha, que também fazia as vezes de banheiro. Ali, rabiscado no espelho com um pouco de sabão estavam três X, um "Adeus" e seu nome. Ela acabara de se desvencilhar de minha vida, com a mesma casualidade com que entrara nela. Na mesa da cozinha, estava a bomba de ar do carro.

As máquinas de costura zumbiam, baixinho, no andar abaixo; ouvia ainda vozes de mulheres, o som de música antiquada vinda de um rádio. Eu era o homem solitário do andar de cima.

À espera. Sempre à espera.

Me inclinei sobre o velho escorredor de madeira, bebericando Nescafé e comendo uns biscoitos murchos. Como sempre, eu tinha me esquecido de comprar pão. Mirei a lateral de uma caixa de cereal vazia. Estampada nela, uma família "comum" e sua felicidade nauseante em torno de uma mesa de café da manhã; o pai jovial e bronzeado, a mãe com ares ainda de garota e atraente, um menininho e uma menininha; a terra dos sonhos. Dei uma cusparada metafórica. Deve haver um quê de legitimidade por trás de tudo aquilo, um desejo intenso por ordem, harmonia, por trás de toda a covardia cafona de querer ser como todos os outros, a necessidade egoísta de ter alguém cuidando de suas roupas sujas, além de alguém para garantir que seus botões sejam costurados, seus desejos sexuais sejam atendidos, que seu nome seja propagado e refeições decentes lhe sejam preparadas.

Passei mais uma xícara de café e amaldiçoei Alison, aquela vaca desgraçada. Por que eu deveria esperar por ela? Ainda mais em Londres, uma cidade com mais garotas dispostas por metro quadrado do que em qualquer outra na Europa, garotas mais bonitas, garotas incansáveis vinham a Londres aos borbotões para serem seduzidas, despidas, para acordarem certa manhã na cama de um desconhecido...

E aí tinha Jojo, a última pessoa no mundo que eu magoaria. É como se eu tivesse chutado um pobre coitado de um vira-lata bem nas costelas. Uma reação violenta se apossou de mim, advinda da repulsa de mim mesmo e do ressentimento. A minha vida inteira fui marcado por uma forte inclinação a agir na direção contrária do que me era sugerido. Agora eu estava mais mole; mais distante da liberdade do que jamais estive antes. Pensava, com um salto de empolgação, na vida sem Alison, em me lançar ao mundo novamente... sozinho, porém livre, e até mesmo com um quê de nobreza, já que minha sina era causar dor, não importava o que eu fizesse. Talvez devesse partir para a América, ou ainda, a América do Sul.

Liberdade era tomar alguma decisão abrupta e agir com base nela; como havia sido com Oxford, ao permitir que o instinto e a vontade me lançassem numa tangente, solitário, rumo a uma nova situação. Eu precisava do acaso. Precisava me libertar dessa sala de espera em que estava.

Caminhei pelos cômodos nada inspiradores. Lá estava o prato de *chinoiserie* de Bow sobre a cornija. De novo a família; ordem e envolvimento. Aprisionamento. Do lado de fora, a chuva; um céu cinzento agitado. Encarei a Charlotte Street e decidi sair do apartamento de Kemp, naquele mesmo dia, para provar a mim mesmo que eu era capaz de seguir, de lidar com aquilo, que estava livre.

Desci para falar com Kemp. Meu anúncio foi recebido com frieza. Fiquei me perguntando se ela sabia a respeito de Jojo, pois pude notar o brilho pétreo de um lampejo de desprezo em seus olhos ao ver que ela não dava a mínima para a minha desculpa — a de que havia decidido alugar uma casa no campo, a de que eu iria escrever.

"E você vai levar a Jojo?"

"Não. Estamos encerrando isso aí."

"*Você* está encerrando isso aí." Ela sabia sobre Jojo.

"Certo, *eu* estou encerrando."

"Cansou de viver como os pobres. Pensei que aconteceria."

"Pois pense de novo."

"Você pega uma coitada como aquela, sabe-se lá por que, e aí, quando tem certeza de que ela perdeu a porra da cabeça por sua causa, resolve agir como um cavalheiro: você a enxota."

"Olha..."

"Não brinque *comigo*, moleque." Ela permaneceu sentada ali, inexorável. "Vai lá. Volte correndo para casa."

"Eu não tenho uma maldita casa para voltar, pelo amor de Deus."

"Ah, tem sim. Chamam de burguesia."

"Me poupe."

"Já vi acontecer milhares de vezes. Vocês descobrem que nós somos seres humanos, aí acabam borrando as calças de tanto medo." Com insuportável indiferença, ela completou: "Não é culpa sua. Você é só uma vítima do processo dialético".

"E você é uma velha impossível de..."

"Bah!" Ela me deu as costas, como se não desse a mínima, de qualquer forma; como se a vida se assemelhasse a sua quitinete, cheia de fracassos, de bagunça e desordem, e sobreviver ali por si só demandasse toda sua energia. Uma Mãe Coragem amargurada, ela partiu para a mesa onde ficavam suas tintas e começou a mexer nas coisas.

Eu saí. Mal havia chegado ao começo dos degraus que levavam ao térreo quando ela veio e berrou em minha direção.

"Deixa eu te falar uma coisa, seu janotinha." Eu me virei. "Sabe o que vai acontecer com aquela pobre garota? Vai entrar no esquema da rua. E sabe quem vai ter colocado ela lá?" Seu dedo esticado marcava a ferro e fogo sua acusação em mim. "O Senhor São Nicholas Urfe. O próprio fidalgo." Aquela última palavra me pareceu a pior das obscenidades que já ouvi passar por seus lábios. Seus olhos me queimavam, até que ela voltou e bateu na porta da quitinete. Cá estava eu, entre a Cila de Lily de Seitas e a Caríbdis de Kemp; condenado a ser engolido.

Fiz as malas cego de raiva; perdido em uma discussão fantasiosa com Kemp, em que eu marcava todos os pontos, acabei por retirar o prato de porcelana de onde estava pendurado sem nenhum cuidado. Ele escorregou e bateu na ponta do aquecedor a gás; um instante depois lá estava eu, observando-o junto à fornalha, partido ao meio em dois pedaços.

Me ajoelhei. Estava tão perto de chorar que tive que morder meus lábios com uma força extrema. Ali, ajoelhado, segurava os dois pedaços. Nem ao menos tentei encaixá-los. Nem me mexi ao ouvir os passos de Kemp na escada. Ela chegou e lá estava eu, de joelhos. Não sei o que ela tinha vindo me dizer, mas quando viu meu rosto, ela não disse nada.

Levantei os dois pedaços um pouco para mostrar a ela o que tinha acontecido. Minha vida, meu passado, meu futuro. Nem todos os cavalos e homens do rei dariam jeito naquilo.

Ela ficou em silêncio por um bom tempo, absorvendo a situação, a mala pela metade, a bagunça dos livros e papéis na mesa; o janotinha, o açougueiro alquebrado, ajoelhado junto ao aquecedor.

"Jesus amado. Com essa idade", ela disse.

Então decidi ficar com Kemp.

John Fowles
O Mago

78

A menor das esperanças, um mero continuar a existir, é o suficiente para o futuro do anti-herói; deixe-o, diz nossa era, deixe-o no pé em que a humanidade está em sua história, em uma encruzilhada, em um dilema, com tudo a perder e apenas mais do mesmo a ganhar; deixe-o sobreviver, mas não lhe dê nenhuma orientação, nenhuma recompensa; pois nós também estamos esperando, em nossos quartos solitários onde o telefone nunca toca, esperando por essa garota, essa verdade, esse cristal de humanidade, essa realidade perdida através da imaginação, retornar; e dizer que ela retornará é uma mentira.

Só que o labirinto não possui centro. Um final não passa de um ponto em uma sequência, mais um movimento de corte das tesouras. Benedito beijou Beatriz no final das contas; mas dez anos depois? E quanto a Elsinore, na primavera seguinte?

Apenas mais dez dias. Mas o que aconteceria nos anos seguintes seria o silêncio; outro mistério.

Mais dez dias nos quais o telefone nunca tocou.

Em vez disso, no último dia de outubro, Véspera de Todos os Santos, Kemp me levou em uma caminhada no sábado à tarde. Eu devia ter suspeitado de tal procedimento nada característico; mas calhou que fez um dia belíssimo, com um céu primaveril de outro mundo, azulado como a pétala de um delfim, as árvores entre o castanho-avermelhado, âmbar e amarelo, o ar imóvel como em um sonho.

Além do que, Kemp havia assumido um papel maternal em relação a mim. Foi um processo que precisou de tantas palavras chulas e uma certa rudeza compensatória a qual nossa relação foi promovida, ao menos por fora, ao completo oposto do que de fato era. Ainda assim, aquilo se estragaria caso resolvêssemos colocar um nome, se parássemos de fingir que não existia; e, de uma forma muito estranha, todo esse fingimento parecia ser parte integral de tal afeição. Não declarar que gostávamos um do outro mostrava um tipo de delicadeza mútua que provava que nos gostávamos. Talvez tenha sido Kemp quem tenha me feito sentir mais feliz no decorrer daqueles dez dias; talvez tenha sido o rescaldo depois do ocorrido com Jojo, o menos angelical entre os anjos, enviado pelo acaso de um mundo melhor para dentro do meu; talvez fosse ainda apenas a sensação de que eu poderia esperar mais do que havia imaginado até então. O que quer que fosse, algo dentro de mim tinha mudado. Eu ainda era o alvo de tudo aquilo, mas agora em outro sentido; as verdades de Conchis, especialmente a verdade que havia tornado corpórea através de Lily, amadureciam em mim. Aos poucos, eu aprendia a sorrir, no sentido único com que Conchis empregava a palavra. Um indivíduo pode aceitar e ainda assim não perdoar; e este mesmo indivíduo pode decidir, e ainda assim não levar a cabo tal decisão.

Caminhamos em direção ao norte, pela Euston Road e ao longo do Outer Circle, Regent's Park adentro. Kemp trajava calças pretas e um cardigã velho e imundo, com um Woodbine com filtro apagado, este último como uma espécie de alerta ao ar fresco que entrava em seus pulmões, temporariamente, e contra à sua vontade. O parque era repleto de distâncias verdejantes, de incontáveis grupos de pessoas espalhadas, casais, famílias, gente solitária com seus cães, as cores suavizadas pela névoa imperceptível do outono, em uma simplicidade e amenidade, ao seu próprio modo, de uma praia de Boudin.

Caminhamos, observamos os patos com ternura, e os jogadores de hóquei com desprezo.

"Nick, meu garoto", disse Kemp, "preciso de uma xícara da maldita bebida nacional."

Aquilo deveria ter me servido de alerta também; os espíritos familiares que a acompanhavam todos tomavam café.

Sendo assim, fomos ao pavilhão do chá, pegamos uma fila, e conseguimos meia mesa. Kemp me deixou ali para ir ao banheiro. Tirei um livro que levava comigo no bolso. O casal do outro lado da mesa se afastou. Todo aquele barulho, bagunça, comida barata, a fila até o caixa. Presumi que Kemp também encarava uma fila. Enquanto isso, me perdi no livro.

No assento, na direção oposta, em minha diagonal.

Tão quieta, tão trivial.

Ela olhava para baixo, para a mesa, e não para mim. Me lancei de um lado para o outro, em busca de Kemp. Mas sabia que Kemp já estava voltando para casa.

Ela não disse nada. Esperou.

Todo aquele tempo esperando por um retorno espetacular, uma ligação misteriosa, uma descida metafórica, ou até mesmo literal rumo a um Tártaro moderno. E assim, enquanto eu a encarava, incapaz de dizer nada, em sua recusa para retornar meu olhar, entendi que esse seria o único retorno possível; sua chegada em meio à mais banal das cenas, nesta Londres tão banal, uma realidade tão sem graça quanto um chuchu. Como ela foi escolhida para interpretar a Realidade, chegou ao seu modo, ainda que elevada de alguma maneira, estranha, envolta em uma aura de outro mundo; a partir da multidão atrás dela, mas não como parte deles.

Usava um casaco de tweed de estampa delicada, um outono salpicado de inverno; um lenço verde escuro, amarrado como o de uma camponesa, na cabeça. Sentada com as mãos recatadas sobre seu colo, como se tivesse cumprido seu dever: ela estava aqui. Toda e qualquer ação dali em diante partiria de mim. Porém, havia chegado o momento em que eu não conseguia fazer, dizer ou pensar nada. Eu tinha imaginado maneiras até demais de como seria nosso reencontro, e nenhuma delas como esta. No final das contas, acabei lançando o olhar para baixo, para o meu livro, como se não quisesse mais nada com ela — apenas olhar com raiva para além dela, em direção a uma família curiosa ao ponto da imbecilidade, que pareciam farejar algo na passarela. Ela me deu um último olhar, rápido e penetrante; durou apenas a fração de um momento, mas que foi suficiente para ver a cara que eu havia feito para as figuras opostas.

Sem qualquer aviso, ela se levantou e foi embora. Assisti enquanto ela passava pelas mesas: sua pequenez, aquela pequenez e magreza levemente emburradas que eram parte natural de sua sexualidade. Vi o olhar de outro homem acompanhá-la ao passar pela porta.

Deixei que alguns segundos abismados em frangalhos se passassem. Foi aí que decidi ir atrás dela, empurrando com grosseria quem estivesse pelo caminho. Ela caminhava devagar pela grama, em direção ao leste. Cheguei ao seu lado, e ela deu o mais breve dos olhares para minhas canelas. Continuamos sem falar nada. Me senti tão pego de surpresa — algo evidente mesmo em nossas roupas. Eu tinha perdido qualquer interesse no que vestia, em minha aparência... havia tomado para mim a coloração críptica dos mundos de Kemp e Jojo. Agora me sentia como um bárbaro ao seu lado, e me ressentia por isso; ela não tinha direito algum de ressurgir como uma jovem esposa de classe média que se preocupava com suas roupas e era dona de si. Era quase como se quisesse ostentar a inversão entre nossos papéis e nossas sortes. Olhei para os lados. Tinha tanta gente ali, gente o suficiente para dificultar a distinção. E Regent's Park. Aquele outro encontro, do jovem desertor e sua amada; o perfume do lilás, e uma escuridão sem fim.

"Onde eles estão?"

Ela deu de ombros. "Estou sozinha."

"Ao diabo que está."

Demos mais alguns passos em silêncio. Com a cabeça, ela indicou um banco vazio, ao lado de um caminho ladeado por árvores. Sua presença me era estranha, como se tivesse mesmo vindo do Tártaro; tão fria, tão calma.

Acompanhei-a até o banco. Ela se sentou em um ponto e eu me sentei no meio, virado para ela, encarando-a. Me enfurecia o fato de que ela não me olhava, não dera qualquer sinal de arrependimento; não dizia nada.

Até que falei: "Estou esperando. Como estive esperando nestes últimos três meses e meio".

Ela tirou o lenço e balançou os cabelos de modo a soltá-los; haviam crescido de novo, como da primeira vez em que a encontrei, e, além disso, tinha um bronzeado cálido. Logo ao primeiro olhar, percebi, e aquilo parecia piorar minha irritação, que a imagem que eu tinha idealizada pela memória, de uma Lily sempre em sua melhor forma, havia distorcido Alison até que ela se tornasse o que era apenas em seus piores momentos. Por baixo do casaco, ela vestia uma camisa marrom clara. Era um ótimo casaco; Conchis deve ter lhe dado algum dinheiro. Era uma mulher bonita e desejável; mesmo sem... lembrei-me do Parnasso, e seus outros eus. Ela encarou a ponta de seus sapatos sem salto.

Já eu olhei para a grama. "Quero deixar algo claro desde o início." Ela não disse nada. "Eu a perdoo pelo terrível truque sujo que você me pregou neste verão. Eu a perdoo por qualquer senso mesquinho de vingança feminina que a levou a me fazer esperar por todo esse tempo."

Ela deu de ombros. Seguiu-se um silêncio, até que ela disse "Mas?"

"Mas eu quero saber o que diabos aconteceu naquele dia em Atenas. E o que diabos tem acontecido desde então. E o que diabos está acontecendo agora."

"E então?"
"Veremos."
Então ela tirou um cigarro da bolsa e o acendeu; sem nenhum sinal de simpatia, me ofereceu o maço. "Não, obrigado", respondi.

Ficou ali com o olhar distante, na direção da muralha de casas aristocráticas que compunham Cumberland Terrace com vista para o parque. Estuco na cor creme, uma fileira de estátuas brancas ao longo dos beirais, os tons de azul abafado do céu.

Um *poodle* veio correndo até nós. Enxotei-o com o pé, mas ela decidiu lhe dar um tapinha carinhoso na cabeça. Uma mulher gritou "Tina! Querida! Venha cá". Nos velhos tempos, teríamos trocado caretas de puro nojo. E então ela voltou a olhar para as casas. Conferi brevemente os arredores. Outros assentos estavam disponíveis a alguns poucos metros. Mais cuidadores e observadores. De súbito, o parque lotado parecia um palco; toda a paisagem, uma paisagem repleta de mascarados, espiões. Acendi um de meus próprios cigarros; quis que ela me olhasse, mas ela não olhou.

"Alison."

Me lançou então um olhar breve, que logo se voltou para baixo. Sentada, segurando seu cigarro. Como se nada fosse capaz de fazê-la falar. Uma folha de plátano se soltou, caiu em sua saia. Ela se inclinou e a recolheu, passando seus dentes amarelos contra o tweed. Um indiano se aproximou e se sentou no outro canto do banco. Trajava um casacão preto desgastado, um lenço branco; seu rosto, fino. Parecia apequenado e infeliz; tímido e alheio; um garçom, talvez, o escravo de algum restaurante barato especializado em curry. Me aproximei um pouco mais dela, abaixando meu tom de voz, forçando-o para que soasse tão frio quanto o dela.

"E quanto a Kemp?"
"Nicko, por favor não me interrogue. Por favor."

Meu nome; uma pequena mudança, embora ela continuasse empedernida e silenciosa.

"Eles estão nos observando? Estão aqui em algum lugar?"

Um suspiro de impaciência.

"Estão?"

"Não", ela respondeu, mas logo se corrigiu. "Não sei."

"Ou seja, você sabe."

Continuava sem olhar para mim. Ela se expressava com uma voz miúda, quase que entediada.

"Não tem nada a ver com eles agora."

Houve uma longa pausa.

Eu lhe disse, então: "Você não pode mentir para mim. Não estando cara a cara".

Ela tocou os cabelos; seus cabelos, seu pulso, ela tinha esse jeito de levantar o rosto de leve ao fazer tal gesto. Uma breve visão de um de seus lóbulos. Senti um toque de indignação, como se estivesse sendo impedido de adentrar uma propriedade minha.

"Você é a única pessoa que senti que jamais poderia mentir para mim. Pode imaginar como foi aquele verão? Quando recebi aquela carta, aquelas flores."

"Se é para começarmos a falar do passado...", respondeu.

Todos esses meus prelúdios eram irrelevantes de alguma forma; ela estava com outras coisas na cabeça. Meus dedos tocaram algo arredondado, liso e seco em meu bolso: uma castanha, um talismã. Jojo havia me entregado aquilo, embrulhado em papel de caramelo, uma piada nada óbvia, certa noite no cinema. Pensei em Jojo, em algum a lugar a um ou dois quilômetros de distância dali, através dos prédios e do trânsito, sentada com algum novo alvo, adentrando aos poucos sua feminilidade; pensei em segurar sua mão gorducha na escuridão. De repente me vi lutando para não pegar a mão de Alison.

Falei seu nome mais uma vez.

Tendo chegado a uma decisão, determinada a permanecer intocada, ela lançou a folha amarela para longe. "Voltei a Londres para vender o apartamento. Retornarei para a Austrália."

"Uma jornada longa para um assunto tão trivial."

"E para ver você."

"Desse jeito?"

"Para ver se eu...", mas ela mesma interrompeu sua fala.

"Se você?"

"Eu não queria ter vindo."

"Então por que está aqui?" Ela deu de ombros. "Se é contra sua vontade?"

A pergunta permaneceu sem resposta. Ela se mostrava misteriosa, quase uma nova mulher; era necessário voltar muitas casas e começar tudo de novo; e *reconhecer o lugar como da primeira vez que o vimos*. Como se aquilo que antes corria livre nela, acessível como um saleiro à mesa, agora se encontrasse em um frasco sacrossanto. Mas eu conhecia Alison. E sabia que ela assumia as cores e o caráter daqueles que amava ou gostava, sem importar o quanto ela permanecia independente por baixo de tudo aquilo. Sabia bem de onde vinha aquela suave impermeabilidade. Eu estava sentado junto à sacerdotisa do templo de Deméter.

Tentei ser o mais direto possível. "Onde você esteve desde Atenas?"

"Atenas? Em casa?"

"Talvez."

Respirei fundo. "Você ao menos pensou em mim?"

"Algumas vezes."

"Há alguma outra pessoa?"

Ela hesitou, e então disse: "Não".

"Não me parece muito certa disso."

"Sempre há outra pessoa... se estiver à procura."

"E você está à procura?"

"Não há ninguém", disse.

"E eu estou incluso nesse 'ninguém'?"

"Você está incluso desde... aquele dia."

O perfil taciturno, o olhar distante e perverso. Ela estava ciente de minha expressão, e seus olhos acompanharam alguém que passava por ali, como se fosse mais interessante do que eu.

"O que eu devo fazer? Tomá-la em meus braços? Desabar sobre meus joelhos? O que eles querem?"

"Não sei do que você está falando."

"Ah, sabe sim."

Me olhou de canto, brevemente, e então para baixo. "Eu vi quem você era aquele dia. Só isso. E para sempre", ela disse.

"Eu fiz amor com você naquele dia. Também... de certa forma... para sempre."

Eu a observei inspirar, como um sinal de desprezo reprimido; esperava que fosse falar algo, qualquer coisa, mesmo que viesse o tal desprezo; apaziguei minha própria raiva crescente contra ela, tentei soar tranquilo.

"Houve um momento naquela montanha em que eu amei você. Não acho que você sabe, eu sei que você sabe. Eu vi. Eu te conheço o suficiente para ter certeza de que você também viu, e que se lembra." Adicionei ainda: "E eu não estou falando do corpo".

Mais uma vez, ela esperou antes de responder.

"E por que eu deveria me lembrar? Por que não deveria fazer tudo ao meu alcance para esquecer?"

"Você também sabe a resposta a essa pergunta."

"Sei?"

"Alison...", eu disse.

"Não se aproxime. Por favor, não se aproxime."

Ela seguia evitando olhar para mim. Mas estava claro em sua voz. Eu sentia em mim um tremor profundo demais para demonstrar; como se até minhas células cerebrais tremessem. Ela falou com o rosto virado para o outro lado. "Certo, sei o que isso significa." Sua face ainda me evitava; pegou outro cigarro e o acendeu. "Ou o que significava. Quando eu amei você. Significava que tudo que você me disse ou fez comigo tinha significado. Significado emocional. Aquilo mexia comigo, me empolgava. Me deixava deprimida, me deixava...", ela respirou fundo. "Como quando, depois de tudo isso ter acontecido, você ficou sentado naquela casa de chá e me olhou como se eu fosse uma prostituta ou algo do tipo e..."

"Foi um baque. Pelo amor de Deus."

Foi quando eu a toquei, repousei minha mão sobre seu ombro, mas ela a retirou. Precisava me aproximar, precisava ouvir o que ela tinha a dizer.

"Sempre que estou com você é como se chegasse em alguém e lhe dissesse, 'Me torture, abuse de mim. Me mostre o que é o inferno. Porque...'"

"Alison."

"Ah, você é uma doçura agora. Uma doçura. A desgraça de uma doçura. Fica assim uma semana, um mês. E aí começaríamos tudo de novo."

Ela não estava chorando. Me inclinei e olhei para ela. De alguma forma, eu sabia que ela estava atuando, e, no entanto, não estava. Talvez tivesse ensaiado me falar aquilo tudo, mas ainda assim falava a sério.

"Como você vai voltar para a Austrália de qualquer jeito..."

Falei de forma leve, sem sarcasmo, mas ela me deu um olhar enviesado, como se minha falta de tato fosse das mais monstruosas. Cometi o erro de começar a sorrir, de clamar por sua mão. Logo ela estava de pé. Ao cruzar o caminho, ela saiu por debaixo das árvores até a grama. Após alguns passos, ela parou ali mesmo.

Ainda que plausível enquanto reação, decerto não convencia enquanto movimento, especialmente o ato de parar. Tinha algo na forma como ela estava de pé ali, a direção para a qual estava virada... e então, em um estalo, eu tive certeza. Para além dela, a grama se estendia, uns quatrocentos metros de verde, até a extremidade do parque. E mais adiante, ascendia a fachada, em estilo da Era da Regência, repleta de estátuas e muitas e elegantes janelas, de Cumberland Terrace.

Uma fileira de janelas, uma fileira de estátuas de deuses clássicos. Observavam o parque como se estivessem no balcão nobre de um teatro. E a cumplicidade de Alison — que havia me tirado do pavilhão de chá e escolhido o banco onde tínhamos nos sentado, agora à vista de todos, esperando que me juntasse a ela. Já não era a primeira vez: me levantei e fiquei diante dela, de costas para os prédios a distância. Ela baixou os olhos. Não era um papel difícil de se interpretar: aquele rosto marcado, prestes a verter lágrimas, mas sem lágrima alguma.

"Escute bem, Alison. Eu sei quem está nos observando, eu sei de onde ele está nos observando e sei por que estamos aqui. Antes de tudo: estou quase falido. Não tenho emprego e nunca terei um emprego de qualquer relevância. Sendo assim, você está diante do pior pretendente de Londres. Em segundo lugar, caso Lily descesse pelo caminho atrás de nós e me chamasse... Eu não sei. O fato de que não sei e nunca saberei é o que quero que você lembre. E quando o fizer, lembre-se de que não é uma garota, mas um tipo de encontro." Fiz uma breve pausa. "Terceiro: como você mesma disse, gentilmente, lá em Atenas, eu não sou lá muito bom de cama."

"Eu não disse isso."

Encarei o topo de sua cabeça, e sabia que por trás da minha estavam as janelas vazias da parte superior de Cumberland Terrace; aquelas divindades em pedra branca. "Quarto: certo dia ele me disse algo a respeito de homens e mulheres. Sobre como nós julgamos as coisas como objetos, e vocês as julgam por suas relações. Certo. Você sempre foi capaz de ver esta... seja lá o que for... que há entre nós. Que nos junta. Já eu não. E isso é tudo que posso lhe oferecer, a possibilidade de começar a ver isso."

"Posso falar?"

"Não. Agora você tem uma escolha a fazer. E é melhor que a faça o quanto antes. Ou eu ou eles. Mas de qualquer forma, deve ser definitiva."

"Você não tem direito de..."

"Tenho tanto direito quanto você teve naquele quarto de hotel na Grécia. Ou seja, todo o direito." Adicionei ainda: "E pela mesma razão que você tinha à época".

"Não é a mesma coisa."

"Ah, é sim. Você está no meu papel agora." Fiz um gesto na direção de Cumberland Terrace. "Eles podem te oferecer de tudo. Mas eu sou como você. Tenho apenas uma coisa a oferecer. Não posso nem mesmo culpá-la se cometer o mesmo erro que eu — de achar que o tudo deles é uma escolha muito melhor do que qualquer futuro que possamos vir a ter. A única coisa que você tem a fazer é apostar. Diante dos olhos deles. E agora."

Ela lançou um breve olhar para as casas, e eu também me virei para elas por um instante. O sol da tarde as fazia brilhar com sua luz, aquele elixir olímpico de luz serena, remota e benigna que se pode ver, às vezes, nas nuvens de verão.

"Retornarei para a Austrália", ela disse, como se rejeitasse a mim e a eles.
Pude sentir um abismo entre nós, de profundeza imensurável, ainda que de estreiteza absurda, tão estreito quanto a distância que nos separava de fato, distância que sumiria com um pequeno passo. Encarei seu rosto, aflito por uma contusão psicológica, sua obstinação, sua incapacidade de ser manobrada. No ar, um cheiro de fogueira. A algumas centenas de metros, um homem cego caminhava livremente, como se não fosse cego. Apenas a bengala branca indicava a falta de seus olhos.
Comecei a andar na direção do caminho que levava ao portão sul, para casa. Dois passos, quatro, seis. E então dez.
"Nicko!"
Foi um clamor que soou estranhamente peremptório, ríspido; sem nenhuma conciliação. Conferi os arredores, por um momento, então me forcei a seguir em frente. Pude ouvi-la correndo, mas não me virei até que tivesse quase me alcançado. Ela parou a uns dois metros de mim, respirando com dificuldade. Não era fingimento, ela voltaria de fato para a Austrália — ou ao menos uma Austrália mental, das emoções, para viver o resto de sua vida sem mim. E, mesmo assim, ela não me deixaria partir dessa forma. Carregava em seus olhos mágoa e indignação. Mais do que nunca, eu era inalcançável. Dei dois passos em direção a ela, um dedo furioso em riste.
"Você ainda não aprendeu, ainda segue o roteiro deles." Seus olhos fixaram os meus, retornando cada grau de minha cólera.
"Voltei, porque achei que você tinha mudado."
Não sei por que fiz o que fiz em seguida. Não foi intencional e muito menos instintivo, não foi um ato de sangue frio ou sangue quente; mas ainda assim parecia, após cometido, um ato necessário; sem quebra do mandamento. Meu braço se esticou e lhe desferiu um tapa na bochecha esquerda, com a maior força possível. O golpe a pegou de completa surpresa, quase a desequilibrando, e seus olhos piscaram, tamanho o choque; bem devagar, ela levou a mão esquerda à bochecha. Ficamos nos encarando, descontrolados, por um longo tempo, em meio a uma espécie de terror: o mundo tinha desaparecido e estávamos caindo pelo espaço. O abismo podia ser estreito, mas não tinha fundo. Atrás de Alison, pude ver outras pessoas paradas no caminho. Um homem se levantou de seu assento. O indiano continuou sentado e vigilante. A mão dela permaneceu na lateral do rosto e os olhos foram ficando cada vez mais úmidos, decerto por conta da dor e, quem sabe, em parte, pela incredulidade.

A verdade final chegou a mim enquanto estávamos os dois de pé ali, tremendo, buscando algo entre todo nosso passado e todo nosso futuro; num momento a diferença entre fissão e fusão se encontrava entre um nada, o menor dos movimentos, uma traição e maiores incompreensões.

Não havia ninguém nos observando. As janelas estavam tão vazias quanto pareciam. Ninguém no teatro. Não era um teatro. Talvez tivessem dito a ela que se tratava de um teatro, e ela acreditou neles, e eu acreditei nela. Talvez tudo tenha acontecido de modo a me conduzir até este momento, para me dar minha última lição e provação final... a tarefa, como em *L'Astrée*, seria transformar leões e unicórnios e magos e demais monstros míticos em estátuas de pedra. Afastei o olhar de Alison e mirei as janelas distantes, a fachada, as pomposas figuras brancas que coroavam o frontão. Era lógico, o clímax perfeito para o jogo de deus. Haviam sumido, estávamos a sós. Eu tinha tanta certeza, ainda que... depois de tanto, como eu poderia ter certeza assim? Como podiam ser tão frios, tão desumanos — tão indiferentes? Como podiam marcar as cartas e abandonar o jogo?

Olhei para trás, para o caminho. Os observadores muito mais naturais seguiam em frente, como se essa demonstração trivial de brutalidade masculina, a cena prometida, tivesse perdido seu interesse. Alison seguia imóvel, com a mão ainda no rosto, mas agora sua cabeça estava abaixada. Um suspiro abafado enquanto ela tentava conter as lágrimas; e por fim sua voz, em frangalhos, quase inaudível, em desespero, quase que assombrada consigo mesma.

"Eu te odeio. Eu te *odeio*."

Eu não disse nada, nem fiz qualquer menção de tocá-la. Após um instante, ela voltou os olhos para cima e tudo em sua expressão se assemelhava à sua voz e palavras: ódio, dor, todo ressentimento feminino desde o início dos tempos. Mas eu me apegava a algo, algo que eu nunca tinha visto, ou que sempre temi ver, naqueles olhos acinzentados intensos, a quintessência por trás de todo o ódio, mágoa e lágrimas. Um pequeno passo congelado, um cristal despedaçado à espera do renascimento. Ela falou mais uma vez, como que para enterrar o que quer que eu estivesse vendo.

"*Odeio.*"

"Então por que não me deixou ir embora?"

Ela sacudiu a cabeça abaixada de forma abrupta, como se a pergunta em si fosse injusta.

"Você sabe por quê."

"Não."

"Eu soube em dois segundos ao te ver." Me aproximei. Sua outra mão foi levada ao rosto, como se eu fosse bater nela de novo. "Eu entendo essa palavra agora, Alison. A sua palavra." E mesmo assim ela esperava, o rosto oculto sob as mãos, como alguém que acaba de receber uma notícia trágica. "Você não pode odiar alguém que está mesmo de joelhos. Alguém que nunca será mais que metade de um ser humano sem você."

A cabeça baixa, o rosto enterrado.

Ela permanece em silêncio, jamais virá a se pronunciar, jamais perdoará, jamais estenderá a mão, jamais deixará este momento presente. Tudo está à espera, em suspensão. As árvores outonais, o céu outonal, os anônimos, em suspensão. Um melro, pobre tolo, cantava fora de temporada, nos salgueiros próximos ao lago. Uma revoada de pombos sobre as casas; fragmentos de liberdade, acaso, um anagrama encarnado. E em algum lugar, o perfume pungente de folhas queimadas.

*cras amet qui numquam amavit
quique amavit cras amet*

POSFÁCIO

Por trás de O Mago (1994)

Para CIRCE e todos os outros ladrões de túmulos

Passei o ano acadêmico de 1950 a 1951 como *lecteur d'anglais*, uma espécie de *assistente* metido a besta, na Universidade de Poitiers, França; ao final da experiência, me foi dito com bastante firmeza que meus serviços *não* seriam mais necessários no ano que se avizinhava. Não foi bem uma demissão, mas parecia; e mais, merecia ter sido. Eu vinha sendo um péssimo "leitor", e o menor dos motivos era porque, à época, eu sabia bem mais a respeito de literatura francesa do que da tal literatura inglesa sobre a qual deveria lecionar. Lembro de ter feito uma descrição vívida, em minha primeira aula, de como Rupert Brooke havia morrido em meio aos campos de papoulas de Flandres, ao passo em que meu palavrório ao longo de *Quatro Quartetos* de Eliot deve ter batido todos os recordes em transformar o que era a obra um tanto quanto obscura em algo absolutamente incompreensível. Sinto um calafrio de puro horror ao lembrar como devo ter confundido e induzido ao erro todos os estudantes de Literatura Inglesa de Poitiers naquele ano. Para piorar o que já era ruim, me apaixonei pela aluna favorita do professor responsável pela matéria. Uma demissão legítima viria por merecimento, em termos pessoais e acadêmicos.

Não gostei nada daquilo ao que fui reduzido após Poitiers, com 25 anos de idade e ainda morando na casa suburbana de meus pais em Leigh-on-Sea, Essex, sem tirar os olhos das colunas acinzentadas do Suplemento Educacional do *Times*. Nada ali me atraía, absolutamente, talvez porque eu ainda não tivesse me dado conta de que não possuía vocação alguma para lecionar em ambiente acadêmico. Tinha apenas meu grau em francês de Oxford, e uma aversão de primeira classe pela Inglaterra suburbana; e junto a isso tudo, uma ilusão quase fatal de que eu deveria (como se houvesse um Deus e a vida pudesse nos revelar intenções) ser poeta.

    Por fim, ao final do outono de 1951, algo veio ao meu resgate de maneira inesperada. O Conselho Britânico havia sido apontado como agente encarregado de um internato na Grécia, supostamente com base em Eton e em louvor ao espírito de Byron. O Anargyrios and Korgialenios College foi construído e fundado em 1927, sob patronato real. Tenho certeza de que ninguém ali tinha nenhuma noção real de como era Eton, muito menos o "espírito de Byron". Porém, todas as outras boas vagas para professores já tinham sido ocupadas, e eu me via em meio a uma área com outros dois ou três cavalos em frangalhos. Consegui a vaga, como esperado.

    Eu mal conhecia a Grécia ou os gregos, nem tinha quase nenhum entendimento acerca de sua terrível história recente, primeiro com a sádica e cruel ocupação nazista de 1941 a 1944, seguida pelos diversos horrores da guerra civil de 1945 a 1949. Acima de tudo, não sabia nada a respeito das negociações escusas que se deram no malfadado "Acordo de Percentuais" entre Stálin e Churchill. Eu certamente não tinha percebido o velho perigoso que este último havia se tornado, movido por seu medo do comunismo e uma visão desesperançosamente anacrônica de um Império Britânico em renascimento. Nem mesmo percebi que um governo conservador de direita assumido havia tomado as rédeas na Grécia, auxiliado por e com a colaboração de uma condescendente e muito equivocada aliança anglo-americana. As mulheres gregas não podiam votar até 1952, e em 1947 um rei havia sido reinstituído (contra os desejos da maioria das pessoas comuns no país, mas não dos diretores da escola para qual eu iria, ao menos não oficialmente). O pior dos novos horrores não ocorreria até 1967, ainda que o temido dia dos abomináveis coronéis já estivesse no ar, tal como tantos outros fascismos latentes na história humana.

    Talvez me restasse uma coisa a favor — mas algo muito mais pessoal do que literário. Desde que tinha deixado Oxford, em 1949, eu levava comigo algo que à época chamava de *Avulsos*, uma espécie de registro fragmentado e bastante íntimo do que vinha acontecendo comigo. Esse registro tratava de mim em quase toda a totalidade, e de forma alguma seria uma versão das ocorrências escrita por um historiador decente. Seu único valor residia no atrapalhado relato, de distinta ingenuidade, de um jovem estudante de Oxford nascido em 1926. Tal valor, me parece, reside em grande parte na forma como se expõe, e quando digo isso, não me refiro à sua honestidade; um "romancista honesto" soa quase como um oximoro. Mas talvez um dia seja objeto de interesse, como relato da inocência do meio do século, senão de sua própria tolice. De qualquer forma, em 1993, enquanto tentava transcrever as páginas manuscritas quase ilegíveis, encontrei a passagem a seguir. Tinha esquecido dela por completo.

Cheguei ao internato na ilha de Spetsai (em *catarévussa*, a suposta forma pura do grego moderno; em demótico se escreve Spetses) no começo de janeiro de 1952. Se Atenas, ainda longe de sua condição dos dias atuais, com sua poluição terrível e superlotação, já havia me impressionado, a viagem de barco de seis horas do Pireu até a ilha, na axila do Peloponeso, foi quase como estar no paraíso. Os cinco blocos da escola, a uns dois quilômetros do diminuto vilarejo principal, eram quase que grotescos (em termos arquitetônicos, bem mais do que fiz parecer em *O Mago*, romance que escreveria sobre a ilha muito depois), mas ainda assim, achei tudo comovente e interessante... estar a um olhar de distância dos morros por cima de Epidauro, e perto daqueles de Micenas e Tirinto; e acima de tudo, estar tão milagrosamente afastado dos desertos suburbanos de Essex.

A natureza sempre despertou em mim um interesse profundo, uma obsessão, uma absorção, e morri de amores com o que vi na Grécia, literalmente à primeira vista. Mantenho ainda um apego profundo àquele povo difícil, sinuoso e hospitaleiro, por vezes monstruoso e quase sempre encantador, os gregos, e sempre disse que de fato tenho três terras natais: a minha Inglaterra (não Grã-Bretanha), a França e a Grécia. Meu amor pelas três pode parecer um tanto quanto esquisito, já que tem a ver com os aspectos de sua "história natural", rural e pouco, ou mesmo nada, a ver com suas cidades e metrópoles. Tenho apelidos para estes aspectos da França e Grécia que me atraem: *la France sauvage* e *agria Ellada*, a face *selvagem* de ambos os países.

A passagem a seguir foi escrita durante os primeiros dias após minha chegada a Spetsai. Ainda nem pensava em *O Mago*; dito isso, nesse último ano, ao reler estas linhas pela primeira vez em décadas, percebi que ali estava o espermatozoide e o óvulo, a gênese do ainda não escrito — e não concebido — livro. E é por isso que reproduzo a passagem aqui, quase da mesma forma como foi escrita originalmente. Talvez seja vaidade detalhar com exatidão o momento da concepção de uma cria vindoura. Existem incontáveis pequenas correções e revisões que sou tentado a fazer agora, mas evitei ao máximo, com exceção de pequenos ajustes. *Era isso mesmo, para o bem ou para o mal.*

A Escola e a Ilha: Janeiro de 1952

A escola se encontra em um parque próximo ao mar, que se pode ouvir no cascalho. O jardim está repleto de ciprestes e oliveiras. Existem ainda hibiscos florescendo. Um ginásio bem equipado, um campo de futebol, quadras de tênis, e até mesmo duas quadras de fives! Uma escola que é um sonho, soberba em sua localização e equipamento para até quatrocentos garotos. São, no entanto, apenas cento e cinquenta, e os números vêm diminuindo. Há muito que poderia ser feito aqui — uma escola internacional, de ensino misto. Sharrocks* acredita que qualquer mudança é inútil.

Conheci o diretor adjunto — um homem agradável de pálpebras enrugadas e sorriso sincero. Comemos com alguns dos garotos. Não falo nada de grego, os outros professores não falam inglês, então só pude conversar com Sharrocks.

Não tenho tempo para escrever isso em detalhes. Tant pis. Precisa ser reescrito a partir da ponta de todo o panorama.

Saí para uma breve caminhada pela manhã. Estava muito frio e o mar agitado se chocava contra a margem. Vi dois martins sentados na costa, o mais inesperado dos pássaros. Também um peneireiro e o que pareciam ser gralhas; além de diversos outros. Havia ainda muitas flores. Sharrocks disse que não existiam pássaros aqui — parece haver grandes possibilidades, porém. A variedade de vida natural me deixa empolgado — o estudante de história natural traz consigo uma vantagem profunda em relação a todos os outros homens. Ao passar por um novo país, os pássaros e flores e insetos levam consigo — do ponto de vista do meu próprio prazer — tanto significado quanto os seres humanos e seu mundo artificial. Formam uma espécie de santuário onipresente.

---

* A pessoa a quem chamo de Sharrocks aqui é meu agora velho amigo Denys Sharrocks. Em 1951, ele era o principal professor de Literatura Inglesa, a quem eu supostamente havia ido ajudar na ilha. [NA]

Fui até a vila com Sharrocks para comprar alguns utensílios. Comemos sépia frita — muito agradável — com azeitonas gordas e batatas fritas, e bebemos cerveja em um pequeno restaurante com um abutre empalhado e carcomido pelas traças pendurado no teto. As pessoas parecem bem simpáticas; amigáveis — capazes de fazer amizade.

Hoje conheci boa parte do resto da equipe — ela não possui nenhuma personalidade no momento, apenas os apelidos que dei com base em seus impronunciáveis sobrenomes gregos.

Sentei-me à mesa com sete outros garotos para jantar — um cretense ao meu lado era quase que inarticulado, já um turco do outro falava até que bem. Mas será difícil manter um diálogo empolgante durante um semestre inteiro com um vocabulário de cerca de cem palavras.

O mergulho foi dado; o trabalho parece, do ponto de vista das horas, fácil. Quatro aulas por dia, um total de três horas, dois turnos por semana, num total de cinco, o que dá 23 horas semanais. Não posso reclamar. Os garotos estão fervilhando, são espontâneos e dispostos; mais femininos que os ingleses. Vi um menino recém-chegado (das festas de fim de ano) beijar um amigo no rosto. Os mais velhos demonstram um carinho pelos mais novos que um inglês não ousaria demonstrar. Ao observar os rostos e outros hábitos, poderia ser quase a Inglaterra.

Os garotos, porém, não são capazes de se disciplinar; não existem jogos organizados; e o dia de sete aulas seguido por mais 30 ou 45 minutos de dever de casa é excessivo. Os métodos de ensino parecem antiquados. A escola precisa de uma reorganização. Em parte, isso se dá pela falta de uma tradição universitária como a de Oxford e Cambridge na Inglaterra, ou uma Ecole Normale Supérieure na França. Não há um núcleo de professores cultos. Aqui eles parecem dominar seus assuntos, mas possuem poucos interesses externos, e pouca conversa mole em comum. Não diferem muito dos professores nas vilas inglesas nesse sentido.

Já a ilha é uma joia, um paraíso. Parti para uma longa caminhada pelos morros, continente adentro — através dos pinheiros, entre trilhas de cabras cheias de pedras permeadas por um silêncio frio e reluzente. Era um dia perfeito, sem nenhuma nuvem no céu, com uma leve brisa que soprava do Peloponeso central, com o mesmo calor de um dia agradável de março na Inglaterra. Os pinheiros são pequenos, amorfos, espalhados livremente, de forma a constituir paisagens raramente obstruídas, muitas vezes contando com um enquadramento fantástico. Um mar destes pinheiros é como um mar de copas arredondadas como as dos chaparros. O que se estranha nos morros é o silêncio: nada de pássaros (por mais que estejam por toda a escola); pouquíssimos insetos; nenhum ser humano, nenhum animal; apenas o silêncio pairando no ar, junto da luz brilhante e o mar azul logo abaixo, com as planícies argolidenses e suas pequenas montanhas centrais adiante. Uma pureza e simplicidade das emoções, uma espécie de êxtase mediterrâneo quintessencial tomava o ar, ar este que era infundido com resina de pinheiro, um toque agudo de inverno e a salmoura lá embaixo.

Não vi ninguém por um bom tempo; um ou dois pastores chamaram ao longe. A propagação do som é fantástica. Um pequeno barco ao som do chape-chape ia em direção do barco a vapor ancorado na vila, podia-se ouvir como se estivesse a umas poucas centenas de metros. E eram na verdade uns três a cinco quilômetros. Passei por uma estação de astronomia, estranhamente isolada em meio a esta floresta no morro. Em outro morro mais ao leste, pude ver um monastério que se impunha, branco, em meio aos ciprestes negros que o guardavam. A vista ia ficando cada vez mais bonita a cada novo estágio da subida. Em frente, Argólida, como um mapa de relevo, com seus recuos e reentrâncias, ladeada por pequenas baías com seus penhascos entre o rosa e o laranja, e mais adentro no terreno, bosques de pinheiros verde-escuro. Mas estes bosques são tão abertos, tão arejados, a ponto de não haver qualquer menção ao sombrio e distante norte. Nada como as terríveis florestas do Rio Pasvik na ártica Noruega, onde estive há três anos. É possível ver estas florestas por suas árvores; um verdadeiro alívio, como arvoredos, santuários para se refugiar das planícies quentes e nuas. A Argólida parece bastante habitada — dois ou três carreiros de vilas e um salpicar regular de fazendas e chalés isolados. Apenas as montanhas centrais são improdutivas e desabitadas. À direita, as belas ilhas em torno de Hidra, e a própria Hidra, azul, verde claro e rosa, flutuando no mar azul-verônica. Ilhas densas, com picos íngremes, grandes penhascos, e escarpas, e ainda assim tudo equilibrado a distância. Todas as cores são vívidas, porém suaves, em tons pastéis, sem aquela qualidade de penugem, tons de aquarela que ainda assim são maciços. À direita, sobre a baía de Náuplia, as grandes montanhas do Peloponeso central — cobertas de neve, como as nuvens rosadas e baixas no horizonte, com seu brilho fraco sob a luz solar oblíqua. Morros, penhascos e vilas distantes, juntos ao vasto carpete marinho.

Fui subindo e subindo cada vez mais, chegando a uma estrada rústica, até que me encontrei no cume central da ilha, banhado pela luz do sol, um mar ondulante de pinheiros descendo rumo à costa sul, muito mais deserta do que a costa norte, com apenas alguns chalés e uma casa de campo ou outra a povoá-la. O sol estava sobre Esparta; o mar entre Spetsai e o Peloponeso brilhava intensamente, variegado por breves e perturbantes brisas. Uma fogueira bem mais abaixo, próxima de um chalé, enviava uma coluna de fumaça pelo ar; mas lá em cima onde eu estava, uma leve brisa fria temperava a cálida luz do sol. Avistei um homem próximo, o primeiro que havia visto, cortando alguns galhos. Mais dois logo surgiram, montados em burros. Um deles parou perto de mim, me encarou e sorriu, disse algo com certa intensidade. Usava uma boina azul pálido e calças rasgadas; seu rosto tinha um tom castanho como óleo de linhaça, parecia um velho taco de críquete, e tinha um belo bigode preto. Ele então repetiu a mesma frase de antes. Eu balbuciei algo em resposta. Ele me encarou de volta. "Anglike", eu disse.

"Ah!", ele assentiu com a cabeça, como se desse de ombros, então chutou seu burro e seguiu adiante sem nem olhar para mim. Seu companheiro guiava o outro burro, minúsculo sob uma montanha de galhos de pinheiro; passaram por mim com um amigável "Kal'emera as".

"Kal'emera", eu disse e segui meu rumo.

Segui pela estrada por algum tempo. Atravessei um pequeno arbusto e uma galinhola saiu voando de debaixo de meus pés. Um lagarto também saiu apressado. A temperatura era agradável, arejada; saí da estrada e cheguei até uma falésia virada para o oeste. Sentei-me em sua borda, em uma pedra, e então o mundo estava aos meus pés. Eu nunca tinha vivido uma sensação tão intensa de estar de pé no topo do mundo; com o mundo abaixo de mim. A partir do paredão, ondas e mais ondas de floresta desciam em direção ao mar, ao cintilante mar. O Peloponeso não possuía qualquer profundidade ou detalhes; apenas uma vasta sombra azul no caminho do sol; mesmo com binóculos não se podia notar detalhe algum, exceto nos cumes enevoados das montanhas. Era um efeito esquisito, e por alguns minutos senti uma empolgação incompreensível, como se estivesse tendo uma experiência de uma raridade infinita. Era certo que nunca tinha visto uma paisagem tão bela; um composto de céu azul primoroso, luz solar radiante, quilômetros de rochas e pinheiros, e o mar. Todos os elementos, em um grau de pureza tão grande que me vi enfeitiçado. Tive quase a mesma sensação nas montanhas, mas ali faltava o elemento terra — ali me sentia exaltado e remoto. Aqui, a terra estava ao redor do meu todo. Um tipo de consciência suprema da existência, uma euforia que tomava conta de tudo. Não podia durar muito. Na ocasião, eu não fui capaz de definir o que estava sentindo; o impacto e a elevação me fizeram me perder de mim mesmo. Eu estava suspenso em um ar brilhante, atemporal, imóvel, flutuando em uma síntese sublime dos elementos. Então veio o vento perfumado, o conhecimento de que isto era a Grécia, e além disto, a própria centelha que iluminava a antiga Grécia; e com muita força, a lembrança de todas aquelas ruas cinzentas, aquelas cidades cinzentas, aquele acinzentado da Inglaterra.

Paisagens como essas, em dias como esses, contribuem para um avanço imensurável dos homens. Talvez a Grécia antiga fosse apenas o efeito de uma paisagem e uma certa luz sobre pessoas sensíveis. Isso explicaria a sabedoria, a beleza, e a puerilidade. A sabedoria reside nas regiões mais altas — e as paisagens gregas estão cheias de regiões mais altas, montanhas sobre planícies, beleza natural em cada canto, uma simplicidade em suas paisagens, uma pureza que demanda pureza e simplicidade semelhantes. Puerilidade, pois tal beleza não é humana, não é prática, não é maligna — e mentes alimentadas e cercadas por tal paraíso devem se tornar suas vítimas, com intenso apego, e após a oferta inicial de devoção (ou seja, a Era de Ouro), devem ter sua criatividade consumida pela beleza. Cria-se a beleza para se suprir uma falta de beleza; já aqui se encontra a plenitude. Não se cria, apenas se aproveita.

Tais fragmentos são bons pontos de ancoragem.

Caminhei de volta para casa, pensando na Ilha do Tesouro. O sol caiu, dourando os picos; os vales se apresentavam verdes, melancólicos. Cheguei até um vale cheio de sinetas de cabras a tilintar. Eram vinte ou trinta daquelas; o pastor em ritmo regular as chamava "Ahi! Hia!" e dava um assobio penetrante, semelhante a uma flauta. Eu o observei de relance na descida por entre as árvores, cercado por cabras, um homem alto em calças acinzentadas, com uns remendos cinza pálidos nos joelhos, e um casaco preto. Desci correndo pelo caminho para encontrá-lo e foi quando avistei uma pequena planta na beira da trilha. Me ajoelhei e, incrivelmente, ali estava um moscardo-fusco (possivelmente uma Ophrys fusca) a desabrochar diante de mim, uma coisinha de pouco mais de quinze centímetros de altura, com uma única flor grande, seu lábio roxo manchado e aberto com insolência, coberto por sépalas verde pálido, e o botão verde de uma segunda flor. De joelhos, absorvi os detalhes, deixando para lá o pastor e suas cabras, tilintando cada vez mais distantes. Agora começava a escurecer; as montanhas assumiam um tom azul escuro; o interior enegrecido da Argólida. O ar, frio. Caminhei com agilidade pela trilha das cabras, tendo em vista que havia muito a ser percorrido ainda. Por fim, cheguei a uma escarpa de onde conseguia ver a escola. Estava cravejada de anêmonas, pequenas plantas de sete a dez centímetros de altura nas cores rosa e malva, movendo-se na direção da leve brisa que soprava.

Desci cambaleante por entre os terraços de oliveiras, passando por uma fazenda em ruínas e em direção à estrada, que levaria até a escola em poucos minutos. Creio ter sido uma das caminhadas mais satisfatórias que já fiz. Assim que se sabe do histórico de tudo, penso que a escola é melhor encarada como uma espécie de mal necessário. Mas um dia como esse — uma visão como essa — apequena a pedagogia e qualquer outra coisa relacionada a ela.

Existe hoje uma excelente história sobre a Grécia da metade do século, *Inside Hitler's Greece* (1993). *Spetsai*,* de Andrew Thomas, com uma boa descrição da ilha e sua história; e eu mesmo tentei falar algo a respeito do pano de fundo literário de *O Mago* no prefácio de todas as edições posteriores. Foi meu primeiro romance, e trabalhei nele por quase quinze anos, e mesmo assim sinto que nunca consegui completá-lo.

Há ainda outro nome digno de menção em meio às "influências". Ele teve uma boa fama na minha época de estudante, chegou a ser tão grande quanto o francês Alain-Fournier, mas há pouco foi castigado com aquele destino que é pior que a morte no meio literário inglês: ser considerado *viex jeu*, coisa do passado. Nunca fui capaz de perdoar o antifeminismo e antissemitismo do pobre moribundo, mas, quanto mais velho vou ficando, com mais clareza reconheço sua genialidade em outras formas. A meu ver, ele é, com facilidade, *o maior* romancista do começo do século XX, com apenas um possível rival, James Joyce.

Qualquer um que tenha lido o trecho anterior saberá de quem estou falando: D. H. Lawrence. Minha experiência na ilha foi densa, repleta do puro ato de existir, uma percepção intensa do que eu era, como o clarão de um relâmpago que se prolonga; e também uma sombra (que tentei reproduzir em outro contexto em *O Mago*) do que eu deveria ou teria que me tornar. Tais experiências, as quais penso que a maioria de nós artistas, ou quem sabe até mesmo todos nós em algum momento, vivemos, se deram em um espaço muito breve de tempo, esvanecendo quase na mesma velocidade com que chegaram. Muitas vezes nem as reconhecemos. Ainda assim, há algo nelas, caso o façamos, apesar de sua comparativa evanescência, que *é para sempre*. Uma espécie de "estar ali", aquele estar presente, corre — por mais desastrosa que tenha sido minha expressão — dentro de *O Mago*. Devo isso, acima de tudo, a Lawrence.

---

* The Lycabettus Press, 1980. [NA]

A escola já não existe mais, e suponho que poucos de nós que trabalharam lá tenham passado por algum tipo de luto. Fui demitido, junto com muitos outros da equipe, gregos e ingleses, ao final do ano letivo de 1953. (O lado romântico da história se dá na Inglaterra, por acaso, e não na Grécia, como geral e erroneamente, se supõe.)

Uma das casas de campo isoladas na costa sul que vi naquela primeira caminhada em janeiro foi Yiasemí ("Jasmim"), de propriedade da família Botasis, amigos da família Venizelos, mais conhecida. Eleutherios Venizelos foi um liberal falecido em 1936. Havia lutado pela libertação de Creta dos turcos otomanos e depois chegou a conquistar muitos outros territórios pela Grécia, marcado somente pelo que os gregos chamavam, e ainda chamam, de A Catástrofe — o desastre de 1922 ou terrível êxodo forçado de tantos gregos de Smyrna e do resto da Turquia nas mãos de Mustafa Kemal (Ataturk). Venizelos acabou por se tornar quase um messias para os novos refugiados e as pessoas nas terras que havia conquistado; porém, mais ao sul, em uma Grécia mais antiga, ele era visto de maneira muito diferente, quase como um demônio, e em grande parte responsável pela Catástrofe da Ásia Menor. Ele também se opunha à monarquia. Na prática, ele tentou modernizar e reconstruir a Grécia nos anos 20. Em 1932, teve que renunciar; o golpe que tentou em 1935 fracassou. O rei Jorge, exilado desde 1923, foi convidado a retornar, e em 1936 concedeu poder a um quase ditador, um tal Metaxas, que faleceria em 1941. Venizelos então foi exilado. Assim, com a cisma entre o inteligente Venizelos e o conservador Metaxas, nasceu a eterna divisão grega entre democracia liberal e monarquia de direita. O fundador da escola, Anargyrios, parecia ele mesmo ter andado na corda-bamba entre os dois lados; de qualquer forma, um milionário do tabaco nascido em Spetsai em 1849, ele fez de Venizelos o presidente do comitê que administraria a escola, ainda por ser construída, em 1919. O edifício, por fim, foi erguido em 1927. Quanto ao próprio Anargyrios, ele viria a falecer um ano depois. Não era lá muito querido na ilha, sendo tão albanês quanto grego, apesar de ter construído seu principal hotel e a maior parte de suas poucas estradas. Havia ainda uma pequena ilha adjunta chamada Spetsopoula, então propriedade do magnata do transporte Niarchos. Ele não tinha absolutamente nada a ver com o mago de meu romance; nem mesmo estava ali quando o livro foi escrito. Mas uma coisa que, com certeza, afetou a obra foi a antiga bandeira de Spetsai, da Guerra de Independência de 1830: uma âncora envolta por uma cobra, com uma coruja (a coruja mocho-d'orelhas era comum na ilha), encimada pelo lema *Eleutheira y Thanatos*: "Morte ou Liberdade".

Posteriormente, visitei Yiasemí diversas vezes, mantendo muitas de suas características no livro, com atenção especial para a colunata mourisca. O nome original da península em que se encontrava era Sphantzina, de acordo com um mapa que ainda tenho da ilha, desenhado a pedido de John N. Botasis em 1901. Contava, de fato, com sua própria praia particular, como consta no livro, e me lembro bem da primeira vez em que Denys Sharrocks e eu a visitamos, ao som do harmônio, o som mais incongruente possível de se imaginar em meio a tão divina paisagem. A praia da Sexta-feira da Paixão e a capelinha a oeste costumavam permanecer desertas, como no livro, mas soube que agora lotam de turistas, ainda que Yiasemí em si permaneça privada.

Dizer que é algo "sagrado" seria blasfêmia, mas não suporto a ideia de ver tudo aquilo mudado. Reconheço que isso deve acontecer, mas, como todo romancista, penso naquela casa de campo solitária em sua belíssima península muito menos como ela é, ou foi, do que como eu a inventei. Muitos consideram incompreensível o fato de eu nunca ter retornado, por mais que tenha ido a outras partes da Grécia diversas vezes. Talvez meu relato dessa caminhada, que eu faria diversas vezes de novo nos dezoito meses seguintes, explique em parte o motivo de nunca ter retornado... de certa forma, condenado a um tipo de exílio.

Trinta anos ou mais depois, meu tradutor de grego moderno, Phaidon Tamvakakis, fez a gentileza de me dar um livro de Nikos Dimou, *The Light of the Greeks (To Phos ton Ellenon)*, A Luz dos Gregos. Foi só quando li o poderoso ensaio e as situações que acompanham as fotos ali que comecei a entender o que tinha me acontecido naquele então distante dia de janeiro de 1952. Os gregos veem, sentem e apreendem a luz de um modo diferente dos outros, do começo da história até o seu final. É infinitamente maior do que a experiência dos turistas (ou *grockles*, como chamamos aqui no oeste da Inglaterra) de pacotes de viagem dá a entender com biquínis, óleo bronzeador e danças de bouzoki. É tudo beleza e tudo verdade, dentre outras coisas. Está em cada pensamento de Heráclito, Sócrates e Platão; em cada ânfora pintada, em cada paisagem, em cada anêmona e orquídea, em cada verso de Seféris e Kaváfis, em quase cada taverna.

Isso e sua ausência são como vida e morte. Revela tudo e não poupa nada. Pode ser belo e consolador ao ponto de doer; pode ser feio ao ponto de causar horror. Nenhum outro povo sente isso tanto quanto os gregos; de forma tão intensa, tão desgastante.

Não foi à toa que os antigos fizeram da bruxa/maga Circe a filha do Sol, Hélios, também um dos disfarces de Apolo. Me senti sob o completo feitiço de Circe naquele distante dia de 1952, e diferente de Ulisses, com sua desinfetante *móli*, nunca escapei de nada daquilo. Dediquei a primeira edição de meu livro a Astarte, que está por trás de Circe, em termos mitológicos. Mas hoje gostaria de tê-lo oferecido a algo diferente. De férias da escola em 1953, subi o Monte Parnasso sozinho; quando cheguei ao topo, lembro-me de ver um círculo de violetas que alguém havia plantado ali, num ato poético, para coroar o lugar. As nuvens haviam sumido, restava apenas o sol, a vista sublime; decerto o momento mais adorável de minha vida. Dentro da coroa de violetas, ao lado do moledro do próprio pico, uma palavra escrita com pedrinhas, em grego.

Para todos os gregos, sempre, e para todos nós que amamos nossas terras, era a única palavra: φωζ.

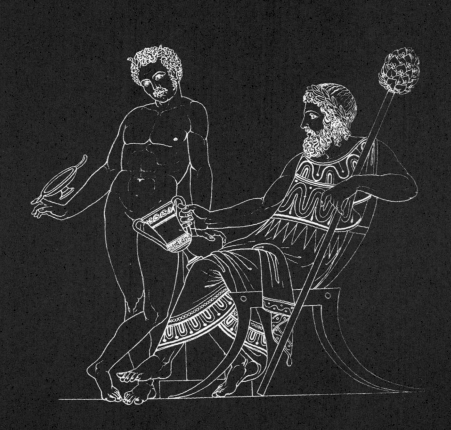

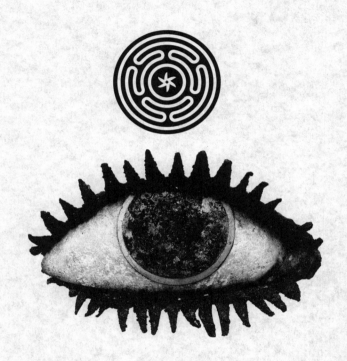

John Fowles ganhou reconhecimento internacional com *O Colecionador* (DarkSide® Books, 2018), seu primeiro romance, publicado em 1963. Recebeu aclamação imediata por sua prosa extraordinariamente inovadora e seu excepcional poder criativo. Esta reputação foi confirmada com o lançamento de sua obra subsequente, incluindo *The Aristos, O Mago, A Mulher do Tenente Francês, A Torre de Ébano, Daniel Martin, Mantissa* e *A Maggot*. John Fowles morreu em 2005.

DARKSIDEBOOKS.COM